古代文学的现代意义

郭维森论文选集

郭维森 著

南京大学出版社

图书在版编目(CIP)数据

古代文学的现代意义：郭维森论文选集 / 郭维森著.
—南京：南京大学出版社，2023.12
 ISBN 978-7-305-27622-4

Ⅰ.①古… Ⅱ.①郭… Ⅲ.①中国文学-古典文学研究-文集 Ⅳ.①I206.2-53

中国国家版本馆 CIP 数据核字(2024)第 022182 号

出版发行	南京大学出版社
社　　址	南京市汉口路 22 号　　邮　编 210093

GUDAI WENXUE DE XIANDAI YIYI: GUO WEISEN LUNWEN XUANJI

书　　名	**古代文学的现代意义——郭维森论文选集**
著　　者	郭维森
责任编辑	荣卫红　　　　　　　编辑热线　025-83685720
照　　排	南京紫藤制版印务中心
印　　刷	徐州绪权印刷有限公司
开　　本	718 mm×1000 mm　1/16 开　印张 25.5　字数 379 千
版　　次	2023 年 12 月第 1 版
印　　次	2023 年 12 月第 1 次印刷
ISBN	978-7-305-27622-4
定　　价	136.00 元

网　　址：http://www.njupco.com
官方微博：http://weibo.com/njupco
官方微信：njupress
销售咨询热线：(025)83594756

＊ 版权所有，侵权必究
＊ 凡购买南大版图书，如有印装质量问题，请与所购
　图书销售部门联系调换

郭维森教授简介

郭维森(1931.9.12—2011.8.7),祖籍安徽省亳州,出生于江苏省镇江市。

祖父郭礼征于20世纪初创办江苏省华商第一家公用发电厂,在全国开民营之先河。

郭维森1950年入读南京大学。1955年任胡小石先生助教,1956年起任古代文学专业教师。1963—1964年在北京大学中文系进修一年。1978年任副教授,1987年任教授。1983—1986年任南京大学中文系系主任。1990年当选为"中国屈原学会"副会长。

郭维森长期从事古代文学的教学与研究工作。出版专著近20部,如:《屈原》(1959年、1962年、1979年,1984年日译本)、《屈原评传》(1998年)、《司马迁》(1982年、2008年、2010年日译本、2010年中英文版)、《中国辞赋发展史》(合作)(1996年)、《陶渊明集全译》(合作)(1992年)、《诗思与哲思》(2006年)、《古代文学的现代意义——郭维森论文选集》等。发表论文约九十篇,其中《古代作品的意义缩小了吗?》(1960年)、《从屈原创作的个性化论屈原之不容否定》(1985年)、《屈原与庄周美学理想异同辨》(1988年)、《屈原爱国主义思想的时代特征》(1992年)、《中国辞赋走向与审美观点》(合作)(1993年)、《〈离骚〉求女情节的来龙去脉》(2000年)、《古代文学的现代意义》(2006年)等,在学界引起较大反响。

郭维森在专精学术的同时,兼及古代文学与文化的普及工作,合作主编学术普及读物《古代文化知识要览》(1986年)、《中国文学史话》(1990年)、《古代文化基础》(1995年)、《古文类选读本》(1999年)、《图说中国文化基础》(2007年)等。

作为学者与教师,郭维森的治学与为人体现了鲜明的社会担当与时代精神。

序 言

看似寻常最奇崛，功夫深处却平夷

2013年，我在《郭维森先生纪念文集》的序中说："郭维森先生逝世以后，我们遵照其遗愿，丧事从简，也没有举行其他形式的悼念活动。郭先生为人淡泊谦逊，生前既视名利如浮云，身后也没有引起太大的关注。然而正如古语所云：'其所居亦无赫赫名，去后常见思。'尽管岁月流逝，郭先生的音容笑貌却始终活在大家的心中。"转眼又过了六年，我惊讶地发现大家对郭先生的追思并未随着岁月的流逝而消失，相反，这种追思逐渐摆脱了死生相隔的震悼悲痛而转向对其生平业绩的理性思考，从而达到新的深度。郭维森先生是教师，也是一位学者，他的生命价值更主要体现在其学术论著。王安石在悼念王令的诗中说："妙质不为平世得，微言惟有故人知。"将郭先生的论文选集《古代文学的现代意义》一书公开出版，正是其"故人"——他的同道、弟子、亲友——的心愿。付梓之前，郭先生的夫人顾学梅老师让我为此书作序。郭先生是我攻读博士学位时的业师之一，我为其遗著撰序当然义不容辞，但是自忖学问浅薄，专攻方向也与郭先生不同，故不敢对全书内容作系统的分析，只能谈谈阅读书稿的点滴心得。

郭维森先生的学术成果包括专著与论文两种形式。前者如《屈原与楚辞》、《屈原评传》、《司马迁》、《诗思与哲思》等独著，以及《中国辞赋发展史》、《古代文化知识要览》、《中国文学史话》等合著，都早已问世且多获好评。后者则散见于《文学遗产》、《南京大学学报》、《光明日报》等报

001

刊,多年未能结集。直到2010年,南京大学文学院准备为郭先生庆祝八十寿辰之际,缠绵病榻的郭先生才自选单篇论文30余篇,结成一集,题作《古代文学的现代意义》,印行后分赠友好,并未公开出版。不到一年,郭先生便与世长辞。此次顾学梅老师在郭先生的入室弟子管仁福教授等人的协助下为郭先生整理、出版《古代文学的现代意义》,在保持该书原貌的基础上增收论文12篇。《古代文学的现代意义》原是本书中一篇论文的题目,它虽然未能涵盖全书的内容,却能代表全书的精神。郭先生生前取此为论文集的书名,自有深意。早在1960年,年未而立的郭先生便在《光明日报》上发表《古代作品的社会意义缩小了吗?》一文,针对当时甚嚣尘上的"古代文学作品的社会意义日趋缩小"的议论,郭先生大声疾呼"要发扬优秀的文化传统",并指出"优秀的文学遗产必将发挥更大的作用,必将获得更大社会意义"。应该说,在"厚今薄古"成为时代思潮的20世纪60年代,郭先生的言论是不合时宜的石破天惊之论,他因此而受到有组织的批判,直到"文革"中还因此受到追究与整肃,当时一位老领导曾说郭先生"是想挽狂澜于既倒",但是郭先生始终坚持自己的观点。到了2006年,他又撰写万字长文《古代文学的现代意义》,针锋相对地严词批判"古代文化不适合现代化"、"古代文学已经陈旧落后"等谬论,并从四个方面论证古代文学的现代意义:增强爱国主义感情;浸溉平等的民主意识;唤起纯洁美好的感情;培养对大自然的热爱。重视本民族文学经典的现代意义,本是天经地义之事。当代美国的著名大学对西方文学经典就极为重视,例如哥伦比亚大学连续多年开设西方文学经典课程,描述该课程的著作《伟大的书》在全社会产生了巨大影响。又如耶鲁大学布鲁姆教授的著作《西方正典》,通过讲解西方文学经典来促使现代人更加重视西方文化传统,得到学界的高度评价。拥有三千多年优秀文学遗产的中华民族当然更应该强调对本民族优秀文化传统的继承,更应该强调对中华文学经典的阅读和学习。众所周知,中国古代文学是中华传统文化中最重要、最具活力的一个部分,它深刻而且生动地体现着中华文化的基本精神和中华民族的文化心理特征,所以其经典作品无不家喻户晓,深入人心,深刻地影响着中华民族的道德理想与审美旨趣,在陶冶情操、培育人格诸方面有着不可或缺的巨大作用。从《诗经》《楚辞》,到《红楼梦》《聊斋志异》,中国古代的文学经典无不身兼优美的文学作品与深刻的人生指南之双重身份。诸如热爱祖国、热爱和平、热爱自然、关心他人、提倡奉献、崇尚和谐、鄙视自私、追求高尚、拒绝庸俗等道德取向,都在中国文学经典中得到充分、生动的体现。毫无疑义,中国文学经典最生动、最直观地反映着中华民族的精神品格,是中华传统文化中最容易为现代人理解、接受的一种形态,是沟通现代人与传统文化的最好桥梁。上述观念如今已得到全社会的高度认同而成为常识,但是它曾经在激进思潮的冲击下被彻底抛弃,后来经历了"否定之否定"的艰难历程才恢复正常。郭维森先生的学术贡献,应该在这个历史背景下得到充分的评价。郭先生在1960年发表《古代作品的社会意义缩小了吗?》,不但体现了卓越的见识,而且表现出非凡的勇气和良知。他在2006年发表《古代文学的现代意义》,则说明他的认知已经升华为更加理性的思考。所以我认为,郭先生将论文选集题作《古代文学的现代意义》,堪称画龙点睛。

　　郭维森先生逝世后,我曾撰文纪念,文中引《论语》载子夏所云:"君子有三变,望之俨然,即之也温,听其言也厉。"无论是亲聆郭先生生前的言谈,还是阅读其学术论著,我都曾联想到子夏之言。郭先生待人接物态度温和,但当他抨击时弊时,却变得慷慨激昂、声色俱厉。郭先生的学术论著文风朴实无华,论点实事求是,更值得关注的是其中有一以贯之的精神,那就是立场坚定、态度鲜明,绝无模棱两可或趋炎附势之时弊。以郭先生用力最勤的楚辞研究为例:20世纪80年代,海外学术界掀起了一股否定屈原其人的思潮,主要是出于居心叵测的日本学者之手,国内也有人随声附和。1984年,郭先生向成都"屈原问题学术讨论会"提交了一篇题作《从屈原创作的个性化论屈原之不容否定》的论文,以令人信服的论证旗帜鲜明地肯定了屈原的真实性及其伟大意义,在学术界和社会上都取得了很大的反响。与此同时,某些爱唱高调的国内学者拘于时髦理论而否定屈原忠于楚国、反抗暴秦的行为是爱国主义,对于这种貌似新颖的谬论,郭先生于1990年撰写了《屈原爱国主义的时代特征》一文予以痛驳,指出在屈原的时代,爱国主义有着特定的内容,而屈原的爱国主义又有着独特的表现:对故国、故乡的热爱,对人民的关切,以及对祖国文化传统的热爱。郭先生指出:如果说秦始皇用武力从政治上统一了中国,那么屈原则以他的诗篇从思想上促成了中国的统一。每当我读到这些掷地有声的论述,就不由自主地想起"听其言也厉"这句话。无独有偶,曾与郭先生合著《中国辞赋发展史》的许结教授评论郭先生的学术风格时,既称道其"平实"、"中正"、"真诚",又赞扬其"奇崛"。用"奇崛"二字评价郭先生的学术,真乃探骊得珠。王安石有句云:"看似寻常最奇崛。"陆游有句云:"功夫深处却平夷。"虽然这两句诗的评说对象都是诗歌创作,但移用来评说郭维森先生的学术研究,也恰如其分,故谨缀二语作为这篇序言的标题。

受业　莫砺锋谨撰
2019年2月12日

目 录

古代文学的现代意义 　001
屈原爱国主义思想的时代特征 　015
屈原的文化精神 　026
屈原对真、善、美统一境界的追求 　033
屈原与庄周美学理想异同辨 　035
从屈原创作的个性化论屈原之不容否定 　046
屈原名字说 　060
《离骚》之"骚" 　067
《离骚》求女情节的来龙去脉 　071
《九歌·山鬼》与望夫石的传说 　081
论汉人对屈原的评价 　092
鲁迅怎样评价屈原 　101
《九辩》的性质以及《高唐》、《神女》诸赋的作者 　110
古代文学中的风骚传统 　121
常研常新,永驻辉煌
　　——我与楚辞结缘的经过与心得 　128
《左传》的思想内容与艺术方法 　135
《易传》的文学思想及其影响 　147
怎样读先秦诸子散文 　160
王延寿及其《梦赋》 　167

论曹操的诗文　　　　　　　　　　　　180
嵇康思想及其诗文的特色　　　　　　　189
陶渊明的牧歌与悲歌　　　　　　　　　205
《山居赋》及其它　　　　　　　　　　214
且去发现一个浪漫主义的杜甫　　　　　221
读杜甫《同诸公登慈恩寺塔》　　　　　234
杜甫的赋　　　　　　　　　　　　　　241
杜诗新解二则　　　　　　　　　　　　252
读《史记·五帝本纪》札记　　　　　　257
天地之性人为贵
　　——一个人文主义的命题　　　　　271
《庄子·渔父》篇发微　　　　　　　　280
《战国策》序跋中的古代文论　　　　　287
论鲁迅研究文学史的观点和方法　　　　291
国学大师胡小石　　　　　　　　　　　305

代增选目录

古代作品的社会意义缩小了吗？　　　　315
读《史记艺术美研究》（代序）　　　　318
《陶渊明集全译》前言　　　　　　　　320
《许浑研究》序　　　　　　　　　　　335
《惠栋评传》序　　　　　　　　　　　337
考证的困惑　　　　　　　　　　　　　339
《屈原评传》前言　　　　　　　　　　342
屈原研究国际研讨会发言提要
　　——2000年5月于香港　　　　　　346

《诗思与哲思——中国古代哲理诗赏析》前言　　348
《图说中国文化基础》前言　　353
理想之光
　　——读《礼记·礼运》篇　　355
不欺其志　　358

附　录

郭维森先生　　　　　　　　　　　　　　许　结　吴正岚　361
辞赋华章　典范永存
　　——郭维森先生与《中国辞赋发展史》　　　　许　结　365
心潜旧章　志发新意
　　——郭维森教授古代文学研究述略　　　　　　管仁福　374
"我们有义务保护、发扬优秀的传统文化"
　　——拜读郭维森先生《古代文学的现代意义》一文有感　管仁福　379
郭维森教授著述目录　　387

出版后记　　394

古代文学的现代意义

一九六〇年笔者曾在《光明日报》副刊《文学遗产》上发表过一篇短文《古代作品的社会意义缩小了吗?》。文章针对"缩小论"说:从某种意义上——即其接受的广泛性、理解的正确性、价值的开拓性表明,优秀古代文学的社会意义非但没有缩小,反而是扩大了。文章一发表,立即引起一片声讨。其对笔者个人的影响,一直延续到"文革"时期。历史已翻开新的一页,现在却又不时听到一些这样的议论:古代文化不适合现代化;传统只是一个空巢;古代文学已经陈旧落后,等等。这比当年"缩小"的议论,又不知"前进"了多少!但种种议论是极其错误的,我们有义务保护、发扬优秀的传统文化,尤其是作为其中精华之一的古代文学。

在文化传统中,最活跃、最具影响力的,首推文学。因为,第一,文学的接受面最广。古代诗词大都能唱,至少也能吟诵,朗朗上口,故得以传播。宋以后小说、戏曲等通俗文艺发展起来,并与绘画、音乐、评书等多种艺术形式相结合,传播之广甚至达到了家喻户晓的程度。第二,影响最深。文学形象有动人的力量,经过耳濡目染,对受众起到潜移默化的效果。某些历史观念、哲学思想往往是通过文学的载体得以被普遍接受,从而深入人心。第三,思想的多元化。文学贴近生活,它是历史的画卷,社会生活的形象的教科书。生活的复杂多样性,注定了文学的多姿多彩。它往往不受定于一尊的正统思想的拘束,广采博取,会表现出不少离经叛道的思想、观点。第四,优秀的古代文学具有很高的艺术性,很强的创造性,这是不可重复的无法替代的,因此具有永远的魅力。

由于以上这些特点,优秀的古代文学不仅在古代,即使在现代,也可以产生积极的影响。它可以给精神以营养、给思想以补充、给创作以借鉴、给审美以愉悦。事实上,通过思想的启迪、审美的感召、精神的共振,优秀的古代文学在提高思想认识、丰富精神生活,特别是在提高人的素质、培养心灵等方面,确实可以起到积极的作用。

以下试从几个方面加以阐述。

一、增强爱国主义感情

爱国主义是中华民族的优秀传统,中国历史悠久,民族众多,古往今来,无数的英雄儿女用鲜血和生命培植起来的对祖国的爱是既广阔而又深厚的,这种爱绝不能也不会被割断。在我国古代文学中,爱国主义有着动人的突出的表现。

在不同的历史条件下,爱国主义具有不同的内容和表现形式。在君昏臣乱、国家处于危险的境地时,爱国热情往往表现为不顾身家性命,犯颜直谏,为拯救危亡而斗争。我国第一位伟大诗人屈原,即以其光辉诗篇开创了先例。他忧国忧民,为拯救楚国、实现理想,不惜奉献自己的生命。以往曾有文章,从国家的性质、范围等方面,对古人(包括屈原)的爱国主义提出疑问。其实第一,我们必须承认爱国的感情出之自然。如王夫之所言是"生于性,结于情","义结于中,天地无足为有无"的,并不能全以功利论其是非。爱国之情是以乡情为基础的。人们珍爱养育了自己熟悉的山川、土地、风俗、人情,一旦离开,便有不尽的思念。所谓"国"只是扩大了的乡土。同时国家组织理应承担保护人民抵御侵略的任务,自然就成了人们关心的对象。"国家兴亡,匹夫有责",这句话其实是从先秦时期就已有的认识。第二,我们必须承认中华民族是经过千百年历史发展才形成的。各族间经过多次战争、融合、同化的过程。战争很残酷,也造成很大的破坏,但往往又提供了民族融合的契机。经过多少次的腥风血雨、柳暗花明,最后才铸成了伟大的中华民族。我们不必回避、抹杀历史过程,而应该站在今天的高度,客观公正地认识、评价历史,汲取经验教训,继承各族优秀人物的伟大精神,完成振兴中华的使命。第三,对爱国主义还必须有较为宽泛的理解。为保卫祖国抗敌牺牲的志士,是爱国主义的典型。而在平时,凡关心人民疾苦,为振兴祖国作出突出贡献的,自然也是杰出的爱国者。如忧心国事的贾谊,鞠躬尽瘁的诸葛亮,敢批逆鳞的魏征,坚持卫国原则的于谦、林则徐,呼吁社会改革的龚自珍,为变法维新而献身的谭嗣同,等等。他们留下的感动千古的诗文,都成了培养爱国思想的精神财富。

历史上,在多次民族冲突中,都有不少爱国的诗人写作了光辉动人的作品。如陆游、辛弃疾、岳飞、文天祥、元好问、陈子龙、夏完淳、顾炎武、屈大均等等,都是人们熟知的。他们或抒抗敌报国的壮志,或写国破家亡的哀痛,他们的作品都是其思想行为的真实写照,故十分真切动人。这类诗文,往往充溢着对祖国山川的热爱、留恋。热爱祖国的山川草木,原就是爱国的感情。"国破山河在",倍感亲切、凄楚,所以岳飞写下的"还我河山",才那么激动人心。

在民族矛盾错综复杂的情况下,凡能站在正义的立场上,对民族战争,或讴歌,或批评,而客观上对历史发展起了积极作用的,也是爱国主义的一种表现。比如盛唐的"边塞诗",有一些歌颂了唐朝的赫赫声威和战争胜利的,如果战争是为了抵御邻国的侵扰,谋求各族间的安定则是无可厚非的。但也有一些诗篇,则写出了在民族冲突中,各族人民经受的种种苦难,也许更有价值,如"可怜无定河边骨,犹是春闺梦里人","战士军前半死生,美人帐下犹歌舞",说到底,人民、战士是战争的受害者,他们最企望和平。李颀的《古从军行》,更以"……胡雁哀鸣夜夜飞,胡儿眼泪双双落……年年战骨埋荒外,空见蒲桃入汉家"的诗句,指出统治者的穷兵黩武造成了汉、胡人民共同的苦难。杜甫的《兵车行》更直接批评"边庭流血成海水,武皇开边意未已"。战争的目的应是"制侵陵",人民企盼着和平,不用刀兵实现安定的局面,"如何舞干戚,一使有苗平"。常建的《塞下曲》"玉帛朝回望帝乡,乌孙归去不称王。天涯静处无征战,兵气销为日月光",更很好地表达了在当时的历史条件下的良好愿望。① 这类作品证明,古代作家所认可的爱国主义,绝非对外侵略、扩张的行为。他们基本上是反战的,但对于保国、卫民的战争,抵抗侵略的战争,则给予积极的肯定。

我们应该尊重历史,尊重历史的辩证法,毋庸回避历史事实。当然我们应该站在中华民族的立场上,站在新的历史高度来重新认识、评价历史。在古代,中华各族都还处在专制剥削的统治之下,发生冲突时,当然有掠夺与被掠夺、压迫与被压迫的区别。因而保卫家园、保护人民的行动,抵抗民族压迫的行动,完全可以称之为爱国行动。同时,为繁荣发展本民族——归根结底也是繁荣发展了整个中华民族——作出贡献的杰出人物,为拯民于水火而不惜牺牲的仁人志士也都是令人敬仰的爱国者,他们的精神最后汇集为中华民族爱国主义的光荣传统,传之永久。

二、浸溉平等的民主意识

中国长期的封建社会,是严格的等级社会,所谓"上下有别"、"尊卑有序",一般说身份、门第观念极为强烈。但是在封建社会早期的先秦时期尚不如此。历史上出现过百家争鸣的阶段,涌现出一批重民的政治家、思想家。孔子提出过"仁者爱人";《孝经》提到"天地之性人为贵";孟子提出过"民为贵,社稷次之,君为轻";《吕氏春秋》则提出"天下,非一人之天下也,天下人之天下也"。道家提倡自然哲学,更是以万物平等为依归。当然,那个时代并未出现过民主的政治制度,但并不能说没有民主思想,可以说对人的重视、对生命的尊重,正是真正民主的思想根据。

先秦哲学奠定的基础,对后世有强大影响。在封建制度、封建思想的严格控制下,依然有许多杰出的思想家、文学家,通过历史的回忆、思想的继承、自身的体验,而大胆地批评当世,对封建等级制进行了有力的冲击,如司

---

① 《左传·昭二十四年》:"人亦有言曰:'鼟不恤其纬,而忧宗周之陨,为将及焉。'"刘向《列女传》卷三,载鲁"漆室女"忧"鲁君老悖,太子少愚……祸及众庶"。

马迁,在他的传记文学中,写出了历史的和当代的种种不平。他记载了陈胜、吴广的起义,又记载了陈胜的名言"王侯将相宁有种乎?"揭示了时势造英雄的史实,也批驳了"血统论"的谬误。封建时代的许多文人表现出鄙视富贵、自命清高的思想,"笑傲王侯",是他们的人格追求。他们中也有一些人因为不满与不平而归隐林下,典型的,如"不为五斗米折腰"的陶渊明。他鄙视庸俗、向往自然,思想、作风都具有平等的倾向。他并不以高蹈遁世来标榜,其所追求的只是心理的平衡。他的著名诗句:"人生归有道,衣食固其端,孰是都不营,而以求自安!"正是率真的对生活的体认。这也是使他能放下士大夫架子,拿起锄头参加农业劳动的思想原动力。在生活中,他结交的是田夫野老,"把酒话桑麻","言笑无厌时";在思想上,他颇具爱众亲仁的平等观,"此亦人子也,可善遇之","落地成兄弟,何必骨肉亲"。崇尚自然的诗人,必然承认无论富贵贫贱,人格上都是平等的。

具有平等精神的文学家,往往认为大自然对待万物就是无分彼此,没有厚薄的。杜甫在《北征》中写道:"山果多琐细,罗生杂橡栗,或红如丹砂,或黑如点漆,雨露之所濡,甘苦齐结实。"雨露均施,是甘是苦都有其存在的价值,也都呈现出欣欣向荣的景象。然而人间现实却是如此残酷:"夜深经战场,寒月照白骨",这是对生命价值的大破坏。诗人杜甫对于人间的不平、不公,往往禁不住要倾泻他正义的愤怒:"朱门酒肉臭,路有冻死骨","彤庭所分帛,本自寒女出,鞭挞其夫家,聚敛贡城阙"。他同情弱者,对于孤苦无靠的老妇,充满了同情:"不为困穷宁有此,只缘恐惧转须亲。"则又从另一侧面体现了他的人道主义的平等精神。

和杜甫同时的李白,是一位颇具豪侠之气的浪漫型人物。他的思想更为解放,更不耐封建等级制的束缚。他十分鄙视那些小人得志的权贵们,说"安能摧眉折腰事权贵,使我不得开心颜"。对于偶然接触到的劳动人民,他却表现出极为美好的感情。如《宿五松山下荀媪家》,对于农家老妇真诚简朴的招待,奉献了他由衷的感激之情。《赠汪伦》和《哭宣城善酿纪叟》这两首诗,作者都以"李白"自称,与这两位普通劳动者完全处于平等的地位,所写友情真切动人。在那样的社会里,确是非常难得。又如白居易,他写了大量同情受剥削受压迫人民的诗篇,为他们一诉冤苦。在《琵琶行》中,对一位青春已逝境遇凄凉的歌妓寄予了无限的同情,"同是天涯沦落人,相逢何必曾相识",同病相怜,诗人并未念及身份、地位。

　　随着时代的发展,在古代文学作品中,平等精神有了更丰富、更深刻的表现。在小说、戏剧中,市井小民登上了文学舞台,有许多小人物得到了赞美与肯定。在许多名著中,更塑造了一些反抗专制要求平等自由的栩栩如生的形象。写造反英雄的《水浒传》自不用说,写士林群像的《儒林外史》也塑造了一个具叛逆性的人物——杜少卿。书中写官僚高老先生对杜少卿的评价是:"混穿混吃,和尚、道士、工匠、花子,都拉着相与,却不肯相与一个正经人!不到十年内,把六七万银子弄的精光。天长县站不住,搬在南京城里,日日携着乃眷上酒馆吃酒,手里拿着一个铜盏子,就像讨饭的一般。"从这段话,可以看出活脱脱一位封建阶级的逆子,一位颇有民主平等意识的知识分子形象。《红楼梦》中的贾宝玉也有类似的特点。他的名言是:"天地间灵淑之气只钟于女子,男儿们不过是些渣滓浊物而已",这显然是对"男尊女卑"的封建观念的抗议。他在丫环、小厮、晚辈面前,没有一点威严,所以谁也不怕他,他也喜欢结交下层,并且能够尊重对方。

　　当然,古代作家受到时代的阶级的局限,不可能具有现代意义的民主意识。他们基本上是认可封建制度的,只是在社会实践中,发现了其种种弊端,产生了重重矛盾,出于正义感才写出了这些反抗封建压迫的传世杰作。许多作品的内容及形式自免不了打上时代的烙印,但其中涌动着的民主平等精神,却总归是可贵的精神财富。今天,陈旧的等级观念、权势意识依然存在,优秀的古代作品,依旧可以起到浸溉人们心田,为发展既尊重别人又自尊自重的良好社会风气,发挥其应有的作用。

三、唤起纯洁美好的感情

　　世上大多数人都希望建立一种健康的、和谐的人际关系。人们大都希望生活在互助互爱的氛围中,而不希望生活在互相倾轧、互相仇视的氛围中。但是自从人类进入了阶级社会,经常遇到的却是后者而非前者。于是人们在困境中奋争,追求真善美的理想,讴歌纯洁美好的感情,企盼着美好的世界。因此,许多优秀的文学作品便成了滋润人们心田的甘露。

在人与人的关系中,爱情自然是重要内容,而婚姻形态又与社会发展有着密不可分的关系。因此,在古代文学中,爱情、婚姻的主题便占了相当的比重。封建传统观念是鄙视、压迫女性的。平等、自由的恋爱被视为禁区。所以说,古代歌颂爱情的篇章,本身即具有反封建的意义。

恩格斯曾说:"现代意义上的爱情关系,在古代只是在官方社会以外才有。"诚然如此,《诗经》中的"闾巷歌谣"有许多描写爱情的诗篇。其中有写得十分大胆泼辣的,如《召南·野有死麕》、《鄘风·桑中》、《郑风·狡童》、《郑风·褰裳》;有写得十分活泼自由的,如《邶风·静女》、《郑风·溱洧》、《陈风·宛丘》、《陈风·东门之枌》;也有写得十分坚决专一的,如《鄘风·柏舟》、《王风·采葛》、《王风·大车》、《郑风·子衿》、《郑风·出其东门》、《郑风·野有蔓草》。这些诗篇是礼教定于一尊之前的产物,有些则产生于特定的风习。但总之,都反映了民间青年男女对于平等的、真挚的爱情的追求和对于压迫、干涉的反抗。《诗经》之后,描写那种无所顾虑、不受束缚的爱情的作品则较为少见,只是在民间文学中还有些保存。

封建专制的强化,必然表现为对人性的扼杀。因此,随着封建制度的发展,爱情主题的作品必然染上越来越重的悲剧色彩。干涉、压迫来自许多方面。即以著名的四大传说而论,孟姜女的故事,压迫直接来自封建统治者;牛郎织女的故事,强迫他们分离的是那些坚持人神不可逾越的神权维护者;梁祝故事,反映了封建礼教不允许子女有自择婚姻的权利;白蛇传则出现了宗教势力的干涉。这一类故事长期流传,而在其演变过程中,越来越多地增加了歌颂反抗的内容,越来越鲜明地表现出强烈的爱憎。由此可见其影响是多么深远。

古代的社会生活规定了古代文学的爱情篇章往往包含了压迫与反抗两方面。著名的叙事诗《焦仲卿妻》,即写出了焦仲卿、刘兰芝二人以死抗拒封建压迫的义烈行为。他们的爱情是专一的、真挚的,引起后人经久的赞美与同情。封建时代，无论是实际生活，还是文学作品中，真挚的爱情，无不处于封建礼教的巨大阴影笼罩之下。诗人陆游，爱情生活曾受挫折，他的《钗头凤》词、《沈园》诗，倾诉了不平与刻骨铭心的思念。而《红楼梦》这部以爱情为主线的小说，更将爱情悲剧置于广阔的社会背景之前，使之达到了前所未有的深度和广度。作者讴歌的是"木石前盟"，即自然的纯真的爱情；反对的是"金玉良缘"，即受金钱利害关系支配的世俗婚姻。但对美的向往敌不过世俗的干预，这就注定了主要人物的悲剧命运。

古代诗文中，很多赞美爱情的名句，如"身无彩凤双飞翼，心有灵犀一点通"，歌唱的是心心相印的挚爱而克服了距离的阻隔。又如"人生无物比多情，江水不深山不重"，"春蚕到死丝方尽，蜡炬成灰泪始干"，歌唱比山高比水深、缠绵无尽、死生以之的爱情。古代诗人如此歌颂的纯真的爱情，在当时现实生活中却难以实现，男女授受尚且不亲，何容自由相爱。于是许多作品便借助幻想来寄托爱情的理想。如《牡丹亭》借"梦而死"，"死而生"的离奇情节，歌颂了杜丽娘对自由幸福的执着追求，以及爱情的感天动地的力量。而《聊斋志异》则以狐鬼与人的真挚的爱情，来弥补人世间的缺憾，并借助超现实的力量惩恶扬善，使这些爱情故事别具光辉。

古代写爱情的作品并不回避写"性"，如《西厢记》、《牡丹亭》、《聊斋志异》、《红楼梦》等等。只是写得隐晦曲折一些，也许是考虑到美感的要求。爱情与性有密切关系，但并不能等同。中国传统文化，从来是将"情"置于"性"之上的。文学作品总是写情为主，以写性为主的只有《金瓶梅》，但那里面并无爱情。古代诗歌中较多写相思之情。"两情若是久长时，又岂在朝朝暮暮"，爱情要能经得起考验，决不会因一时的分离而消减。古诗中还有许多悼亡名篇，那种永不割舍的眷念真是感人肺腑。苏轼在其亡妻王弗逝世十年后，所填《江城子》（十年生死两茫茫）最后写道："料得年年肠断处，明月夜、短松冈。"何等凄婉。生死相隔，爱情永存。"问世间情为何物？"即使在今天，这个问题仍值得仔细思考、认真回答的。

古代以爱情为主题的文学作品，往往是一曲美好心灵的颂歌。这些作品揭示了：真挚的爱情，与虚伪的礼教、与庸俗的价值观是绝对不相容的。

今天,当一些人将爱情看得过于随便,对待婚姻,多着眼于金钱、地位的时候,古代文学中的爱情主题对于培植心灵的鲜花仍具有现实的作用。

在感情领域里,人们所希求的并不仅仅是爱情。人们还需要亲情、友情。描写亲情的文学作品在古代文学中也占相当的比重。优秀作品中表现的亲子之情是自然之情,是正常人类应有的感情。如《诗经·小雅·蓼莪》,反复强调的是父母抚育的艰辛和自己生活困苦、不能终养的哀痛。这首诗朴实无华,却深切动人,以至"晋王裒以父死非罪,每读此诗,未尝不三复流涕",他的弟子们在他面前也回避诵读这首诗。又如孟郊的《游子吟》,以"临行密密缝,意恐迟迟归"这样的细节,传达了慈母对儿子的一片深情。在散文中,也有不少描写亲情的名篇,如李密的《陈情表》,写到"臣无祖母,无以至今日;祖母无臣,无以终余年。祖孙二人,相依为命"。无尽的悲苦,无限的亲情。夏完淳的《狱中上母书》,将母子亲情与民族之痛交织在一起,更为悲壮。有一些故事、戏剧,则是表现不惜牺牲自己以救父母于危难之中的,如"缇萦救父"、"曹娥投江"、"宝莲灯"、"木连救母"等等,也都具有相当感人的力量。亲情中的兄弟之情,在《诗经·小雅·常棣》中就有描写。后世诗文或写怀念,或写悼祭,都有许多名篇,如王维的《九月九日忆山东兄弟》,写"每逢佳节倍思亲"之情;杜甫写乱离时代,对兄弟的思念:"有弟皆分散,无家问死生";白居易在元和十年乱后寄诗给分散各处的兄弟小妹,也是一首写手足情的名篇:"共看明月应垂泪,一夜乡心五处同",是对故乡的思念将他们的心紧紧地联系在一起。苏轼与苏辙都是诗人,兄弟感情特别深厚,在他们的集子中,有许多寄赠唱和之作。苏轼还写过《嘲子由》、《戏子由》,可见兄弟二人之亲切真纯。苏轼最有名的《水调歌头》(明月几时有)也是"兼怀子由"之作,"但愿人长久,千里共婵娟",还有什么更好的兄弟祝愿呢?写追思兄弟的悼祭文章,也可举出许多名篇。陶渊明的《祭程氏妹文》、《祭从弟敬远文》,韩愈的《祭十二郎文》,袁枚的《祭妹文》都写得情真意切。这些文章都以十分动人的细节来表达难忘的亲情和哀思,饱含天人永隔之痛。

在中国传统文化中,友情一向受到高度的重视。《吕氏春秋·本味》篇所载伯牙鼓琴、钟子期善听的"高山流水"的优美故事,歌颂的是志同道合、知音知己的友情。《史记·管晏列传》记管仲屡遭挫折,而鲍叔牙则始终信任他,并予以支持,以至管仲感叹:"生我者父母,知我者鲍子也。"这里歌颂的是相知以心、肝胆相照的友情。《庄子》中,惠施是庄子辩论的对手,但惠施死后,庄子讲了"匠石运斤"的故事,深感失去对手的悲哀。同一层次的学术诤友,是提高、完善并全面发挥自己的学术观点所不可缺少的,庄周与惠施的这一种友情具有深刻的含义。

古代用来衡量友情的尺度是"信"与"义"。作为道德信条的"信"与"义",不同时代、不同阶级当然有不同的内容规定,而在生活实践中却往往只是表现为符合逻辑的忠实于友情的行为。经过文学加工,这种行为更具有感人的力量。讲"守信"的,如刘向《新序》所载延陵季子挂剑于徐君墓上的故事,其守默许之信,真可谓"不欺其志"了。又如范晔《后汉书》载:张劭死后,托梦给好友范式。葬时,棺不能移,直待范式赶来引棺前行,方得落葬。记叙虽涉神怪,实质则是表现朋友间心灵相通,互相信赖。这一故事衍变成话本小说"范张鸡黍"①,更加突出了守信这一主题。

至于"义",则有着比较复杂的内容。一般来说,"义"意味着互助精神,在朋友遭受危难时,能够挺身而出予以救助。如《世说新语·德行》篇,记载荀巨伯在兵荒马乱、空城逃亡的情况下,固守在病友身边,并告闯进来的胡兵,愿代友死。这行为感动了胡兵,挽救了病友的生命。又如《聊斋志异·娇娜》,歌颂了孔生与狐友一家纯洁美好的友情。孔生以自己的生命掩护了狐友全家,使之免遭劫难,而娇娜则愿弃几百年道行以救活孔生。这种同生死共患难的友情,正是作者理想之寄托。

古代诗人有不少是互为知心朋友的,他们的事迹流传下来成了文坛佳话。如李白、杜甫交谊深厚,杜甫写过好几首怀念李白的诗,尤其在李白被判长流夜郎后,他写的《梦李白》、《天末怀李白》等诗,更为深切动人。"孰云网恢恢,将老身反累",杜甫深知李白无辜,对他的遭遇极为不平。"三夜频

---

① 《清平山堂话本·死生交范张鸡黍》述范式因不及赴张劭重阳之约,乃自杀,以魂魄前往,张劭得知此情即赶至范家,引其下葬,旋亦自杀。

梦君,情亲见君意",则表现了诗人对远赴瘴疠之地的好友的担心,以致梦魂萦绕难以排遣。两位诗人的友情堪称人间典范。又如柳宗元与刘禹锡,"永贞革新"失败后,同日被贬,十年后召回,不久再度被贬,刘被贬播州(当时最荒僻),柳被贬柳州。柳因顾及刘母年老不能去播州,乃上书要求互相调换。因此刘才被改授连州。真是患难见真情。白居易、元稹也是一对文坛知己,白居易《别元九后咏所怀》称:"相知岂在多?但问同不同。同心一人去,坐觉长安空。"他们二人有共同的文学主张、共同的创作倾向,是知己也是战友。又如清初词人顾贞观以词代信,写了两首《金缕曲》寄给流放在宁古塔的好友吴汉槎。这两首词当时就深深地打动了著名词人纳兰容若,慨然承担了救援之责。诗人们的这种友情,正如庄子所言,是在不公的世道中,"相呴以湿,相濡以沫",而在这些友谊的悲歌中,也就袒露了人间美好的心灵。

朋友之义的另一层含义,是指友谊的坚定性和忘我精神。这在著名古典小说《三国演义》《水浒传》中,表现特别明显。二书中标榜的"义气",有相当的局限性。但书中的结义弟兄毕竟有着共同的目标。《三国演义》是"匡扶汉室,共灭奸邪"。《水浒传》则是"杀富济贫,替天行道"。不过"义气"强调得太过分,则不免带来负面影响。后世,在低层社会中不论原则是非,只讲江湖义气,就很不可取了。

亲情、友情应是人生中不可缺少的。但现在社会中,由于种种原因,却呈现出淡薄化的趋势。人不是机器,也不是孤立的存在,源自天性的亲情、互信互爱的友情是应该珍视的,知道感恩,能被感动,才是一个完整的心灵。优秀的古代文学是能给人们很多启发的。

四、培养对大自然的热爱

山水之美有助于心灵美的培养,这是古人早有的认识。刘勰《文心雕龙》曾说"登山则情满于山,观海则意溢于海",秀丽、雄奇的自然风物,可以陶冶人们的情操,唤起人们的审美意识,培养人们求美的情趣。自然美与文艺创作又有着密切的关系。孙绰说:"此子神情都不关山水,而能作文?"刘勰也提出:"若乃山林皋壤,实文思之奥府……然屈平所以能洞监风骚之情者,抑亦江山之助乎?"苏辙则认为,太史公"周览四海名山大川,……故其文疏荡,颇有奇气",这些都说明自然美可给人们以丰富的精神营养,给文思以很大的助力。

　　古代文学中,描写自然、赞美自然的诗文大量存在。自然风物,无论是常见的或不常见的,到了诗人的笔下便具有极高的审美价值,这是因为诗人能够准确地把握美之所在,并用全身心去感受它、表现它。例如一山一水、一丘一壑本极普通,然而一旦被摄入六朝人的山水小品中,摄入柳宗元的《永州八记》中,摄入苏轼等的记游文章中,便让人们感到无与伦比的美,感到一种精神的升华。当你于夜深人静,徘徊于庭院中时,你便会想起苏轼的《记承天寺夜游》,在那夜的静谧的院落中,有月光,有树枝的倒影。你的心灵在月光中、在婆娑的树影中自由地泛泳。于是,你感到内外空明,与自然溶成了一体。当你来到一望无边的大草原,你自然会想起那首著名的北朝民歌:"敕勒川,阴山下。天似穹庐,笼盖四野。天苍苍,野茫茫,风吹草低见牛羊。"何等的开阔,何等的壮美,你恨不得扑向草原的怀抱,伴着牛羊群驰骋。当你面对着浩渺的大海时,你自然会想到曹操的《观沧海》。他歌颂了大海的雄浑气魄,歌颂了海岛上蓬勃的生机。大海像是日月运行的起点和终点,也像是灿烂星河的诞生之地。这样的诗篇,必然使人的胸襟开阔,精神为之一振。

　　古代描写自然的文学,有一个显著的特点,那就是不单纯写景,而往往结合着抒情,以作者的主观感受,赋予自然景物以活跃的生命。比如《诗经》中的名句:"昔我往矣,杨柳依依,今我来思,雨雪霏霏",王夫之评为"以乐景写哀,以哀景写乐,一倍增其哀乐"。景物起了反衬作用,极简略的景物描写中,却饱含着深沉的感情。范仲淹的名篇《岳阳楼记》,有两大段对比的写景文字,写风雨交加及春和景明两种景象,引起人们不同的悲喜之情,并由此引发了作者"先天下之忧而忧,后天下之乐而乐"的人生感想。梁代丘迟作《与陈伯之书》,说以大义,晓以利害,动员陈伯之从北魏反正来归。其中写景名句:"暮春三月,江南草长,杂花生树,群莺乱飞",抓住最具特色、最具普遍性的景物，展现了使人心醉的江南春色，是足以引起人们的故国之情和乡关之思的。

古代文学中的写景文字，之所以特具动人的力量，即在于自然的人化和人的自然化，二者相得益彰，培养了人们对大自然的热爱。今天，我们强调人与自然和谐相处，重视生态平衡，环境保护。强调培养人们关爱自然，欣赏自然的优良素质。这方面，优秀的古代文学积累了大量的精神财富。

古代文学中的精品，作为古代作家卓越的精神、智慧的结晶，甚至还是一些伟大作家以生命为代价写下的血泪之作，经过历史的选择，才流传到今天。这些是民族文化、民族精神的重要传承，中国人之所以为中国人，与这种传承有着密切的关系。我们是没有丝毫的理由予以轻视、贬低的。

时间的久远，环境的变化，我们对古代人的了解，当然会有所隔阂。但毕竟相通是主要的。尤其是文学作品，传达的是心声，是思想感情，古今并无太大的差别。外国古代的优秀作品，我们通过译作，也能够理解。莎士比亚、托尔斯泰照样能使我们感动。伟大的作品常读常新，具有永恒的品质。

文学作品对于社会或者个人的作用，都是潜移默化的。许多人都有这样的经验。童年时是从祖母、外祖母教唱的儿歌所讲的故事中，开始认识世界，懂得人生的基本道理。这往往就是一颗颗真、善、美的种子。一种人生观、价值观的形成都不是一朝一夕的。对于现在世上流行的暴力、色情、荒诞种种的"文学艺术作品"，我们决不能掉以轻心。最好的办法是创作出更多的能够提高人们素质，有利人类自身发展的优秀作品，起到优胜劣汰的效果。这类作品的产生也离不开对古代作品的继承与创新。

总之，我们提倡精神文明，主张在科学技术突飞猛进、经济高速发展的同时，不能忘掉人类自身的提高，不能忘掉思想文化的建设。在这方面，优秀的文学遗产是可以发挥重要作用的。

参考文献

[1] 见《光明日报》之《文学遗产》308期，1960年4月10日，署名加林。

[2] 《诗广传》卷一·《鄘风》六。

[3]《德意志意识形态》[M].

[4]《晋书》卷八十八,《孝友列传·王裒传》[M].

[5]《庄子·杂篇·徐无鬼》[M].

[6]《后汉书》卷一百一十一,《独行传·范式传》[M].

[7]《世说新语·赏誉第八》[M].

[8]《文心雕龙·物色》[M].

[9]《上枢密韩太尉书》[M].

[10] 王夫之《姜斋诗话(卷一)》[M].

[《阜阳师范学院学报(社会科学版)》2006年第4期]

屈原爱国主义思想的时代特征

屈原有没有爱国主义思想,如今成了一个颇有争议的问题。历代著述评价屈原,大都肯定他忠君爱国的思想。汉代司马迁《屈原贾生列传》就为这种评价定下了基调,他说屈原"虽放流,眷顾楚国,系心怀王,不忘欲返,冀幸君之一悟,俗之一改也。其存君兴国而欲反复之,一篇之中,三致志焉"。其后班固虽对屈原不无微词,但也肯定他"痛君不明,信用群小,国将危亡,忠诚之情怀不能已,故作《离骚》"(《离骚赞序》)。王逸在《楚辞章句叙》中,以为屈原属于"危言以存国,杀身以成仁"之列,是"膺忠贞之质,体清洁之性,直若砥矢,言若丹青。进不隐其谋,退不顾其命,此诚绝世之行,俊彦之英也"。在他们之后,历代评屈注屈者,观点亦大都类此。尤其每当民族危机深重,或国破家亡之时,以注屈为思想的寄托者,往往更突出此种观点。现代的许多著名学者基本上继承了这一传统的观点,只是在忠君爱国的内容及其意义、价值方面,进行了新的具有时代特点的理论探讨与剖析。因此,屈原具有爱国思想似已成为不可动摇的定论。

但近几年来却有一些文章提出了不同的看法。主要是认为屈原的时代不可能产生爱国主义。其理由是:(一)列国纷争,各诸侯国的性质不过是地方割据政权,爱它不能称之为爱"国"。(二)当时的历史潮流是实现全中国的统一。屈原为楚而联齐抗秦,阻碍了统一的潮流,这是狭隘的宗族意识,称不上爱国主义。(三)《春秋》时"楚材晋用"已成风气,战国时各国人才交流,士人周游列国的情况更为普遍,屈原宁死不肯去楚,实为宗法保守思想,谈不上爱国主义。对于以上种种否定屈原爱国主义的观点,曾有一些文章进行过批评,但分歧依然存在。

近年来还有一种论调,认为研究文学而讲爱国主义是庸俗社会学,也是炒冷饭,没有什么意义。甚至还有人认为爱国主义是过时的观念,不合时代潮流,不应再提。这样一来,屈原究竟是不是爱国主义者就成了疑案,使一部分屈原爱好者也颇感困惑。

我认为,这个问题关系到对屈原的基本评价以及对他给予后世的积极影响的确认,是不容回避的。我们坚信,屈原的作品基本上是政治抒情诗,虽然形式奇幻,但一刻也没有脱离楚国的现实,他的诗篇是他怨愤心情的表白、忧国感情的迸发。在那个时代,并没有后来社会分工造成的现代意义上的"文学家",屈原写诗并不是自觉地进行文学创作,只是心有所感、意有所愤,为了言其志抒其情,为了宣传自己的主张、倾诉自己的不平。这正是历来研究者认为屈原是爱国诗人的主要依据,是符合屈原作品的实际的。今天也实在没有必要另外塑造出一个纯属文学的、脱离了现实基础,陷入创作的"迷狂"状态的那样一个屈原。

为了进一步辨析屈原的爱国思想,本文所要讨论的是,屈原的爱国思想不是偶然的、突发的,也不是一种例外,而是有其时代背景,并且体现了时代特征的。

屈原的爱国思想是既有继承又有发展,既有其时代的共同性,又有它独特的内涵。春秋时代,诸侯争霸,争战频繁。其时爱国事例并不少见。《诗·卫风·载驰》,四家诗说均以为许穆夫人闵卫之亡而作,可以无疑。诗篇中忧国之念救国之忱粲然可见。鲁僖公三十三年郑国商人弦高假君命以犒秦师,延滞并中止了秦人的进攻。齐鲁长勺之战,平民曹刿以为"肉食者鄙,未能远谋",便挺身而出,救国于危亡。如果说,在许穆夫人的事例中,敌我双方民族不同,她本人又是贵族身份,因而还不足以说明爱国观念的普遍性,那么,后两个事例则说明,即使矛盾发生在诸侯国之间,在平民身上,卫国意识和爱国观念也是相当普遍的。

当时,中原地区早已形成了"中国"这一观念。① 在宗法制影响下,各诸

---

① 《左传·成公七年》:"季文子曰:'中国不振旅,蛮夷入伐,而莫之或恤。'"《礼记·中庸》:"是以声名洋溢乎中国,施及蛮貊。"都是以"中国"与蛮夷对称。

侯国来往密切,并且名义上也都承认周王朝的共主地位。但这却不妨碍各诸侯国作为相对独立的国家存在。这些国家也都具有保卫土地和人民的职能。鲁哀公十一年,齐、鲁战于郎。鲁国公叔禺人与童子汪踦赴敌而死。孔子称赞汪"能执干戈,以卫社稷"①。"社稷"是国家的代称,可见当时人承认诸侯国亦为正式的国家,保卫它是一种必要的爱国行动。又《说苑·立节》载:"楚伐陈,陈西门燔,因使其降民修之,孔子过之,不轼。"可见对投降了敌人的修城的人,孔子是鄙视的。相反,《左传·成公九年》载:晋侯见到南冠而系的楚囚钟仪,"问其族,对曰,伶人也。……使与之琴,操南音"。钟仪因而受到范文子的称赞:"言称先职,不背本也;乐操土风,不忘旧也",并誉之为君子。可见在许多人的心目中,不忘故国是一种高尚的情操。

战国时代,兼并激烈,全中国趋向于统一。地域性的爱国思想可能有所减弱。但也有不少事例足以证明这种思想的依然存在。如《史记·田单列传》载,燕将乐毅攻入齐,以屠盖邑相要挟,迫令齐贤人王歜为其将。王歜不从,因而自杀。王歜的爱国行为激励了齐国逃亡的大夫们,因而共谋恢复齐国。又如《史记·平原君列传》载,邯郸围急,传舍吏子李谈劝说平原君破家守城,自己则与敢死之士三千人赴秦军,李谈战死,秦军亦败退三十里。又如《史记·廉颇蔺相如列传》载,蔺相如对廉颇一再退让,自言其原因说:"强秦之所以不敢加兵于赵者,徒以吾两人在也。今两虎共斗,其势不俱生,吾所以为此者,以先国家之急而后私仇也。"这几句掷地作金石声的话语,正是一种爱国精神的表现。又如《韩非子·存韩》篇载,韩非使秦,说秦王存韩而攻赵。李斯则认为"秦之有韩,若人之有腹心之病也",并以为韩非作谋,是"以韩利窥陛下"。由此可见韩非的说辞含有为其宗国的一番苦心。以上事例可以证明,战国时代虽然总的目标趋向是统一,但在发展过程中,爱其本国还是一些志士仁人的行为准则。

既然战国时代趋向于统一,为什么史籍又记载着许多卫国的事例并且给以颂扬呢?原因并不复杂,孟子即说过:"争地以战,杀人盈野,争城以战,

---

① 《礼记·檀弓下》。

杀人盈城。"①当时的战争相当残酷,长平一战,秦即坑赵之降卒四十万。我们不能设想封建诸侯的军队是别国老百姓的解放者,老百姓会箪食壶浆以迎王师。尤其秦国实行耕战政策,奖励军功,各国普遍谴责它是"上首功之国",也就是特别具有野蛮性,各国的抵抗也就是理所当然的。平民为什么关心国之存亡?历史上曾有过记载。《左传·昭公二十四年》载游吉引述"人亦有言"云:"嫠不恤其纬,而忧宗周之陨,为将及焉。"这已说明一位靠纺织为生的寡妇也知道国家破灭,灾祸亦将延及自己。刘向《列女传》记载的一则故事更为生动:鲁漆室邑之女,过时未适人,当穆公时,倚柱悲啸。邻人妇谓其欲嫁,女答以忧鲁君老、太子幼。邻妇曰:"此乃鲁大夫之忧,妇人何与焉?"女曰:"今鲁君老悖,太子少愚,愚伪日起。夫鲁国有患者,君臣父子皆被其辱,祸及众庶,妇人独安所避乎?"三年之后,鲁果乱,齐楚攻之,鲁连有寇,男子战斗,妇人转输。战争中"百姓不聊生,族类离散,流亡为臣妾"②是常有的现象。因此,对于敌国入侵,人民往往"涕泣相哀,戮力同忧"③。

鲁国的这位民女可谓深明大义,她早就懂得"天下兴亡,匹夫(妇)有责"的道理。其时鲁国已成为附庸小国,但因之兴衰与民之安危大有关系,其民尚不愿其衰亡,何况本来就具有统一天下资格的楚国,其臣民如何能置其兴亡于不顾呢?国之衰亡意味着人民的生命财产任强敌宰割,人们珍视的一切将受到破坏蹂躏。秦军攻入楚国,楚人曾不断进行反抗,如:《史记·秦本纪》载:秦昭王三十一年"楚人反我江南"。《史记·楚世家》载:顷襄王二十三年"襄王乃收东地兵得十余万,复西取秦所拔我江旁十五邑以为郡,距秦"。《韩非子·初见秦》载:"……复与荆人为和,令荆人得收亡国,聚散民,立社稷主,置宗庙,令率天下西面以与秦为难。"《史记·秦始皇本纪》载:始皇二十四年,楚将项燕谋复楚,失败自杀。《史记·项羽本纪》:"楚南公曰:楚虽三户,亡秦必楚。"

---

① 《孟子·离娄上》。
② 《战国策·秦策》。
③ 《战国策·中山策》。

这些事例都说明，楚人是不甘心楚国灭亡的。后来也还是楚人以"张楚"为号召，推翻了秦王朝的暴虐统治。原本由于楚王的昏庸，政治的混乱（其他王国也一样），使得民心涣散，军无斗志，以致抵挡不住秦国的进攻，然而秦人的占领又激起人民的反抗。历史就是这样以其复杂的面貌呈现在我们面前。如果根据历史的结局去曲解历史的进程，只因为最终由秦国完成了统一，便认为各国的抵抗都属徒劳，都是阻碍统一、违背历史潮流的，那将十分错误。持这种观点，势必要将那些主张投降的人，谋取一己私利而削弱本国力量的人说成是得风气之先、顺应历史潮流的人，这岂不荒唐？不按照历史的辩证发展去认识历史，实具有很大的局限性。

春秋战国时代存在着爱国观念，也产生过许多感人的爱国事迹。然而，历史记载也让我们看到不少互相矛盾的事例，仿佛当时人们并不以国家为念。这是需要加以探讨、辨析的。

早在春秋时代，就有"楚材晋用"的说法。① 各国卿大夫到他国担任要职的累见不鲜，而且也并未因此受到多少非议。此外像孔、墨等学术之士，游说诸侯推行其主张，用之则行，似也不以宗国为念。至战国时代，养士之风大盛，客卿制度更为普遍，出现了一批朝秦暮楚的策士，也出现了一批危害本国的客卿，史册记载中，对此也未多加谴责。

这就造成了一种错觉，似乎当时人们已接受了这种现实，不再保有爱国思想了。正缘于此，在一些论到屈原爱国的著述中，便不免将其视为特例。或云其"同姓无可去之义"，或云"其人格远超流俗"，或强调楚国与中原各国族属有别。这种种说法虽不无道理，但也不甚确切。当时各诸侯国同姓贵族去国的大有人在。《离骚》中灵氛、巫咸之劝说，作者思想之矛盾，都说明屈原也并不因与楚同姓而不能去国。至于屈原的人格，固有其特别光辉的一面，但就其爱国思想来说，如前所述，也并非当时特有的现象。讲到楚国的族属问题，确与中原不同，但也不足以证明楚人必然爱国。楚臣蔡声子分析"楚材晋用"的原因说："今楚多淫刑，其大夫逃死于四方，而为之谋主，以

---

① 《左传·襄公二十六年》。

害楚国。"接着就举出一批这样的事例。① 可见在楚国昏暗的情况下,楚人也不一定都爱国。这种情况的典型则是发生在蔡声子分析之后的伍子胥事件。

伍子胥全家忠而被害,仅他九死一生只身逃离楚国,后来为吴王将,引吴兵入楚,掘平王墓,鞭其尸,报了家仇。伍子胥对于楚国无疑是"不忠"了。与之相反,申包胥痛哭秦廷,借兵复国,则表现了爱国的正义。但是后来伍子胥长期居留吴国,创出一番事业,最后却因强谏吴王而死,成了吴国著名的忠臣。战国时流传着伍子胥的多种传说,已将他视为忠君爱国的典型。屈原《九章》中多次提到伍子胥,即根源于这种普遍的看法。②

不过,对伍子胥的评价确实是充满矛盾的,这恐怕是那个特定的时代才会有的情形。战国是社会剧烈变动的时代,社会意识呈现出复杂的面貌。人们的价值取向、是非判断往往具有多重因素。分歧的观点必然导致不同的结论。对于伍子胥,时人同情他惨苦的遭遇,痛恨暴虐无道的楚平王。当时复仇被看作正义的行为,因此对伍子胥历尽艰辛得报家仇未免赞赏。这样,他不忠于楚国这一点便被淡化了。而另一方面,对于他为了吴国的利益不惜一死,时人又从爱国的角度给以称颂。本来,各国人员的交流是早已存在的事实,伍子胥虽非吴地出生,但作为吴国重臣,身系吴国安危,他效忠吴国似也合情合理。

变革时代,价值观念的多样性,造成了对同一人物的评价标准的错综矛盾的情形。③ 春秋战国时代,既有以身许国的志士仁人,也有以追逐名利为人生目的的利己主义者;既有积极用世,知其不可为而为之的圣徒,也有否定一切、高蹈遁世的隐者。人们各行其是,并以各种学说为其行为辩护,力图证明其合理性。思想如此分歧,行为当然也就没有统一的规范,历史的评

---

① 《左传·襄公二十六年》。
② 《九章》中提到伍子胥的有:《涉江》:"伍子逢殃兮,比干菹醢。"《惜往日》:"吴信谗而弗味兮,子胥死而后忧。"《悲回风》:"浮江淮而入海兮,从子胥而自适。"
③ 《公羊传·定公四年》载伍子胥事云:吴王欲为之报仇,子胥曰:"事君犹事父,……臣不为也。"后来因楚侵蔡,吴为救蔡方与楚战。《谷梁传》内容相同,可见此事有不同的记载和解释。

判也只能视其客观上所起的作用而定了。在七雄纷争、处士横议的时代,活跃在政治舞台上的多是反复无常的策士,因而造成了爱国主义已经过时的假象。其实,如前所举例,在许多志士身上,爱国思想依然闪耀着光辉。

屈原生活在战国时代,在他的作品中反映了多种不同的人生态度以及关于人生价值的争论。在这个背景下,他充分地表达了九死无悔的爱国激情。体现时代特点,他的爱国思想主要表现为以下几个方面:

第一,屈原的爱国思想表现为对故国、故乡的热爱。这本来是一种较为普遍的感情。孟子说:"孔子之去齐,接淅而行,去鲁,曰:'迟迟吾行也,去父母国之道也。'"(《万章下》)孔子的这句话,与其说是行为的规范,毋宁说是感情的抒发。《庄子·则阳》中也有一大段关于旧国旧都的描写:"旧国旧都,望之畅然;虽使丘陵草木之缗,入之者十九,犹之畅然。况见见闻闻者也,以十仞之台县(悬)众间者也!"庄子在这里是将"旧国旧都"取作"本性"的比喻的。然而这一番形容,却也绝妙地形容了爱国怀乡之情。他说:"即使旧都已大半没入丘陵草木之中,看到它,心里仍觉舒畅。"这确是深刻的体会。①《九章·哀郢》中说:"望长楸而太息兮,涕淫淫其若霰。过夏首而西浮兮,顾龙门而不见。"则从悲剧意义上抒发了这种感情。《哀郢》中还曾写道:"鸟飞返故乡兮,狐死必首丘。"这种流传久远的比况,固然说明我们民族有较强的乡土意识,但我们决不能将这种意识简单地斥为狭隘的农业经济的产物。人们对从幼小时即熟悉并赖以生存的一切产生依恋情绪,本是极自然的。人到老年,希望叶落归根,回到生身的父母之邦,也是极自然的。这种感情,中外古今大体相似,只是我国由于传统文化的影响,显得特别强烈而已。这和安土重迁、足不出乡里的狭隘保守观念是两回事。

对于故都故乡的怀念,本来就有较强的抒情意味,而在屈原笔下,这种抒情性发挥到了极致。在楚国危殆的背景下,《抽思》写了诗人在汉北遥念郢都、欲归不得的种种心绪。《哀郢》写了诗人被迫离开郢都时,无限惆怅悲

---

① 《庄子·徐无鬼》云:"子不闻夫越之流人乎,去国数日,见其所知而喜,去国旬月,见其所尝见于国中者喜。及期年,见似人者(按《集解》'似乡里人也')而喜矣。"也形容了这种感情。

伤的情怀。《离骚》则写了面对昏暗的政治现实,在一再打击下,诗人"弃置而复依恋,无不可忍而又不忍,欲去还留,难留而亦不易去。即身离故都而去矣,一息尚存,此心安放?"①那样一份对祖国的爱心。屈原的爱国是与忧虑楚国前途分不开的。"郢都"、"旧乡"、"高丘"都代指着楚国。他希望实行美政、振兴楚国。而对楚国君昏臣暗的局面感到无比忧愤。

第二,屈原的爱国思想表现为对人民的关切。屈原在《离骚》中写道:"长太息以掩涕兮,哀民生之多艰。"尽管此处"民"字不单指与统治阶级相区别的人民,但多数群众至少是包容在内的。屈原指责"众皆竞进以贪婪兮,凭不厌乎求索"。腐败贵族搜刮的主要对象无疑是广大的人民,屈原斥责这种行为,无疑意味着对人民的同情。众所周知,从春秋以来,思想界早就提出了进步的重民思想。后来孟子提出过民贵君轻的说法,赵威后见齐使也先问岁、问民,最后问君。可知比较明智的思想家或统治者,都能认识到"君者,舟也,庶人者,水也。水则载舟,水则覆舟"②这样一个简单的道理。屈原作为一个主张打击腐败、实行美政的政治家,当然不会不懂得这个道理。这在他的诗篇中也多处有所反映。所以我们说屈原关切、同情人民,决非故意拔高屈原,而是有着时代思潮和其作品本身的根据。《离骚》中曾郑重提出"皇天无私阿兮,览民德焉错辅",这是君主政治下非常积极的思想。《吕氏春秋·孟春纪·贵公》篇:"天下非一人之天下也,天下之天下也。"高诱注:"《书》曰:'皇天无亲,惟德是辅',故曰:'天下之天下也。'"这就说明了"皇天无亲"两句话的至公的含义。那个时代当然没有进步到提倡民主政治,但也不像汉以后君权定于一尊的封建专制时代。我们必须对战国时代思想意识准确地把握,才能深入一层地认识屈原的爱国主义。

屈原在重民思想之外,又有较强的忠君思想,这是他在诗篇中一再表露的。许多研究者在肯定这一事实的同时,往往指出:第一,他忠君与爱国一致。在当时,楚王即楚国的代表;第二,屈原不是愚忠。他对楚王有激烈的

---

① 钱钟书《管锥编》第二册。
② 《荀子·王制》引"传曰"。

批评,并表示了不肯苟同的态度。这两点看法当然是对的。但我认为如果将屈原的忠君思想问题置于时代意识的背景之下,则可给以更为全面的解释、说明。

先秦的一些思想家认为,建立国家、设立君主是社会发展到一定阶段的结果。为了巩固群体,制止争斗,便需要建立秩序、加强管理,因而国是应有的组织,君是必设的职位。① 荀子说:"国者,天下之大器也,重任也。"(《王霸》)又说:"故治国有道,人主有职。"(同上)《吕氏春秋·恃君览》也说:"置君,非以阿君也;置天子,非以阿天子也;置官长,非以阿官长也。"君有君的职守,如不能履行职守,那么就"废其非君,而立其行君道者"(同上)。臣下也可以像汤武那样行权险之平:"夺然后义,杀然后仁,上下易位然后贞,功参天地,泽被生民。"(《荀子·臣道》)春秋时史墨说"社稷无常奉,君臣无常位"(《左传·昭公三十二年》),就已对历史的经验教训有了深刻的认识。战国时代,"天下共主"事实上已不复存在,这种认识更为普遍、深入。童书业说:"后世忠君之观念,盖萌芽于墨家而大成于韩非,此尚非春秋、战国之间人所及知也。"(《春秋左传研究》)韩非奠定了三纲的思想基础,直到董仲舒讲"君权神授",讲"善皆归于君,恶皆归于臣"(《顺命》),三纲五常思想才真正确立起来。屈原的时代远没有汉以后那样的忠君观念,所以他才可能尖锐地批评楚王,而且在他忠君的表达中特别突出了爱国的内涵。他对于楚王朝令夕改、不顾楚国安危的行为极为不满,这是汉以后的正统学者们难以接受的。他们批评屈原"责数怀王","显暴君过"。清人冯班并批评其影响:"以是为教,必有臣诬其君、子讼其父者,温柔敦厚其衰矣!"②这些批评正好从反面证明了屈原代表了他那个时代的进步思想,以诗歌的形式唱出了时代的最强音,并且产生了久远的震动。至于说屈原不是愚忠,也可从时代思想找到说明。晏子早就说过:"君民者岂以陵民,社稷是主;臣君者岂为其口实,社稷是养,故君为社稷死则死之,为社稷亡则亡之。若为己死而为己亡,

---

① 参见《礼记·礼运》、《韩非子·五蠹》、《庄子·盗跖》、《吕氏春秋·恃君览》。
② 《陆敕先玄要斋稿序》。

非其私昵,谁敢任之?"①孟子也说过:"以顺为正者,妾妇之道也。"(《孟子·滕文公下》)当时忠君既不同后世,屈原更无后世的愚忠观念。他操守高洁,独立不迁,体解未变,九死无悔。他不肯变节从俗,不肯随波逐流,当然不属愚忠之类。

然而在其作品中,屈原对楚怀王确也有一种"剪不断,理还乱"的感情。从屈原的经历看,他得到过怀王的信任并能有所作为,只是后来群小进谗,怀王才改变了态度。富于情感的诗人陷入矛盾痛苦之中。他长期对怀王抱着一线希望,"其存君兴国,而欲反覆之,一篇之中,三致志焉"(《史记·屈原列传》)。而现实又总让他的希望破灭。他的诗篇中的忠君之语,一再地表现了这种痛苦。本来,对待昏暗之主,可以有多种选择。《荀子·臣道》便提供了四种选择:"君有过谋过事,将危国家殒社稷之惧也,大臣父兄,有能进言于君,用则可,不用则去,谓之谏;有能进言于君,用则可,不用则死,谓之争;有能比知同力,率群臣百吏而相与强君矫君,君虽不安,不能不听,遂以解国之大患,除国之大害,成于尊君安国,谓之辅;有能抗君之命,窃君之重,反君之事,以安国之危,除君之辱,功伐足以成国之大利,谓之拂。故谏争辅拂之人,社稷之臣也。"这四种做法都有历史实例可寻。然而在楚廷之上,屈原处境十分孤立,兰芷不芳,荃蕙化而为茅,支持他的人几乎没有。楚之大臣竞进贪婪,兴心嫉妒成为风气。屈原找不到志同道合者。被疏以后,职微权轻,更无号召力,所以他不可能为辅为拂,而只能成为谏争之臣。谏而不从,本可离去,但他对故都、故乡爱得深沉,决不忍离开楚国。诗人的爱心不同于政治家冷静的思考,他不能对哪种做法更有利、更能实现自己的目标作出理智的选择,最后只能是"不用则死",将生命奉献给自己挚爱的祖国。

第三,屈原的爱国主义表现为热爱祖国的文化传统,并推进其发展。屈原创作楚辞,充分体现了楚文化浪漫奇幻的特点,同时又大量吸收了中原文化的精华,从而为南北文化的融合树立了典范。这对我国文化的发展起了十分重要的作用。

---

① 《左传·襄公二十五年》《晏子春秋·内篇杂上》略同。

追溯历史,楚民族本与中原民族有较大差别,春秋时还常被看作蛮夷。《左传·成公四年》载鲁国季文子说:"史佚之《志》有之,曰'非我族类,其心必异'。楚虽大,非吾族也。"楚人问鼎中原或攻伐别国,也常自称蛮夷,族别意识还是很强的。在历史发展中,经过长期的交往、融合,特别是文化的交流,这种民族敌对意识才渐次消灭。战国时代,"横则秦帝,纵则楚王",普遍承认楚也有统一华夏的资格,但旧观念也还残存,如战国前期,孟子还曾以尊夏轻夷的传统观念支持他对楚国学者许行的批评。(《滕文公上》)孟子表扬北学于中国的陈良,以为楚国学术文化必不如北方,这实在是一种偏见。在屈原之后,人们决不可能再贬低楚国文化了。他将楚文化的精神表现得那么优美,而且在长期交流的基础上与中原文化进一步融合起来,这样就彻底泯灭了夷夏的界限,为统一的汉代文化奠定了基础。

可以这么说,秦始皇用武力从政治上统一了中国,而屈原则早已以他的诗篇,从思想上统一了另一个中国。秦始皇焚书坑儒,基本上采取愚民政策,而屈原则在其先就以其优美的作品,唤起人们的良知,鼓励人们的求索精神,开辟着民主性思想的道路。

屈原是一位杰出的爱国诗人,在他生活的时代,他的爱国主义有着时代规定的内容。结合诗人的经历、素养、个性,其爱国主义又有着独特的表现。充分认识这一点,各时代的读者便能从其作品中吸取丰富的营养,取得很好的借鉴。

(《楚辞研究》,文津出版社,1992年)

屈原的文化精神

屈原是我国第一位伟大的诗人。他的出现,在文化史上有什么重要的意义呢?我认为,第一,是为将文学与学术相区别奠下了一块基石。先秦时代没有明确的文学观念,诗歌早已存在,但多数是无主名的短篇歌唱,少数有主名的或较长的诗篇,文学的影响也较有限。由于当时对诗歌断章取义的引用和从政治思想角度的诠释,更冲淡以至破坏了对于诗的美学欣赏,诗美得不到提倡。然而屈原的作品却多少避免了这种厄运。楚辞文章之美为世瞩目,衍变而为汉赋,人们更为重视文学的特点。汉代称辞赋为文章,便有这样的含义。

其实,这种分化实导源于屈原。第一,宋玉、唐、景之流已"祖屈原之从容辞令",后发展为闳衍博丽之辞自有其必然。第二,屈原的诗篇提高了社会审美意识和扩大了人们的情感领域。先秦的政治思想家对社会人生的认识,主要是实践的、理性的,在他们的笔下美与善是不可分的,往往是以道德的评价代替了美学的评价。屈原则有所不同,他并没有明确地区别美与善,但他用"善鸟香草以配忠贞,恶禽臭物以比谗佞……"[①],虽则引类譬喻以善、美同类,但喻体与本体之间毕竟有所区别。诗篇中美人香草固然象征着美好的事物,但"虽信美而无礼"、"羌无实而容长"又明显地将美与善离而为二,对后世文学也有莫大的启发借鉴作用。第三,诗人在其诗篇中恨其所恨、爱其所爱,表现了非常强烈的爱憎感情,这是先秦史传文、诸子文中不可

---

① 洪兴祖:《楚辞补注》;王逸:《离骚经章句第一》,中华书局,1983。

能出现的。诗篇中表达的屈原的感情体验,引起后世长久的共鸣,"哀怨起骚人"[1],竟成为一种文学传统,对后代的文学发展有着极大的影响。屈原的出现,在我国文化发展史上是具有重要意义的。作为诗人,在文学、美学方面具有开创性,影响巨大。与此密切相关,他的光辉诗篇中所包含的文化精神,也在我国思想史上留下了光辉的一页,对于塑造我们的民族精神起了相当重要的作用。以下分别从理想精神、奉献精神、求索精神、斗争精神等四个方面,对屈原文化精神作一番初步的考察。

一

屈原在《离骚》、《九章》中,都曾提出过自己的政治理想。就屈原的思想实质来说,与诸子中某些学派的主张是大同小异的。在《离骚》中诗人还曾将历史的经验教训,概括为义与善的原则[2],所谓"瞻前而顾后兮,相观民之计极,夫孰非义而可用兮,孰非善而可服"。作为诗人政治思想的重要内容,我们对于"义"、"善"的含义有作一番考察的必要。"义"的解释是合宜、合适。作为道德范畴,所谓合宜当然是对社会而言的。《淮南子·缪称》云:"义者,比于人心而合于众适者也",便说明了"义"具有的社会性质。义作为合宜,在具体事例中便有多种多样的说解,但我们注意到先秦诸子中,一般是仁义并提的,如:"仁,人心也;义,人路也。"(《孟子·告子上》)"绝仁弃义。"(《老子》)

从上所引,可见"仁"主要指思想品质,"义"则强调实践性。义是指合理的合乎道德的行为。另一方面,在诸子书中"义"与"利"常常对立。如:"王何必曰利,亦有仁义而已矣。"(《孟子·梁惠王上》)

从屈原所引用的历史故事,可以得知他认为作为准则的"义"当是一种

---

[1] 李白:《古风五十九首之一》(《四部丛刊》影明本《分类补注李太白诗》卷二)。
[2] 《左传·昭公十二年》:"……事不善,不得其极。"极字即作准则、原则解。(世界书局影印阮刻《十三经注疏》)

仁德的行为,被认为符合国家、人民利益的。关于"善"的解释,《周易·乾卦·文言》曰:"元者,善之长也,……君子体仁足以长人……"元是首的意思,引申为首领,首领必须具备善——也就是仁的品格。

据以上所引关于"善"、"义"的解释,可知屈原所述"善"、"义"的准则亦即仁义的准则,犹之《怀沙》中所强调的"重仁袭义兮,谨厚以为丰",实并无更多的含义。此外,屈原在《离骚》中还曾提到过"礼",认为"礼"是应该遵循的。他一则说:"虽信美而无礼兮,来违弃而改求",再则说:"心犹豫而狐疑兮,欲自适而不可。"想象追求神话传说中的美好贤妃,不可谓不大胆,却又守礼仪不敢直接前往,这是颇为特别的。然而在这里我们正可以看到时代的影响和南北文化的结合。"取妻如之何?匪媒不得。"①《诗经》中已这样歌唱,战国时代,礼仪更成为人们交往的规范,得到普遍遵守。所以屈原即使在幻想中也依然将礼仪作为阻隔的一项原因。

二

屈原的奉献精神表现为,不顾个人的利害得失"眷顾楚国系心怀王",始终不渝。《庄子·天下》篇评价墨子说:"墨子真天下之好也,将求之不得也,虽枯槁不舍也,才士也夫!"这段话移用来评价屈原也是恰当的。屈原也像墨子那样"劳身苦志以振世之急",是很有自我牺牲精神的。先秦儒家虽然也讲过"无求生以害仁,有杀身以成仁"②,但另一方面又在保全自我方面设计了一整套办法。关于明哲保身的言论就有许多。如:"用之则行,舍之则藏。"(《论语·述而》)"邦有道,则知;邦无道,则愚。"(《论语·公冶长》)。

这一套明哲保身的思想与屈原是格格不入的。虽然《离骚》中也曾提到"远逝以自疏","退将复修吾初服",但诗人爱国的热情和强烈的爱憎,使他终于摒弃了明哲保身的道路。女媭、渔父的劝告都强调了混乱的世道,"世

---

① 《诗·齐风·南山》,《诗·豳风·伐柯》(朱熹《诗集传》中华书局 1958)。
② 《论语·卫灵公》(《诸子集成》第一册《论语正义》中华书局 1954 年 1 版)。

并举而好朋"、"举世皆浊",个人既无力对抗,不如采取混世态度以保全自己。然而屈原却走上了相反的路。他坚持自己的理想。以一种"苏世独立,横而不流"的气概,坚持自己的操守,经受各种打击也决不动摇,宁可为理想奉献生命。

最能表现屈原奉献精神的是《国殇》。在屈原笔下,将士们"出不入兮往不反,平原忽兮路超远",真正是一往无前,视死如归。他们"带长剑兮挟秦弓,首身离兮心不惩",战死了也不放下武器,他们的心是不会改变的。这和《离骚》所写"虽体解吾犹未变兮,岂余心之可惩"精神完全一致,是奉献精神的最好写照。

三

"路漫漫其修远兮,吾将上下而求索",这震撼千古的名句,集中反映了屈原的求索精神。屈原有这样一些具体的描写。

第一,问卜。《卜居》中写了向太卜郑詹尹问卜,这当属可能之事,然其所卜问的问题却是自己应该如何自处。而这种问题是不可能通过占卜得到答案的。卜筮本是人们缺乏自信,因信命运前定而希望预知吉凶的迷信活动。其所卜问之事都很具体,如《史记·龟策列传》所记载。像屈原这样问及人生观,问及人生价值,那是不可能卜的。所以这只是一种假托。《离骚》问灵氛、巫咸固是假托,问詹尹同样是以假托来求索。

第二,求女。《离骚》中在"哀高丘之无女"之后,接连写了三次求女。一是求宓妃,二是求有娥之佚女简狄,三是求有虞之二姚。追求这些神话中的女子有无寓意以及是何寓意,异议甚多,只就其表层意义来看,媒绝路阻,三次求女均告失败。然而一而二、二而三,失败了再追求,最后仍然说:"和调度以自娱兮,聊浮游而求女。"一方面表现出诗人锲而不舍的求索精神,一方面也在控诉蔽美嫉贤的浑浊之世,表白自己生不逢时的悲哀。总之诗人取美女、神女以为喻,执著地对于美、善的追求,是一种可贵的求索精神。

第三,问天。关于《天问》的文学评价有截然相反的两种意见。一种意见认为:"原作的奇妙是中国文学作品中绝无仅有的。一口气提出一百七十多个问题……而问得那样参差历落,圆转活脱,一点也不重复,这真表示了屈原的大本领。"①另一种意见则认为:"持较《卜居》,则《天问》之问情韵枯燥;持较《问》篇,则《天问》之问词致呆板:均相形而见绌。"②但我们通读《天问》,总感到其中有一种不平之气在回荡,"衷怀疑而辞见"③,作者不是冷静地发问,实在是满含激情,由不平而不解而要问他个究竟。对于不少问题,诗人是可以或者已经给出答案的。所以《天问》之问,也和《卜居》的词句一样,多半也是愤怒不平的表露,含有强烈的批判精神。诗篇中由于愤怒而怀疑一切,同时也反映了诗人对真理的追求。

四

屈原的斗争精神在当时也是比较突出的。当时一般奉行的原则是"用则可,不用则去",当时的游说之士都注意说辞的委婉巧妙,那是因为要当心"无婴人主之逆鳞"④。然而屈原却不然,他正道直行,用他所坚持的标准来衡量,早就提出过"抚壮而弃秽兮,何不改乎此度"的忠告,这就婴了逆鳞,"不量凿而正枘"的结果是遭到排斥。屈原直接批评楚王的话很多。如:

> 怨灵修之浩荡兮,终不察夫民心。/荃不察余之中情兮,反信谗而齌怒。/余既不难夫离别兮,伤灵修之数化。/闺中既以邃远兮,哲王又不悟。(以上《离骚》)/……/卒没身而绝名兮,惜壅君之不昭。君无度而弗察兮,使芳草为薮幽。/弗省察而按实兮,听谗人之虚辞。/谅聪不明而蔽壅兮,使谗谀而日得。/不毕辞而赴渊兮,惜壅君之不识。(以上《九章》)

---

① 郭沫若:《屈原研究》,人民文学出版社,1954。
② 钱钟书:《管锥编》第二册,中华书局,1979年1版。
③ 鲁迅:《坟·人之历史》,青光书局发行,1930年4月3版。
④ 《韩非子·说难》(《诸子集成》第五册《韩非子集解》,中华书局1954年版)。

就以上所摘归纳起来,楚王的形象大致可见,那就是:无所用心,不分是非,信谗好怒,多变难信,骄傲自是,易受蒙蔽,听信虚辞,装聋作哑……由此可见班固等人批评屈原"责数怀王"、"显暴君过"是确有所据的。屈原对于楚王尚且无所顾忌,更不用说对楚国的一般佞臣,那就批评得更尖锐了,"怨恶椒兰"确实是随处可见。屈原的激烈批评,引起后世不少的议论,有认为他不合中庸之道,不懂明哲保身的;有认为他写诗违背了"温柔敦厚"的诗教的;也有认为他不讲策略不善斗争的。然而屈原就是屈原,他有高尚的品质、坚强的自信、诗人的激情。

屈原之死也是他斗争精神的表现。在屈原的时代,为着某一种信念,为了表明信守诺言不欺其志而自杀的,史不绝书。今举几则典型事例如下。

　　《史记·田单传》载:乐毅入齐,闻盖邑人王歜贤,以屠盖邑相要挟,令王歜为其将,王歜自杀。
　　《史记·信陵君列传》载:信陵君窃符救赵,夷门监者侯嬴不克相从,自杀以明志。

春秋战国时代一些人大有"死或轻如鸿毛"、"舍身取义"、"生死置之度外"的气概。这种风习直到西汉时代还有影响,如一些将军、大臣因义不受辱而自杀的比比皆是,到了后代就少见了。因为不明那时的情形,许多评论家对屈原的自杀每感困惑,爱之者甚至否认屈原是自杀而死,恶之者则对其自杀大张挞伐。其实,屈原最后的作品《怀沙》中已写得很明白:

　　世溷浊莫吾知,人心不可谓兮。知死不可让,愿勿爱兮。明告君子,吾将以为类兮。

分明是一位殉道者的自白。他坚持自己高洁的品质,抗议楚国政治的浑浊,在楚国日益危殆而自己又无能为力的情势下,他的自杀也还是一种斗争形式。

屈原的文化精神对后世有很大影响。屈原是一位伟大的爱国者，因此在民族灾难深重、面临国破家亡的局面时，屈原的爱国精神、斗争精神使许多人产生了共鸣。历代注骚者，很多都是借屈原的酒杯浇自己的块垒；许多诗人也用骚体形式抒发自己的愤懑不平或寄托亡国的哀痛；许多画家、音乐家也以屈原及其作品为题材，创作出表现这种精神的动人作品。屈原的求索精神在传统文化中影响不小。而在近现代更产生了巨大的影响，忧国之士，眼见老大帝国的沉沦，面对国破家亡的危急关头，积极探寻新的救国之路。总之，屈原的文化精神是中华民族精神的体现，在堪称中国的脊梁的志士仁人身上有着深刻的影响，在我们民族的奋斗史册上也闪烁着熠熠的光辉。

（《中华文化与艺术》2003年第1期）

屈原对真、善、美统一境界的追求

屈原对于美的要求是绝对的,他追求的是完美。如司马迁所述:"其志洁,故其称物芳,其行廉,故死而不容自疏。"诗人以美人香草为象征,时时企盼着最美好、最芳洁的事物。在《离骚》开始的段落,他就高唱出"纷吾既有此内美兮,又重之以修能",对自己的要求是内美、外美的一致。他批评说:"余以兰为可恃兮,羌无实而容长";"保厥美以骄傲兮,日康娱以淫游"。徒然具有外表的美是不行的,最重要的还是内美。诗人追求"纯粹","昔三后之纯粹兮,固众芳之所在",古时三王,有纯而粹的道德,众芳(众多贤才)自然就汇聚到了他们的周围。"纯粹"成了他最高的理想。

与此相一致,他要求自己品质的精纯:"信姱以练要",始终保持自己的高洁,"芳与泽其杂糅兮,唯昭质其犹未亏"。在个人品质上,他规定的美的标准有"昭质"、"耿介"、"姱节",也就是光明磊落、正道直行、坚持操守,这就是人们常常肯定的屈原的人格美。在屈原的作品中,他编织神话传说,构成一个个光明美丽的境界。他寄意于对古代美女的不倦的追求,其中也蕴含着对美的向往和企盼。

屈原强调美的完整性,故要求真、善、美的统一。可以说屈原一生都在对真理的求索之中,《天问》中追问神话、历史中的许多问题,以探寻事物的真实解释。《离骚》等作中,对进谗造谣小人的揭露,追究事实真相,也突出了求真的愿望。

"真"并不局限于现实存在,屈原作品中神话、幻想的内容比比皆是,"真"主要是情真意真,以真心写出真文。顾炎武曾说:"汨罗之宗臣,言之重,辞之复,心烦意乱,而其辞不能以次者,真也。"许多评论家也都指出屈原作品其心悲、其情真的特点。为了表达真实情感,他可以造境,写出梦,写出幻想,却不碍其为真实。

在屈原作品中善与恶、美与丑是尖锐对立的。他说:"孰非义而可用兮,孰非善而可服?"在屈原的观念中,美与善应该是一致的,外美与内美应该是统一的。所以真、善、美才是屈原一心追求的目标。对于美和纯粹的追求,应是人类完善自身、发展自身的动力,是具有理想化的浪漫精神的表现。

(《光明日报》2002 年 5 月 14 日)

屈原与庄周美学理想异同辨

屈原与庄周可说是同时代的人。庄周略早于屈原,他们的作品都充满对生活哲理的探求,都具有奇幻的色彩,是有不少相近似之处的。但是唐代之前,庄周主要被看作是哲学家,所以在许多批评、理论文章中,只见屈宋并提,而没有庄屈并提,萧统《文选序》说"老、庄之作,管、孟之流,盖以立意为宗,不以能文为本",所以《文选》摒而不录。这代表了唐以前的主要看法。首先将《庄子》当作文学来议论的是唐代令狐德棻,他在《周书·王褒庾信传论》中说:"漆园黍谷,名法兵农,宏放之词雾集。虽雅诰奥义,或未尽善,考其所长,盖贤达之源流也。"中唐以后,自称"非三代两汉之书不敢观"的韩愈,便将庄子与成功的文学家同等相量了,如说周之末世,"庄周以其荒唐之辞鸣。楚,大国也,其亡也,以屈原鸣。"①又说:"下逮《庄》、《骚》,《太史》所录,子云、相如,同工异曲。"②与之同时,柳宗元在其文章中,也往往《庄》、《骚》并称。如说:"参之《庄》、《老》,以肆其端……参之《离骚》,以致其幽。"③从文学角度去认识庄子,庄屈并称就是十分自然的了。刘熙载说:"文如云龙雾豹,出没隐见,变化无方,此《庄》、《骚》、《太史》所同。"④准确地提示了三部名著的共同点。

屈原与庄周,对后世都有重大的影响。龚自珍评论李白说:"庄屈实二,

---

① 韩愈《送孟东野序》。
② 韩愈《进学解》。
③ 柳宗元《答韦中立论师道书》。
④ 刘熙载《艺概·文概》。

不可以并,并之以为心,自白始。"①他自称其诗心,也说:"名理孕异梦,秀句镌春心。庄骚两灵鬼,盘踞肝肠深。古来不可兼,方寸我何任?"②龚自珍看出"庄屈实二",是很有眼力的,但他认为李白与他自己都兼有庄屈的特点。庄、屈可以同时被一位诗人继承,这实际上反映了继承者复杂的心态。明末清初钱澄之曾著《庄屈合诂》。《四库提要》评论此书说:"盖澄之丁明末造,发愤著书,以《离骚》寓其幽忧,而以《庄子》寓其解脱,不欲明言,托于翼经焉耳。"③一以寓幽忧,一以寓解脱,虽称"合诂",其间自有区别,作用也很不一样。龚自珍称李白和他自己并庄屈以为心,大体上也是这种意思,屈原提供了幽愤不平,而庄子则主要提供了思想上的遁逃薮。

庄周和屈原面对着同样的时代矛盾,却采取了不同的对待方法,在作品中便表现为美学理想的分歧。近年来,不少过度肯定庄子的文章,主要是就其所处的时代作出解释。清末王先谦在《庄子集解序》中已说庄子是愤浊世、嫉时而为过激之词。如单从文学角度讲,这话并非没有道理,但是从思想体系讲,这说法就成问题了。我们比较一下同时代的屈原,便发现,愤世嫉俗的屈原在思想的重要方面与庄子是分道扬镳的。两位作者在作品中也不时表现出观点的对立。这是不能用"此亦一是非,彼亦一是非"来加以混淆的。因此,我认为屈原与庄周美学理想的异同还是值得探讨的课题。

一、纯粹之美

屈原认为纯粹的事物才是美的。他写道:"昔三后之纯粹兮,固众芳之所在。"按《汉书·地理志》颜师古注:"纯,精好也。"《说文解字》:"粹,不杂也。"可知"纯粹"的意思就是精美无杂质,也就是完美的意思。追求纯粹是屈原诗篇的总精神。如他写:"苟余情其信姱以练要兮,长顑颔亦何伤。"练

---

① 龚自珍《最录李白集》。中华书局《龚自珍全集》第三辑。
② 龚自珍《自春徂秋,偶有所触,拉杂书之,漫不诠次,得十五首》。中华书局《龚自珍全集》第九辑。
③ 《四库全书总目》卷一三四子部杂家类存目十一。按,合编庄屈者还有:清方人杰《庄骚读本》,清高秋月、曹同春亦将庄骚合刻而为《楚辞约注》。

要,意同精要,也接近纯粹的意思。"纷吾既有此内美兮,又重之以脩能",则对自己提出内美与外美高度统一,以实现完美的要求。

基于这一理想,诗人处处以香草美人为喻。正如《史记·屈原贾生列传》所述:"其志洁,故其称物芳,其行廉,故死而不容自疏。"他时时都期望着最美好,最芳洁。他以兰、芷为服,琼玉为佩;他以花瓣为食,露珠为饮。他以"精色内白"、"纷缊宜修"的橘树为楷模,取"非梧桐不止,非楝实不食,非醴泉不饮"的凤凰以自比。诗人为追求"纯粹"的美,不断砥砺:"朝搴阰之木兰兮,夕揽洲之宿莽";不断求索:"吾令羲和弭节兮,望崦嵫而勿迫。路曼曼其修远兮,吾将上下而求索。"诗人最后也是为使其"皓皓之白"不蒙世俗之尘埃,而投入汨罗江中,自始至终地贯彻了"纯粹"的理想。

先秦的思想家中,稍后于屈原的荀卿也提出了"纯粹"的理想。他在《劝学》篇中说:"君子知夫不全不粹之不足以为美也,故诵数(说)以贯之,思索以通之,为其人以处之,除其害者以持养之。"经过学习、思索、实践(陶冶),剔除杂质,最后便能做到:"权利不能倾也,群众不能移也,天下不能荡也,生乎由是,死乎由是,夫是之谓德操。"荀子所称"全粹"主要指道德品质,与屈原所称有一致处。《劝学篇》最后还说:"天见其明,地见其光(广),君子贵其全也。"也与屈原"秉德无私,参天地兮"的意思相近。但是荀卿所说的全粹,是指礼制规范的道德,而屈原所说的"纯粹"则具有更广泛的内涵,更多地表现为对"完美"的追求,在中国美学史上具有比荀子远为重要的意义。

在《庄子》一书中,"纯粹"一词也多次出现。《齐物论》中说:"众人役役,圣人愚芚,参万岁而一成纯。万物尽然,而以是相蕴。"庄子批评众人的忙忙碌碌,而主张圣人的守玄抱一——表现为愚钝无知。他认为圣人参糅了千万年的变化,才得到纯粹不变的"一"。万事万物也都是由这个"一"所蕴积起来的。在《刻意》篇中说道:"纯粹而不杂,静一而不变"是养神之道。又说:"纯素之道,唯神是守。守而勿失,与神为一。……故素也者,谓其无所与杂也。纯也者,谓其不亏其神也。能体纯素,谓之真人","(圣人)其神纯粹"。由于纯粹与朴素有一致的属性,《庄子》又强调朴素的美,《天道》篇中说:"朴素而天下莫能与之争美。"郭象注说:"夫美配天者,唯朴素也。"①这些话的意思是:未加人工的自然之道是朴素的,也是纯粹的,因此顺应自然也就实现了纯粹、完美的要求。表面上看,庄子也在追求纯粹、完美。在《逍遥游》中,他认为飞上九万里的大鹏还不够理想,那超然于举世的毁誉之上的宋荣子、那御风而行的列子,也都不够理想。他要追求的是最完美的境界、最纯粹的形态,那就是不要任何依靠、不受任何限制的绝对自由。说起来这是颇为诱人的,但事实上并不存在不受任何制约的事物。于是他便幻想出一个"无待"的"至人",这样的人,外貌是"肌肤若冰雪,绰约若处子",是很美的,而在精神上则做到了"无己",在观念上消失了自我,与宇宙万物合而为一,这样就得到了大自在、大逍遥。他就能"大浸稽天而不溺,大旱金石流、土山焦而不热"。以忘记自我存在为前提的绝对自由,不过是一个五光十色的肥皂泡。所以同样是对完美、极致的追求,同样是用着幻想的形式来反映,在屈原那里是有实际内容的、是积极的,而在庄周那里则完全是虚幻的,是消极的。

在现实生活中,绝对纯粹、完美的事物是没有的。如果外形的美与内心的美相比较,屈原更重视内心的美。他写宓妃"虽信美而无礼兮,来违弃而改求",又写:"余以兰为可恃兮,羌无实而容长。"衡量人主要观其内心。庄周当然也看到内外不一致是经常存在的,他似乎也强调内心的重要,但由于他把美、丑看成完全是相对的,而且是主观的观念,因此便在强调内美的同时混淆了美、丑的界限。为说明主观精神的重要,他塑造了一系列形体残缺的形象。如被处刑断足的王骀、申徒嘉、叔山无趾,相貌奇丑别人看见都惊怕的哀骀它,以及拐脚、伛背、无唇的人,短颈、脖子上生了个大瘤的人。庄子强调这些丑人、残疾人,其内心的"德"却非常充实,丑的外形却是德充的征验。郭沫若解释《德充符》篇名说:"他的意思是说绝对的精神超越乎相对的形体,所谓德'有所长而形有所忘'。得道之谓德,道德充实之征,使恶化

---

① 见明世德堂刊《南华真经》。四部丛刊本。

为美,缺化为全,这便是所谓'德充(之)符'。"①我认为这一解释是正确的,庄子笔下的丑人并不是像《巴黎圣母院》中所写的敲钟人以及我国传统戏曲中的钟馗那样,以外形丑烘托灵魂美,并将自然丑转化为艺术美。诚然庄子也用浪漫主义的夸张、虚构将丑写得十分突出,然而那"德充"的心灵却是虚无主义的,并算不上是美的。他写残缺的形象主要并不是为了烘托内美,实际上他是以一种欣赏的态度来描写"残缺美"。在《大宗师》中,他假借孔子的话给畸人下了个定义:"畸人者,畸于人而侔于天。故曰:天之小人,人之君子;人之君子,天之小人也。"所以子舆患病,变成"曲偻发背,上有五管,颐隐于齐(脐),肩高于顶,句赘指天,阴阳之气有沴。"这样一副十分丑陋的模样,但是子舆却发出了赞叹:"伟哉!夫造物者,将以予为此拘拘也。"他何尝认为是丑陋呢? 庄子的观点,美与丑都是绝对地相对的,从"道"的观点来看,美与丑并无区别。他在《齐物论》中说:"毛嫱丽姬,人之所美也,鱼见之深入,鸟见之高飞,麋鹿见之决骤:四者孰知天下之正色哉?"他在这里失去了立足点,作不同类的比较,混淆了美丑的界限。文章中又说"故为是举莛与楹、厉与西施,恢诡憰怪,道通为一",丑陋的麻风病患者与美女西施,道通而为一了,美丑还有什么差别呢?

庄子写了那么多"德充"的残缺之人,固然也反映了当时社会的残暴,但如果说庄子是同情这些受害者,为他们鸣不平,则是不对的。真是那样的话,他便应该充分地表现这些受害者的内美,以唤起人们对受害者的同情和对压迫者的愤恨。而他所谓内在的德是"德者成和之脩也",就是忘记现实(包括自身),一切归之于自然。如哀骀它,貌极丑恶,也无才能,他从未发表过自己的见解而总是应和别人,他也没有好处给别人。但就是这样一个人,却吸引了许多崇拜者、爱慕者,"丈夫与之处者,思而不能去也;妇人见之,请于父母曰:与为人妻,'宁为夫子妾'者,十数而未止也"。所以如此,就在于他不违背自然,随遇而安,这样的人就是"全德之人"。庄子写残缺人的主要目的,并不在于揭露现实,更不是要激起不平与抗议。他的根本目的是阐述

---

① 郭沫若《十批判书·庄子的批判》。

他的虚无哲学、厌世思想。"物视其所一,而不见其所丧,视丧其足犹遗土也。"万物为一,形骸是算不得一回事的。申徒嘉对自己被刖足的态度是:"自状其过,以不当亡者众,不状其过,以不当存者寡。知不可奈何,而安之若命,唯有德者能之。"表扬这样的"德",还能说是同情受迫害者吗?这样的"德"与完美也就相去十分遥远了。

二、崇高之美

和古代世界上许多伟大的思想家一样,屈原也向往崇高,并认为崇高是一种美。在屈原笔下,崇高首先表现为宏伟的气魄和超人的力量。如《九歌》中形容诸神的诗句:"览冀州兮有余,横四海兮焉穷","令沅湘兮无波,使江水兮安流","望涔阳兮极浦,横大江兮扬灵","广开兮天门,纷吾乘兮玄云,令飘风兮先驱,使冻雨兮洒尘","乘龙兮辚辚,高驰兮冲天","青云衣兮白霓裳,举长矢兮射天狼","登昆仑兮四望,心飞扬兮浩荡"。这样一些句子,表现了"对象中显出一种巨大的力量",自然会使人感到崇高之美。在整部《九歌》中,崇高的形象和柔美的形象纷然并陈,庄严的礼赞与曲折的抒情交替出现。它是一部由阳刚之美与阴柔之美结构成的交响曲。这便是《九歌》千古不朽的魅力之所在。

在屈原诗篇中,崇高更重要的是表现为道德品质的力量。诗人充满了高尚品德的自信,认为自己的行为是符合正义的,因此便具有宏伟的气魄。他可以麾蛟龙、诏西皇、令五帝、命咎繇,他"禀德无私,参天地兮",故而能够"与天地兮同寿,与日月兮同光"。他赞美"耿介无私",赞美"终刚强兮不可凌"的国殇,赞美"苏世独立,横而不流"的桔树。他表现出"虽九死其犹未悔","虽体解吾犹未变"的坚毅顽强的精神;他表现出"鸷鸟之不群兮,自前世而固然;何方圜之能周兮,夫孰异道而相安"的不妥协的斗争精神,也表现出"路曼曼其修远兮,吾将上下而求索",为探求真、善、美而奋进不止的精神。这些内容构成了屈原的人格美,在他的抒情作品中我们看到的是一位崇高的美的形象。

庄子书中也不乏崇高的形象,如著名的鲲鹏的形象,"鹏之背不知其几千里也",是如此的庞大;"鹏之徙于南冥也,水击三千里,抟扶摇而上者九万里",又是如此的有力。谁不惊叹其气魄之宏伟呢!"秋水时至,百川灌河,泾流之大,两涘渚崖之间,不辨牛马……"也是极为壮阔的景象。而所塑造的"至人",则是"大泽焚而不能热,河汉冱而不能寒,疾雷破山,风振海而不能惊。若然者,乘云气,骑日月,而游乎四海之外,死生无变于己,而况利害之端乎?"具有超人的力量、征服宇宙的气概。这些又何尝不令人神往呢!庄子极善运用对比的方法,鹏与斥鴳,东海之鳖与坎井之蛙,鹓鶵与鸱,崇高与渺小形成了强烈的对比。种种生动的形象——包括许多崇高的形象,构成了《庄子》的艺术魅力。但就庄子总的思想倾向看,他却是从总体上破坏了崇高的美,鲲鹏虽大,也还有待,并不能获得绝对自由;它抟扶摇羊角而上者九万里,但斥鴳腾跃数仞,也是"飞之至也"。郭象注云:"各以得性为至,自尽为极也。"读者从形象所感受到的崇高与渺小的强烈对比,在庄子那里只是说明"小大之辨"的一个例证,而其结论则是"各适其适"。他想象中塑造的"至人"、"神人"的形象,与屈原作品中"驾青虬,骖白螭,登昆仑,食玉英"的形容也极为相似,但是屈原那样写是向往于一个与混浊现实相对立的美好世界,而庄子那样写则是为了宣扬追求精神上的绝对自由而摒弃世上的一切。庄子和屈原同样生活在变革剧烈的战国时代,在他们的作品中都曾反映了当时的矛盾、斗争。但是屈原思想的轨迹是:斗争——失败——再斗争——再失败——精神的升华;而庄子的思想轨迹则是:不平——失望——更不平——更失望——逃避虚无。在对比的形象中,屈原始终坚持美与丑、善与恶的尖锐对立,而庄子则以其"天地与我并生,而万物与我为一"的唯心主义的哲学观模糊了界限,他把善、恶、美、丑的斗争都看成无所谓的事,这样从整体上就不能唤起人们的崇高的美感。

在阶级对立的社会里,崇高往往和悲剧紧密相连的。屈原的生活道路和诗篇都是具有悲剧性的。其悲剧精神建立在善恶是非的尖锐冲突之上。诗人迭遭挫折,但仍然冲破重重阻挠,在复杂尖锐的斗争中坚持自己光辉的品格,最后以生命实践自己的誓言,完成了一个崇高的悲剧形象。庄子则不具有悲剧精神。他也反映了时代的不平,甚至还尖刻地嘲讽了某些世态人情,可是他又时时用诡辩混淆是非善恶,用混世的态度来对待不合理的世界。他一会儿要做一只曳尾于涂中的龟,一会儿要做一棵不成材的树,对于现实矛盾采取逃避态度。美国戏剧理论家格莱巴涅说:"悲剧决不可能在怀疑主义或愤世嫉俗的空气中开花。"他又说:"正确和错误的概念可以说是悲剧的基础。"①而庄子正是以怀疑的眼光来看待世上一切的,他混淆了正确与错误的质的区别,因此他缺少悲剧精神,丧失了对崇高事物的信念与追求。

三、和谐之美

在古代人的观念中,"和"是十分重要的。史伯所谓"和实生物,同则不继"②。古人早已认识到事物是对立的统一。如果只有一面,就无从发展,单调的一种是构不成丰富多彩的大千世界的:"声一无听,色一无文,味一无果,物一不讲"③,事物存在着种种分歧、矛盾,最理想的是和谐地发展,是对立的统一。不仅古代东方的哲人如此主张,西方的哲人也是同样的看法。毕达哥拉斯学派把和谐看成不协调的东西的协调一致④。赫拉克利特则认为对立面的统一就是和谐⑤。我国先秦儒家标举"中和"为美,也不仅指平和一义,而是包含和谐、适度、平衡等等。作为一种美学理想本亦无可厚非。

屈原的美学理想中也包含有中和思想。《离骚》中说:"屈心而抑志兮,忍尤而攘诟","进不入以离尤兮,退将复修吾初服","依前圣以节中兮,喟凭心而历兹","和调度以自娱兮,聊浮游而求女","抑志而弭节兮,神高驰之邈邈"。从这些诗句中,我们看到屈原未始不希望心情的和谐、心理的平衡。

---

① 转引自陈瘦竹、沈蔚德著《论悲剧与喜剧》。
② 《国语·郑语》。
③ 《国语·郑语》。
④ 波里克勒特《论法规》。"毕达哥拉斯学派说,音乐是对立因素和谐的统一,把杂多导致统一,把不协调导致协调。"——转引自朱光潜《西方美学史》。
⑤ 赫拉克利特说:"差异的东西相会合,从不同的因素产生最美的和谐,一切都起于斗争"——转引同上。

可是现实的矛盾、斗争却撞击、破坏和谐与平衡。斗争是激烈的,"鲧婞直以亡身兮,终然殀乎羽之野","不量凿而正枘兮,固前脩以菹醢",这不仅是历史的教训,而且是现实的危机。理想与现实反复碰撞,诗人的中和思想被突破了,在其诗篇中虽有芳菲凄恻之音,但也多怨愤之词、不平之鸣。以至后世文人从卫道立场出发,每批评屈原"露才扬己"、"贬洁狂狷",对其突破"中和"极为不满。由此看来,和谐为美的思想,在屈原诗篇中是有发展变化的,基本是作为无法实现的理想而存在的。

突破了中和思想,诗人抗世嫉俗的感情激昂起来,他强调"不合"、"不群",歌颂"独立不迁",歌颂"苏世独立"。诗人并不是欣赏孤独,也并不认为"孤高自赏"是一种美。他只是在"众皆竞进以贪婪"、"各兴心而嫉妒"的涸浊世风中,强调要保持清醒的头脑和独立的人格。这样的孤独,这样的脱俗拔尘,反映了诗人突破中和为美的理想。

庄子也有和谐为美的思想。《人间世》中说"形莫若就,心莫若和",照郭象的解释:"形不乖迕,和而不同。"就是说表面上尽可迁就,内心则力求保持独立见解。《德充符》中也说要"游心乎德之和",即指心灵不失中和。这篇文章还说到怎样才能保持中和,其中假托孔子的话说:"死生、存亡、穷达、贫富、贤与不肖、毁誉、饥渴、寒暑,是事之变、命之行也。日夜相代乎前,而知不能规乎其始者也,故不足以滑和,不可入于灵府,使之和豫,通而不失于兑,使日夜无隙,而与物为春,是接而生时于心者也。是之谓才全。"遇到种种幸与不幸,都把它看作自然的变化、命运的安排,那么就不至于搅乱中和的心境。这样地顺应自然,保持中和便称作"才全"。在"不足以滑和"句下,成玄英解释说:"滑,乱也,虽复事变命迁而随形任化,淡然自若,不乱于中和之道也。"他是将"和"释为"中和之道"的。总之,从以上所引诸例中可以证明庄子确有中和为美的思想。然而我们也可以看出,在庄子对于"和"的种种解释中,他强调的是"同一",而不是强调"和谐"。他在主观的意念中完全消灭了差别、矛盾。他假托颜回解释"坐忘"是"堕肢体、黜聪明,离形去知,同于大通"。又借仲尼之口加以引申说:"同则无好也,化则无常也,而果其贤乎!丘也请从而后也。"(《大宗师》)抛弃自己的肢体、智慧,抛弃一切的爱好,便与大道相同了,无所不通了。他要求的不是一个丰富多彩的世界,而是一片死寂。《大宗师》中还说:"故其好之也一,其弗好之也一;其一也一,其不一也一。其一,与天为徒,其不一,与人为徒,天与人不相胜也,是之谓真人。"强调天人合"一",强调"同一",即如成玄英疏:"既忘怀于美恶,亦遣荡于爱憎","虽复天无彼我,人有是非,确然论之,咸归空寂,若使天胜人劣,岂谓齐乎?此又混一天人,冥同胜负。"强调"同"的结果,免不了混一天人,咸归空寂。顺应自然,同于自然,"知其不可奈何而安之若命",这是十分严重的消极思想。他不要求相反相成造成的和谐,却主张顺应、屈从。如在《人间世》中说:"彼且为婴儿,亦与之为婴儿,彼且为无町畦,亦与之为无町畦,彼且为无崖,亦与之为无崖。"即随波逐流。

在如何对待矛盾、斗争这个问题上,庄子与屈原显然存在着严重的分歧。在《人间世》中,庄子批评关龙逢和比干说:"且昔者桀杀关龙逢,纣杀王子比干,是皆修其身,以下伛拊人之民,以下拂其上者也。故其君因其修以挤之。是好名者也!"这简直就像在批评屈原。《刻意》中又说:"刻意尚行,离世异俗,高论怨诽,为亢而已矣。此山谷之士,非世之人,枯槁赴渊者之所好也。"我们联想到《楚辞·渔父》篇称屈原"颜色憔悴,形容枯槁",几乎要怀疑枯槁赴渊者指的就是屈原了。庄子称那些德厚信矼"以仁义绳墨之言术暴人之前者"是"菑人",而"菑人者人必反菑之"。(《人间世》)为避免被反菑的命运,他什么也不坚持、什么也不珍惜。渔父所说的:"圣人不凝滞于物,而能与世推移;世人皆浊,何不淈其泥而扬其波;众人皆醉,何不铺其糟而歠其醨,何故深思高举,自令放为。"这与前面所引"彼且为婴儿,亦与之为婴儿……"相比较,简直如出一辙。所以渔父对屈原的批评实际上就是庄子一派对屈原的批评。其实屈原比起庄子来,对现实更有清醒的认识,他也不是不知道对于个人来说,怎样做才是吉,怎样做便是凶。《卜居》中两种对立的人生道路、两种命运清清楚楚地摆在那里,但他却只能义无反顾地选择对个人极不利的一种。他说:"宁赴湘流,葬于江鱼之腹中,安能以皓皓之白,而蒙世俗之尘埃乎!"他坚决不愿以放弃自己的理想、玷污自己的清白去换取苟活。刘熙载说得好:屈原是:"有路可走,卒归于无路可走",那是他不愿选择其他的路。而庄子则是:"无路可走,卒归于有路可走",但那只是逃遁的路、幻想的路。①

庄周、屈原都曾向往和谐,但发展到后来,屈原不回避斗争,他希望改变楚国混浊的政治,以实现其和谐的理想。而庄周则混淆是非,实质是放弃了和谐的理想。

庄子和屈原文学成就极高,对后世影响极大。他们的美学理想有同有异。他们对待人生的态度,许多地方是针锋相对的。今天,我们在欣赏这两位作者的文学的同时,必须将他们的思想实质加以区别,否则庄子的消极思想仍会产生一定的影响。在这方面,生活在新旧社会交替之际的革命知识分子走过的道路,给我们提供了很好的借鉴。鲁迅曾作过这样的自我批判:"就在思想上,也何尝不中些庄周和韩非的毒,时而很随便,时而很峻急。"②鲁迅走过的是一条艰巨、光辉的道路。我们只能沿着这条道路继续前进,而不能倒退回去。

(责任编辑 蒋荫楠)

[《南京大学学报(哲学·人文科学·社会科学版)》1988年第1期]

---

① 刘熙载《艺概·文概》。
② 鲁迅《写在坟后面》。

从屈原创作的个性化论屈原之不容否定

屈原作品问世以后,即得到相当广泛的传播。东汉班固说:"其辞为众贤所悼悲,故传于后。"①王逸也说:"楚人高其行义,玮其文采,以相教传。"②到了汉代,由辞演变为赋,成为汉代重要的文学样式。推本溯源,楚辞在汉初受到了高度的重视。

从汉代开始,历代都将《楚辞》作为专门学问来研究,研究成果可称是汗牛充栋。二千年来没有人怀疑过屈原的存在。延至近代,忽有四川廖季平首创《离骚》即"仙真人诗"说,进而并怀疑屈原其人的存在。③廖氏为学,一生多变,晚年因欲证明其"天人大小"之说,乃将《楚辞》归入"天学",其说并无根据。继之,胡适复又提出对屈原的怀疑。他主要抓住《史记·屈原贾生列传》记事不够严密以及有后人增补的内容,便武断说《屈原贾生列传》非司马迁所作。他又以屈原思想作风与当时一般人不同,便主观地认为不可能有屈原这样一个人。④此说当然也全不足以服人。1948年何天行《楚辞作于汉代考》一书出版,此书可说是屈原否定论的集大成之作。然而其说并无坚实证据,臆测、假想不一而足。比如书中说刘向因憎恶刘安,便将刘安所作《离骚》归之屈原名下。试问既憎其人,却又不惜假托以使其作品传世,天下哪有这种道理呢?且刘安、刘向同为汉朝宗室,时代相距不远,偷梁换柱

---

① 班固《〈离骚〉赞叙》。
② 王逸《〈离骚〉序》。
③ 廖说见谢无量《楚辞新论》。近读黄中模同志《廖季平的〈楚辞新解〉未曾否定屈原——兼论廖氏从〈楚辞新解〉到〈楚辞讲义〉的变化》一文,论述廖氏观点甚详,可参。
④ 胡适之《说楚词》(北京努力周报《读书杂志》)。

怎能不被察觉。举此一例,即可知何氏所论并无可靠材料。在我国,断断续续出现的屈原否定论,并未造成什么影响。这里有一个很简单的道理,屈原有作品流传,其生平有史传记录,时代相接的汉代无人怀疑,时至今日却要否定其存在,这是很难取信于人的。如果没有过得硬的材料,就要轻易推翻久已形成的历史结论,那么历史将成为无法理解、无从研究的东西了。

由于屈原生平材料太少,屈原作品还有一些难以索解的地方,所以怀疑、否定的观点并未完全消除。近几年来,国外的部分研究者,仍发表了一些否定屈原存在的论著。如日本的一位著名学者提出:"屈原名下流传的那些作品,则是围绕着屈原传说经过一个时期,由不确定的多数人集约而成的文艺。"[①]在这一观点的影响下,有的研究者认为屈原是"想象中的作家",说《离骚》不过是"经过古代多数诗人之手,一点一点地经过加工而流传下来的一种民族歌谣"[②]。有的研究者又认为《楚辞》基本上是宗教的文献,而不承认其为文学创作。对于以上种种否定论的观点,我国已有一些学者著文与之商榷。个人认为国外学者重新提出的否定论,虽然角度稍异,但也是无法赞同的。早在一千多年前,刘勰便说过"不有屈原,岂见《离骚》",揭示了《离骚》(也包括屈原其他作品)是表现了强烈个性、具有独特风格的作品。除了屈原,别人是假造不来的。本文拟就刘勰这一卓越见解,作具体的说明。

一

在屈原创作楚辞之前,中国文学史上早就有个人抒情诗出现。其中一些诗篇因为与作者个人的特殊经历相联系,所以便具有较鲜明的个性。如《麦秀歌》,据《史记·宋微子世家》所载本事:"箕子朝周,过故殷虚,感宫室毁坏,生禾黍,箕子伤之,欲哭则不可,欲泣为其近妇人,乃作《麦秀》之诗以歌咏之。"诗虽简短,然其伤怀咏哀、以歌当泣、吞吐不尽的心情却可以想见。

---

① 铃木修次等主编《中国文学史》导论。
② 三泽玲尔《屈原问题考辨》(译文见《重庆师院学报》1983年第4期)。

又如据《史记》说,伯夷、叔齐隐于首阳山,饿且死,乃作《采薇歌》。司马迁因据此诗发问道:"由此观之,怨邪非邪?"这首诗确实充满怨气,流露出个人的牢骚与不平。《诗三百》篇中《鄘风·载驰》亦是一篇非同寻常的诗。《左传·闵公二年》及《毛诗序》都以此诗为许穆夫人"闵卫之亡"而作。诗篇用第一人称,又自称"女子",符合公夫人身份;诗中忧卫国之危亡,怨许人之阻碍,也都切合当时的时事,此诗为许穆夫人所作当无问题。这位中国文学史上首见于记载的女诗人,在简短的诗篇中,表现了强烈的爱国之情,表达了多层次的思索。如"女子善怀,亦各有行"、"控于大邦,谁因谁极?"等等。读了这些诗句,必然使我们对这位女诗人,有较为深切的了解。

在《诗经》中,部分贵族作者的怨刺作品,较多地反映了结合社会事变的个人感受。其精神、技巧都给《楚辞》以不小的影响。如《小雅》中的《巧言》、《何人斯》、《巷伯》等三首诗都对进谗言的小人表示了极大的愤慨,控诉这种小人使作者无罪受罚。《巧言》着重写周王信谗,使乱子越闹越大,把许多事情都弄颠倒了。作者形容进谗的小人:"蛇蛇硕言,出自口矣,巧言如簧,颜之厚矣。"这种描写反映了作者对谗人的深刻的认识和深恶痛绝的态度。《何人斯》指斥谗人居心险恶,如飘风,如鬼蜮,闻其声而不见其人。作者质问说:"不愧于人,不畏于天?"《毛诗序》称此诗是苏公讥刺暴公而作。那么便是一首以政治斗争为背景的抒情诗。苏公是贵族中的正直派,因暴公谗言而受到迫害、打击,因此他写诗的目的就是要"以极反侧",揭露反侧小人的真面目。《巷伯》为寺人孟子所作。这位叫孟子的人遭受到谗人的巨大伤害,因此怀着极为不平的心情,对比两种生活,向上天发出呼吁:"骄人好好,劳人草草,苍天苍天,视彼骄人,矜此劳人。"他痛恨谗人,感情十分激越地发出一连串的诅咒,"取彼谮人,投畀豺虎!豺虎不食,投畀有北!有北不受,投畀有昊!"

屈原作品结合当时斗争,对进谗群小也作了深刻的揭露、批判。如:"众女嫉余之蛾眉兮,谣诼谓余以善淫","羌内恕己以量人兮,各兴心而嫉妒","世溷浊而嫉贤兮,好蔽美而称恶","故众口其铄金兮,初若是而逢殆","晋申生之孝子兮,父信谗而不好","尧舜之抗行兮,瞭杳杳而薄天,众谗人之嫉妒兮,被以不慈之伪名"。这也都是从自己的切身体会中得出的认识,和《诗经》中的怨刺之作是一脉相承的。

《诗经》中的怨刺之作,大都包含了对现实政治的批判,从作者的立场发出了忧世之哀音。这一方面,《楚辞》也与之相近,如《大雅》中的《瞻卬》、《召旻》,《诗序》皆以为凡伯刺幽王作。吴闿生《诗义会通》说:"二诗皆忧乱之将至,哀痛迫切之音。贤者遭乱世,蒿目伤心,无可告愬,繁冤抑郁之情,《离骚》、《九章》所自出也。"认为诗人凡伯的哀痛迫切之音,对屈原有所启迪。这类政治抒情诗,有对黑暗政治的揭露,有对国家危亡的忧虑,其中多少可见作者的悲剧性格。

《诗经》中的怨刺之作,也有直接批评周王,斥其昏聩不纳忠言的。如《大雅·抑》,《毛诗序》以为卫武公刺厉王作。① 诗中说,"昊天孔昭,我生靡乐,视尔梦梦,我心惨惨,诲尔谆谆,听我藐藐。匪用为教,覆用为虐,借曰未知,亦聿既耄。"这也就是《离骚》"怨灵修之浩荡兮,终不察夫民心"之意。二诗作者有某种类似心理。

《诗经》的怨刺诗中,有一部分反映了作者的天道观。由于科学文化的发展以及他们政治斗争的实践,这些作者对于有意志的"天"——"上帝"是怀疑的。他们指斥上天,发出了怨言:"昊天不佣,降此鞠讻。""昊天不惠,降此大戾。"(《小雅·节南山》)"瞻卬昊天,则不我惠。"(《大雅·瞻卬》)"荡荡上帝,下民之辟。疾威上帝,其命多辟。"(《大雅·荡》)"浩浩昊天,不骏其德。"(《小雅·雨无正》)他们对通过占卜向上帝问吉凶,也表示怀疑:"召彼故老,讯之占梦,具曰予圣,谁知乌之雌雄?"(《小雅·正月》)到底是谁在主宰人间的祸福,他们想问一个究竟。"各敬尔仪,天命不又。"(《小雅·小宛》)"民今方殆,视天梦梦,既克有定,靡人弗胜,有皇上帝,伊谁云憎?"(《小雅·正月》)"下民之孽,匪降自天。噂沓背憎,职竞由人!"(《小雅·十月之交》)这一些能够较具体地反映作者哲学、政治观点的诗行,当然是打上了诗人个性的烙印的。而屈原作品中也不乏这方面的内容。

---

① 此诗《国语·楚语》谓卫武公自儆之词,朱熹从之。然究诗意,当如毛传所云。

从描写技巧看，《诗经》怨刺诗也是很有特色，具有独创性的。如《小雅·四月》，诗人自称作诗目的是："君子作歌，维以告哀。"在诗中他形容其悲哀心情："秋日凄凄，百卉具腓，乱离瘼矣，爰（奚）其适归。"即景抒情，形容了心情的沉痛。诗中形容其艰危处境："匪鹑匪鸢，翰飞戾天，匪鳣匪鲔，潜逃于渊。"以人而不如禽鱼，甚至无遁逃之处，来形容迫害的深广、社会的混乱，可谓刻尽形容了。又如《小雅·大东》，由所见事实，引起不平，接着对比了两种生活两种待遇。最后以天象作比，控诉周人的特权。这种比喻，想象丰富奇幻，故而吴闿生评论说："开词赋之先声，后半措词运笔极似《离骚》。"①又如《小雅·小弁》是一篇非罪而遭迫害者的控诉，既有自身遭遇的不平："天之生我，我辰安在？"又有对国事的忧心："踧踧周道，鞫为茂草，我心忧伤，惄焉如捣。"诗中形容心情的忧伤烦乱："譬彼舟流，不知所届，心之忧矣，不遑假寐。"这种形容使我们联想起楚辞《哀郢》中的几句诗："心婵媛而伤怀兮，眇不知其所跖，顺风波以从流兮，焉洋洋而为客。"对比二者，可说是有异曲同工之妙。总之这一类描写具体、生动，表现了作者的创造才能，也展示了作者的个性。

当然不是说，只有批评政治的怨刺作品，才是具有个性的诗篇。照理说，即使抒情短篇，也都有它写作的背景，也都是作者个性的体现。但是由于作者的经历和情感发生的背景均未在诗中充分反映，因此便造成了一种模糊性，诗人的身份、诗中的语气往往可作多种理解，所表现的个性是不明显的。而篇幅较长的抒情诗，则有可能作较具体的描写。如《豳风·东山》，其中有环境与心境的描写，有征人困苦生活的描写，有对家中情景的想象，有对当年结婚场面的回忆。这种叙事性较强的诗篇，便可使读者较具体地了解抒情主人公。与之相类，《卫风·氓》写了抒情女主人公恋爱、婚嫁、被弃的过程，她沉痛地感到："于嗟女兮！无与士耽，士之耽兮，犹可说也；女之耽兮，不可说也。"这是作者从自身遭遇中总结出来的教训，是个性化的诗句。

---

① 吴闿生《诗义会通》。

总观《诗经》中个性较鲜明的诗篇，可以说有这样几个特点：第一，多数为贵族作品，或诗中有主名，或有关记载中提到诗篇作者，或于诗篇中可见作者身份；第二，内容多为揭露性、控诉性的，属于政治抒情诗；第三，有较强的叙事性，篇幅较长；第四，诗篇与作者个人的经历有较密切的联系，所表现的思想感情也较为曲折。

屈原的作品具有上述的所有特点。屈原所写是政治抒情诗，诗篇叙述了个人的经历、政治斗争的情况。诗篇对于楚国政治进行了深刻的揭露与批判。作为一个贵族出身的诗人，他的思想感情充满矛盾，因此在诗篇中的感情多曲折、多层次。从阅读中，我们可以感知生活在那样一个特定时代的、有着特殊经历的、活生生的人，那是一位伟大的诗人，也是一个真实的存在。屈原所写政治抒情诗，这类诗在周初诗歌中已有，他的作品的个性化的特点在《诗经》中已见端倪。我们在上文中所作的片段比较中，可以看出《诗经》与《楚辞》表现个性的共同特点，所谓"《国风》好色而不淫，《小雅》怨诽而不乱，若《离骚》者，可谓兼之矣"①。所谓"观兹四事，同于风雅者也"②，都是指的这种共同性。但是，我们也看到《离骚》作为个性化的诗篇，比之《诗经》是大大发展了。那样的鸿篇钜制，那样丰富的内涵，那样瑰丽的色彩，都使《诗经》无法与之比拟。以《离骚》为代表的屈原诗篇所反映的个性是丰富多彩的，也是始终一贯的。那是诗人处于特定社会条件下，有感而发、有为而作的，它绝非一般的抒情诗，也不可能由集体来创造。

二

屈原的代表作《离骚》，多少具有自传的性质。《史通·序传》说："盖作者自叙，其流出于中古乎？按屈原《离骚经》其首章上陈氏族，下列祖考，先述厥生，次显名字，自叙发迹，实基于此。"指出《离骚》开头的写法是具有开

---

① 司马迁《史记·屈原贾生列传》。
② 刘勰《文心雕龙·辨骚》。

创性的。《史通》并论及此种写法对司马相如、司马迁、扬雄、班固都有很大影响,以至出现了"序传"这一文类。

《离骚》从自叙开头,与诗篇的散文化不无关系。我们知道《离骚》这样的长篇政治抒情诗的出现,是与百家争鸣的战国时代必然联系着的。思想界的活跃,诸子散文的涌现,是《离骚》得以产生的重要原因。屈原是文学家,也是思想家,他的政治思想完全可以用散文的形式来表达,而他则采用了诗的样式,奇幻的想象,热烈的感情,丰富的形象,精炼的语言,其艺术感染力自与散文不同。然而《离骚》中含有极为理智的反映现实的内容,这就使它具有相当明显的散文倾向,自传式写法亦即这种倾向的表现。

在先秦散文中,作者往往说到自己,记行事、述感想,使读者倍感亲切。如《尚书·秦誓》,本来就是秦穆公悔过之词,从自己所犯错误中总结了教训。《论语》记载孔子与其门弟子的对话,也常涉及孔子的生平及其自我评价。举几条较重要的如下:

"吾十有五而志于学,三十而立,四十而不惑,五十而知天命,六十而耳顺,七十而从心所欲,不逾矩。"(《为政》)

子见南子,子路不说,夫子矢之曰:"予所否者,天厌之!天厌之!"(《雍也》)

"大宰知我乎!吾少也贱,故多能鄙事,君子多乎哉?不多也。"(《子罕》)

此外,"四子侍坐"、"问津于长沮、桀溺"、"子路遇荷蓧丈人"等等都颇为生动地记载了孔子的一些事迹。《孟子》记载孟轲的说辞以及与别人的辩论,作者是随时出现的。《庄子》:"寓言十九",然而像内篇的《养生主》:"昔者庄周梦为胡蝶……",《德充符》:"惠子谓庄子曰'人故无情乎?'庄子曰:'然'!……"也将自己摆了进去,外篇、杂篇中述及其事迹则更多。总之,散文中述及作者自身是较为常见的。屈原作品结合自身的遭遇来抒情,叙事成分较多,而且不避议论,因此与散文相接近。尤其《离骚》开头几句,完全用叙述,和自传差不多,似乎平淡无奇。可是,我们如果追究一下他这样开头的意义,那么便会感到是很不寻常的了。屈原强调传说中统治天下的颛顼高阳氏为楚之祖先,也即他的祖先。旧注以为此句为说明诗人与楚同姓,与宗国有特别密切的关系。这有一定的道理。然而,我们知道关于各族来源有种种说法,比较后起的五帝系统则是反映了统一的趋向,各族都承认共同的祖先是炎帝和黄帝,颛顼亦为黄帝的后代,屈原承认楚为颛顼后裔,未始没有为楚国争正统、希望楚国统一天下的意思。所以《离骚》劈头一句"帝高阳之苗裔"郑重而道之,气魄很大,反映了楚族由自称蛮夷发展到与中原各族融为一体的自然趋势。诗篇又说到其生辰、名字的含义。奠定了其品格的基调。当然夸耀祖先、夸耀生辰也反映了屈原的阶级局限性。一个平民百姓是不大可能夸耀祖先的,然而屈原却觉得自己非同一般,应在诗篇中予以记录。不过屈原并未因此而产生天生高人一等的贵族特权思想,他却因此而更主动地承担起楚国兴亡的责任,并对自己的品质、才能提出高标准的要求。这里也表现了屈原的鲜明个性。

除了自传的性质外,《离骚》所表现的思想也是非常独特的,它融汇了南北方思想,是一种特殊的创造。其中称道尧舜、取法汤武,举傅说、吕望、宁戚等故事以说明举贤授能之重要,标举"善"、"义"的原则,强调"皇天无私阿兮,览民德焉错辅",这种种思想,与北方诸子没有多大分歧,所举事例,于诸子书中亦常见。这说明在屈原时代楚人大量吸收北方文化的事实。但另一方面,《离骚》中又反映了浓厚的南方文化,叩帝阍、求佚女等等固为北方学者所不敢言,其于古"圣贤"亦每多以神话来描述并评价,与北方诸子经过历史化的说法大不相同。关于屈原思想兼融南北,《文心雕龙》早有论述。然终以鲁迅、范文澜二位先生所说最为深刻。鲁迅说:"楚虽蛮夷,久为大国,《春秋》之世,已能赋诗,风雅之教,宁所未习,幸其固有文化,尚未沦亡,交错为文,遂生壮采。"①范文澜说:"屈原创造楚辞,丰富了华夏文化。巫史两种

---

① 鲁迅《汉文学史纲要》。

文化的合流，不仅在文学史上开出新境界，在华夏文化的扩展上，意义更为重大。"①确实，融合南北文化，丰富、发展全民族共同的华夏文化，这是屈原最伟大的贡献。南北文化的交流融合是到战国时期政治趋向统一、各族间畛域逐渐破除的情况下才得以实现。而能够在这方面作出杰出贡献的，又必须是兼通南北文化，有很高的素养，具有进步观点的人物。这样的人物舍屈原莫属，这只能是特定时代、特定作者的独创，而不可能是任何别的个人或群体所能创造。

谁都无法否认《离骚》是具有鲜明个性的诗篇。其中反复表示着保持高洁品格，决不同流合污的决心："苟余情其信姱以练要兮，长顑颔亦何伤"；"芳与泽其杂糅兮，唯昭质其犹未亏"；其中洋溢着对善与美的追求的热情："路曼曼其修远兮，吾将上下而求索"；其中还充溢着不屈不挠的勇气："亦余心之所善兮，虽九死其犹未悔"。这些感动千古的名句，体现了伟大诗人的精神美和人格力量，后世许多刻意模仿者，是无法达到这样的高度的。屈原所以能够写出这样动人的诗篇，除了他个人的禀赋、修养外，与其生活经历也有着密切的关系。因为楚国贵族们"众皆竞进以贪婪兮，凭不厌乎求索"，所以他才会"长太息以掩涕兮，哀民生之多艰"；因为有吴起、商鞅被车裂的先例，才使他发出"虽体解吾犹未变"的誓言。没有强烈的生活感受，怎么能写出《离骚》这样的诗呢？我们用《离骚》与楚国历史、屈原传记相印证，可以说明许多问题。所以从《离骚》这一篇个性鲜明的作品，就能反过来证明《史记·屈原贾生列传》的真实可信。

三

否定屈原存在的论著，常强调屈原作品中的"神仙思想"、"宗教意识"，认为这些与《史记·屈原贾生列传》的记载大相径庭，因此便或以屈原为巫，或以屈原作品为巫术歌谣。屈原作品中确有不少超现实的内容，也有不少

---

① 范文澜《中国通史简编》第一册。

巫风的反映,但这些都不足以说明屈原具有神仙思想和宗教意识。

在屈原作品中,对于神话传说主要有三种处理方式,这三种方式都是文学的而非宗教的。

第一种方式,较多地保留了神话传说的原型。如《天问》、《招魂》。《天问》不是崇信、宣扬宗教,而是对包含在神话传说中的原始宗教提出了怀疑、批判。天问就是问天。鲁迅说屈原,"怀疑自遂古之初,直至百物之琐末,放言无惮,为前人所不敢言。"[①]便肯定了屈原的怀疑精神,肯定了他对旧信仰的冲击。屈原对于神话解释自然现象的种种说法是全然不信的,他经过理智的思考,抉发出其中的破绽,寄托了自己的不平。《天问》对于社会现象发出的震撼性的疑问,如"何条放致罚,而黎服大说","天命反侧,何罚何佑","顺欲成功,帝何刑焉",这类疑问在《离骚》、《九章》中都可以找到答案,可说是明知故问。所以《天问》之问是不平之问,是质问、斥问。它是抒愤懑之作。司马迁读《天问》而"悲其志",这是深知《天问》作意的话。

至于《招魂》,它"外陈四方之恶,内崇楚国之美",描写上下四方的神怪,显然有其特定的目的,而其描写楚国各种生活享受又是极其现实的。《招魂》的抒情性很强,姚范《援鹑堂笔记》说《招魂》"结撰至思,赋以抒情耳",我们从《招魂》的最后几句:"朱明承夜兮,时不可以淹。皋兰被径兮斯路渐,湛湛江水兮上有枫,目极千里兮伤春心,魂兮归来哀江南!"从这些清美的诗句中,完全可以体会到它的抒情性。《招魂》规模宏大,文学性极强,是民间的招魂巫歌无法比拟的,它只能是屈原汲取、改造民间的招魂巫歌,用来表达他自己的思想感情的作品。司马迁读《招魂》也要"悲其志",其原因就在这里。

第二种方式是借用、改造神话传说中的形象,为表达其主题服务。如《离骚》、《九章》。《离骚》中写到"天"、写到"上帝",但作者的态度不是宗教的,而是非宗教的。如《离骚》中说:"皇天无私阿兮,览民德焉错辅。"这与《春秋》以来重人事轻天命的进步天道观没有多大差别。《离骚》中说:"吾令

---

① 鲁迅《摩罗诗力说》。

帝阍开关兮,倚阊阖而望予。"《哀郢》中说:"皇天之不纯命兮,何百姓之震愆。"都对"天"表示了不满,这和《诗经》中"昊天不惠"、"视天梦梦"等等斥天的思想,可说是一脉相承。屈原始终怀着现实的感情注目人间,神仙世界不过是暂时性的幻想,在作品中是用来与现实相映衬、相比较的。他的诗篇中写到神话中的人物,全为表达其思想感情服务。如写到宓妃、简狄、有虞之二女各以其神话传说为背景,或者指出其品德的欠缺,或者借用已为他人所得的事实以比喻自己追求的失败。在屈原的作品中,神灵不是供祀的对象,而是可以任其驱遣的。他可以命令日御羲和停止前进,可以命月神望舒在前面引路,可以令风神飞廉在车后追奔,他可以命令云神丰隆乘云,去"求宓妃之所在",又可以命令住在西海之津的西皇帮助他渡过赤水……在他的笔下,各神皆依其形态、性质,各备其用。很明显,这是想象,是文学手段,与对鬼神的崇拜了不相涉。鲁迅曾说,诗人是神话之敌。因为在诗人的创作中,神话作为形象的素材被改造、运用,从而失去其原始的朴素性。屈原作品也正是如此。

第三种方式,是以神话传说为背景,以经过诗人艺术加工的祭歌形式来抒情,如《九歌》。《九歌》并没有具体地叙写神话故事,却从客观的描写中,表达了丰富的思想感情。它是巫音的文学而非巫术的文学。[①] 人们读《九歌》,总不能不惊叹其描写之美、抒情之美。它不可能是原始性的祀神歌舞,就其高超的文学技巧而言,更非一般巫歌所能望其项背。

《九歌》的写作,在许多地方留下了诗人创造的痕迹。比如这样的词句:"览冀州兮有余,横四海兮焉穷",涉及的地理观念,绝非僻处一隅的民间巫觋所能有。又如:"心不同兮媒劳,恩不甚兮轻绝","老冉冉兮既极,不浸近兮愈疏","悲莫悲兮生别离,乐莫乐兮新相知",这样一些概括性很强的、对称整齐的句子,在民间巫歌中也极难见到。总之,像这一类的描写形容,是要像屈原那样心存天下、对于人生作过认真思考的诗人,才能写得出来的。

《九歌》描写诸神,是按照其各自的身份、形态的特点来表现的。这极像

---

① 见闻一多《什么是九歌》。

后来荀卿的《赋篇》。《赋篇》形容云:"忽兮其极之远也,擽兮其相逐而反也,卬卬兮天下之咸蹇也……"与《九歌·云中君》描写云的句子"灵皇皇兮既降,猋远举兮云中;览冀州兮有余,横四海兮焉穷"同样都是抓住云的高远、飘忽来加以形容的。不过《赋篇》是谜语式的,文学性不强。而《九歌》则有极为生动的描写,如《九歌·东君》"长太息兮将上,心低徊兮顾怀",多么恰当地形容了日出时忽上忽下的情景!《九歌·国殇》"带长剑兮挟秦弓,首身离兮心不惩;诚既勇兮又以武,终刚强兮不可凌",又是多么动人地刻画了战士的英魂。这种种生动的描写,凝结着诗人的巧思与感情,绝非一般祭祀歌曲可比。而且《九歌》中"反经失常"诸喻更具有作者个人的特色。如:"采薜荔兮水中,搴芙蓉兮木末","鸟何萃兮苹中,罾何为兮木上","麋何食兮庭中,蛟何为兮水裔",这些都出自较复杂的构思,反映了一种悲剧心理。①

《九歌》中《山鬼》、《国殇》两篇,尤其表现了强烈的人间感情,与一般的祀神歌曲更不相同。

从屈原处理神话传说的三种方式来看,说屈原作品反映了多少神仙思想、宗教意识,是根据不足的。战国时代,封建经济已有很大发展,科学技术也有相当的进步,封建阶级固然不可能摆脱迷信思想,但其信仰与原始宗教时期的信仰相比,已有很大的不同。像屈原这样进步的思想家,更不会为旧信仰所控制。楚国巫风很盛,巫歌巫舞可以给屈原创作以相当的影响,但屈原决不是巫,他的作品也非巫系文学,这是可以从其作品中得到证明的。

四

《九章》是屈原行迹的记录,痛苦心灵的呼唤。研究者往往依据《抽思》、《涉江》、《哀郢》、《怀沙》等篇,论证屈原流放的历程。但是这九篇作品,风格不尽相同,每每引起后世的怀疑。其中尤对《惜往日》、《悲回风》、《思美人》

---

① 参见钱钟书《管锥编》。

三篇的真伪,争论比较多。汉代人仿骚诸作,如《惜誓》、《七谏》、《哀时命》等也述及屈原事迹,确与《九章》有某些相似之处。那么《九章》会不会是汉人的作品呢?回答是否定的。《九章》本是独立的九篇作品,司马迁提到《哀郢》,并全篇收录了《怀沙》,认定二者是屈原所作,当无可疑。我们认为即使《九章》中有两三篇是汉人仿作,也并不能据以否定其他各篇。众所周知,辨别原作与仿作的重要依据,是作品的思想和艺术风格。仿作可以从形式上仿效,可以剥取某些词句,但原作的精神是无法学得的。如《抽思》中"望孟夏之短夜兮,何晦明之若岁,惟郢路之辽远兮,魂一夕而九逝,曾不知路之曲直兮,南指月与列星。愿径逝而未得兮,魂识路之营营"。深沉的忧思,对郢都的热切怀念,若不是有屈原那样的经历、那样思想的人,是不可能写出来的。又如《哀郢》中"望长楸而太息兮,涕淫淫其若霰,过夏首而西浮兮,顾龙门而不见"。"曾不知夏之为丘兮,孰两东门之可芜。"这些关系到心理的描写,也都有不可移易的特点。晋代传说,吴人颜珏泊舟汨罗,于月光下,听得有人吟诵这两句诗,察知是屈原的精魂。① 这故事也说明人们从这两句诗中体会到了屈原对楚国的生死眷恋。又如《橘颂》,虽然在《九章》中异于他篇,但它所表现的突出的人格美,是无从仿造的。橘树便是屈原人格的化身,"深固难徙,廓其无求兮;苏世独立,横而不流兮"。在当时,无论是朝秦暮楚的策士,还是谋一己安危的贵族都不可能有这样的思想。到了汉代,实现了大一统,"受命不迁"的思想又失去了现实意义,是任何仿作者也不可能凭空想出来的。说楚辞作于汉代的何天行先生,将屈原作品的著作权,判归了淮南王刘安。然而我们考察刘安的生平,实在找不出与屈原的共同点。如以为刘安能写出《离骚》、《橘颂》这样表现了光辉人格的诗篇,那就等于说乌鸦会发出凤凰的鸣声了。

屈原作品是空前绝后之作。刘勰说"不有屈原,岂见离骚",也就包含了这一层意思。屈原创造"楚辞",这一文体迥异于"诗"三百篇,为空前之作。紧接屈原之后,宋玉、唐、景之徒只能效法其辞令,而精神则相去甚远。至汉

---

① 见唐沈亚之《屈原外传》。

时楚辞流变为铺张扬厉的汉赋,更无从与屈原的抒情作品相提并论。这一切都说明:屈原及其作品是特定时代、特定地域所产生的,具有不可移易的性质。屈原的作品是血泪凝成的,是他的生活、性格的忠实记录,任何否定屈原的论调都无法抹煞这一点。

[《南京大学学报(哲学·人文科学·社会科学版)》1985年第2期]

屈原名字说

屈原名平字原，然《离骚》首称"名余曰正则兮，字余曰灵均"，王逸、洪兴祖以名、字含义释之。后世学者或不从其说而另创新解，如"小名小字说"（马永卿、陈第），"寓言指代说"（李陈玉），"切音之法说"（朱亦栋）。今世学者如游国恩先生以为是隐喻，郭沫若先生以为是化名，此与王、洪等说尚无太大差别，唯闻一多先生在《屈原问题》一文中，似认为"正则"、"灵均"为屈原扮演的"神仙中人"的名字。时至今日，中外学者又颇有以为出之艺术虚构者，即：名正则字灵均，乃是《离骚》中抒情主人公，而非屈原自身。兹事关系甚大，余浅学，反复思之，终以为王、洪以及朱熹、戴震等传统说法较为允当。至于"正则"、"灵均"的含义尚有待申述，故撰此文，以求商正。

一

屈原诸作皆与其生平、行事密切相关，《离骚》尤具自叙性质，史文互证，殆无可疑。其时尚无后世创作文学之观念，所作并非有意造作，亦无刻意求工之事。章学诚曾引孔、孟之语，说明古人立言均出于"不得已"之情。（《文史通义·原道》）诗人之作自然因有所感受、有所激发，喷薄而出不能自已。故司马迁之言曰："昔西伯拘羑里演《周易》，孔子厄陈、蔡作《春秋》，屈原放逐著《离骚》，……《诗》三百篇大抵贤圣发愤之所为作也。此人皆意有所郁结，不得通其道也。"（《史记·太史公自序》）故古代诗文，抒情多抒自己之情，叙事亦己亲历之事，即有代言，亦属亲历亲见，必非出之虚构，更不可能虚设一主人公，设演其生平事迹，测度其思想感情，若后世之小说戏曲然。

屈原写作《离骚》本如司马迁所云："屈平疾王听之不聪也，谗谄之蔽明也，邪曲之害公也，方正之不容也，故忧愁幽思而作《离骚》。"又云："屈平之作《离骚》，盖自怨生也"，抒写其忧思，控诉其不平，何容另假他人。《诗·小雅·节南山》作者家父，《小雅·巷伯》作者寺人孟子，均指斥奸谗而自署其名，屈原当亦不例外。至于屈作多幻设，则都是借以抒情写愤，美人香草、神灵怪诞均有所喻代、象征，其所以如此则有楚地特殊之文化背景在，固非后世有意创为以求文学效应之可比。《离骚》既是自叙，"正则"、"灵均"必当为作者真实名、字，只是因内容需要，而更换为释义之词。

二

《离骚》开头，诗人述其宗族、叙其生辰，然后说"皇览揆余初度兮，肇锡余以嘉名"，顺理成章，其名、字必与其出生时日有关，且有较深刻含义，亦即后文所言之"内美"。刘向《九叹》云："兆出名曰正则兮，卦发字曰灵均。余幼既有此鸿节兮，长愈固而弥纯。"也认为"正则"、"灵均"表明了屈原伟大的节操，这才算得"嘉名"并需郑重出之。与嘉名相对，古人亦颇有用恶名者，如郑公孙虿字子蟜、齐公孙虿字子尾、楚却宛字子恶、晋胥童字子昧等。恶名或因某种征兆、历史的因由，或竟如后世民俗，因恐遭神物之忌不得存活，而故以恶贱名之。然综观命名究以嘉名为主。大致有几种情形：（一）嘉名之称出自赞美，如郑公孙侨字子产，一字子美。据王引之说，"侨与产皆长大之意"（《春秋名字解诂》），古人以长大为美，故云。又如宋公孙嘉字孔父，楚成嘉字子孔，郑公子嘉字子孔。王引之按"孔好一声之转，……嘉与孔俱有美意，亦俱有大意"（《春秋名字解诂》）。（二）嘉名之称为祝愿其有良好道德修养。如楚公子善字子元，"元者善之长也"（《易·乾·文言》），故云。楚成得臣字子玉。"得"或读为德，君子与玉比德，故云。（三）嘉名之称为责望其成就事业，如楚公孙甯字子国，实望其使国得甯。楚屈御寇字子边，实望其御寇于边境。（四）嘉名以器用而有引申比喻含义。如宋公子段字子石，郑公孙段字子石，印段字子石。王引之言段读为锻，即"取厉取锻"之锻。

锻石可以利器用,然引申之则磨砻己德,磨砺天下殆无不可。又楚屈建字子木,太子建字子木。王引之说建读为楗,以木为之,故云。(上说均见《春秋名字解诂》)楗是开关门户的重要构件,以之命名自有所取义。

从以上所举种种嘉名之称,可见古人嘉名之含义颇为丰富,亦可见名与字密切相关,这都能给我们探讨屈子名字以不少启发。按《礼记·内则》,"子生三月,父亲名之",而据《仪礼》,字是于年二十行冠礼时"宾字之"。不过字由名兴,章太炎云:"文字谓之名,文之孳乳谓之字。人,幼名,冠字,亦取其孳乳也。"(《古今同姓名大辞典·序》)颜之推云:"古者,名以正体,字以表德。"(《颜氏家训·风操》)故字之于名,更多有解释、说明的作用。《离骚》称"嘉名"主要指名(由其父亲命),至于字,则由名而来,连带言及,作为补充说明,诗人以意为主,本不必过于证实。字用以解释名,如仍不足表明其丰富含义,势必得再作阐释。屈原嘉名,既体内美,故更以"正则"、"灵均"释之,亦情理中事。

屈原名字当与其生辰有关。据商代甲骨文,商之王、后以生辰之十干命名。《春秋》时贵族亦有以干支相配为名字者,如楚公子壬夫字子辛,王引之释曰:"名壬字辛者,取水生于金又刚柔相济也。"又如楚公子午字子庚,王引之释义:"取《小雅·吉日》'吉日庚午,既差我马'——传曰'外事以刚日'。"(均见《春秋名字解诂》)前例以五行释,后例则指吉日。如此命名都比较简单。屈原亦因生辰而命名,含义则比较复杂。王逸解释:"寅为阳正,故男始生而立于寅。庚为阴正,故女始生而立于庚……庚寅之日,下母之体而生,得阴阳之正中也。"又称"皆合天地之正中"。洪兴祖补注引《说文》为之证:《说文》称:"男起巳至寅,女起巳至申。故男年始寅,女年始申也。"《汉书·律历志》则有三统三正之说。其云:

> (黄钟为天统,林钟为地统。)族出于寅,人奉而成之,仁以养之,义以行之,令事物各得其理。寅,木也,为仁,其声商也,为义,故太族为人统……其于三正也,黄钟子为天正,林钟未之冲丑为地正,太族寅为人正。

可见屈原生于三寅必有种种说法,故姜亮夫先生认为王逸之说未容轻易否定。他进而考证,以为庚寅是战国楚民间习用之吉宜日,"惟含吉祥,又与战国以降'男命起寅'、'女命起申'之传说及生寅弄璋之风习相并列,故嘉名以'正则'、'灵均',称己有内在之美,侪于天'降'之列。"(《楚辞学论文集》)诚如姜先生所指出,我们不能不承认屈原的时代局限,"寅为阳正"、"男年始寅"等固属不根之谈,但却是当时普遍相信的传说。屈原生辰与名字的关系尚难确指,但屈原重视其生辰,其由生辰而得之嘉名,当时必有民俗的、宗教的根据,则是确定无疑的。

三

"正则"、"灵均"是如何表达了名平字原的含义呢?王逸释"正则"云:"正,平也。则,法也。""言正平可法则者,莫过于天……"此说基本正确。按《说文》:"则,等画物也,从刀从贝。贝,古之物货也。"刀、贝本工具、农具,货币用之,或取其形。货币用以等量众物之价值,故"则"字为等画物。清王筠说:"刀部则字,详端其义,似即今之砝码。吾乡谚语谓法度为规则,似系则之本义也。"(《说文释例》)古代衡器类似今之天平,如1954年长沙出土之衡器,衡杆正中系提纽,两端系铜盘,附有轻重不等之大小环权九枚,其作用如今之砝码。货币与权衡都用来等量画一众物,谁都知道在经济生活中这二者的重要性。荀子言儒之效用云:"其为人上也,广大矣,志意定乎内,礼节修乎朝,法则度量正乎官。"(《儒效》)法则与度量等称,均由官府校正之。《史记·律书》亦云:"王者制事立法,物度轨则,壹禀于六律,六律为万事根本。"制定法则时以六律为根据,当时以为律吕反映了自然的规则,故而物度轨则都具有标准之意。度量衡是古代政令的重要内容。《论语·尧曰》:"谨权量,审法度,修废官,四方之政行焉。"秦始皇统一中国后,一件紧要的工作即统一度量衡。秦权、量、勺上均刻有秦始皇廿六年诏版文,共四十字,其云:

廿六年，皇帝尽并天下诸侯，黔首大安，立号为皇帝。乃诏丞相状、绾，法度量则不壹歉疑者，皆明壹之。

度量衡要求"正"，所谓"法则度量正乎官"。1975年云梦所出秦简，言"工律"有云："县及工室听官，为正衡石羸（纍）。斗用（桶）、升，毋过岁壶（壹）。有工者勿为正，段（假）试即正。"度量衡均要求正，不正则有罪罚。权衡器均平则得其正。故屈子名平而以"正则"释之，再确切不过。

再说"灵均"。俞樾说："屈原名平，自取高平曰原之义。此'均'字当读'畇畇原隰'之畇。"（《俞楼杂纂》）《诗·信南山》："畇畇原隰。"《诗集传》："垦辟貌"。《尔雅·释诂》："畇畇，田也"，叠字形容，开垦过的田地整齐平坦。畇、均字同，《说文》无畇字，释均云："平徧也，从土匀。"段注云："平徧者，平而币也，言无所不平也。"《小雅·节南山》"秉国之均"，《周礼·小司徒》"乃均土地"，"均"皆训为平，均与土地有关。王逸云："名平以法天，字原以法地"，似亦不能轻易否定。以"均"释平犹以"原"释平。"原"字释义，《诗·公刘》"于胥斯原"，《左传·僖公二十八年》："原田每每"，其义均为平地。《尔雅·释地》："广平曰原"，《公羊传·昭公元年》："上平曰原"。名平字原，正相对应。"均"为"原"之形容用以代"原"，复加"灵"字，更为美称，亦取对称。近来学者每以"巫"释"灵"字。"巫"固可称"灵"，但巫是职位，"巫某"者，当指巫师而名某者。而此处明言"灵"是字，字由名孳乳而生，不当冠以职位。巫可称灵，因其能降神，具神性。王逸注："灵，神也"，即以形容语视之。《左传·成公五年》"宋公子围龟"字子灵，王引之谓："灵，神也"。王夫之、戴震皆释"灵"为"善"。蒋骥则释为"明"。胡文英释为"天所付之秀灵"，朱骏声则以"灵"、"令"同义，而释为"良善"之意。诸家所说皆视"灵"为形容词，合于楚辞称"灵"之通例。屈子既为其"嘉名"释义，加以赞美，形容也极为自然。以"灵均"释"原"，义亦甚安。

四

衡器之平,田野之原,这只是表层的意义,引而申之则成为政治道德的标准。马王堆帛书《经法》云:"称之以权衡,参以天当,天下有事必有巧(考)验,……应化之道,平衡而止,轻重不称,是胃(谓)失道。"便是以权衡轻重来比况治道的。帛书《十六经》亦载:"黄帝问四辅曰:'唯余一人,兼有天下,今余欲畜而正之,均而平之,为之若何?'"则是以正、均、平为政治理想。《史记·乐书》:"君子于是语,于是道古,修身及家,平均天下,此古乐之发也。"亦倡导均平。均平思想是以农业为主的社会之普遍思想。战国时的楚国似尤其流行。《汉书·地理志》称楚之经济特点:"……故呰窳偷生而亡积聚,饮食还给,不忧冻饿,亦亡千金之家。"这样的经济基础最易滋生平均主义。"有为神农之言者"许行,就是典型的代表。老、庄思想中也颇有平均的主张。《说苑·指武》载吴起云:"将均楚国之爵而平其禄;损其有余而继其不足;厉甲兵以时争于天下。"(《淮南子·道应训》略同)可见吴起在楚变法,亦倡均平。马王堆帛书中《经法》等四篇,学术界认为是黄老之学,均作于战国末年。黄老之学很可能发源于楚国。如果说屈原受到均平主义的影响,而在解释其本人名字时表现出来,也并非不可能。

《离骚》中诗人一再强调要遵循准则,不可违背。如云:

"虽不周于今之人兮,愿依彭咸之遗则。"
"固时俗之工巧兮,偭规矩而改错。
背绳墨以追曲兮,竞周容以为度。"
"何方圜之能周兮,夫孰异道而相安。"
"举贤而授能兮,循绳墨而不颇。"
"不量凿而正枘兮,固前修以菹醢。"
"勉升降以上下兮,求矩矱之所同。"

窃曾疑屈原何以多用工艺之事为比。联系其名字含义,则可知规矩、绳墨、凿枘、榘镬等等都是准则,是不可背离的。即用以比喻屈原认为的根本原则:"瞻前而顾后兮,相观民之计极;夫孰非义而可用兮,孰非善而可服。"其后的《汉书·律历志》云:"夫推历生律,制器规圜矩方,权重衡平,准绳嘉量,探赜索隐,钩深致远,莫不用焉。"也说明度量衡器要求准确,要合规矩,依准绳,其产生甚至缘于历律。至于其效用,《律历志》引虞书曰:"乃同律度量衡,所以齐远近,立民信也。"由此可见,源于度量的屈原名字,含义是极为丰富的。故不得不以"正则"、"灵均"阐释之,即此,亦尚未能尽其内涵。

(《中国屈原学会第六届年会论文》,1994 年 5 月)

《离骚》之"骚"

《离骚》篇名的解释,古往今来已有十余种。追本溯源,最早是司马迁所云:"离骚者,犹离忧也。"之后班固释"离"为"遭",云:"离犹遭也,明已遭忧作辞也。"今存最早的王逸注则释为:"离,别也,骚,愁也,经,径也;言己放逐离别,中心愁思,犹依道径,以风谏君也。"《离骚》本不称"经",后世尊之为"经",王逸释"经"字,实属多余,洪兴祖《补注》已经指出。王逸注只可取"别愁"的解释。这三种最早的解释,相差不甚远也符合全文大意,故常为后世所取用。然而近世学者出于探索精神,每欲更求新解,以期更切原意,于是有歌曲名称说、抒发忧思说、离歌说、离间之忧思说、排遣忧愁说、离开"蒲骚"(地名)说等等。许多说法都是广征例证,虽不能成为定论,但毕竟有很大参考价值。

因为解释太纷歧了,我在研读过程中,也一直在考虑这个问题,现提出一点想法,就正于读者同好。

"离"解作"离别"、"遭逢",都可于《离骚》本文中找到内证,问题是一个"骚"字。按许慎《说文解字》卷十"骚":"扰也,一曰摩马,从马蚤声。"段玉裁注以为"扰也,一曰"此四字为后人所增。按,各本均有此四字,段氏之言未必恰当。段注云:"摩马,如今人之刷马,引伸之义为骚动",又云:"若《屈原列传》曰:'离骚者,犹离忧也。'……骚本不训忧,而扰动则生忧也,故曰犹。"段注指出司马迁"离忧"之说是释引申之义,而非字之本义。朱骏声《说文通训定声》孚部第六释"骚"字:"扰也,从马蚤声,按谓马扰动也。"今按,"骚"的本义是扰动,古籍均作如此解,如《诗经·常武》:"徐方绎骚",《诗集传》曰:"扰动也";《国语·郑语》:"王室方骚",注曰"扰也";《尔雅·释诂》,"骚,动也";《汉书》颜师古注亦云:"扰动曰骚。"其字从马,形容马之躁动不安。又有从心之"慅"字。《说文解字》十篇下"慅,动也。"也释为动,二字互通。《诗经·月出》:"劳心慅兮",《尔雅·释训》:"庸庸、慅慅,劳也。"从人心着眼,故《释文》、《广雅》每取引申义释为"忧"、为"愁"。"骚"字又作"懆",《说文》释"愁不安也。"《诗经·小雅·白华》有"念子懆懆"正形容心不得安宁也。

综上所引,"骚"有扰动不宁意,直接以"忧"、"愁"解释,似尚不够贴切。况且如"骚"即"忧",那么何不径以"离忧"名篇。于是又有方言之说,项安世《项氏家说》卷八《说事篇一·离骚》云:

> 《楚语》伍举曰:"德义不行,则迩者骚离,而远者距违。"韦昭注曰:"骚,愁也;离,畔也。"盖楚人之语,自古如此。屈原《离骚》必是以离畔为愁而赋之。

所引韦昭注是解释不通的。伍举的本意是说统治者不施德义,近处的人民骚动不安,离心离德;远处的人民则不听命令,直接抗拒了。如说因忧愁而反叛,已不合逻辑,如以释离骚则成了"反畔而愁",更不成立了,所以项氏又加解释:"畔谓散去,非必叛乱也。"可见韦昭之注、项氏所言不能自圆其说,说是方言也并无根据。这个例子正好说明"骚"字不宜直接引申为忧愁,"骚动不安"的含义是应该保留的。前人有见于此,故每以动扰释"离骚"之"骚"字。如钱澄之《庄屈合诂》云:"离为遭,骚为扰动。扰者,屈原以忠被谗,志不忘君,心烦意乱,去住不宁,故曰骚也。"又如戴震《屈原赋注》云:"离,犹隔也。骚者,动扰有声之谓。盖遭谗放逐,幽忧而有言,故以《离骚》名篇。"又如王闿运《楚词释》:"离,别也;骚,动也。父子离别骚动不宁,天之经也。"都没有放弃"骚"有动扰不宁的含义。

《离骚》全文充满思想感情的矛盾,反映了作者心绪的不宁。诗人是明智的,对于吉凶祸福看得非常清楚,他可以有多种选择,女媭之詈,责以与俗透迤,这虽是乱世中保全自身地位的不二法门,屈原是决不能接受的。但他曾想到"退将复修吾初服",这完全符合"天下有道则仕,无道则隐"的明哲保身的处世哲学,未尝不是一条可选择的道路,但屈原似乎又做不到,至少不能坚持做到。卜问灵氛、巫咸,都劝其离楚他去自有遇合。在当时贤才流动、策士游说各国的情况下,也是很自然的选择,但屈原又不能采取。他痛恨楚国政治的昏暗,坚持自己光明的品质,陷于深深的矛盾之中。即使在想象中,灵魂升天漫游,却仍旧摆脱不了对楚国的依恋。这都是《离骚》中所表现的一种特别深厚的感情。钱钟书先生对于屈原的矛盾心情,曾作了很好的概括:

> 弃置而复依恋,无不可忍而又不忍,欲去还留,难留而亦不易去。即身离故都而去矣,一息尚存,此心安放?

有这样的矛盾心情,当然是动荡不宁的,这就是称"骚"之意,仅以"忧愁"是不足以表达的。

《离骚》最动人的是其情,反复曲折充分地表达了作者的感情。这种无比深厚的爱国之情,是不能以功利为标准作出评价的。近代以来,研究者每不免纠缠于屈原热爱楚国是否有背于历史发展的方向,屈原的行为是否缺少策略的考虑以致效果不佳,等等。这都是没有充分注意到作为"这一个"屈原的特殊性。屈原就是屈原,他有那样的经历,具有那样的思想感情,总体说来,这感情是高尚的,是美好的,何必斤斤于其成败得失呢?我觉得王夫之在《诗广传》中的一段话特别有启发。他评价《诗经·鄘风·载驰》"百尔所思,不如我所之"说:

> 下峥嵘而无地,上廖廓而无天,义结于中,天地无足为有无,而况于人乎?

依旧注,许穆夫人欲归唁失国之卫侯,许国大夫以不合礼义加以阻止,许穆夫人赋《载驰》以申其忧愤。王夫之说,什么叫"义"呢?"此亦一义也,彼亦一义也。"所以他接着说:

> 是故所可言者,归唁焉耳,控于大邦焉耳,皆百尔所思可袭义以争我者也。过此以往,生于性,结于情,不有我所之者乎?我所之者,果何若邪?《载驰》之怨妇,黍离之遗臣,沈湘之宗老,囚燕之故相,悲吟反覆,而无能以一语宣之,同其情者喻之而已。

他解释爱国的情怀,是一种至情、至性,举出许穆夫人、西周遗臣、屈原、文天祥,这几位人物"悲吟反覆,而无能以一语宣之"的,就是这种"生于性,结于情"的执着追求。"义结于中,天地无足为有无",哪里还管得别人的种种议论呢!

《离骚》悲叹反覆,写出了情感的波澜,心灵的振荡。"余既不难夫离别","吾将远逝以自疏",说是这样说,但再不愿,也不能离去,心情振荡不宁全用一个"骚"字概括了。

(责任编辑 徐文武)

[《荆州师专学报(社会科学版)》1996年第6期]

《离骚》求女情节的来龙去脉

《离骚》中的求女情节有没有寓意？是一个古往今来聚讼纷纭的问题。历代注释大都认为是有寓意的，其中有"求贤君说"[①]、"求贤臣说"[②]、"求贤后、贤妃说"[③]等等的说法。也有个别注家，主张淡化寓意的实指性，而从精神追求、文章波澜着眼去解释。[④] 现代则有一种意见，认为求女、求婚本无寓意，或者认为是对理想爱情的追求；或者认为直接是人神恋爱的巫风的表现。这后一种说法，也就等于承认《离骚》是所谓"巫歌"了。笔者认为，从《离骚》全文来看，比喻、象征手法比比皆是，全篇随处紧扣政治主题，"巫歌"之说实在难以讲得通。就从表面上写人神恋爱的求女情节看，也与"巫风淫祀"相距甚远。从求女情节的表达方式已可证明其确是另有寓意的。屈原丰富的想象、奇妙的构思，并非空穴来风，他从历史文化中受到多方面的启发，也并不单是接受巫文化的影响。再以求女情节对后世的启迪来看，也可看出许多杰出诗人对这一情节的理解与衍释，都是承认其确有寓意的。本文不打算讨论求女情节究竟有何寓意，只准备从对这一情节的来龙去脉的探索中，提出一些可供研究的参考。

---

① 此说以朱熹《楚辞集注》为代表，蒋骥《山带阁注楚辞》等从之。
② 此说以王逸《楚辞章句》为代表，洪兴祖《楚辞补注》、王夫之《楚辞通释》、戴震《屈原赋注》等均从之。
③ 此说以赵南星《离骚经订注》为代表，林云铭《楚辞灯》等从之。
④ 如戴震《屈原赋注》"托言以自广"说，以及《四库全书总目提要》评顾成天《离骚解》所云。

一

《离骚》中的三次求女，都涉及神话、传说的内容，而又强调了现实生活的约束，结果总不免以失败告终。

"求女"中首先求的是"宓妃"。"吾令丰隆乘云兮，求宓妃之所在"，已经点明这位神女行踪不定，难以找寻。神话中说宓妃是伏羲氏之女，又说她是洛水女神，曾为河伯之妻，后来善射的羿，射瞎了河伯的左眼，夺得了宓妃①，仅存的片断表明关于宓妃的神话，本来有着丰富的内容。即如《离骚》所云："夕归次于穷石兮，朝濯发乎洧盘"，就是未见它书记载的。这两句是不是指的先嫁河伯后归有穷后羿这件事，还很难说。可以确定的是宓妃是一位飘忽不定的浪漫的女神。而在《离骚》中诗人却要以"礼"的规范来要求她，说她"保厥美以骄傲兮，日康娱以淫游"，虽然真的很美，但却无"礼"，因此放弃了对她的追求。这难道是诗人的迂阔么？不！在诗人创作的《九歌》中，神话和原始宗教中的浪漫精神，可说是发挥到了极致。人神相恋也罢，鬼神相恋也罢，那种缠绵悱恻的感情是不受任何约束的。而在《离骚》中，一个"礼"字就改变了诗人对宓妃的良好印象，为什么呢？无非是因为《离骚》是一首政治抒情诗，作者写到神话，主旨并不是演绎神话，而是借神话以表达其政治的内涵。我们当然不必看到一个"礼"字，就将它与后来荀子所提倡的"礼治"思想牵连到一起，但是《离骚》中提到的"汤禹俨而祗敬兮，周论道而莫差"便包含了规范化的要求。对羿"淫游以佚田"的批评，更包含了深刻的历史教训。在当时社会，要求礼仪的规范并无可厚非，反对"骄傲"，反对"康娱以淫游"更符合提倡清廉的政治要求，诗人用"骄傲"、"淫游"来批评宓妃贪图安逸、东游西荡的行为，是有其合理的内涵的。

第二次求的是"有娀之佚女"。在有关的传说中，有娀之女简狄，为帝喾高辛氏之次妃，为商族始祖契之母。神话中说：有娀氏有二佚女，住在九层

---

① 见《楚辞·天问》及王逸注。又见《文选》李善注引《汉书音义》。

高台上,听到鼓声才饮食,帝令燕子往视,遗卵,为简狄所吞服,因而怀孕生下了契。① 这一则神话,很可能是商族流传的族源神话,《诗·商颂·玄鸟》也有"天命玄鸟,降而生商"的话。《诗·商颂·长发》也说:"有娀方将,帝立子生商",这都是商人后裔祀祭祖先的诗篇,当然会有历代相传的神话传说作为依据的。这一则神话,不仅为《离骚》所引用,《天问》中也有"简狄在台,喾何宜? 玄鸟致贻,女何喜?"《九章·思美人》中也有"高辛之灵盛兮,遭玄鸟而致诒"。可见这是一则相传久远的,比较完整的神话故事。然而在《离骚》中"有娀之佚女"竟成了被追求的对象,而且还设想了种种的情节。围绕着"玄鸟致诒",而设想出有毒的鸩鸟为媒,叽叽喳喳的斑鸠为媒,当然这些鸟只会起破坏作用。最后请出凤凰为媒,那是最高贵、最美丽的鸟了,本应不成问题,但是"恐高辛之先我",还是没有成功。本来简狄就是高辛氏之妃,这样说只不过承认其失败,承认其不可能而已。如果作者真是置身于神话之中,应该是没有时间的界限,也没有神话和现实的界限,那就想也不必想什么"高辛之先我"了。说这句话本身就表明了一种现实的态度,明示了另有寓意。

第三次是求"有虞之二姚"。有虞氏的二位姚姓美女是辅助夏代少康中兴的。这次接受高辛先我的教训,先假定少康没有成家,有虞二姚还没有出嫁,这样便可以大胆追求了。②但是,"理弱而媒拙兮,恐导言之不固",也仍然以失败告终。从现有资料看,从太康失国到少康中兴,这一段夏代初年的历史,只有一些传说的记载,并无多少神话故事,所以诗人也没有再作发挥。

在求女情节中,作者一再强调媒理的作用。这是符合当时习俗的。春秋时代,以至更久远的时代,作为一种礼仪规范,婚姻必须通过媒理,仅《诗三百》篇中,就有这样一些记载:

匪我愆期,子无良媒……尔卜尔筮,体无咎言,以尔车来,以我贿

---

① 见《吕氏春秋·季夏纪·音初》。
② 见《左传·哀公元年》。

迁。(《卫风·氓》)

> 析薪如之何,匪斧不克,取妻如之何,匪媒不得。(《齐风·南山》)
> 伐柯如何,匪斧不克,取妻如之何,匪媒不得。(《豳风·伐柯》)

可见在一些民间歌谣中,也都认为婚姻必须通过媒理。这是一种礼仪,是得到普遍遵守的。神话曲折反映的是原始社会的情景,当然没有这一套礼仪的约束,在诗人强调"欲自适而不可"的时候,无疑便与神话、传说拉开了较大的距离,而又回到了现实的立场上来。

二

《离骚》求女情节,想象奇幻,但也不是一空依傍、凭空构想的。求女不得而深感失望的描写,在《诗三百》篇中已多次出现。如《周南·汉广》、《秦风·蒹葭》所写追求的对象应该都是神女。诗篇写得惝恍迷离,神女可望而不可即,全诗笼罩在失望的气氛之中。《诗三百》篇被认为是写实的诗,但应该承认其中是有一些神话成分的。闻一多先生考证,《鄘风·蝃蝀》、《曹风·候人》都包含了《高唐赋》中所讲的朝云的神话,而其来源更远承南音之始的《候人歌》[①]。可见以神话为基础的奇思异想并非楚国的巫文化所专有,在古老的中原诗歌中也间有反映。此外在《诗三百》篇描写现实爱情的诗篇中,也颇有一些表现了"求之不得"的失望之情的,如《召南·江有汜》

> 江有汜,之子归,不我以,不我以,其后也悔。
> 江有渚,之子归,不我与,不我与,其后也处。
> 江有沱,之子归,不我过,不我过,其啸也歌。

这分明说的是原来相好的姑娘出嫁了,但却没有嫁给这位歌者,使他愤愤不

---

① 见闻一多《神话与诗·神仙考》。

已,感到深深的失望。

又如《邶风·日月》:

日居月诸,照临下土。乃如之人兮,逝不古处。胡能有定,宁不我顾。

日居月诸,下土是冒。乃如之人兮,逝不相好。胡能有定,宁不我报。

日居月诸,出自东方。乃如之人兮,德音无良。胡能有定,俾也可忘。

……

这位歌手指责自己的配偶或恋人,没有固定的住所,也不关心自己,是一个"德音无良"的人。这样的指责和《离骚》中对宓妃的批评竟也十分相似。

表达追求不成的失望情绪的诗句,在《诗三百》篇中是很不少的,如:

东门之墠,茹藘在阪,其室则迩,其人则远。(《郑风·东门之墠》)
未见君子,忧心钦钦,如何如何,忘我实多。(《秦风·晨风》)
洵有情兮,而无望兮。(《陈风·宛丘》)
谁侜予美,心焉忉忉。(《陈风·防有鹊巢》)
有美一人,伤如之何。寤寐无为,涕泗滂沱。(《陈风·泽陂》)

根据古代的注释,《诗三百》篇中已经有将爱情的追求作政治性比附的。如《邶风·简兮》的末章:

山有榛,隰有苓,云谁之思?西方美人。彼美人兮,西方之人兮。

朱熹《诗集传》说:"西方美人,托言以指西周之盛王,如《离骚》亦以美人目其君也。"他认为这种政治性的比附,《诗》、《骚》是一样的。又如《秦风·

蒹葭》中所求的"伊人",郑玄以来便有"指称贤人"之说①,那么,这首诗就有借求女以寓求贤的寓意了。

春秋时代流行赋诗言志,常以情歌中的男女悦慕之辞比喻各种政治关系,即如子差齿之赋《野有蔓草》,子大叔之赋《褰裳》,子旗之赋《有女同车》,又说,作者佚名。这三首诗都是情诗,有的还颇为直露,但当时的公卿大夫却引以为比喻,断章取义,并不顾忌比喻中的性别、身份的差异和词语的狎亵。② 这种做法的积极影响,便是在比喻、象征的条件下,文学可以不受拘束地大胆地描写爱情。

在古代散文中,以男女情爱之事设喻,也是常有的。如孔子已说过"吾未见好德如好色者也"③,"如好好色,如恶恶臭"④。在《孟子》中这类比况更多了。如《孟子·告子下》中解释"色与礼孰重"的问题,打了这样一个比方:"逾东家墙而搂其处子,则得妻,不搂则不得妻,则将搂之乎?"礼与色供选择,孟夫子认为天经地义地应选择礼,这倒与《离骚》求女的选择颇为相近。孟子用起比喻来很少顾忌。在他回应齐宣王"寡人有疾,寡人好色"的话时,竟说:"昔者太王好色,爱厥妃。"他的根据只是《诗·大雅·绵》中写到古公亶父(太王)曾率领妻子到岐山之下,视察迁居之处。⑤ 这样一件事怎么能够称作"好色"呢?岂不是对周王朝的先祖太不尊敬了吗?孟子引述古事,就敢这样只取一点,不及其余。准此为例,屈原设想追求古代的贤妃,也就是比较可以理解的了。

《离骚》求女情节的构思,可以说是接受了多方面启迪的。至于其中的浪漫精神,当然是受到楚文化的更直接的影响。从屈原仿民间祭歌所写的《九歌》中,尤可见出这种影响之所自。在《九歌·湘君》中,作者写道:

---

① 见《毛诗正义·秦风·蒹葭》郑玄笺。
② 见《左传·昭公十六年》。
③ 《论语·子罕》。
④ 《礼记·大学》。
⑤ 《孟子·梁惠王章句下》。

> 采薜荔兮水中,搴芙蓉兮木末。心不同兮媒劳,恩不甚兮轻绝。
> 采芳洲兮杜若,将以遗兮下女。时不可兮再得,聊逍遥兮容与。

这和《离骚》求女不成的思想,情调竟是如此的相似。再如《九歌·湘夫人》最后写道:

> 九嶷缤兮并迎,灵之来兮如云。捐余袂兮江中,遗余褋兮醴浦。搴汀洲兮杜若,将以遗兮远者。时不可兮骤得,聊逍遥兮容与。

湘夫人被九疑山的众神接走了,第一人称的"余"伤心失望而又无可奈何!这不又是一次"恐高辛之先我"吗?《九歌》中的这一类描写,也许全出于诗人的创造,但无论如何也是受到祀神歌曲的很大启发的。只有在神话故事中、民间歌谣中,人与神才真正处于平等的地位,演出许多恋爱、失恋的悲喜剧。屈原吸取了这种精神,在《离骚》中作了象征性的演绎。

三

在屈原之后,宋玉写作《高唐赋》、《神女赋》对于神话中的瑶姬(巫山神女)作了一番精彩的刻画。

> 其始来也,耀乎若白日初出照屋梁;其少进也,皎若明月舒其光。须臾之间,美貌横生,烨兮如华,温乎如莹,五色并驰,不可殚形……

这是在梦中所见的形状,白日所目睹的,则是变化无端的云气:

> 其上独有云气,崒兮直上,忽兮改容;须臾之间,变化无穷……

这才是"旦为朝云,暮为行雨,朝朝暮暮,阳台之下"恍惚、迷蒙变化难测的神女形状。瑶姬是"赤帝之女",其身份、行性与宓妃都十分相似,只是宋玉与屈原写作目的不同,因而构思不同罢了。

　　汉代模仿屈原,抒写屈原事迹的作品很多,但却没有取效求女情节的,这是因为文化背景的变化,屈原的浪漫精神受到了忽视。这时的楚辞作者,可以模拟远游求仙,而对于平等追求、大胆恋爱的情节,则有点不敢问津了。

　　东汉和帝以后,朝政混乱,社会矛盾激化,主要歌功颂德的散体大赋不再流行,表达作者思想感情的抒情、叙事辞赋大量出现,楚辞精神才又得到了有力的回应。开这种风气之先的张衡,于处境疑危之际,为宣寄情志而作的《思玄赋》,便是一首骚体长赋。其中写到遇太华之玉女、洛浦之宓妃,写了这两位美丽的女神主动向他献珍宝,但是"虽色艳而赂美兮,志浩荡而不嘉。双材悲于不纳兮,并咏诗而清歌"。《离骚》中有"虽信美而无礼兮,来违弃而改求"的句子,张衡在这里作了些变化,成为二女神欲申厥好,遭到拒绝,因此,还清歌一曲以表达她们的失望之情。张衡的《四愁诗》更是直承了《离骚》求女的创意。其序言即称:"效屈原以美人为君子,以珍宝为仁义,以水深雪雾雾为小人……"诗中写对美人的思念,欲赠美人以珍宝,但却受到种种阻碍而不能够到达,以至失望感伤。在他之后,求美不得,怀忧增伤,成了后代文学竞相采用的一种做法。

　　汉魏时期,随着封建礼教的被冲破,描写美人、爱情的文学作品多了起来。这些作品又无不以楚辞为楷模。当时有不少人写过"神女赋",最有代表性的,当然是曹植的《洛神赋》。"赋序"说:"古人有言,斯水之神名曰宓妃,感宋玉对楚王神女之事,遂作此赋。"可知是在楚辞影响下的创作。赋中描写洛神的活动:

　　　　于是忽焉纵体,以遨以嬉。左倚采旄,右荫桂旗。攘皓腕于神浒兮,采湍濑之玄芝。

　　宓妃活泼好动,耽于游戏,这和《离骚》中的描写可说是一脉相承。赋中并未责备洛神"无礼",却称她"习礼而明诗"。但人神之间毕竟有距离,作者

"收和颜而静志兮,申礼防以自持"。这一场人神之间的恋情,也因守礼而以失败告终。"恨人神之道殊兮,怨盛年之莫当"这简直可以看作是《离骚》求女情节的诠释了。

汉魏时期的作者,除写作了不少的神女赋之外,还写作过许多性质相类似的情赋。这也是由张衡开其端。张衡写过《定情赋》,是描写美人与爱情的。其后蔡邕有《检逸赋》(一作《静情赋》),王粲有《闲邪赋》,陈琳有《止欲赋》。这类赋的结构,大体都是在咏美、言情之余,最后抑之以礼。这一方面是沿袭汉赋"曲终奏雅"的路数,另一方面以爱情为题材,大胆描写,最后以礼自持而不得结果,又是与《离骚》求女情节如出一辙。这类情赋都只存片断,得以完整保存的只有东晋末陶渊明所作的《闲情赋》,这篇赋可称这类赋的典型。赋序称:

> 初张衡作《定情赋》,蔡邕作《静情赋》,检逸辞而宗淡泊,始则荡以思虑,而终归闲正。将以抑流宕之邪心,谅有助于讽谏。

赋中对理想之美人作了多方面的刻画,然后用楚辞式语言,诉其不得相会之情:

> 欲自往以结誓,惧冒礼之为愆。待凤鸟以致辞,恐他人之我先。意惶惑而靡宁,魂须臾而九迁。

这简直就是《离骚》求女情节的概括。这之后作者写了种种大胆的托愿,但每愿必违,终被遗弃,表达了深深的失落感。最后复重申要以礼自制,"坦万虑以存诚,想遥情于八遐"。这和《离骚》于求女失败之后漫游八荒的构思又是多么相像。《闲情赋》在不少地方仿效了《离骚》,序中明言有助于讽谏。但是有什么比喻,有何暗指,则也是说不清楚的。

屈原开了个头,带起了后世许许多多写情的美文。所谓"诗缘情而绮靡"[①],

---

① 陆机《文赋》。

诗歌写情(包括爱情)天经地义,何况这后面,说不定还隐藏着深邃的思想和重大的题材呢!屈原承袭神话和民歌的精神,写了对神女的大胆追求,虽然最后不免要约之以礼,但后世读来,也会感到一种石破天惊般的震撼。所以在适当的气候下,才有那么许多大手笔,沿着他开创的路子去发挥、去创造。

从《离骚》求女情节的来龙去脉考察,可以肯定地说,其中必有寓意。不可能只是抒写爱情,更不可能是仿效巫歌或者是巫术活动的一种描写。

(《屈原研究国际研讨会论文集》,香港,2000 年 5 月)

《九歌·山鬼》与望夫石的传说

《九歌》是美的结晶！优美的诸神形象，使众神留连忘返的秀丽山川，众神所抒发的美好感情，以及祀神时那回荡于天上人间的旋律，飘忽迷离的柔美舞姿，使《九歌》成为中国文学史上一部集美之大成的艺术瑰宝。

《九歌》是屈原的伟大创作，虽是作为祀神歌舞，但也反映了作者的思想感情。东汉王逸《楚辞章句·九歌叙》说：

> 《九歌》者，屈原之所作也。昔楚国南郢之邑，沅湘之间，其俗信鬼而好祀，其祀必作歌乐鼓舞以乐诸神。屈原放逐，窜伏其域，怀忧苦毒，愁思沸郁，出见俗人祭祀之礼，歌舞之乐，其辞鄙陋，因为作《九歌》之曲。

照此说法，屈原写作《九歌》，大致和后来唐代刘禹锡被贬夔州，仿民歌作《竹枝词》之事相类。王逸接着又说明《九歌》的作意是："上陈事神之敬，下见己之冤结，托之以风谏。"我们可以承认其因见祀神歌舞而作的说法，但对"托之以风谏"的说法却不能赞同。因为从《九歌》中我们一点儿也看不出"风谏"的意思。那么，屈原写作《九歌》是否只是客观地描述祀神的场面、人神恋爱的故事，而没有表现作者的主观感情呢？我们的回答也是否定的。明末王夫之说得好：

> 熟绎篇中之旨，但以颂其所祠之神，而婉娈缠绵，尽巫与主人之敬慕，举无叛弃本旨，阑及己冤。但其情贞者其言恻，其志菀者其音悲，则

不期白其怀来，而依慕君父、怨悱合离之意致，自溢出而莫圉。①

他认为，祀神就是祀神，本不容在其中叙述自己的冤屈。然而既是屈原的创作，那么作者自身悲怨的心情也就会在诗篇中自然流露。他所说的"依慕君父"恐怕未必，至于说《九歌》必然打上作者屈原的思想烙印，表现了"怨悱合离之意致"则不容忽视。我们从《九歌》中，不仅多处发现有与《离骚》、《九章》等篇相同的字句，②而且还发现了其思想感情的类似，《九歌》中热烈地追求但终归失败的主题，是与《离骚》中求女失败相一致的。"反经失常"的比喻，与《离骚》、《九章》中对楚国黑暗现实的控诉，在精神上也是相通的。③那离别的愁思，乐极而转悲的心情变化，也都可以在《离骚》、《九章》等篇中得到印证。因此，我们便不能说《九歌》是无关作者个性的单纯的祀神歌曲。

《九歌》的基本情调是哀艳的。刘勰《文心雕龙·辨骚》称："九歌九辩，绮靡以伤情"，又总评《楚辞》是"惊采绝艳"。清沈德潜《说诗晬语》也说："九歌哀而艳，九章哀而切。"我认为他们的体会是正确的，《九歌》中除了《东皇太一》、《礼魂》两篇描写迎神、送神的歌舞场面，表现了欢愉之情外，其余九篇则都带有离别哀伤之情。特别是《山鬼》与《国殇》，我们更无法承认其调子是愉快的。《国殇》全篇洋溢着作者的爱国激情，礼赞为国捐躯的战士，写

---

① 王夫之《楚辞通释》。
② 游国恩《楚辞论文集·屈原作品介绍》举出：《云中君》的"与日月齐光"一句又见于《涉江》；《湘夫人》的"九疑缤兮并迎"一句又见于《离骚》；《东君》的"载云旗兮委蛇"一句也见于《离骚》（"兮"作"之"）。《大司命》有"玉佩兮陆离"，《离骚》则有"长余佩之陆离"；《少司命》有"绿叶兮素枝"，《橘颂》则有"绿叶兮素荣"；《大司命》有"老冉冉兮既极"，《离骚》则有"老冉冉其将至"；《湘君》有"驾飞龙兮北征，遭吾道兮洞庭"，《离骚》则有"为余驾飞龙兮"及"遭吾道夫昆仑"。此外还有许多词汇如"纷总总"、"芳菲菲"、"长太息"等也同时见于《九歌》及《离骚》中。游先生所举之外，还有如《湘君》"女婵媛兮为余太息"，《离骚》则有"女嬃之婵媛兮"；《湘君》、《湘夫人》均有"聊逍遥兮容与"，《离骚》则有"聊浮游以逍遥"等。
③ 钱钟书《管锥编》第二册《楚辞洪兴祖补注·九歌（三）》分析"反经失常诸喻"，认为《湘君》中"采荔摩芙之喻尚涵自艾"而《湘夫人》中"鸟萃兮蘋中，罾何为兮木上？"与"麋何食兮庭中？蛟何为兮水裔？"等喻"则径叹世事反经失常，意更危苦"。

得十分悲壮。《山鬼》则以人神恋爱的情节,描写了山鬼由期待而失望的心情,写得缠绵悱恻,哀艳动人。这两篇诗充分证明了《九歌》是屈原的创作,而且反映了屈原的思想感情。我们知道悲壮哀艳正是屈原诗篇中主要的感情色彩。

《山鬼》全篇笼罩着悲剧气氛,其中出现的是一个极美的、令人同情的形象。可是历代的注释,被一个"鬼"字纠缠着,大都认为"山鬼"即山中鬼怪。如:

洪兴祖《楚辞补注》说:"庄子曰,山有夔,淮南曰山出噭阳,楚人所祀,岂此类乎?"

朱熹《楚辞集注》说:"《国语》曰,木石之怪夔、罔两,岂谓此耶?"

王夫之《楚辞通释》说:"孔子曰,木之怪夔、罔两,盖依木以蔽形,或谓之木客,或谓之獥……以其疑有疑无,谓之鬼耳。"

蒋骥《山带阁注楚辞》说:"次山鬼于河伯之后,意亦山之灵怪,能祸福人者,故祭之。"

戴震《屈原赋注》:"与魑魅为群,作《山鬼》。"

另外还有一种说法,将山鬼解释作死者的灵魂:

胡文英《屈骚指掌》说:"盖有德位之人,死而主此山之祀者。"

王闿运《楚辞释》:"鬼谓远祖,山者君象,祀楚先君无庙者也。"

这种说法的根据,当是《说文解字》:"人所归为鬼……鬼,阴气贼害,从厶。"可是,这是对"鬼"字的一般解释,与"山鬼"并不相干。

山鬼应是山林女神。《说文》鬼部有"魋"字,释作"神也"。段玉裁注云:"当作神鬼也。神鬼者,鬼之神者也,故字从鬼申。"朱骏声《说文通训定声》坤部第十六亦云:"按《老子》云'其鬼不神',此盖鬼而神者也。""鬼、神"本由心造,并没有不可逾越的界线,不过是高级、低级之分罢了。《山海经·中山经》有一则神话:"青要之山……魋武罗司之,其状人面而豹文,小要而白齿……"袁珂《山海经校注》说:"魋武罗者,盖《楚辞·九歌·山鬼》所写山鬼式的女神也。"武罗神是青要之山的山林女神,与"山鬼"同类,其称则用"魋"字。这说明山林之神够不上正式的神的称号,只能作为鬼而神者来对待。

那么屈原将山林女神称作"山鬼"就是很自然的了。我们还要补充说明,武罗神完全是神话,山鬼则不尽然,从《山海经》所记录的较原始的武罗神发展而成山鬼,还要经过漫长的道路。

神话中的山神形象往往是可怖的,一如诸旧注所言。《广雅·释天》云:"山神谓之离。"王念孙疏证曰:"《说文》:离,山神,兽形,字亦作螭……《周官》'凡以神仕者'疏引服虔注云:'螭,山神兽形,或曰如虎而啖虎魅怪物,或曰人面兽身而四足,好惑人,山林异气所生,为人害者。'"或为兽形或为人兽合体,总之山神是可怖的形象,而且是为害于人的。

可是《山鬼》中的山林女神是怎样的形象呢?那是一个极美的、感情丰富的人的形象。除了"被薜荔兮带女萝"、"乘赤豹兮从文狸"等略示其神灵的身份外,她与人几乎就没有什么差别了。她既不能阻止爱人的去而不返,甚至也不能测知爱人对她的心意,可以说她身上的"人性"是大大超过了"神性"的。她完全摆脱了原始神话的"遗形",[①]却充满了诗人浪漫主义的想象。

《山鬼》在神话的基础上经过了诗人大幅度的艺术加工。如果诗人把山鬼写成夔与嚣阳之类的鬼怪,倒是与原始神话比较接近。但诗人却没有这样写,甚至也没有写成"人面豹文"那种人兽合体的武罗神的形象。山鬼几乎完全人化了。诗篇中所写的她的恋爱故事,充其量也只是郑交甫江边遇二妃之类的故事,[②]具有诗意却没有多少神秘性。我们每读《山鬼》,总会联想起署名宋玉的《高唐赋》、《神女赋》以及曹植的《洛神赋》。这几篇著名的辞赋描写女神,都给人以一种惝恍迷离之感。

"旦为朝云,暮为行雨……湫兮如风,凄兮如雨,风止雨霁,云无处所。"(《高唐赋》)

"其始来也,耀乎若白日初出照屋梁;其少进也,皎若明月舒其光。"(《神女赋》)

---

① 茅盾《中国神话研究》引安德烈·兰的说法,称神话的不合理质素大都是"遗形"——古代诗人未加修饰的部分。

② 见《列仙传》谓郑交甫游于江汉之滨,遇二女,赠以玉佩,行不数步,忽失二女所在。

"翩若惊鸿,婉若游龙,荣耀秋菊,华茂春松,仿佛兮若轻云之蔽月,飘摇兮若流风之回雪……"(《洛神赋》)

这种种描写不正可移来为《山鬼》"若有人兮山之阿"作注脚吗?很显然,这几篇赋虽取材于神话传说,但又决不是神话故事的复述,而是作者的新创造。《山鬼》也是这样,它不是神话的记录,而是一首叙事—抒情诗。现代的研究者有一种意见,认为山鬼即巫山神女,①因其性质确实相近,故而很多人赞同此说。按《水经·江水注》:"(巫山)帝女居焉。宋玉所谓天帝之季女,名曰瑶姬,未行而亡,封于巫山之阳,精魂为草,实为灵芝。"《文选·别赋》李善注所引《高唐赋》即称瑶姬为楚襄王所遇之神女。那么,瑶姬即巫山神女,亦即襄王之所遇了。我们仔细推敲,觉得如果说山鬼就是天帝之季女瑶姬,怕也不很贴切,但如果说他们是同类型的山林女神,可能是同一种神话的演化,则是没有问题的。这类山林女神是诗化了的。她们或为朝云,或为行雨,或为瑶草,这些要么是山林中的自然景象,要么是山林中的奇珍。拿这些来形容女神的轻盈秀丽、飘忽变幻,实在是诗人很美的想象,倒不必有多少神话的依据。

山鬼也是诗化了的山林女神,她美丽高洁而又温柔多情,可以说更接近人的形象。山鬼失恋的故事,与其说表现了超现实的神话,毋宁说更多地反映了人间的生活。山鬼那种怀念、期待终归失望的悲剧心理,也可看作是现实生活的反映。这使我们联想起同样表现了期待——失望的不幸的望夫石之类的传说。很有可能这类传说为《山鬼》提供了想象的基础。诗篇写山鬼"表独立兮山之上",独自站在山头眺望,那曲折的心情、深沉的悲哀与望夫石之类的传说多么相似啊!《山鬼》岂非就是这类传说的更为生动的表现?就像民间传说对女子望夫化而为石极表同情一样,屈原对山鬼也倾注了无限的同情。因此我们可以说《山鬼》是极富人情味的诗篇,是非常接近人民

---

① 郭沫若《屈原研究》主此说。笔者也曾相信此说,现在考虑"山鬼"与"巫山神女"身份似有差别,故认为应视作同类神话的演化,而不宜完全等同。

的作品。

望夫石的传说始于何时,尚未找到确切的记载,但关于女子化石却在古代神话中便已有之。如:

> 禹治洪水,通辕山,化为熊。谓涂山氏曰:"欲饷,闻鼓声乃来。"禹跳石,误中鼓。涂山氏往见,禹方作熊。惭而去,至嵩高山下,化为石,方生启,禹曰"归我子!"石破北方而启生。(《汉书·武帝本纪》元封元年注引《淮南子》)

涂山氏的化石与望夫无直接关系,但《吕氏春秋·音初》却记载了一段涂山氏望夫的故事:

> 禹行功,见涂山之女。禹未之遇而巡省南土。涂山氏之女乃令其妾待禹于涂山之阳,女乃作歌,歌曰:"候人兮猗!"实始作为南音。

这是一则颇为浪漫的故事,表现了期待、盼望的感情,而涂山氏女所作的期待之歌,又为南方文学奠定了基础。在有关涂山氏与禹的神话中,化石与望夫虽未紧密结合,但已为望夫石的传说提供了重要依据。值得注意的是:涂山氏之所以化石也是由于失望、绝望,感情痛苦所致。

有一些传说,虽没有直接讲到女子化石,但也强调了登山盼望以致愁苦而死这一情节。如:

> 夷通乡北过仁里,有观山,故老相传云,昔有妇登北山,绝望愁思而死,因以为名。(《文选·高唐赋》李善注引《地理志》)

> 金华北山白望峰,东下为鹿田,相传宋玉女在这近边耕稼,畜鹿,能入城市贸易,村民邀杀之,鹿遂不返,玉女登峰白望,因有此名,玉女之坟今尚在。(《郁达夫日记》转述万历《绍兴府志》)

山、峰都以"观"、"望"命名，表明了人民群众对这类期待的同情。正因如此，与山头略具人形的石头相比附，便有了许多望夫石的传说。今略举数例如下：

> 南陵县有女观山，俗传云昔有妇人，夫官于蜀，屡愆秋期，忧思感伤，登此骋望，因化为石……（《太平御览》卷五二引《舆地志》）

> 武昌阳新县北山有望夫石，状若人立者。传云，昔有贞妇，其夫从役，远赴国难，携弱子饯送此山，立望而化为石。（《太平御览》卷五二引《世说》）

> 望夫石在新野县北二十五里白河岸，世传一妇送夫从戍，至此别后，其妇望夫，伫立忘归，久之，化为石，故名。（《河南通志·南阳府》引自《古今图书集成》）

> 望夫石，在紫阳县西南八里，旧传有妇人，其夫从戍，朝夕登望，后化为石。（《陕西通志·兴安州》——引自《古今图书集成》）

> 新妇石，一名望夫石，在于潜县天目西峰半山之中道，面东昂立，势高五丈，天然人形，与东目新郎石相对。（《浙江通志·杭州府》——引自《古今图书集成》）

这类记载在地方志中很多，流传于民间的则更为广泛。清檀萃著有《楚庭稗珠录》记载楚地风物。其中"黔囊六十一则"有"辛女岩"云："辛女岩有石屹立，高辛氏女所化。对岸岩间，机一船一，乃其遗迹。"辛女化石，当亦与望夫有关。传说如此普遍，故唐李素诗云："望夫化石立山根，何事人间处处存？"到处有"望夫石"，除石头每略像人形之外，更重要的原因是在封建社会里，广大妇女都经受过这种等待、盼望的辛酸。丈夫远戍，妻子只得长久地盼望，这类传说便深刻地反映了那个时代的社会生活。

望夫石传说揭示的化石原因，是对丈夫的期待——失望，是由离别而产生的痛苦。当这种感情升到最高点时，骤然凝聚，成为永远不变的形象，呈现出永远不变的姿态。这类传说是对坚贞爱情的颂歌，是对不幸女子的巨大同情。——而这也正是《山鬼》的主题。

现在我们且来看看《山鬼》一诗是怎样塑造它的形象和表现它的主题的。诗篇形容山鬼"既含睇兮又宜笑,子慕予兮善窈窕",以对眼神、笑靥、体态的描写,让人感觉到这是一个绝美的形象。山鬼居处幽深寂寞,道路艰难:"余处幽篁兮终不见天,路险难兮独后来。"但她为了追求所爱的人,在"石磊磊兮葛蔓蔓"的山道上费力地攀登。为了寄托她对爱人的思念,她"采三秀兮于山间","折芳馨兮遗所思",她要把象征纯洁爱情的香花灵草赠给所想念的人。诗篇赞颂山鬼高洁的品质:"山中人兮芳杜若,饮石泉兮荫松柏。"她像杜若一样芳香,清澈的泉水供她饮用,常青的松柏为她遮阴。她心地善良感情真挚,对方失约不来,她却替对方设想而给以原谅:"君思我兮不得闲。"随后又极其生动地表现了山鬼心情的变化。久等不来,终于产生了怀疑:"君思我兮然疑作",是真心还是假意?是忠诚还是欺骗?这样的疑问蓦然闯上心头。最后她完全失望了:"思公子兮徒离忧",白白地等待,徒然地忧愁,心中充满了凄苦之情。诗人对山鬼是倾注了无限同情的。随着山鬼心情的变化,诗人给情节安排了相应的自然环境。当山鬼独立山头眺望的时候,脚下是一片云海遮住了视线。随后,天光晦暗,飘风骤雨,这变幻无端的山中景象,恰恰配合了山鬼心中的矛盾冲突:"留灵修兮憺忘归,岁既晏兮孰华予。"你为谁所留,安而忘归?岁月已逝,谁能使我花开不谢?此情此景,山鬼的心情极为复杂。而当山鬼心中希望与绝望交战,最终希望开始破灭的时候,大自然也奏起了悲怆的交响诗:"雷填填兮雨冥冥,猿啾啾兮狖夜鸣,风飒飒兮木萧萧,思公子兮徒离忧。"这景色多么凄凉、寂寞,被爱人抛弃了的山鬼又是多么孤独、悲哀。"巴东三峡巫峡长,猿啼三声泪沾裳。"①这无比凄清的巫峡猿啼,原来已早被屈原作为典型环境写入他的诗篇了。

读完《山鬼》,掩卷长思,在云天雨幕之中,一个俏丽的身影,孤独地站在山头,长久地长久地眺望——这样一个形象便很难从脑海中抹去。而这便是"望夫石",是千百万有着同样遭遇的妇女的化身!

---

① 《水经·江水注》引渔歌。

前面我们曾说山鬼和巫山神女瑶姬是同一类型的山林女神。而关于瑶姬恰巧也有化石的传说。杜光庭《墉城集仙录》中说：瑶姬至巫山，命神助禹治水。"禹尝诣之崇巘之巅，顾盼之际，化而为石，或倏然飞腾，散为轻云，油然而止，聚为夕雨，或化游龙，或为翔鹤，千态万状，不可亲也。"又说："（楚襄王）筑台于高唐之馆，作阳台之宫以祀之。宋玉作《神仙（女）赋》以寄情……有祠在山下，世谓之大仙，隔岸有神女之石，即所化也……楚人世祀焉。"这里面当然有许多瞎编的昏话，然而楚人既以神女石为瑶姬所化且世代祭祀，可见这传说是久远流传的。这也可以提供一条旁证，说明"山鬼"、巫山神女之类的山林女神与化石的传说，确有一些渊源。

当然，我们将《山鬼》与望夫石的传说联系起来，主要并不是着眼于化石与否，而是着眼于思想与情调的联系。我们回顾一下，在古代文学中，这类描写期待或是追求以至于失望的著名篇章是很多的。如《诗经》中的《召南·汉广》、《秦风·蒹葭》都表现了阻隔重重、可望而不可即的哀怨。这两首诗是《诗经》中最具浪漫主义倾向的抒情名篇。诗篇写得迷离惝恍，很可能是以人神恋爱故事作为背景的。鲁、韩二家诗说都认为《汉广》所咏即郑交甫遇江妃二女的故事，此说比较可信。我们都承认《九歌·湘夫人》中的名句"帝子降兮北渚，目眇眇兮愁予"与《汉广》、《蒹葭》的描写一脉相承。其实《山鬼》所表现的也是同样的情绪。在散文中，《庄子·盗跖》篇记载一则悲剧故事："尾生与女子期于梁下，女子不来，水至不去，抱梁柱而死。"这则故事说的是男女相约，女子失期不至，男子尾生遵守信约不离去，最后悲惨地死去。情节虽稍有不同，但所表现的情感也与《山鬼》、望夫石传说相类。后世写这种悲剧情感的诗篇更多，我们姑且举繁钦的《定情诗》为例。诗中写道："……与我期何所？乃期山北岑。日暮兮不来，凄风吹我襟。望君不能坐，悲苦愁我心。"其情其景与《山鬼》的描写何其相似。古代诗文中大量描写期待——失望的悲剧情感，说明这种情感是特定社会的产物，是时代生活的反映，在长期封建社会中具有相当的普遍性，能够引起广泛的共鸣。

古代作者写过一些描写望夫石的诗赋，如唐代诗人王建便写过《望夫石》诗："望夫处，江悠悠，化为石，不回头！山头日日风和雨，行人归来石应语。"这些诗赋描写、咏歌望夫石,说明望夫石的传说有很强的感人力量。那么《山鬼》的动人力量如何呢?唐沈亚之在其所作的《屈原外传》中说:"至《山鬼》篇成,四山忽啾啾若啼啸,声闻十里外,草木莫不萎死。"他引用传说来形容《山鬼》悲剧的动人力量,那力量是可以惊天地而泣鬼神的。

  关于《山鬼》的背景,游国恩先生曾提出楚人淫祀的说法。游先生引《后汉书·宋均传》所载,宋均为九江太守时,"浚遒县有唐后二山,民共祠之,众巫取百姓男女以为公妪,岁岁改易,既而不敢嫁娶"等事,说明楚人当有此习俗,因证之《九歌·山鬼》之词断为作者故作山鬼思其配偶语气。这类鬼神求生人以为配偶的故事,见于神怪小说者甚多。游先生复举皇甫枚《三水小牍》、孙光宪《北梦琐言》等书所载为例,说明:"《山鬼》一歌,不过夫妇之造端,小说之权舆而已。"①作为楚国民间祀神歌舞,表演这种"娶山"的巫风是完全可能的。不过,可以补充说明的是,经过屈原的加工、提炼,《九歌·山鬼》离开这种巫风就相当地远了。关于这一点,闻一多先生的意见很有启发性,闻先生强调巫音与巫术的不同,指出:"八章歌曲(除'东皇太一'、'国殇'、'礼魂')是扮演'人神恋爱'的故事,不是实际的'人神恋爱'的宗教行为。"他还强调:"(古人对于'九歌')和我们今天的态度,并没有什么差别,同是欣赏艺术……在深浅不同的程度中,古人和我们都能复习点原始宗教的心理经验,但在他们观剧时,恐怕和我们读诗时差不多,那点宗教经验是躲在意识的一个暗角里,甚至有时完全退出意识圈外了。"为什么?那是因为《楚辞》的《九歌》,"经过文化的提炼作用,而升华为飘然欲仙的诗"②。当人们听、读着如此优美的诗章时,是不会念念于打着野蛮、愚昧印记的原始宗教行为的。

  我们确认山鬼的形象是诗人根据神话传说进行的再创造,并且打上了诗人思想的烙印。在再创造的过程中,山中风烟林泉之美,提供了诗人想象的基础。而望夫石之类的传说则可能给诗人以很大的启发。我们将《山鬼》

---

① 游国恩说见《楚辞论文集·论九歌山川之神》。
② 闻一多说见《神话与诗·什么是九歌》。

与望夫石的传说进行比较,发现了许多共同之处:二者都是对坚贞爱情的歌颂,都表现了一种期待——失望的强烈的悲剧感情;二者都塑造了独立山头长久眺望的女主人公的抒情形象;二者虽然都有一些神话传说的成分,但更多的则是现实生活的反映。望夫石表现的是人间的悲剧,《山鬼》所写的又何尝是鬼神世界,那山林女神所具有的分明是人间现实的感情。因此山鬼的形象同望夫石一样具有深刻的意义。

[《南京大学学报(哲学·人文科学·社会科学版)》1983年第3期]

论汉人对屈原的评价

屈原作品写成之后,在楚国发生过很大的影响。楚人"高其行义,玮其文采,以相教传"①。因而屈原的事迹和作品得以流传和保存。但是,较系统地对屈原作品进行研究,则开始于汉代。汉代可说是"楚辞学"建立的时代,汉人对屈原作品的注释与评论,无不给予后世以巨大的影响。汉人评价屈原,观点上存在的一些分歧,反映了那个时代学术思想的发展变化,也有其不可忽视的意义。

总的来说,汉代对于屈原作品,从思想上和艺术上主要是褒扬的。特别是西汉时的贾谊、刘安和司马迁等人,认为屈原有"圣人之神德",其作品足以"与日月争光",评价极高。

文帝时,贾谊结合自身遭遇,写作《吊屈原赋》。这篇辞赋对屈原表示了极大的赞美、同情。贾谊是北方洛阳人,他对屈原如此熟悉、如此崇敬,可见屈原死后百年来影响之巨大。在《吊屈原赋》最后,贾谊写道:"般纷纷其离此尤兮,亦夫子之故也;历九州而相其君兮,何必怀此都也?"多少表示了一点异议。传为贾谊所作之《惜誓》,也表示了同样的意思:"非重躯以虑难兮,惜伤身之无功","彼圣人之神德兮,远浊世而自藏"。汉初黄老思想盛行,"全身远害"、"同生死,轻去就"之类的观念广泛传播。贾谊虽是一位有用世之志的政论家,但在他遭到一系列挫折、打击之后,"为伤悼无聊之故"②,仍不免以老庄思想来作自我宽慰,同时用之评说屈原,以寄托其感慨。

---

① 王逸《离骚叙》。
② 朱熹《楚辞集注》卷八《服赋序》。

武帝时，淮南王刘安是一位著名的楚辞专家。《汉书·淮南王传》云："安入朝，献所作《内篇》。新出，上爱秘之，使为《离骚传》，旦受诏，日食时上。"据颜师古注云："传谓解说之，若《毛诗传》。"然而荀悦《前汉纪·孝武皇帝纪》、高诱《淮南鸿烈·解叙》，以及《太平御览·皇亲部十六》引《汉书》，均作《离骚赋》。这一异称，甚至使近人有据以武断《离骚》为刘安所作者。① 实则《离骚赋》是读《离骚》而作之赋，是阐明《离骚》大意并赞颂之。② 而"传"则不仅指解释词句，也还有记述作意及"并经文所未言者而引申之"（马瑞辰《毛诗传笺通释》）的一种体例。杨树达因以为荀悦、高诱不明此例，迳自改"传"为"傅"——通"赋"，因而称作《离骚赋》。③ 据班固《离骚叙》称，刘安以"五子"为伍子胥，可知刘安的确解释说明过《离骚》，其解说并含有错误。刘安并非《离骚》作者，断无可疑。班固《离骚叙》、刘勰《文心雕龙·辨骚》皆以"国风好色而不淫，小雅怨诽而不乱，若《离骚》者可谓兼之。蝉蜕浊秽之中，浮游尘埃之外，皭然泥而不滓，推此志虽与日月争光可也。"此数句为刘安《离骚传》中语。这段话也曾为《史记·屈原贾生列传》所采用。从这段话看，刘安对楚辞评价极高，认为兼有"国风"、"小雅"的优点，写了求女等事，但并没有越礼过分，怨刺楚王但并没有犯上作乱的意思——这是符合实际情况的；强调屈原具有出污泥而不染的高洁品质，这更是正确的。不过我们也应指出，"以浮游尘埃之外，不获世之滋垢"，却是刘安"超尘绝俗"的道家思想的反映。我们读汉人仿骚诸作，每多游仙的描写，也是这种思想的表观。《离骚》中固然有叩帝阍、登悬圃的描写，而更突出的则是《远游》中那种游仙的描写，当更为汉人所乐于依据。所谓："文采铺发，遂叙妙思，托配仙人，与俱游戏，周历天地，无所不到。"④正是《离骚》某一部分的发展和扩大。《远游》是否屈原所作是一个有争论的问题，但作为《楚辞》中之一篇，在汉代颇有影响则是没有疑问的。汉代神仙思想相当普遍，《离骚》的奇幻色彩以

---

① 何天行《楚辞作于汉代考》。
② 王念孙《读书杂志》云："使为《离骚》傅（赋）者，使约其大旨而为之赋也。"
③ 参见杨树达《读汉书札记》卷四及《离骚传与离骚赋》（《光明日报》1951.6.9）。
④ 王逸《远游叙》。

至《远游》中关于游仙的描写,必为汉人所爱读。"汉武爱骚",恐怕这也是一个重要的原因。

司马迁和屈原一样,曾受过重大政治打击,并且以"屈原放逐,乃赋《离骚》"①来激励自己。他是汉代最重要的屈原研究者。他写了《屈原列传》,为屈原生平保存了第一手资料。他评论屈原:"故忧愁幽思而作《离骚》。……信而见疑,忠而被谤,能无怨乎?屈平之作《离骚》,盖自怨生也。"②强调《离骚》是悲愤哀怨之作。他于《屈原列传》赞语中又说:"余读《离骚》、《天问》、《招魂》、《哀郢》,悲其志。适长沙,观屈原所自沉渊,未尝不垂涕,想见其为人。"特别突出其志、其为人,是极有见地的。故章学诚《文史通义·知难》说:这"是贤人之知贤人也。夫不具司马迁之志而欲知屈原之志……则几乎罔矣。"刘熙载《艺概·文概》中也说:"志也,为人也,论屈子辞者,其斯为观其深哉!"

司马迁同意刘安的赞语,将其吸收进《屈原贾生列传》,并以为《离骚》写作的特点是:"其文约,其辞微,其志洁,其行廉,其称文小而其指极大,举类迩而见义远。其志洁,故其称物芳,其行廉,故死而不容自疏。"③这段话当来自《易·系辞》"旨远辞文"说。司马谈曾从杨何受《易》,司马迁易学传授有自,其《自序》也说欲"正《易传》,继《春秋》",故而其汲取《易传》之言是极其自然的事。司马迁归纳的《离骚》写作特点,把文学作品与作者的为人结合起来评论,指出香草美人都有深刻的象征、比喻的意义。文约辞微,言近意远,留给读者以丰富想象的余地。用这些话来概括屈原的创作方法相当确切。司马迁并明确地记载了屈原被贬经过。可以看到,屈原的愤嫉与楚人的怨怼相呼应,屈原的忧国之情和楚人相共鸣,必然招来群小的更沉重的打击。司马迁又以宋玉、唐勒、景差之徒"终莫敢直谏"作对比,肯定了屈原的直谏精神。《屈原贾生列传》最后说:"其后楚日以削,数十年,竟为秦所灭。"迳直将屈原的直谏能否被采纳和楚国的存亡联系起来,特别强调了屈原及

---

① 《汉书·司马迁传》;又《史记·太史公自序》:"屈原放逐,乃赋《离骚》。"
② 《史记·屈原贾生列传》。
③ 《史记·屈原贾生列传》。

其作品的政治意义。

汉宣帝时,桓宽编著《盐铁论》,记录了昭帝时盐铁会议上御史大夫和贤良文学两方的辩论。这两方都曾称引过屈原。御史大夫说:"淑好之人,戚施之所妒也。贤知之士,阘茸之所恶也。是以上官大夫短屈原于顷襄,公伯寮愬子路于季孙。"①贤良文学也几次提到屈原:"文学曰:'扁鹊不能治不受针药之疾,贤圣不能正不食谏诤之君。……是以孔子东西无所适遇,屈原放逐于楚国。'"又说:"屈原行吟泽畔,曰:'安得皋陶而察之?'夫人君莫不欲求贤以自辅,任能以治国,然牵于流说,惑于道谀。是以贤圣蔽掩而谗佞用事,以此亡国破家,而贤士饥于岩穴也。"这里化用了《史记·屈原列传》中的"人君……莫不求忠以自为,举贤以自佐"一段话,强调昏庸之君的不可救药。又,当御史大夫批评子路、宰我"矜己而伐能",成颥、胡建"独非自是"、"狂狷不逊",故而都落到悲惨的结果的时候,贤良文学便引屈原为例反驳说:"夫屈原之沉渊,遭子椒之潛也;管子得行其道,鲍叔之力也。今不睹鲍叔之力,而见汨罗之祸,虽欲以寿终,无其能得乎?"从《盐铁论》看,当时对屈原的主要评论是和《史记》一致的。

西汉后期至东汉,是楚辞学正式建立和发展的时期。刘向编辑了总集《楚辞》,又在其所编《新序·节士篇》中,记载了屈原的事迹,这样,更扩大了影响。刘向、扬雄皆曾作《天问解》。及至东汉,班固、贾逵、马融均曾为《离骚》作注,王逸的《楚辞章句》更为全书作了注释,成为今天仅存的汉代注本。

从西汉后期至汉末,学者对屈原的评价颇有分歧。最有影响的是扬雄、班固、王逸三人。后世每以扬雄、班固为屈原的批评指责者,我们以为对此还应当全面地加以探讨,以明真相。

扬雄是著名的汉赋作者和评论家。他对屈原基本上持肯定态度。《法言·吾子篇》云:"或问:'景差、唐勒、宋玉、枚乘之赋也益乎?'曰:'必也淫。''淫则奈何?'曰:'诗人之赋丽以则,辞人之赋丽以淫。'"此处仅讲到宋玉、唐、景而不提屈原,显然将屈原与诸人相区别,而将屈赋归入"丽以则"的诗

---

① 《盐铁论·非鞅第七》。

人之赋一类。同篇中,扬雄又写道:"或问:'屈原智乎?'曰:'如玉如莹,爰变丹青,如其智。'"关于这段话存在着截然相反的解释。李轨注云:"夫智者达天命,审行废,如玉如莹,磨而不磷,今屈原放逐,感激爰变,虽有文彩,丹青之伦尔。"按他的意思,扬雄这话是批评屈原的,是说屈原少智。俞樾《诸子评论》卷三十四引宋龚鼎臣《东原录》说,此句或当作"如玉加莹,爰见丹青"。俞氏更据字书,释莹为磨莹,而解释此句说:"言屈原之放逐,犹玉加磨莹而成文采也。"这样一解释又成了一句赞美的话。然而《诸子平议》同卷又引《论语》"如其仁、如其仁"等语相比较,以为"盖如管仲者,论其事功可也,不必论其仁也;若屈原者,论其志节可也,不必论其智也"。俞樾似乎认为扬雄终不以屈原为智。我认为,就《论语·宪问》所载上下文的文意看,孔子是从大处着眼,肯定了管仲的仁。"如"当从王引之《经传释词》所云"犹乃也",孔子意谓桓公能以德义合诸侯,就是管仲的仁,可证重言"如其智"并非否定语。全面理解扬雄的这段话,关键还在"爰变丹青"一语。汪荣宝《法言疏证》以为"爰"当作"奚"字,是形近而伪。其解释说:"奚变丹青?言久而不变也。……玉色久而不变,丹青则否,故云。"今按,屈原一再说:"虽体解吾犹未变";"芳菲菲而难亏兮,芬至今犹未沫",其行为始终保持了高洁的品质。扬雄即使要批评屈原,也不容以经久则变来立论。"爰变丹青"或"奚变丹青",都只能作积极的理解。因此《法言·吾子》篇上这段话,应是对屈原的肯定。

然而扬雄又有"反骚"之作。《汉书·扬雄传》云:"又怪屈原文过相如,至不容,作《离骚》,自投江而死,悲其文,读之未尝不流涕也。以为君子得时则大行,不得时则龙蛇,遇不遇命也,何必湛身哉!乃作书,往往摭《离骚》文而反之,自岷山投诸江流以吊屈原,名曰《反离骚》;又旁《离骚》作重一篇,名曰《广骚》;又旁《惜诵》以下至《怀沙》一卷,名曰《畔牢愁》。"后世批评扬雄者,对其"反骚"之作,无不痛加指斥。如洪兴祖说:"屈子之事,盖圣贤之变者,使遇孔子,当与三仁同称,雄未足以与此。"[1]又针对《反离骚》所云"舒中

---

[1] 宋洪兴祖《楚辞补注》。

情之烦或兮,恐重华之不累与",讽刺扬雄:"吾恐重华许原之沉江以死,不许雄之投阁而生也。"①朱熹于《反离骚》解题亦云:"然则,雄固为屈原之罪人,而此文乃《离骚》之谗贼矣。"宋人是这样来看待《反离骚》的。然而班固《离骚叙》称:"汉兴,枚乘、司马相如、刘向、扬雄骋极文辞,好而悲之,自谓不能及也。"却并不认为扬雄曾批评过屈原。王逸《离骚叙》曾对前人批评屈原之语进行反批评,但也只及班固,不言扬雄。又至后世挚虞《文章流别论》亦云:"《楚辞》之赋,赋之善者也,故扬子称赋莫深于《离骚》。"②那么,扬雄写作《反离骚》是什么意思,还是值得探索的。

扬雄作《反离骚》明显受贾谊《吊屈原赋》的影响,一方面吊祭昔贤,一方面也寄托了自己的牢骚不平。扬雄其人,"少而好学,不为章句,训诂通而已,博览无所不见,为人简易佚荡……不修廉隅以徼名当世"③。这说明他并非迂儒,而他一生却颇不得意,他"三世不徙官,及(王)莽篡位,谈说之士用符命、称功德、获封爵者甚众,雄复不侯,以耆老久次,转为大夫"④。后因别人牵连,投阁几死。他的著作,当时也不受重视。他作《反离骚》,首先是因为"赋莫深于《离骚》",故"反而广之",这与他"以为经莫大于《易》,故作《太玄》;传莫大于《论语》,作《法言》;史篇莫善于《仓颉》,作《训纂》;箴莫善于《虞箴》,作《州箴》"⑤是同样的出发点,很难认为是有意与屈原唱反调。

扬雄对屈原的批评,主要以道家思想结合儒家明哲保身为立论根据,认为屈原不应投江自杀,君子知命不忧,既然生不逢时,就应该远祸避害作龙蛇隐。这在当时是很流行的,贾谊、司马迁都曾说过类似意思的话。⑥ 扬雄的三篇仿骚之作,意思也不外乎贾谊所已言,实在没有对屈原提出什么严重的批评。其所以偏偏受到后人的指责,倒是因为他曾为莽大夫,和作《剧秦

---

① 朱熹《楚辞后语》注引。
② 严可均《全晋文》卷七十七。
③ 《汉书·扬雄传》。
④ 《汉书·扬雄传》。
⑤ 《汉书·扬雄传赞》。
⑥ 贾谊语见前引《吊屈原赋》;司马迁《屈原列传》赞:"读《鵩鸟赋》,同生死,轻去就,又爽然自失矣。"

美新论》二事。南宋时要强调宋朝的正统地位,故洪兴祖、朱熹等深恶扬雄,《反离骚》便成了批判的靶子。

东汉初,王充多次论到屈原,《论衡·累害篇》称"屈平洁白",《案书》、《超奇》、《纪妖》等篇都盛赞屈原能文,其余《命义》、《偶会》、《书虚》、《变动》、《效力》诸篇,皆以屈原与子胥并提,称其忠而被放,含冤而死。① 王充是一位颇能独抒己见的人,他对屈原的评论却也合乎一般的肯定意见。

东汉时代的班固,出身于儒学世家。当时,儒家的正统观念正被大力提倡,"君权神圣"特别受到强调。他以这种观念为依据,明确地提出了对屈原的批评:"今若屈原露才扬己,竞乎危国群小之间,以离谗贼,然责数怀王,怨恶椒兰,愁神苦思,强非其人,忿怼不容,沉江而死,亦贬絜狂狷景行之士,多称昆仑冥婚宓妃,虚无之语,皆非法度之政,经之所载,谓之兼诗风雅而与日月争光,过矣!"②对于这一批评,王逸最早提出了非议:"屈原膺忠贞之质,体清洁之性,直若砥矢,言若丹青,进不隐其谋,退不顾其命,此诚绝世之行,俊彦之英也。"针对班固的批评,对屈原作了高度赞扬。但是王逸的某些观点却不免迂腐,如以为:"夫《离骚》之文,依托五经以立义焉。"③将《离骚》的词句,硬性地从"五经"中找到根据,过于牵强附会。王逸反对班固,但采取与班固相同的以《五经》为准的批评标准,所以同样不能把握住屈原的精神实质。洪兴祖作《楚辞补注》,也批评班固的论点,他强调"同姓无可去之义",故而屈原"有死而已",并以为:"屈原自尽其爱君之诚耳,死生毁誉,所不顾也。"洪氏处于南宋危急存亡之秋,强调忠君爱国是很自然的。但所谓"同姓无可去之义",则不过是在明哲保身与忿怼沉江之间,找到的折衷说法,于屈原的精神并无所发明。

历代学者对班固《离骚叙》上的这段话多持反对意见,甚或予以激烈指斥。然而,班固对于屈原的评价却是自相矛盾的。在《汉书·艺文志》中,他接受刘向父子之说,谓"楚臣屈原离谗忧国,皆作赋以风,咸有恻隐古诗之

---

① 其中《变动》以邹衍与屈原相比,谓屈原之冤远胜邹衍。
② 班固《离骚叙》。
③ 王逸《离骚叙》。

义"。《汉书·地理志》云:"始楚贤臣屈原,被谗放流,作《离骚》诸赋,以自伤悼。"《汉书·贾谊传》也说:"屈原,楚贤臣也,被谗放逐,作《离骚赋》。"显然与前述批评之语互相矛盾。又据《后汉书·班固传》载,班固奏记说东平王苍曰:"昔卞和献宝,以离断趾;灵均纳忠,终于沉身。而和氏之璧,千载垂光;屈子之篇,万世归善……令尘埃之中,永无荆山、汨罗之恨。"给屈原以极大赞美。这篇奏记是班固年轻时所作,思想少受儒家束缚,故能作出较公允的评价。又如《汉书·古今人表》列屈原于上中一栏,和伊尹、傅说、伯夷、叔齐、管仲、颜渊、孟子等人列为同等。可见在班固的心目中,屈原的位置是很高的。

古人论述往往并不严格求其一贯,自相矛盾之事较为常见。程千帆先生在《史通笺记》中指出,产生这种现象的原因是:"盖一人之见,早晚容有异同;一书之中,先后不无差别。此或缘学问日进,则舍其旧以从新;或缘卷帙既夥,则整齐之功有所谢短。"程先生所论极是。拙见以为尚可补充两个原因:一是作者为时代风尚所左右,如西汉初盛行的黄老思想和东汉时盛行的三纲五常思想,必然产生深刻的影响;二是统治者钳制思想,使作者不得不改变论调。班固论述屈原、司马迁往往自相矛盾,便与这两条有相当的关系。据班固《典引》记载,汉明帝有一次对他说:"司马迁著书,成一家之言,扬名后世,至以身陷刑之故,反微文刺讥,贬损当世,非谊士也。"盖班固曾因"私改国史"下狱。汉明帝所以讲这番话,明显是以司马迁为例,给班固一个警告:只许歌功颂德,不许讥刺犯上。因此,班固在论述屈原时,不得不批评他离经叛道的地方,以表明自己是醇儒,和异端思想业已划清界限。如此而已!

基于以上的认识,我们很难确定班固对屈原的批评就是他一贯的、居主导地位的看法。当然,这并不妨碍对他的错误观点进行反批评,只是在此同时,我们仍有必要较全面地介绍、分析他的互相矛盾的观点。

总的说来,两汉人对屈原及其作品是肯定的,对于扩大楚辞的影响,起了很好的作用。两汉的评论者们都赞扬屈原的忠直,但是或者从道家思想出发,致憾于他未能"全身远害",或者从儒家思想出发,批评他不合"中庸之道",有违"尊君之义"。对于屈原的文辞,大家都是爱好、佩服的,可是用封建道德来衡量,那些诡异放肆的语言,又使得评论者颇多顾忌,有的为之曲解,有的迳直批评。这些都是评论家们时代、阶级局限性的反映。汉人评价屈原,不乏精彩的议论,而某些矛盾歧异的观点,也还不失为深入研究屈原思想和屈原作品艺术特点时的重要参考。

(《求索》1984年第4期)

鲁迅怎样评价屈原

在鲁迅评论过的中国古代作家中,屈原无疑占有重要的位置。鲁迅爱好屈原的作品,对屈原在文学史上的地位与作用,作了充分的肯定。与此同时他也深刻地指出了屈原的局限性,分析了屈原艺术上的弱点。他关于屈原的一些精辟的评语经常为人们所引用,他的主要观点给人们以极大的启发,直到今天仍然具有重大的指导意义。鲁迅的著作中,牵涉到对屈原评价问题的有这样三部分:一、诗歌创作中的引用;二、学术性文章及文学史专著中的论述;三、讽刺性杂文中的借喻。这三部分性质不同,不应等量齐观。探讨鲁迅对屈原的评价,当然以第二部分为主;但一、三两部分也是从某一侧面反映了鲁迅的观点。

一

鲁迅在少年时代便爱好并熟读了屈原的作品。1901年,20岁的鲁迅便写了一篇"骚体"的《祭书神文》。这篇祭文模仿屈原的风格,交织着对丑恶事物的批判和对高尚品格的赞颂。文章对钱神、钱奴、俗丁、伧父深恶痛绝,同时又表示了在贫困中依然不失其豪爽气概、以读书作文为乐趣的情怀。文中写道:"绝交阿堵兮尚剩残书,把酒大呼兮君临我居。缃旗兮芸舆,挈脉望兮驾蠹鱼。寒泉兮菊萡,狂诵《离骚》兮为君娱。"所以要狂诵《离骚》来娱乐书神,就是因为《离骚》中表现的高尚情操和愤世嫉俗的精神,引起了鲁迅的共鸣。

鲁迅在其诗歌创作中,时常化用屈原作品中的词句,或者借用楚辞中香草、美人的比喻,这种化用或借用,基本上都是采取其正面的积极的意义。这也可以说明鲁迅对楚辞的爱好和对屈原人格的赞许。1902年鲁迅在日本写了抒发爱国情怀的《自题小像》一诗。其中"寄意寒星荃不察"一句,便是从《离骚》"荃不察余之中情"演化而来。《离骚》中,"荃"这种香草,指代听信谗言、不辨忠奸的楚怀王,而鲁迅诗中的"荃"则指尚未觉醒的祖国人民。后者的意义远非前者可比,然而从格调看,二者基本一致。鲁迅后期诗作中提到屈原事迹、化用楚辞诗句的也很不少。如写于1932年的《无题》诗中有"泽畔有人吟不得,秋波渺渺失《离骚》"二句,指出在国民党反动派的如磐夜气的重压下,连屈原那样行吟泽畔也不可得,《离骚》那样的作品也就消逝于无形了。写于1932年的《无题》诗:"一枝清采妥湘灵,九畹贞风慰独醒。无奈终输萧艾密,却成迁客播芳馨。"也是以屈原自况,其中化用楚辞诗句、汲取屈原精神是显而易见的。此外,如写于1933年的《悼丁君》中:"瑶瑟凝尘清怨绝,可怜无女耀高丘。"以及写于1931年的《湘灵歌》中"高丘寂寞竦中夜,芳荃零落无余春"等诗句,都是从《离骚》"忽反顾以流涕兮,哀高丘之无女"两句变化出来,其含义则是指控反动派血腥镇压革命,摧残人才,以致祖国大地呈现出一派寂寞荒凉的景象。如果说屈原以高丘代指楚国,表现了二千多年前的诗人的强烈爱国精神,那么,鲁迅的这些诗句,则闪射出一个无产阶级革命文学家的爱国主义的思想光辉。

最能说明鲁迅在精神上与屈原有所共鸣的,是他第二部小说集《彷徨》的题辞。在《彷徨》的扉页上,鲁迅写下了《离骚》中的这一段话:

> 朝发轫于苍梧兮,夕余至乎县圃;欲少留此灵琐兮,日忽忽其将暮。
> 吾令羲和弭节兮,望崦嵫而勿迫;路漫漫其修远兮,吾将上下而求索。

在《〈自选集〉自序》中,鲁迅对《彷徨》的命名和题辞的含义有所说明。他说:"后来《新青年》的团体散掉了,有的高升,有的退隐,有的前进。我又经验了一回同一战阵中的伙伴还是会这么变化,并且落得一个'作家'的头衔,依然在沙漠中走来走去,……新的战友在那里呢?我想,这是很不好的。于是集印了这时期的十一篇作品,谓之《彷徨》,愿以后不再这模样。"当鲁迅主要还是一个革命的进化论者的时候,革命阵营的每一次分化,原属战友的伙伴的堕落,不能不使他感到孤独、苦闷——"两间余一卒,荷戟独彷徨"。然而鲁迅并未消沉,他仍然执着于对光明的追求,并希望找到新的战友,因此才写下了《彷徨》的题辞。很明显,鲁迅在这里是用屈原不畏险阻追求理想的精神来自勉的。

从所有这些引用可以看出,鲁迅十分喜爱屈原作品,对之体会极深;他对于屈原美好的品质、积极的思想也多所汲取。这些都从一个侧面表明了鲁迅对屈原的高度的评价。

二

鲁迅对屈原的直接、正式的评论,始见于《摩罗诗力说》。这篇文章在批评了中国古代封建思想对文艺的束缚、压制之后,接着写道:"惟灵均将逝,脑海波起,通于汨罗,返顾高丘,哀其无女,则抽写哀怨,郁为奇文。茫洋在前,顾忌皆去,怼世俗之浑浊,颂己身之修能,怀疑自遂古之初,直至百物之琐末,放言无惮,为前人所不敢言。"这段话确切地指出屈原是一位非常杰出的诗人,他既怀必死之心,于是便冲破了重重思想束缚,"衷怀疑而词见",发出了震撼千古的疑问,讲出了前人不敢讲的话。从这段话看,鲁迅对《天问》评价极高,因其怀疑本身便包含着批判。《天问》确实是古代闪射着异彩的诗篇。在《摩罗诗力说》中,鲁迅于充分肯定屈原之后,也批评说:"然中亦多芳菲凄恻之音,而反抗挑战,则终其篇未能见,感动后世,为力非强。"要准确地理解鲁迅的这一批评,就必须了解鲁迅写这篇文章时的背景。文章发表于1908年,鲁迅曾讲到当时的情况,说:"时当清的末年,在一部分中国青年的心中,革命思潮正盛,凡有叫喊复仇和反抗的,便容易惹起感应。"正因如此,文章便将"一切诗人中,凡立意在反抗,指归在动作,而为世所不甚愉悦者"都称作摩罗(即反抗上帝的天魔)诗人。在这类诗人中,那花布裹头、去助希腊独立的拜伦,尤为当时的青年所倾倒,因而在文章中对他的评价也最高。当时要求有叫喊复仇与反抗的作品,要求有能强烈地鼓动人心的作品,以这样的要求来考察屈原,便不能不感到有所欠缺。事实上,屈原作品虽然有揭露、有不平,感情也很激烈,但是时代、阶级的局限,确也使他不可能发出强烈的反抗呼声。诗篇较多哀怨的调子,也必然削弱鼓舞人心的力量。所以,鲁迅的批评,固然出于时代的要求,同时也确实揭示了屈原作品的弱点,故仍不失为中肯的批评。在"感动后世为力非强"的问题上,鲁迅除了指出屈原本身的弱点外,还进一步指出了客观的原因。他引用刘勰《文心雕龙·辨骚》中的话说:"刘彦和所谓'才高者菀其鸿裁,中巧者猎其艳辞,吟讽者衔其山川,童蒙者拾其香草'。皆著意外形,不涉内质,孤伟自死,社会依然,四语之中,函深哀焉。"鲁迅揭明刘勰的四句评语是饱含着由于屈原的精神不能被后继者所理解而产生的深切的同情的。这里讲到的就不是诗人自身的弱点,而是时代的不幸了。鲁迅的这段话给我们以很大的启发,从屈原到曹雪芹,许多伟大的作者都曾有过这样的不幸遭遇。他们或被曲解,或被割裂,其真实的思想,往往被淹没在乱捧或乱骂的一片鼓噪之中。所以当我们讲到伟大作家的影响的时候,是不能忘记他们所处的时代以及拥有什么样的观众或读者的。

在《汉文学史纲要》(1926年)一书中,鲁迅对屈原在文学史上的地位和影响,作了简要然而深刻的论述。

首先,他指出了《楚辞》对于《诗经》的继承关系,并比较了二者的异同。汉代以来,《诗经》被捧到经典的地位,给涂上了一层层封建说教的污泥,从而掩盖了它本来的面目。鲁迅批判了"温柔敦厚"的"诗教"说,驳斥"思无邪"的谬论,正确地指出:"激楚之言,奔放之词,'风'、'雅'中亦常有。"并说《诗》三百篇,《春秋》时已在楚国传播,屈原当然也很熟悉。所以可以说"楚辞"中怨愤的越礼的言词,是继承了《诗经》的。鲁迅比较"诗"、"骚"的异同,说:"实则《离骚》之异于《诗》者,特在形式藻采之间耳……若其怨愤责数之言,则三百篇中之甚于此者多矣。"这里,他指明了一个重要的事实:《诗经》中,如《伐檀》、《硕鼠》对统治者的直接揭露,《相鼠》、《新台》对统治者的辛辣讽刺,《载驰》中对许国大夫"众稚且狂"的斥责,《巷伯》中要将谗人"投畀豺虎"、"投畀有北"的诅咒,这些,其为"怨愤责数"真是够激烈的,和楚辞相较,可说有过之而无不及。清初王夫之也曾说:"……若他诗有所指斥,则皇父、尹氏、暴公,不惮直斥其名,历数其慝,而且自显其为家父,为寺人孟子,无所规避。诗教虽云温厚,然光昭之志,无畏于天,无恤于人,……《离骚》虽多引喻,而直言处亦无所讳。"(《薑斋诗话》卷二)他虽还不能抛弃"温厚"之说,却也看出直接明白地指斥当世,是《诗经》与楚辞的共同特点。鲁迅指出屈原受过《诗》三百篇的陶冶,其作品与《诗》三百篇中批判现实的精神一致,这一论点对我们很有启发。一般说《诗经》开创了现实主义传统,楚辞开创了浪漫主义传统,从主要倾向看,这样说是对的。不过我们也应该看到二者都是抒情诗,所表达的感情一般都很强烈,而在深刻地揭露批判现实方面,则有更多的共同之处。

《诗经》与楚辞虽然在思想感情上有很多相通之处,但在表现形式上则有很大的差异。鲁迅指出楚辞"较之于《诗》则其言甚长,其思甚幻,其文甚丽,其旨甚明,凭心而言,不遵矩度"。楚辞对于《诗经》有所继承,也有所创新。在构思、取材、语言等表现方法上都有重大的突破。鲁迅还指出,所以能够创新,有"时"与"地"两方面的原因。概括地说:"然则骚者,固亦受三百篇之泽,而特由其时游说之风而恢宏,因荆楚之俗而奇伟。"从时代来说,当时纵横之士的繁辞华句,诸子百家的辩难争鸣,对楚辞这种新文体的创造不可能不产生积极的影响。楚辞衍为长句长篇,大量采用历史、神话故事,结构波澜起伏,辞藻丰富多彩,以及散文化的倾向,都让我们看到同一时代的散文与诗歌作品,决不会是互不相干的,鲁迅指出的时代原因,正说明了这一点。从地域说,鲁迅强调荆楚的文化风俗给楚辞增添了奇伟的色彩,巫祀的浩歌曼舞,楚地的优异景物,不同于中原的信仰,使楚辞呈现出千姿百态,缭人眼目。正是楚辞的地方特色,才使楚辞与《诗经》具有大不相同的面貌。鲁迅认为,以"风雅"为代表的北方文化,与楚国的固有文化"交错为文,遂生壮采"。就是说南、北文化的融合,是楚辞获得空前成就的原因。我们知道楚辞不仅是艺苑的奇葩,而且是我们民族文化发展史上的重要里程碑。因而鲁迅才评之为:"逸响伟辞,卓绝一世!"

其次，在《汉文学史纲要》中，鲁迅阐述了屈原的巨大影响。他说："后人惊其文采，相率仿效"，"其影响于后来之文章，乃甚或在三百篇以上"。总的说来，屈原的影响是巨大的，但鲁迅也分析了影响所及的种种不同情形，像宋玉、唐勒、景差之流，"盖掇其哀愁，猎其华艳，而'九死未悔'之概失矣"。他们仅仅学习屈原作品的形式而丢掉了他最积极的精神，使屈原对后世的影响大大打了折扣。汉代模仿之风极盛，字句的模仿使"楚辞"这种文体趋于僵化。鲁迅批评说："《离骚》虽有方言，倒不难懂，到了扬雄，就特地'古奥'，令人莫名其妙，这就离断气不远矣。"（《致姚克》）这种背弃屈原精神实质、一味模仿的情形，曾使鲁迅深为屈原抱憾："孤伟自死，社会依然。"然而，伟大作家的积极精神究竟不会完全湮没，总会有少数作者予以继承、发扬。在论述屈原之后，鲁迅特别提到了荀况。说他的"佹诗"，"实亦赋，言天下不治之意，即以遗春申君者，则词甚切激，殆不下于屈原，岂身临楚邦，居移其气，终亦生牢愁之思乎？"荀卿是否受过屈原的影响，史无明文，但从"佹诗"来看，与《离骚》的精神以至语句，都很相似。如："道德纯备，谗口将将。仁人绌约，敖暴擅强。天下幽险，恐失世英。螭龙为蝘蜓，鸱枭为凤皇。""琁玉瑶珠，不知佩也。杂布与锦，不知异也……以盲为明，以聋为聪，以危为安，以吉为凶。"荀卿原是稷下学者，在大量的论说文之外，竟有这一篇与楚辞同调的"佹诗"，其受屈原影响，或可断言。总之，鲁迅的论断启发我们，探讨屈原的影响，不应仅着眼于形式、局限于诗人，而尤应发掘与众多历史人物的精神上的联系。在《纲要》"汉宫之楚声"一篇中，鲁迅指出楚汉之际"民间多乐楚声"，尤因楚亡之后，"誓虽三户必亡秦，于是江湖激昂之士，遂以楚声为尚"。楚声的流行，当然是与楚辞的影响分不开的。汉代作者，写了《吊屈原赋》的贾谊，接受过屈原的影响自不用说，那直接从屈原汲取精神力量，以"屈原放逐，乃赋《离骚》"作为榜样的司马迁，则更称得上是屈原的忠实继承者。鲁迅评《史记》为"史家之绝唱，无韵之《离骚》"，即指明了《史记》与《离骚》在精神上一脉相承，而在表现上则有异曲同工之妙。

三

鲁迅给予屈原及其作品以很高的评价,但是我们也不应回避,在少数杂文中,鲁迅却曾对之有过一些贬辞。在1933年写的《言论自由的界限》一文中,鲁迅曾写道:"所以这焦大,实在是贾府的屈原。假使他能做文章,我想,恐怕也会有一篇《离骚》之类。"这似乎将屈原比成了贾府的忠心耿耿的奴才。在写于1935年的《从帮忙到扯淡》一文中,又说:"屈原是'楚辞'的开山老祖,而他的《离骚》,却只是不得帮忙的不平。"这对屈原来说,似乎也不是什么好评语。可是认真分析起来,事情并不那么简单。《言论自由的界限》讲的是新月社的一些资产阶级文人"忠而获咎",受到反动政府的打击,然后又赶忙表明心迹,得到甜头的事。在"忠而获咎"和为了"骂好"而不是"骂倒"这两点上,这些文人便与屈原、焦大有了某种类似。既然说的是有关文艺的事,将屈原借来作比喻就并不奇怪了。《从帮忙到扯淡》是讽刺上海文艺界的某些人的,这些人在国民党反动派对外屈膝投降,对内屠杀人民,全民族处于生死存亡的紧急关头的时候,却在那里提倡"闲适"、"趣味"、"幽默"、"消遣",竭力要将文艺引入歧途。他们这样做,实质无非是为反动统治帮忙,"将屠夫的凶残化为哈哈一笑"。对于文艺界的这种丑恶现象,鲁迅曾多次给以辛辣的讽刺。在《从帮忙到扯淡》这篇文章里,他更讥刺这类作者,虽有帮闲之志而并无帮闲之才,他们的能耐不过是"乱点古书,重抄笑话,吹拍名士,拉扯趣闻",因此他们连帮闲也不够格,只不过是"扯淡"而已。由于这些扯淡文人,经常是靠拉扯古书以显其多才的,所以,为增强文章的讽刺力量,鲁迅便从我国最早的文学《诗经》、《楚辞》说起。主要是强调就古代的情形来看,"帮闲文学"并不一定是恶毒的贬辞,现代的某些作者还不配有这称号,那是因为"帮闲的盛世是帮忙,到末代就只剩了这扯淡"了。这类讽刺性的杂文,对于古人往往只截取其某一段话或某一件事,借古喻今,以求生动。文章既不是针对所提到的历史人物,当然也就谈不上是对他们作出的正式的评价,故而人们对此常常是存而不论的。但我认为即使是借古喻今,文章作者也不会无中生有、任意褒贬的，故可以说其中毕竟也包含有作者对古人的某一方面的看法。屈原这位伟大的诗人，就其阶级属性来说，自然还是属于封建统治阶级，在当时这个阶级正处于上升时期，而屈原则更具有很大的历史进步性，这是不必怀疑的。可是封建阶级作为一个剥削阶级，即使在上升时期，与被压迫、被剥削阶级也是存在着深刻的矛盾的。屈原虽然"长叹息以掩涕兮，哀民生之多艰"，但阶级的局限，却使他不可能站到被压迫者一边去支持他们的反抗。他一再表示对楚王的忠诚，寄希望于楚王的觉悟。他要求改善楚国的政治，而不可能否定楚王的政权。正是这种局限性，才使鲁迅在杂文中作了那样的比附。从这里我们至少可以看出：鲁迅对于古代伟大的作家，也决不盲目崇拜。

对于我国历史上灿若群星的作者，鲁迅从来坚持实事求是的全面的分析。因为鲁迅在系统地接受马列主义之前，便早已自发地接近了历史唯物主义。如在1907年所写的《科学史教篇》中，他已经提出："盖凡论往古人文，加之轩轾，必取他种人与是相当之时劫，相度其所能至而较量之，决论之出，斯近正耳。"这正是"要把问题提到一定的历史范围之内"（列宁：《论民族自决权》）的要求，可说是极精辟的思想。同一篇文章又说："惟张皇近世学说，无不本之古人，一切新声，胥为绍述，则意之所执，与蔑古亦相同。"鲁迅后来一再批判的"古已有之"的崇古论调，实已肇端于此。鲁迅既反对以今天的认识水平去衡量古人从而否定古人的那种"蔑古"态度，也反对将什么新学说都说成绍述古人的那种崇古态度。这一总的原则，在鲁迅是贯彻始终的。在不同类型的文章中，鲁迅结合当时斗争的需要，对古代作家，或者肯定较多，或者批判较多，这是不允许据以发展成一偏之论的。

从上述的原则来考察鲁迅对屈原的评价，我们可以说：鲁迅对屈原那种上下求索的精神，怀疑、批判的勇气，九死无悔的气概，热爱祖国的激情，以及艺术上的大胆创新，无不给予高度的赞扬与肯定。如果论到屈原的历史意义，我们便自然地记起了鲁迅的这一段话："我们从古以来，就有埋头苦干的人，有拼命硬干的人，有为民请命的人，有舍身求法的人，……虽是等于为帝王将相作家谱的所谓'正史'，也往往掩不住他们的光耀，这就是中国的脊梁。"毫无疑问,屈原也是在其中的,他的存在,证明我们民族有着悠久的光辉的文化传统,是永不会失掉自信力的。

当然,包括屈原作品在内的优秀文化遗产,不可能完美无缺,都有一定的局限性,只有作全面、深入的研究,才能使其继续发挥作用,长久存在。鲁迅在《摩罗诗力说》中有这样一段话:"夫国民发展,功虽有在于怀古,然其怀也,思理朗然,如鉴明镜,时时上征,时时反顾,时时进光明之长涂,时时念辉煌之旧有,故其新者日新,而其古亦不死。"我们不能割断历史,也不应抛弃优秀的文化传统。我们的责任是正确地评价历史,"思理朗然,如鉴明镜",从历史中取得鉴戒,并将辉煌的历史成就化作前进的动力,这样才能日新月异地发展,而历史的光荣也才能保有并得到发扬。鲁迅的这段话,可说是评价屈原和一切优秀文化遗产的指南。

(1981年3月29日)

(《文学遗产》增刊十五辑,1983年9月)

《九辩》的性质以及《高唐》、《神女》诸赋的作者

屈原之后重要的楚辞作者是宋玉。宋玉对后世文学影响甚大,甚至常常屈、宋并提。但关于宋玉其人、其作品都存在着较多的争论,不容不作进一步的探讨。打开今人编著的中国文学史,几乎全都认定只有《九辩》才是可靠的宋玉作品,并据以勾勒宋玉的生平事迹。然而这一说法有两个问题没有解决:第一,摒弃了相传为宋玉所作的其他作品,以至于在文学史中,像《高唐赋》、《神女赋》这样一些很有影响的作品,往往被忽略。宋玉名声传于汉世,司马迁曾作过概括性评价,司马相如赋中也有些隐括《高唐赋》词意处①。《汉书·艺文志》则载宋玉赋为十六篇。哪十六篇固难以确指,但有若干篇流传下来应无可怀疑。因此认定只有《九辩》一篇是不妥当的。第二,据《九辩》勾勒宋玉生平,也别无旁证,而与见诸记载的宋玉事迹又相距甚远。宋玉生平记载甚少。据《史记》、《韩诗外传》、《新序·杂事》、《襄阳耆旧记》等书所载,其身份当是文学侍从之臣,常陪君王游宴、作赋以为娱乐。班固在《汉书·古今人表》中,只将他列在不好不坏的中中,与作为仁人(上中)的屈原相距甚远。就现传作品而言,《高唐赋》、《神女赋》、《风赋》等都切合这种身份。然而,《九辩》中那位"忠而见弃,信而见疑"的抒情主角却是全然不同的。这就出现了两个宋玉:一个是文学侍从之臣,作《高唐》、《神女》诸赋的宋玉;一个是遭际与屈原有些类似,作《九辩》以抒怀的宋玉。对于这一矛盾现象,现代多数学者是以只承认《九辩》为宋玉所作,并以种种考证否定

---

① 参胡念贻《宋玉作品的真伪问题》(《文学遗产增刊》一辑)。

其他作品为宋玉所作来加以解决的。但这不能不使人感到困惑：战国时代出现一位屈原已是极为难得，怎么又会出现一位与他遭际相似、文风相类的宋玉呢？再说难道历史上那些记载、那些评价全不可信吗？

不可能有两个宋玉，于是又产生了另一种议论。明代焦竑首先提出了《九辩》为屈原所作①。与他同时的陈第，清代的吴汝纶、张裕钊以至现代的刘永济、谭介甫诸先生也都赞成此说②。主张此说最重要的一条理由，即焦竑所说："孰读之，皆原自为悲愤之言，绝不类哀悼他人之意。"他们反对王逸所谓宋玉悯其师故作《九辩》的说法，以为《九辩》是作者的自述，而从内容考察，作者又只能是屈原。但是，最早编辑的楚辞集已将《九辩》系于宋玉名下，而从《九辩》本身来看，其内容、风格以及一些语句，固然有与屈原相同的一面，同时也还有许多相异之处，说成出于同一作者之手也是很难作出合理的解释的。

《九辩》为宋玉所作应无疑问。但其性质则既非悼师之作③，也非自述之作，而应是模仿屈原、描写屈原的作品，与汉代绍续楚辞诸作同类，即所谓裨辞赞志的模仿之作。这层意思前人早有发现，不过或者说得不明确或缺少论证，故而未被普遍认可。最早司马迁评价宋玉、唐勒、景差等已说："然皆祖屈原之从容辞令，终莫敢直谏。"祖其辞令实际上就有摹效的意思。又《汉书·地理志》亦云："后有宋玉、唐勒之属慕而述之，皆以显名。"王逸在《九辩》序中亦称："故作《九辩》以述其志，至于汉兴，刘向、王褒之徒，咸悲其文，依而作词，故号为楚词。"这里的"述其志"是述屈原之志，同时又提到刘向、王褒也因"悲其文"而写了同类性质的作品，构成了"楚词"系列作品。也许因注意到王逸"述其志"的提法，《隋书·经籍志》则称"弟子宋玉，痛惜其师，

---

① 焦竑说见《焦氏笔乘》三、四。在其前，宋晁补之辑《重编楚辞》十六卷，序言称："或曰《九辩》原作，其声浮矣。"可见早有人提出《九辩》为屈原作，而晁氏则不以为然。
② 陈第说见《屈宋古音义》"题九辩后"。吴汝纶说见《古文辞类纂点勘记》。张裕钊说见其《致吴汝纶书》。刘永济说见《屈赋通笺》。谭介甫说见《屈赋新编》。
③ 以宋玉为屈原弟子，只是王逸对《史记·屈贾列传》的误解。《史记》只言宋玉等学习屈原作品，并未说是其弟子，然不能因王逸的这一误解，便推翻其整体结论。

伤而和之",称宋玉之作乃"和"作,即非独创。明代李陈玉则以《九辩》为代言体,他认为:"按此似是原未赴水时,宋玉怜之而作;代原呕心析肝,可谓舒写尽情矣,宜乎后之读者,便指为原所作也。"①清代张云璈也说:"序既云述其志,则篇中自属代言,文为宋文,语为屈语,有何不可。'有美一人',正指屈子。"②然如悼师之作一样,代言之说也颇遭反对。我们反复阅读《九辩》,也的确难说是纯粹的代言。其实它和汉代诸作一样,着意于模仿以记述屈原事迹,其目的则在于"禆辞赞志"。

刘向所编订《楚辞》集,收入了好几篇汉代人作品(王逸作《楚辞章句》,又加进自作一篇)。这些作品入选的标准似为:(一)名称与屈原作品相类。如《惜誓》仿《惜颂》、《惜往日》;《招隐士》仿《招魂》;《九怀》、《九叹》、《九思》仿《九章》(以及宋玉《九辩》);(二)内容与屈原有关,或叙及屈原生平事迹或假托屈原自言,因而认为有禆于原作;(三)形式、语句明显地模拟屈原作品,亦即典型的"楚辞"。凡是与以上标准不合或以"赋"命名的作品,则都没有编入。

关于这类作品的写作意图,王逸在各篇序言中都有所说明,列举如下:

《惜誓》:"不知谁所作也,或曰贾谊,疑不能明也。惜者,哀也;誓者,信也,约也。言哀惜怀王与己信约而复背之也。"

《招隐士》:"《招隐士》者,淮南小山之所作也。……小山之徒闵伤屈原……故作《招隐士》之赋,以章其志也。"

《七谏》:"《七谏》者,东方朔之所作也。……东方朔追悯屈原,故作此辞,以述其志,所以昭忠信,矫曲朝也。"

《哀时命》:"《哀时命》者,严夫子之所作也。夫子名忌……忌哀屈原受性忠贞,不遭明君而遇暗世,斐然作辞,叹而述之,故曰哀时命也。"

《九怀》:"《九怀》者,谏议大夫王襃之所作也。怀者,思也,言屈原

---

① 见李陈玉《楚辞笺注》。
② 见张云璈《选学胶言》。

虽见放逐，犹思念其君，忧国倾危而不能忘也。褒读屈原之文……追而愍之，故作《九怀》以裨其词。"

《九叹》："《九叹》者，护左都水使者光禄大夫刘向之所作也。向……追念屈原忠信之节，故作《九叹》。叹者，伤也，息也，言屈原放在山泽，犹伤念君，叹息无已。所谓赞贤以辅志，骋词以曜德者也。"

《九思》："《九思》者，王逸之所作也。逸，南阳人，博雅多览，读楚辞而伤愍屈原，故为之作解。又以自屈原终没之后，忠臣介士、游览学者读《离骚》、《九章》之文，莫不怆然心为悲感，高其节行，妙其丽雅。至刘向、王褒之徒咸嘉其义，作赋骋辞，以赞其志，则皆列于谱录，世世相传。逸与屈原同土共国，悼伤之情与凡有异，窃慕向、褒之风，作颂一篇，号曰《九思》，以裨其辞。"

王逸在各篇序言中已说得很清楚，这些作者都因追慕屈原、哀悯屈原，才写了这类"以赞其志"、"以裨其辞"的文章。当时风气是不以模拟为非的，再加上这类作品以写屈、颂屈为目的，所以出现从内容到语句多方面模仿屈原的现象就并不奇怪了。我们可以承认这类作品大都不很成功，但却不能同意朱熹的"无病呻吟"的批评。[①]

汉代的这类作品，有两个特点造成解释上的困难：第一，似代言又不明指，人称混淆；第二，其内容与屈原事迹、思想基本相同，但又不无差异。而这两点与《九辩》的写作却是颇为一致的。

首先说第一个特点。各篇多用第一人称，而又并未明确交待是为屈原代言。我们只是从内容来分析，才判断出是代屈原言志抒情。如《惜誓》一开头便说："惜余年老而日衰兮，岁忽忽而不反"。贾谊只活了三十二岁，所以《惜誓》如是贾谊所作，首先就排斥了自我抒情之可能。篇中对黑暗现实的揭露，对故乡的深切怀念，游仙的幻想，都取材于屈原作品，所用词语也都

---

① 朱熹《楚辞辩证》(上)，云："《七谏》、《九怀》、《九叹》、《九思》虽为骚体，然其词气平缓、意不深切，如无所疾痛而强为呻吟者。"

有明显的模仿痕迹。汉代初年的情形与屈原时代的楚国并不相同,所以从内容便可断定,这不可能是汉初的某位作者的抒怀之作,而只能是模拟性的作品。又如《七谏》有"初放"、"沉江"等节,这当然是指屈原事迹,而其中却也用了第一人称。其余各篇亦大体如此,都是以屈原事迹为基础,以屈原思想为依归,用第一人称抒情。然而,在某些作品中,却出现了人称转换的现象,造成了语气的混乱。如《七谏》一开头说:"平生于国兮,长于原野",像是第三人称的客观叙述,但至"举世皆然兮,余将谁告"以下,便改变成第一人称,代替屈原抒怀了。《哀时命》则与此相反,一开始"哀时命之不及古人兮,夫何予生之不遭时",便以第一人称假托屈原抒怀,但写到最后,竟然出现了这样的句子:"子胥死而成义兮,屈原沉于汨罗",既然客观地说到屈原,就不能不令人怀疑,前此的第一人称是否代指屈原了。然而从内容考察又确为屈原而无疑问。《九怀》中,也有这种情况,像"览旧邦兮瀛郁,余安能兮久居","横垂涕兮泫流,悲余后兮失灵",这些句子只可能是代屈原抒怀,而不会是王褒自道。这里的"余",指代屈原是无疑的。可是在《尊嘉》一节中,又有"伍胥兮浮江,屈子兮沉湘,运余兮念兹,心内兮怀伤",屈原既然作为客观叙述的对象,"余"字则成了王褒自余了。再如《九叹》以"伊伯庸之末胄兮,谅皇直之屈原"开端,是客观的叙述,然后很快转入以第一人称代屈原抒怀:"灵怀其不吾知兮,灵怀其不吾闻","九年之中不吾反兮,思彭咸之水游"等等,如此是代屈原抒怀自无问题。然而其中又忽然写道:"览屈氏之《离骚》兮,心哀哀而怫郁。"这里,屈原又成了客观介绍的对象,作者自己则占据了抒情主人公的地位。《九思》开头:"悲兮愁,哀兮忧,天生我兮当暗时,被谗谮兮虚获尤"。这当然是以"我"代指屈原,然而在《遭厄》一节中,又有"悼屈子兮遭厄,沉玉躬兮湘汩",轻易地转换了人称。以上情况说明人称的转换是仿作中的一大特点。将这类作品与《九辩》比较一下,便不难发现其共同之处。《九辩》开头一段似写作者自身一种忧郁的感受,而第二段"有美一人兮心不绎",则是一种客观的叙述。许多研究者指出"有美一人"实指屈原,鉴于下文都是用屈原的口吻来叙事抒情,我相信这一说法能够成立,那么"有美一人兮心不绎"和下文也存在着人称转换的问题。

此类作品出现人称转换以至显得混乱，约有三点原因。第一，作者代别人抒怀，总不太习惯，写作动机既基于对屈原的赞美和同情，故不免偶又从自己的角度，直接予以评价。第二，当时的写作并无严格要求，只求达意、动人，逻辑上的错乱常在所不顾。钱钟书先生说："先秦两汉之文每榫卯懈而脉络乱，不能紧接逼进。"①这正是中肯的批评。第三，有的作品在追悯屈原的同时，融进了自己的牢骚与不平，于是又不免现身说法，出现了自我的形象。

其次，再说第二个特点。由于作者的体会或掌握的材料不同，有时也由于作者的借题发挥，这类作品所述屈原事迹或思想感情不免出现歧异。如刘向《九叹》写道："伊伯庸之末胄兮，谅皇直之屈原。"就不以伯庸为屈原之父而以为其祖，这或者是刘向对"皇考"一词的解释不同，或者他别有所据。又如东方朔《七谏》写道："平生于国兮，长于原野，言语讷涩兮，又无强辅，浅智褊能兮，闻见又寡，数言便事兮，见怨门下，王不察其长利兮，率见弃乎原野。"这与屈原事迹并不全合，与其说是代为作谦词，还不如说是东方朔的艺术加工。又如严忌《哀时命》写道："上同凿枘于伏戏兮，下合矩矱于虞唐，愿尊节而式高兮，志犹卑夫禹汤"，显然不合屈原思想。又有作者借以表示自己的观点，或借题发挥造成了思想歧异，如《惜誓》写道："非重躯以虑难兮，惜伤身之无功"，"彼圣人之神德兮，远浊世而自藏。使麒麟可得羁而系兮，又何以异乎犬羊?"后四句又见贾谊《吊屈原赋》，是以道家思想为依据，对屈原饱含同情的批评。又如王褒《九怀》写道："乘日月兮上征，顾游心兮鄗酆，弥览兮九隅，彷徨兮兰宫（王逸注：游戏道室，诵五经也）。"鄗酆、兰宫与屈原可说是毫无关系。本篇的"乱曰"则写道："皇门开兮照下土，株秽除兮兰芷睹，四佞放兮后得禹，圣舜摄兮昭尧绪，孰能若兮愿为辅。"这也与屈原毫不相干，当是王褒隐指时事。我怀疑"株秽除"，当指昌邑王的败灭；"四佞"当指上官桀等四人。《九怀》不仅是仿屈之作，还多处关切时事。刘向的《九叹》也有同样性质。如《愍命》一节称"昔皇考之嘉志兮，喜登能而亮贤"云

---

① 《管锥编》，第三册第 888 页。

云。《离骚》中之"皇考"本无事迹可考,此处讲得这么具体,恐怕就不是讲屈原的"皇考",而是讲刘向自己的"皇考"曾为宗正的刘德了。以下又说到"今反表以为里兮,颠裳以为衣,戚宋万于两楹兮,废周邵于遐夷",若指屈原则颇为费解。若结合刘向当时外戚专权、后妃得势、权臣受尊荣、宗亲被排挤的时事,便可涣然冰释了。正因此节是刘向借题发挥,故写道:"韩信蒙于介胄兮,行夫将而攻城。"讲到韩信便不可能是屈原的语言。但此节的"叹曰",刘向却又写道:"嘉皇既殁,终不返兮。山中幽险,郢路远兮。……行吟累欷,声喟喟兮。怀忧含戚,何侘傺兮。"这又是写屈原了。真是虚虚实实,迷离恍惚,让人难以捉摸。此类作品夹杂了作者自述,前人亦有所发现。如东方朔《七谏》中之《谬谏》,洪兴祖"补注"在"念三年之积思兮,愿一见而陈词"句下,引魏国縻信说:"愚谓此言朔自为也。"洪氏赞同,名为"谬谏",即托屈原以讽汉主之说。总之,这类作品或因作者观点,或因借题发挥,以致出现了思想不一贯、指代前后矛盾的情况。

  这类模拟之作,实受《九辩》的启发,并也袭用了《九辩》中的一些语句。《九辩》模拟屈原,也有许多似是而非的地方,这是造成作品归属问题的主要原因。我们说《九辩》模仿屈原,除了《九辩》多处套用屈作原句和词语外,还因其思想内容有许多与屈原相同或相似。试归纳如下:第一,写了孤独流放的悲哀。如:"悲忧穷戚兮独处廓,有美一人兮心不绎","去乡离家兮徕远客,超逍遥兮今焉薄"。第二,不得见君申诉的忧闷。如:"愿一见兮道余意,君之心兮与余异","岂不郁陶而思君兮,君之门以九重"。第三,时光流逝的叹息。如:"岁忽忽而遒尽兮,恐余寿之弗将","岁忽忽而遒尽兮,老冉冉而愈弛"。第四,对黑暗现实的揭露。如:"悼余生之不时兮,逢此世之俇攘","何时俗之工巧兮,背绳墨而改错。"第五,对小人谗阻、忠不必用的愤慨。如:"窃不自料而愿忠兮,或黕点而污之","纷纯纯之愿忠兮,妒被离而鄣之"。第六,称道尧舜并以自勉。如:"尧舜之抗行兮,瞭冥冥而薄天","独耿介而不随兮,愿慕先圣之遗教"。第七,中路迷惑,远逝以自疏。如:"然中路而迷惑兮,自压按而学诵","众踥蹀而日进兮,美超远而逾迈"。第八,周游不得遇合。如:"然潢洋而不遇兮,直怐愗而自苦"(概括"求女"意),"无伯乐之善相兮,今谁使乎誉之?"(概括"问卜"意)第九,幻想神游而不能忘怀现实。如:"愿赐不肖之躯而别离兮,放游志乎云中。……赖皇天之厚德兮,还及君之无恙。"(略相当于《离骚》的结尾)这种种思想内容以及许多语句,都在《离骚》、《九章》中出现过,一再地叠合,可以证明《九辩》不可能是宋玉自叙作品,而只能是仿作。

然而《九辩》又不可能是屈原的作品。除了过多的重合,证明了它的模仿性质外①,其中思想的明显差异,尤可证明它与《离骚》等不可能是同一位作者。现将思想上明显的几点不同揭示如下:第一,《九辩》的作者是以自我为中心来感受一切的。他感到的不平是:"贫士失职而志不平",因此诗篇中就有许多自怜、自悲的语句,如:"惆怅兮而私自怜","私自怜兮何极","余萎约而悲愁","心闵怜之惨凄","然惆怅而自悲"等等。作者未能体会,屈原的忧悲主要是忧国忧民,所谓"长太息以掩涕兮,哀民生之多艰",所谓"曾不知夏之为丘兮,孰两东门之可芜"。屈原全部的人生都紧扣着现实政治,紧扣着楚国的命运,因此对于生与死的抉择,能够唱出:"亦余心之所善兮,虽九死其犹未悔","知死不可让,愿勿爱兮"这样的强音。他是绝不会唱出诸如"无衣裳以御冬兮,恐溘死不得见乎阳春"这样的低沉的调子的。第二,《九辩》表现出一种对楚王的怀德报恩思想,而对楚王的批评则是很不够的。如说,"愿衔枚而无言兮,尝被君之渥洽","欲寂寞而绝端兮,窃不敢忘初之厚德"等等。屈原固然有忠君思想,因曾受怀王信任,故在诗篇中也多次寄意。但他并没有怀德报恩思想,对于怀王的倒行逆施曾予以严厉批评:"怨灵修之浩荡兮,终不察夫民心",并且予以警告:"皇天无私阿兮,览民德焉错辅,夫维圣哲以茂行兮,苟得用此下土。"《九辩》中说:"鸟兽犹知怀德兮,何云贤士之不处",而《离骚》中却说:"何离心之可同兮,吾将远逝以自疏","何方圆之能周兮,夫孰异道而相安"。正因为屈原有这类表白,班固、颜之推等才会批评他"露才扬己"、"显暴君过"。而《九辩》则完全不具备受到这种指责的基础。第三,《九辩》所表现的政治理想与《离骚》等篇也有一定的距离。《九

---

① 《九辩》大量袭用屈原语句、辞汇,可参看游国恩《楚辞论文集》之《楚辞九辩的作者问题》。

辩》颇强调依从古人。如所谓"变古易俗兮世衰","愿慕先圣之遗教","窃慕诗人之遗风兮,愿托志乎素餐!"云云。而屈原曾受命造为宪令,期望"国富强而法立",并且提倡颇有改革内容的"美政",可见他并非从古。屈原称道尧舜是以尧舜等作为理想君王的典范,与启、羿、桀、纣等人对比,以总结历史的经验教训,并不是反对变古。第四,《九辩》中不止一处流露出"穷则独善其身"的思想。如所谓"与其无义而有名兮,宁穷处而守高,食不媮而为饱兮,衣不苟而为温。""骥不骤进而求服兮,凤亦不贪喂而妄食。"向往的是清高自守。而屈原固然亦有远浊世反其初服的思想,但总的来说要积极得多了,在经过一番矛盾痛苦之后,他归结为"亦余心之所善兮,虽九死其犹未悔","路曼曼其修远兮,吾将上下而求索"。屈原遭际特殊,思想卓异,所以他所坚持的不只是一般的操守,而具有一种百折不挠、死生以之的精神。这一点,《九辩》的作者是不太理解的。第五,《九辩》不时透露出一种贬低自我的卑微心理,缺乏《离骚》所表现的宏伟气魄。如这样一些句子:"性愚陋以褊浅兮,信未达乎从容","然潢洋而不遇兮,直怐愍而自苦",以及"愿赐不肖之躯"等等,都有一种自我贬损的意味。而屈原呢?则坚信自己兼具内美、修能,人格高洁。"秉德无私,参天地兮",有一种傲然挺立的气概,是不会用这类自贬语言的。另外,从对古人的称谓上,也可看出《九辩》与屈原作品气度的差异。如屈原所称吕望,《九辩》则称作太公;屈原所称齐桓,《九辩》则称之桓公;对古代王侯贤臣如此尊崇,当然就不可能有像屈原令望舒、诏西皇、求佚女那样的气概了。屈原作品中那种平等自由的神话精神,在《九辩》中是找不到的。

从以上这些相异之处,可以看出:《九辩》的作者,也像汉代楚辞作者一样是写他所理解的他心目中的屈原,有时又不免融进了自己的心态,以致出现了某些似是而非的情况。

在屈原之后,楚辞系列作品的始作俑者便是宋玉。宋玉为什么要这样写作呢?这是和当时风气有关的。人所共知,先秦诸子著作常非一人独立完成,如《孟子》是孟轲与万章之徒讨论的结集,外书四篇更非孟轲所写。《庄子》分内、外、杂篇,一般认为外、杂篇都是庄周后学所为,但也都系于庄周名下。甚至《荀子》、《韩非子》等最成系统的著作,也还杂有他人的文章。这种情况,照章学诚的解释是:"古人之言,所以为公,未尝矜于文辞而私据为己有。志期于道,言以明志,文以足言;其道果明于天下而所志无不申,不必其言之果为我有也。"①屈原作品固不同于诸子,但动人的诗篇再配以忠贞的事迹,以至为楚人所崇敬,"以相传教"则是事实,再加上"楚辞"本是一种新兴的文体,必然引起人们学习仿作的愿望。既然"慕而述之",自然是述屈原事迹而又采用屈原所创造的"楚辞"体了。章学诚说楚辞为屈原一家之学,从某种意义来说也有一定道理。研究者对《九章》中《惜往日》、《悲回风》、《思美人》等篇,每怀疑非屈原所作,对于《卜居》、《渔父》这类既记述屈原事迹,又表达了屈原思想感情的作品,或亦以为出于后人记录而非屈原之原作。关于这些问题这里不想讨论。只是想说明,按照诸子的成例,这些作品即使非屈原本人所写,但表现的是屈原的思想,采用的是楚辞的形式,既然系于屈原名下,那么在没有强有力的反证之前一般可以承认它为屈原的作品。

宋玉既写了《九辩》,又写了《高唐》、《神女》等赋,二者在风格上却有着很大的差异,似乎是一个难以解释的问题。我认为,首先《九辩》的性质既是神辞赞志之作,仿效屈原,刻意于模仿,"有美一人"之后,即少见作者个人风格,并且出现了袭用的词语。《高唐》、《神女》等赋则不同,那是在"楚辞"基础上的创造,是完全体现了作者个人风格的。其次,宋玉的写作经历了一个变化的过程。《襄阳耆旧记》记载:"玉识音而善文,襄王好乐爱赋,既美其才而憎之似屈原也,曰:'子盍从俗,使楚人贵子之德乎?'"这条记载虽然晚出,但也并非凭空编造。《韩诗外传》、《新序》等都有宋玉事楚襄王、初不见察的记载。《襄阳耆旧记》则说明其原因是其作品似屈原。考察宋玉的事迹和创作,他主要写了一些"侈丽宏衍之词"而"没其风谕之义"的作品。这里很可能存在一个转变作风的过程。

我们仔细辨析《高唐》、《神女》诸赋的写作,与《九辩》也有一定的联系。

---

① 《文史通义》之《言公》。

《九辩》的写作与《离骚》相比,已有不少变化。开头一段完全是新的创造,这是有目共睹的。多方面地渲染秋天的悲凉气氛,展示了作者善于描写、善于形容的文才。这一段的句式节奏也很特异,二、三、四、五、六字句均有,错综出现,节奏多变化,特别具有音乐美。这种句式突破了《离骚》上句六字加"兮"字,下句六字的固定句式。此外,比喻的复杂化,也是《九辩》的新创造。如《离骚》中说:"惟草木之零落兮,恐美人之迟暮",有以草木喻人的意思。《九辩》中则扩展为"叶菸邑而无色兮,枝烦挐而交横。颜淫溢而将罢兮,柯仿佛而萎黄。萷櫹槮之可哀兮,形销铄而瘀伤。惟其纷糅而将落兮,恨其失时而无当。揽骓辔而下节兮,聊逍遥以相佯,岁忽忽而遒尽兮,恐余寿之弗将"。对于草木零落作了淋漓尽致的描写。又如《离骚》、《九章》中有以骐骥凤鸟为喻的句子,如"乘骐骥以驰骋兮,来吾道夫先路","伯乐既没,骥焉程兮"。而在《九辩》中骐骥与凤鸟这两个比喻的形象多次出现,并且每加以形容。如说:"见执辔者非其人兮,故驹跳而远去。鸟雁皆唼夫粱藻兮,凤愈飘翔而高举"等等。这种比喻复杂化的倾向,是描写技巧的一种新进展。到了《高唐》、《神女》等赋中,这种技巧便得到了普遍的运用。

我认为《九辩》和《高唐》、《神女》等赋都是宋玉的作品,这便从两个方面肯定了宋玉在文学史上的地位和作用。一方面是传播屈原作品,扩大楚辞影响作出的贡献;另一方面是写作技巧的新进展,新创造,为"赋"体奠定了基础,对于汉赋写作起了直接的引导作用。屈原是不朽的,但我们也不必以屈原为标准去要求宋玉,从而贬低其文学成就。宋玉的身份只是文学侍从之臣,而在文学发展史上却作出了独特的贡献。

(责任编辑 蒋荫楠)

[《南京大学学报(哲学·人文科学·社会科学版)》1992年第1期]

古代文学中的风骚传统

中国古代文学中的风骚传统是一种优良的传统,在中国文学发展史上起过重要作用。

风骚传统的风指《国风》,代指《诗经》;骚指《离骚》,代指"楚辞"。这二者都是中国文学创始期的产物,一为集体作品的编集,一为以个人为主的创作。风骚连称,可能首见于南朝宋檀道鸾《续晋阳秋》,其云:"自司马相如、王褒、扬雄诸贤,代尚诗赋,皆体则风骚。"其后,如沈约《宋书·谢灵运传论》:"源其飙流所始,莫不同祖风骚。"萧纲《与湘东王书》:"既殊比兴,正背风骚。"杜甫《戏为六绝句》:"纵使卢王操翰墨,劣于汉魏近风骚",等等,都是将"风骚"视为一种文学传统,并且视为一种典型,用作评文的标准。

尽管"风骚"一词出现较晚,然而作为一种传统却早被认识。汉人早已发明楚辞与诗三百篇精神的一致性,如司马迁曾引淮南王刘安评论楚辞的话说:"《国风》好色而不淫,《小雅》怨诽而不乱。若《离骚》者,可谓兼之矣。"认为楚辞兼有《风》、《雅》的长处,成就超过《诗经》。《汉书·艺文志》也称:"春秋之后,周道浸坏,聘问歌谣不行于列国,学诗之士逸在布衣,而贤人失志之赋作矣。大儒孙卿及楚臣屈原,离谗忧国,皆作赋以风,咸有恻隐古诗之义。"指出楚辞继《诗》而起,具有古诗的恻隐之义。王逸《楚辞章句》更称:"屈原履忠被谮,忧悲愁思,独依诗人之义而作《离骚》,上以讽谏,下以自慰。"又说:"《离骚》之文,依《诗》取兴,引类譬谕。"十分强调《诗》、《骚》的一致性。《文心雕龙》的作者刘勰论骚时还举出:"及汉宣嗟叹,以为皆合经术;扬雄讽味,亦言体同《诗·雅》。"总之,汉代主导的议论是认为:楚辞继《诗》而起,与《诗》精神一致,共同作为文学的源头,影响极为深广。换句话说,即认为有一种风骚传统存在。

综合前人说解,风骚传统或可包括以下几方面。

第一,诗主怨刺。汉儒说诗,强调诗的美刺作用。《毛诗序》解释"风",即云:"上以风化下,下以风刺上。主文而谲谏,言之者无罪,闻之者足以戒,故曰风。"汉儒又有风雅正变之说。从"国风""小雅"来看,"变风"、"变雅"占据了主要部分。可以说"饥者歌其食,劳者歌其事"的《风》、《雅》作品,大多是怨刺之作。汉儒虽然承认这一事实,但为了宣传其"温柔敦厚"的诗教,却每将很有反抗性的诗篇加以曲解,说成是"怨而不怒"、"哀而不伤"。《毛诗序》称周之国史:

> 明乎得失之迹,伤人伦之废,哀刑政之苛,吟咏情性,以风其上,达于事变而怀其旧俗者也。故变风发乎情止乎礼义。发乎情,民之性也;止乎礼义,先王之泽也。

强调礼义的制约作用。孔子论诗:"可以兴,可以观,可以群,可以怨。"既言"可以怨",而又以"无邪"概三百篇,可见儒家对于"诗"的一贯要求,即怨而不怒,符合中庸之道。其实,《诗经》中怨而且怒的诗篇很多,《文心雕龙·时序》称:"幽厉昏而《板》、《荡》怒,平王微而《黍离》哀。"清程廷祚也说:"今考之,晦庵所为嬉笑怨怼者,《小雅》已多有之。若《民劳》、《板》、《荡》之篇,《瞻卬》、《召旻》之作,其在《大雅》者,有怨无隐,初未违问其君之可受也。"尽管人们对《诗经》的实际有所了解,但囿于儒家诗教之说和《诗经》的经典地位,总还难免曲为解释,给《诗经》披上一层轻柔的面纱。至于楚辞则明显是因怨而作,其措辞之激切也有目共睹,很难说成符合温柔敦厚的诗教。司马迁说:"屈平疾王听之不聪也,谗谄之蔽明也,邪曲之害公也,方正之不容也,故忧愁幽思而作《离骚》。"又说屈原"信而见疑忠而被谤,能无怨乎?屈平之作《离骚》,盖自怨生也。"(均见《史记·屈原贾生列传》)司马迁并认为《诗》、《骚》的怨愤精神是一致的,在《太史公自序》中,他在说了"屈原放逐乃赋《离骚》"之后,又说:"诗三百篇大抵贤圣发愤之所作也。此人皆意有所郁结,不得通其道也。"对于"诗可以怨"作了重要的发挥和补充。

由于楚辞多怨刺语,曾招来不少非难,班固批评屈原:"责数怀王,怨恶椒、兰,愁神苦思,强非其人,忿怼不容,沉江而死,亦贬絜狂狷景行之士。"颜之推也责备他:"露才扬己,显暴君过",后世类似的批评亦从未断绝。尽管有这样一些非议,作为《诗经》怨刺的新发展,楚辞的哀怨传统产生了更为深远的影响。后世遭遇坎坷、悲时悯世的作者,无不引屈原为同调,许多抒写不平、倾吐悲怨的辞赋作品,大都采用骚体楚调。历史上每逢政昏俗乱,国破家亡之时,楚辞也每每重被提倡、重被学习。如作为中国文学史上一个高峰的建安文学,便深受楚辞影响,其时文章,"雅好慷慨,良由世积乱离,风衰俗怨,并志深而笔长,故梗概而多气也"(《文心雕龙·时序》)。"哀怨起骚人",骚体的被重视,不是偶然的。再如明代末年,面对国破家亡的厄运,爱国人士无不与楚辞产生共鸣。学者注骚、诗人咏骚、画家绘骚,以此宣泄痛苦,寄托怨思。

第二,比兴与象征。比、兴属《诗》之六义,不仅指写作方法,也应是兼赅内容的创作原则。刘勰解释"比显而兴隐"说:

> 故比者,附也;兴者,起也。附理者切类以指事,起情者依微以拟议。起情故兴体以立,附理故比例以生。比则蓄愤以斥言,兴则环譬以托讽。(《文心雕龙·比兴》)

注意到"比"的切类和"兴"的依微,即注意到两种方法的内涵,以比为斥言、兴为托讽,未免偏至,但就大部分内容而言也确实如此。《诗》的重要创作原则是"比兴",而楚辞也并不两样。王逸序称:

> 《离骚》之文,依诗取兴,引类譬喻,故善鸟香草以配忠贞,恶禽臭物以比谗佞,灵修美人以比于君,宓妃佚女以譬贤臣,虬龙鸾凤以记君子,飘风云霓以喻小人。

刘勰也说："楚襄信谗，而三闾忠烈，依《诗》制《骚》，讽兼比兴。"都强调了"比兴"也是楚辞写作的特点。比较《诗》、《骚》的比兴，后者有了相当的发展，其特点是连类取譬，并采用虚构的象征的手法，使得诗篇更深沉、更曲折，而有一种朦胧含蓄的美。比兴是中国诗词最显著的特点，风、骚——特别是"骚"的比兴传统曾给予后世以莫大影响。香草美人的比喻几乎成了注释某些作品的关键。如辛弃疾《摸鱼儿》（更能消几番风雨）"长门事，准拟佳期又误。蛾眉曾有人妒。千金纵买相如赋，脉脉此情谁诉？"等句，若不联系《离骚》，从比兴的角度来理解，那就不知所云了。古诗文中这样的例子很多，如张衡《四愁诗》、陶渊明《闲情赋》，表面看都是缠绵相思的情诗。据《文选》录《四愁诗》前短序云："效屈原以美人为君子，以珍宝为仁义，以水深雪雰为小人，思以道术相报贻于时君，而惧谗邪不得以通"，从比兴着眼，否定其为情诗。《闲情赋》序称："将以抑流宕之邪心，谅有助于讽谏"，申明其写作主旨并非描写恋情。赋中写求女不得终归失望，也可看出《离骚》的影响。象征手法本来具有不确定性，正像《离骚》中象征含义难以确指，使人感到惝恍迷离一样，《四愁诗》、《闲情赋》之类，也常引起解释上的分歧。然而，正因为有风骚楷模在前，有比兴说作为依据，封建时代许多关于爱情的描写才能登上大雅之堂，许多揭露讽刺的作品才得公然存在。当然，以比兴解诗也带来一些问题，突出的是先入为主穿凿附会。黄侃曾指出："是以解嗣宗之诗，则首首致讥禅代，笺杜陵之作，则篇篇系念朝廷。"（《文心雕龙札记》）典型的例子如温庭筠的《菩萨蛮》（小山重叠金明灭），明是一首绮艳之词，张惠言却牵扯上比兴，以为"照花"四句，有《离骚》"初服"之意。陈廷焯更以为："飞卿词全祖《离骚》，所以独绝千古。"这都是为了推尊词体，崇奉作者，故以诗骚比兴为说，拔高作品的思想价值的。这种做法当然不足为训，不过，由此也可看出风骚的比兴传统，在文学史上的巨大影响。

第三，文小指大，词文旨远。司马迁《史记·屈原列传》评《离骚》说："其文约，其辞微，其志洁，其行廉，其称文小而其指极大，举类迩而见义远。"其在《太史公自序》中也说："退而深惟曰：'夫诗书隐约者，欲遂其志之思也。'"小大、隐显、远近、曲直这些对立的概念，在古代文论中得到了辩证的阐释，结合诗骚的实例,建立了一种很好的传统。《周易·系辞下》评《周易》云:"其旨远,其辞文,其言曲而中,其事肆而隐。"《左传·成公十四年》引君子赞美《春秋》说:"《春秋》之称,微而显,志而晦,婉而成章,尽而不汙,惩恶而劝善,非圣人谁能修之?"这些评论也许就是司马迁评骚语的根据、出处。司马迁所谓文约、辞微,当指含蓄的风格,所谓指大、义远当指言外不尽之意。所谓文小,构成其引类譬喻的无非是善鸟香草、恶禽臭物,即使丰隆、宓妃等神话形象,也无非常人之情的幻想化。然其所托喻的却事关国家兴亡的大事,以及关于生命的真谛、善恶美丑的对立等等严肃的思考,其含义是至深至远的。"辞微"出之以隐约,显示了"文外之重旨"。正因为"文小指大,辞微旨远",才给读者留下了广阔的想象空间,使读者在不同的时代能得到不同的新体会。因而作品才具有永久的魅力。正如《文心雕龙·宗经》所言:

> 至根柢盘深,枝叶峻茂,辞约而旨丰,事近而喻远,是以往者虽旧,余味日新,后进追取而非晚,前修久用而未先,可谓太山遍雨,河润千里者也。

就是说这类辞约旨丰的作品,文章虽旧,含义却日新,后进学习探求并不嫌迟,前贤运用也未必占先。它像泰山的兴云,使遍天下都下雨;像黄河之水,可以灌溉千里良田。这段话,刘勰是用来形容儒经的,我倒觉得,用来形容风骚传统亦为恰当。

第四,关切政治、关切人生。古代本无专业的或自觉的文学家,其所以写作作品完全出于现实的需要。"情动于中而形于言",或者是"感于哀乐,缘事而发",或者美刺当时,干涉政治。孔子说"诗可以观"即指观察风俗盛衰,考察政治得失。早于孔子,吴公子季札在鲁观乐,即曾据各地诗乐来评论各地的政风民情,正是诗可以观的实例。诗歌既是人们生活、思想感情的体现,政治家可以从中看出风俗良窳、政治得失也就是很自然的事。《文心雕龙·时序》云:"故知歌谣文理,与世推移,风动于上而波震于下者",形象地说明了文学与政治的关系。按照这一观点,《诗经》所有诗篇与当时的时代、政治都有一定的内在的联系。至于汉儒把每首诗都与政治教化拉扯到一起,则不免是牵强附会了。《诗经》中美刺诗很多,也有不少直接反映社会政治生活的诗篇,关切政治、关切人生是客观存在的事实。至于《离骚》,本身就是一首政治抒情诗,其中作者的政治理想以及对现实政治的批评都有充分的表达,而其对楚国兴亡的关切和对故都的留恋之情更是光照千古、动人心弦。因此,可以说风骚传统又是文学与政治密切相关的传统。几千年来中国的知识分子从其亲身经验中,深切体会到政治绝非抽象的或与己无关的事物。"天下兴亡,匹夫有责",顾炎武的这句话是凝聚着长期历史的经验教训的。历史上流传至今的优秀作品,无不与人民的生活、人民的哀乐息息相通。这便离不开当时的政治。许多优秀作品表现了强烈的忧患意识,忧国忧民,正是风骚传统的直接继承。风骚中都有爱国精神的高扬,王夫之在《诗广传·论载驰》中,形容诗骚中的爱国情怀说:"下峥嵘而无地,上寥廓而无天,义结于中,天地无足为有无,而况于人乎?"又说:"我所之者,果何若邪?《载驰》之怨妇,《黍离》之遗臣,沈湘之宗老,囚燕之故相,悲吟反覆,而无能以一语宣之,同其情者喻之而已。"他将许穆夫人、东周大夫、屈原、文天祥并提,说明这种难以宣泄、无可告诉的爱国之情,始终回荡于天地之间。

文学联系政治,从广义的、积极的方面来讲,就意味着文学具有反映时代、反映人民生活、传达人民呼声的功能。历史上曾有过对一味"吟风月弄花草",所谓"遗理存异,寻虚逐微,竞一韵之奇,争一字之巧。连篇累牍,不出月露之形,积案盈箱,唯是风云之状"的作品的批评。(李谔《上隋高祖革文华书》)这固然反映了批评者狭隘的文学观和儒家道德观的局限,但批评当时文学界脱离政治,一味玩弄技巧追新逐异,还是正确的。精神产品如果完全丧失了启发人心、提高人类素质的作用,也就失去了其存在的意义。中国文学史上,每当文学发展陷入形式主义泥坑萎靡不振时,起而矫正时弊者往往要呼唤风骚传统的复归。如唐初"横制颓波",使"天下翕然质文一变"的陈子昂便说:"仆尝暇时观齐梁间诗,彩丽竞繁而兴寄都绝,每以咏叹。思古人常恐逶迤颓靡,风雅不作,以耿耿也。"所谓兴寄,即关涉政治人生的重大内容。陈子昂正是呼唤风雅传统,以求纠正文风的。

以上我们探讨了风骚传统中,"风"与"骚"基本一致的方面。下面再说一说其不一致而可以互补的方面。肯定楚辞者往往认为与风雅无别,而批评楚辞的则认为大有背于经典。从文学发展来说,由《诗》到"骚"有了很大的变化,刘勰首先揭出"变乎骚",他说:"屈平联藻于日月,宋玉交彩于风云。观其艳说,则笼罩雅颂。故知炜烨之奇意,出乎纵横之诡俗也。"他举出"骚"之同于风雅和异于经典者各四事,即:

> 故其陈尧、舜之耿介,称汤、武之祗敬,典诰之体也;讥桀、纣之猖披,伤羿、浇之颠陨,规讽之旨也;虬龙以喻君子,云霓以譬谗邪,比兴之义也;每一顾而掩涕,叹君门之九重,忠怨之辞也;观兹四事,同于风雅者也。至于托云龙,说迂怪,丰隆求宓妃,鸩鸟媒娀女,诡异之辞也;康回倾地,夷羿彃日,木夫九首,土伯三目,谲怪之谈也;依彭咸之遗则,从子胥以自适,狷狭之志也;士女杂坐,乱而不分,指以为乐,娱酒不废,沉湎日夜,举以为欢,荒淫之意也。摘此四事,异乎经典者也。

异乎经典的正是楚辞的新变。楚辞取材神话展开了丰富的想象,连类譬喻,词采光辉夺目,不受礼义约束,构思奇幻浪漫。经过楚辞的变,文学从圣经贤传的笼罩下开始独立,质朴浑厚的文风变而为美丽新奇。楚辞为文学的发展开辟了广阔的道路。如果说《诗》是现实生活的写照,因而具有现实主义特征的话,那么楚辞则以其奇幻的想象和炽烈的感情,而具有浪漫主义的倾向,二者互为补充,构成了风骚传统,在中国文学史上发挥了巨大的作用。

(中国屈原学会临汾学术会议论文,南京,1992 年 8 月)

常研常新,永驻辉煌
——我与楚辞结缘的经过与心得

小时候,每逢端午节,爷爷都要给我们讲屈原的故事。爷爷中过秀才,中年患脑疾失去了近期记忆,但对过去读过的书、经历过的事都记得很清楚。他经常召集孙辈们讲修(身)齐(家)治(国)平(天下)的理想及为人处世的道理。已经讲过,他又忘了,于是再讲。他不厌其烦地讲,我们也只好不厌其烦地听。每到端午,屈原便是应有的话题,每年讲,每年听,所以我在很小的时候就知道屈原是一个伟大的文学家,他是投汨罗江自杀的。老百姓乘船打捞他的尸首,发展成了龙舟竞渡;为了使投祭他的食品不被蛟龙抢去,又发明了缚粽子。家家都过端午节,于是屈原便几乎成了家喻户晓的人物。

我上中学的时候读过几篇屈原的作品,因为有儿时的印象,并不觉得太陌生。可是句句都要依靠注释,毕竟不如读后世作品有兴趣。那时最能吸引我的是现代作品以及翻译作品。对《诗经》、楚辞等古典文学作品并不太爱好。当我跻身于南京大学中文系以后,情况才有了变化。教我们古代文学史及有关选修课的,是胡小石先生。胡先生非常博学。他原本学的是生物学,专攻植物分类。毕业以后长期任教中国文学。他是著名学者,又是诗人、书法家、文物鉴赏家,在他的讲课中,这种种知识得到了综合的运用。比如,他讲楚辞中的植物,便提到科学分类知识,并绘图以说明某种植物的特征。讲到古书中的通假字,便结合传授音韵训诂的知识。我生性是很不耐烦考证的,但胡先生所讲的考证却一点也不让人感到枯燥,只是使人觉得开阔了视野,增长了知识,增加了兴趣。文学毕竟是文学,胡先生讲课,更能以诗人、艺术家的态度，巧妙地传达所讲作品的美。他常常画龙点睛地解说作品的精彩之处，然后以无比欣赏之情赞叹曰："妙不可言！"自然而然地将听众带入了他所营造的那种情境之中。我毕业以后，分配做了胡先生的助教，这样就有更多机会听先生的讲课，向先生请益，我之所以迷上了楚辞，与小石师的引导是分不开的。

1958年中华书局上海编辑所（上海古籍出版社的前身）到我们南京大学来约稿，并有发现和扶持青年作者之任务。我当时正学习楚辞，于是便选了《屈原与楚辞》一题。1959年书出版了，印了5000册。后来又按照出版社关于《中国古典文学基本知识丛书》的统一要求扩展改写成了五万多字的《屈原》一书。这前后两次的出书，责任编辑都给了我很大帮助，字斟句酌，提了许多宝贵意见。其后因我不善交际，没再与两位编辑联系，但始终从心底里感谢他们。

1962年胡小石先生谢世。1963年系里派我去北京大学进修，指导教师是游国恩先生。游先生也是楚辞专家。他对待学生谦和诚恳，有问必答，给了我很多教益。在北大除听游先生的课以外，还听了林庚先生、王力先生、吴组缃先生的课，学术上增长了见识，学到了许多知识和研究方法、教学方法。本来打算进修两年能完成一项关于《楚辞学史》的研究计划，但一年不到，"四清"开始了，于是回校参加"四清"，接着是"文化大革命"，一切计划都成了泡影。

"文化大革命"之后，重理旧业。在上海古籍出版社重出《屈原》一书之际，对原书又作了少量修改补充。主要是针对长期存在的一些争论问题提出看法，如屈原思想的归属问题。对这个问题我认为从思想角度看，屈原与先秦诸子毕竟有所不同。他的表现形式是诗而不是议论文字。所以首先得承认屈原是诗人，其诗篇中反映的思想并不必从属于某一家。

本着批判继承的方针，修订本还加强了批判的内容。作为《中国古典文学基本知识丛书》之一种的《屈原》是普及读物，我很愿意从事这种普及工作，写作是很认真的。此书前后发行不下20万册。"文革"前已传到港台地区，还有日本。80年代在日本出了日译本。美国劳伦斯·A.施奈德教授所著《楚国狂人屈原与中国政治神话》(张啸虎、蔡靖泉译)附注中也提到这本书。前年台湾地区又出了此套丛书的繁体字本。可见此书流传是很广的。能为介绍、宣传屈原,介绍、宣传祖国的文化贡献微薄之力,在我是很高兴的。

80年代以后,我参加了集体培养研究生的工作,方向是唐宋文学和先唐文学。虽在唐宋文学研究方向投入了较多的精力,但并未忘情楚辞,也经常开设有关的课程。

1983年在大连举行的一次学术讨论会上,我提交了《论汉人对屈原的评价》一文。这是我拟撰写的《楚辞学史》的一节。其中探讨了扬雄对屈原的基本态度和他批评屈原的实质,探讨了班固对屈原的矛盾态度及其历史背景等。

日本的几位学者怀疑屈原的存在,以为《离骚》等作品是集体创作的"民族歌谣"或巫歌之类。1984年在成都举行的学术会议上比较集中地讨论了这个问题。我认为国外学者与我们文化背景不同,对我们认为不言而喻、理所当然的事难免因隔阂而有不同的看法。他们有的人认为中国学者是因为民族情结或政治原因而不肯否定屈原的存在,这是大错特错了。在西汉以前,有关屈原的材料虽然不多,但其作品却是辉煌的存在,所以从屈原的作品来论证屈原的存在,当最有说服力。这次会议我提交了《从屈原创作的个性化论屈原之不容否定》论文,强调了屈原的诗篇个性突出,不可代替,不可重复,只能是他一个人的创作。这篇论文曾多次被报导、介绍,为《中日学者屈原问题论争集》(黄中模编)所收载,又为中国人民大学《中国古代近代文学研究》全文复印收录。

近年来国内外学术界都对道家甚感兴趣,对庄子给予了相当高的评价。从文学角度看,庄子的文章极妙,历史上也往往庄骚并提。然而庄、屈虽是同时代人,思想走向却很不一样。两者对比,我认为对庄子思想的消极面不应忽视,因而写了《屈原与庄周美学理想异同辨》一文,单就美学理想分辨其同异。文章发表后,有较大影响,《人民日报》及《人民日报》(海外版)作了摘要报导,人民大学《中国古代近代文学研究》全文复印收录。对这篇文章也有一些批评意见,主要是关于我对庄子的批评。我多年读庄,涉猎许多有关著作,对全面否定庄子(如关锋)或全面肯定庄子(如现时的一些论著)的观点都有所了解,只是觉得过分肯定或否定都不恰当,还应该对庄子作实事求是的评价。而将庄子放到他所处的时代中考察,与同时代人作比较,当是可行的途径。庄、屈的某种对立是毋庸讳言的。

思考屈原的后继和影响,第一个要考察的就是宋玉。通用的文学史认为宋玉惟一可靠的作品只是《九辩》,并仅据《九辩》考察宋玉的生平。对这一结论,我一向存疑。现存少量关于宋玉的材料与此结论有很大出入。除《九辩》外,历史上著名的《高唐赋》、《神女赋》也应是宋玉所作,否定的理由并不充分。当我细读了汉代人仿屈诸作之后,发现他们实在是规摹《九辩》而作。《九辩》也是据屈原事迹又加上宋玉个人感慨之作。于是我写《〈九辩〉的性质以及〈高唐〉、〈神女〉诸赋的作者》一文。后《文汇报》报导了此文,人民大学《中国古代近代文学研究》也予以收录。作为一种探讨,我大胆地提出了自己的见解。

屈原影响现代人思想的,大概主要就是他的爱国精神了。关于屈原的爱国主义思想,也是一个早有争论的问题。我们今天纪念屈原、研究屈原当然也无法回避这一问题。1990年在贵阳召开的屈原学会年会上,我提交了《屈原爱国主义思想的时代特征》这篇论文。后来见收于学会出版的论文集。在这篇文章中,我引证了一些材料,说明在战国纷争的情势下,爱国思想广泛存在,当时也确有不少人不以出生国为念的,这说明在社会大变动时期,人们的价值观念存在多元选择,评判其是非往往不宜用非此即彼、非进步即反动的简单方式,屈原主张抗秦,决不能说成是阻碍历史前进,他的爱国思想是应该赞扬的。

由历史辩证法来看,统一中国是进步的大业,当时七国都以此为目标,只是秦最终完成了统一事业。但秦作为封建专制政权,在统一中国的过程中,对待他国人民的掠夺、压迫极为残酷。他国人民抵抗秦国、维护自身的权利是必然的、合理的。不看到历史的复杂性,不看到发展变化的过程就简单地下结论是不符合辩证唯物主义和历史唯物主义的。

关于屈原爱国主义的特点,我提了三点:第一,对祖国前途命运的关切、振兴祖国的愿望、对故土的爱恋;第二,对人民的关怀、爱护、同情;第三,对祖国文化传统的热爱并使之发扬光大。

我爱好楚辞,尊崇屈原。但作为一个现代人,在回顾、反思历史时,既要具有历史观点,评价历史人物不脱离他所处的时代,承认他的历史作用,同时也不能不站在今天的高度,客观地指出时代和阶级造成的局限。这也就是我们常说的批判地继承。朱自清先生说得好:

> 我们有我们的立场,得弄清楚自己的立场,再弄清楚古文学的立场,所谓"知己知彼",然后才能分别出那些是该扬弃的,那些是该保留的。弄清楚立场就是清算,也就是批判;批判的接受,就是一面接受着,一面批判着,自己有立场,却并不妨碍了解或认识古文学,因为一面可以设身处地为古人着想,一面还可以回到自己立场上批判的。

比如对于屈原的忠君,我们可以指出其时代的阶级的必然,可以承认其中包含的积极内容。但我们站在今天的立场上,对于那种忠于一人、忠于一姓的观念当然应予以批判。研究古代文史,既要能入乎其中,又要能出乎其外,力求能理解古人,但决不能化作古人。本着批判继承的观点,我写了《鲁迅怎样评价屈原》一文登在《文学遗产增刊》15辑上。意思是要学习鲁迅对待文化遗产的态度。鲁迅是爱好楚辞的,在写作中充分地运用和汲取。他对楚辞评价也很高,但又能从时代的高度指出其不足,对其阶级烙印也给予了深刻的批判。我觉得这种对待文化遗产的态度是正确的。

近一二十年来,对于古典文学的研究,似乎越来越重视其文化价值。作为传统文化重要内容的文学,反映的思想、生活特别丰富,对文化思想发展的影响也特别巨大。至于屈原的创作,有其特殊的价值。我同意50年代末,郭沫若、范文澜先生关于屈原融合中原文化与楚文化,对华夏文化的发展起了极大作用的观点,应充分估量这方面的意义。近年来,有一些论文强调楚国的巫风,因而有屈原为巫、屈原作品为巫歌的看法。我认为解决这类问题,必须认真考察当时的历史背景,特别是文化背景。所以在应辽宁古籍出版社约稿而写的《风韵高标的〈楚辞〉》一书(合著者包景诚)中,我们就特别强调了屈原与诸子的比较,诸如人生观、人格理想与价值取向、审美追求等方面,都与诸子作了异同比较。我认为屈原与诸子文化性格没有很大的差异,他也是有崇高理性精神的,不可能还是一个比较原始的、带有神秘色彩的巫师。

关于屈原在文化传统方面的影响,我认为"风骚传统"是值得重视的课题,1992年8月我提交屈原学会临汾会议的论文,便以此为题(本人因事未得出席该次会议)。我认为风骚传统在文学创作和文学理论、文学批评方面都发挥了巨大作用。1991年在天津举行了"屈原与中国传统文化"专题讨论会。我在会议论文中提出,屈原文化精神主要包含四个方面的内容,即理想精神、奉献精神、求索精神和斗争精神。文中主要着眼于与诸子思想进行比较,以突出屈原精神的特点。至于屈原自杀问题,我认为应该作为一种文化现象来认识。从当时的社会风气及特有的文化心理中可以看到,为着某种信念,为了不欺其志而自杀是当时的士风。屈原在《怀沙》中的表白,说明他的自杀是坚持自己的高洁品质,抗议楚政日非,是他斗争精神的表现。这篇文章的上述意见,已见引于郝志达、王锡三主编的《东方诗魂》一书。

在对楚辞进行历史的、文化的研究方面,我希望再有所进展。恰逢由匡亚明同志主编的《中国思想家评传丛书》约我撰写《屈原评传》,我愉快地接受了这一任务。因为从思想家的角度评论屈原,正是我经常思考的问题。

曾经有一种看法,认为先秦的东西很难搞,而且难有新的突破,几千年研究下来,也没有新的材料了,总之,似乎真是难以为继了。所以不少学人一度由先秦转向了六朝以后。然而这些年来,随着学术视野的开拓,随着考古的可观收获,先秦文学又成了热点。从文化角度看,先秦时期是我国传统文化空前繁荣的时期,后世文化的发展无不以此为源头。因此,《诗经》、楚辞也受到了极大的重视。这就给我们以启示,宝贵的文化遗产总是常研常新的,真是说不尽的楚辞!鲁迅曾指出:

> 夫国民发展,功虽有在于怀古,然其怀也,思理朗然,如鉴明镜,时时上征,时时反顾,时时进光明之长途,时时念辉煌之旧有,故新者日新,而其古亦不死。

要达到这样的境界,包括屈原作品在内的优秀传统文化将大有助于新文化的发展,并且永驻辉煌!

(《中国国学》第二十六期,台北"中国国学研究会"编印,1998年11月)

《左传》的思想内容与艺术方法

一

按文献的记载,孔子依鲁史修成了《春秋》。这是现存的我国最早的编年史。它的价值不仅是记载了"春秋时代"二百余年的历史事实,而且作为官史向私家著述历史的过渡,在《春秋》一书中多少表现了作者的历史观点和政治思想,在简短的记述中隐含了刺、讥、褒、讳、贬、损的用意,故孔子称知我罪我皆在《春秋》。在语言文字方面,《春秋》也比一般官书文诰流畅谨严得多。但是正因为《春秋》一书是以官史为依据,在史料的抉择方面便受了很大的限制,同时作者也有意地避讳了一些事实。又因记述过于简略,终难免"断烂朝报"之讥。而后出的《左传》便克服了这些缺点,在《春秋》已经达到的成就的基础上,有了新的发展。

作为历史著作,《左传》继承了发展了《春秋》的成就:首先是接受了编年史的形式,其次在《左传》中作者的历史观点、政治思想是明显地表示出来的(关于《左传》的作者,历来有许多争论,从《左传》内容来看应是战国初年的人,具有儒家和早期法家的思想,且有相当的军事才能)。另一方面,《左传》的取材并不受《春秋》的限制,作为私家著述,它更自由地选择了传闻佚史。唐啖助说:"予观左氏传,自周、晋、齐、宋、楚、郑等国之事最详。晋则每一出师,具列将佐;宋则每因兴废,备举六卿。故知史策之文,每国各异,左氏得此数国之史,以授门人。……又广采当时文籍,故兼与子产、晏子及诸国卿佐家传,并卜书、梦书及杂占书、纵横家、小说讽谏等杂在其中。"①说明《左传》收罗材料之广。《左传》中并经常引用谚语风谣,引用一些得之传闻的故事,这种特点常被封建学者认为不严肃,所谓"《春秋》谨严,左氏浮夸"②。但在我们看来,这正是《左传》的优点。传闻佚史虽不一定可靠,但能从侧面反映出那个时代的真实,反映出人民的意见。还有,作为历史著作来讲,《左传》描写的社会面是比较广阔的,梁启超曾总结了两点原因:第一,是因为那时没有统一的政治中心和文化中心,所以不像后来之史,专以京城作重点。第二,当时一切文化皆贵族阶级之产物,服务的是整个贵族阶级,与后来之史,专为皇帝一人作起居注者不同。③ 此外,我以为当时社会处在急剧的变化中,社会制度、思想观点的分歧变化都很大,一个优良的史家,不能不记录它、评价它,这也是《左传》描写社会面较广的一项重要原因。总之《左传》这一部两千多年前的历史著作,给后来的史家树立了许多良好的范例。

《左传》不仅是一部历史著作,我们也可以说它是一部文学著作。梁启超评论《左传》的文学说:"《左传》文章优美,其记事文对于极复杂之事项——如五大战役等,纲领提挈得极严谨而分明,情节叙述得极委曲而简洁,可谓极技术之能事,其记言文,渊懿美茂,而生气勃勃,后此亦殆未有其比,又其文虽时代甚古,然无佶屈聱牙之病,颇易诵习。"④这一评语虽未免太过,但是,由于《左传》使用了形象化的语言,在每一历史事件中让我们清楚地看到了具体的人的活动。有情节、有对话、有动作。又由于它吸取了来自民间的传闻的结果,便具有了活跃着的生命的气息,更富于文学的效果。车尔尼雪夫斯基曾这样来比较艺术与历史,他说:"艺术对生活的关系完全像历史对生活的关系一样,内容上唯一的不同是历史叙述人类的生活,艺术则叙述人的生活,历史叙述社会生活,艺术则叙述个人生活。历史的第一个任务是再现生活,第二个任务——那不是所有的历史家都能做到的——是说

---

① 陆淳:《春秋啖赵集传纂例》。(按:此书指编年史而言。)
② 韩愈:《进学解》。
③ 梁启超:《要籍解题及其读法》。
④ 梁启超:《要籍解题及其读法》。

明生活。"①历史与艺术（尤其是文学）是相去不远的，我们古代的历史著作的某些部分，之所以可以被称做纪传文学，正因为作者在叙述社会生活的时候，着重地描写了某些人物，而且表示了作者的爱憎与评价——这是说明生活的任务。也正如在优秀的文学作品中，能够反映出某种历史事变的真实原因一样，优秀的历史著作在描写历史事变和人物传记的时候，也能充分具有文学的特点。《左传》虽然是编年体的政治史，但是从前面所提到的它的一些特点来看，它完全可以被作为最早的史传文学来研究。在这里，我便打算从文学的角度来分析《左传》所表现的思想内容和艺术特点。

二

作为《左传》思想内容的特点，首先应该提出的是对贵族阶级荒淫无耻的生活的揭露。《春秋》时代，是土地兼并的时代，各诸侯国家之间，各国卿大夫贵族之间，贪婪地争夺领土与财富，同时因为从西周以来的等级制度与宗法制度并未遭到完全的破坏，而对于异民族的侵入，又必须团结一致地斗争，因此各诸侯国为了争夺实际利益和政治上的霸权，就频繁地进行了错综复杂的战争。《左传》记载了这些史实。这种战争是极残酷的，常常给人民带来极大的灾难，例如宣公十五年传，楚人围宋，围城中到了"易子而食，析骸以爨"的情况。又如哀公七年鲁军入邾，昼夜掳掠，可想见当时兵灾人祸的情形。当然这样频繁的战争，是社会发展转型期的必然现象，但我们也正可以从中认识到贵族阶级贪婪暴虐的本质。《左传》中记述了几乎每一个诸侯、贵族都是在他们父、子、兄、弟的血泊中建立起自己的权力，这使我们看到宗法制度的逐渐解体，以及封建道德的虚伪。很有名的郑伯克段的记载，便是极好的例证，作者以极短的篇幅，叙述了郑庄公险恶的居心和虚伪的面貌。用设网饵以捕鱼、设机阱以陷兽的办法，来对待自己的兄弟。这些贵族共同的特点是：为了争夺权位，是可以灭绝人性的。鲁季孙死后，其子康子

---

① 车尔尼雪夫斯基：《生活与美学》。

继承了位置，而季孙的妾，又生了一个儿子（遗腹子），按季孙的遗命，是要这个儿子继位的。康子表面上装做愿意退位的样子，暗地里却派人杀了这个孩子。又如齐悼公得位，便容不得一个孺子，而使人杀诸野幕之下。即使作者所赞扬的春秋霸主齐桓公、晋文公也都是刚得到权位，第一件事便是将反对他的兄弟们全部杀戮。《左传》的这种记载，暴露了贵族阶级内部的矛盾。因此就具有相当的真实性。

　　《左传》中又成功地刻画了许多暴君的形象，如宣公二年传记载着："晋灵公不君，厚敛以雕墙，从台上弹人而观其辟丸也。宰夫胹熊蹯不熟，杀之，置诸畚，使妇人载以过朝。"这样的无端杀害人命，并且夸示自己残暴的行为，不能不使人感到愤恨。又昭公二十三年传："莒子庚舆虐而好剑，苟铸剑必试诸人。"又文公十八年传："齐懿公之为公子也，与邴歜之父争田，弗胜。及即位，乃掘而刖之，而使歜仆，纳阎职之妻，而使职骖乘。"这是多么野蛮的报复行为，以残杀虐待作为自己的玩好，也正是贵族阶级的特性。在宣公三年传中作者成功地刻画了一个暴虐急躁的贵族性格："辛卯，邾子在门台，临廷，阍以瓶水沃廷，邾子望见之，怒。阍曰：'夷射姑旋焉。'命执之，弗得。滋怒。自投于床，废于炉炭，烂，遂卒。"竟因暴怒摔进火炉里，烧死自己。死后更以五人殉葬。作者记述得虽然简单，但这一连串的动作，不是很好地活画出了这个贵族的形象吗？

　　除了无辜的虐杀之外，贵族的无厌的享受要求，残酷的剥削，更给人民带来极大的痛苦。如昭公三年传，晏婴与叔向议论齐国的政治说："……民参其力，二入于公，而衣食其一，公聚朽蠹而三老冻馁，国之诸市，履贱踊贵。"履贱踊贵真是非常惨痛的对当时现实的控诉。叔向亦称晋为季世："庶民罢敝，而宫室滋侈；道殣相望，而女富溢尤，民闻公命如逃寇雠……"这样对比了两种生活，就更好地说明了统治者的贪得无厌与人民生活的苦痛。又如昭公二十年传，晏子言于齐侯曰："山林之木，衡鹿守之。泽之萑蒲，舟鲛守之。薮之薪蒸，虞候守之。海之盐蜃，祈望守之。县鄙之人，入从其政，逼介之关，暴征其私，承嗣大夫，强易其贿。布常无艺，征敛无度，宫室日更，淫乐不违。内宠之妾肆夺于市，外宠之臣僭令于鄙，私欲养求，不给则应，民人苦病,夫妇皆诅。……"像天罗地网一样,人民无处可逃脱剥削与压迫。齐景公本来要祝史替他祷告病愈,晏婴却说:"虽其善祝,岂能胜亿兆人之诅?"这样的横征暴敛,无怪人民要诅咒他们!

此外,《左传》也叙述了贵族统治阶级荒淫无耻的生活,以及帮凶们逸邪的嘴脸。贵族阶级的生活是糜烂的,像陈灵公之淫于夏姬、齐襄公淫于其妹文姜,都说明他们混乱秽亵的男女关系。他们的生活是极侈奢的,除了极度的享受之外,更有许多变态的行为,如鲁昭公已经失去了诸侯的位置,流亡他国,但一匹好马死了,却还要装在棺材里埋葬。又如闵公二年传记载说:卫懿公好鹤,让鹤乘着大夫的车子,以致狄人侵入时,国人受甲者讽刺他说:"使鹤,鹤实有禄位,余焉能战?"腐朽的贵族是十分无能的,他们言如粪土,毫不懂得礼节,但却会摆虚架子。鲁昭公逃亡到晋国,还要晋国派人来欢迎他,结果受到一场侮辱。在哀公二年传中更极妙地写出了一个怯懦的贵族形象:卫太子蒯聩从赵简子与郑人战于铁,"望见郑师众,太子惧,自投于车下,子良授太子绥,而乘之,曰:'妇人也。'"这一个懦夫的形象是写得很成功的。临阵对敌,竟害怕得摔下车来,拉着挽索才能重新爬上车去。战斗之前他更害怕了,向他的列祖列宗祷告起来:"曾孙蒯聩,敢昭告皇祖文王,烈祖康叔,文祖襄公,……敢告无绝筋,无折骨,无面伤,以集大事,无作三祖羞。大命不敢请,佩玉不敢爱。"这是怎样绝妙的一篇讽刺文字啊!却又真实地概括了怕死的贵族形象。又像鲁国的贵族施氏自己怕死,不能庇护妻子,被晋郤犫夺去,当郤犫失败之后,施氏却无耻地向两个无辜的婴儿施行报复。难怪其妻要发誓与他断绝了。在许多帮凶的形象中,我想举出楚国的谗人费无极,这一个嫉贤害能的小人,因为郤宛"直而和,国人说之",便挑拨令尹子常,用一套阴险的办法,杀害了郤宛。但终于因国人的抗议,子常只好将这个小人费无极作了掩盖自己罪行的牺牲品。此外《左传》中记述了许多贵族贪污的事情,为了他们难填的欲壑,他们不顾一切信义,不顾国家的安危,拼命地索取贿赂。楚司马子常,为了强索蔡侯的裘佩和唐侯的宝马,竟将两个诸侯囚禁了三年。晋范献子因为收到季孙氏的贿赂,就胁迫宋、卫放弃同盟者的义务,不送鲁昭公返国。这种无法满足的贪欲,也是统治阶级的特色。

作者暴露了贵族阶级内部矛盾,暴露了他们贪婪暴虐的本质,并认为这是旧贵族日益没落的原因。

三

春秋时代由于社会生产力的迅速发展,社会经济制度也有了新的变革,与此相应,思想意识也起了变化。与西周时代显著不同的,便是神权的衰弱,人民的力量得到重视。在奴隶社会,奴隶只是会说话的工具,他们的死生荣辱完全操纵在奴隶主手中。到了春秋社会转型时期,随着新经济制度的逐渐推广,奴隶得到解放,旧贵族日益没落,商人和自由农民便日益成为重要的社会力量。如僖公三十三年传,郑商人弦高假命犒秦师的事,便可以说明当时商人重视国家大事,并起了重要的作用。又如哀公十七年传,记卫匠人因久役不满,而攻逐卫庄公。又如昭公二十二年传,周王子朝就"因旧官百工之丧职秩者与灵景之族以作乱"。这里面,部分是没落的贵族,一部分却是有专门技术的工匠,他们集居在东圄,成为一种集团的力量,周王子朝利用了这一力量,也说明了当时人民在政治斗争中,起着日益重要的作用。这种客观存在的情况,得到一些进步思想家的承认,从而提出了"民本"的观念。在《左传》中,我们看到神权依旧有因袭的影响,尤其在旧贵族中,相信卜、筮、占梦,幻想着神能挽救自己注定灭亡的命运。但是进步的思想家政治家,却提出真实的社会力量来与神对抗了:庄公三十二年传,虢史嚚说:"吾闻之,国将兴,听于民;将亡,听于神。神,聪明正直而壹者也,依人而行。"从这段话里我们看到:神的意志转化为人的意志,现实的社会力量打碎了原始的宗教信仰。又如逢滑对陈怀公说:"国之兴也,视民如伤,是其福也。其亡也,以民为土芥,是其祸也。""不祸民,虽则战败君亡也未必衰;祸民,虽胜亦危。"这确是当时的历史经验。正因为人民有如此重要的作用,相对地就将统治贵族的位置贬低了。人民是广大的,又是永久存在的,而贵族统治者却是暂时的存在。这种思想表现在《左传》中不止一处,最清楚的如襄公十四年传,师旷对晋侯说的一段话:"……若困民之主,匮神乏祀,百姓绝望,社稷无主,将安用之?弗去何为?……天之爱民甚矣,岂其使一人肆于民上,以从其淫,而弃天地之性,必不然矣。"《左传》记述了这样的见解,比后来的封建史家,真不知要高明了多少倍。

四

从重民的思想出发,作者肯定的、赞扬的人物,都是以人民为重,以社稷为重,而不顾自身利害的人。君子誉为"知命"的邾文公是"苟利于民,孤之利也,天生民而树之君以利之也,民既利矣,孤必与焉"。他不以个人的生命为重,不畏惧卜史所言,迁于绎"利于民而不利于君"。坚决地说:"命在养民,死之短长,时也。民苟利矣,迁也!吉莫如之。"应该承认,他是贵族阶级中的一个杰出的开明的人物。作者盛赞的一个大政治家,齐国的晏婴,在崔杼杀了齐庄公之后,他既不从死,也不去国,而非常明确地说出:"君民者岂以陵民,社稷是主;臣君者岂为其口实,社稷是养,故君为社稷死则死之,为社稷亡则亡之。若为己死而为己亡,非其私昵,谁敢任之。"他明白地表示自己不是功名利禄的追求者,也不是效忠一人的诸侯的宠信,他是尽忠于国家社稷的。杀掉一个暴君,并不等于国家的灭亡,因此自己就没有从死和去国的必要。

《左传》中一再提出并详细生动地刻画了郑国的执政者、伟大的政治家子产。作者歌颂他主要是因为他采取了打击旧贵族的政策。他曾询问然明从政的方法,然明回答他:"视民如子,见不仁者诛之,如鹰鹯之逐鸟雀也。"他以为极对,并且高兴地说:"他日吾见蔑(然明)之面而已,今吾见其心矣。"子产本是早期法家的代表人物,在那个时代,法家是有相当的进步性的。他们主要的进步性是表现在打击旧贵族势力,争取建立统一国家这一主张上。法家是见到人民的力量的,他们相信现实,而不相信鬼神;选择人才重在才能而不在身份。他们忠实于封建国家的利益,采取严刑峻法,一方面压制旧贵族的反抗,一方面也为建立封建秩序镇压农奴的反抗准备了条件。子产作为早期法家的代表人物,在他的政治措施和思想方面多少表现了这些特点。他在郑国作封洫、作丘赋、铸刑书,改变了田亩赋税制度,定出了法律条文。他说:"辟邪之人而皆及执政,是先王无刑罚也。"他不承认孔张在外宾面前丢丑是他的耻辱,他认为自己的责任在于治理国家大事,至于这种旧贵族子弟不称职务,只应归罪于以前太无刑罚,让这种辟邪之人也来掌握政权。这就是对旧贵族腐朽政治的否定,而提出要用法来限制它、压迫它。子产在使"都鄙有章,上下有服,田有封洫,庐井有伍"之外,又对"大人之忠俭者,从而与之;泰侈者,因而毙之"。对于贵族阶级骄奢淫逸的生活,也予以干涉予以打击。他这样的做法当然受到旧贵族激烈的反对,丰卷就曾想招兵攻他,如果不是子皮支持他,将丰卷逐出,他恐亦不免遭到与吴起、商鞅等人同样的下场。虽然遭到旧贵族的反抗,子产却能够坚持自己的理想,他说:"苟利社稷,死生以之,且吾闻为善者不改其度,故能有济也。"这种坚持正确的方向"死生以之"的精神,确是值得赞颂的。

《左传》作者歌颂的人物,除上述者之外,还有临终义命的宋穆公、以兵谏君的鬻拳、毁家纾国难的斗谷於菟。此外,还赞扬了三世相鲁而"妾不衣帛,马不食粟"的季文子;以不贪为宝的子罕……这些地方都说明了作者的爱憎,说明了作者反对贵族诸侯的腐朽的生活,而想以一种新的道德标准来抑制他们。《左传》还非常生动地刻画了一些爱国者的形象:当吴兵攻陷了郢都,楚国濒于危亡的时候,申包胥往秦国借兵,秦君不允,他竟"立依于庭墙而哭,日夜不绝声,勺饮不入口"。一直到第七天秦哀公答应了出兵,才"九顿首而坐"。这种对于国家垂亡的哀痛,奔命于救亡的精神是非常动人的。还有烛之武原是一个普通的无职权的人,但在国家濒危之际,竟敢只身赴敌,分析形势利害,分化敌人,才得解除了秦、晋两国的围困。经过作者较细致的描写,这些人物都有着比较清晰的面貌。

五

《左传》既然不纯粹是文学作品,在我们谈到它的艺术性时就不能有过高的要求。然而,《左传》依旧以它流畅的语言、生动的叙述使我们叹服。在二千多年以前竟有这样的文字出现,是值得我们从艺术的角度来分析它的写作方法的。

关于《左传》的艺术方法,除了前面已经说到的一些之外,我觉得还可以提出如下的特点:第一,《左传》的记事富有发展的故事性——有情节。如晋公子重耳流亡的经过——作者记述了重耳经历了好些国家,受到各种不同的待遇,他自己以及他的随从们在一定的环境中的行动言谈,通过这些描写就相当具体生动地表现出人物的性格;在情节的发展中,人物的性格也逐步展开变化。这种记述方法,就使《左传》颇具有小说的特点。再如宣公二年传记载晋灵公的暴虐无人性,赵盾、士季想要劝止他,但灵公非但不听,反而派了力士鉏麑去刺杀赵盾。鉏麑看到赵盾在独自一人的时候也能忠于职守,是一个人民拥戴的人,因而不愿杀他,但又难于回复君命,便自己触槐而死。但灵公并不甘心,仍设法谋害赵盾,赵盾却每次都因别人的救护而脱险,暴虐的晋灵公却终被赵穿攻杀了。这故事本身就很丰富动人,再加上作者简洁地描写了事态的发展,从人物的行动中表现了冲突,就给了我们更具体的印象。所以这个故事以后常被取作戏剧素材。

第二,《左传》记述事件虽然简单,但却完整。刘知几称"其言简而要,其事详而博"[①]。这是因为作者对于材料作了很好的取舍,抓住了一些重要的细节突出人物,省却了一般的内容。例如关于几次战役的记述就是这样:在长勺之战中,作者先介绍了曹刿其人,他主动求见鲁庄公,因为他相信贵族统治者是没有能力抵抗侵略的,"肉食者鄙,未能远谋",所以他就积极要求参加这次战事。从他与鲁庄公的对话中,可以看出他对当时政治的批评,从政治情况预测战争的结果。在战斗中,我们又看到他的军事才能:等到敌人松懈了才进攻,确定敌人是真败退了才追击。作者写了曹刿怎样察看敌人的车迹,眺望敌人的旗帜这些细节,而对实际作战的过程则略而不书,目的是表现曹刿这个人物,同时也完整地叙述了这次战争。哀公二年传,记述晋师、郑师战于铁,在郑师众晋师寡的情况下,赵鞅先立下誓言,悬重赏以鼓励

---

① 刘知几:《史通》。

士气。将战之时,又描写了卫太子的胆怯。而描写战斗则依然用了不多的笔墨,但紧张的情势却非常明显。最后更写了各人夸示自己的功劳,作为这次战争的尾声。这样完整的精练的结构,也是《左传》散文的艺术特点。

第三,《左传》常以非常简练的笔法,勾画出一些人物的形象。在"郑伯克段"的记述中,作者成功地刻画了郑庄公这个阴险毒辣的形象,他处心积虑地要制死共叔段,却先纵容他发展势力。他的两个臣子祭仲和公子吕却不明白他的用心,劝他要防患于未然。阴险的庄公却装着一副孝顺的样子说:"姜氏欲之,焉辟害。"但最终他还是将共叔段消灭掉了,并立誓不再与母亲见面。在这段事情的记述里,作者并没有描写人物的心理,而人物的心理却跃然纸上。从祭仲和公子吕的慷慨陈词和庄公简短的闪烁的答话,我们看出了他心里不可告人的隐秘。这正是作者高明的写作技巧。还有像襄公二十六年传,写卫献公归国的情形:"大夫逆于竟者,执其手而与之言。道逆者,自车揖之。逆于门者,颔之而已。"只几句话就把卫献公心境的变化完全表现了出来,不能不佩服作者概括的能力。除了生动的人物形象之外,作者也刻画出一些生动的场面。如定公八年传,描写鲁军毫无斗志、纪律松懈的情形,也很具有形象的特点:"公侵齐。门于阳州,士皆坐列。曰:'颜高之弓六钧',皆取而传观之。阳州人出,颜高夺人弱弓,籍丘子鉏击之,与一人俱毙。偃且射子鉏,中颊,殪。颜息射人,中眉,退曰:'我无勇,吾志其目也。'师退,冉猛伪伤足而先,其兄会乃呼曰:'猛也殿'。"这副乱七八糟的景象是描绘得很出色的:有因武器在别人手中传观,猝不及防而被杀的;有自矜其射艺,不满足于射中敌人眉毛的;也有伪装伤脚抢先逃跑的;也有包庇其弟说谎骗人的。这样的描写使得整个环境很形象很具体。

第四,《左传》中记载了许多谣谚。民间谣谚常常能表示出对历史人物的正确评价,也具有非常生动的表现力。我们可以举出宋筑城者讽刺败将华元的歌谣,他们唱道:"睅其目,皤其腹,弃甲而复,于思,于思,弃甲复来。"而华元竟不知耻地命其骖乘答歌曰:"牛则有皮,犀兕尚多,弃甲则那?"筑城的役人却不放过这个机会,更尖锐地讽刺他道:"从其有皮,丹漆若何?"清人劳孝舆分析这一讴谣说:"宋人歌谣好以貌写人,尤其奇于此讴。以睅目大腹而多须之人,形状魁梧,至于弃甲,写出令人发笑。答讴佯为不解,以呆掩羞,锺评所谓滑稽得妙,顽钝得妙,是也。至又讴,真咄咄逼人矣,安得不驱而去哉!"①又如宋国野人讽刺卫太子,歌曰:"既定尔娄猪,盍归吾艾豭。"大大地嘲笑了、痛骂了荒淫无耻的贵族们。此外,有一些谚语如:"匹夫无罪,怀璧其罪。""心苟无瑕,何恤乎无家。"都反映了人民在严重剥削下的愤懑心情。又如:"辅车相依,唇亡齿寒。""畏首畏尾,身其余几。""心则不竞,何惮于病。"道理说得简单而透彻,因此有些谚语直到今天还活在人民的口头上。

第五,《左传》记述的语言和对话的语言历来都得到很高的评价。最重要的是流畅与精练,在对话中更常能传达出人物的神态来。这方面前人分析得很多,在这里我只举出一种修辞的技巧来说明《左传》语言的形象性——那就是比喻。《左传》中有一些比喻使用得非常巧妙,并能用来表示人物的思想感情,如郑国子产将政治比做水、火,而以为"夫火烈,民望而畏之,故鲜死焉;水懦弱,民狎而玩之,则多死焉"。表示出他重法制的思想。又如齐国晏婴比喻那种专门顺着主人而说的话是"以水济水,谁能食之?若琴瑟之专一,谁能听之?"晏婴是主张较开明的政治的,他反对残酷的剥削,也反对阿谀顺从的佞臣。又如鲁国臧纥批评卫侯讲话像粪土一样,也是非常恰当的比喻。

六

以上就《左传》的思想、艺术两方面作了简单的分析。总的说来,我认为在这部史学名著中,表现了一定的进步思想,也具有一定的文学描写的特点。当然从史学的观点来看,《左传》是存在不少缺点的:有很多迷信的观点,也有很多夸张的记载。但是,它究竟是一部最早的完整的史料,而且由于反映面较广,收罗了较多的传说资料,因此很值得我们去重视它、研究它,并且相信这里面有着许多真实的历史纪录。从文学的观点来看,这是一部

---

① 劳孝舆:《春秋诗话》。

伟大的散文著作,以朴素的语言生动地介绍了当时的现实,并且表现了作者的爱憎。后来的古典散文作家没有不受这部书的影响的。尤其伟大的史学家兼文学家司马迁,更直接继承了《左传》的传统。[①]所以这部作品在文学史上是代表着散文发展的一个新的阶段,而在散文写作的技巧方面则给我们树立了简练生动的范例。

(1956年3月初稿,1957年10月改定)

(《教学与研究汇刊》1958年第2期)

---

① 从采用传闻佚史、刻画人物形象、表明作者史观等方面,可以看出《史记》继承了《左传》的优点。

《易传》的文学思想及其影响

春秋战国时期是我国文学理论的萌芽时期,群经诸子中,片断地提出了许多文学见解,反映了一定的文学思想。这种种文学见解作为后世文学批评理论的滥觞,产生过极大的影响,值得我们重视。

《周易》本来是一部卜筮用书,宗教迷信和数学智慧的运用,赋予了这部书以某种神秘的性质。《周易》的"经"部成于周初,"传",即所谓"十翼"——彖传上下、象传上下、系辞传上下、文言、序卦、说卦、杂卦等十篇,基本上是战国时期完成的。用作卜筮的六十四卦及卦辞、爻辞,经过《易传》的解释,便成了能够包罗万象和说明一切的东西。这样《周易》又成了一部哲学著作。到了汉代,《周易》取得儒家经典的地位,其哲学思想发生了广泛深远的影响。

《易传》的哲学思想包含了某些文学观念,或者为某种文学观念提供了解释的依据。以前出版的文学批评史注意到这一点,曾有所论述。如罗根泽先生的《中国文学批评史》有"《易传》对于文学的点点滴滴"一节,刘大杰先生的《中国文学批评史》有"《易传》所表现的文学观"一节。合观二书,《易传》中的文学观念都已概略地提到。但是,随着对《易传》哲学价值的认识的提高,其文学思想还有进一步详加阐述的必要,尤其是《易传》文学思想对于后世的影响,更需要认真地探讨。本文打算在前人研究的基础上作一些补充阐释。

一

《易传》文学思想中十分重要的是"象"这一观念。《系辞》说:"是故易者,象也。象也者,像也。"便以事物的形象解释易。《系辞》认为八卦便是对自然的模仿:"(包羲氏)仰则观象于天,俯则观法于地,观鸟兽之文与地之宜,近取诸身,远取诸物,于是始作八卦,以通神明之德,以类万物之情。""圣人有以见天下之赜,而拟诸其形容,象其物宜,是故谓之象。"《易传》要将整部《周易》解释成为能说明一切的著作,于是便将基本的八种卦体和阴阳二爻的种种变化,"引而伸之,触类而长之"(《系辞》),用来比附万事万物,表现万事万物的性质和关系。它要将一切抽象的观念都包含在代表着具体事物的卦象之中,并且要藉助物象来加以说明。这就是"八卦以象告,爻象以情言"(《系辞》)的含义。《易传》将"易"解释为对客观事物的模拟,是建立在朴素唯物主义观点之上的,《序卦》说:"有天地然后万物生焉,盈天地之间者唯万物。"这显然是道家的自然天道观。唯其充塞于天地之间的只有万物,那至神至妙的"易"便只能是对万物的模仿,同时,它也只能通过万物来表现。《易传》中"象"的观念的形成、阐释和提倡,推动了从具体事物出发的思维方式,因此易象便与文学形象具有某些共同之处。章学诚《文史通义·易教下》说:"易象通于《诗》之比兴",正说明了这一点。他又认为易象包容了"六艺","六艺"中一些比喻及象征的描写都属于"象"。他还说:"有天地自然之象,有人心营构之象……心之营构,则情之变易为之也;情之变易,感于人世之接构而乘于阴阳倚伏为之也。是则人心营构之象,亦出天地自然之象也。"其所谓"人心营构之象",即指通过想象,而创造构成的形象,这种形象甚至奇幻到不可思议的程度,然而它毕竟出自天地自然之象,并且其吉凶是非也"宜察天地自然之象而衷之以理"。他用比兴解释易象,又特别强调了创造的形象与自然之象的关系,为《易传》的"象"及其对文学的关系作了很好的说明。此外,陈骙《文则·丙一》条也说道:"《易》之有象,以尽其意;《诗》之有比,以达其情。文之作也,可无喻乎?"着重指明形象的比喻作用,肯定了易象传情达意的功能。

《易传》文学思想中另一个重要的观念是"变"。《系辞》说:"生生之谓易。"孔颖达《正义》的解释是:"生生,不绝之辞,阴阳变转,后生次于前生,是万物恒生,谓之易也。"《系辞》还说:"易之为书也,不可远,为道也,屡迁。变动不居,周流六虚,上下无常,刚柔相易,不可为典要,唯变所适。"这都是朴素的辩证观点,非常精彩。强调"变"、"上下无常",甚至突破了"天尊地卑,乾坤定矣"(同上)的框框。当然,也同时显示了书中这种观点的不彻底和不一致诸性质。《系辞》还具体地描写了种种变化,说:"是故刚柔相摩,八卦相荡。鼓之以雷霆,润之以风雨,日月运行,一寒一暑。""日往则月来,月往则日来,日月相推而明生焉。寒往则暑来,暑往则寒来,寒暑相推而岁成焉。往者屈也,来者信(伸)也,屈信(伸)相感而利生焉。"这主要讲的自然界的变化,可是"爻者,言乎变者也","八卦以象告,爻象以情言"(同上),每一爻都反映着客观事物的变化,而卦爻辞则是带有主观感情的对种种变化的描述。在这个前提之下,自然界的变化与爻辞就发生了密切的关系。《易传》的"变"的观点为文学形象的复杂性、生动性提供了解释的基础。《易传》关于变化还说过:"易穷则变,变则通,通则久。"(《系辞》)则为文学随着时代的发展而发展变化提供了哲学的说明。

《易传》对于"文"之一词也提出过重要的解释。《系辞》说:"物相杂故曰文",《序卦》解释"贲卦"说:"贲者,饰也",《释文》"贲卦"下引傅氏云:"贲,古斑字,文章貌",又引郑云:"变也,文饰之貌。"由此可知《易传》所谓之"文"即指文饰、色彩。交错才能成文,单一的线条、单一的颜色是不能构成"文"的。《国语·郑语》记史伯对郑桓公说:"声一无听,色一无文,味一无果,物一不讲。"《左传·昭公二十年》记晏婴对齐景公说:"若以水济水,谁能食之;若琴瑟之专壹,谁能听之,同之不可也。"讲的也是这个道理。当然《易传》所谓的"文"是无所不包的,其中有天文、人文之分,《贲卦·彖辞》云:"观乎天文,以察时变;观乎人文,以化成天下。"日月星辰、山川动植都体现了自然界的文。人文则主要指一切礼乐制度,如《革卦·象传》所说:"大人虎变,其文炳也,君子豹变,其文蔚也;小人革面,顺以从君也。"按闻一多先生的解释,这都指车饰制度,"'虎变'、'豹变'即虎鞟豹鞟也","面读为鞭……革鞭即车之以革为覆者"(见闻一多著《周易义证类纂》)。从车饰的不同分别出等级,是封建礼仪制度所要强调的。《易传》将"文"看作礼仪制度的体现,很符合儒家关于"文"的观念。《论语·颜渊》:"棘子成曰:'君子质而已矣,何以文为?'子贡曰:'惜乎,夫子之说君子也!驷不及舌。文犹质也,质犹文也。虎豹之鞟犹犬羊之鞟'。"子贡认为质与文同等重要,如果将有文彩的毛去掉,那么虎豹的皮也就等于犬羊的皮了。这里讲的主要也是区别贵贱等级的礼文,不过也体现了儒家对文与质的一般看法。《易传》所称人文主要指礼文,但是其所谓"物相杂,故曰文",却有着广泛的含义。《易传》本来认为人世间的一切文饰、文彩都是受到自然界的启发才出现的,因此这一句话是概括了一切的文,是客观的规律。关于这一点,刘熙载在《艺概·文概》中作了恰当的发挥,他说:"《易·系传》:'物相杂故曰文。'《国语》:'物一无文。'徐锴《说文通论》:'强弱相成,刚柔相形。故于文,人乂为文。'《朱子语录》:'两物相对待故有文,若相离去便不成文矣。'为文者,盍思文之所由生乎?"他引述徐锴、朱熹关于"文"的解释,都是认为事物有矛盾、对立,交互发生各种关系,这才成为文。他认为这种异常广泛的对于"文"的解释,对于文学也是适用的,所以从事写作的人应该深长思之。

《易传》对"辞"也作了阐述。它认为"辞"是传达思想感情的。《系辞》说:"爻象动乎内,吉凶见乎外,功业见乎变,圣人之情见乎辞。"这里的"辞"指的是卦辞和爻辞,卦、爻辞表现了作《易》的"圣人"的思想感情。这里的"情"偏重于主观的感知;然而卦象又是能"以通神明之德,以类万物之情"的,所仿效的"万物之情"则是客观的存在。圣人之情是否符合客观的"万物之情"呢?《易传》作者没有回答,在他看来,圣人永远不会错,所以不必多作说明。春秋时代重视行人辞命,对修辞的作用有着充分的估计,如《左传·襄公二十五年》载,子产献捷于晋,回答晋人的质问,话说得周到漂亮,使得晋国只好听任郑国伐陈。在这段记载之后,左氏引仲尼曰:"志有之,言以足志,文以足言,不言,谁知其志?言之无文,行而不远。晋为伯,郑人陈,非文辞不为功,慎辞也!"当时人甚至认为"出言陈辞,身之得失,国之安危也"

(《说苑·善说》引子贡曰)。这种重视言辞,充分估计其作用的观点,在《易传》中也随处可见。如说:"君子居其室,出其言善,则千里之外应之,况其迩者乎?居其室,出其言不善,则千里之外违之,况其迩者乎?"君子的言辞可传之久远,影响极大,是不可不慎的。《易传》讲到"辞"有好的作用,如"二人同心,其利断金;同心之言,其臭如兰"(《系辞》)。"同声相应,同气相求。"(《乾·文言》)这都说明了言辞"可以群"的道理。言辞也可有坏的作用,如《系辞》所说:"乱之为生也,则言语以为阶。"《易传》还认为"辞"应该因宜适变:"是故卦有小大,辞有险易,辞也者,各指其所之。"(《系辞》)《正义》解释说:"谓爻卦之辞,各斥其爻卦之适也,若之适于善,则其辞善;若之适于恶,则其辞恶也。"《系辞》又说:"爻也者,效天下之动者也","鼓天下之动者存乎辞"。客观存在是变动不停的,仿效这种种变动,爻辞自然也有复杂的变化。因为"情见乎辞",所以时代的变动和作者环境的变化影响了作者的情,也必然给文辞打下烙印。《系辞》说:"《易》之兴也,其当殷之末世、周之盛德邪?当文王与纣之事邪?是故其辞危!"《易传》没有十分肯定《易经》是周文王被囚羑里时所作,但它肯定"其辞危",认为作者是有忧患的。因为"情见乎辞",所以内心活动也必然在言辞中得到反映。《系辞》说:"将叛者其辞惭,中心疑者其辞枝,吉人之辞寡,躁人之辞多,诬善之人其辞游,失其守者其辞屈。"这和自称知言的孟子的话极其类似。《孟子·公孙丑上》:"我知言,我善养吾浩然之气。……何谓知言?曰:诐辞知其所蔽,淫辞知其所陷,邪辞知其所离,遁辞知其所穷。"不过,《系辞》将言辞表现品格这一点讲得更明确、更具体,更能说明"文如其人"的道理。

《易传》在承认"圣人之情见乎辞"的前提下,还提出了言与意的关系问题。《系辞》说:"子曰:'书不尽言,言不尽意。'然则圣人之意,其不可见乎?子曰:'圣人立象以尽意,设卦以尽情伪,系辞焉以尽其言,变而通之以尽利,鼓之舞之以尽神'。"《正义》说:"子曰"是夫子自问自释之语,并说:"虽书不尽言,系辞可以尽其言也。"照孔颖达的解释,首先承认"言不尽意",但认为卦、爻辞例外,"易"既然是圣人所作而又无所不包,当然是不至于"言不尽意"的。先秦诸子中,提出言、意问题的是庄子。《庄子·秋水》篇说:"可以言论者,物之粗也;可以意致者,物之精也。言之所不能论,意之所不能察致者,不期精粗焉。"郭象注说:"唯无而已,何精粗之有哉!"庄子辨言、意,最后归结为虚无,而《易传》则持两可之说,以为爻、象可以尽意,比庄子所说实际得多。言、意问题是中国哲学史、文学史上的一大问题,凡论述这一问题的,莫不援引《易传》的论点而加以发挥。

  《易传》中提到的"神"这一概念,与其文学思想有着密切的关系。什么是"神"呢?《系辞》引子曰:"知几其神乎!"又说"知以藏往,神以知来。""几"是先兆,是事物的萌芽,是变化的端倪。"夫易,圣人之所以极深而研几也","极深"则能抉发其曲折含蓄之意,"研几"则能预见事物发展的规律。这是要仔细地分析、认真地思考的。所以说"(君子)所乐而玩者,爻之辞也"。那仿效事物变化的爻辞是值得细加玩味的。《说卦》解释"神",则说:"神也者,妙万物而为言者也。"认为神体现于万物之中,体现于万物变化的规律之中,这一解释可为《系辞》解释的补充。"神"是隐晦微妙的,但却仍是客观事物的规律。和"神"的概念相联系,《系辞》提出了"旨远辞文"之说:"夫易,彰往而察来,而微显阐幽,开而当名,辨物正言,断辞则备矣。其称名也小,其取类也大,其旨远,其辞文,其言曲而中,其事肆而隐。"《正义》关于最后两句的解释是:"其言曲而中者,变化无恒,不可为体例,其言随物屈曲而各中其理也。""其易之所载之事,其辞放肆显露,而所论义理深而幽隐也。"不受拘束,随物赋形,文辞斐丽,含义深远,这确实是文章的妙谛。读《系辞》的这段话,我们很自然地会联想到《史记·屈原贾生列传》中评论屈原的几句话:"其文约,其辞微,其志洁,其行廉,其称文小而其指极大,举类迩而见义远。"以上两段话相参证,便能深一层理解《易传》"旨远辞文"的含义,这里面包含了丰富的想象、奇幻的色彩、曲折的变化,见微知著,出神入化。茅坤评论说:"孔子系易曰:'其旨远,其辞文',斯固所以教天下后世为文者之至也。"(《唐宋八大家文钞总序》)强调了这段话对后世文学的巨大影响。这段话是《易传》所谓"神"的很好的说明。"神"在中国文论史上也是个重要的概念,解释是多种多样的,但无不以《易传》为其源头。

  在内容与形式的关系方面,《易传》认为内容是主要的。"充乎其内则发乎其外",内容充实,自然要表现出来。《坤卦·文言》说:"君子黄中通理,正位居体,美在其中,而畅于四支,发于事业,美之至矣。"强调的正是内在的美,内美外发,才见之于实际。《易传》还认为,最重要的道理是简单朴素的:"乾以易知,坤以简能。易则易知,简则易从,易知则有亲,易从则有功……易简而天下之理得矣。"《老子》说:"美言不信,信言不美。"《易传》也说:"庸言之信,庸行之谨。"(《乾·文言》)如果从真理的朴素性来看,《易传》的这些话有一定的道理。要求内在的美,要求简单朴素,这既是道德的标准,也是写作的标准。由此《易传》建立了"立诚"的批评标准,所谓"君子进德修业。忠信,所以进德也;修辞立其诚,所以居业也"(《乾·文言》),即认为作者的道德品质非常重要,"神而明之存乎其人"(《系辞》)。作者应该诚实,以欺瞒的心讲欺瞒的话,无论表现得多么工巧,也只能说是坏作品。要求作者具有高尚的道德品质,将作人与作文一并考察,是我国文学理论的优良传统。"修辞立其诚"便是其中的一个重要内容。

二

《易传》的文学思想对后世的影响是十分深远的。其中尤其是"象"与"变"这两点影响更大。

易象模拟自然因而文章也原于自然,这一观点成为后世重文的理论根据。如王充说"上天多文,而后土多理;二气协和,圣贤禀受,法象本类,故多文采"(《论衡·书解》),以此来说明文的必不可少。又如刘勰所谓"文原于道",而道即指自然之道,"道沿圣以垂文,圣因文而明道"(《文心雕龙·原道》)。所以说"文之为德也大矣!"(同上)黄侃《文心雕龙札记》云:"案彦和之意,以为文章本由自然生,……此与后世言文以载道者截然不同。"文原于自然之道可说是《文心雕龙》的指导思想。文原于自然说,给予后世文论的影响,还表现为两种理论:一种是强调师法自然,反对人工雕琢和因袭模拟;另一种则认为文章应像自然界那样奇幻变化,不拘常格。第一种主张,可举苏洵、苏轼为代表。苏洵在《仲兄字文甫说》(《嘉祐集》卷十四)一文中,发挥

《易传》"风行水上涣"(《涣卦·象辞》)之说,以为天下之至文皆成于自然,兴到神来不能自已,而非刻意为文。就如风与水"不期而相遭"便不能不生出文来。苏轼也强调文成于自然。他在《江行唱和集叙》中说:"山川之有云雾,草木之有华实,充满勃郁而见于外,夫虽欲无有,其可得耶!自少闻家君之论文,以为古之圣人有所不能自已而作者,故轼与弟辙为文至多,而未尝敢有作文之意。"(《经进东坡文集事略》卷五十六)也是说从自然之文受到启发,仿效自然界,勃郁充满,无意为文而文自生。第二种主张可举皇甫湜、田锡二人的文论为例。皇甫湜论文尚奇,其根据是:"虎豹之文不得不炳于犬羊,鸾凤之音不得不锵于乌鹊,金玉之光,不得不炫于瓦石,非有意于先之也,乃自然也。"以自然界的非常者,来说明"夫意新则异于常,异于常则怪矣;词高则出于众,出于众则奇矣"(并见《答李生第一书》,《皇甫持正集》卷四),文章必须尚奇的道理。他并以"《易》之文可为奇矣,岂碍理伤圣乎?"(《答李生第二书》,同上)为其尚奇说张目。宋初的古文家田锡论文亦主自然,其《贻宋小著书》说:"若使援毫之际,属思之时,以情合于性,以性合于道,如天地生于道也,万物生于天地也。随其运用而得性,任其方圆而寓理,亦犹微风动水,了无定文,太虚浮云,莫有常态。则文章之有生气也,不亦宜哉!"(《咸平集》卷二)以风、水、浮云为喻,说明文章的道理与自然的道理相通,要"使物象不能桎梏于我性,文彩不能拘限于天真"(同上),保持文章自然的特色。田锡的论点对苏氏父子有明显的影响,而他似乎更强调文章要逸出常态,应有奇幻的色彩。在其《贻陈季和书》中,先以自然界有常态也有变态,有静态也有动态,说明:"非迅雷烈风不足传天之变;非惊潮高浪不足形水之动。"然后便说到文章也是如此,有常有变:"迩来文士,颂美箴阙,铭功赞图,皆文之常态也。若豪气抑扬,逸词飞动,声律不能拘于步骤,鬼神不能秘其幽深,放为狂歌,目为古风,此所谓文之变也。"显然,田锡赞扬的是文之变态,他举李白、白居易的诗篇,作为文之变态的例子,并举李贺为例,说明"艳歌不害于正理,而专变于斯文"。田锡这样的尚奇论是很有价值的,从他所用的比喻、所举的例证来看,颇有冲击旧传统的意义。这里他没有采取儒家正统的文学观,而是继承发扬了《易传》文源于自然的思想。

《易传》"变"的观念，影响后世文论极大。刘勰《文心雕龙》便有《通变》一篇，专讲文学的继承与革新，说"参伍因革，通变之数也"，"文律运周，日新其业"，指出文学必须在继承的基础上不断有新的创造。而作为这篇文章的理论依据的，则是"变则其（可）久，通则不乏"。这种原则，即来源于《易传》。继承与革新的问题是我国文论史讨论的一个重点，凡主张文学应随时代的变化而变化，应不断有所创新者，几乎无不称引《易传》而加以发挥。如清代叶燮论诗，强调发展变化，认为"但就一时而论，有盛必有衰；综千古而论，则盛而必至于衰，又必自衰而复盛"。他从哲学溯原，认为："盖自有天地以来，古今世运气数，递变迁以相禅。古云天道十年一变。此理也，亦势也，无事无物不然，宁独诗之一道胶固而不变乎？"（均见《原诗内篇》）认为万事万物皆变，正是《易传》的主导思想。又如袁枚为骈体文辩护，亦以"文章之道，如夏、殷、周之立法，穷则变，变则通"（《小仓山房文集》卷十九《答友人论文第二书》）为说。文学有发展、变化是客观规律。而在文论史上这规律被提出、被强调，则往往与当时文艺思想斗争有密切的关系。例如明代后期，针对当时弥漫文坛的复古、模拟之风，屠隆在其《论诗文》（《鸿苞集》卷十七）中就讲到："诗之变随世递迁。天地有劫，沧桑有改，而况诗乎！善论诗者，政不必区区以古绳今。各求其至，可也。"而公安派则明确地与前、后七子复古论调相对立，认为诗文必变，所以要革新，要"穷新而极变"（《袁宏道集笺校卷十八·时文叙》）。袁宏道在《与江进之尺牍》中说："世道既变，文亦因之，今之不必摹古者亦势也。"（《袁宏道集笺校》）这也就是"文变染乎世情，兴废系乎时序"（《文心雕龙·时序》）的意思，正说明了文学变化的必然性。而其兄袁中道除了承认诗文必变之外，进而还探索变的规律和原因。他在《花云赋引》中说："天下无百年不变之文章，有作始自有末流，有末流还有作始。"（《珂雪斋文集》卷一）在《宋元诗序》中又说："宋、元承三唐之后，殚工极巧，天地之英华，几泄尽无余，为诗者处穷而必变之地，宁各出手眼，各为机局，以达其意所欲言，终不肯雷同剿袭，拾他人残唾，死前人语下，于是乎情穷而遂无所不写，景穷而遂无所不收。"（《珂雪斋文集》卷二）一种文体或一种风格，发展到了末流，写到了穷尽处，不变是不可能的，只有变才能拓展局面，扩大范围。公安派的文论有一定的进步性,其主变的思想也可从《易传》"穷,变,通,久"的有关说法中找到来源。

《易传》提出的"言不尽意"问题,是中国哲学史、文学史上的一大问题。魏晋玄学于此多所发挥,王弼在《周易略例·明象章》中,解释《易传》的论点说:"尽意莫若象,尽象莫若言",然而"言者所以明象,得象而忘言。象者所以存意,得意而忘象"(《王弼集校释》)。他强调,言、象都是媒介,意才是主旨,所以贵在意会。而汤用彤先生在《魏晋玄学论稿》中赞为"深有契于音乐,其宇宙观察颇具艺术之眼光"的嵇康,则以为"夫言非自然一定之物,五方殊俗,同事异号,举一名以为标识耳"(《嵇康集·声无哀乐论》),认定语言是工具,与意义本无必然联系,为言不尽意提供了解释的基础。玄学家所说言不尽意,主要指精微之意,这在何劭《荀粲传》中可得到说明:

> 粲诸兄并以儒术论议,而粲独好言道。常以为子贡称夫子之言性与天道不可得闻,然则六籍虽存,固圣人之糠秕。粲兄俣难曰:"《易》亦云,圣人立象以尽意,系辞焉以尽言,则微言胡为不可得而闻见哉?"粲答曰:"盖理之微者,非物象之所举也。今称立象以尽意,此非通于意外者也。系辞焉以尽言,此非言乎系表者也。斯则象外之意,系表之言,固蕴而不出矣。"(《三国志·魏志·荀彧传》注引)

荀俣援《易传》的一部分证明圣人之言可以尽意,而荀粲则回答说,最精微的道理是言、象表达不出的。讨论双方所持有的不同见解,都影响了后来的文学理论。文学需要避免简单化和过于浅露,所以袁中道说:"天下之文莫妙于言有尽而意无穷。"(《珂雪斋文集》卷二《淡成集序》)而历来的文论也都强调要含蓄,要有深蕴。有讲得切实的,如《文心雕龙·隐秀》:"情在词外曰隐,状溢目前曰秀",词外的情、眼外的景是可以想象得之的;也有讲得玄虚的,如司空图《诗品·含蓄》:"不著一字,尽得风流",这种说法完全抛开了言,那风流(意)恐怕是难以体会的。把意在言外强调得过了分,便会滑到不可知论中去。严羽所谓"不涉理路,不落言筌","羚羊挂角,无迹可求",也有这个问题。通常所谓"意在言外","言有尽而意无穷",实际是指语言所描绘的形象,开拓了广阔的想象的天地,读者可以由此生发出种种联想。这种言语表达不尽的"意"是深微悠远的,它可以增加作品的深度。

深微悠远的"意"在《易传》中是与"神"相联系的。古代文论中经常提到"神"。如《文心雕龙·神思》说:"文之思也,其神远矣。故寂然凝虑,思接千载;悄焉动容,视通万里;吟咏之间,吐纳珠玉之声;眉睫之前,卷舒风云之色;其思理之致乎?"艺术构思过程中的想象,冲破时间、空间的限制,悠远神妙,所以被称作神思。又如严羽论诗,主张"兴趣"、"妙悟",他认为诗歌的最高境界是"入神",他说:"诗之极致有一,曰入神。诗而入神,至矣尽矣,蔑以加矣!惟李杜得之,他人得之盖寡也。"(《沧浪诗话·诗辨》)他所谓入神是对变化奇妙、含意深远等特点的颂美。严羽那些"羚羊挂角"之类难以捉摸的说法,是想把诗讲得超脱一些、朦胧一些,以反对江西诗派的以文字为诗、以才学为诗、以议论为诗。抛开这类比喻的神秘性,主要也就是说诗歌应深沉含蓄,做到"言有尽而意无穷"而已。这样也就可说是"入神"了。《易传》提到的"神"又有预见的意思,章学诚在其《文史通义》中作了恰当的发挥。他说:"《易》曰:'神以知来,智以藏往。'知来,阳也;藏往,阴也;一阴一阳,道也。文章之用,或以述事,或以明理。事溯已往,阴也;理阐方来,阳也。其至焉者,则述事而理以昭焉,言理而事以范焉;则主适不偏,而文乃衷于道矣。"(《原道下》)在《礼教篇》中,他又以名物制度、考订记诵为"藏往之学",而以"好学敏求,心知其意,神明变化,开发前蕴"为"知来之学"。他认为凡是记述事实、学习现成的知识都属于"知"的范围,而发明其精义、预见其发展则是属于"神"的范围。他认为述事是"溯已往",是知;明理是"阐方来",是神,而只有二者紧密地结合起来,相互为用,文章才能适合于道。章学诚着眼于史学,所论主要为著述之文,但他发挥《易传》的哲学思想来说明理与事的关系,便使其论述有较广泛的意义。

《易传》所谓"修辞立其诚",影响于道学家,他们便将其与自己所强调的"正心""诚意"的说教结合起来,偏重道德修养而忽视文辞。朱熹在《答巩仲至》中说:"所谓修辞立诚以居业者,欲吾之谨夫所发以致其实,而尤先于言语之易放而难收也。其曰修辞,岂作文之谓哉?"(《晦庵先生朱文公文集》卷六十四)正可为此种论调的代表。可是对一些文学家来说,《易传》的这句话却有着不同的理解。如元好问称"诚"是诗之"本",说:"故由心而成(诚),由诚而言,由言而诗也。三者相为一。"又说:"故曰:不诚无物。夫惟不诚,故言无所主,心口别为二物,物我邈其千里。"(《遗山先生文集》卷三十六《杨叔能小亨集引》)显然,他所理解的"诚"便是真情实感。钱谦益在《汤义仍先生文集序》中也说:"古之人往矣,其学殖之所酝酿,精气之所结轖,千载之下,倒见侧出,恍惚于语言竹帛之间。《易》曰'言有物',又曰'修辞立其诚',《记》曰:'不诚无物',皆谓此物也。"他所理解的"诚"主要指自己的见解、自己的精神,这是真实的,和那些剽窃的赝品完全不同。由上引二例可见,《易传》之说在提倡文学的真实性方面产生了良好的影响。

《周易·家人卦象传》说:"君子以言有物而行有恒。"《艮卦·爻辞》又说:"艮其辅,言有序。"《系辞》中讲到:"一阴一阳之谓道","刚柔相推,变在其中矣。"这些说法,对后代文论也发生了很大的影响。如提倡肌理说的翁方纲便曾以"有物"、"有序"来释其"理"字。他在《杜诗熟精〈文选〉理"理"字说》一文中说:"故曰'如玉如莹,爰变丹青',此善言文理者也。理者治玉也,字从玉从里声,其在于人则肌理也,其在于乐则条理也。《易》曰'君子以言有物',理之本也。又曰'言有序',理之经也。天下未有舍理而言文者。"(《复初斋文集》卷十)以"言有物"即有充实的内容为理之根本;以"言有序"即有条理次序的表达为理之规则。他从写作的角度为"理"找到了比较合理的解释。然而其所谓"物"毕竟不是现实生活,主要却指考订训诂等学术之事。所以虽然讲言之有物,却依然是逃避现实的理论。桐城派文论,倡古文义法之说,他们亦以有物、有序来解释"义法"。方苞在《又书货殖传后》中说:"《春秋》之制义法,自太史公发之,而后之深于文者亦具焉。"义即《易》之所谓"言有物"也,法即《易》之所谓"言有序"也。"义以为经而法纬之,然后为成体之文。"(《望溪文集》卷二)如就其要求内容充实,表达有条理而言,本也不错。可是他所谓义,又主要指当时统治者所提倡的程朱理学,这就使其"义法说"具有浓厚的封建教条味道。桐城派在写作方法上作过很多探讨,虽不免琐碎，但也有不少可取之处，是不应一概抹煞的。其中影响最大的是阴阳刚柔之说。姚鼐《海愚诗钞序》说："文章之原本乎天地，天地之道，阴阳刚柔而已。苟有得乎阴阳刚柔之精，皆可以为文章之美。阴阳刚柔并行而不容偏废，有其一端而绝亡其一，刚者至于偾强而拂戾，柔者至于颓废而暗幽，则必无与于至文者矣。"（《惜抱轩文集》卷四）其于《复鲁絜非书》中，更具体地描写了阳刚之美与阴柔之美。文中说："其得于阳与刚之美者，则其文如霆，如电，如长风之出谷，如崇山峻崖，如决大川，如奔骐骥；其光也如杲日，如火，如金镠铁，……其得于阴与柔之美者，则其文如升初日，如清风，如云，如霞，如烟，如幽林曲涧，如沦，如漾，如珠玉之辉，如鸿鹄之鸣而入寥廓。"（《惜抱轩文集》卷六）用阳刚与阴柔来形容两种主要的写作风格是恰当的，因此产生了不小的影响。在前一段引文里，姚鼐认为二者有其一端而绝无其一，亦不足言文。在《复鲁絜非书》中，他又说道："且夫阴阳刚柔，其本二端，造物者糅而气有多寡进绌，则品次亿万，以至于不可穷，万物生焉。故曰一阴一阳之为道。夫文之多变亦若是已！糅而偏胜可也。偏胜之极，一有一绝无，与夫刚不足为刚、柔不足为柔者，皆不可以言文。"可见其阴阳刚柔之说完全建立在《易传》哲学的基础上。万事万物都是阴、阳两种对立性质的变化，文章也逃不脱这一公例。他认为"偏胜之极"和"不足"都不合文的要求。这说法比较辩证，也较符合文学作品的实际。

《易传》文学思想的影响远不止上面讲到的这些。《易传》的哲学观点，在思想史上有着重要的地位，而文学作为意识形态的一个部门，自然会或者接受或者反对其思想指导，因此便多方面地接受了它的影响。只有将哲学与文学联系起来作深入的研究，才能把文论史上的一些问题搞清楚，所以我们不能把某些重要的哲学著作排斥在文论史的视野之外，尤其先秦时期，文学、学术不分，其重要思想流派，影响又极为深远。包括《易传》在内，先秦思想著作中所包含的文学思想及其对后世的巨大影响，应该作更深入的探讨。

［《南京大学学报（哲学·人文科学·社会科学版）》1982年第2期］

怎样读先秦诸子散文

先秦诸子是特定时代的产物。《春秋》战国时代是社会制度由奴隶制向封建制剧烈变化的时代。公田制转化为私田制，王室卑弱，诸侯强大；公室卑弱，卿大夫强大。在思想文化方面，则发生了官学向私学的转化，于是出现了活跃在政治舞台上的"士"这一阶层。诸侯、卿大夫争相养士，如齐国在稷门之下，以优厚待遇，招徕各国学士，不治而议论者且数百、千人。许多学术之士如孔子、孟子、墨子，都曾带领着几十、几百名门徒，"传食于诸侯"，宣传自己的主张。而各种学派之间争论激烈，批评尖锐，这样，便形成了一个空前活跃的百家争鸣的局面。

先秦学派众多，据《汉书·艺文志》统计，"凡诸子百八十九家，四千三百二十四篇"（其中一部分是汉代著作），又大别为"九流"，亦称九家，为儒、道、阴阳、法、名、墨、纵横、杂、农，再加上"小说"一共为十家。其中有重要著作流传，影响后世深远的是儒、道、墨、法四家。先秦诸子产生于官学向私学转变时期，故而《汉书·艺文志》有诸子出于王官的说法，如说儒家出于司徒之官、道家出于史官、墨家出于清庙之守，等等。1917年胡适发表《诸子不出于王官论》，提出异议，颇有影响。但著名学者章太炎、吕思勉等多所引据，仍认为诸子出于王官。春秋以前，文献图版都藏在官府，社会变动，才得流布于民间，诸子学说不会凭空构建而应有所承传，这应该是事实。但正如《淮南子·要略》所云，诸子为救时之弊而作，他们更是时代需要的产物，这也是事实。这二者并非不能相容。前者指出其源头之所在，而后者则指出学术因时而变。当发展成滔滔江河之后，源头反不易寻觅，所以诸子出于王官一说，也还不能轻易否定。

诸子的著作都是一学派的著作。清代章学诚曾提出"言公"的说法。他认为："古人之言,所以为公也,未尝矜于文辞而私据为己有也。"又认为诸子学说,"其持之有故而言之成理者,故将推衍其学术而传之其徒焉;苟足显其术而立其宗,而援述于前与附衍于后者,未尝分居立言之功也。"就是说,先秦诸子都是希望其道术为世所用,当时还没有专业的著作家,也没有以著作成名的思想。所以诸子都是以创始者为主的一派的学说,不论"援述于前"的,还是"附衍于后"的,都归入此派名下,而不另外署名。根据这一认识,我们便可理解诸子书中常常出现的作者非一、时代参差、内容矛盾等等情况。我们要考察诸子的时代、作者、真伪时,必须充分考虑这一点。再有,诸子既以宣传学说为主,故其引述前代人物言论、事迹时,每每得之传闻,甚至出于编造,因此研究先秦历史,是不可不加考证就引为典据的。

诸子争论激烈,但我们认真考察便可发现,诸子学术也有不少共同特点。除上述诸子都是一学派的著作外,还可举出以下几点。

第一,其时学术分工不细,文、史、哲没有分家,故诸子文章多有综合性,政治学、哲学、史学、文学、语言学、逻辑学等等,多所涉及,区别在于各有侧重。如道家探讨宇宙本体,认识规律,更重视哲学问题。儒家所重则在政治、教育。名家、法家则对语言学、逻辑学有着浓厚的兴趣。阴阳家对于天文历象有独到的研究。墨家尤其特殊,在《墨子》"经上·下"、"经说上·下"等篇中,对光学、力学、数学等都有相当精彩的阐述,《备城门》以下各篇还述及攻守的机械、技巧等等。儒、道、墨、法等主要学派无不重视历史的经验教训,也都概括地表述了关于文学艺术的见解,不用说,他们的文章本身,往往就是颇为佳妙的散文作品。故而我们可以说,诸子文章包容甚广,充分体现了当时学术思想的综合性质。

第二,一般说,先秦诸子都比较重实际而轻玄想、重应用而轻理论。儒家重视的是修己治人,多讲人事而少讲鬼神。孔子说过："未能事人,焉能事鬼?"又说："未知生,焉知死?"讨论的都是实践问题、人际关系,对于一些玄虚的事情,或者置于不议不论之列,或者予以合乎理性的解释,如"夔一足"、"黄帝四面"之类。法家的目的是建立巩固的封建制度,因此更具有实用性,更少形而上学的讨论。墨家虽然讲"天志",以为天有意志;讲"明鬼",相信有鬼神存在,但其主要着眼点仍在于现实政治的需要。墨子的根本主张是"兼爱",即所谓"兼相爱,交相利",所以他说:"顺天意者,兼相爱,交相利,必得赏;反天意者,别相恶,交相贼,必得罚。"他又说:"欲求兴天下之利,除天下之害,当若鬼神之有也。"以神道设教,用鬼神警惧世人,政治目的是很明显的。诸子中唯独道家最具思辨特色。老子提出宇宙的本体是"有物混成,先天地生,寂兮寥兮,独立而不改(恒久不变),周行而不殆(运动不息),可以为天下母"的道,并提出了"天下皆知美之为美,斯恶已;皆知善之为善,斯不善已。故有无相生,难易相成,长短相形,高下相倾"的辩证观点。但是老子并非不关心现实,八十一章中有许多政治的设计。如说:"以正治国,以奇用兵,以无事取天下","圣人无常心,以百姓心为心"。大体上,老子的政治学也主张顺应自然,以简驭繁,"无为而无不为",但另一方面又颇提倡权术,"鱼不可脱于渊,国之利器不可以示人","将欲歙之,必固张之;将欲弱之,必固强之;将欲废之,必固兴之;将欲夺之,必固与之",这种统治术后来为法家所继承。《汉志》称《老子》为"君人南面之术"是确实的。《庄子》与《老子》不同,提倡虚无,否认事物的差别。所以其书中少有政治语,而多假借幻想讨论比较玄虚的理论。但是,正如许多研究者所说,庄子的许多议论均出于嫉时愤世,所以还是密切联系着现实的,也还不是纯理论的探讨。

　　第三,先秦诸子都重视历史,重视文化传统,所以往往以历史为根据、为依托来构建政治理想。儒家称道尧舜,墨家也一样。清人汪中《墨子后序》说:"其则古昔称先王、言尧舜禹汤文武者六,言禹汤文武者四,言文王者三。"(《述学》)当然,也正如韩非所说,儒墨二家,"俱道尧舜,而取舍不同,皆自谓真尧舜"。墨家又特别推崇禹,学习禹摩顶放踵以利天下的精神。诸子又每以传说为参考,构想太古时代,以为自己学说的张本。儒家认为上古实行禅让制度,君圣臣贤,推行仁义,以至四方感化,天下太平。道家则强调上古人民朴素,不存机心,小国寡民,"邻国相望,鸡犬之音相闻,民至老死不相往来"。而法家则力图打碎关于上古时代的幻想,指出其时生产力低下,尧舜禹等辛苦劳顿,无特殊享受,故不难禅让。情况变化,彼时制度已不能适用于今天，所以必须法后王，按现实需要建立法制。各家所述确也反映了原始公社时期的某些特点，但又都强调了对自己学说有利的一面。

第四，司马谈《论六家要旨》引《易大传》云："天下一致而百虑，同归而殊途"，以说明诸子本质的一致。《汉志》总论诸子，也说："其言虽殊，辟犹水火相灭亦相生也。仁之与义，敬之与和，相反而皆相成也。"他们的共同本质是基本上代表了新兴地主阶级的利益。他们为封建制度的建立，提出各种理论根据、各种理想的方案。作为一阶级的精神生产者，如马克思所指出的，"他们是这一阶级的积极的、有概括能力的思想家，他们把编造这一阶级关于自身的幻想当作谋生的主要泉源"。而他们又总是"赋予自己的思想以普遍性的形式，把它们描绘成唯一合理的、有普遍意义的思想"。这便是诸子的共同本质。尽管诸子学说并不纯粹，也有不少自我矛盾的地方，但他们却是抱着空前的政治热情和理论的坚定信念，宣传其主张，并与对立派别展开激烈论争，这是诸子思想魅力之所在。诸子间的争论都不是根本性的争论，反而有许多共同之处。儒、墨都是显学，尖锐对立。《墨子》有《非儒》篇，斥儒者礼仪繁琐，荒时废业；丧葬制度，迂曲诈伪。然而孔子说过："礼云礼云，玉帛云乎哉？乐云乐云，钟鼓云乎哉？""礼，与其奢也，宁俭；丧，与其易也，宁戚。"并不过分强调礼仪的形式。当然儒家以礼乐制度作为人们行为的规范，并体现出等级差别，这和墨子"贵兼"，强调兼爱互利以及主张"节葬"、"非乐"显然存在矛盾。故孟子斥墨子"兼爱无父"。其实墨子的许多主张都是针对时弊而发，实际如《天志》所云："无从下之政上，必从上之政下"，主张等级制，这和儒家是一致的。儒家讲仁义，积极用世，而道家主张清虚自守，卑弱自恃，讲顺应自然，反对人为，二者也正相反对。但《周易》一书，既作为儒家经典，又颇多道家思想，可见此两家思想的互相渗透。儒家偏重政治实践，道家偏重人生哲理，从不同侧面共同构建封建社会的意识形态。西汉初年的政治实践便证实了这一点。儒、墨与法家的争论更为激烈。韩非提出"儒以文乱法，侠以武犯禁"，视儒、墨为蠹虫，务在清除。儒家则斥法家不师往古，刻薄少恩。法家敢于正视现实，每多透底之言，儒家却偏重文饰，希望以榜样的力量来影响社会。法家主张释情任法，而儒家却强调人情感化。

看起来针锋相对,其实目标还是一致的。儒与法有很深的渊源,荀子便是一位由礼而法的关键人物,他身为大儒,又是韩非、李斯的老师。法家的哲学根据来自道家。韩非有《解老》、《喻老》之作,对《老子》精义多所阐发。司马迁写《史记》将老庄申韩合为一传,并且说:"皆原于道德之意而老子深远矣!"可见诸子互为渗透,在发展过程中,有时激烈对抗,有时也能取长补短。

以上所说先秦诸子的共同特点,都与其文学特点有关。诸子文章较少抽象的议论而较多讨论实际问题,又往往引述历史,甚至神话传说以为佐证。文章中生动的寓言、巧妙的比喻,更比比皆是。所以章学诚说:"古人未尝离事而言理。"又说:"战国之文,深于比兴,即其深于取象者也。"桐城文学家刘大櫆也说:"即物以明理,庄子之文也。"也许可以说抽象思维与形象思维紧密联系是古代中国文学的一大特点,而其根源即在先秦诸子。

诸子文章写得最好的是孟子、庄子、韩非子三家。今作一简略介绍。

孟子的文章,具有雄辩家的特点。他曾说:"余岂好辩也者,余不得已也。"孟子自许"知言"(善于分析别人言辞)。所谓"诐辞(片面的言辞)知其所蔽,淫辞(浮夸的言辞)知其所陷,邪辞知其所离(偏离),遁辞知其所穷(辞穷)"。因此他往往能占据主动,用明知故问、难倒对方而又为之开脱、层层逼近等等方法,将辩论对手或待说服的对象,逼得走投无路,只得"顾左右而言他"。孟子的文章很有气势。他说"吾善养吾浩然之气",又说"说大人则藐之",充满自尊、自信,因此其文章往往喷薄而出,先声夺人。孟子也长于讽刺,如"齐人有一妻一妾"章,穷形尽相地刻画了那种以富贵为荣而不以乞求为耻的势利小人,以讥刺不择手段追求富贵利达者。又如"揠苗助长"的故事,则颇为幽默地嘲笑了违背客观规律、辛劳而害事的愚蠢行为。

庄子的文章具有奇幻的特点。《天下》篇中庄子自称其文章是:"以谬悠之说,荒唐之言,无端崖之辞,时恣纵而不傥,不以觭见之也。"于是鲲鹏变化的故事,倏忽凿死浑沌的故事,庖丁解牛的故事,庄周梦为蝴蝶的故事,庄周与髑髅对话的故事……层出不穷,令人目不暇接,而且出人意料,寓意深刻,具有很高的审美价值。庄子文章,结构也很特别,忽然而来忽然而去,比喻套比喻,故事套故事,但最终还是围绕着一个主题。正如晚清刘熙载《艺概》

所评:庄子文章能飞,并有断续之妙。庄子对现实不满,故其文章又有很强的讽刺性。"蜗角相争"嘲笑诸侯争战不过是在蜗牛角上的争斗,是如此的渺小。"曹商使秦",讽刺以名利骄人者无非是舐痔之辈。这类讽刺极为辛辣,给人以深刻印象。庄子颇善抒情,文章富有诗意。如《秋水》开头一段:"秋水时至,百川灌河;泾流之大,两涘渚崖之间,不辨牛马。于是焉河伯欣然自喜,以天下之美为尽在己。"就是一节散文诗。又如"今子有大树……何不树之于无何有之乡,广莫之野,彷徨乎无为其侧,逍遥乎寝卧其下。"这一小节构想了一个自由自在的幻想境界,语句押韵,充满诗意。

韩非子的文章逻辑性强,议论透辟,锋芒毕露。其名作《五蠹》近五千字,是议论文发展的一个高峰。文章议论深刻,批驳有力,并引用历史和寓言,增强了生动性。《韩非子》中的《难言》、《说难》二篇,分析统治者种种心态,人际间种种复杂关系,因论进言之难。并指出:龙"喉下有逆鳞径尺,若人有婴之者,则必杀人。人主亦有逆鳞,说者能无婴人主之逆鳞,则几矣"。此外,韩非对于说辞、论辩方法都有深入的研究。著名的"以子之矛攻子之盾"的故事,就是从论辩方法的角度提出的。《难》篇所举各条,也都是摘发对方论点的矛盾以驳倒对方的实例。《说林》、《内储说》、《外储说》收辑了大量的寓言、故事,可见韩非对于如何把文章写得生动活泼并不是漠不关心的。《文心雕龙》说韩非"著情喻之富",确实是他文章的特点。

孟子、庄子、韩非子文章最有文采,其他先秦子书也各有擅胜。如《论语》一书记孔子与门弟子的言行,从简短对话中颇见各人性格。《论语》中的孔子平易近人,且不失幽默感。《老子》一书以韵文写成,简要概括。"俗人昭昭,我独昏昏;俗人察察,我独闷闷,澹兮其若海,飂兮若无止",对其和光同尘的生活态度,也是很妙的形容。《墨子》"意显语质"最乏文采。但他提出许多逻辑学问题,辨析概念,讨论论证方法。如提出"辟(比喻),侔(类比),援(援引),推(类推)"的论证方法,又提出"言有三表":以古代圣王之事为本,以事实为据,以实行结果为检验。以这三者为法写成的文章,多引证历史,多取生活事例,故其议论文也并不枯燥无味。《荀子》是先秦儒学的集大成者,论述涉及的方面很多。文章逻辑性强,也多引史事,多设比喻,以加强说服力。至其《成相》篇、《赋》篇,更是完全采用文学形式了。"成相"本民间劳动歌谣,荀子学习了这种形式,后世的"弹词"也由此发展而来。在《赋》篇之后,又附"佹诗","言天下不治之意",开头就写"天地易位,四时易乡。列星殒坠,旦暮晦盲。幽晦登昭,日月下藏"。天昏地暗,一切都颠倒错乱,其忧愁幽思也不亚于屈原了。属于杂家的《吕氏春秋》思想比较庞杂,然其文学性并不亚于前述诸家。其中寓言故事如"荆人表澭水"、"刻舟求剑"、"齐人攫金"、"黎丘之鬼",幽默风趣而又寓意深刻,能够长期流传不是没有原因的。

我们站在今天的思想高度来阅读先秦诸子,应不存在所谓"崇儒"、"崇法"等等问题。诸子是古代历史经验教训的总结,是古代思想家睿智的结晶。我们今天的任务是对之重新认识,作出新的评价,以吸收其民主性的精华,批判其封建性的糟粕。

(《古典文学知识》1990年第3期)

王延寿及其《梦赋》

一、王逸父子生平事迹

东汉王延寿是一位著名赋家。他只活了 20 余岁,其生平附见其父《王逸传》,传见《后汉书》卷一百十七《文苑列传》。《传》记其父子生平极其简略,云:

> 王逸字叔师,南郡宜城人也,元初中举上计吏,为校书郎。顺帝时为侍中。著《楚辞章句》行于世。其赋、诔、书、论及杂文凡二十一篇,又作汉诗百二十三篇。子延寿,字文考,有俊才,少游鲁国,作《灵光殿赋》。后蔡邕亦造此赋,未成,及见延寿所作,甚奇之,遂辍翰而已。曾有异梦,意恶之,乃作《梦赋》以自厉。后溺水死,时年二十余。

父子二人传记,仅此 100 余字。今据此及其他材料,略考其父子生平大概。

第一,王逸父子的生卒年。王逸于东汉安帝元初(公元 114—119 年)为上计吏。按东汉制度,郡(国)每年年终应派较高级掾吏(刺史则派属吏)入京汇报本地情况(包括户口、田、钱谷出入等等),称之上计吏(掾)。司马彪《续汉书·百官志》五:"郡(国)每岁尽,遣吏上计。"(见今存范晔《后汉书》中)杜佑《通典》中的《职官·州郡·郡太守》:"汉制,岁尽,遣上计、掾、史各一人,条上郡内众事,谓之计偕簿。"王逸既为上计吏,并能为朝廷选留,当不是初入仕途。①今假定元初四年(公元117年)王逸为30岁或25岁,那么他当出生于公元87年(章帝章和元年)或公元92年(和帝永元四年)。据一般情况推测,王逸25岁生子,那么王延寿便约生于公元112年或公元117年。史载延寿只活了20余岁,那么,他的卒年便当在公元133年(顺帝阳嘉二年)至公元138年(顺帝永和三年)间。王逸的卒年也无考,其在顺帝时为侍中,时已40多岁,其后事迹少见记载。根据现有记载,如说王逸父子主要活动年代是在安帝、顺帝时期,当是比较可靠的。

但是,研究者往往将王延寿的生卒年定得很迟。如陆侃如《中古文学系年》、吴文治《中国文学史大事年表》,都将王延寿的生卒年假定为公元143年至公元163年,亦即汉顺帝汉安二年至汉桓帝延熹六年。作这样的假定,主要因为:(一)《古文苑》所载《桐柏淮源庙碑》,以为王延寿撰,而此碑开始即称"延熹六年正月八日乙酉"。(二)郦炎《遗令书四首》文中称"王延寿、王子衍,我之朋友也"。此书作于熹平六年(公元177年),郦炎终年28岁,上推其生年为公元149年,或以延寿生于143年,长其6岁,延寿死时,他14岁,以天才儿童论,或有交友之事。因为有这两条材料,研究者便将王延寿的生卒年大大推后了。笔者认为这两条材料都大有可疑,是不足为据的:

(一)《桐柏淮源庙碑》,是为当时南阳太守祭祀修整神庙而作,"一年再至",颇为重视。文章于颂赞之余,列举春、秋侍祠诸官属,有五官掾、功曹史、主簿、户曹史等,唯无撰碑者姓名。于秋侍祠官中,多出主记史赵旻一名。主记史当记祠庙盛况,赵旻或即此碑撰人。此碑文除见《古文苑》外,又见宋洪适《隶释》,洪书后出,但未署撰人,《古文苑》所题撰者难以作准。再说当时延寿年轻,未必有很高知名度,特地请他撰碑,似亦不合情理。退一步说,如因慕其文名而特邀撰碑,则无不署姓名之理。

---

① 彼时做过上计吏的著名人物,如秦嘉,有《留郡赠妇诗》,可证明已婚。赵壹为上计,是在已颇多坎坷、作《穷鸟》等赋之后。皇甫规38岁,上书论西羌事,为郡功曹,举上计掾。

（二）郦炎的《遗令书》是一篇很奇怪的文章，《遗令书》中称：

> ……下邳卫府君，我之诸曹掾，督邮济北宁府君，我繇之成就，陈留韩府君，察我孝廉，陈留杨君，辟我右北平从事祭酒。今我溺于地下，思恩则孤而靡报。汝（指其子止戈，才生二十日）有可以倒戟背戈，无孤之矣！陈留蔡伯喈，与我初不相见，吾仰之犹父，不敢以为兄，彼必爱以为弟；九江庐府君，吾父事之，张公哀张子传幼业，王延寿、王子衍，我之朋友也。鲜于中优，吾先姑之所出也。若不足焉，汝苟足，往而朝觐之；汝不敏，往从之学焉。汝苟往取任焉。

此文见收于严可均《全上古三代秦汉三国六朝文》之《全后汉文》（卷八十二），其所据则为《古文苑》。然而此文所称"王延寿、王子衍，我之朋友也"实不足为据。文章很特别，称作"遗令书"。令即命令，徐师曾《文体明辨序说》云：

> 按刘良云："令，即命也。七国之时齐称曰令，秦法皇后太子称令。"至汉王有《赦天下令》，淮南又有《谢群公令》，则诸侯王皆得称令矣。意其文与制诏无大异，特避天子而别其名耳。

曹操为魏王，故有《遗令》之作，郦炎一介平民，称其遗言为《遗令书》实不可解，其文也颇多费解。郦炎当时，州郡辟命皆不就，然其称卫府君为我之诸曹掾，称引荐诸人又颇感激涕零，称蔡伯喈"彼必爱以为弟"，亦甚无礼。据其文意，王延寿、王子衍此时尚存在，故命其子可朝觐之或从之学。而据王延寿（文考）的事迹，是绝不能活到此时（公元177年）的。郦炎这篇文章是他患有精神病以后所写，郦炎精神病发作，致其产中之妻惊死，为妻家控告系狱，在狱中作此《遗令书》。其称王延寿为"我友"，未必真有所交往。郦炎是河北人，未做过官，活了28岁；王延寿是湖北人，也未做过官，活了20余岁，他们交往的可能性是很小的。郦炎如此说，可能是慕名，且不知延寿已死,迳自称之为友,也如说蔡邕"彼必爱以为弟"(按蔡邕此时已45岁),头脑不甚清醒。还有一种可能,他所说王延寿,并非文考,而是另一个人。"延寿"作为名字是很普通的,所谓"子衍"很可能是这一位"延寿"的字,总之不能根据这一材料,就将王延寿的生卒年大大推迟。

从情理上讲,王延寿生年也不能太迟。若定于公元143年则王逸已任侍中多年,且已五十多岁,此时才生子,当属例外之例外。再有《后汉书》李贤注引张华《博物志》云:"王子山与父叔师到泰山从鲍子真学算,到鲁,赋灵光殿,归度湘水溺死,文考,字子山也。"①照这条材料,父子共学,年龄不应相差过远,王逸求学也当在任侍中之前,侍中为二千石尊官,似不会亲往求学。如设定其为三十多岁带领十多岁的聪颖少年同去学算则是合乎情理的。

第二,王逸的任职与交游。本传说王逸在安帝时由上计吏举为校书郎,顺帝时为侍中。王逸所以能被选为校书郎,当然是因其才能有所表,或现者其所作《楚辞章句》十六卷已成,献书于朝,得举为校书郎②,也未可知。当时,朝廷又正有组织校书之事。《后汉书·蔡伦列传》云:

> 元初元年,邓太后以伦久宿卫,封为龙亭侯,邑三百户。后为长乐太仆。四年,帝以经传之文多不正定,乃选通儒谒者刘珍及博士良史诣东观,各雠校家法,("校"下原有"汉"字,据刘攽 注删)令伦监典其事。

当时,邓太后又曾命刘珍、李尤、刘騊駼等编著《东观汉记》的纪传等篇。王逸被命为校书郎,当是为了参加此类工作。刘知几《史通·史官建置》曾批评王逸:"且叔师研寻章句,儒生之腐者也。"刘知几认为他本不具修史能力,只是"多窃虚号,有声无实"而列名于后汉史的修撰。不管刘氏的批评对不对,即此可证明王逸曾列名于修史。汉顺帝时,王逸任侍中,这是加官,比二千石,任务是在皇帝左右"赞导众事,顾问应对",地位清贵。史书未载其

---

① 今本张华《博物志》卷六《文籍考》所载未言父子同往,只言子山往从鲍子真算。
② 汉明帝时,扬子山(终)为郡上计吏,献所作《哀牢传》,为帝所异,征诣兰台,拜校书郎。是为先例。

后如何,或据《北堂书钞·政术部·荐贤·举遗逸》所云:"王逸《临豫州教》云:'为我答,能举遗逸于山薮,黜奸邪于邦国,给谷五百斛。'"认为王逸曾任豫州刺史。又据唐写残本《文选集注》引陆善经曰:"逸字叔师,南郡宜城人,后(原脱'汉'字)校书郎中,注《楚词(原误作调)》。后为豫章太守也。"认为王逸又曾任豫章太守。王逸曾受外任是完全可能的。当时宦官专权,畏忌正直官吏,如张衡即由侍中被迫出任河间相,宋登也由侍中出为颍川太守。后来恒麟也因直言不能久在禁中,王逸是否有得罪宦官的言论,未见记载,但他做侍中时,作《九思》一篇,却有批评现实的含义。如《遭厄》一节:"悼屈子兮遭厄,沈玉躬兮湘汨。何楚国兮难化,迄于今兮不易。"似隐指当世。至《守志》一节,称玉峦上的桂树,本应是鸾凤所居,而"今其集兮惟鸮",似指汉廷。其志向是:"望太微兮穆穆,睨三阶兮炳分。相辅政兮成化,建烈业兮垂勋。"太微是天之中宫,应是指汉之朝廷。最后又说到志向不得实现的悲哀:"目瞥瞥兮西没,道邈迥兮阻叹。志稸积兮未通,怅敞罔兮自怜。"这应该是夫子自道了。从《九思》所表现的思想,王逸必也会与宦官产生矛盾,他的命运也当如张衡、宋登,任侍中不久就被外任了。其任豫章太守比较可能,《北堂书钞》所载"豫州"恐有错误,或为豫章之代称,也说不定。东汉桓帝时,外戚梁冀专权,吏治更坏。王逸任豫章太守当亦不久(否则史书应有记载),桓帝即位,他已约60岁,从年龄讲,也应去任了。

　　王逸的交游也无可多考。除前引李贤注言其曾从鲍子真学算外,又知其与著名隐士樊英颇有交情。《后汉书》卷一一二下《方术·樊英传》李贤注引谢承《后汉书》云:"南郡王逸素与英善,因与其书,多引古譬喻,劝使就聘,英顺逸议,谈者失望也。"樊英是南阳鲁阳人,与南郡相近,王逸与之相善是可能的,樊英就聘,实由朝廷逼迫。王逸之劝,则说明他多明古事,有用世之志。

　　第三,王逸父子的著述。据本传,王逸有《楚辞章句》行于世,又有赋、诔、书、论及杂文凡二十一篇,又作汉诗百二十三篇。按通例,文士著作每先言诗,并且既言"凡若干篇",已是统计总数,不宜再言诗、赋,除非其他性质的著作。如言杜笃,在"凡十八篇"后云:"又著《明世论》十五篇"。言刘珍,在"凡七篇"后云:"又撰《释名》三十篇",都不是一般诗文之作。所以此处

"汉诗百二十三篇"必有错误,而且王逸既为汉人,称作"汉诗"也不伦不类。据张政烺《王逸集牙笺考证》云:江夏黄氏衡斋《金石识小录》著录之象牙书笺所刻王逸著述,称"又作《汉书》一百二十三篇",以为这是指《东观汉记》之别本而言,并不是说王逸写了一百二十三篇,"亦犹云,又撰《东观汉记》而已"。此说可供参考。即使"汉诗"二字不误,也可怀疑"作"为"辑"之误,汉代作者存诗无多,辑得百多篇,亦为有意义之举。《隋书·经籍志》载梁有《王逸集》二卷,录一卷,已亡。《隋志》又称:"梁有王逸《正部论》八卷,后汉侍中王逸撰……亡。"另侯康《补后汉书艺文志》卷三,顾櫰三《补后汉书艺文志》卷五等均著录王逸作《广陵郡图经》,另《书钞》引《折武论》,吴淑《事类赋注》称王逸《至论》,或不在《正部论》内。严可均《全后汉文》载有《机妇赋》、《荔支赋》、《九思》,是现存的王逸的创作。

王延寿的作品有:《鲁灵光殿赋》、《梦赋》、《王孙赋》,皆见收于严书。又《岁时广记》卷十六载其《千秋赋》,仅存序言数句。谓千秋,鞦韆之古称云。又严书收《桐柏淮源庙碑》一篇,《古文苑》以为王延寿作。笔者疑为非是,说已见前。按《隋书·经籍志》著录梁有《王延寿集》三卷,已亡,佚失的作品不在少数。王延寿《鲁灵光殿赋》甚著名,《文选》作为宫殿赋的代表。《文心雕龙》许之为"辞赋之英杰"十家之一,评之以:"延寿灵光,含飞动之势。"又张溥《汉魏六朝百三家集题辞》于《王叔师集》云:"东汉文苑,王叔师父子皆有文名,考《灵光殿赋》与《梦赋》二篇,世共传诵,叔师文少有习者,读《离骚》乃见之矣。"说明延寿文名超过乃父,《梦赋》一篇也是广为传诵的。

第四,王延寿之死。王延寿年二十余溺水而死,记载均无异辞。《文选》五臣张铣注引别本《后汉书》,称王延寿溺死于汉水。《古文苑·梦赋》章樵注云:"《后汉书·文苑列传》:王延寿……年二十四过汉江,溺水死。"然而李贤注引《博物志》则称"归度湘水,溺死。"《水经注·湘水注》亦云:"黄水又西流入于湘水,谓之黄陵口,昔王子山……二十一溺死于湘浦,即斯川矣。"后二者都认为溺死于湘水。从地理言,从鲁地返回南郡,自以渡汉水为是。而研究者以为其如由宜城前往豫章省父,则往返均经过湘水,这当然也是很有可能的。

二、《梦赋》当出于虚构

据《后汉书》本传称,王延寿"曾有异梦,意恶之,乃作《梦赋》以自厉"。《水经注》卷三十八亦云:"昔王子山有异才……年二十而得恶梦,作《梦赋》。"均认为《梦赋》确为记梦之作。然而我们根据种种情况,可以推测此赋基本出于虚构。理由如下:

第一,汉赋多用虚构。如楚太子、吴客的对话(《七发》),子虚、乌有、无是公的对话(《子虚》、《上林》赋),虚设宾主是汉赋常用的手法。此外,汉赋中许多夸张的描写,也多出于虚构。溯其源,先秦子书、史书中便多有虚构的故事,庄子寓言虚构最多。屈原、宋玉作品中,也多假设成文,给予汉赋很大影响。《梦赋》既以赋称,继承这一传统,沿用作赋通例,虚构以成文的可能性是很大的。

第二,在王延寿之前,见于载籍的言梦之事不少。如《诗经·小雅·斯干》中,梦见熊、罴、虺、蛇,然而是吉兆。《诗经·小雅·无羊》中牧人之梦,也属吉祥。《尚书·说命》载殷高宗梦得傅说为相之事。又如孔子所谓不复梦见周公,以周公入梦为复兴周道的象征。《庄子》则有梦为蝴蝶的寓言。古籍所载的较复杂的梦,如秦穆公、赵简子曾昏迷数日,梦登天,受到天帝款待等事。还有比较恐怖的、见到鬼怪的梦,比如晋楚城濮之战前,晋文公"梦与楚子搏,楚子伏己而盬其脑"。楚主将子玉则梦河神索要琼弁玉缨(《左传·僖公二十八年》)。又如浑良夫参与卫国宫廷变乱,被杀,"卫侯梦于北宫,见人登昆吾之观",被发北面而噪曰:"登此昆吾之虚,绵绵生之瓜。余为浑良夫,叫天无辜。"(《左传·哀公十七年》)载籍记梦,自然会给王延寿以启发。《梦赋》"乱曰"即列举古人之梦均能转祸为福以为一篇之要旨。其文云:"乱曰:齐桓梦物,而亦以霸兮。武丁夜感,而得贤佐兮。周梦九龄,年克百兮,晋文盬脑,国以竞兮。老子役鬼,为神将兮,转祸为福,永无恙兮。"[①]古

[①] "齐桓梦物"见《庄子·达生》。"周梦九龄"见《礼记·文王世子》。"老子役鬼"后世葛洪《神仙传》有记载。

籍既有许多关于梦的记载,而前此又无人赋梦,王延寿选择这样一个题目,也就是很自然的了。

第三,《梦赋》中讲到的鬼怪有 18 个之多。其中有的见载于《山海经》,如"三头"①;有的曾见于《楚辞》,如"纵目"②;有的见于《论衡》,如"魍魉"③;有的见于张衡之赋,如"游光"④。其中有一些只是形容其形状特殊,作为恶鬼则未见所本。如"苕荛"是高貌。"髯鬣"是须髯很多的状貌。"尖鼻",也是形貌特点。"赤舌"言其舌赤,然《太玄》"赤舌烧城"则是指谗人之口。还有一些是联绵词,用来形容一种状态的,如"睥睨"、"睢盱"。将这类词语当作异物的名称,早见于《庄子·达生》,其云:"水有罔象,丘有峷,山有夔,野有彷徨,泽有委蛇。""彷徨"、"委蛇"本指一种状态,却成了精灵神怪,这很可能是庄子寓言中的语言技巧,恐并非神话传说中的神怪,《梦赋》将这些兼收并蓄,可见不是实写。《梦赋》描写与这些鬼怪打斗,遵循汉赋铺陈排比的写作方法,使用了 18 个不同的动词,如:戢、斫、捎、撞、打、扑、蹴等等。梦境中不大可能同时出现这么多鬼怪,并且各知其形,各知其名,还各以不同方式予以打击。由此可知《梦赋》的内容,基本出于虚构。

三、《梦赋》的思想根源

《后汉书》本传说王延寿写作《梦赋》是用以自厉。我们既不相信其为如实记梦,也就难以接受"自厉"的说法。《梦赋》的写作自有其思想根源,也可能有它特定的目的。

就其产生的思想根源而言,可有以下几点:

第一,古代神话的影响。王逸父子对于古代神话是熟悉的、爱好的。王逸编注过《楚辞章句》,"楚辞"本是古代神话的渊薮,王逸为作章句,必然对

---

① 《山海经·海内西经》有三头人,《淮南子·地形》有三头民。
② 《招魂》:"豺狼纵目。"
③ 王充《论衡·解除》、《论衡·订鬼》均言魍魉鬼。
④ 萧统《文选》卷三张衡《东京赋》:"殪野仲而歼游光。"薛综注:"恶鬼也。"

神话作过研究。受家学影响,王延寿对神话也很熟悉。其《鲁灵光殿赋》描写灵光殿的壁画说:"上纪开辟,遂古之初,五龙比翼,人皇九头。伏羲鳞身,女娲蛇躯。鸿荒朴略。厥状睢盱……"这里记载的就是神话故事。《梦赋》中描写"鬼神之变怪"云:"……则蛇头而四角,鱼首而鸟身,三足而六眼,龙形而似人。"这种种异常、合体的形象,本来就是神话中常见的,《梦赋》作者无疑受到其影响。中国古代神话从来具有积极的精神,如大禹治水的神话便有镇压破坏治水的相柳、无支祁的故事。关于后羿的神话,便有射九日、诛凿齿、杀九婴等为民除害的故事。关于门神的神话,又有神荼、郁垒擒恶鬼以饲虎的故事。这些勇于斗争战胜恶鬼的故事,给予后世以相当积极的影响。从神话中汲取材料的《梦赋》,对于这种积极精神,当然会有所继承。

第二,驱鬼民俗的影响。古代有一种大傩的祭祀,用以驱除疫鬼,后来成为盛大的歌舞表演。范晔《后汉书·礼仪志》记载云:

> 先腊一日大傩,谓之逐疫。其仪,选中黄门子弟年十岁以上,十二以下,百二十人为侲子,皆赤帻皂制,执大鼗。方相氏黄金四目,蒙熊皮,玄衣朱裳,执戈扬盾。十二兽有衣毛角。中黄门行之,冗从仆射将之,以逐恶鬼于禁中。……于是中黄门倡,侲子和,曰:"甲作食凶,胇胃食虎,雄伯食魅,腾简食不祥,揽诸食咎,伯奇食梦,强梁、祖明共食磔死寄生,委随食观,错断食巨,穷奇、腾根共食蛊。凡使十二神,追恶凶,赫女躯,拉女干,节解女肉,抽女肺肠。女不急去,后者为粮。"因作方相与十二兽舞,欢呼,周遍前后省三过,持炬火送疫出端门,门外驺骑,传炬出宫,司马阙门。门外五营骑士,传火弃雒水中。

其祝辞是要十二神将种种不利于人的祸害吃掉,其中某神食什么,往往得自久远的传说,如"伯奇食梦"在云梦所出秦简《日书》中即有记载。其所记祷词云:"皋!敢告尔豹觭(即伯奇,专食恶梦之神),某有恶梦,走归豹觭之所。强饮强食,赐某大福:非钱乃布,非茧乃絮。"可见先秦时期已有此说。这种种早有流传的习俗,在汉代的大傩中,得到了淋漓尽致的表演。在张衡的

《东京赋》中更有极生动的描写：

> 尔乃卒岁大傩，殴除群厉。方相秉钺，巫觋操茢。侲子万童，丹首玄制。桃弧棘矢，所发无臬。飞砾雨散，刚瘅必毙。煌火驰而星流，逐赤疫于四裔。然后凌天池，绝飞梁，捎魑魅，斮獝狂。斩蜲蛇，脑方良。囚耕父于清泠，溺女魃于神潢，残夔魖与罔像，殪野仲而歼游光。八灵为之震慴，况鬾蜮与毕方。度朔作梗，守以郁垒，神荼副焉，对操索苇。目察区陬，司执遗鬼。京室密清，罔有不韪。

《东京赋》以上所写与《后汉书·礼仪志》不同，它不是写祭祀，祈祷神灵来驱除恶鬼，而是描写了具民俗特点的驱疫舞蹈，侲子万童手执桃弧棘矢，到处追杀恶鬼，还有郁垒、神荼，拿着索苇，将剩下的恶鬼全捆绑起来去喂虎。《东京赋》中提到的一些鬼怪，也在《梦赋》中出现。其"捎"、"斩"、"斮"、"殪"等不同动词的运用，也直接影响了《梦赋》，《梦赋》没有采取"伯奇食梦"的传说，祈祷伯奇来把恶梦吃掉，而是依靠自身力量，与恶鬼打斗，战而胜之。这是与张衡所写的大傩的精神是一致的。

第三，精神力量的泉源。《梦赋》中写作者所以不惧鬼怪，并敢与之斗争，是因为"吾含天地之纯和，何妖孽之敢臻"。纯和就是纯和之气，也就是其后所云"陇陇磕磕，精气充布"中所说的"精气"。纯是纯粹之意，是古代哲人所追求的①。和指"和气"，即自然中和之气。《素问·气交变大论》："其德敷和。"《淮南子·俶真》："被德含和。"均指此。古代哲学认为万物都是阴阳二气和合而生。所以《老子四十二章》云："万物负阴而抱阳，冲气以为和"；《荀子·天论》："万物各得其和以生"；《礼记·郊特牲》："阴阳和而万物得"。"和气"也就是"精气"。《易·系辞上》云："精气为物，游魂为变。"孔颖达疏云："云精气为物者，谓阴阳精灵之气，氤氲积聚而为万物也。"《论衡·论死》

---

① 《庄子·刻意》："纯粹而不杂，静一而不变"。《离骚》："昔三后之纯粹兮。"《荀子·赋篇》："明达纯粹而无疵。"都是赞美纯粹之言。

也说,"人之所以生者,精气也。"人秉自然精气,精气充沛,秽气就被汰去。《楚辞·远游》云:"保神明之清澄兮,精气入而粗秽除。"发扬纯和之精气,不仅可以战胜疾病,而且百邪不侵。《庄子·达生》云:

> 子列子问关尹曰:"至人潜行不窒,蹈火不热,行乎万物之上而不慄。请问何以至于此。"关尹曰:"是纯气之守也,非知巧果敢之列。……壹其性,养其气,合其德,以通乎物之所造。夫若是者,其天守全,其神无郤,物奚自入焉!"

保守其纯和之气,则"行乎万物之上而不慄"似乎便是《梦赋》的思想依据。①《庄子》中的至人也叫真人。《庄子·刻意》云:"能体纯素,谓之真人。"《天下篇》称关尹、老聃为"古之博大真人"。《淮南子》解释真人云:"所谓真人者,性合于道也"(《精神》),"真人,真德之人"(《览冥》)。真人与至人,意义是一样的。《梦赋》中说:"嗟妖邪之怪物,岂干真人之正度","其天守全,其神无郤",即真人之正度,妖邪岂能干扰,真是"鬼魅敢尔!"《梦赋》强调的是要发扬人的自然禀赋,发扬正气,去战胜那些妖魔鬼怪。

四、《梦赋》的余响

古代作家写鬼神之事,往往托之梦境,作者并不真正相信鬼神,假托梦境则有种种方便。梦中幻象是很多人都有过的经验,故述梦之作也每能邀读者注赏。最早写到梦境的赋,当推宋玉的《高唐赋》、《神女赋》,然其主要篇幅并非写梦。在王延寿的《梦赋》之后,汉末的徐干,曹魏时的缪袭都写过《嘉梦赋》,以嘉梦为名,似乎要表明与王延寿的恶梦不同。又《陈书·徐陵传》称陵之子份"少有父风,年九岁,为《梦赋》,陵见之,谓所亲曰:'吾幼属

---

① 《梦赋》"乱曰"云:"齐桓梦物,而亦以霸",即《庄子·达生》。《达生》言齐桓公在野泽中打猎,见鬼物,惊吓生病,皇子告敖问之,知所见为"委蛇","见之者,殆乎霸。"桓公欢笑,病乃痊愈,由此可见《庄子》对《梦赋》大有影响。

文,亦不加此。'"这位徐份也只活了22岁,其赋今不传。陈末还有位僧人释真观,作了一篇《梦赋》,假托梦中与一位"奇宾"辩论,批评"奇宾"人生应当享乐的思想,宣传佛教超脱思想。魏晋六朝写梦之赋可考者大致如此。

唐代写梦之赋就比较多了,而且内容也比较丰富。其中,借写梦以抒情的,如萧颖士《爱而不见赋》,是一篇思念旧友之作。赋中写到正与友人作天外之游,忽为风涛惊醒,其形容为风涛惊醒的情状说:"广莫忽而号怒,鲸波汹而腾张。俄惊魂以辍寐,问穷发之茫茫。将揭厉以复从,骇风涛之匪量。"此赋作于安史乱前,其云风涛,或出之对危机的预感。柳宗元被贬逐永州之后,写过一篇《梦归赋》,赋中描写梦魂飘游于天地之间,忽然看到了故乡凄凉的景象:"原田芜秽兮,峥嵘榛棘;乔木摧解兮,垣庐不饰……山嵬嵬以岩立兮,水汩汩以漂激。魂恍惘若有亡兮,涕汪浪以陨轼。"逐臣怀乡,心情尤为惨苦。祝尧《古赋辨体》云:"《梦归赋》,赋也。中含讽与怨意,其有得于变风之余者。中间意思,全是就骚体中脱出。"唐人写梦,往往具有讽刺的含意。如独孤及《梦远游赋》,假托梦中远游,下见种种,时有讽刺。如写天宝之乱,许多达官贵人,或只顾逃命,或投降敌人,赋篇云:"见伊川大道,鞠为戎狄,历阳故人,半作鱼鳖,曩之奔命于市朝者,如纷纭飞驰,喋喋嗤嗤,蹩躠蹁跹,肖翘陆离,若虮虱之聚坏絮,蜘蛛之乘游丝。吾乃今日识群动之变态兮,莞然倚长空而笑之。"对这些达官贵人进行了辛辣的讽刺。又如唐代何讽写过一篇《梦渴赋》,受夸父逐日神话的启发,作者写其酒后入梦,渴极狂饮,九江、五湖、沧海都被饮尽,以至"百灵稽首,乞留濡溉","水府万族,咸呼帝阙,帝且不闻,吾饮未竭"。作者自称写作主旨是"见自古不足者之心",当是讽刺贪得无厌的诛求者。唐代末年讽刺批评文学有大量的写作。写梦之赋如皮日休的《霍山赋》,其中写到霍山神见梦,说到往昔盛时情况,而现在,天子不再巡狩,不来祭祀,"余之封内,有可陟可黜,可平可济者,是圣天子无由知之",侧面地对晚唐政治进行了批评。又如孙樵的《大明宫赋》,可说是一篇赋化的古文。赋也假借大明宫神见梦,盛赞唐朝往时情况,而哀叹如今则国力衰微,民生凋敝了。然而作者笔锋一转,假托斥神夺人之功以为己功,政治兴衰责在当政宰臣与神无关,然后以处处反讽之语赞美当世。神听完后,"退而笑曰:孙樵谁欺乎?欺古乎?欺今乎?吁!"讽刺极为巧妙。

唐赋渐近小说,往往具故事性。写梦之赋即表现了这种特点。前引皮日休、孙樵之赋可为证明。还有传奇小说作者沈亚之,其传奇作品即有《异梦录》、《秦梦记》等言梦之作。其《梦游仙赋》也就像一篇传奇小说。赋写其梦登九天、上玉堂,睹一丽人,待以饮食,享以音乐,并赋诗二首。最后是忽然醒来,依然"魂迷念兮情牵"。唐人好以人间恋情托之神仙梦境,此赋或亦此类。晚唐律赋中,"咸通十哲"之一的周繇写过一篇《明皇梦钟馗赋》,是以民间传说的钟馗故事为根据而写成的。赋中描写唐玄宗患病,梦见钟馗来舞,觉而痊愈。善捉恶鬼的钟馗,是勇敢与正义的化身,而且颇为诙谐可爱。钟馗敢于与恶鬼斗争,与《梦赋》的精神是一致的。这是《梦赋》之后写鬼神之梦的一篇力作,唐以后赋梦之作甚少,这里就从略了。

参考文献

[1] 司马彪.《续汉书·百官志》[M].

[2] 陆侃如.《中古文学系年》[M].北京:人民文学出版社,1985.

[3] 程章灿.《魏晋南北朝赋史》[M].南京:江苏古籍出版社,1992.

[4]《云梦睡虎地秦简》[Z].北京:文物出版社,1981.

[《南京大学学报(哲学·人文科学·社会科学版)》2000年第1期]

论曹操的诗文

恐怕历史上还没有一个人物，像曹操这样引起如许众多的议论的。这当然与《三国志演义》和三国戏的影响有关。但是鲁迅早已指出：从《三国志演义》和三国戏观察曹操，不是观察曹操的真方法，曹操在他那个时代，倒是一个很有成就的人。①

不论历史上对曹操的评价有多大分歧，对其文学上的成就却是众口一词予以高度赞扬的。如《文心雕龙·时序》云："魏武以相王之尊，雅爱诗章；文帝以副君之重，妙善辞赋；陈思以公子之豪，下笔琳琅；并体貌英逸，故俊才云蒸，……观其时文，雅好慷慨，良由世积乱离，风衰俗怨，并志深而笔长，故梗概而多气也。"便充分肯定了曹氏父子在建安文学中的地位与作用。又如王夫之对曹操的诗也评价极高，他说："孟德乐府固卓荦惊人而意抱渊永，动人以声不以言，彼七子者，臣仆之有余矣！陈思气短，尤不堪瞠望阿翁。"（《古近体诗评选》）。贬低七子和曹植未必公允，但他赞美曹操的乐府诗，认为是建安文学的代表，则是很深刻的见解。

曹操的诗文有很高的声誉，但留存至今的并不多。诗只有二十几首，文，包括令、教、表之类共一百四五十篇（有些还只是残篇断简）。现存的二十多首诗，大致可别为三类：一类是宴会时演奏来娱乐的，大都是写有关神仙的事和祝颂辞句，这是此类乐府诗的固定的内容，没有多少深意，我们也不必抽出片言只语来拔高其主题。另一类是申述其政治理想的，这一类诗当然较前一类诗有意义，但也用了一些儒家、法家的套语，艺术性不高。再

---

① 见鲁迅《魏晋风度及文章与药及酒之关系》。

一类则是反映现实生活的,带有抒情、叙事性质的诗篇。这是曹操诗歌的精华,人们给以高度评价的,主要是这一类诗。至于文,除掉例行公事的文字,真能反映其思想的也寥寥无几。曹操以留传不多的若干诗文,博得一致的赞美,这值得很好地加以研究。这里,我将曹操诗文归纳为四个特点作一些初步探索。

第一,清峻与通脱。前人早就指出曹操诗文具有清峻与通脱的风格。鲁迅解释说,清峻就是写文章要简约严明,通脱即随便之意,写文章想说甚么便说甚么。① 不仅曹操如此,这也是当时的社会思潮。曹操只是有很大的代表性就是了。曹操处于汉末大乱时代,提倡法治。他治军三十年,是一位实践家。为工作效率计,他当然反对舞文弄墨、观点模糊的文章。《文心雕龙》记载有他的主张。如《诏策》篇说:"魏武称,作敕戒当指事而语,勿得依违,晓治要矣。"又《章表》篇说:"汉末让表,以三为断,曹公称为表不必三让,又勿得浮华。所以魏初表章,指事造实,求其靡丽则未足美矣!""勿得浮华",要"指事而语,勿得依违",可说是曹操的"文论",文章必须言之有物、准确简明,曹操的许多教、令,便实践了这种主张。其诗歌也往往能反映现实,语言简炼。

通脱风格的形成也是有其历史的原因的。东汉时期,烦琐的经学和谶纬迷信占统治地位。经书注释动辄百万字,而且讲究"家法",只准墨守师法。班固说:"幼童而守一艺,白首而后能言。"②可见烦琐经学将人的一生都坑害了。烦琐经注和谶纬之学统治着思想文化,禁锢人们的思想,造成了头脑的僵化。汉和帝以后,随着汉朝的衰落,以太学生为代表的知识界,"竞为浮华"——不再遵循儒学的规范。汉末的动乱,更使儒学的统治地位彻底崩溃。这时期,打破了桎梏,思想有所解放。然而在封建时代,没有新的生产关系产生,也就不可能有新的思想出现,所以思想解放的结果,只是重新拾起老、庄思想。孔融、祢衡的一些怪论、异行,也无非是老庄思想的表现。所

---

① 见鲁迅《魏晋风度及文章与药及酒之关系》。
② 《汉书·艺文志》。

以魏晋时期,玄学盛行,实在是必然的趋势。不过建安时代,处在社会大动乱中,面对严酷的现实,人们的思想还不可能走向彻底虚无。思想从僵化中复苏,不再从经书章句中讨生活,正视现实,较少顾虑,这便给思想、文化领域吹来一股清风——造成了建安文风。

曹操生当这个时代,思想比较解放,更因他身居高位,议论就更为大胆。他公开宣称不信天命,认为万物有生必有死,圣人也不能例外。这必然给攻击他要代汉自立的人以口实。吴国人作《曹瞒传》骂他"为人佻易无威重"。确实,他平日不大摆官僚架子,能够冲破一些礼仪、习俗的拘束。因此他写的文章就比较真实,思想新颖。比如《祀桥玄文》中,他讲到从前曾与桥玄开玩笑,相约谁个后死,经过先死者的墓地时,"不以斗酒只鸡过相沃酹,车过三步,腹痛勿怪"。这样写是很能表现他与桥玄间的亲密友情的,然而却全不合祭文的格式和文字典雅的要求。曹操临终的《遗令》也大不类官样文章,甚至讲到留下的伎女、衣物如何处理等等,这些话必然会"遗尘谤于后王"①,可他不管,想怎么说便怎么说。即使在像《明志令》这样重要的政治文章中,他讲的也大部分是真实的心情,有些话,如不能放弃兵权等等,还讲得十分坦率。曹操表扬部下的一些令、示,还常讲到部下哪些方面胜过自己。这也是地位高的人不大肯讲的,而他肯讲,因此便多少有些可爱之处。

清峻是指简约严明,通脱是指随便,二者看似对立,但在敢于面对现实、实事求是这一点上统一起来了。当然,曹操自有其阶级的历史的局限,是不能完全做到实事求是的,面对现实也有一定的限度。只是在当时的历史环境下,他比较地能做到这一点,因而在诗文中便表现出通脱清峻的风格。

第二,气韵与风骨。写作诗文讲"气",也是当时的文艺观。曹丕总结当时创作经验,便说:"文以气为主,气之清浊有体,不可力强而致,譬诸音乐,曲度虽均,节奏同检,至于引气不齐,巧拙有素,虽在父兄,不能以移子弟。"(《典论·论文》)他评论作者,也都拿气做标准,比如说孔融"体气高妙",说徐干"时有齐气",说刘桢"时有逸气",等等。不但曹丕这样说,刘桢评孔融

---

① 陆机《吊魏武帝文并序》。

也说:"孔氏卓卓,信含异气,笔墨之性,殆不可胜。"孔融赞祢衡也说他:"溢气坌涌。"不但当时的人重视"气",稍后,评论此时文艺的,也都重视这一点。如《文心雕龙·时序》讲到建安文学的特点,便指出:"并志深而笔长,故梗概而多气也。"又称建安五言诗是:"慷慨以任气,磊落以使才。"(《文心雕龙·明诗》)沈约《宋书·谢灵运传论》说:"自汉至魏,四百余年,辞人才子,文体三变,相如巧为形似之言,班固长于情理之说,子建、仲宣,以气质为体。"讲到建安文学突出的也是气质。

所谓"文气"——在一些诗文评中则称作"气韵"的,和"风骨"、"风力"指的都是近似事物。《文心雕龙》正是在《风骨》篇中,讨论"气"的。气韵、风骨指的都是与作者的气质、气魄相一致的文章的风格。讲到建安文学则专指慷慨悲壮的风格,建安诗人自身也已认识到这一点。如曹植就说自己:"少而好赋,其所尚也,雅好慷慨。"(《艺文类聚》五十五卷《陈思王前录序》)

在建安诗人中,最充分地体现了这种慷慨悲壮之气的,当数曹操。前人评述曹操也多注目于此,如敖陶孙《诗品》称曹操"如幽燕老将,气韵沈雄",胡应麟《诗薮》亦称他"沈深古朴、骨力难侔",便都提到曹诗"沈雄"深沉的气韵。

这里不妨举两首诗为例,分析一下曹操诗歌的气韵。

《观沧海》:

> 东临碣石,以观沧海。水何澹澹,山岛竦峙。树木丛生,百草丰茂。秋风萧瑟,洪波涌起。日月之行,若出其中;星汉粲烂,若出其里。幸甚至哉!歌以咏志。

这首诗气魄之宏伟是有目共睹的。开头两句直接陈述,便把诗人自我引进诗中,其下的写景便具有较浓厚的主观感情,"何"、"若"这些词,正表达了作者的感受。诗中的这个自我,不是探幽访胜的骚人墨客,也不是飘零四方的迁客游子,而是一位千军万马的统帅。在行军途中,他扬鞭东指,登上碣石山头,这形象本身就极有气概。毛主席词中就曾描写过这一形象。这样的诗人,眼中的大海就并不只是浑茫一片,有挺立在万顷波涛中的山岛,岛上有丛丛树木和茂盛的杂草,自然界充满着生命的活力。然而自然界又并不总是欣欣向荣地发展的,秋风带着肃杀之气吹来了,大海卷起怒涛,汹涌澎湃。面对这种变化,诗人没有丝毫的感伤、畏缩,他赞叹这壮阔宏伟的自然景观。他感受到的是大海吞吐日月的气魄,包容宇宙的胸怀。不用讲,这首诗句句是景语,也句句是情语。曹操诗中,有以山海自喻的句子,如:"山不厌高,海不厌深,周公吐哺,天下归心。"在《观沧海》中,他描写海也是寄托了自己的理想,贯注了自己的感情。俯仰天地之间,纵观古往今来,脱出琐碎的日常生活的欲望,使精神升华到一个崇高的境界。这样的诗句,当然使人感到慷慨深沉、雄健有力了。四言诗的形式,也更显得铿锵凝炼,增添了诗篇的气势。

再如《龟虽寿》:

神龟虽寿,犹有竟时;腾蛇乘雾,终为土灰。老骥伏枥,志在千里;烈士暮年,壮心不已。盈缩之期,不但在天,养怡之福,可得永年,幸甚至哉!歌以咏志。

这诗开头三句全用比喻。前两句借神龟、腾蛇这类神物,表明不同一般的长寿和神奇,而是极为长寿,极为神奇。可是一扬一跌,如此长寿的神龟,也有命终的时候,如此神异的腾蛇,也终于化成灰土。神龟的形象来源于庄子,这种写法也学习了庄子,庄子便喜以极端的形容,强调事物的某种性质,然后又来加以否定。曹操的这两句诗,阐明了唯物主义的客观真理:万物有生必有死。然而,由此出发,却也可以得出两种不同的结论,庄子的结论是宁愿做一个曳尾涂中的龟。《古诗十九首》的作者则说:"不如饮美酒,被服纨与素。"这种消极情绪,在旧时代的文人中是比较普遍的。然而曹操的结论却不同:"老骥伏枥,志在千里,烈士暮年,壮心不已!"和前两句正相反,这两句采用先跌后扬的写法,先讲了不利条件,千里马老了,蜷伏在槽头休息了,而义烈之士也已到了迟暮之年。蜷伏枥下吗?叹老嗟卑吗?不!老骥仍有奔驰千里之志，烈士的壮心仍在激烈地跳动。有力地一转，驱散了前两句可能引起的感伤、消极，焕发出积极进取的精神。这几句诗抑扬顿挫，逐步推向高潮。显出思深虑周，绝非一时的豪言壮语，就是在这些地方，表现了曹操的风格深沉雄健，骨力难侔！

第三，朴素美与悲壮美。钟嵘《诗品》称"曹公古直，甚有悲凉之句"。将曹操列入下品。钟嵘对曹操重视不够，引起后世许多评论家的不平。钟嵘的评语是确当的，只因当时重视藻彩，他觉得曹诗过于朴素、直接，成就不太突出，便归为下品了。然而曹操的诗篇却体现了朴素美与悲壮美的结合，而这也是中国诗史中的一种优良传统。

古诗崇尚自然、天真，没有雕琢痕，即所谓天籁。古代民歌的思想和语言都很朴素，但并不能说它们缺少艺术性。这类作品虽不能寻章摘句来评议其技巧，可是却往往展现出一个完整的意境，接受民歌滋养的汉代古诗、乐府诗便具有这种特点。魏晋以后，才逐渐起了变化，重视艺术加工，然而朴素、自然总还是被当作健康的传统，在文学史上发生很大的作用。

朴素与悲壮相结合，早有传统。如《易水歌》、《大风歌》、《垓下歌》，作者都不是文人，可是由于抒发了真情实感，而这种情感又是与时代相联系的，因此都具有动人的力量。与汉末那样一个时代、社会相联系的典型的感情，便是"悲壮"之情，人们曾很恰当地加以概括，说是"哀怨起骚人"。

曹操的悲凉之句，不是写他个人的生活，而是描写那个时代的，如《薤露》、《蒿里》，便都有"诗史"之誉。这两首诗主要叙事，并没有什么特别精彩的句子，然而却极其概括地将汉末大乱的史实记录了下来，并且表明了作者的爱憎。在《薤露》中，他指斥大将军何进是"沐猴而冠带"。《蒿里》则将批判的矛头对准了袁绍。作者愤慨，由于这等人的罪恶，造成了空前的浩劫："白骨露于野，千里无鸡鸣。"这种惨象在中国历史上是一再出现的，因此这两句诗便与"朱门酒肉臭，路有冻死骨"一样，也是对封建社会的典型概括。又像"播越西迁移，号泣而且行"，这是写董卓逼迫洛阳人民迁往长安的事，句子平淡无奇，然而，我们仿佛听到这其间有蔡琰"马边悬男头，马后载妇女"的控诉，也仿佛听到辛弃疾"郁孤台下清江水，中间多少行人泪"的悲歌。

可知这类诗篇的典型性,完全表现在巨大的概括力量上。曹操并不只是客观地描述,诗篇中也表达了主观感情:"瞻彼洛城郭,微子为哀伤","生民百遗一,念之断人肠"。悲凉之感,油然而生。西方文论中,柏克(E.burke)在《论崇高与美丽》一文中说:"描写具体事物时,插入一些抽象或概括的字眼,产生包罗一切的雄浑气象——例如弥尔顿写地狱里阴沉、惨淡的山谷、湖、沼等等,而总结为:'一个死亡的宇宙'——那是文字艺术独具的本领,断非造型艺术所能仿效的。"[①]曹操的诗正是依靠一些概括的诗句,产生了包罗一切的雄浑气象。他让人们看到的是时代的大悲剧,从而引起了人们的共鸣。

曹操诗篇的悲壮美,还表现在其中所包含的哲理和理想精神。他思考着生与死的问题。《短歌行》开头说:"对酒当歌,人生几何,譬如朝露,去日苦多。"这几句曾被作为消极人生观,一再受到批判的。然而封建时代的文人大多数都有这类思想。李白所歌,"弃我去者,昨日之日不可留;乱我心者,今日之日多烦忧……"(《宣州谢朓楼饯别校书叔云》)也是这个意思。曹操的诗歌所以可称为悲壮者,是因他并没有一味消沉下去。《短歌行》中讲到慷慨、忧思:"慨当以慷,忧思难忘",表达了那个时代的典型情绪。他所忧的是贤才难得,"忧世不治",诗篇主题则是渴望贤才。这是积极的思想,所以陈沆《诗比兴笺》评论说:"此诗即汉高大风歌思猛士之旨也。"将《短歌行》和《大风歌》相提并论,可称卓识。此外,像《观沧海》、《龟虽寿》这一类诗,也都因其哲理性和理想精神,而具有悲壮美的特点。

第四,继承与革新。鲁迅说曹操是改造文章的祖师。[②] 曹操提倡清峻、通脱,使文章与以前不相同,当然是对文章的改造,而他用乐府题写时事更是一项重要的创造,这一点也是文学史所公认的。不过,我们还应看到曹操当时能这样做并不容易。刘勰对曹氏父子的文学成就评价很高,可是在论到他们的乐府诗时,却说:"观其北上众引,秋风列篇,或述酣宴,或伤羁戍,

---

① 转引自钱钟书《读〈拉奥孔〉》。
② 见鲁迅《魏晋风度及文章与药及酒之关系》。

志不出于淫荡,辞不离于哀思,虽三调之正声,实韶夏之郑曲也。"他用儒家诗教、乐教的正统观点来评论曹氏父子的乐府诗,虽然承认他们"气爽才丽",但总认为其乐府诗,不合乎韶音雅曲。曹操用乐府旧题写时事,是学习乐府民歌的结果。汉乐府民歌便有很多反映社会生活的叙事诗。当然我们也应看到,曹操重视乐府民歌,也并非对民间文学的本质有什么认识。起重要作用的是他对文学、音乐的爱好,对好作品不会不倾倒、不会不学习。他以丧歌《薤露》、《蒿里》来描写汉末动乱的历史悲剧。用《步出夏门行》的曲调,来描写行军途中的见闻、感慨,这不仅继承了乐府民歌的形式,而且特别是继承了现实主义的精神。

讲到曹操诗文的继承与革新,我们还应提到他对四言诗的改造。《诗经》以后,四言诗衰颓了,西汉韦孟曾作四言诗,完全模仿雅颂,很不成功。以后便少有作者。东汉后期张衡《怨诗》,形式是四言,运用比兴,而且有较强的抒情性,已经开拓了改造四言诗的道路。后来祢衡写的《吊张衡文》,基本上也是四言。像"嗟矣君生,而独值汉,苍蝇争飞,凤凰已散,元龟可羁,河龙可绊,石坚而朽,星华而灭,唯道兴隆,悠永靡绝。"这样一些句子,其形象、音节都与传统四言诗大不相同。使人感到作者是奋笔直书,一气呵成的。而四言的形式又显得语句凝炼、音调铿锵,曹操的乐府名篇,好几首都是四言诗,他同样也进行了改造。《诗薮》评论说:"魏武'对酒当歌'……已乖四言面目,然汉人乐府本色尚存。"陈祚明《采菽堂诗选》也说:"孟德能于三百篇外,独辟四言声调,故是绝唱。"曹操是学习了西汉乐府民歌的精神和技巧,来写作四言诗的,所以和《诗经》就大不相同。他有时还直接套用《诗经》中的句子,但由于他用而能化,这种套用却能增加诗篇的古朴苍劲之气,这也是他改造得成功的地方。

在文学史上,四言诗渐为五、七言诗所代替,是发展的必然趋势,后世作者寥寥。可是在魏晋时代还不乏作者,像嵇康、陶渊明都写了不少很好的四言诗,这些诗篇也不能因其是四言形式而加以忽视。而就曹操来说,四言诗有突出成就,其诗作慷慨苍凉,是汉代诗的特色,同时他也开启了魏诗华丽的成分,在诗坛上独树一帜,起着继往开来的作用。他和他前后的作者创新改革四言诗,对于诗风的变化,也起了不小的作用。

　　总之,我认为曹操留存的诗文虽然不多,但因为他是建安风骨的代表作者之一,应该给予足够的重视。建安作为一个文学时代,不只是靠少数人的提倡,而是有着深刻的时代的原因。曹操诗文的特点也具有一定的普遍性。所以深入探讨曹操诗文对于研究建安文学十分重要。

(1983年讲座报告稿)

嵇康思想及其诗文的特色

汉末到魏晋是中国思想史上一个重要的时代,也是中国文学史上一个重要的时代。在思想史上,这一时期一方面突破了汉儒章句之学的束缚,清除了谶纬迷信的恶劣影响;另一方面则将老庄哲学作了更全面的发挥和新的升华,进一步建立起唯心主义哲学体系。在文学史上,这一时期是文学的转变期。一方面从理论上重视对文学特点及创作方法的探索,为齐、梁文学理论的发展奠定了基础;另一方面,许多优秀的作家在自己的创作中,不断破旧创新,进一步提高了艺术技巧。魏末代表作家之一的嵇康,在思想史和文学史上都有着重要的地位。他的诗文现存十卷,是研究魏晋文化思想的第一手材料,也是值得认真研究的文学遗产。鲁迅先生对这位作家相当重视。他编校了《嵇康集》,并在《魏晋风度及文章与药及酒之关系》一文中,对嵇康作了十分公允的评价。该文并非专论嵇康,但对于嵇康所作的简要评述,给我们很大的启发。本文试图在此基础上,对嵇康的思想及诗文的特点,作进一步的探讨。

一

嵇康所处的时代,是魏晋时期统治阶级内部斗争十分激烈,司马氏残酷地屠杀异己,以至"名士少有全者"的时代。嵇康和曹魏既是同乡,又有姻亲关系,在政治上是倾向于曹魏集团的,最后也被司马氏杀害。

时代的悲剧既给嵇康的思想以很大的影响,实际的政治斗争又密切地关系着嵇康一生的命运,所以他的思想和行为是具有深刻的历史因素和具体的政治目的的。鲁迅先生在他的文章中指出,嵇康、阮籍的狂放行为,是处于乱世的不得已。又指出他们非毁礼教,是因为看到礼教被伪善的篡夺者所利用而产生的偏激思想。这正是联系着一定的历史背景所作出的正确论断。

联系着一定的历史背景和政治斗争的实际,我们才能够把握住嵇康思想中的特殊矛盾,对他的思想作出正确的评价。

嵇康是魏晋玄学思潮中的重要人物。他和阮籍同是"竹林名士"的倡导者。他在思想史上的地位,比阮籍更为重要。他所创立的学说是玄学思想的重要部分,给当时及后世以很大影响。《世说新语·文学》:"旧云,王丞相过江左,止道'声无哀乐'、'养生'、'言尽意',三理而已。"又《南齐书·王僧虔传》:"才性四本,声无哀乐,皆言家口实。"可见嵇康"声无哀乐"及"养生"二论,从来是清谈名理的重要命题。嵇康是一位重要的玄学思想家,这是无可讳言的。因此要探讨嵇康的思想,就不能不先分析一下玄学思想的阶级实质。

玄学清谈,本来是魏晋时期社会极度动乱,阶级矛盾十分尖锐情况下的产物。其阶级实质是封建统治阶级失去了稳固的统治基础,个人的安全失掉了保障,因而倡导的一种虚无主义的思潮。玄谈家们依托《周易》及老庄哲学的某些基本论点,加以发挥创造,建立了更完整的唯心主义哲学体系。但是,正如老庄思想中包含有某些积极的批判的因素一样,清谈玄学作为儒家封建教条的一种反动也具有一定的积极作用。尤其是像嵇康、阮籍这样的作家,特殊的政治气候培养了他们反对礼教的精神,他们针对现实所作的尖锐批判,更闪耀着一种不寻常的光芒。在嵇康的作品中,荒谬的唯心主义观点与对现实的大胆揭露糅合在一起,"名家"玩弄概念的诡辩术与对封建正统思想的勇敢冲击交织在一起。他是一个具有独特风格的思想家和作家。我们必须对他的人生观、性格、思想的继承以及生活实践等等方面的特点加以探索,才能对他的思想风格作出正确解释。

魏、晋清谈名士一般都推崇自然,倡言虚无,行为放荡。但其实际内容和表现形式却有很大差别。何晏、王戎等是一种类型;嵇康、阮籍等又是一种类型。何晏著《道德论》,以为一切事物和名誉,都属虚无,"道者惟无所有者也"。以这种虚无主义的思想为基础,他的狂放只是一种腐朽的纵欲,并没有反礼教的意义。基于同样的思想基础,王戎则以贪财好利出名,《世说新语·俭啬》就记载着他许多贪吝的故事,王戎的行为也谈不上什么反对礼教。他们这一类人,由于身处乱世,得失急骤,生死无常,过着醉生梦死的生活,只求满足自己的贪欲而不顾廉耻。老庄哲学中的糟粕——虚无主义,就自然地成为他们所提倡的东西。至于嵇康、阮籍的狂放,则与他们不同。阮籍好酒是为的逃避现实的迫害,居丧饮酒,则是一种毁弃礼法的行为,更有着一定的积极意义。嵇康虽也饮酒,但他曾批评阮籍"饮酒过差"。在《家诫》中,又告诫儿子说:"慎不当困醉,不能自裁。"在《答难养生论》中,更以为"酒色乃身之雠也"。可见他并不赞成纵欲狂饮,他的饮酒只是愤世嫉俗、借酒浇愁,而不是放荡颓废。他曾赍酒挟琴往吊阮籍母丧。与阮籍一样,这也是反对虚伪礼法的行为。嵇、阮都并不主张非孝,只是要以"真"对抗"伪",以自然反对做作。矫枉过正便成了"放诞"。但他们的这种行为,对于"礼法之士"却是一个沉重的打击。

嵇康的人生观与那一类"与时舒卷,无謇谔之节"(《晋书·王戎传》)的名士是大不相同的。他特别强调立志的重要。他说:

> 人无志,非人也。但君子用心,所欲准行,自当量其善者,必拟议而后动。若志之所之,则口与心誓,宁死无二,耻躬不逮,期于必济。(《家诫》)

他提出的理想人格是:

> 恢廓其度,寂寥疏阔,方而不制,廉而不割,超世独步,怀玉被褐,交不苟合,仕不期达。(《卜疑》)

由此可见,嵇康思想占主导地位的并不是消极避世的隐士思想,而可以说是轻世傲俗的任侠思想。他反对随俗浮沉毫无节操的行为，批判了纵欲主义。向秀在《难养生论》中，提出了一种"且夫嗜欲，好荣恶辱，好逸恶动，皆生于自然"的论点。这种论点肯定对富贵物欲的追求都是合乎自然的，"若绝而外之，则与无生同，何贵于有生哉？"这完全是剥削阶级享乐主义的人生观，是魏晋时期骄奢淫逸的统治阶级的生活哲学。嵇康在《答难养生论》中，对这种思想作了批判。他主要认为："欲与生不并久，名与身不俱存。"因此善养生者必须摒除名与欲。这同样是虚无主义，同样打着鲜明的时代和阶级的烙印。但在批判纵欲主义这一点上，就具有某种进步意义。他看到了"富贵多残，伐之者众也；野人多寿，伤之者寡也"。对于自身的危机是较有认识的。他又指出：

欲之患其得，得之惧其失，苟患失之，无所不至矣。在上何得不骄？持满何得不溢？求之何得不苟？得之何得不失耶？

以上的话，确实道出了在那个冲突剧烈的时代，封建士大夫们患得患失、日益堕落的事实。所以在人生观上，他主张弃欲弃名。这虽然是谬误的唯心主义思想，但联系着这种思想产生的现实基础来看，却是不愿同流合污，而要保持自己的节操。

在思想的继承关系上，我们可以看到嵇康更多地接受了老子的影响，而较少地接受庄子的影响。在人生观上，他发挥了老子"乐莫大于无忧，富莫大于知足"的思想。在政治观上，他发挥了老子"无为而治"的学说，以为"圣人不得已而临天下，以大物为心，在宥群生，由身以道，与天下同于自得。……"（《答难养生论》）。《老子》和《庄子》虽然同样是玄学思想的经典，但其影响是有所不同的。嵇康在《卜疑》中就说："宁如老聃之清净微妙，守玄抱一乎？将如庄周之齐物，变化洞达，而放逸乎？"这就把老子和庄子的思想，作了一定程度的区别。看来嵇康是较多地接受了老子的守玄抱一的思想，而较少地接受庄子的变化洞达的思想的。因此他不肯委蛇随俗，对虚伪的礼法之士，采取了不妥协的批判态度。

嵇康在他的诗文中,一再宣扬"游心于玄默"的高蹈遁世的生活态度。其实,我们无论从他的事迹或文章来看,都可以发现许多矛盾。

从事迹来看,嵇康并不是一个毫无作为的放诞之士。孙登称其"性烈而才儁"(《三国志·魏志·王粲传》注引),钟会则诋毁他是"上不臣天子,下不事王侯,轻时傲世,不为物用,无益于今,有败于俗"(《世说新语·雅量》注引《文士传》)。他的许多言论和行为,对于司马氏的篡夺阴谋是大有妨碍的。嵇康在当时是一个颇有影响的人物,不仅有向秀、吕安等人团结在他的周围,而且他在青年中也很有号召力。如赵至在太学一见嵇康,就对他非常崇拜,以至弃家从学。又据王隐《晋书》所载,当嵇康下狱时,太学生数千人上书请以为师,而且"于时豪俊皆随康入狱,悉解喻,一时散遣"。这都不是一个遗落世务、醉心玄理的隐士所能达到的。他并不如王戎所说"三十年未尝见其喜愠之色"(《世说新语·德行》),而是爱憎分明,毫不隐蔽的。如对于拥护司马氏的野心家钟会,就曾当面给以极大的难堪,钟会往识嵇康,"康方大树下锻,向子期为佐,鼓排,康扬槌不辍,傍若无人,移时不交一言。钟起去,康曰:'何所闻而来,何所见而去?'钟曰:'闻所闻而来,见所见而去。'"(《世说新语·简傲》)但对于志气相投的好友吕安却是"每一相思,辄千里命驾"(《竹林七贤论》,见《太平御览》卷四百九引)。最后更因冤狱所牵连,被司马氏杀害。嵇康在思想上与司马氏集团相对立是毫无疑问的,但他有没有直接反对司马氏的行为呢?由于史料缺乏,还找不到充分的证据。但从他的文章来看,处在政权争夺的漩涡中,他是非常彷徨苦闷的。

嵇康的许多文章,都反映了他思想上的矛盾。尤其在仿《楚辞·卜居》所写的《卜疑》中,思想矛盾更为尖锐。他自问:

> 吾宁发愤陈诚,谠言帝庭,不屈王公乎?将卑懦委随,承旨倚靡,为面从乎?宁恺悌弘复,施而不德乎?将进趣世利,苟容偷合乎?宁隐居行义,推至诚乎?将崇饰矫诬,养虚名乎?宁斥逐凶佞,守正不倾,明否臧乎?将傲倪滑稽,挟智任术,为智囊乎?……宁如伯奋、仲堪,二八为偶,排摈共、鲧,令失所乎?将如箕山之夫、颍水之父,轻贱唐、虞,而笑

大禹乎？……宁如夷吾之不吝束缚,而终成霸功乎？将如鲁连之轻世肆志,高谈从容乎？宁如市南子之神勇内固,山渊其志乎？将如毛公、蔺生之龙骧虎步,慕为壮士乎？

同《卜居》一样,这些问句里是饱蕴着对现实的愤慨的。这里面交织着对正直的歌颂和对卑佞的批判,也交织着斗争还是退隐的矛盾。是学伯奋、仲堪的排摈共、鲧呢,还是学巢父、许由的隐居肆志？是如熊宜僚(市南子)的坚守其志不预白公之乱呢,还是学毛遂、蔺相如的排除君难慕为壮士？这些并非泛泛地议论,而是影射着曹魏与司马氏集团的斗争的。嵇康在这种"千龙并驰,万骥徂征,纷纭交竞,逝若流星"的情况下,思想是充满矛盾的。他所以倡导高蹈退隐,实具有"远浊世而自藏"的含义,同时也是一种不与司马氏合作的态度,不应该仅从消极意义上去理解。

以上分析了嵇康思想、性格的某些特点,主要是说明:嵇康虽也是清谈名士,但和同时的许多名士在思想上和行为上都有所不同。戴逵说:"竹林之为放,有疾而为颦者也;元康之为放,无德而折巾者也。"(《晋书》卷九四本传)两种不同性质的狂放,不但与前后代不同,就是在同时甚至竹林内部也有所不同。嵇康不是一个消极遁世者,他的倡导高蹈遁世,也是不得已的,在思想上和行动上都充满了矛盾。正因为如此,所以他的诗歌虽高唱"游心太玄",却不是玄学的说教;他的文章虽奢谈玄理,却时时闪耀着批判的光芒。

二

嵇康的诗,今存五十三首。体裁有四言、五言、六言、乐府。刘勰说:"正始明道,诗杂仙心,何晏之徒,率多浮浅。惟嵇旨清峻,阮旨遥深,故能标焉。"(《文心雕龙·明诗》)说明嵇康的诗与玄言诗不同。嵇康的诗,大多是发挥老庄思想,宣扬高蹈出世的宗旨,但同时也表明了这种思想的基础是处于乱世而不肯同流合污。如《答二郭》第三首:"详观凌世务,屯险多忧虞。

施报更相市,大道匿不舒。夷路值枳棘,安步将焉如?"又如《赠兄秀才入军》第一首:"鸟尽良弓藏,谋极身必危。吉凶虽在己,世路多险巇。"反映了统治集团间欺诈倾夺的情形和自己的彷徨苦闷。在《述志诗》中,他鄙视那些趋炎附势之徒说:"斥鷃擅蒿林,仰笑神凤飞,坎井蜩蛭宅,神龟安所归?"因此他的"出世"是要"浮游太清中,更求新相知"。"愿与知己遇,舒愤启其微。"这是对现实世界的不满,是一种"超群拔俗"的愿望,大大不同于玄言诗游仙的主题。在《答二郭》第二首中,他更说道:"朔戒贵尚容,渔父好扬波;虽逸亦以难,非余心所嘉。岂若翔区外,餐琼漱朝霞,遗物弃鄙累,逍遥游太和。"既不愿学东方朔和渔父与世浮沉的态度,要遗此鄙累就只有离开现实的世界,逃到虚幻之中去。刘熙载《艺概》称嵇康"虽秋胡行贵玄默之致,……而激烈悲愤,自在言外"。陈祚明评嵇康《游仙诗》也说:"轻世肆志,所记不群,非真欲仙也,所愿长与俗人别耳。"(《采菽堂古诗选》)都颇为中肯地指出了嵇康这一类游仙出世的主题,其实是愤世嫉俗、恃才傲物的表现。

嵇康的诗,大多具有诗人自我性格的独白的性质。其中以《幽愤诗》最为典型。这是他下狱之后的作品。诗中首先叙述了幼年的生活以及放任性格的养成,进而叙述了不幸的遭遇和自己愤恨的心情,最后则表示了全身远害的愿望。这首诗表面上含有悔祸的意思,但与《绝交书》一样,也喷发出控诉的怒火:"惟此褊心,显明臧否,感悟思愆,怛若创痏,欲寡其过,谤议沸腾,性不伤物,频致怨憎。"流露出无限的愤慨与不平。钟嵘评论嵇康说:"嵇中散诗颇似魏文,过为峻切,讦直露才,伤渊雅之致;然托谕清远,良有鉴裁,亦未失高流矣。"(《诗品》)其实峻切的风格正是嵇诗的生命,虽然在艺术上带来一些缺点,但却较多地保存了建安时代慷慨悲歌的优良传统,使他的诗远远超过时流。

嵇康的诗不同于阐述老庄哲学教义的玄言诗,它具有较实际的内容,反映了生动的生活情趣。他的诗篇中有写得清宕遐远的,也有写得慷慨豪迈的。许多抒情状物的小诗,写得清丽可喜,神采飞动,也可以说明诗人并不是一个厌世主义者,他具有真切的生活感受和深沉的感情。

嵇康的诗,在艺术上以四言最好。其五言诗虽也有较好的,如"双鸾"一首,《诗品》称之为"五言之警策者也"。但就其整个诗作来看,他最有特色和创造性的则是四言诗。王夫之曾评论:"中散五言颓唐,不成音理,而四言居胜。"(《古诗评选》)何焯也说:"四言诗,叔夜、渊明,俱为秀绝。"(《文选评》)嵇康在五言诗风靡的时代,别开生面,采用四言体写出了不少好诗,这现象是值得重视的。在五言盛行的时代,嵇诗不为当时所重,故钟嵘将他抑为中品。又以其文名掩过诗名,所以嵇康的诗篇,常常不被重视。其实,嵇康的诗有他的特点,有他的创造,在诗歌史上的地位是不容忽视的。

嵇康的四言诗在艺术上的重要成就是:突破了四言诗的陈规,创造了自己的风格。

如所周知,《诗经》以后四言诗便衰竭了,代之而起的是《楚辞》,西汉时,则是"辞赋竞爽,吟咏靡闻"。到了东汉,则进入了五言诗的时代。但在整个过程中,四言诗并没有被完全抛弃,在创作中也有一些新的变化。西汉时,韦孟作《讽谏诗》、《在邹诗》,韦玄成作《自劾诗》,完全规模雅颂,语句平板,没有什么文学价值。到了东汉,文人接受乐府民歌的影响,开始创作以抒情为主的五言诗,同时在四言诗中也发生了变化。如张衡《怨篇》,清曲可诵,富有抒情意味。朱穆《与刘伯宗绝交诗》,秦嘉《赠妇诗》(四言),也是具有文学价值的。汉末仲长统、蔡邕、繁钦、建安七子、曹氏父子都写过四言诗,也有不少佳篇。特别是曹操的四言乐府,更有很高的艺术成就。但是,在这整个时期里,大多数文人的四言诗都不如五言诗,数量少而且糟粕较多,其原因是:第一,文人写作四言诗,不容易跳出《诗经》的框子,所谓"夫四言,文约意广,取效风骚,便可多得,每苦文繁而意少,故世罕习焉"(《诗品》序)。第二,四言诗句比新兴的五言诗句少一字,在表现上受较大的限制。第三,传统的"言志"观念对四言诗有较大的束缚,因此四言诗的题材往往突不破"述志"、"劝谏"、"颂赞"的局限。而五言诗则被公认为适合抒情的体裁,题材比较广泛。由于这些原因,四言诗为五言诗所代替是必然的趋势。但是也有例外的情形,突出的例子是曹操和嵇康。曹操的四言乐府,如《短歌行》、《步出夏门行》等篇,气韵沉雄,慷慨悲壮,体现了建安风骨,也显示了曹操自己的风格。嵇康继曹操之后,也写作了不少独具风格的四言诗,这些诗简练、概括,富有抒情性。李白所谓"兴寄深微,五言不如四言",当是指他们的这一类诗而言。

曹操和嵇康的例子说明,体裁不是决定性的东西。在中国文学史上,文体的兴衰是很显著的现象。但当一种文体衰歇时,并不妨碍它有好的作品出现。

以下就来谈谈嵇康的四言诗在艺术上的创造和特点。

嵇康的四言诗能突破《诗经》的束缚,这是前人已经指出的。如:"四言不为风雅所羁,直写胸中语,此叔夜所以高于潘、陆也。"(何焯《文选评》)"叔夜四言诗多俊语,不摹仿三百篇,允为晋人先声。"(沈德潜《古诗源》)嵇康不模仿《诗经》确是事实,但他也并不排斥向《诗经》学习。《文心雕龙·通变篇》说:"先博览以精阅,总纲纪而摄契,然后拓衢路,置关键,长辔远驭,从容按节,凭情以会通,负气以适变。"又《物色篇》说:"古来辞人,异代接武,莫不参伍以相变,因革以为功,物色尽而情有余者,晓会通也。"强调从学习继承入手,才能作出新的创造。《物色篇》还特别提出了形象的继承关系。这一理论可以说也包括了嵇康的经验在内。嵇康的四言诗既学习了《诗经》,而又不受它的拘束,在形象上有所继承,但又加以更新,这样就使人感到既熟悉又新鲜。如:

> 轻车迅迈,息彼长林,春木载荣,布叶垂阴。习习谷风,吹我素琴。交交黄鸟,顾俦弄音。感寤驰情,思我所钦,心之忧矣,永啸长吟。(《赠兄秀才入军·其十二》)

这首诗写的是在明媚的春光里,对亲人的怀念。王夫之极赞赏这首诗,以为"春木,四句,写气写光,几非人造"。陈祚明也说:"'布叶'句,'顾俦'句,并有隽致,喜其不袭三百篇语,故能自作致也。"在这首诗中,"习习谷风"、"交交黄鸟"、"心之忧矣"等句,都是使用《诗经》中现成的句子,但并不使人感到是袭用陈调。这主要是因为诗人从《诗经》中摘取的是形象的语言,而所表达的乃是新的意境。前人创造的形象的语言,可以作为后人的借鉴,善于学习的作家,总是把它们取来作为再创造的材料,而不是简单地抄袭模仿。嵇康虽摘取《诗经》的句子,但所创造的意境却绝非《诗经》中能够出现的。这是嵇康与晋、宋时专事模拟的作家大不相同的地方。

诗人不限于学习《诗经》,他更从《楚辞》及其他前代诗歌中吸取养料。最明显的是仿《楚辞·卜居》写作了《卜疑》。这是《嵇康集》中一篇重要的作品。这篇作品反映了嵇康不仅受屈原精神的启发,而且在艺术上也有所借鉴。

嵇康的四言诗在艺术上的创造,还表现在个别字句的锤炼上。如"穆穆惠风,扇彼轻尘,奕奕素波,转此游鳞";"仰讯高云,俯托轻波,乘流远遁,抱恨山阿";"浩浩洪流,带我邦畿,萋萋绿林,奋荣扬晖"。其中"扇"、"转"、"讯"、"托"、"带"、"奋"、"扬"等字,都是经过锤炼的,准确地表现了事物的情态。汉末以来,逐渐重视文学技巧,诗的语言要求更精练、更完美,这是文学发展中的一大进步。曹植等人的五言诗,"词采华茂","体被文质",正代表了这种革新的精神。嵇康则在四言诗创作中,实现了这种革新。

嵇康的大部分四言诗,都是抒情写景的。这类诗都具有一定的艺术水平。如:

> 息徒兰圃,秣马华山。流磻平皋,垂纶长川。目送归鸿,手挥五弦。俯仰自得,游心太玄。嘉彼钓叟,得鱼忘筌。郢人逝矣,谁与尽言。
> (《赠兄秀才入军·其十四》)

这首诗描绘了一个"高士"的形象,他陶醉于自然之中,达到心领神会的程度。这首诗颇像一幅古画。晋代大画家顾恺之"每重嵇康四言诗,因为之图,恒云:'手挥五弦易,目送归鸿难。'"(《晋书·顾恺之传》)可见嵇康形象鲜明的诗篇,确曾被取作绘画的题材,并给大画家不少的启发。又如《酒会诗》七首之二:

> 婉彼鸳鸯,戢翼而游。俯唼绿藻,托身洪流。朝翔素濑,夕栖灵洲。

摇荡清波,与之沈浮。

上面这首诗,疏疏几笔,就把在水中嬉戏的鸳鸯的神态,毕肖地画了出来。

在嵇康的优秀诗篇中,写景与抒情也是密切结合的。景语往往也包含有情。如前引"轻车迅迈"一首,描写春天景色:和风播送琴音,黄鸟相向和鸣。与下面的"感寤驰情,思我所钦"两句,在意境上有着自然的联系。写景实际上也有抒情的作用。不仅如此,嵇康还善于从神采飞动的形象描绘中,反映出豪迈的心情和磅礴的气概。如:

良马既闲,丽服有晖,左揽繁弱,右接忘归,风驰电逝,蹑景追飞,凌厉中原,顾眄生姿。(《赠兄秀才入军·其九》)

这首诗和《浩浩洪流》一首,确实当得起"文辞壮丽"的评语。

嵇康的四言诗有较高的成就,与他的思想风格有关。一般说来,五言诗更便于婉转抒情,而四言诗则比较直致,更能体现出清峻的风格。嵇康长于四言,阮籍却长于五言,正说明他们不同的思想作风一定程度上给予文学创作的影响。

三

在《嵇康集》中占主要篇幅的,是他的散文。历来对他的文评价很高,《三国志·魏志·王粲传》称其"文辞壮丽"是兼诗文而言的。李充《翰林论》称:"论贵于允理,不求支离。若嵇康之论,成文美矣。"则专指其论文而言。嵇康的论文接受了王充《论衡》的影响,王充自称"其文盛,其辩争",这同样也是嵇康的特点。王充的论辩文敢于"违众诡俗",针对俗儒谶纬迷信进行了批判;他经常运用形式逻辑的规律,揭露论敌自相矛盾的论点,有很强的说服力。嵇康的文章在对司马氏所提倡的虚伪礼法的揭露上,也具有相当的讽刺性和斗争性,他也敢于违世抗俗、任意直言。如刘勰所说:"师心以遣论","兴高而采烈"。他的文章具有自己的风格,王世贞《艺苑卮言》说:"嵇叔夜土木形骸,不事雕饰,想于文亦尔,如《养生论》、《绝交书》,类信笔成者,或遂重犯,或不相续,然独造之语,自是奇丽超逸,览之跃然而醒。"指出了嵇康文章自然、独创的特点。但嵇康的文章并不是漫无组织的,尤其他的论文,更有比较严密的逻辑性。

鲁迅先生说:"嵇康的论文,比阮籍更好,思想新颖,往往与古时旧说反对。"思想新颖,敢于反对传统,使嵇康的文章颇具有"异端"思想的色彩。如在《管蔡论》中,他托古喻今,借题发挥,替被周公、孔子视为大逆不道的管叔、蔡叔作了翻案。张采说:"周公摄政,管、蔡流言;司马执权,淮南三叛,其事正对。叔夜盛称管、蔡,所以讽切司马也。"(《三国文》)这篇文章的政治目的非常明显。但是他敢于反对旧说,菲薄周、孔,则是一种"异端"思想。这篇文章巧妙地用以子之矛攻子之盾的办法,嘲笑了旧说的纰缪:

> 明父圣兄,曾不鉴凶愚于幼稚,觉无良之子弟;而乃使理乱殷之弊民,显荣爵于藩国;使恶积罪成,终遇祸害。

这是"于理不适"的。所以他说,管、蔡的被诛是"翼存天子,甘心毁旦",是只知服从教义而"不达圣权"的缘故。而周公既"诛管、蔡以权",又以"罪诛已显,不得复理"。管、蔡虽然冤枉,也只好让他冤枉了。文章虽未正面攻击周公,但字里行间却作了深刻的讽刺。又如《难自然好学论》以老庄虚无哲学为依据,反对俗儒对六经的崇拜。他指出儒家的所谓好学,不过是对功名利禄的向往,知识也只是一种谋生的手段罢了:

> 六经纷错,百家繁炽,开荣利之途,故奔骛而不觉,是以贪生之禽,食园池之粱菽,求安之士,乃诡志以从俗,操笔执觚,足容苏息,积学明经,以代稼穑。

他嘲讽那种礼法之士：

> 游心极视，不觌其外，终年驰骋，思不出位，聚族献议，唯学为贵，执书摘句，俯仰咨嗟，使服膺其言，以为荣华。

他不仅对"自然好学"的旧说作了批判，对"好学"的礼法之士作了揭露，并且认为"六经抑性、礼律犯（范）情"，进一步更要求完全摈斥六经和礼教：

> 今若以明堂为丙舍，以诵讽为鬼语，以六经为芜秽，以仁义为臭腐，觌文籍则目瞧，修揖让则变伛，袭章服则转筋，谭礼典则齿龋，于是兼而弃之，与万物为更始，……则向之不学，未必为长夜，六经未必为太阳也。

这样激烈大胆的议论，确是违众诡俗，具有相当强烈的批判精神。嵇康敢于发表独创的议论，而且往往联系着对于现实的批判和揭露，是他文章的一个重要特点。

嵇康对现实的讽刺、揭露，最突出的是《与山巨源绝交书》。这篇文章当作于景元二年。其时山涛作吏部郎，举嵇康自代，嵇康于是作书与之绝交（孙志祖：《读书脞录》）。从山涛的事迹来看，他本来也是因看到倾轧的危机而退隐林下的：

> （时山涛）为河内从事，与石鉴共传宿，涛夜起蹋鉴曰："今何等时而眠也？知太傅（司马懿）卧何意？"鉴曰："宰相三日不朝，与尺一令归第，君何虑焉。"涛曰："咄！石生！无事马蹄间也"投传而去。果有曹爽事，遂隐身不交世务。（《世说新语·政事》注引虞预《晋书》）

后来山涛因与司马氏为姻亲，而投靠了司马氏，在晋官至司徒，他屡求致仕都不被允许。《晋书》四十三《山涛传》云：

尚书令卫瓘奏:"涛以微苦,久不视职,手诏频烦,犹未顺旨。参议以为无节之尚,违在公之义。若实沈笃,亦不宜居位,可免涛官。"中诏瓘曰:"涛以德素,为朝之望,而常深退让,至于恳切,故比有诏,欲必夺其志,以匡辅不逮。主者既不思明诏旨,而反深加诋案,亏崇贤之风,以重吾不德,何以示远近邪。"

这条材料说明:山涛以竹林名士身份而终为司马氏所用,成了司马氏招徕名士的一面幌子。山涛是一个"识时务者"。他的举嵇康自代,是要拉嵇康下水,对司马氏非常有利。而嵇康的作书绝交,也正如《嵇康别传》所说:"欲标不屈之节,以杜举者之口。"明白表示不愿与司马氏同流合污。所以这是一篇反对司马氏集团的宣言书,而不仅是发抒对个人的怨恨。文章嘲讽热心利禄、甘心为司马氏服务的山涛说:

"恐足下羞庖人之独割,引尸祝以自助,手荐鸾刀,漫之膻腥……"
"不可自见好章甫,强越人以文冕也;己嗜臭腐,养鸳雏以死鼠也。"

他强调两种对立的人生观是不可调和的。"足下傍通,多可而少怪;吾直性狭中,多所不堪。"文章中所举"七不堪、二不可",表现了他对官场庸俗的痛恶和对虚伪礼教的蔑视。他说揖拜上官、书信酬答、送死吊丧、宾客哄聚这一类事情都是自己所不堪的。他以讽刺的笔调刻画了"世故人情"的庸俗无聊,并给以极大的蔑视。而所谓二不可:"非汤、武而薄周、孔","刚肠疾恶,轻肆直言",更表明了他反对虚伪礼教的坚决态度。他举出"阮嗣宗口不论人过"尚且为礼法之士所绳,疾之如仇。说明对于自己来说,疵衅、外难是不可避免的。但他以为"志气所托,不可夺也"。表示并不会因现实的迫害而有所改变。在文章中他强调自己生性疏懒,不惯拘束,就好像禽鹿"少见驯育,则服从教制。长而见羁,则狂顾顿缨,赴蹈汤火,虽饰以金镳,飨以嘉肴,逾思长林而志在丰草也"。表现了一种背弃礼法的傲慢态度,不肯受笼络,不愿被羁绊。这里出现的是一个封建阶级的浪子的形象,具有比较普遍的意义。这篇文章采用讽刺的笔法,如果我们将这篇文章与嵇康的另一篇绝交书《与吕长悌绝交书》对照来看,更可以看清这一特点。在那篇文章中,直接地叙述了事情的经过,表示了自己的态度,但在这篇文章中却借题发挥、旁敲侧击,表达了更丰富的内容和更鲜明的爱憎感情。这不是一篇简单的绝交书,而是一篇激烈攻击虚伪礼教和庸俗世态的檄文。

嵇康对礼法之士的批判,主要是揭露他们的伪善。"谗言似信"、"激盗似忠",戴着一副礼教的假面具,内心却是最黑暗、最贪鄙的。这些人心理特点是:

"明君子之笃行,显公私之所在,阖堂盈阶,莫不寓目而曰:善人也。然背颜退议而含私者,不复同耳。"

"唯惧隐之不微,唯患匿之不密,故有矜讦之容,以观常人;矫饰之言,以要俗誉。"(《释私论》)

与这种伪善的态度相反,嵇康在《释私论》中,主张"越名教而任自然"、"触情而行"、"值心而言",甚至不承认客观的是非善恶,以为"公"、"私"的分别,只在于是非的无措与有措,只在于主观动机的是否真诚。从这里我们也看到嵇康对封建礼教的批判有很大的局限性。他并不能真正揭穿礼教的毒害,只是因为痛恨礼教被伪善者所利用,矫枉过正,故意毁弃礼法,甚至发展了虚无主义的思想。

嵇康的论辩文具有自己的风格,在写作方法上有一定的成就。刘勰称他《声无哀乐论》是"师心独见,锋颖精密"。也可说是他论辩文的一般特点。他的论辩文显示了相当严密的逻辑性,对一个论点能从多方面加以剖析。他尤其善于运用形式逻辑的矛盾律,抓住论敌逻辑上的矛盾,加以批驳。所谓"师心独见",主要是他不受陈陈相因的旧说的束缚,敢于去推求"自然之理"。他说:

夫推类辨物,当先求之自然之理。理已定,然后借古义以明之耳。

今未得之于心,而多恃前言以为谈证,自此以往,恐巧历不能纪。(《声无哀乐论》)

一面强调先求自然之理,一面把那种依靠援引古代经典以为论据的方法从根本上作了清算。嵇康还反对迷信古人的态度。他认为许多带传奇色彩的古代音乐故事是"俗儒妄记,欲神其事而追为耳,欲令天下惑声音之道,不言理自尽此。而推使神妙难知,恨不遇奇听于当时,慕古人而自叹;斯所以大罔后生也"。正因为他不迷信古人,故能提出一些新颖的见解。此外,他的论辩文常常洋溢着论辩的热情。语言是明快的,笔锋是犀利的,比喻也很生动,确实称得上"兴高而采烈",具有鲜明的风格。当然,如前面已经提到的,由于他的唯心主义观点,使他的论辩文中常常使用诡辩的办法,这是不足为训的。

四

从以上的论述,可以看出嵇康的诗文具有自己的风格。这种风格与他的思想作风有着密切的联系。他虽是一个唯心主义的玄学思想家,但他与那些颓废堕落的虚无主义者,却有着显著的不同。根据当时的历史情况,应该承认他的思想里存在着复杂的矛盾,其中也具有一定的积极因素,特别是他对伪善礼教的批判和不肯同流合污的风格,是他高出于一般"清谈名士"的地方。在他的诗文里,固然有不少唯心主义的糟粕,但却并不是玄学思想的讲义。这里面,反映了现实的和思想上的深刻的矛盾,时时闪耀着作者批判虚伪礼教和庸俗世态的思想光芒。他的诗文具有自己的风格,在艺术形式上也有相当的成就。在中国文学史上,他称得上是一个优秀的作家。

[《南京大学学报(哲学·人文科学·社会科学版)》1963年第2期]

陶渊明的牧歌与悲歌

陶渊明本未想以诗成名,所以他的诗大有悖于时尚,既少"丽典新声"[1],亦乏"错彩镂金"[2],也没有写那"理过其辞、淡乎寡味"[3]的玄言诗。他的诗多似山中清泉自然流出,虽然平淡无华,却能沁人心脾。他写诗只是出于爱好。那个时代写诗成为风气,在文人、士大夫中,抒发情志、朋友酬酢无不赋诗。当时印刷术尚未发明,诗文的流传或凭口诵或由传抄。陶渊明在《饮酒二十首·序》中说:

> 既醉之后,辄题数句自娱,纸墨遂多,辞无诠次,聊命故人书之,以为欢笑尔。[4]

这当是他写作的实情。没有功利的目的,纯是情志的表达、心声的披露,故不失其真实。

一、"陶集"中既有牧歌也有慷慨悲歌

历史上陶渊明被称为田园诗人,这并不错。他二十九岁初次入仕到四十一岁决心"守拙归园田",其间的十来年中也曾数次离职回乡,他四次出仕

---

[1] 钟嵘.诗品[M].上海:上海古籍出版社,1954.
[2] 钟嵘.诗品[M].上海:上海古籍出版社,1954.
[3] 钟嵘.诗品[M].上海:上海古籍出版社,1954.
[4] 陶渊明.陶渊明集[M].逯钦立校注.北京:中华书局,1979.

总计起来也只有三四年光景。他一生中大部分时间都是在田园中度过的。他"性本爱丘山",对于田园生活的美有很深的感悟,写下了许多牧歌式的诗篇,为后世所激赏。但仅此一面并非陶渊明的全人,在他的诗文集中,不仅有牧歌,而且有不少慷慨悲歌。在《怨诗楚调示庞主簿邓治中》一诗的结尾处,便自称"慷慨独悲歌,钟期信为贤"。在《和胡西曹示顾贼曹》诗中,也说到"逸想不可淹,猖狂独长悲",这些都是直抒自我的胸怀。"陶集"中《咏荆轲》、《读山海经》等咏怀古事的慷慨悲歌,更是所在多有。正因为有这样一些内容,龚自珍称之为"二分《梁甫》一分《骚》"[①],谭嗣同才"以为陶公慷慨悲歌之士也"[②],鲁迅也特别称赏其"金刚怒目式"[③]的诗句。

二、 陶渊明的田园诗是写实之作

陶渊明的田园诗,写自然风光、田园生活,有许多脍炙人口留传永久的诗篇,一些名句还通过各种艺术形式得到广泛的传播。但是曾经有一段时间,在庸俗社会学的影响下,有一种观点,认为陶渊明美化了封建社会的农村。这种观点既不合陶诗的实际,也不合历史的真实。陶诗中本来就有不少反映农村生活困苦的诗篇,就是那些描写田园风光、抒写愉悦心情的诗篇,也谈不上"有意美化"。长期以来,中国农村是贫困的,但农民也并非始终生活在水深火热之中,他们也可以有丰收的喜悦、劳动的愉快……而清新的空气和旖旎的风光,则是大自然的慷慨赐与。陶渊明感受着其中的诗意,写下了诸如:

> 暧暧远人村,依依墟里烟。(《归园田居五首》)
> 平畴交远风,良苗亦怀新。(《癸卯岁始春怀古田舍》)
> 晨兴理荒秽,带月荷锄归。(《归园田居五首》)

---

① 舒芜、陈迩冬、周绍良、王利器.中国近代文论选:上册[C].北京:人民文学出版社,1959.
② 舒芜、陈迩冬、周绍良、王利器.中国近代文论选:上册[C].北京:人民文学出版社,1959.
③ 鲁迅.且介亭杂文二集[M].北京:人民文学出版社,1973.

> 时复墟曲中,披草共来往。相见无杂言,但道桑麻长。(《归园田居五首》)

这样一些优美的、充满情趣的诗句。诗人的写作是非常真实的,即使有所谓"美化",那也只是寄托了诗人的理想。即如常被称为"乌托邦"的《桃花源记并诗》,却也不是凭空虚构,也不是"有意美化"。陈寅恪先生早就称此篇为"寓意之文,亦纪实之文也"。他并认为桃花源的原型,当是西晋末大族屯聚的坞堡,其地当在北方的弘农、上洛,而不在南方的武陵。[①] 相隔二十年,唐长孺先生提出疑问。他列举南方流传的类似传说而反对坞堡之说。他认为《桃花源》很可能是依据武陵地区的蛮族传说而作[②]。两位先生的共同点是认为"桃花源"确有依据。至于地点,笔者认为,既然作品中明说是武陵渔人的发现,似不必将之移到北方。而且不用从文献中去考证,从现实生活中也可承认"桃花源"不是凭空虚构。现在还不时发现僻远之处,有些居民点还过着简单朴素与世隔绝的生活,有的停留在原始公社制,有的还保存着母系社会的特点。可想而知,魏晋时代有"桃花源"那样与世隔绝的地方是完全可能的。武陵(今之常德)离张家界不远,其绝佳风景的发现,不过是近几十年的事,之前也就是一处幽蔽的世外桃源。当然《桃花源记》有理想的成分,作者要突出"淳薄异源"而描写了霭然的古风,为寄托其"秋熟靡王税"的愿望,而描写了自给自足的平等的安定生活。这些都作为一个特殊的地区而与当时社会形成了强烈的对照。"桃花源"是陶渊明理想的田园,但却不是虚幻的乌托邦。

三、慷慨悲歌的主要内容

《陶渊明集》中既有描写田园生活的牧歌,也有不少慷慨悲歌。从写作时间看,牧歌与悲歌是交替出现的。既反映了他遭际的变化,也反映了他长期存在的矛盾心情。他的慷慨悲歌主要包含了下面一些内容。

[①] 陈寅恪.金明馆丛稿初编[M].上海:上海古籍出版社,1980.
[②] 唐长孺.魏晋南北朝史论丛续编[M].北京:生活·读书·新知三联书店,1959.

第一,信仰与现实的矛盾。

陶渊明自称"少年罕人事,游好在六经"(《饮酒二十首》),接受过儒学的传统教育,虽然他受其父影响,早有隐居情结,①但也未尝没有用世之志。他时常念及的是"猛志逸四海,骞翮思远翥"(《杂诗十二首》),"先师遗训,余岂之(云)坠"(《荣木》),很有一展抱负的向往。回顾既往,也不免有"总角闻道,白首无成"(《荣木序》)的悲叹。在《杂诗十二首》(之二)中,更直接地抒发了这种悲凄心情:

> 日月掷人去,有志不获骋。念此怀悲凄,终晓不能静。

是什么阻碍他实现自己的抱负而终于走上退隐的道路呢?那便是当时混乱不堪的政治。东晋王朝是世家豪族支撑的政权,高级世族享有无上的特权,在帝王与豪族间、世族互相之间争斗不断,甚至互相攻杀。世族豪强奢靡无度,对于寒族庶民则竭尽其剥削压迫之能事。② 处在这样的乱世,像陶渊明这样的身份地位,要想有所作为,几乎是不可能的。既不肯同流合污,也就只有归隐之一途了。范晔在《后汉书·逸民传序》中,列举历史上隐居的原因说:

> 或隐居以求其志;或回避以全其道;或静己以镇其躁;或去危以图其安;或垢俗以动其概;或疵物以激其清。

陶渊明的归隐,便符合上述的某几种原因。他在《感士不遇赋》中曾加以申述:

> 自真风告逝,大伪斯兴,间闾懈廉退之节,市朝驱易进之心。怀正志道之士,或潜玉于当年;洁己清操之人,或没世以徒勤。

---

① 陶渊明之父不见史书记载,从渊明《命子》诗"于皇仁考,淡焉虚止。寄迹风云,冥兹愠喜"来看,可能是一位隐士。
② 关于当时政风,参考《晋书》六十九《刘隗传附孙波传》,及《晋书》卷七十四《庾亮附庾翼传》。

因为要正道守志而不得不隐居。他批评当时政治：

> 雷同毁异，物恶其上，妙算者谓迷，直道者云妄。坦至公而无猜，卒蒙耻以受谤。虽怀琼而握兰，徒芳洁而谁亮。（《感士不遇赋》）

他自认"性刚才拙，与物多忤"（《与子俨等疏》），与官场中的这种种情形是格格不入的。为免祸计，他也要及早抽身，在《归鸟》诗中，他曾明白说出："矰缴奚施，已卷安劳？"他也不免像许多生于乱世的志士一样，发出"生不逢辰"的慨叹："徒设在昔心，良辰讵可待？"（《读山海经十三首》）陶渊明的隐居，固然出于无奈，同时也具有抗世嫉俗、激浊扬清的含意，这种含意，不时从其慷慨悲歌中流露出来！

第二，生活困窘引起的抗议。

陶渊明的一生基本上都处于贫困之中，在其《自祭文》中，叙述幼年贫困情形：

> 自余为人，逢运之贫，箪瓢屡罄，绨绤冬陈。

在《祭从弟敬远文》中，也讲到年少时，"冬无缊褐，夏渴瓢箪"。在《与子俨等疏》中，亦称"少而穷苦，每以家弊，东西游走"。在其作以自况的《五柳先生传》中，说到自己的生活环境，也是：

> 环堵萧然，不蔽风日。短褐穿结，箪瓢屡空。

不仅他自己这样说，友人颜延年为他作的《陶征士诔》中，也说他：

> 少而贫病，居无仆妾，井臼弗任，藜菽不给，母老子幼，就养勤匮。①
> （卷五十七）

---

① 萧统.昭明文选[C].上海：世界书局，1935.

在他决心彻底摆脱樊笼回归田园之后,心情愉悦,对悠然自得的田园生活十分倾情,似乎有一段较为宽舒的日子。但是艰难又接踵而至。义熙四年(408年),渊明归隐三年即遭遇到一次火灾,"一宅无遗宇,舫舟荫门前"(《戊申岁六月中遇火》),一处房舍全部烧光,只好暂住小船安身,不用说经济上受到不小的打击。他亲历了农事耕作,深切体会到:"田家岂不苦,弗获辞此难。"(《庚戌岁九月中于西田获早稻》)在《杂诗》第八首中,他更写下了"躬亲未曾替,寒馁常糟糠"的经历,而叹息天理的无奈。长期的贫困生活,终于使五十四岁的老诗人,唱出了怨愤不平的慷慨悲歌。在《怨诗楚调示庞主簿邓治中》一诗中,他愤怒地写道:"天道幽且远,鬼神茫昧然……"说什么"天道无亲常与善人",善良之人却总是遭到种种打击,过着饥寒交迫的日子。"夏日长抱饥,寒夜无被眠;造夕思鸡鸣,及晨愿乌迁。"这体会多么真切,又多么沉痛!他暮年所写的《有会而作》,也是说他一生贫困,迟暮之年更历艰辛。但又表示自己决心效法古贤,誓不改固穷之节。在这首诗的序言中,他还特别提到:"岁云夕矣,慨然永怀,今我不述,后生何闻哉!"有意将此种经历和自己的想法告诉后来者。渊明固然不求闻达,但也并不忽视自己在文化传承中的责任。他对贫困生活的叙述,并不限于哀叹不幸,而是出于对世道的不平之鸣,恰恰表达了农业劳动者的心声。

第三,与世俗观念的对立。

陶渊明的隐居生活并不轻松,除了物质的匮乏,还得承受精神的压力。在《祭从弟敬远文》中,他写道:"敛策归来,尔知我意,常愿携手,置彼众议。"可知"众议"是反对他归隐的。《饮酒》第十二首说:"摆落悠悠谈,请从余所之",同诗第六首也说"咄咄俗中愚,且当从黄绮"。世俗看重的是权势和金钱,追求的是名利,怎么能理解他的选择呢?也有以另一种人生态度来劝阻他的,在《饮酒》第九首中,他假借田父之口劝说:

褴褛茅檐下,未足为高栖,一世皆尚同,愿君汩其泥。

贫困如此,哪里像个高栖的隐士,还不如随波逐流,混迹于污浊之中。渊明则回答:禀性少谐,不肯做违己之事。对渊明来说,世俗的不理解,指责议论还较易承受,来自家庭生活的压力,则是严峻的考验。渊明有五子,因生活贫困,似未受良好教育。他在《与子俨等疏》中说道:"余尝感孺仲贤妻之言,败絮自拥,何惭儿子!"这是说东汉王霸(字孺仲)隐居不仕,其友令狐子伯做高官,命儿子带着书信来看望。这位公子衣饰鲜美,举止有礼,而王霸的儿子却蓬头垢面不知礼仪,王霸颇感惭愧,其妻却劝他说,你既不在乎裹着破被接见宾客,又何必为儿子惭愧呢? 由此更坚定了王霸隐居的决心。陶渊明引述这个故事是深有所感的。生活贫困并不能动摇他隐居的决心,但在感情上却不能不对儿子有所歉疚。他对儿子说:"汝辈稚小家贫,每役柴水之劳,何时可免,念之在心,若何可言!"(《与子俨等疏》)尽管如此,他也不肯为亲情而放弃自己做人的原则。陶渊明毕竟是有一些知名度的,即使隐居,也还逃不掉政治压力。东晋义熙末年,经人举荐,朝廷欲征召他为著作郎,他称疾不就。友人颜延年曾警告他:"独正者危,至方则碍,哲人卷舒,布在前载。"(《陶征士诔》)刘宋王朝建立之后,时任江州刺史的檀道济去探望他,劝他说:"贤者处世,天下无道则隐,有道则至,今子生文明之世,奈何自苦如此?"称刘宋王朝为"文明之世",尤其招致老诗人的反感,虽然他已卧病多日,饥寒交迫,但对于檀道济所赠粱肉仍然"麾而去之"。① (全梁文卷二十)

从陶渊明的行事和所写的慷慨悲歌中,可以看出,他的确是一位不为势屈不为利诱的节义之士。

四、陶渊明思想的积极意义

陶渊明的牧歌与悲歌,不仅反映了他的生活、情感,其中还包含了他对人生的深切思考和对自然的感悟,这说明他是一位诗人,也是一位思想家。他的光辉思想,对于后世有着不可低估的积极意义。他思考的内容,主要有以下几点。

---

① 严可均.全上古三代秦汉三国六朝文[C].北京:中华书局,1958.

第一，人生的价值取向。

渊明兼受先秦儒、道二家影响。他始终坚守"忧道不忧贫"、"君子固穷"、"朝闻道夕死可矣"这样一些儒家的教训，在混乱时代，这种传统思想，成了洁身自好者精神上的支撑。他接受道家追求自然真淳的精神，但并不脱离实际，忘情物外。他之所取在"道"，可称是一位理想主义者，但他又是一位踏踏实实的实践者。他说："人生归有道，衣食固其端，孰是都不营，而以求自安？"(《庚戌岁九月中于西田获早稻》)既然"舜既躬耕，禹亦稼穑"(《劝农》)，古代圣贤都重视农耕，从事衣食之本的农作是理所当然的，并非低贱的事情。在当时能认识到这一点是十分难得的。他追求的是"正道"、"直道"，坚持操守，具有独立人格，不愿"违己"，不肯以心为形役，不愿受人驱使，做违背自己心愿的事，为此，他可以不计一切。

第二，形与神的关系。

在哲理诗《形、影、神》中，他指出精神与形体固然不是同一物，但"与君虽异物，生而相依附"(《神释》)，对人来说终归是同一的存在。人之所以不同于众物，就因为具有精神。他不相信灵魂可以脱离肉体，不相信可以成仙成佛。在《拟挽歌辞三首》中，他写道："魂气散何之，枯形寄空木"，"死去何所道，托体同山阿"，认为精神一散，形体便枯萎化去。当时名僧慧远，在庐山撰《佛影铭序》、《沙门不敬王者论》倡神不灭之说，又于公元402年与刘遗民、周续之等百二十三人建斋立誓，期生西方净土。① 而陶渊明则写了《形、影、神》一诗，与之大唱反调。这种学术上的独立精神，曾得到陈寅恪的高度赞美。陈先生说："《神释》两破旧义，独申创解，所以结束三百年学术思想之主流，政治社会之变局，岂仅渊明一人安身立命之所在而已哉！"又说，范缜《神灭论》与陶渊明《神释》、《归去来辞》中语句，旨趣符合，"唯渊明生世在子真之前，可谓'孤明先发'"。他甚至称许陶渊明"实为吾国中古时代之大思想家，岂仅文学、品节居古今之第一流，为世所共知者而已哉"！②

---

① 汤用彤.汉魏两晋南北朝佛教史[M].上海：上海书局，1991.
② 陈寅恪.金明馆丛稿初编[M].上海：上海古籍出版社，1980.

第三,人与自然的关系。

陶渊明继承了先秦的自然天道观,"大钧无私力,万物自森著"(《神释》),人也是万物之一,是自然的存在。"天地长不没,山川无改时,草木得常理,霜露荣悴之"(《形赠影》),天地山川是永恒的存在,草木经霜经露,有时繁荣,有时凋谢,这都是自然界的规律。人虽然"最灵智",却不能像草木一样荣枯更替,而是"适见在世中,奄去靡归期","老少同一死,贤愚无复数"(《神释》)。由此便产生了他化迁的生死观。"纵浪大化中,不喜亦不惧,应尽便须尽,无复独多虑"(《神释》);"既来孰不去,人理固有终,居常待其尽,曲肱岂伤冲,迁化或夷险,肆志无窊隆"(《五月旦作和戴主簿》),有生必有死,用不着过多的考虑。人生有坦途也有荆棘,凭着自己的志趣去生活,便不会有什么得意或失意。只有将自己归属于自然,才能心胸开阔,不受外物干扰。"不觉知有我,安知物为贵","同物既无虑,化去不复悔",将眼光放远,心胸放大,才能做到任真自得,可以忘天,"俯仰终宇宙,不乐复何如?"(《读山海经十三首》之一)

陶渊明的独立人格,表现在他直率任真的性格上,表现在他务实执着的作风上。他不肯"违己",要求"适性",没有丧失自我。他是那种不肯与任何虚荣交换自己操守的人。所以萧统在《陶渊明集序》中说:

> 有能观渊明之文者,驰竞之情遣,鄙吝之意祛,贪夫可以廉,懦夫可以立。①

可见陶渊明的积极影响,远不止给人以诗美的享受。

(《南京师范大学文学院学报》2003 年第 2 期)

---

① 萧统.昭明文选[C].上海:世界书局,1935.

《山居赋》及其它

谢灵运对于山水诗的形成起了很大的作用,在中国诗歌史上占有重要地位。但是他的一些以山水为题材的辞赋作品,却未能引起足够的重视。其实,他的赋颇有特色,且可与其诗互为发明,是不容忽视的。

谢灵运写过不少赋,仅据《艺文类聚》等类书所辑,存片断者,尚有十四篇。[①] 其中《撰征赋》、《山居赋》两篇(均有序)见载于《宋书》本传,除少数字句脱落,基本完整。谢灵运赋当不止十四篇。当时称其"文章之美,江左莫逮"[②],"文章"当然包括辞赋,本传录其两赋,亦可见六朝时其辞赋之受重视。今以《山居赋》为代表,略述谢赋特色及成就。

《山居赋》据本传称,作于出任永嘉太守之后。谢灵运称病去职,回到始宁县(今浙江上虞),时年三十九岁。他就故宅修营别业,"尽幽居之美"。《山居赋》即因此而作。这个时期是谢灵运创作的高峰期,"所至辄为诗","每有一诗至都邑,贵贱莫不竞写,宿昔之间,士庶皆遍,远近钦慕,名动京师"(见本传)。诗只写一时一景,而《山居赋》则对幽居之美作了全方位、多侧面的描写。其设体宏大,与庾信《哀江南赋》并为六朝之长赋。作者为此赋创自注之例[③],发明赋中景色之美,尤可见作者之用心。

---

① 十四篇篇目为《怨晓月赋》、《罗浮山赋》、《岭表赋》、《长溪赋》、《孝感赋》、《归途赋》(并序)、《感时赋(并序)》、《伤己赋》、《逸民赋》、《入道至人赋》、《辞禄赋》、《撰征赋》(并序)、《山居赋》(并序)、《江妃赋》。
② 见《宋书·谢灵运传》。
③ 在谢灵运前,相传王逸、张衡、左思诸人之赋或有自注。然前人多疑其注非己出。若然,灵运自注当为创格。

一、重在达意,重在抒情

《山居赋序》称:"抱疾就闲,顺从性情,敢率所乐,而以作赋。"又云:"览者废张左之艳辞,寻台皓之深意,去饰取素,傥值其心耳。意实言表,而书不尽,遗迹索意,托之有赏。"其中称道隐居者的深意,要求览者"遗迹索意","去饰取素",都强调此赋之作不在铺陈排比辞藻之盛,而在其含意深远。①《山居赋》中,作者叙其所以山居的原因,便多忧世之嗟:"……嗟文成之却粒,愿追松以远游。嘉陶朱之鼓棹,乃语种以免忧。制身名之有辨,权荣素其无留。孰知牵犬之路既寡,听鹤之涂何由哉!"张良辟谷从赤松子游,范蠡告文种免祸之道,自己则功成身退。这些都是值得效法的。必须辨明身与名有别,权衡荣素当知所取,李斯叹黄犬,陆机思鹤唳,这些历史教训岂不值得深思?作者举出这些是要说明"道可重故物为轻,理宜存故事斯忘"②这样一种玄理。但这些事例终究透露了山居避祸的用意。赋中叙及其祖谢玄,"乘机缄而理默","指岁暮而归休"。又称其祖"狭三闾之丧江,矜望诸之去国",既不以屈原投江、乐毅去国为是,最好的选择便只有退居林下了。其自注中说明:"后及太傅既薨,远图已辍,于是便求解驾东归,以避君侧之乱,废兴隐显,当是贤达之心,故选神丽之所,以申高栖之意。"其意殆谓自己去职山居,也有避乱之意。其赋中还写道:"驰骋者傥能狂愈,猜害者或可理攀。"也都是有感而发,不单是"见放生之理或可得悟也"。赋篇最后又列举广成子、许由、愚公、涓子、庚桑、楚狂接舆、徐无鬼、老莱子、四皓、司马长卿、梁鸿、高文通、台孝威等隐居之士,称:"咸自得以穷年,眇贞思于所遗。"并进一步感慨说:"暨其窈窕幽深,寂漠虚远。事与情乖,理与形反。既耳目之靡端,岂足迹之所践。蕴终古于三季,俟通明于五眼,权近虑以停笔,柳浅知而绝简。"自注云:"谓此既非人迹所求,更待三明五通,然后可践履耳。故停笔

---

① 饶宗颐《选堂赋话》云:"谢意在废艳辞,存深意,去饰取素",已阐明此旨。黄节《谢康乐诗注序》言"康乐之诗,寓本事,苞名理,不易识也",指出谢诗含意亦深。

② 《山居赋》自注。

绝简,不复多云,冀夫赏音悟夫此旨也。"和序言一样希望览者能识其深意。

《山居赋》既已提到历史的教训,表达了隐居避祸的意向,然而作者的实践却并不如此。论者或斥其言不由衷,"心语相违"①。其实应该相信赋中表述的思想基本真实。谢家是头等世族,广有庄园,生活奢侈。《山居赋序》曾分别四种居处:岩栖、山居、丘园、城傍。解释说:"栋宇居山曰山居。"即跨山连湖的大庄园。在此隐居,当然很有吸引力。但是"万邦咸震慑,横流赖君子",他是不甘心老于林下的。所以一有机会他又要出仕,甚至因不得重用而倍感委曲。

谢灵运认为"诗以言志,赋以敷陈"(《山居赋》),《撰征》、《山居》皆铺陈之作。然而,从汉末以来,抒情短赋已有很大发展,后来作者不容不受影响,故谢灵运也写过不少抒情短赋。从赋题看,《怨晓月赋》、《感时赋》、《伤己赋》、《辞禄赋》等都是抒情之作。《感时赋序》称:"夫逝物之感,有生所同,颓年致悲,时惧其速。岂能忘怀,乃作斯赋。"《归途赋》亦以抒情为主,颇类陶渊明之《归去来兮辞》。赋序称,历来行旅赋多是"事由于外,兴不自己",而己赋则"今量分告退,反身草泽,经涂履运,用感其心",强调他写赋是因心有所感。谢灵运赋中表现较多的还有不得重用的牢骚。《辞禄赋》中说:弱龄覃惠,颇受眷顾,而终至"判人事于一朝,与世物乎长绝"。《伤己赋》则自比为连城璧、千里马,曾受知赏而终被闲置。此外,《孝感赋》叙及亲情:"恋丘坟而萦心,忆桑梓而零泪。"《江妃赋》托言男女:"招魂定情,洛神清思,覃囊日之敷陈,尽古来之妍媚……奏清管之依微,虑一别之长绝,眇天末而永违。"均抒情之作。《撰征赋》是刘裕北伐,谢灵运奉晋安帝命前往彭城慰劳所作。赋中除歌颂刘裕外,谱写了晋朝历史以及经验教训。特别写到途经其祖父封地,"于是采访故老,寻履往迹,而远感深慨,痛心殒涕"。作者重视此赋,说是"作赋撰征,俾事运迁谢,托此不朽"。是否有哀晋之衰的含意,很值得研究。

---

① 葛立方《韵语阳秋》。

二、极幽居山水之美

《山居赋》和谢灵运的山水诗一样精彩。由于赋能展开描写,穷形尽相,较之集中凝炼的诗句,也可说各擅胜场。赋序中称:"今所赋既非京都宫观游猎声色之盛,而叙山野草木水石谷稼之事。"声明己赋与传统大赋内容有根本差异,题材具有开创性。谢灵运在祖基上更加扩建,故其"山居"占地极广,所谓北山二园南山三苑。这么大的范围描写起来是很难着笔的。所以作者先作全景扫描,指明所处左湖右江,占地广远。写其居处周围形势,则效汉赋"四至"的描写,分别近写东南西北四方,然后又写其远接,亦分东南西北四方,对山居形胜作了一番总览。各节描写均有特色,今举"近西"一节为例:

> 近西则杨、宾接峰,唐皇连纵。室、壁带溪,曾、孤临江。竹缘浦以被绿,石照涧而映红。月隐山而成阴,木鸣柯以起风。①

"竹缘浦以被绿"四句可称写景佳句。作者观察细致,抓住了景物特征,有声有色,动静相形。说谢诗声色大开,赋也如此。又如写洪涛:

> 洪涛满则曾石没,清澜减则沈沙显。及风兴涛作,水势奔壮。于岁春秋,在月朔望。汤汤惊波,滔滔骇浪。电激雷崩,飞流洒漾。凌绝壁而起岑,横中流而连薄。始迅转而腾天,终倒底而见塈。

写得极有气势,惊心骇目,使人联想起钱塘江的大潮。

作者赋物,力求打破铺陈排比。如赋中写及动植物,虽然亦依照汉赋列

---

① 自注:"杨中,元宾并小江之近处,与山相接也。唐皇便从北出。室,石室,在小江口南岸;壁,小江北岸,并在杨中之下。壁高四十丈,色赤,故日照涧而映红。曾山之西,孤山之南,王子所经始,并临江,皆被以绿竹。山高月隐,便谓为阴,鸟集柯鸣,便谓为风也。"

举多种,但却能注意选择并增加描写成分,如列举各种鱼之后,作综合描写,云:

> 辑采杂色,锦烂云鲜。唼藻戏浪,泛苻流渊。或鼓鳃而湍跃,或掉尾而波旋。

写游鱼色彩鲜明、姿势多变,形态极为传神。

南山是谢灵运最早的居址,《山居赋》写南山之居云:

> 枕北顶以茸馆,殷南峰以启轩。罗曾崖于户里,列镜澜于窗前,因丹霞以赪楣,附碧云以翠椽。视奔星之俯驰,顾口口之未牵。鹍鸿翻翥而莫及,何但燕雀之翩翻。氿泉傍出,潺湲于东檐。桀壁对时,硿礳于西霤。修竹葳蕤以翳荟,灌木森沉以蒙茂。萝蔓延以攀援,花芬薰而媚秀。日月投光于柯间,风露披清于岖岫。

在此节之下,作者有一颇长的自注,详述沿途风景及建筑、环境。因言"水石林竹之美,岩岫隈曲之好,备尽之矣"。作者一再说明,他无法将风物之美完全表达而只能言其大概,因此深感遗憾。可见他对当地的山水之美如何倾倒,又如何尽全力加以表现。

比较特殊的是《山居赋》中关于农田的描写,即序中所言"谷稼之事"。从文学角度看,他能颇为生动地描写农田景色,在文学史上别开生面:

> 田连冈而盈畴,岭枕水而通阡。阡陌纵横,塍埒交经,导渠引流,脉散沟井,蔚蔚丰秋,芯芯香杭。送夏蚤秀,迎秋晚成。兼有陵陆,麻麦粟菽。候时觇节,递艺递孰,供粒食与浆饮,谢工商与衡牧,生何待于多资,理取足于满腹。

给我们留下了自给自足的庄园经济的生动写照。《山居赋》中还写了"山作水役"——依附农民们的种种劳作。写其山居之事也有"春秋有待,朝夕须资。既耕以饭,亦桑贸衣。艺菜当肴,采药救颓"种种资生之事。其自注中还提到"非田无以立耳"。可见谢灵运也并非空谈玄远、脱略庶务之人。谢灵运与亲自耕作的陶渊明大不相同。他很富有,作赋也在夸耀其山居能够兼善。他批评古人期望的居处及著名的苑囿邸宅,"且山川之未备,亦何议于兼求",唯其所居傍山带江可引以为荣。① 谢诗中也多写及农事,这是谢灵运诗文中少见的积极篇章。

三、归心佛老 不废周孔

谢灵运出身于崇信道教的家庭,幼年曾寄养于钱塘杜明师靖室中,故小名客儿。年轻时改信佛教。他于佛理有相当造诣,曾作《辨宗论》、《佛影铭》、《昙隆诔》等阐述大旨。魏晋时玄学极盛,影响所及,故其诗"舒情缀景,畅达理旨"②,总有玄理佛义的发挥。明人王世懋说:"谢灵运出,而易辞、庄语无所不为用矣,剪裁之妙,千古为宗。"③谢赋也正如此。如《入道至人赋》形容至人说:"荒聪明以削智,遁支体以逃身。……推天地于一物,横四海于寸心。超埃尘以贞观,何落落此胸襟。"就是对庄子至人形象的发挥。《山居赋》中讲到玄理的亦复不少,如"道重物轻"、"乘机缄而理默"、"理以相得为适"等等。其序中称"意实言表,而书不尽",希望览者"遗迹索意",也都是"言不尽意"、"得意忘言"等玄理的引用。

谢灵运笃信佛教,《山居赋》中曾记述他"建招提于幽峰,冀振锡之息肩"。其对所建招提的描写概括明畅,颇具特色。其云:

面南岭,建经台。倚北阜,筑讲堂。傍危峰,立禅室。临浚流,列僧

---

① 钱钟书《管锥编》对《山居赋》自注颇多批评,以为重复琐屑。此诚为注文缺点。然注文亦有佳处,颇类《水经注》,随处发明山水之美,对于赋文亦有参考作用。
② 黄子云《野鸿诗的》(《清诗话》收)。
③ 明王世懋《艺圃撷余》(《历代诗话》收)。

房。对百年之乔木,纳万代之芬芳。抱终古之泉源,美膏液之清长。

赋中还写到他与僧徒的交往,"指东山以冥期,实西方之潜兆。虽一日以千载,犹恨相遇之不早"。交情很见深厚。

谢灵运受竺道生的影响,主张顿悟说,并援《论语》以为证①。其佛学思想亦多三教混同的观点。他每每宣扬佛教拯物仁爱之心。如云:"故大慈之弘誓,拯群物之沦倾","分一往之仁心,拔万族之险难"。他认为儒佛二教之差异仅在运用的不同。其《辨宗论》云:"二教不同者,随方应物,所化地异也。……华民易于见理,难于受教,……夷人易于受教,难于见理。"这也就如孙绰所谓:"周孔救极弊,佛教名其本耳,共为首尾,其致不殊"②,亦如康僧会答孙皓所云:"周孔示其迹,佛教详言其要"③,均为调和二教之说。《山居赋》虽言六艺、国史等圣人之教,为独往者所弃。然其《撰征》、《孝感》、《伤己》等赋则颇多入世思想。其《临川被收》、《临终》二诗,既言忠义又祈解脱,正反映了他归心佛老而不废周孔的思想。

《山居赋》多言佛教好生不奇,同时对道教的服食养生也很感兴趣,对于学仙也未始不心向往之。谢灵运生活优裕,最担心的是生命不永,所以信佛信道,既期长寿又望成仙。然而,因其有很高的文化素养,对于哲学、宗教的原理都有较深的体会,结合自然山水每多感发,也还是有胜义可寻的。

钟嵘《诗品》批评谢灵运:"兴多才高,寓目辄书。内无乏思,外无遗物,其繁富,宜哉!"谢灵运诗文每以繁富为累,《山居赋》也有这种缺点。作为一篇长赋,这种缺点更较突出。不过瑕不掩瑜,《山居赋》仍不失为一篇成功的山水文学作品。

(《中国山水的艺术精神》,学林出版社,1994年)

---

① 谢灵运《辨宗论》云:"孔氏之论,圣道既妙,虽颜殆庶,体无监周,理归一极。"
② 见梁僧祐撰《弘明集》。
③ 见梁慧皎撰《高僧传》。

且去发现一个浪漫主义的杜甫

杜甫是伟大的现实主义诗人,这是获得普遍共识的。他的《自京赴奉先县咏怀五百字》《北征》"三吏""三别"诸作,深刻地反映了"安史之乱"前后的历史事实,堪称诗史。这类诗代表了杜甫的主要倾向——现实主义倾向。然而,正如高尔基所说:"在谈到像巴尔扎克、屠格涅夫、托尔斯泰、果戈理……这些古典作家时,我们就很难完全正确地说他们到底是浪漫主义者,还是现实主义者。在伟大的艺术家们身上,现实主义和浪漫主义好像永远是结合在一起的。"[①]在杜甫身上也强烈地表现出这样的结合。杜集中有很多表现了浓厚的主观感情的抒情诗,往往包含了宏伟的理想、炽热的感情、奇幻的想象,因而具有浓烈的浪漫主义气息。法国的文学批评家曾把浪漫主义叫做"抒情主义"。[②] 的确,抒情与浪漫主义是有一定联系的。杜集中不仅抒情诗,就是一些叙事性较强的典型的现实主义诗篇,也不乏浪漫主义手法的运用。因而,总观杜甫的全部诗篇,我们就不难发现另一个杜甫——一个积极浪漫主义的杜甫。

饮酣视八极　俗物多茫茫

《旧唐书·文苑传》称杜甫:"纵酒啸咏,与田畯野老相狎荡,无拘检。"又说:"甫性褊躁,无器度……尝凭醉登(严)武之床,瞪视武曰:'严挺之乃有此

[①] 《我怎样学习写作》。
[②] 参见朱光潜《西方美学史》:"结束语"。

儿。"《新唐书》所记略同,亦累称杜甫"性褊躁傲诞"、"放旷不自检"。当然这些都是以封建道德规范来衡量杜甫所得出的歪曲的结论。然而这正可以说明杜甫并不像宋代的一些评论家所认为的是一个满脑子忠君思想的迂夫子。① 我们透过表面现象看到的是一位性情豪放、不失天真的诗人。他在晚年所写的《壮游》诗中,回忆往昔说:"性豪业嗜酒,嫉恶怀刚肠。……饮酣视八极,俗物多茫茫。东下姑苏台,已具浮海航。到今有遗恨,不得穷扶桑。"何等壮阔的胸怀,何等豪迈的情感!《新唐书》本传说他"尝从(李)白及高适过汴州,酒酣,登吹台,慷慨怀古,人莫测也"。几位诗人都不愿过平庸的生活,他们怀抱建功立业的愿望,都具有豪爽的性格。然而,这是与当时的政治、社会环境相矛盾的,于是他们愤世嫉俗,慷慨悲歌,向往古寻找自己的诗情!

诗人并不讳言自己的"放旷",对"放荡齐赵间,裘马颇清狂"(《壮游》)的生活,曾多所留恋;对在咸阳客舍"冯陵大叫呼五白"(《今夕行》)的行径也从无检讨。杜甫的这一切,确有追求自然、保持天真的意味。在他晚年所写的诗篇中也曾这样表露:"我生性放诞,雅欲逃自然。嗜酒爱风竹,卜居必林泉。"(《寄题江外草堂》)"不爱入州府,畏人嫌我真,及乎归茅宇,旁舍未曾嗔。"(《暇日小园散病将种秋菜督勤耕牛兼书触目》)标举自然与封建社会中的污浊黑暗相对立,标举天真与封建世态的虚伪庸俗相对立。这也是嵇康、阮籍、陶渊明等诗人的主要特点。杜甫对汉魏六朝的文学传统多所挹取,他所继承的自不限于表现方法,也包括某些思想内容。我们读《饮中八仙歌》,总不免联想到竹林七贤,大概就是这个道理。《饮中八仙歌》赞颂的是奇才异能之士,主要是诗人、艺术家,这些人往往不拘时俗,不免有狂痴之称。他们某些惊世骇俗的行为,或者是有感于时代苦闷的发泄,或者是不肯苟同于庸俗的表示。杜甫对这些人是理解的、赞赏的,并且引为同道。他写作这首诗也突破了种种束缚,王嗣奭的《杜臆》评此诗说:"此创格,前无所因,后人不能学。描写八公都带仙气,而或两句三句四句,如云在晴空,卷舒自如,亦

---

① 如黄彻《䂬溪诗话》称杜甫"一饭未尝忘君"。又如晁说之《成州同谷县杜工部祠堂记》:"工部之诗,一发诸忠义之诚……"

诗中之仙也。"与其说八人都带仙气，不如说都带些狂气、傲气则更为合适。"诗仙"是李白的称号，王嗣奭发现此诗与李白诗一样超尘脱俗，流荡自然，因称之"亦诗中之仙也"，这可说是对杜诗浪漫主义倾向的正确认识。

吾将罪真宰　意欲铲叠嶂

谈到杜甫的理想，一般都举出"致君尧舜上，再使风俗淳"这样的诗句，以说明杜甫企求的是君圣臣贤、万民安乐的政治局面，这是封建时代进步知识分子所共有的，也是比较空洞的理想。然而，诗人杜甫的理想却并不仅仅局限于此。他那满怀激情的对不合理的现实的揭露与批判，那带有很大幻想成分的对善与美的追求，都源于现实生活对他的刺激与启发，因而也就往往不是一般封建意识所能包括的。这些也就是列宁所称的文学遗产中具有的"没有成为过去而是属于未来的东西"①。

杜甫往往通过自己的不幸遭遇来揭露社会的不平，在他困守长安期间，曾亲历过这样的困境："朝扣富儿门，暮随肥马尘。残杯与冷炙，到处潜悲辛。"(《奉赠韦左丞丈二十二韵》)这并非只是对凄苦生活的客观记录，而是对"纨绔不饿死，儒冠多误身"(同上)的两相对照，是长期蹭蹬之后的清醒认识，是对不平遭遇的强烈控诉。犹同于司马迁所说："文史星历，近乎卜、祝之间，固主上所戏弄，倡优蓄之，流俗之所轻也。"②都是充满愤懑的对社会的控诉。诗人反映出了现实的严酷，但并没有被它压倒，在诗篇结尾，他发出了"白鸥没浩荡，万里谁能驯"的激奋之声。在逆境中不折服，喷发出愤怒的火花，迸射出理想的光焰，这正是杜甫诗歌的一个重要特点。为了说明这一点，我们还可举《醉时歌》为例，诗的前段，诗人极力形容好友郑虔与自己相同的穷困失意状态，寓辛酸悲愤之情于淋漓尽致的笔墨之中，可是当他们碰到一起时，却一扫哀叹不平之声，发而为愤世嫉俗的自白："清夜沉沉动春

---

① 《列·尼·托尔斯泰》(《列宁全集》第十六卷)。
② 《报任安书》。

酌,灯前细雨檐花落,但觉高歌有鬼神,焉知饿死填沟壑。"二人豪放的情怀,倔强、乐观的性格跃然纸上。这是诗人对于长期受冷落、受压制的不公正待遇作出的愤怒控诉。正由于此,他才继续大声疾呼:"儒术于我何有哉!孔丘盗跖俱尘埃。"自称"奉儒守官"的诗人敢于冲破儒家思想的樊篱,发出这样激切的不平之鸣,可说是对封建社会压制、摧残人才的反击。他的《存殁口号》第二首,怀念曹霸,追悼郑虔,其中写道:"郑公粉绘随长夜,曹霸丹青已白头。天下何曾有山水?人间不解重骅骝。"后两句语意双关:郑虔擅长山水,随着他的死,世上更无奇山异水;曹霸善于画马,他还活在世上,但不被重视,人间有谁懂得珍视宝马?他用委婉、怜惜又略带夸张的语言称赞了当世这两位艺坛巨匠的精妙技艺,并为他们的坎壈终生鸣不平。他的《有怀台州郑十八司户》也属同类之作,诗中对朝廷加于郑虔的处罚提出了非议:"山鬼独一脚,蝮蛇长如树。呼号傍孤城,岁月谁与度?"并借用《九歌·招魂》的意境,暗中将郑虔比作屈原,并且认为郑虔被罪的原因是:"从来御魑魅,多为才名误,夫子嵇阮流,更被时俗恶。""多才为患"的确是封建社会的普遍现象,郑虔也未能例外。在怀念李白的几首诗中,更为李白的冤狱鸣不平。他认为李白和屈原一样,都是由于怀才不遇明主,才遭遇到相同的不幸命运:"文章憎命达,魑魅喜人过。应共冤魂语,投诗赠汨罗。"(《天末怀李白》)他认为朝廷对李白的处分是欲加之罪的"罗网",因而深表不满:"君今在罗网,何以有羽翼?"并且以"孰云网恢恢,将老身反累。千秋万岁名,寂寞身后事"(《梦李白二首》)这样的诗句,对李白倾注了无限的同情,这犹之乎《史记·伯夷列传》所问:"倘所谓'天道',是邪?非邪?"都是对人间不平的指斥、对"天道"的批判,具有积极浪漫主义的精神。

  杜甫看到封建社会的种种混乱、黑暗,看到封建统治者给人民造成的巨大痛苦,便产生了强烈的愤懑与同情,郁愤既久,甚至爆发为对天地的诅咒。他痛恨封建割据者,因而竟要问罪于天,铲平山川险阻:"吾将罪真宰,意欲铲叠嶂。"(《剑门》)他哀怜那些被强征入伍的少年,控诉统治者不管人民的疾苦,写道:"莫自使眼枯,收汝泪纵横,眼枯即见骨,天地终无情。"(《新安吏》)这与关汉卿《窦娥冤》中,窦娥对天、地的指责:"地也,你不分好歹何为地？天也,你错勘贤愚枉做天"一样,都是对残暴的统治者提出的愤怒谴责,也都含有积极的浪漫主义的精神。

杜甫对封建社会的批判是激烈的。如《写怀二首》第一首说:"无贵贱不悲,无富贫亦足。"化用阮籍《大人先生传》中:"无贵则贱者不怨,无富则贫者不争"之意,表达了对阶级对立现状的忧心与不平,以至愤而要取消贵贱、贫富差别的思想。第二首说得更彻底:"胡为有结绳,陷此胶与漆。祸首燧人氏,厉阶董狐笔。君看灯烛张,转使飞蛾密。"这对"彼窃钩者诛,窃国者为诸侯。诸侯之门,而仁义存焉"①的荒谬的封建秩序作了强烈否定。仇兆鳌《杜诗详注》引张𫄻曰:"此篇说得放旷,是愤俗之语。"诚然如此,这种取消文明的虚无议论,其实是诗人激愤心情的表露。

从《自京赴奉先县咏怀五百字》至《岁晏行》,杜甫的诗篇始终贯串着对受压迫受剥削的人民的同情和对统治者的批判。这种内容,他有时采用寓言诗的形式来表现。采用拟人的、象征的手法可以更少顾忌,因而往往批判的精神更为强烈,爱憎更加鲜明。如《客从》控诉征敛剥削,本是现实性很强的诗篇,但作者却用"珠中有隐字,欲辨不成书"以及"开视化为血,哀今征敛无"这种象征性很强的描写,以表明劳动者有难言的隐痛,而统治者所横征暴敛的则正是劳动者的血。又如《朱凤行》,诗人自比一只孤独的心力交瘁的朱凤,他哀怜陷在大罗网中的百鸟,"愿分竹实及蝼蚁,忍使鸱鸮相怒号"。他希望救助那些不幸者、弱小者,而不管这将会惹恼那些迫害众鸟的鸱鸮。从这里,我们看到杜甫对压迫者的批判和对弱者同情的人道主义思想,是与那种抹煞阶级对立的抽象的人道主义有一定区别的。杜甫还有一首《义鹘行》,记述一只健鹘被雄鹰邀来,击杀了吞噬雏鹰的长蛇,为雏鹰报仇的故事。这个故事得自瀼水边樵夫的传说,作者听到之后,大为感动:"飘萧觉素发,凛欲冲儒冠。人生许与分,只在顾盼间。聊为义鹘行,用激壮士肝。"这分明是对路见不平,拔刀相助的游侠精神的歌颂。王嗣奭说:"此明是太史

---

① 《庄子·胠箧》。

公一篇义侠传。"①的确,这首诗与《史记·游侠列传》一样,都表现了作者的愤世嫉俗的精神,表现了他们对公理、正义的企盼。

但觉高歌有鬼神

一般认为李白诗采用神话素材,想象奇幻,故称之为浪漫主义。相比之下,杜甫采用神话较少,奇幻的想象也不多,因而人们特别强调他的现实主义。然而杜诗中超现实的描写,论质论量都是高水平的。如早期的《同诸公登慈恩寺塔》便调动了神话传说来表现其主题。"回首叫虞舜,苍梧云正愁。"可说是从《离骚》"就重华而陈辞"变化而来。诗中以虞舜暗指唐太宗,并非出于讳饰,而是用神话形象以达到增强表现力的目的。诗人和屈原一样采用向前圣控诉的写法,是为了表明对现实的昏暗政治,实已无可告语。"叫虞舜"便含有政治对比的意思。

杜诗中也有用神话材料而写得非常绚丽的。如《渼陂行》中:"此时骊龙亦吐珠,冯夷击鼓群龙趋。湘妃汉女出歌舞,金支翠旗光有无。"便充分显示了夸张、想象的特点。又如《荆南兵马使太常卿赵公大食刀歌》,通篇都写得豪放激荡。其中关于宝刀的描写更具有奇幻的色彩:"壮士短衣头虎毛,凭轩拔鞘天为高,翻风转日木怒号。冰翼雪澹伤哀猱,镌错碧甖鸊鹈膏,铓锷已莹虚秋涛。鬼物撇捩辞坑壕,苍水使者扣赤绦,龙伯国人罢钓鳌。"这诚如王嗣奭所说,是炼词特异的惊人之作。郝敬评此诗说:"奇奇怪怪,如礧石古松,从乐府铙歌等曲化出。然温柔敦厚之意,和音淡雅之音,斩然尽矣。故诗至子美而大成,亦自子美而大变。"②评语虽不满杜诗背弃了温柔敦厚的诗教,但却从发展变化的角度强调了杜诗奇幻的特点和创造性。

杜甫因物以写人的诗篇,大都写得变幻多姿,充满感情色彩。如《桃竹杖引赠章留后》,借章彝送给他桃竹杖之事而有所规讽。因不便明说,故用

---

① 王嗣奭:《杜臆》。
② 仇兆鳌:《杜少陵集详注》卷十八引。

《神仙传》中竹杖变龙的神话加以发挥。"路幽必为鬼神夺,拔剑或与蛟龙争!""杖兮,杖兮,尔之生也甚正直,慎勿见水踊跃学变化为龙,使我不得尔之扶持,灭迹于君山湖上之青峰。噫!风尘滪洞兮豺虎咬人,忽失双杖兮吾将曷从?"由于这种发挥加上十足的主观感情,从而使这种感情具有万丈瀑布奔腾而下的气势。

诗必须有创造性,必须言人之未曾言。抒情诗不以情节取胜,更应重视独创性。杜诗在运用神话发挥想象方面便具有独创的特点。如《送孔巢父谢病归游江东兼呈李白》一诗中有云:"诗卷长留天地间,钓竿欲拂珊瑚树。深山大泽龙蛇远,春寒野阴风景暮。蓬莱织女回云车,指点虚无是征路。"读后使人由惊奇而喜爱。孔巢父是"竹溪六逸"之一,其时辞官归隐,本极平常。但杜甫的送行诗却写得极不平常。"诗卷"二句,从文才上给以极高赞誉,对其归隐则饰之以神话。隐居者垂钓也是常事,然而"钓竿欲拂珊瑚树"却写得飘逸超脱。"拂"这个动词充分表现了高逸的情趣,而"珊瑚树"则表现了非尘世的美的境界。织女在一般神话中总离不开她的织梭,总是和牛郎并提,但在这首诗里,杜甫却要她回转云车,指点征路。这征路当然是在虚无飘渺之中了。这样运用神话以发挥想象,则是创新的,具有很强的艺术魅力。

从以上所举看来,正如沈德潜所说,"少陵歌行如建章之宫,千门万户;如巨鹿之战,诸侯皆从壁上观,膝行而前,不敢仰视;如大海之水,长风鼓浪,扬泥沙而舞怪物,灵蠢毕集,与太白各不相似,而各造其极,后贤未易追逐。"[1]这段话对杜诗千变万化、声势夺人、怪怪奇奇、匪夷所思的浪漫主义特点,作了恰当的形容。

咫尺应须论万里

小中见大这种写作方法早为古人所重视,司马迁论《离骚》,谓"其称文

---

[1] 沈德潜:《说诗晬语》卷上八十八。

小而其旨极大,举类迩而见义远"①,就是对这种方法的确认。陆机《文赋》也说,"函緜邈于尺素,吐滂沛乎寸心。"尺素所容虽然有限,然而如果不是就事论事,能够"旨远辞微",包孕深广的思想和丰富的想象,则有限的篇幅所能表现的内容却是难以限量的。杜甫《戏题王宰画山水图歌》中说"咫尺应须论万里",也是对这种小中见大、开拓想象的创作方法的写照。就在这首诗中,诗人写道:"巴陵洞庭日本东,赤岸水与银河通,中有云气随飞龙。舟人渔子入浦溆,山木尽亚洪涛风。"王宰的画不可能画出洞庭湖通向东海,也不可能画出赤岸之水与银河相连,然而画中的"远势"却开拓了读者的想象,引导读者向极远处神游。

杜甫的题画诗往往将真实与幻想相结合,并赋予感情色彩,以形成自己的风格。如《奉先刘少府新画山水障歌》,全诗从画面逼真着眼,由画境而入化境,在想象中开拓了无限的境界。"得非玄圃裂,无乃潇湘翻?悄然坐我天姥下,耳边已似闻清猿。……元气淋漓障犹湿,真宰上诉天应泣。……不见湘妃鼓瑟时,至今斑竹临江活。"这些不仅客观地描绘出画面上的山水风景,而且融进了神话传说的奇妙境界和作者的主观感受。

杜甫的作品不仅其题画诗咫尺万里,利用远势开拓读者的想象,就是在短短的绝句中也善用此法。比如《绝句四首》之一:"两个黄鹂鸣翠柳,一行白鹭上青天。窗含西岭千秋雪,门泊东吴万里船。"这首诗以四项事物构成了美丽的画面。黄鹂、翠柳、白鹭、青天,色彩多么鲜艳。黄鹂深藏在翠柳中鸣唱,白鹭成行向高远的青天飞去。这动态的描写充满生机,充满春天的气息。后两句则是静态的描写。西岭终古不化的积雪,像画面似的镶嵌窗中,使人感到时间的永恒。门前停泊的来自万里的航船,则使人感到空间的遥远。船虽然停泊在门前,是静止的,但它经过遥远的航程,经历了几多风浪,因此又有动态的展望。这四句诗,每一句都引起人们的遐想。这首绝句也就像一幅成功的油画,写目前之景含不尽之意,既明快生动又庄严深刻。胡

---

① 《史记·屈原贾生列传》。

应麟不满杜甫"以律为绝",批评此诗是断绵裂缯。① 这种批评是没有道理的。我们从这一类小中见大、给人以丰富想象的诗篇中,更可看出杜甫"思接千载,视通万里"的浪漫主义精神。

涌思雷动殷殷金石声

韩愈形容李白、杜甫二人作诗说:"想当施手时,巨刃磨天扬。垠崖划崩豁,乾坤摆雷硍。"②何等的气势,何等的胸怀。王安石论杜甫说:"吾观少陵诗,谓与元气侔,力能排天斡九地,壮颜毅色不可求。"③对杜诗中的笔力与气势十分惊佩。杜甫自己论诗时也十分重视气势,他称曹植是"文章曹植波澜阔"(《追酬故高蜀州人日见寄》),称庾信是"凌云健笔意纵横"(《戏为六绝句》),称贾至是"雄笔映千古"(《别唐十五诫因寄礼部贾侍郎》),称李白是"笔落惊风雨,诗成泣鬼神"(《寄李十二白二十韵》),称元结是"词气浩纵横"(《同元使君春陵行》),称苏涣则云:"接对明日,忆其涌思雷出,书箧几杖之外,殷殷留金石声。"(《苏大侍御访江浦,赋八韵记异,有序》)凡此种种都是极力推崇气势雄健、波澜壮阔的风格。这种风格要求诗人不只是按照生活本来的样子去表现生活,而是要进一步以丰富的想象结合现实的描写,以表达作者主观的感受。也就是说,在这种风格中,既包含了现实主义精神,也包含了浪漫主义精神。在《戏为六绝句》中,杜甫写道:

> 才力应难跨数公,凡今谁是出群雄?
> 或看翡翠兰苕上,未掣鲸鱼碧海中。

钱谦益《读杜二笺》解释说,"兰苕翡翠,指当时研揣声病,寻章摘句之徒;鲸

---

① 《诗薮》内编卷六。
② 《调张籍》。
③ 《杜甫画像》。

鱼碧海,则所谓浑涵汪洋,千汇万状,兼古今而有之者也。"这就说明鲸鱼碧海的比喻,是要求诗篇有浩瀚澎湃的气势和包罗万象的内容。而杜甫的许多诗作都体现了掣鲸鱼于碧海的宏伟气魄。比如诗人写过多篇出色的咏禽鸟、咏马的诗(包括图画中的形象)。他所赞美的是健鹘、苍鹰,"何当击凡鸟,毛血洒平芜。"(《画鹰》)哪怕是绢素上的画鹰,他写来也是那样刚劲、勇猛的神态。他欣赏这种品质,故以"鄂杜秋天失雕鹗"来悼念亡友高适。《春秋》时,郑国子产问然明治国之道,然明回答:"视民如子。见不仁者诛之,如鹰鹯之逐鸟雀也。"①杜甫之以猛禽比人,显然是与这种传统的象征形象相联系的。因此,诗人对猛禽的赞誉便含有歌颂勇敢正直,与邪恶势不两立之意。杜甫写马,歌颂的是骁腾的战马。"竹批双耳峻,风入四蹄轻,所向无空阔,真堪托死生。"(《房兵曹胡马》)其马是那样的矫健,那样的忠诚。《唐宋诗举要》引赵子常曰:"词语矫健豪纵,飞行万里之势如在目前,区区摹写体贴以为咏物者,何足语此。"说明了杜甫咏马诗的特色。这种战马是将士的亲密伙伴:"此马临阵久无敌,与人一心成大功。"(《高都护骢马行》)它们即使老了病了,也不甘庸碌地了此一生:"哀鸣思战斗,迥立向苍苍。"(《秦川杂诗》)对战斗的生活依然无比留恋,这种精神当然也是杜甫自身的写照。他在晚年还写下了"留滞才难尽,艰危气益增。图南未可料,变化有鲲鹏"(《泊岳阳城下》)、"落日心犹壮,秋风病欲苏"(《江汉》)、"遥拱北辰缠寇盗,欲倾东海洗乾坤"(《追酬故高蜀州人日见寄》)等诗句。从这些诗句里,我们看到诗人在异常困顿的情况下,仍时时表现出倔强的性格、豪迈的精神、广阔的胸怀和报国的宏愿,仍然迸发出济世为用的理想的光辉。

杜甫到了晚年,随着思想的更加成熟和技巧的更加提高,他俯仰天地、贯通古今,还写出了许多气势磅礴的名句。如:"大声吹地转,高浪蹴天浮。"(《江涨》)"星垂平野阔,月涌大江流。"(《旅夜书怀》)"锦江春色来天地,玉垒浮云变古今。"(《登楼》)"江间波浪兼天涌,塞上风云接地阴。"(《秋兴八首》)"五更鼓角声悲壮,三峡星河影动摇。"(《阁夜》)"无边落木萧萧下,不尽

---

① 《春秋左氏传》襄公二十五年传。

长江滚滚来。"(《登高》)等等。这些诗句,雄浑悲壮,气象万千!既是景物的描写,又融进了作者主观的扩展了的感情。诗人对于景物的描写大都雄浑开阔,自然与其胸怀的宽阔密切相关。沈德潜称杜甫咏洞庭名句"吴楚东南坼,乾坤日夜浮"有"吞吐宇宙气象"①。《西清诗话》曾将这一名句与其他咏洞庭名句作一比较说:"洞庭天下壮观,自昔骚人墨客题之者众矣,如'水涵天影阔,山拔地形高'(释可朋《玉垒集》),'四顾疑无地,中流忽有山,鸟飞应畏堕,帆远却如闲'(唐许棠),皆见称于世,然未若孟浩然'气蒸云梦泽,波撼岳阳城',则洞庭空旷无际气象,雄张如在目前。至读子美诗,则又不然,'吴楚东南坼,乾坤日夜浮',不知少陵胸中吞几云梦也。"②这一评语,精辟地指出了诗人胸襟之博大和其惊人的艺术表现能力。从地域上看,吴、楚广袤的大地尽收笔底;从时间上看,天地日月这永恒的存在俱上心头,以此赞颂八百里洞庭是不能不推为同类诗歌中的压卷之作的。在杜甫的一些诗篇中,诗人尽管带有一些感伤情绪,但他将自身置于无限的空间与不尽的时间之中,因此所发的感慨就不同于叹老嗟卑的失意文人,而具有慷慨悲壮的特点。除前面已举例证外,还可举他公元759年在秦州所作《有怀台州郑十八司户》一诗来作说明。在这首诗中,诗人为郑虔鸣不平,对郑的遭遇十分同情,最后叙述两人的交情、共同的不幸:"平生一杯酒,见我故人遇。相望无所成,乾坤莽回互。"末句展现出茫茫原野,草木回环交互的图景。这就把个人置于永恒的自然这个范围内,就像《缚鸡行》结句"出门一笑大江横"一样具有深邃的哲理。所以浦起龙评曰:"……落句更欲括一篇《天问》矣!"③由此使人们不仅想到郑虔、杜甫的遭遇,更会想到历史的长河、无垠的寰宇。

  以上所述当然关系到杜甫的美学思想。杜甫和古代许多伟大作者一样,以崇高、悲壮为美,以自然质朴为美,因此他歌颂壮丽宏伟的景观、永恒的事物,也倾慕摆脱人为的拘束,复归于天真。

---

① 《唐诗别裁集》。
② 《苕溪渔隐丛话前集》卷九引。
③ 浦起龙:《读杜心解》。

余 论

在我们探讨了杜甫浪漫主义的几个方面之后,再来探讨一下杜甫的浪漫主义倾向是怎样形成的。我以为除了他的经历、性格等原因外,还有一个重要的原因,就是他在继承方面,强调"转益多师是汝师"。他兼取各家之长熔铸成自己的风格,是一位集大成的作者。因此,他的创作方法也就不止一种。秦观《进论》云:"昔苏武、李陵之诗,长于高妙;曹植、刘桢之诗,长于豪迈;陶潜、阮籍之诗,长于冲澹;谢灵运、鲍照之诗,长于峻洁;徐陵、庾信之诗,长于藻丽。于是子美穷高妙之格,极豪迈之气,包冲澹之趣,兼峻洁之姿,备藻丽之态,而诸家之所不及焉,然不集诸子之长,子美亦不能独至于斯也。"①所举多种风格既包括了现实主义,也包括了浪漫主义。杜甫取各家之长,自然也就呈现出其创作方法的多样性。

人们往往将李白与杜甫作比较,认为李白属于浪漫主义,而杜甫则属于现实主义。其实我们对于李、杜,既要看到他们异的一面,也应看到他们同的一面。对此古代许多作者是认识得比较清楚的。如前所引韩愈赞美李、杜文章的诗句,并未分高下。元稹虽然崇杜抑李,但也从同的方面立论说:"余观其(李白)壮浪纵恣,摆去拘束,模写物象,及乐府歌诗,诚亦差肩于子美矣。"②王世贞从相异处比较李、杜说:"五言古选体及七言歌行,太白以气为主,以自然为宗,以俊逸高畅为贵,子美以意为主,以独造为宗,以奇拔沉雄为贵。其歌行之妙,咏之使人飘扬欲仙者,太白也。使人慷慨激烈,歔欷欲绝者,子美也。"③即如所言,也难以判定孰为浪漫主义,孰为现实主义。屠隆则从"虚实"角度比较李杜。他说:"或谓杜万景皆实,李万景皆虚,乃右实而左虚,而谓李杜优劣在虚实之辩。顾诗有虚有实;有虚虚有实实;有虚而实,有实而虚;并行错出,何可端倪?且杜老《秋兴》诸篇,托意深远,《画马

---

① 《淮海集》卷二十二。
② 《杜君墓系铭》。
③ 《艺苑卮言》卷四。

行》诸作,神情横逸,直将播弄三才,鼓铸群品,安在其万景皆实？李如《古风》数十首,感时托物,慷慨沉著,安在其万景皆虚？"[1]这段话为李、杜同具浪漫主义与现实主义的写作方法,提供了很好的说明。

  现实主义和浪漫主义这两种倾向在我国古代主要作家身上往往是并存的。欲加区别,也只是各有侧重而已,本来不必过多地讨论。然而就杜甫而言却有特别辨明的必要。宋人称杜甫为诗圣,同时对其忠君思想大加强调。这样一来,便造成一种错觉,好像杜甫的现实主义精神是与封建正统思想密不可分的。这就使我们伟大的诗人在人们心目中减却了几分光辉。其实,如果讲到古代作家所具有的历史的、阶级的局限性,那么,不论是李白或是杜甫,也不论其它许多第一流作家,都是无法避免的。至于因为承认杜甫的现实主义,便以为杜甫的思想更受拘束一些,更具保守倾向而缺乏反抗精神和对理想的追求,那就全属误解了。纵观杜诗,卑视庸俗、向往自然之诗有之;无情揭露、尖锐批判之诗有之;想落天外、色彩奇幻之诗有之;气势宏伟、惊天动地之诗有之。因此我们必须承认杜甫的浪漫主义精神相当突出,在某些方面甚至不亚于李白。我相信弄清这一点,对扫除从宋代以来的种种误解是很有好处的。

（责任编辑 濮禾章）
（《草堂》1985 年第 2 期）

---

[1] 《唐诗训解》引。

读杜甫《同诸公登慈恩寺塔》

杜甫《同诸公登慈恩寺塔》作于天宝十一年(公元752年)秋天,是一首唱和之作。其时登塔作诗的还有岑参、储光羲、高适、薛据等人。① 这首诗在杜甫前期创作中算得上一首重要的作品,历来的评注家也都推许为同题诸作中的压卷之作。诗并不难解,然而古今注家对于这首诗的某些辞语以至诗句的含义也还有种种不同的说法,本文拟折衷诸家之说对这首诗加以笺释并申论其意义。

"高标跨苍穹,烈风无时休。自非旷士怀,登兹翻百忧。"诗篇开头四句便笼罩全篇,点明了主题。以"高标跨苍穹,烈风无时休"来形容塔高,便写得极有气魄。据韦述《西京新记》云,"(慈恩寺)西院浮屠六级,高三百尺"(后改建为七层),这在当时,可算是高层建筑,故诗人极力形容之。此诗避开了"塔"、"浮图"等字样,而以"高标"来比拟,便给人以塔顶直刺天空的感觉。形容塔高而写到无时或停的劲风,更是精炼、传神的笔墨。劲风扑面,猎猎有声,诉之于听觉和触觉,更使人强烈地感受到塔势之高。诗篇主旨本是登高眺望引起一系列的感想,所以在形容塔高的两句之后,立即接以"自非旷士怀,登兹翻百忧"两句,点明了全诗主题。关于这两句,旧注颇多歧义,有以为旷士乃杜甫自称,有以为"旷士乃自负而连高、薛也"②。其实从全诗来看十分明白,作者自认不是旷达之士,故而登塔远眺不禁忧思翻腾。封

---

① 杜甫于诗题下原有注云,"时高适、薛据先有作。"岑、储、高三诗今存,薛据诗已佚。
② 如赵次公说:"夫登高望远,所以写其忧,然高则易生恐怖,故惟旷士而后无忧也。"唐汝询以为"吾辈,旷士也"。吴昌祺说:"旷士本老庄而晋人清言,乃禅象之祖,言我辈遗弃万有,故能无忧通而象教也。"又说"旷士乃自负而连高、薛也"。

建时代的文人一般都喜欢自称旷达之士,鲍照《放歌行》云:"小人自龌龊,安知旷士怀。"便以旷达与龌龊相对。然而,文人自称旷士,也有不同的情形:仕途顺利者,不过是要表示一下清高与风雅,所谓身在魏阙而心在江湖;仕途蹭蹬者,则不免成为一种自我解嘲、自我安慰——当然也包含了对当权者的不满。不管哪一种情况,封建时代的文人,大多数都是好以旷士自居的。就以今存的岑参、高适、储光羲三人所作登慈恩寺塔诗而论,也正都是抒发"旷达"怀抱的。然而杜甫大不一样,直说"自非旷士怀",登临眺望却激起了种种忧国忧民的情怀。也正是这一主题才使得这一首以游览为题的诗篇大放光彩。杜甫确实是一位伟大的现实主义诗人,他没有去粉饰生活,也没有回避生活本身提出来的矛盾。他曾写道:"朝扣富儿门,暮随肥马尘,残杯与冷炙,到处潜悲辛。"①这完全没有一点"旷士"的味道,但杜甫却毫不隐讳地写了出来,感情是那样沉痛。这样的语句和司马迁所谓"文史星历,近乎卜祝之间,固主上所戏弄,倡优蓄之,流俗之所轻也"②一样,都是封建时代受压抑的知识分子对于自己社会地位的清醒的认识和愤怒的控诉。正因为杜甫不以旷达之士自居,他才不想到佛、老那里找一个遁逃薮,而是在颠沛流离的生活中,不断地深化了现实主义精神。

"方知象教力,足可追冥搜。仰穿龙蛇窟,始出枝撑幽。"这四句是描写寺塔建筑的。慈恩寺是贞观二十年高宗李治做太子时为其母长孙皇后祈福所建,寺塔则是永徽三年沙门玄奘所创立。塔内藏有梵本诸经,塔前东阶立有唐太宗撰《三藏圣教序》和唐高宗撰《述圣记》二碑——都是褚遂良书写。因为有这样一些故实,慈恩寺塔就远非普通寺塔可比,而可算佛教的一个圣迹。所以诗人题咏总要提到有关佛教的话。杜甫是以赞美这一宏伟建筑而提到象教(即指佛教)之力的。"冥搜"一语,历来注家大多未予深求。旧注或以为指探求幽僻的境界③;或以为指登塔者穿窟出穴④。现代的注本大多

---

① 杜甫《奉赠韦左丞丈二十二韵》。
② 司马迁《报任安书》。
③ 黄生说。
④ 仇兆鳌《杜少陵集详注》。

沿用此二说。但这两种解释都不太圆满。"方知象教力,足可追冥搜。"意思是连贯的,不容中间隔断另换主语。注者于此句多引孙绰《天台山赋》序:"非夫远寄冥搜,笃信通神者,何肯遥想而存之"以为解。然而孙绰所用"冥搜"一语,恰恰不能指实为探求幽僻的境界。孙绰的赋是写看到天台山画图而作想象的漫游。故所谓"冥搜"便与"远寄"、"遥想"、"驰神运思"意义相近而含有冥想、驰骋想象的意思。唐宋人还习惯于将作诗时的冥思苦想称作"冥搜",也是指想象之类的精神活动。① 所以如将"冥搜"解释为想象,全句的意思便可贯通。就是说:才知佛教的力量,(这样的鬼斧神工)直可追踪想象!诗人以赞美象教力来赞美了寺塔的奇伟,接下去便描摹了寺塔内部的情景:"仰穿龙蛇窟,始出枝撑幽。"塔内扶梯狭窄、曲折,梁柱交叉,光线幽暗,诗人不断攀登方才离开了幽暗的环境。诗人借助形象的比喻,从攀登的感受中刻画了寺塔的内部。

"七星在北户,河汉声西流。羲和鞭白日,少昊行清秋。"这四句写仰望所见天象,同时点明了时令。古典诗歌写景从来重视节候。天文气象,四时不同,山川动植,寒暑异态。只有细致地观察、准确地描绘才能为读者提供一幅鲜明的图画。当时同题诸作,都有点明时节的句子。杜甫此诗则以古代神话为基础描写了高秋的景色。这里需要说明:杜甫游览登塔是在白天,何以写到夜景呢?我认为这是想象之辞,概括的描写,并不必局限于诗人的目验。此处描写了秋夜的星空,也使得景观更为生动。"七星在北户,河汉声西流",想象十分丰富,使我们联想到李贺的名句:"天河夜转漂回星,银浦流云学水声。"②银河水声是很可能从杜句得到启发的。不用说,这些愈出愈精的想象,共同的来源则是古代人民将这一自然天象当作闪着光波的河流的生动的比喻。

"秦山忽破碎,泾渭不可求。俯视但一气,焉能辨皇州。"这四句是写俯视地面的景观。前二句是远景,后二句是近景,写得气象开阔,简练概括。

---

① 如杜甫《送韦十六评事充同谷防御判官》:"论兵远壑静,亦可纵冥搜。题诗得秀句,札翰时相投。"高适:"连唱波澜阔,冥搜物象开。"

② 李贺《天上谣》。

朱鹤龄说:"秦山谓终南诸山,登高望之,大小错杂,如破碎然;泾渭二水从西北来,远望则不可求其清浊之分也。"①这样解释是正确的。我以为使用"破碎"一词便照应了在平地上看,秦山原是连绵起伏、浑然一体的,而著一"忽"字,则惊讶其变化的意思全表现了出来。"俯视但一气,焉能辨皇州",是说暮霭烟雾迷蒙一片,脚下的长安城已不能一一分辨。这四句纯粹写景而不含象征、比喻的意义。其妙处在于独创、贴切。我们不能不佩服诗人观察之细致深入。②

"回首叫虞舜,苍梧云正愁。"这二句突兀而来,直接与"登兹翻百忧"相呼应。古典诗歌中,模山范水之作,绝大多数都是"曲终奏雅"——在最后部分写出作者的感受。从王粲的《登楼赋》起,登高抒怀也几乎成了定式。杜甫的这首诗在"焉能辨皇州"之后开始抒发自己的感受,也就如梁鸿的《五噫歌》,因"顾瞻帝京"而发出深深的叹喟一样。由于作者"穷年忧黎元",所以很自然地便与屈原"就重华而陈辞"发生了共鸣。可是他叫虞舜的结果,不是"耿吾既得此中正",而是苍梧之野正被一片愁云所笼罩。这可说是典故翻新,并且语带双关,义兼比兴。虞舜毫无疑问是用来比喻实现了"贞观之治"的唐太宗的。③"苍梧"所以在望,也因为那是比喻埋葬唐太宗的昭陵的缘故。诗人因敏感到现实的危机而向往于唐初的盛世,并且想象太宗有灵也要为国势日颓而焦虑。诗人在《行次昭陵》结末处写道"松柏瞻虚殿,尘沙立暝途。寂寥开国日,流恨满山隅。"也是同样的意思。不过那首诗因为安史之乱已经发生,写得更沉痛、更直接罢了!

"惜哉瑶池饮,日晏昆仑丘"两句,对沉湎于酒色的唐玄宗进行了含蓄的批判。杜甫写于这一时期的《奉同郭给事汤东灵湫作》,有"倒悬瑶池影,屈注沧江流","至尊顾之笑,王母不肯收"等句,便将骊山温泉比作瑶池,杨贵

---

① 朱鹤龄《杜诗辑注》。
② 杜甫《送张十二参军赴蜀州,因呈杨王侍御》。
③ 王道俊《杜诗博议》:"高祖号神尧皇帝,太宗受内禅,故以虞舜苍梧言之。"

妃比作西王母。①《自京赴奉县先咏怀五百字》这首有着深刻的政治批判内容的名诗，也径直将华清池称作"瑶池"，"瑶池气郁律，羽林相摩戛。"由此可见"日晏昆仑丘"自应指唐玄宗、杨贵妃在骊山日夜作乐的情形。然而有一些注本却不取此说，如社会科学院文研所编注的《唐诗选》，虽然也认为有讥刺唐玄宗的含义，而对"回首叫虞舜"等四句却作了这样的解释："作者南望云空，西观落日，想到虞舜死葬苍梧野，周穆王也不能再到昆仑丘，帝王也不免一死。……"既然古来帝王不论贤愚终归一死，那也就很难体会出多少讽刺的意思了。再说将虞舜和周穆王相提并论也不合历来的评价。解释的分歧恐怕是由于对"惜哉"二字的理解。我认为这是对早年颇有作为的玄宗的惋惜，或者是对唐朝衰象已萌的惋惜，总之，是诗人的叹喟之辞。整句还是解作讥刺玄宗沉湎酒色为妥。

结末四句："黄鹄去不息，哀鸣何所投。君看随阳雁，各有稻粱谋。"历来注释多认为黄鹄是作者自比，而随阳雁则是比喻"附势贪婪之辈"。据李肇《国史补》云："（进士）既捷，列书其姓名于慈恩寺塔，谓之题名会。"杜甫困处长安，不曾中过进士。"破胆遭前政，阴谋独秉钧"②，李林甫之流的权奸为了把持朝政，排斥人才，耍弄了种种阴谋。这当然使杜甫感到不平，而生活的贫困也加深了他对现实的认识。所以当他登上进士题名的大雁塔（即慈恩寺塔）时，便不能不发生"凤皇在笯兮，鸡鹜翔舞"的愤慨。这里一举千里的黄鹄和趋炎附势的随阳之鸟是对立的形象。诗人悲哀的是自己空怀报国之心却无路可走，而那帮群小们却只管谋求私利，醉生梦死，感觉不到已经迫近的危机。旧注解释这两句说："末以黄鹄哀鸣自比，而叹谋生之不若阳雁，盖忧乱之词"③，今之注本亦多从此说，我认为这是不确切的。我们看到的是具有很强讽刺性的对比的形象，而丝毫没有"自叹不若"的意味。另外从杜甫这一时期其他诗篇来看——如《自京赴奉先县咏怀五百字》、《丽人行》、

---

① 蔡梦弼《草堂诗笺》注此两句说，"至尊指玄宗也，王母指贵妃也。明皇为贵妃制羽衣霓裳以象西王母之会。"
② 杜甫《奉赠鲜于京兆二十韵》。
③ 朱鹤龄《杜诗辑注》。

《醉时歌》《前出塞》《后出塞》《兵车行》《奉同郭给事汤东灵湫作》等,其题材主要是对时事的忧虑和对社会的揭露,而不是郁郁于个人的不平。可知这一首以"登兹翻百忧"发端的诗篇,也绝非哀叹个人的得失和谋生之艰难。如果那样理解的话,此诗的社会意义即大半丧失。杜甫的这首诗高出同时诸作,最突出的便是达到了忧国忧民从而对腐败政治进行批判这样一个思想高度。同时诸作抒发感慨都不占重要地位,而所抒者或悟佛理,或萌退思——确实是"旷士之怀",其实就是一些陈陈相因的套语。故仇兆鳌评为"三家结语,未免拘束,致鲜后劲"。杜甫此诗则以抒发感想为主,又处处不脱离登塔之所见,寓情于景,扣紧了题目,而其思想境界则大大高出于同时诸作,故而能够"力量百倍于人"①。

对这首诗如何解释,关系到怎样评价杜甫。浦起龙《读杜心解》说:"说是诗者,三山(胡舜陟)谓讥切时事,邵长蘅非之,谓祇是登高警语。愚则以为忧危所迫也。讥切则轻薄,忧危则忠厚,毫芒之辨,心术天渊矣。若泛作登高写景,则语意又太涉荒淼。楚既失之,齐亦未为得也。"邵长蘅不承认此诗讥切时事,当然不对,而浦起龙偏要将讥切换作忧危,则是囿于"诗教"的迂腐之见。杜甫决不是一个专讲"温良恭俭让"的迂士,在他的诗篇中,批判、讥刺的句子是很多的。三山老人胡舜陟承认此诗讥切天宝时事,这是正确的。但他又犯了穿凿的毛病。如说:"秦山忽破碎,喻人君失道也。泾渭不可求,言清浊不分也。焉能辨皇州,伤天下无纲纪文章而上都亦然也。"②几乎把所有写景诗句,全说成有象征的意义。钱谦益以至今人的注释中也有某些类似的说法。③ 我以为诗篇有写景有抒情自是常理,如写景句都要加上象征的含义恐亦不合构思的规律。施鸿保说:"自'回首叫虞舜'以下方是寓意,前十六句皆但写景。"④这说法是比较中肯的。总之,我们在解释杜诗时,既不能因杜甫有诗史之称,便认为每诗皆史,甚至每句皆史,而作穿凿附

---

① 仇兆鳌《杜少陵集详注》。
② 见仇兆鳌《杜少陵集详注》所引。
③ 钱谦益云:"高标烈风,登兹百忧。岌岌乎有漂摇折崩之惧,正起兴也……"
④ 施鸿保《读杜诗说》。

会的追求,也不应将明明有兴寄、有象征意义的地方避而不谈或解作一般的泛指。

无疑杜甫的现实主义精神在"安史之乱"时期达到了新的高度。可那也是长期积累、长期酝酿的结果。诗人敢于正视现实,在十年困守长安时期,通过自己的观察与体验,写出了像《同诸公登慈恩寺塔》这样的现实主义诗篇是很自然的。诗人是敏感的,对人民的同情使他得以预见祸乱的征兆。杜甫晚年在瀼西曾写了《又上后园山脚》一诗,内容是回忆当年登泰山日观峰的情景。诗中说:"昔我游山东,忆戏东岳阳。穷秋立日观,矫首望八荒。朱崖著毫发,碧海吹衣裳,蓐收困用事,玄冥蔚强梁。逝水自朝宗,镇石各其方。平原独憔悴,农力废耕桑。非关风露凋,曾是戍役伤。"这前半段回忆的部分,写登高远眺、风物、时序,种种感触,与《同诸公登慈恩寺塔》可说是同一结构、同一格调。我们将这两首诗进行比较,便可以更好地理解杜甫这类诗的精神实质和写作方法,从而承认其有着较深的寓意。《又上后园山脚》回忆的是开元天宝之间漫游齐鲁时的事,即便在那时,作者亦已见到戍役伤农、中原凋敝,深感唐帝国"乱源已兆",故而"一凭眺间,觉山河无恙,尘昏满目"①。当他困处长安看到种种腐败现象,登塔远眺,感触自然更多、更深刻。忧国忧民的感情使诗人突破了游览诗抒发个人怀抱的传统,而将眼光转向社会,摄取了当时政治生活的画面,深刻地反映了那个时代的悲剧。王禹偁评论杜甫说:"子美集开诗世界。"②这是的确的,杜甫大大扩展了诗歌的领域,开拓了现实主义的广阔道路。

[《南京大学学报(哲学·人文科学·社会科学版)》1980年第3期]

---

① 浦起龙《读杜心解》。
② 王禹偁《日长简仲咸》。

杜甫的赋

杜甫的赋,今存"三大礼赋"(即"朝献太清宫"、"朝享太庙"、"有事于南郊"三赋)、《封西岳赋》、《雕赋》、《天狗赋》等六首,前五首均为进献朝廷之作。从内容分,前四首为典礼赋,后两首咏物,因而形式上也颇多分别。

杜甫作品的主要形式是诗而不是赋,但赋从汉代起已确立为一种重要的文学体裁,历来受到文人的重视。赋体能够表现作者的才学,能检测作者所占有的词汇量。故魏晋以来文集莫不先列赋体。杜甫自然也很重视赋体的写作,他曾自许"赋料扬雄敌,诗看子建亲",可知今存杜甫赋作虽少,但他并非不重视赋体。再从文体的交叉影响看,杜甫的赋也多有与诗篇相通之处,所以不容我们不予其赋作以相当的重视。

一、典礼赋的局限与价值

"三大礼赋"(作于天宝十载)及《封西岳赋》(作于天宝十一载)均为"颂圣"之作。当时玄宗"崇道教,慕长生,故所在争言符瑞,群臣表贺无虚日",道流李浑、王玄翼等往往造言得见神人、老子,指示"玉板石记"、"妙宝真符"所在,派官往求,立即获得。唐玄宗也就相信这种骗局,又是祭祀,又是封禅,闹了个乌烟瘴气(见《旧唐书·玄宗本纪》、《唐会要》)。此四赋既为此而作,所以若单从思想意义来看,很难说有多少积极的内容,且不免"导谀"之嫌。然而,我们若从杜甫所处时代、当时的社会风气以及他个人的处境来分析,他撰写此四赋亦有种种客观原因,因而是不必予以苛责的。同时我们还应看到,即使在这样的题材中,也还表现出作者某些闪光的思想。

唐代的科举制度，为一般士人打开了入仕的道路，但也诱使他们只在这条路上奔竞。初、盛唐时代，国家兴盛，一般士人都有建功立业思想，因此干进求官亦被视为理所当然。与杜甫同时的几位大诗人都曾有过干进求仕的种种活动。如王维献诗张九龄，即云："鄙哉匹夫节，布褐将白头。"（《献始兴公》）赠王绿诗中亦言："少年识事浅，强学干名利。"至于"郁轮袍故事"，虽不能据为信史，但至少是反映了当时的风气。李白在《与韩荆州书》中亦言："十五好剑术，遍干诸侯，三十成文章，历抵卿相。"信中亦切望韩朝宗能赏识之、誉扬之。与李白关系颇密切的魏颢（万）于《李翰林集序》中称："白久居峨眉，与丹邱因持盈法师（玉真公主）达，白亦因之入翰林，名动京师。"李白能为唐玄宗所知，可能吴筠、贺知章、元丹邱及玉真公主都起了些作用。李白也写过《明堂赋》、《大猎赋》等献给玄宗，并自夸"子云叨侍从，献赋有光辉"。其《春日行》诗中，也有这样的句子："小臣拜献南山寿，陛下万古垂鸿名。"庸俗吗？当然是庸俗，与"天子呼来不上船，自称臣是酒中仙"的谪仙人似乎相去太远。但我们不要忘记他是生活在 8 世纪封建社会鼎盛时期的人，这庸俗的一面总是难免，但这决不是他主导的方面。此外，高适在《真定即事奉赠韦使君二十八韵》诗中，写己贫穷失志，望韦援引。《玉真公主歌》颂扬公主的求仙得道，当也出于类似目的。又如岑参于《银山碛西馆》诗中云："丈夫三十未富贵，安能终日守笔砚。"倾心于富贵可知。《感旧赋》中又云："弱冠干于王侯"，"强学以待，知音不无，思达人之惠顾，庶有望于亨衢"。我们举出这几位第一流诗人，可见当时的积习、当时的风尚。"学而优则仕"，但要入仕就需要得到帝王或大臣的赏识。这是关键问题。否则一切抱负、一切愿望都将落空。杜甫应试受挫，只有抓住机会献"三大礼赋"，才可能"上达宸听"。盛唐时代，在政治形势稳定的情况下（虽然已经危机四伏）皇帝的权威自不必说，歌颂他自是理所当然的。不仅如此，皇帝任命的掌握黜陟进退之权的大臣，他们的身份、地位，也是当时人必得承认的。所以尽管诗人们对其中的某些人极为不满，写了不少著名的讽刺诗文，但在一定的场合下，虚与应酬，还是写了一些吹捧之作。如高适写过《古乐府飞龙曲留上陈左相》、《留上李右相》。葛立方《韵语阳秋》（卷八）批评说："唐明皇时，陈希烈为左相,李林甫为右相,高适各有诗上之,以陈为吉甫、子房,以李为傅说、萧何,其比拟不伦如是。"无独有偶,王维《和仆射晋公扈从温汤》诗,亦将李林甫比作姜尚、尹吉甫。这类比拟,无非是切合对象身份的套语,谈不上代表了作者的观点、意见。写作的目的则无非是希望这些掌大权者能给予入仕机会而已。明白了这种风气,那么,杜甫在《朝享太庙赋》中,借二丞相以陈词(二丞相指陈希烈、李林甫),在《进封西岳赋表》中颂扬杨国忠,写出所谓"维岳,授陛下元弼,克生司空"这样吹捧的话也就不足为怪了。仇兆鳌指出,献赋必须关白宰相,故有此类语。正是如此,不及此辈是不能达到献赋目的的。我们必须承认杜甫、李白等第一流作家也有他们时代的、阶级的局限性。那是一个等级制度严格的时代,传统的观念、习俗的影响,迫使诗人们常具两副笔墨,我们只有分清主次和明确作者的主导方面,才能作出恰当的公允的评价。杜甫献"三大礼赋",还有更多的苦衷,诗人困守长安,生活无着,"朝扣富儿门,暮随肥马尘,残杯与冷炙,到处潜悲辛"。虽然他有不平、有愤慨,但又找不到别的出路。他作歌赠王倚,闻一多评曰:"此诗词旨酸楚,不堪卒读,其时潦倒可知矣!"在这种情况下,要生存也只有走求仕的道路。钱谦益说:"后世宜谅其苦心,不可以宋儒出处,深责唐人也。"这是有一定道理的。"三大礼赋"及《封西岳赋》既为特定目的而写,其内容又限于祭祀活动,故而歌功颂德自不可少,涉及灵异亦属当然之事。又因求典重,追摹汉大赋,常不免出现僻字涩句,如此之类皆此四赋的缺点,亦不必为之讳。但同时也应看到杜甫恪守"作赋以讽"的传统,在如此题材中,也不忘寓以讽谏的含义。朱鹤龄云:"三赋之卒章,皆寓规于颂,即子云风羽猎、甘泉意也。"其实不仅卒章,字里行间也每表露出作者的政治观、历史观,对于当时亦即具有规讽作用。如《朝享太庙赋》云:"臣闻之于里曰:昔武德已前,黔黎萧条,无复生意,遭鲸鲵之荡汨,荒岁月而沸渭,衮服纷纷,朝廷多闰者,仍亘乎晋魏。"赋中以汉末以来分裂割据、战乱频仍、民不聊生之情景为对照,来歌颂唐高祖、太宗统一天下,安定社会的功业,虽为颂德之作,但也较合实际,并且流露了诗人"哀民生之多艰"的感慨。诗人有此思想基础,至写《自京赴奉先县咏怀五百字》诗便转而直斥当世了。赋中又云:"向不遇反正拨乱之主,君臣父子之别,奕叶文武之雄,注意生灵之切,虽前辈之温良宽大,豪杰果决,曾何以措其筋力与韬钤,载其刀笔与喉舌。"赞扬唐初建国功臣,强调当时君正臣贤,方能上下一致成就大业。虽述历史,对当时亦不失为鉴戒。《朝享太庙赋》末段,假二丞相进言,云:"且如周宣之教亲不暇,孝武之淫祀相仍,诸侯敢于迫胁,方士奋其威稜,一则以微弱内侮,一则以轻举虚凭,又非陛下恢廓绪业,其琐细亦曷足称。"《有事于南郊赋》结束处,代设帝词:"于是天子默然而徐思,终将固之又固之,意不在抑(仰)殊方之贡,亦不必广无用之祠。金马碧鸡,非理人之术;珊瑚翡翠,此一物何疑。奉郊庙以为宝,增怵惕以孜孜,况大庭氏之时,六龙飞御之归。"《封西岳赋》亦云:"以为王者成功,已纂终古,当鉴前史。至于周穆汉武,豫游寥阔,亦所不取。"是以儒家敬天事祖来解释祭祀活动,而以周穆王的豫游以及汉武帝信方士求神仙为鉴戒。寓规于颂的用意是比较明显的。然一假丞相进言,一假玄宗自思,可谓婉之又婉了。

在当时"所在争言符瑞,群臣表贺无虚日"的情况下,杜甫的赋篇确乎有所不同。这不同主要表现在:第一,有比较深沉的历史意识,因此一再提到以历史为戒鉴。第二,较少迷信色彩,很少讲到神仙杳冥之事以及符应报赐之类。这当然与作者的世界观和政治理想有着一定的联系。

"三大礼赋"及《封西岳赋》的写作技巧自有其特色,也不容忽视。比如几篇赋都写到皇帝仪卫之盛,极尽形容之能事。《朝献太清宫赋》云:

> 甲子,王以昧爽,春寒薄而清浮,虚闾阎,逗蚩尤,张猛马,出腾虬,捎荧惑,堕旄头。风伯扶道,雷公挟辀,通天台之双阙,警溟涨之十洲,浩劫蠡珂,万仙飕飀,欻臻于长乐之舍,崔入乎昆仑之丘。

因写祭祀,故多用神话中事物以为指代,以蚩尤代指旗帜,以风伯、雷公喻指扈跸之人,以双阙、十洲比况遥望庙景,以长乐、昆仑比况太清宫。这些都能逗起人庄严、神秘的遐想。《封西岳赋》写仪卫之盛,除运用神话词语外,还着重写了行进中的气势:

> 风馺冉以纵巀,云螭缝而迟跜。地轴轧轧,殷以下折。原隰草木,俨而东飞,岐梁闪倏,泾渭反覆……

这几句形容行进之迅急,充分运用了想象力。《有事于南郊赋》写皇帝斋宿时,仪卫之整严:

> 神仙戌削以落羽,魍魉幽忧以固扃。战岐慄华,摆渭掉泾。地回回而风浙浙,天泱泱而气清清。甲胄乘陵,转迅雷于荆门巫峡;玉帛清迥,霁夕雨于潇湘洞庭。

以荆门巫峡之迅雷喻甲士之行声,以潇湘洞庭夕雨初晴喻玉帛之精彩,真是视通万里,想落天外,也充分表现了作者"造境"的本领。

其赋篇中又着力描写了祭祀等活动中的乐舞情形,打破了典礼赋的枯燥内容和刻板形式。《朝享太庙赋》写到祭祀乐舞,"八音循通,既比乎旭日升而氛埃灭;万舞凌乱,又似乎春风壮而江海波",以通感的方法来形容乐舞,新奇可喜,语句也自然流畅,放到哪里也都是佳句。《封西岳赋》则写到朝会诸王而作乐:

> 觐群后于高掌之下,张大乐于洪河之洲,芬树羽林莽不可收。千人舞,万人讴,麒麟踆踆而在郊,凤凰蔚跂而来游。雷公伐鼓而挥汗,地祇被震而悲愁。乐师拊石而具发,激越乎退㪺,群山为之相峡,万穴为之倒流。

形容大规模乐舞表演,可谓极尽夸张之能事。

这类典礼赋能写得颇有文学的生动性,不能不归功于丰富的想象和形象的语言。如《有事于南郊赋》赞颂唐玄宗拨乱反正,灭韦氏而复兴唐朝云:"伏惟陛下,勃然愤激之际,天关不敢旅拒,鬼神为之呜咽,高衢腾尘,长剑吼血。"寥寥数语,何等的力量,何等的气势。赋中写到仪仗经过御苑猎场:"熊罢罴耳以相舐,虎豹高跳以虚攫。"想象到熊罴虎豹的情况,也是一种奇想了。赋中还写到昧爽之景,云:"月窟黑而扶桑寒,田烛稠而晓星落。"仰瞩高天,俯视大地,描写旷野侵晨之景象极为准确生动,我们不能不佩服诗人敏锐的观察力和丰富的想象力。《朝献太清宫赋》形容灵异诡观云:"九天之云下垂,四海之水皆立。凤凰威迟而不去,鲸鱼屈矫以相吸。"气势固极宏大,用字也极准确,极具表现力。洪迈《容斋随笔》曾引黄鲁直语谓:东坡《有美堂会客诗》:"天外黑风吹海立,浙东飞雨过江来"本诸杜赋,并云:"二者皆句语雄峻,前无古人。"《艺苑雌黄》引《西清诗话》云:"杜少陵文自古奥,如'九天之云下垂,四海之水皆立','忽翳日而翻万象,却浮空而留六龙','万舞凌乱,又似乎春风壮而江海波'。其语磊落惊人,或言无韵者不可读,是大不然。"此类评语都强调了杜赋语言壮伟雄峻的特点。

二、咏物赋的成就

今存杜甫咏物赋两首:《雕赋》,《天狗赋》。这两首赋与典礼赋大不相同,篇幅相对短小,语句流畅,几乎没有什么僻字涩句,在状物中贯串着人事的比况,颇具抒情性。这样一些特点,可说是继承了屈原《橘颂》的传统。两赋刻画猛兽猛禽,突出其睥睨一切的气概,表现了盛唐人的恢宏气度和豪迈风格。

《雕赋》,仇兆鳌以为作于天宝十三载,于"三大礼赋"、《封西岳赋》之后。然观《进雕赋表》称:"今贾马之徒,得排金门上玉堂者甚众矣。惟臣衣不盖体,尝寄食于人,奔走不暇,只恐转死沟壑,安敢望仕进乎?"显系献"三大礼赋"前语气。献赋之后,玄宗颇奇之,命集贤召试文章,得参选序。杜甫也自称"以献三大礼赋出身"。因此献赋之后,似不宜再言"安敢望仕进乎"。此外,"三大礼赋"博玄宗赏识,故《封西岳赋》进表中特别提及。《雕赋》若作于其后,也应提到。今观其进表却毫无影响。还有《雕赋》末段说,如不见用,"则晨飞绝壑,暮起长汀,来虽自负,去若无形……"与《赠比部萧郎中十兄》:"中散山阳锻,愚公野谷邨,宁纡长者辙,归老任乾坤。"《奉赠韦左丞丈二十二韵》:"焉能心怏怏,只是走踆踆,今欲东入海,即将西去秦"意思都比较相近。而这两首诗都作于献"三大礼赋"之前。由以上几点可知进献《雕赋》应在献"三大礼赋"之前,因未受重视,乃有献"三大礼赋"之事。

我国先秦即有以鸷鸟比喻刚正执法之臣的。如春秋时代坚持改革的子产十分赞赏然明所说,为政之道,"视民如子,见不仁者诛之,如鹰鹯之逐鸟雀也"(《左传·襄公二十五年》)。鹰鹯威猛果决是这一比喻的基础。杜甫在《进雕赋表》中说:"臣以为雕者,鸷鸟之殊特,搏击而不可当,岂但壮观于旌门,发狂于原隰,引以为类,是大臣正色立朝之义也。臣窃重其有英雄之姿,故作此赋。"杜甫《追酬故高蜀州人日见寄》诗中亦云:"潇湘水国傍鼋鼍,鄠杜秋天失雕鹗。"也以雕鹗比喻正直敢言的高适。由此可见,杜甫写雕是对传统文化的继承与发展。赋中说雕有"触邪之义","必使乌攫之党,罢钞盗而潜飞,枭怪之群,想英灵而遽坠。岂比乎虚陈其力,叨窃其位,等摩天而自安,与枪榆而无事者矣"。喻意十分明显。正直之臣对于钞盗邪恶之徒绝不容情,而对尸位素餐之辈也泾渭分明。前人说雕即杜甫自况,即使不然,至少也是寄托了诗人的政治理想的。与其"致君尧舜上,再使风俗淳"的理想并无二致。

从《橘颂》以来,有寓意的咏物诗的写作,都注意及写物与写人若即若离。所咏之物既含有品格道德方面的比况,又有其自身所有的审美价值。《雕赋》的成功之处亦在于此。此赋开端即很不寻常:"当九秋之凄清,见一鹗之直上。以雄材为己任,横杀气而独往。梢梢劲翮,肃肃逸响,杳不可追,俊无留赏……"突出的是雕的迅猛雄俊,环境是充满肃杀之气的深秋,只见一只大雕直冲九霄,眨眼之间,不见踪影,只留下其劲翮拍击空气的肃肃之声。这种一往无前的精神、睥睨一切的气概,非常准确地表现了雕的神气,亦喻寓了謇谔之士的特点。赋中对雕之形态也作了正面的描写。如写静态:"夫其降精于金,立骨如铁,目通于脑,筋入于节。架轩楹之上,纯漆光芒;掣梁栋之间,寒风凛冽。"突出写如铁之骨、入节之筋,而一双斜插入额的深锐之目尤有特色。杜甫状物,最重气质、神彩,此赋正用此法。又如写动态,状其从猎情况:"观其夹翠华而上下,卷毛血之崩奔,随意气而电落,引尘沙而昼昏。"极写其迅猛,气势也自惊人。

诗人于《雕赋》中也织进了身世之感,除写雕不见用则远去有所比况外,又如写虞人之取雕,"必以气禀冬冥,阴乘甲子,河海荡潏,风云乱起,雪冱山阴,冰缠树死,迷向背于八极,绝飞走于万里。朝无以充肠,夕违其所止,颇愁呼而蹭蹬,信求食而依倚。"写雕于觅食困难之际最易捕获,这固然是实情,然对照进表所言,诗人详加描写应是有感而发,仇注谓"取士于困顿之中,犹获雕于饥寒之际",并非牵强之论。

《天狗赋》用意比《雕赋》简单得多。序称华清宫兽坊有天狗院,列诸兽院之上。"胡人云,此其兽猛健,无与比者。甫壮而赋之,尚恨其与凡兽相近。"故赋中累突出其与凡兽之不同,"性刚简而清瘦","威解两斗","不爱力以许人兮,能绝甘以为大",在杜甫笔下,天狗能力超群,竟有侠士风范。其中又写到天狗曾蒙天子赏识,然后竟置而不用,扃闭于天狗院中,"仰千门之峻嶒兮,觉行路之艰难,惧精爽之衰落兮,惊岁月之忽殚",既受当事者沮抑,又为群兽所疑猜,不免兴"俗眼空多,生涯未惬"之叹。一看便知是杜甫结合身世而发的感慨。

《天狗赋》为骚体赋而稍有变化,其写作亦为抒其不平之气。玩其文意或当作于献"三大礼赋"后仍不见用之时。《天狗赋》开端亦叙其大略。开始写:"澹华清之莘莘漠漠,而山殿戍削,缥焉天风,崛乎回薄,上扬云旐兮,下列猛兽。"从华清宫落笔,地势高耸,宫殿壮美,天狗院处于兽坊之中,天狗之处境已不待烦言了。接下去描写天狗:

> 夫何天狗嶙峋兮,气独神秀,色似狻猊,小如猿狖。忽不乐,虽万夫不敢前兮,非胡人焉能知其去就。向若铁柱敧而金锁断兮,事未可救,瞥流沙而归月窟兮,斯岂逾昼。

写其威猛则"虽万夫不敢前",写其迅捷,则假想其脱锁而归,"瞥流沙而归月窟,斯岂逾昼"。同时也交待了天狗来自为流沙所隔的西方。诗人笔下的天狗,似有怨怒,亦似有思乡之情。

赋体具有叙述的功能,然成功的赋家总不是只用平铺直叙的写法。他们在叙述中,加以描写、形容以至辅以想象,总使状物抒情适当结合,以求发挥文学的效能。杜甫的两篇咏物赋具备这些特点,因此是成功之作。

三、诗赋相通与相异

杜甫献"三大礼赋"固出于自荐的目的,然亦出自精心结构,作者未始不以"配史籍以永久"期之。杜甫在成都,还回忆过献赋的这段光荣史:"忆献三赋蓬莱宫,自怪一日声烜赫。集贤学士如堵墙,观我落笔中书堂,往时文采动人主,此日饥寒趋路旁。"如此耸动的作品,自非一时应付之作,其中描写的佳句、精炼的词语,也凝聚了作者的心血。因而在其他诗文中必然会有相同的或类似的运用。关于这一点,刘开扬先生在其《杜文窥管》一文中已多所抉发。本文则拟从诗赋相通与相异的几个方面作些补充说明。

奠定了杜甫在中国诗歌史上特殊地位的是他那些抱着对人民的深厚同情,反映了民族历史深沉灾难的五、七言古诗。这类诗多是叙事兼抒情的,颇合赋体特征。胡小石师曾指出杜甫《北征》诗"化赋为诗"和"直成有韵之散文"的特点:

至杜甫兹篇,则结合时事,加入议论,撤去旧来藩篱,通诗与散文而一之,波澜壮阔,前所未见⋯⋯

《北征》,变赋入诗者也,题名《北征》,即可见之。其结构出赋,班叔皮《北征》、曹大家《东征》、潘安仁《西征》,皆其所本,而与曹、潘两赋尤近。(均见《胡小石文集·杜甫〈北征〉小笺》)

不仅《北征》如此,其他五、七言古诗也多具叙事、议论之特征。诗歌的散文化倾向,自《离骚》已见端倪,名之楚辞,即与活跃在口头、便于歌唱的诗歌划界。发展至汉赋,散文化更甚,叙述多而抒情少,铺叙辞藻而不讲警策凝炼。自是以后赋多用来记述,诗多用来抒情。至"集开诗世界"的杜甫,因其以诗歌反映现实,摄取了一组又一组社会剧变时期的人间悲剧,诗人置身其中,有感想亦有议论,打破了诗与文的界限。刘熙载说:"杜陵五七古叙事,节次波澜,离合断续,从《史记》得来,而苍莽雄直之气,亦逼近之。"(《艺概·诗概》)以杜诗与《史记》共论,可谓卓识,一则诗史,一则史诗,均为文学上的最高境界。杜甫以文为诗,一方面是时代对文学的要求所造就,另一方面则与诗人"转益多师"、主张"后贤兼旧制"有密切关系。杜甫自称"熟精《文选》理",而《文选》所重在于辞赋,缘其有事有义而又藻彩丰富。有创造力的诗人决不甘为一种文体所局限,杜甫广泛取法,"化赋为诗,文体挹注转换,局度弘大"(《胡小石文集》)。杜甫一定程度地打通了诗赋的界限,使其诗、赋都具一种新气象。

  杜甫诗、赋相通的现象,于咏物之作最为明显。其《雕赋》、《天狗赋》中的思想寓意与刻画形象的方法,于《画鹰》、《义鹘行》、《房兵曹胡马》、《天育骠图歌》等等咏物诗篇中也都历历可见。例如在诗、赋中都有对于超群拔俗的歌颂,这正是诗人"饮酣视八极,俗物何茫茫"思想的体现。他鄙视庸人俗物,诗篇中便出现了对凡鸟凡马的否定:"何当击凡鸟,毛血洒平芜","须臾九重真龙出,一洗万古凡马空"。而在赋篇中,雕和天狗超群拔俗的形象更从许多方面得以展现,而与鸰鹕鹞鸮之伦、群争啖咋之辈形成鲜明的对照。又如杜甫这类咏物诗、赋都传达了所咏对象的神气。钟嵘《诗品》"真骨凌霜,高风跨俗"之语,正可移来形容这种神气。杜诗每以"骨"字来形容鸷鸟、骁骑,如云"卓立天骨森开张"、"真骨老崖嶂"、"锋棱瘦骨成"等,杜赋亦然。如云雕"立骨如铁",形容天狗云"嶙峋"、云"性刚简而清瘦",都给人一种精劲有力之感,再加上关于迅捷勇猛的描写,便充分展现了一种阳刚之美。

  王嗣奭《杜臆》云:"公赋鹰马,必有会心语。"所谓会心语,当指结合鹰、马的特点而联想到人事。例如诗篇中表现的建功立业思想与豪侠精神。所谓:"此马临阵久无敌,与人一心成大功","兹实鸷鸟最,急难心炯然","为君除狡兔,会是翻鞲上","功成失所往,用舍何其贤",都体现了这种思想与精神。这一方面在赋篇中也颇多刻画。雕则有"触邪之义"而又"豁堵墙之荣观,弃功效而不论",天狗则"宜其立闾阖而吼紫微兮,却妖孽而不得上干",

却又能"绝甘以为大"。其会心语又如诗赋中都写到被弃置的悲哀与不平。诗篇中的鹰、马："干戈少暇日，真骨老崖嶂。""青丝络头为君老，何由却出横门道"，"如今岂无騕褭与骅骝，时无王良伯乐死即休"。赋篇中，《雕赋》结语云："倏尔年岁，茫然阙廷，莫试钩爪，空回斗星。众雏倘割鲜于金殿，此鸟已将老于岩扃。"《天狗赋》最后也哀叹："惧精爽之衰落兮，惊岁月之忽殚。顾同侪之甚少兮，混非类以摧残。"

　　杜甫诗与赋相比较，思想寓意每相叠合，构建之形象，运用之辞语相同相近者亦复不少。当然赋用铺叙，诗求凝炼，也确有不少相异的地方。赋篇中对雕和天狗形象的描写比较细致，并且从几种不同的场合加以刻画，形象显得更完整。而诗篇则往往突出一点，给以强光，予以特写，有着更强的感情色彩。咏物诗与赋内容无大差别，相通之处更多一些，而像典礼赋这样的长篇赋作，其内容即不适合以诗来表现，所以写法上也有较大差异。一些场景的夸张的描写便要求用铺陈的方法。不过这类赋篇却也不乏诗意的想象、精炼的语言，也能给诗的创作以不少的启发。我们应该承认赋与诗的艺术表现方法是各擅胜场的。杜甫能够不受形式拘束，取诗赋表现之所长，互为挹注，使诗与赋的写作都产生了新的突破。

（责任编辑　樗栎）

（《杜甫研究学刊》1991 年第 1 期）

杜诗新解二则

一、吴楚东南坼　乾坤日夜浮

　　杜甫的《登岳阳楼》诗以其气魄的浩瀚、情景的交织,历来受到极高的赞许。或称其"气象闳放,涵蓄深远",或云"不知少陵胸中吞几云梦",至被推许为绝唱。其中"吴楚东南坼,乾坤日夜浮"一联,更是一篇之警策。但是对这样一篇杰作,也偶有批评的声音,而所批评的又正是这最具震撼力的一联。明代叶秉敬曾言:"或疑洞庭楚地,何远及于吴。"(仇兆鳌《杜少陵集详注》)清代赵翼《瓯北诗话》云:"《岳阳楼》之'吴楚东南坼,乾坤日夜浮',古今无不推为绝唱。然春秋时,洞庭左右皆楚地,无吴地也。若以孙吴与蜀分湘水为界,则当云'吴蜀东南坼'(森按:陈与义《登岳阳楼》诗,确已言'登临吴蜀横分地');且以天下地势而论,洞庭尚在西南,亦难指为东南,少陵从蜀东下,但觉其在东南故耳。"

　　近人喻守真编注《唐诗三百首详析》,注云:"坼,分裂的意思,意谓吴楚自此湖分界。"然后批评说:"诗人写景状物,往往喜欢夸大形容,因此就不免有牵强失真的地方,本诗颔联,就犯此病,然地理上讲洞庭湖四周,均为楚地,哪能说是与吴分界之处;乾坤日夜浮,倘用来咏大海,那还相当,若咏洞庭,未免不称。"他简直就将这一联名句,说成是病句了!检今人注释,大都沿袭旧注,以为吴、楚指春秋战国时吴、楚两国,吴在湖东,楚在湖西,"坼"即分开之意。照这样解释,就不得不承认赵翼、喻守真的批评是有道理的了。其实这完全是误解。

春秋时期,吴、楚接壤处,在今巢县、舒城、六安、桐城等地,这一带有不少东夷族小国,每成为两国争夺的对象。再向南扩,江西北部,鄱阳湖以东也是吴、楚分界,后世每称为"吴头楚尾",可见洞庭湖绝不可能是吴楚分界。战国初期吴灭于越。中期越又为楚所灭,吴越之地尽归于楚。故西汉时又有三楚之称,包括东南广大地区。西汉初曾分封吴国(都城为吴)、楚国(都彭城),则与吴、楚分界无涉。历史每每给地方称谓打下很深烙印,秦、汉改为郡、县制以后,苏州一带属会稽郡,但仍被称为"吴会"、"吴下"。在诗词中南京、淮阴的天空也称作"楚天",东南一带曾属吴、属楚,在诗词用语中也可分可合,如金、元时萨都剌的《念奴娇·金陵怀古》,就说,"石头城上,望天低吴楚,眼空无物",吴楚自是指东南地区。杜诗"吴楚东南坼"所言,也正是长江下游原来的吴楚之地,与吴楚分界无关。这是诗人登楼远眺,引发的遐想。"东南坼"实来源于古代神话。《淮南子·天文训》载:"昔者共工与颛顼争为帝,怒而触不周之山,天柱折,地维绝,天倾西北,故日月星辰移焉;地不满东南,故水潦尘埃归焉。"中国地势,西北高东南低,江河均东流,神话便给出了这样一种解释。洞庭连江,诗人想到大江流日夜,向吴楚大地奔腾而去。而洞庭湖则烟波浩渺,日月天地仿佛都在其中浮动。"乾坤日夜浮",极言其壮阔,正是极好的形容。《水经注》(卷三十八)已云:"(洞庭)湖水广圆五百余里,日月若出没于其中。"喻守真说"乾坤日夜浮"只宜言海,是没有道理的。诗并非只能写眼前实景,需要的倒是丰富的想象力。所谓"赋家之心,苞括宇宙,总览人物"(《西京杂记》载司马相如语),所谓"精骛八极,心游万仞"(陆机《文赋》),所谓"故寂然凝虑,思接千载,悄然动容,视通万里"(刘勰《文心雕龙·神思》),说的都是充分发挥想象力的创作方法。《登岳阳楼》写的是诗人的目击神飞,对壮阔自然的赞美和对漂泊生涯的感伤交融在一起。而"吴楚东南坼"两句,正体现了诗人博大的襟怀。

一些胶柱鼓瑟的批评,是掩盖不住这一不朽诗篇的光辉的。

二、祸转亡胡岁 势成擒胡月

杜甫《北征》云：

> 伊洛指掌收，西京不足拔。官军请深入，蓄锐伺俱发。此举开青徐，旋瞻略恒碣。昊天积霜露，正气有肃杀。祸转亡胡岁，势成擒胡月。胡命其能久？皇纲未宜绝！

其中"祸转亡胡岁，势成擒胡月"二句，旧时注本或无注（如《分门集注杜工部诗》、杨伦《杜诗镜诠》、浦起龙《读杜心解》），或所注不得要领，如钱谦益《杜诗笺注》于"擒胡月"下引《酉阳杂俎》（卷十二）云："禄山反，李白制'胡无人'，言'太白入月敌可摧'。及禄山死，太白入月。"此说牵强显而易见。惟朱鹤麟引时事以作说明较有启发。朱注云："青、徐二州在东，恒山、碣石在东北，公意收复两京，便当乘胜长驱幽蓟。当时李泌之议，欲命建宁并塞北出，与光弼掎角以取范阳，所见正与公同也。"他也只是综述背景，对其中词、句也未作解释。今人注本也与旧注相类似，或无注，或云"亡胡岁、擒胡月"为互文，其意均以"岁"、"月"为表时间之词，这两句诗意思一样，无奥义可求。

我读这两句诗时总不免产生疑问，繁词寡义是诗家之忌，以杜甫作诗的严肃态度，自会力求避免。古体诗又不存在对仗的困难，为什么出现这种两句一意的情况？再说"祸转"、"势成"明明有不同的含义，为什么不区而别之地加以解释呢？我考虑很久，觉得似可提出一种解释，以就正于方家。我的意见是："祸转亡胡岁"之"岁"指岁星（即木星）。在带有迷信色彩的古代天文学中，岁星所在方位是与人间祸福有关的。"月"则指月亮，是用弯月的形状来比喻军队形势，以下申述此义。

岁星所在方位关系地上分野所建国的祸福存亡，这是古代史书上经常提到的。如《左传·昭公八年》：

> 晋侯问于史赵曰:陈其遂亡乎! 对曰:未也。公曰:何故? 对曰:陈,颛顼之族也。岁在鹑火,是以卒灭。陈将如之。今在析木之津,犹将复由。

本年楚公子弃疾灭陈,史官赵回答晋侯问,断定陈还不到灭亡之时,他的根据是,陈是颛顼一族,颛顼是死在岁星在鹑火位次的年份——因此,"岁在鹑火"才是陈大倒霉的年份,而如今岁在析木之津,应该还有复生的希望。

又如《左传·昭公三十二年》:

> 夏,吴伐越,始用师于越也。史墨曰:不及四十年,越其有吴乎! 越得岁,而吴伐之,必受其凶。
>
> 杜预注云:此年,岁在星纪,星纪吴越之分也。岁星所在其国有福,吴先用兵,故反受其殃。

又如《国语·周语下》:

> 王(景王)曰:七律者何? (伶州鸠)对曰:昔武王伐殷,岁在鹑火,月在天驷,日在析木之津……岁之所在,则我有周之分野也。

韦昭注云:岁星在鹑火,鹑火,周分野也。岁星所在,利以伐之也。(按《荀子·儒效》所载不同)

这也就是《汉书·天文志》所说:"岁星所在国不可伐,可以伐人。"依照古代星占学,岁星所在方位、亮度、运行状态都关合着人间祸福、战争胜败。杜甫写作《北征》,是在安禄山占据了长安、唐肃宗即位灵武的第二年秋天。当时兵荒马乱,国家危殆,人们无不希望早日平定叛乱。据《新唐书·天文志》载:"至德二载四月壬寅,岁星、荧惑(火星)、太白(金星)、辰星(水星)聚于鹑首,从岁星也。罚星先去而岁星留。占曰:岁星、荧惑为阳,太白、辰星为阴。阴主外邦,阳主中邦,阳与阴合,中外相连以兵。"这种天象,完全可能解释为岁星运转将有利于我不利于胡,从岁星所在观察胡当灭亡。这无疑是大家企盼的好消息。诗句"祸转亡胡岁"或即指这件事而言。

至于"势成擒胡月"之"势",当是指战争形势,"月"指半月形,即是半包围的态势。安禄山攻陷洛阳之后,已处于困境,是唐王朝指挥失当,才使他得以陷潼关、取长安。但占领长安之后,安庆绪杀安禄山而代之。此时从战略考虑应首先攻取史思明、张志忠等盘据的范阳、常山,直捣其老巢,回头再消灭腹地之敌。这一计划李泌曾提出过,等到借来回纥之兵,李泌又建议,安西、西域之兵先取范阳,这样也免除了回纥兵对长安、洛阳的破坏。《北征》正写于此时,其战略思想与李泌相近。回纥兵来,时议不一,肃宗则寄愿望于外兵,盼望早日收复两京,这就是"圣心颇虚伫,时议气欲夺"。从战争全局考虑,杜甫提出官军应深入,"此举开青徐",即指恢复两京以东的中原地区,同时"旋瞻略恒碣",即从碣石到恒山,河北、山西成掎角之势,形成对范阳的半包围,这大约就是"势成擒胡月"所指。古代言战阵,常以月亮为比喻。如卢思道《从军行》说:"平明偃月屯右地,薄暮鱼丽逐左贤。"偃月、鱼丽都是阵名。又如张巡《守睢阳诗》:"合围侔月晕,分守若鱼丽"也是取其形象。"偃月"即半月或眉月形。当时又常用"掎角"来形容战争态势。李泌最初建议,便是欲令建宁王(李倓)并塞北出,与李光弼成掎角以取范阳。杜甫于乾元元年七月,作《为华州郭使君进灭残寇形势图状》,也说"诸将宜穷掎角之进",也是讲进军态势,其状亦如偃月。

杜甫的诗被称作"诗史",他不是泛议历史发展,而是以卓越的史识,真实、具体地记载了历史的进程,突出地刻画了很多细节的真实,使当时的事件留下了活生生的记录。因此,他才在中国诗歌史上占有特殊的地位。

(责任编辑　曾亚兰)

(《杜甫研究学刊》2004 年第 4 期)

读《史记·五帝本纪》札记

一、《史记》始于黄帝说

一部《史记》从《五帝本纪》开始,首先提到的便是黄帝。就此清代梁玉绳曾设问说:

> 孔子删《书》肇于唐、虞,系《易》起于包、炎。史公作史,每祖述仲尼,则本纪称首不从《尚书》之昉二帝,即从《易辞》之叙五帝,庶为允当,而以黄帝、颛、喾、尧、舜为五,何耶?①

战国以来三皇五帝之说极为纷杂,《史记·封禅书》提到无怀氏、宓羲、神农、炎帝等等,可见司马迁了解众多异说,然其《五帝本纪》、《三代世表》叙古史均从黄帝开始。

对于这个问题,历来都有许多批评的议论,大要归为两类,一类是批评他只纪五帝而略三皇,如《后汉书·张衡传》载:衡"又条上司马迁、班固所叙,与典籍不合者十余事"。李贤注引衡集"其略云:《易》称宓戏氏王天下,宓戏氏没,神农氏作。神农氏没,黄帝、尧、舜氏作。史迁独载五帝,不记三皇,今宜并录"。唐司马贞作《史记索隐》,宋苏辙作《古史》均以为不应缺三皇,因而补作《三皇本纪》。另一类则认为三皇之说本不可信,尧、舜以上古

---

① 《史记志疑》卷一。

史也很可怀疑,故对《五帝本纪》批评甚为尖锐。如欧阳修《帝王世次图序》云:

> 以孔子之学,上述前世止于尧舜,著其大略而不道其前。迁远出孔子后,而乃上述黄帝以来,又悉详其世次,其不量力而务胜,宜其失之多也!

叶适《习学纪言》亦指责"黄帝纪",取长老传闻,"不择义而务广意,亦为学之患"。清人崔述也在《补上古考信录》中批评说:

> 夫《尚书》但始于唐虞,及司马迁作《史记》乃起于黄帝,谯周、皇甫谧又推之以至于伏羲氏,而徐整以后诸家,遂上溯于开辟之初,岂非以其识愈下……世愈后,则其传闻愈繁乎?

然而司马迁《五帝本纪》始于黄帝,自有其根据,他说"夫神农以前,吾不知已"①。当然就不写三皇本纪。至于《五帝本纪》,司马迁则自称确有根据,既言"孔子所传'宰予问'、《五帝德》及《帝系姓》,儒者或不传。"又言:"予观《春秋》、《国语》,其发明《五帝德》、《帝系姓》章矣,顾弟弗深考,其所表见皆不虚。"确信《五帝德》、《帝系姓》等为流传之古书,足为根据。司马迁又说:"余尝西至空桐,北过涿鹿,东渐于海,南浮江淮矣,至长老皆各往往称黄帝、尧、舜之处,风教固殊焉。"(以上均见《五帝本纪》"太史公曰")说明他还做过一些实地的调查和印证。

上古时代因其年代久远,又无文字记载,故其历史茫昧难求,长期流传的故事总不免有许多神话传说的成分,而且众说纷纭莫衷一是。即如"五帝"所指称就有许多说法,如伪孔《书序》及皇甫谧《帝王世纪》都将黄帝上推进入三皇,而以少皞、颛顼、帝喾、尧、舜为五帝。而对于司马迁有很大影响

---

① 《货殖列传》。

的董仲舒,则倡"九皇"之说(《三代改制质文》),依其说,"五帝三王"所指是不固定的,是随着朝代变化的。推算起来,到了汉代,轩辕已该"绌为九皇"了。"九皇"之说也见于《史记·封禅书》,所述如:"天子既闻公孙卿及方士之言……欲放黄帝以上,接神仙人蓬莱士,高世比德于九皇,而颇采儒术以文之。"然而《五帝本纪》并不理会当时流行的说法,而从黄帝开始。

《史记》始于黄帝,作者写作动机何在,也是历来讨论的一个问题,大要有以下种种说法:

一说黄帝为共同始祖,故从黄帝始。如王充《论衡·案书》云:"《三代世表》言五帝三王,皆黄帝子孙,自黄帝转相生,不更禀气于天。"班固《汉书·司马迁传》赞云:"又有《世本》,录黄帝以来至《春秋》时帝王公侯卿大夫祖世所出",而《史记》始于黄帝,正据《世本》。苏辙《古史》:"至司马迁纪五帝,首黄帝,遗羲、农而绌少昊,以为帝皇皆出于黄帝,盖纪其世,非纪其事也。"汪越《读史记十表》云:"《三代世表》以黄帝为主,明诸帝三代乃至诸侯皆黄帝后裔。"日本学者岛田重礼亦云:"子长记五帝,乃所以著尧舜所自出。"①

一说因《世本》、《帝系》等之说。如罗泌《路史发挥》云:"窃观《太史公记》首黄帝者,特因于《世本》若《大戴礼》、《帝系》、《五帝德》,盖纪其世而非主于三与五之说;抑以为后世氏姓无不出黄帝者,故首而宗之。"

一说黄帝为一切制度的开创者。如清林伯桐《史记蠡测》中说:《史记》始自黄帝,"自有深意",因"古来制作,自黄帝而定","后世帝王皆本其法度者也"。

一说为讽刺汉武帝迷信神仙而作。如明柯维骐《史记考要》云:"诸史所载,谓黄帝采铜铸鼎,鼎成,帝崩。亦谓鼎成,骑龙升天,盖本方士之说。汉武帝叹曰:'吾诚得如黄帝,视弃妻子如脱屣耳'。太史公纪之《封禅书》以见汉武之惑。此云崩且葬,所以祛后世之惑也。"清人李邺嗣《杲堂文钞》亦云:"盖'黄帝本纪',实太史公之谏书也。"

一说司马迁崇尚黄老,故从黄帝始。如曾国藩《求阙斋读书录》云:"(史

---

① 《史记会注考证》卷一引。

迁)尚黄老,故本纪以黄帝第一。"

以上各种说法本可互为补充。若求之司马迁原意,当以明始祖、立制度二说较为接近。司马迁于众多传说中,采《帝系》之说,确认五帝血统相承,三代同源,当然有以黄帝为始祖的意思。另外《太史公自序》云:"维昔黄帝,法天则地,四圣遵序,各成法度。"《五帝本纪》"太史公曰"也说"至长老皆各往往称黄帝尧舜之处,风教固殊焉",也是讲黄帝尧舜的教化足为楷模,因而《五帝本纪》也寄托了作者的政治理想。

二、 五帝世系的两种传说

代表"五帝"传说的有两大主要系统,春秋时关于古史传说,有两段重要的记载。一是《国语·鲁语》所载展禽论祀典。其云:

> 故有虞氏禘黄帝而祖颛顼,郊尧而宗舜;夏后氏禘黄帝而祖颛顼,郊鲧而宗禹;商人禘舜而祖契,郊冥而宗汤;周人禘喾而郊稷,祖文王而宗武王。

《礼记·祭法》与此稍异,一是有虞氏"郊喾"、"宗尧";二是殷人"禘喾",其余则全同。禘,谓"王者禘其祖之所自出"①,也就是祭祀其最早的始祖。从展禽所言,有虞氏、夏后氏均禘黄帝。商人只追溯到舜,周人则追溯到喾,舜属有虞氏,明显为黄帝一系,喾则不太明确。而《祭法》云有虞氏郊喾。殷人禘喾,喾亦明确为黄帝后裔。从展禽论祀与《礼记·祭法》看,黄帝、颛顼、喾、尧、舜被视为三代始祖且出自一系,已大体确定。

另一段见于《左传·昭公十七年》,其云:

> 秋,郯子来朝,公与之宴,昭子问焉,曰:"少皞氏鸟名官,何故也?"

---

① 《礼记·大传》。

郯子曰："吾祖也。我知之，昔者黄帝氏以云纪，故为云师而云名；炎帝氏以火纪，故为火师而火名；共工氏以水纪，故为水师而水名；大皞氏以龙纪，故为龙师而龙名。我高祖少皞挚之立也，凤鸟适至，故纪于鸟，为鸟师而鸟名。"

这段话虽也讲到黄帝，并与《史记》一样，称之"为云师而云名"，然而与黄帝并列，却同时讲到炎帝、共工、太皞、少皞四人，显而易见与《史记》所称不同。《吕氏春秋》"十二纪"以四季、四方另加中央配合五帝，同于郯子所称，只是以颛顼当共工氏。《淮南子·天文》、《时则》两篇，《礼记·月令》均与之同。《吕氏春秋》所云："其帝太皞，其神句芒"，"其帝炎帝，其神祝融"等等，或以为是指神帝，然高诱注均认为本是人间君王，死后以五行配五方祀之。《吕氏春秋·孟夏纪·尊师》云，神农、黄帝、颛顼、帝喾、帝尧、帝舜、禹、汤、文、武等均有所师，又批评今世不尊师，故"五帝之所以绝，三代之所以灭"。此处所云"五帝"指人帝无疑。《吕氏春秋·孟夏记·用众》云："此三皇五帝之所以大立功名也"，亦称立大功名的三皇五帝，当然是指人帝，可见高诱注较符合《吕氏春秋》的原意。但是《尊师》、《用众》所称"五帝"似与"十二纪"中所言不尽一致。这两篇似更接近《史记》。或因《吕氏春秋》成于众手之故。

按《史记·五帝本纪》所载五帝、三王世系，当如下表：

```
                                    ┌ (姜原) 弃 …… 周文王 — 周武王
                                    │      (后稷)
              ┌ 玄嚣 — 蟜极 — 喾 ──┤ (简狄) 契 — 昭明 …… 商汤
              │ (青阳)        (高辛)│
黄帝          │                    │ (陈锋氏女) 放勋 (尧)
(轩辕) ──────┤                    │
              │                    └ (娵訾氏女) 挚
              │
              │              ┌ 穷蝉 — 敬康 — 句望 — 桥牛 — 瞽叟 — 重华 (舜)
              └ 昌意 (蜀山氏女) 颛顼 ┤
                           (高阳) └ 鲧 — 禹 — 启
                                       (夏后)
```

据司马迁说，这样一个世系是以《五帝德》、《帝系姓》等为依据的。大致与展禽所论相合,但是这一世系却充满了矛盾。第一,世次混乱。司马贞《史记索隐》已揭出此点。梁玉绳则说得更明白,"玄嚣、昌意,黄帝之二子,玄嚣二传生尧,昌意七传生舜,岂玄嚣之后俱年长,而昌意之后多不永?"又指出尧以二女妻舜,"是以族曾孙娶曾祖姑,不更渎伦乱序乎?颛顼至舜,历年既久,而鲧、禹遂仕尽四朝,何如此其寿?尧、舜在位,几百五十年,然后传禹,何禹之生又如此其晚?"①禹相当舜的四世祖,舜和尧也隔了四代,这都是难以解释的。

第二,五帝三王不尽同姓,是否属同一族,大可怀疑。《五帝本纪》称黄帝姓公孙(当有误)。复云:"自黄帝至舜、禹皆同姓。"然下文云:"帝禹为夏后而别氏,姓姒氏;契为商,姓子氏;弃为周,姓姬氏。"三代分明不同姓氏。"纪"又称,五帝异其国号,所谓:"故黄帝为有熊,帝颛顼为高阳,帝喾为高辛,帝尧为陶唐,帝舜为有虞,帝禹为夏后。"国号之说,显然不确。"有熊"等等应是氏族称号。而所谓"别氏"之说也不能成立。古代"姓"、"生"本为一字,故云"因生以赐姓"。②远古氏族的姓与感生说有关。如传,修己吞薏苡而生禹③,故禹为姒姓,犹云苡所生。又传,简狄吞燕卵而生契④,卵又名子,故商为子姓。又传,姜原履大人迹而生后稷⑤,而"姬亦可作趾,止为趾本字,故姬姓犹言足迹所生"⑥。这类感生说产生的根源,是"只知有母不知有父"的母系氏族社会,又与图腾有密切的关系。这类感生说保存在《诗经》的《玄鸟》、《生民》这类民族史诗中,追述其最早始祖,有很大参考价值。弄清姓、氏的含义,即可知《五帝本纪》所云"同姓别氏"之说是缺少根据的。对于三代同源说,前人也早发疑问,三国时秦宓曰:"见《帝系》之文,五帝皆同一族,而辩其不然。""宓又言,禹生石纽。今之汶山郡是也。"⑦谯周《蜀本纪》亦云:

---

① 《史记志疑》卷一。
② 《左传·隐公八年》。
③ 见《夏本纪正义》引《帝王纪》。
④ 见《诗·商颂·玄鸟》、《楚辞·天问》。
⑤ 见《诗·大雅·生民》。
⑥ 见闻一多《姜原履大人迹考》。
⑦ 《三国志·秦宓传》。

"禹本汶山广柔县人也,生于石纽。"①照他们所说禹生四川,与黄帝等族显非一系。

第三,与禅让说相矛盾。古史传说尧让舜、舜让禹,都是传贤而不传子。据今人研究,禅让实际上反映了氏族酋长公选的事实。所以当夏后启破坏这一制度时,还遭到有扈氏的反抗,反映了社会制度的大变革,曾经过斗争。黄帝年代更久远,更不会有"家天下"的事,而《五帝本纪》却强调五帝、三代均有父子血缘关系,这又是说不通的。

古来关于古代帝王传说甚多,汉末王符《潜夫论·五德志》篇,根据主要的几种传说配以五行,列出世系,据其所言列表如下:

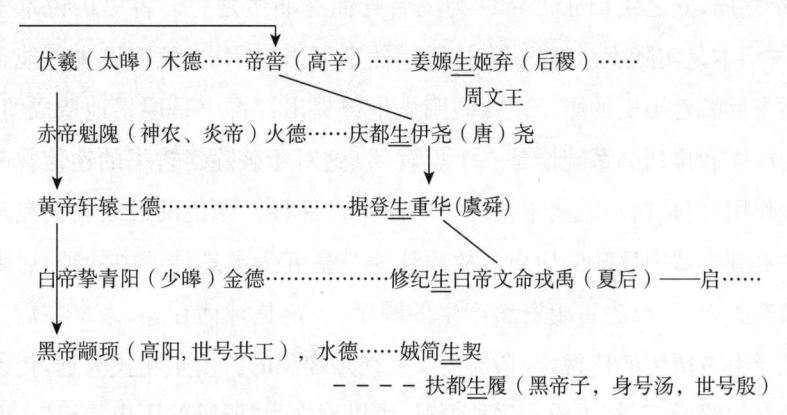

```
伏羲(太皞)木德……帝喾(高辛)……姜嫄生姬弃(后稷)……
                                           周文王
赤帝魁隗(神农、炎帝)火德……庆都生伊尧(唐)尧

黄帝轩辕土德………………………据登生重华(虞舜)

白帝挚青阳(少皞)金德…………修纪生白帝文命戎禹(夏后)——启……

黑帝颛顼(高阳,世号共工),水德……娥简生契
                     - - - - 扶都生履(黑帝子,身号汤,世号殷)
```

此篇关于帝位的承传,基本同于《史记》[多一"帝挚少昊(皞)氏"],而血缘关系则与《史记》大异,钱大昕《潜研堂文集》卷十二"答问"云:

> 《史记》叙《世表》,本之《五帝德》、《帝系》篇,惟《潜夫论·五德志》谓帝喾为伏羲之后,其后为后稷;尧为神农之后,舜为黄帝后,禹为少昊(皞)后,契为颛顼后。少昊(皞)、颛顼不出于黄帝,尧不出于喾,则舜无娶同姓之嫌,而稷、契之不为尧所知,亦无足怪。于情事似近之。

《五德志》倡多源说、后裔说,比之于《史记》确认均出黄帝一系、五帝子孙相

---

① 《秦宓传》裴注引。

继的说法则较为合理,其中以姜嫄、庆都等女性列为后嗣,并以感生说解释弃、尧、舜等的来历,也更能反映母系氏族社会的情形。

三、 混淆的古史构成

　　古史传说纷纭错乱,《史记·五帝本纪》又颇多不合理之处,所以近现代学者颇有怀疑五帝本无其人,或认为只是神话中的上帝的,其重要根据之一,即早期之"帝"本指上帝。然而"帝"字与花蒂之"蒂"形近同声,谓始生之根蒂,既可指上帝,亦可指祖宗。《礼记·曲礼》:"天王崩,告丧,曰:天王登假,措之庙,立之主曰帝。"帝即为王者死而有庙主之称。古史传说本多神话,神话本是实际生活的投影,神话固然不可当作信史,然而谁也不能否认神话中反映着历史的影子。顾颉刚先生曾提出:"古史是层累地造成的,发生的次序和排列的系统恰是一个反背。"①这对于破除对古书的迷信曾起了很大作用,但是这一说法本身却有不小的片面性。顾说的最大失误在于没有注意到神话中反映的历史。故而认为三皇五帝本是神话中的神,后来才被改造为人王,以为古史资料产生的顺序,一定是神话在先、人事在后。其实关于上古历史的传说,神话与史实往往是搀和的。由于年代久远,传说又不免众说纷纭,互相矛盾。这种情况,可以称之为"混淆的历史构成"。面对混合着神话、人事的传说,我们不宜简单地是此非彼,而应该耐心地分析其中所包含的合理因素,剔除其幻想、虚构成分。

　　古史中神话、传说、事实的混淆,大概有这样两种情况:

　　第一,人物的混淆。如《山海经》有十五处讲到帝俊,至其事迹,则颇多与帝喾、颛顼、舜以至黄帝的部分事迹相重合,现代研究者颇有以帝喾、帝舜均为帝俊(夋)一人所分化的。然而从另一个角度看,这种重合也可能是神话在流传中张冠李戴、互相混淆所造成的。郝懿行《山海经笺疏》除注出事迹的重合外,又提出疑问:"经内帝俊叠见,似非专指一人……经文踳驳,当

---

① 《古史辨第一册自序》。

在阙疑。"①他注意到经文矛盾,不强作解人,态度是很审慎的。又如后羿,据《山海经》(佚文)及《淮南子·本经》,均言是尧时人,曾射九日,并诛凿齿、九婴等害人怪物。然至夏启时又有有穷氏之君,亦名羿,《左传·襄公四年》言其事迹"因夏民以代夏政",后因耽于田猎,为寒浞所杀。羿为善射者之公名,既有神话故事,以歌颂弓箭的发明和善射的英雄,又有夏初的一段历史传说。后人注书每加区别,所谓"尧时羿,有穷后羿",但其事迹仍不免混淆。如《离骚》称有穷后羿,"又好射夫封狐",即神话中射封豨之事。可见神话、传说原本混淆,在神话中也分不出世次。要想解释得合情合理,反而不合当时的情形。又如共工亦似公名,其时代亦至为分歧。《左传·昭公十七年》云:"共工氏以水纪,故为水师而水名",这应是崇拜水,或以水为图腾的氏族,故其神话均与水有关。共工族大约也很强大,故神话传说中多言其斗争,如与颛顼争为帝②,与高辛氏争③,舜之时又"振滔洪水,以薄空桑"④,是经常捣乱的,而且屡次被诛灭。然而《周书·史记解》则载:"昔有共工自贤,自以无臣,久空大官。下官交乱,民无所附。唐氏伐之,共工以亡。"俨然是一方君主。《虞书·尧典》、《韩非子·外储说右上》等则以共工为尧臣,也就是大部族中的一个氏族酋长。关于共工的故事,同样有神话与传说的混淆。我们既不能全当作神话的想象,也不能以为都可以找到事实的根据。

第二,事迹的混淆。上古没有文字记载,人物活动、种种事件都得自传说,往往既有事实的夸张,又有神话的虚构,也有因后世不理解前世的情形,将假事当作了真事。例如禹曾攻打三苗并取得胜利。此事见于《尚书》、《墨子》、《吕氏春秋》等书的记载。从世次讲,禹应该是接受舜的命令伐三苗,多数书籍确也如此记载。然而《墨子·非攻下》却说:"高阳乃命(禹)于玄宫。禹亲把天之瑞令,以征有苗。"如此禹是受高阳之命,而且高阳也似乎有上帝的身份。其实,我们也可推测这是充满巫术宗教意味的典礼。夏后氏出自

---

① 《大荒东经》"帝俊生中容"句注。
② 《淮南子·天文》。
③ 《淮南子·原道》。
④ 《淮南子·本经》。

高阳,高阳为其宗祖神,也是保护神。古代作战前需要"虔卜于先君"——如《左传·成公十六年》所载。古人又以为,其祖先都围绕在上帝周围,执行上帝的使令,也可向上帝禀告——如《尚书》中《盘庚》、《金縢》所言。照此推想,"高阳之命"既代表天帝所颁,或见之于卜巫,或由代替祖先的"尸"来传达,真假难分,再加流传中的神话化,就更加难以辨明了。古史渺茫,经长期流传才有文字记载,当然免不了有种种异说。如关于鲧,其中心事迹是治水,神话中说是因窃上帝的息壤,不待帝命,因而被杀①。而古史则云因错误地采用堙法,"九载,绩用弗成"因而被诛。两种记载,对鲧的评价大不相同。还有《吕氏春秋·行论》载:

> 尧以天下让舜,鲧为诸侯,怒于尧曰:"得天之道者为帝,得帝之道者为三公。今我得帝之道,而不以我为三公。"以尧为失论,欲得三公,怒甚猛兽,欲以为乱。比兽之角能以为城,举其尾能以为旌,召之不来,仿佯于野以患帝,舜于是殛之于羽山,副之以吴刀。

言鲧为争位造反,失败被杀。鲧虽已很现实化,但仍有不少神话痕迹。还有《韩非子·外储说右上》载:

> 尧欲传天下于舜,鲧谏曰:"不祥哉!孰以天下而传之于匹夫乎?"尧不听,举兵而诛杀鲧于羽山之郊。

这里鲧是尧的谏臣,他因反对尧禅于舜而被杀。如此纷纭的记载,并不易判断哪一种更合实情。

四、《五帝本纪》中反映的历史真实

司马迁作史态度是严谨的,他相信传说的五帝系统,"其所表见皆不

---

① 见《山海经·海内经》及《楚辞》。

虚",故作《五帝本纪》。但对于相传的异说,则加以审慎的抉择,"择其言尤雅者",并且不用历来谱牒所载纪年数。在《五帝本纪》中,神话的痕迹是很少的,除了因时代局限有一些曲解或后世观念的渗入外,看得出来,作者力求忠实于古代传说而不加粉饰。

《五帝本纪》中反映的历史真实,我们可以从两方面加以判断。

第一,所记与后世观念有明显差异的。如关于黄帝,事迹的中心是与蚩尤、炎帝作战。史载黄帝曾与炎帝大战于阪泉之野,与蚩尤战于涿鹿之野,天下有不顺者,黄帝从而征之。如此,黄帝是以征战得天下,而非以德绥天下,其与炎帝大战更有犯上作乱或兄弟相争的嫌疑。后儒对此多所批评、曲解。然而这类记载却真实地反映了原始公社末期部族间频繁战争的情况。《五帝本纪》并记载着:"(黄帝)迁徙往来无常处,以师兵为营卫,官名皆以'云',命为云师。"这就更明确地反映了黄帝族是以云为图腾的很强悍的游牧部族。又如尧、舜、禹的禅让,在家天下父子世袭的时代是很难想象的,这必然也是远古留传的记忆,其实质是反映了原始公社时期酋长公选的事实。又如虞舜也算是著名的圣王了,可是偏偏其"父瞽叟顽、母嚚、弟象傲",他们联合起来,阴谋杀舜,幸好都未能得逞。据《本纪》言,瞽叟也是黄帝、颛顼的嫡系子孙,却这样坏,他的儿子舜又这么好。对于这一神圣家族,后世大概不会编制出这样的故事来的,这故事必然有久远传说为依据。《五帝本纪》云:象以为害死了舜,乃与其父母分舜的财产,"舜妻尧二女与琴,象取之。牛羊仓廪,予父母",这便透露了舜时财产私有制已在形成,氏族内部也产生了争夺与分化。又如《五帝本纪》载:"尧使舜入山林川泽,暴风雷雨,舜行不迷,尧以为圣。"这是据《尚书·尧典》:"纳于大麓,烈风雷雨弗迷"。这种才能测验,后儒是难以理解的,所以作了种种曲解也难以自圆其说。其实,上古时期,猎人入山林而不迷是很重要的本领、很高的智慧。正因为舜有良好的品行、很高的智慧,才获得大酋长候选人的资格。以上这些不合乎后世观念的记载,却正是古代历史真实的投影。

第二,所记似不可解,然而用今日社会科学知识可以予以说明的。如《五帝本纪》称黄帝"教熊、罴、貔、貅、䝙、虎,以与炎帝战于阪泉之野,三战,然后得其志。"当时真能驱使野兽作战吗？显然不是。照今天的理解，只是一些以这些野兽为图腾的氏族参加了黄帝对炎帝的战争。无独有偶，美国人类学家摩尔根调查处于氏族社会的易洛魁人，其中的森尼卡族有八姓，便是：狼氏、熊氏、龟氏、海狸氏、鹿氏、鹬氏、苍鹭氏、鹰氏，正可作为解释熊、罴、貔、貅等的旁证。① 又如《五帝本纪》称"黄帝二十五子，其得姓者十四人"，又大略叙述了黄帝后裔的谱系。对此，前人或避而不谈，或迳以为虚构。其实这也是包含有相当的真实性的。氏族的谱系曾具有十分重要的意义。马克思曾概括摩尔根关于氏族谱系的论点说：

> 与原始形态的氏族——希腊人像其他凡人一样也曾有过这种形式的氏族——相适应的血缘亲属制度，使氏族一切成员得以知道相互的亲属关系。他们从童年时代起，就在实践上熟悉了这种对他们极其重要的事物，随着一夫一妻制家庭的产生，这种事物就湮没无闻了。氏族名称创造了一个系谱，相形之下，个体家庭的系谱便显得没有意义。这种氏族名称，现在应当证明具有这种名称的人有共同世系；但是氏族的系谱已经十分湮远，以致氏族的成员，除了有较近的共同祖先的少数场合以外，已经不能证明他们相互之间有事实上的亲属关系。名称本身就是共同世系的证据，而且除了收养外人入族的情形以外，也是不可争辩的证据。②

《左传》中郯子关于其祖先，言之凿凿，《春秋》时许多小国都知其祖先世系，③这都不是凭空想象的。关于黄帝的后裔，《国语·晋语》载有这样一段话：

> 司空季子（胥臣）曰："同姓为兄弟，黄帝之子二十五人，其同姓者二

---

① 见《古代社会》。
② 《马克思恩格斯选集》第四卷，人民出版社，1972年，第98页。
③ 参见《潜夫论·志氏姓》。

人而已,唯青阳与夷鼓皆为己姓。青阳,方雷氏之甥也;夷鼓,肜鱼氏之甥也。其同生而异姓者,四母之子,别为十二姓。凡黄帝之子二十五宗,其得姓者十四人,为十二姓,姬、酉、祁、己、滕、葴、任、荀、僖、姞、儇、依是也。唯青阳与苍林氏同于黄帝,故皆为姬姓,同德之难也如是。昔少典娶于有蟜氏,生黄帝、炎帝。黄帝以姬水成,炎帝以姜水成,成而异德,故黄帝为姬,炎帝为姜。"

这段话前面讲"青阳与夷鼓皆为己姓",后面又讲"唯青阳与苍林氏同于黄帝,故皆为姬姓",夷鼓或即苍林氏。黄帝之子竟不同姓,还有不得姓者,这在后世是无法想象的。然而胥臣却讲得如此具体,应有长期流传的说法作为依据。其中特别提出青阳是方雷氏之甥,夷鼓是肜鱼氏之甥,当是反映了"彭那鲁亚制"的影响。《五帝本纪》所云"得姓"当如范文澜所说:"所谓得姓,大概是子孙繁衍,建立起新的氏族来。"①《纪》中所云"昔高阳氏有才子八人,世得其利,谓之八恺;高辛氏有才子八人,世谓之八元。此十六族者,世济其美,不陨其名。"所谓才子,也指得姓的著名世族的代表人物,这些代表人物尧时未得举用,舜时则八恺、八元都得到举用。《纪》中还举出出身于帝鸿、少暤、颛顼等族的不才子,即浑沌、穷奇、梼杌、饕餮等四凶族。这当是善于扰乱的氏族,后来都被赶逐到边远地区去了。可见这些人物的名字实际上与族称是一致的。据旧史所载契丹族传说,其祖先育有八子分为八部,蒙古族也传说蔑年土敦生七子,繁衍为七个部落。可见在少数部族中,尽管很迟才有文字记录,但却长期流传着祖先的谱系和所属氏族的由来,以证明兄弟氏族间的血缘关系。从这些实例,更可以说明"黄帝二十五子,其得姓者十四人"的真实含义。

《史记·五帝本纪》确立了黄帝为五帝三王的始祖,产生了深远的影响。历史上各族融合、统一的过程中,往往都归属到炎、黄这面旗帜之下。如春

---

① 《中国通史简编》。

秋时戎子驹支称诸戎是四岳之裔胄,越族则被认为是禹之苗裔、少康之庶子①。南蛮关于始祖盘瓠的一段神话,也和高辛氏产生了联系。②楚族本自称蛮夷,但到战国时,便自称是颛顼之后裔。③ 汉代的匈奴,《史记》也有"其先祖夏后氏之苗裔也,曰淳维"的说法。北朝的拓跋魏是鲜卑族,关于其祖先的来历也有这样的传说:"黄帝子昌意,少子受封北土,黄帝以土德王,北俗谓土为拓,谓后为跋,故以为氏。"④可见炎、黄取得中华始祖的地位,是在《史记》所述的基础上经过民族长期融合的过程,自然形成的。如今,海内外的中华儿女都承认是炎黄子孙。炎黄已成为祖国、民族的代称,这对于增强民族凝聚力,激发民族自信心具有十分巨大的作用。

(责任编辑　兆　录)

(《南京社会科学》1999年第2期)

---

① 见《左传·襄公十四年》。
② 见《后汉书·南蛮传》。
③ 见《后汉书·南蛮传》。
④ 《魏书·帝纪》。

天地之性人为贵
——一个人文主义的命题

一、命题的提出

"天地之性人为贵"这一命题是《孝经》首先提出的。《孝经》这部书,旧称传自孔子,作者或题孔丘,或题曾参。① 关于《孝经》文本的真伪,也有不少争论。② 但据《吕氏春秋·察微》篇及《孝行》篇的引述来看,《孝经》中的内容在战国后期已有流传,其为先秦儒家传授之书是没有疑问的。春秋战国时代产生的这一命题,到了汉代便作为重要的传统思想被固定了下来。董仲舒《对策三》说:

> 人受命于天,固超然异于群生……故孔子曰:"天地之性人为贵。"明于天性,知自贵于物;知自贵于物,然后知仁谊;知仁谊,然后重礼节……

扬雄《太玄·玄文》说:"物之所尊曰人。"班固《白虎通·三军》说:"人者,天之贵物也。"许慎《说文解字》解释说:"人,天地之性最贵者也。"曹操叙述其政治理想的乐府诗《度关山》开头就说:"天地间,人为贵。立君牧民,为之轨则。"汉代以后,这一命题仍不时被提起,在思想著作和文学作品中得到响

---

① 见《史记·仲尼弟子列传》、《汉书·艺文志》、何休《公羊传序》、《隋书·经籍志》等。
② 如朱熹《孝经刊误》,即疑其中一部分是曾参门人记载孔子与曾参问答之语,且认为《孝经》本文只到"孝无终始,而患不及者,未之有也"。其下当为传记。

应,产生了极大的影响。

二、命题产生的根源

"天地之性人为贵"这一命题的提出,不是偶然的。在思想上有其继承性,并且也有一定的时代根据。《诗·大雅·烝民》说:"天生烝民,有物有则。"认为众民都是天所降生,有此事物也就有此法则。《白虎通·姓名》说:"姓者,生也。人秉天气所以生也。"正是解释此意。这种观念当源于原始的感生说。神话传说,商代祖先契之母,吞燕卵而生契;周代祖先后稷之母,踩巨人足迹而生后稷。其实,这都是"知其母不知有父"的母系氏族社会的投影,与后世封建统治者以"感生"来神化自己并不是一回事。"天生烝民"源于感生说,而对于承认人的基本权利、承认人的平等地位,则有着积极意义。进入阶级社会以后,人群被区分为统治阶级与被统治阶级。但清醒的政治家早就认识到"民"是广大的人群,是社会的基础,是不容忽视的。在神权统治时代,他们甚至提出了天命依据人心的观点。《尚书·皋陶谟》说:"天聪明,自我民聪明,天明畏,自我民明畏,达于上下,敬哉有土。"①《尚书·泰誓》说得更明白:"天视自我民视,天听自我民听。"②"民之所欲,天必听之。"③这些话已包含了天人合一的思想,对于人的地位给予了足够的重视。春秋战国时期,随着社会的发展,思想观念也有了很大变化,重民思想有了长足的进步。春秋时期,神权思想虽未消除,但更倾向于以人权来加以阐释。如:

> 夫民,神之主也,是以圣王先成民,而后致力于神。(《左传·桓公六年》"季梁谏追楚师")

> 国将兴,听于民;将亡,听于神。神,聪明正直而壹者也,依人而行。(《左传·庄公三十二年》)

---

① 《皋陶谟》不会是虞夏时代的作品,但从流传看,当是很早的古籍。
② 《泰誓》已佚,今本伪古文《尚书》有此篇。这两句为《孟子·万章》所引,当出自先秦古籍。
③ 此句《泰誓》佚文,见引于《国语·郑语》。

> 鬼神非人实亲,惟德是依。……如是,则非德,民不和,神不享矣。(《左传·僖公五年》)
>
> 天道远,人道迩。非所及也,何以知之。(《左传·昭公十八年》)

战国时期,社会变化更趋激烈,统治者的权威性发生动摇。所以孟子说:"民为贵,社稷次之,君为轻。"赵威后问齐使说:"岁亦无恙邪?民亦无恙邪?君亦无恙邪?"都特别强调了民的重要性。这时候,西周以来的宗法制度被破坏,统一的集权制度尚未建立,这就为"民贵君轻"的思想、"无君"的思想①、"公天下"的思想②提供了合适的土壤。继承前代重民思想,结合当代思潮,"天地之性人为贵"命题的出现,就是很自然的了。泛义的"人",作为三材之一,取得了与天地并列的地位。《老子》第二十五章说:

> 道大,天大,地大,人大,域中有四大,而人处一。人法地,地法天,天法道,道法自然。③

人的地位如此崇高,所以孟子说:"万物皆备于我矣。"庄子说:"天地与我并生,而万物与我为一。"屈原说:"与天地兮同寿,与日月兮同光。"充满了人的自豪与自信。

三、人何以贵?

古代对于"人何以贵?"这一问题的回答主要有两方面:

---

① 《孟子·滕文公下》:"杨氏为我,是无君也。"杨朱提倡"损一毫利天下,不与也"。都有不肯接受君主统治的一面。还有"有为神农之言"的许行,似也有无君思想。
② 《吕氏春秋·孟春纪·贵公》说到"天下非一人之天下,天下之天下也"。
③ 《老子》相传各本"人"字每作"王"字,也有作"人"者,颇多争论。然而"人法地,地法天……"文义畅达,自当作"人"字。朱谦之说:"况人为万物之最灵,与天地并立而为三才,身任斯道,则人实亦大矣……'王'字乃尊君者妄改'经'文,其说由来已久。"(《老子校释》)

第一,从人的生理构造来讲。《黄帝内经·素问·生气通天论》说:

> 夫自古通天者,生之本,本于阴阳。天地之间,六合之内,其气九州(九窍),五藏,十二节,皆通乎天气,其生五,其气三。

《黄帝内经·素问·宝命全形论》也说:"天地合气,命之曰人。"都认为人是禀承天地阴阳之气而生的。《淮南子·精神》篇说:

> 故头之圆也象天,足之方也象地。天有四时、五行、九解、三百六十六日,人亦有四支、五藏、九窍、三百六十六节;天有风雨寒暑,人亦有取与喜怒,故胆为云,肺为气,肝为风,肾为雨,脾为雷,以与天地相参也,而心为之主。

董仲舒《春秋繁露·人副天数》中也说:

> 人有三百六十节,偶天之数也;形体骨肉,偶地之数也;上有耳目聪明,日月之象也;体有空窍理脉,谷川之象也。

都是以人的生理构造与天时、地貌相对应,用以阐释天人合一的思想。① 虽然并不符合实际,但却极大地抬高了人的地位。

第二,从人具有思想观念,具有社会性来讲。《周易·说卦》称:

> 是以立天之道,曰阴与阳,立地之道,曰柔与刚,立人之道,曰仁与义,兼三才而两之,故《易》六画而成卦。

天道、地道都是物性,唯人道则属人性。仁与义完全体现了人文主义精神。

---

① 《汉书·刑法志》也说:"人秉天地之形。"

孔子创立了仁学,儒家即将仁义视作人的本质。如:

《孟子·尽心下》:仁也者,人也。
《孟子·告子上》:仁,人心也。
《礼记·中庸》:仁者,人也。
《春秋繁露·仁义法》:仁之为言人也。

都是以"人"或"人心"来解释"仁"字。孟子特别认为人的本性是善的,所以他说:

恻隐之心,人皆有之;羞恶之心,人皆有之;恭敬之心,人皆有之;是非之心,人皆有之。(《孟子·告子上》)

并进而推论说:

无恻隐之心,非人也;无羞恶之心,非人也;无是非之心,非人也;无辞让之心,非人也。

如果说人生来就具有某种道德伦理观念,显然是不正确的。但是如果从人是具有社会性的,必然具有某种道德伦理观念而言,则说"人"的本质是"仁"就有一定的道理了。许慎《说文解字》解释:"仁,亲也,从人从二。"徐铉注说:"仁者兼爱,故从二。"《中庸》"仁者,人也。"此句,郑注曰:"人也,读如相人偶之人。以人意相存问之言。"段玉裁注《说文解字》引此注并加说明:"按人耦犹言尔我亲密之词,独则无耦,耦则相亲,故其字(按,指'仁'字)从人二。"这就是说,人作为社会的一员,必须与他人交往,产生各种各样的关系。"仁"便是人们相处的原则,就是对于他人的爱心。这作为对于人性的期望,对于社会的理想,当然是值得称许的。"立人之道,曰仁与义",人所以贵,正因为具有仁义的品性,这也是对于人性的肯定。

四、这一命题的多种阐释

"天地之性人为贵"是从"天人合一"的思想角度来肯定人的尊贵性的。《周易·系辞》说:"天地之大德曰生。"生命体现了天地之大德,所以,尊重生命才是这一命题的核心。杜甫的名句:"雨露之所濡,甘苦齐结实。"所有生物都受到雨露的滋润,也无不具有生存的权利。张载的名言:"民,吾同胞;物,吾与也。"所有的人都是自然之子,万物都是人类的朋友。这样一些传颂久远的名句,都极其深刻、形象地表达了尊重生命的思想。有这样的思想,人才是真正高贵的。人的生命是宝贵的,"人命关天"便是说生命不容忽视。关汉卿的代表作《窦娥冤》便写了窦娥被任意冤杀引起了天地的震动。"天人感应"本来是专属于封建帝王的,而在剧本中,出身低微的弱女子却使天地为之感应了。她临刑时提出三桩誓愿:血喷白绫,六月飞雪,亢旱三年。结果这三桩竟一一得到应验,证明了她是含冤负屈,证明了"官吏每无心正法,使百姓有口难言"。这故事情节当然是一种虚构,但也充分表达了作者尊重生命的人道主义思想和抗恶精神。

"天地之性人为贵"还启发了人们,必须自尊、自信。李白诗句"天生我才必有用",便很好地表达了这种自尊、自信精神。陆九渊《语录》中则有这样的话:

> 今人略有些气焰者,多只是附物,元非自立也。若某则不识一个字,亦须还我堂堂地做个人。

人的价值本不在名誉、地位、财富等等,"略有些气焰者"并不见得名实相符。人生于天地之间,"堂堂地做个人",才是最可贵的。

"人为贵"的思想还表现为对人的力量的肯定与赞美。唐代刘禹锡在《天论》中说:

> 天,有形之大者也;人,动物之尤者也。天之能,人固不能也;人之能,天亦有所不能也。故余曰:"天与人交相胜耳。"

明代刘基《天说下》也说:"天有所不能而人能之,此人之所以配天地为三也。"这些都是说人力也可胜天。古代神话"愚公移山"是对于人的精神力量的赞美。唐代邱鸿渐作《愚公移山赋》对此作了进一步的阐述。赋中说:

> 止万物者艮,会万灵者人。艮为山以设险,人体道以通神。是知山之大,人之心亦大……愚公之远大,未可测也。

人的理想追求是远大的,精神力量也是难以限量的。

人如果能够充分肯定自我,便不会再有偶像崇拜。太平天国反对佛教、道教崇拜偶像。在其《原道觉世训》中说:

> 呜呼!天地之中人为贵,万物之中人为灵……人贵于物、灵于物者也,何不自贵而贵于物乎?何不自灵而灵于物乎?

既然肯定人为贵、人为灵,那又何必去崇拜泥塑木雕的偶像呢?太平天国反对偶像崇拜并不彻底,人们崇拜"皇上帝",仍然没有做到自贵自灵。若按照中国传统思想,认为人是天(自然)之子,与天合一所以最贵,则应是能够彻底反对偶像崇拜的。在太平天国文献《原道救世歌》中却发挥了这种思想。歌词说:"天人一气理无二,何得君王私自专!"以天人一气为根据,明确反对君主专制,是从"人为贵"命题中发展出来的非常可贵的思想。

承认天人一气,承认人与人平等,自然就会承认"大同世界"才是最合理的世界。太平天国的乌托邦,主张天下一家,人人平等。他们认为人人都是皇上帝的子女,自然都是平等的。公正无私的上帝必然要造就出一个人人平等的大同世界。所以在《原道醒世训》中竟然引述了他们并不崇敬的孔丘的话(按即《礼记·礼运》篇),以支持其关于平等社会的主张。康有为也是

以《礼记·礼运》篇为基础,写作他的《大同书》的,他在其"绪言"中说道:

> 吾既有身,则与并身之所通气于天,通质于地,通息于人者,其能绝乎? 其不能绝乎? ……然则人绝其不忍之爱质乎,人道将灭绝矣。灭绝者,断其文明而还于野蛮,断其野蛮而还于禽兽之本质也夫!

作为一个与天、地、人相通的个人,是不能断绝其不忍的仁爱之心的。不然,人道将绝灭,文明将断绝,人类将退回到野蛮,退回到禽兽。康氏认为人类必须发扬不忍的仁爱之心,从而进至于大同世界。这正是"天地之性人为贵"这一命题的逻辑归宿。

五、余 论

春秋战国时期是中国思想史上难得的活跃时期。"百家争鸣"促使各派思想展开、深化。在论到的许多命题中,关于人以及社会的本质等宏观问题占据了不小的比重。这些问题是直到现代,依然为人们所关心、探讨的。古代睿智的思想家,曾就此提出过一些深刻的观点,这些观点,并不因时间的冲刷、时代的变迁而失去其存在的意义。众所周知,在等级社会里,广大人民实际上处于卑贱的地位,崇尚权势者从来也看不起普通的群众,那么,"天地之性人为贵"这一包含着理想追求的命题,便可以起到激励民主精神、批判专制主义的作用。

时至今日,人类社会面临着许多问题,在物质财富极大增长的同时,许多人陷入了深深的精神危机,只顾感官的满足,而精神则日趋贫弱、空虚。贪欲的无限膨胀,破坏了人与人之间、人与自然之间应有的和谐、互利的关系。这种情况便滋生出种种荒诞的议论,如反对理性,嘲讽理想,不承认人类社会应有共同遵守的原则,以至否定人类自身。针对这种议论,我们特别要大声疾呼,"天地之性人为贵。"承认"人"的贵重,就应该尊重、善待他人,就应该具有爱心、同情心。作为一个高贵的"人",就应该自尊、自重、自爱,不管境遇如何，都要"堂堂正正的做人"。作为一个人，当然有权利发展自己，但同时也必须尊重他人的发展，而不应该互相伤害、互为陷阱。

如果人们都能自重而且重人，人类社会也就可以实现大同世界的理想了。

参考文献

[1]《诗·商颂·玄鸟》[M].

[2]《诗·大雅·生民》[M].

[3]《孟子·尽心下》[M].

[4]《战国策·赵策》[M].

[5]《孟子·尽心上》[M].

[6]《庄子·齐物论》[M].

[7]《楚辞·九章·涉江》[M].

[《阜阳师范学院学报（社会科学版）》2000 年第 5 期]

《庄子·渔父》篇发微

《渔父》在今本《庄子》杂篇中,宋代苏轼即疑其非庄子自作。其理由是:

> 庄子之言,皆实予而文不予,阳挤而阴助之,其正言盖无几。至于诋訾孔子,未尝不微见其意。其论天下道术,自墨翟、禽滑釐、彭蒙、慎到、田骈、关尹、老聃之徒,以至于其身,皆以为一家,而孔子不与,其尊之也至矣。然余尝疑《盗跖》、《渔父》则若真诋孔子者;至于《让王》、《说剑》,皆浅陋不入于道。①

其意是说,庄子突出儒学,故从未真正诋訾孔子,却每见其用孔之意。《天下》篇论天下道术而不及孔子,是特别尊崇之故。然而《盗跖》、《渔父》则像是真正攻击孔子,故断定其为伪作。庄子出于儒学,在今人著作中曾得到回应,②所谓"阳挤而阴助之"与今日所言"儒道互补"也颇有契合。苏轼依据对孔子的态度断定《盗跖》、《渔父》为伪作,理由是不充分的,然而以所举四篇为非庄子所作,却得到了较普遍的赞同。现代的研究者多同意章学诚《文史通义·言公》所言,承认先秦学派虽以一人为代表,但所包甚广,诸子著作往往都含有学派后学所作。《庄子》一书,学者普遍承认内篇七篇为庄子自作,外、杂篇一般肯定均为其后学所作。

既然苏轼已提出《渔父》等篇是伪作,又因《渔父》、《盗跖》讥斥孔子,而

---

① 宋苏轼《庄子祠堂记》。
② 郭沫若《十批判书》。

招致了更多的否定,如称其"鄙倍不可通"①,"文辞俚浅,令人厌观"②,等等。其实这几篇思想上自有其特点,文学上更有建树,是不应该一笔抹煞的。

《渔父》篇,通过渔父与孔子及其弟子的对话,批评孔子"上无君侯有司之势,而下无大臣职事之官,而擅饰礼乐,选人伦以化齐民",是管其不该管,纯属多事。又批评孔子危其本真,远离至道。渔父举出"人有八疵,事有四患",也隐然指责孔子犯了这些毛病。《渔父》篇中,正面提倡的是"法天贵真"的主张,认为"谨修而身,慎守其真,还以物与人,则无所累矣!"修养自身,保持真性,人、物本无区别③,那就没有累害了。其中突出的是"贵真"。这当然是庄子学派的思想,如《大宗师》中云:"人特以有君为愈乎己而身犹死之,而况其真乎?"郭象注:"夫真者,不假于物而自然也",又云"亡身不真,非役人也","而已反其真,而我犹为人猗!"真又作本性解。真是自然、本性、道。《齐物论》中有所谓"真宰"、"真君",《大宗师》中又有所谓"真人",其义均同。《大宗师》中对"真人"有许多形容,要之即"独与天地精神往来,而不敖倪于万物……上与造物者游,而下与外死生无终始者为友"(《天下》),那种体现了自然之道的人,故庄子反复说:"不以人助天,是之谓真人。""天与人不相胜也,是谓之真人。"《渔父》篇中解释"真"也说:"真者所以受于天也,自然不可易也,故圣人法天贵真,不拘于俗。"这样的解释与《大宗师》中所言精神是一致的。但是,在本篇中,对于"真"又提出了一种解释,那就是"真者,精诚之至也。""诚"作为本体是思孟学派所强调的,《庄子》内七篇中未见,外、杂篇中有:

> 修胸中之诚,以应天地之情而勿撄。
> 反己而不穷,循古而不摩,大人之诚。
> 吾与之乘天地之诚,而不以物与之相撄。

---

① 清王夫之《庄子通·天下》小注。
② 清姚际恒《古今伪书考》。
③ "还以物与人",诸家说解,颇多歧异。今按当即"万物与我为一"之意。物指自然。

> 捐仁义者寡,利仁义者众,夫仁义之行,唯且无诚。(以上均见《徐无鬼》)
>
> 不见其诚己而发,每发而不当。(《庚桑楚》)
>
> 内诚不解,形谍成光。(《列御寇》)

郭沫若指出:"庄子后学和思孟学派接近的倾向,在'杂篇'中颇为显著,屡屡把'诚'作为本体的意义使用,和思孟学派的见解完全相同。"[①]其中《渔父》篇强调精诚,也明显是思孟学派的影响。《孟子·离娄上》云:"是故诚者,天之道也,思诚者,人之道也,至诚而不动者未之有也,不诚未有能动者也。"《中庸》中也说:"诚者天之道也,诚之者人之道也,诚者不勉而中,不思而得,从容中道,圣人也。"就认为,诚是自然之道,所以人也要追求,做到诚。"真者,精诚之至也",正好说明这个意思。

作为庄子后学所作的《渔父》篇,思想比较驳杂。作者一面批评孔子"苦心劳形以危其真",另一面却又在设计理想政治的蓝图。他说:"天子诸侯大夫庶人,此四者自正,治之美也,四者离位而乱莫大焉。官治其职,人忧其事,乃无所陵。"然后分述庶人之忧、大夫之忧、天子诸侯之忧等等。这一套设想,岂不就是"君君臣臣父父子子"的主张。而庄子是排斥事务的,《逍遥游》中,视"知效一官,行比一乡,德合一君而徵一国者",只不过像笑大鹏的斥鹖一样。庄子的理想政治,见于《应帝王》:

> 无名人曰:"汝游心于淡,合气于漠,顺物自然而无容私焉,而天下治矣。"
>
> 老聃曰:"明王之治:功盖天下而似不自己,化贷万物而民弗恃;有莫举名,使物自喜;立乎不测,而游于无有者也。"

显然,《渔父》篇与此有很大距离。

---

① 《十批判书·庄子的批判》。

《渔父》篇称"人有八疵,事有四患,不可不察也"。其中所举,如:

> 不择是非而言,谓之谀。
> 不择善否,两容颊适,偷拔其所欲,谓之险。
> 人同于己则可,不同于己,虽善不善,谓之矜。

所言均以肯定善、恶、是、非之别为前提。然而老庄哲学却是以相对观点,取消善恶是非之辨的。老子云:"天下皆知美之为美,斯恶矣;皆知善之为善,斯不善矣。"庄子则云:

> 道恶乎隐而有真伪?言恶乎隐而有是非?……道隐于小成,言隐于荣华。
> 物无非彼,物无非是……彼亦一是非,此亦一是非,果且有彼是乎哉?果且无彼是乎哉?彼是莫得其偶,谓之道枢,枢始得其环中,以应无穷,是亦一无穷,非亦一无穷也。
> 是以圣人和之以是非,而休乎天均。
> 是非之彰也,道之所以亏也。
> (以上均见《齐物论》)

庄子主张"和之以天倪",以达到绝对的无差别境界。针对当时社会急剧变化、处士横议、百家争鸣的情形,庄子又说:

> 自我观之,仁义之端,是非之涂,樊然淆乱,吾恶能知其辩。(《齐物论》)
> 夫尧既已黥汝以仁义而劓汝以是非矣,汝将何以游夫遥荡恣睢转徙之涂乎!(《大宗师》)

儒、墨均称道尧舜,鼓吹仁义,庄子不遣是非即是针对这两家而发。庄子当时许多议论有其时代背景,也每有针对性。时过境迁,至其后学则每就其一节而加以发挥,又有当时的形势为之背景,故而又呈现较为复杂的面貌。我们比较《庄子》内篇与外、杂篇,尤其是杂篇,显然表现出一种世俗化的倾向,其中哲学概念减少了,所举事例则较多。时代越后,各学派间交流吸收越多,往往就不那么纯粹,并且难免出现一些矛盾的论调,从《渔父》中,正可以看出这种情形。

从写作的特点来看,《渔父》是很有特色的。《渔父》、《说剑》两篇都是一个故事到底,有开头也有结尾,和其他各篇举证甚多或包含几个故事的不同。《渔父》也很重视人物形象的描写,如写渔父的出现:

有渔父者,下船而来,须眉交白,被发揄袂,行原以上,距陆而止,左手据膝,右手持颐以听。

写孔子与渔父相见:

子贡还报孔子,孔子推琴而起,曰:"其圣人与?"乃下求之,至于泽畔,方将杖拏而引其船,顾见孔子,还乡而立,孔子反走,再拜而进。

写渔父离去时的情形:

客(即渔父)曰:"……子勉之,吾去子矣!吾去子矣!"乃刺船而去,延缘苇间。颜渊还车,子路授绥,孔子不顾,待水波定,不闻拏音,而后敢乘。

关照情景,刻画形象,均求其具体、生动,使读之者如闻如见,其重视文学描写是显而易见的。

《楚辞》中,归于屈原名下的,也有一篇《渔父》,那位渔父也是具有老庄思想的隐者。该篇写渔父与屈原的两段对话,疏疏几笔,便刻画了两种不同的精神面貌,哲学意蕴深长。那位渔父主张和光同尘,是典型的道家学派中人。《庄子·渔父》，如前所言则思想较混杂，其结构也是相见——对话——离去。二者对比，则《庄子·渔父》很可能受到《楚辞》的影响。我们还可以看到，此篇篇幅扩展，描写详尽，每多铺陈，如写"庶人之忧"、"大夫之忧"、"诸侯之忧"、"天子有司之忧"的层进陈述，"八疵"、"四患"的列举，都近于赋的作法，这很可能受到宋玉等人赋作的影响。篇中又称渔父为"客"，而宋玉《对楚王问》云："客有歌于郢中者"，即以"客"称外来者。至枚乘《七发》则有"吴客"之称，影响所及，汉代乃兴起"主客赋"。

《庄子·渔父》篇中，也有以比喻说明事理的，如述孔子问何以有"再逐于鲁，削迹于卫，伐树于宋，围于陈蔡"的挫折，渔父回答说：

> 人有畏影恶迹而去之走者，举足愈数而迹愈多，走愈疾而影不离身，自以为尚迟，疾走不休，绝力而死，不知处阴以休影，处静以息迹，愚亦甚矣。

"处阴以休影，处静以息迹"，是对生活的细致观察，正好可用来说明道家谦退无为的思想。汉景帝时，枚乘数谏吴王濞勿反。其《上书谏吴王》有云：

> 人性有畏其景而恶其迹者，却背而走，迹愈多，景愈疾，不如就阴而止，景灭迹绝。

从这一比喻的共同性，也可推测后者或曾受前者的影响。

《庄子·渔父》非庄子所作，大概是可以肯定的。那么庄子后学作于何时呢？有人甚至疑《盗跖》诸篇，不仅不像先秦文，而且不像两汉文。① 但是司马迁《史记》传庄子，已云：

> 故其著书十余万言，大抵率寓言也。作《渔父》、《盗跖》、《胠箧》，以

---

① 明代郑瑗《井观琐言》。

诋訾孔子之徒，以明老子之术。

司马迁"紬史记石室金匮之书"①，掌握资料极为广泛。如果说他没有区别庄子本人与其后学的作品，那是完全可能的——以人代派本是当时通例；如果说他错将汉代人的作品当作先秦人之作，则可能性极小。汉初数十年间并未认真提倡文化，汉武帝元朔五年下诏，还说："今礼坏乐崩，朕甚闵焉！""于是建藏书之策，置写书之官，下及诸子传说，皆充秘府。"②汉兴七十年间文化未受重视，学者何必去假造诸子文章？即使有托名假造的，也不会不被掌握古代典籍的太史公父子（包括作《论六家要旨》的司马谈）所识破。故而司马迁既将《渔父》归于庄子名下，其为先秦旧籍无疑。我们对《渔父》篇的思想和写作的分析，也足以证明此篇是战国末期庄子后学的作品。

[《阜阳师范学院学报（社会科学版）》1997年第1期]

---

① 《史记·太史公自序》。
② 东汉　班固《汉书·艺文志》。

《战国策》序跋中的古代文论

古代著作的序、跋常常包含了作者的文学见解和批评意见,因此成为古代文论研究的重要对象。对《战国策》一书,一向颇有争议,历代为这部书所写的序跋也存在着截然不同的意见,其中所包含的批评理论就更为丰富。

西汉成帝时,刘向校书,对记载战国策士言行的一些简策加以整理,据"国别者八篇"编定,名之为《战国策》。刘向作《战国策书录》,除叙述编辑过程外,着重说明了此书存在的理由及价值。他特别强调战国时是实力与智谋的较量,而当时诸侯又多暴虐之主,因此,他认为策士们"不得不因势而为资,据时而为,故其谋,扶急持倾,为一切之权"。他称赞策士们:"皆高才秀士,度时君之所能行,出奇策异智,转危为安,运亡为存,亦可喜,皆可观。"刘向生活的时代,儒学已定为一尊,谲诈的策谋是不被允许的。所以刘向特别强调产生策谋的时代背景,把问题提到特定的时代而承认这是必需的权变。儒家是允许权变的,其义则是"于正道虽违逆而事有成功者谓之权"。刘向指出策士谋略成功的一面,较多地肯定了《战国策》的内容,而"亦可喜,皆可观"则可看作是对该书的文学评语。

《战国策》编定后,东汉高诱曾为之作注。之后,因其谲变的内容终不合儒学正统,并且于封建统治秩序有所妨碍,故而长期不受重视。三国时,李权向秦宓借《战国策》,秦宓即回答:"战国纵横,用之何为?"可见时论认为此书不宜提倡。当然历代爱好者也不乏人,晋时号称有口才的袁悦之便说过:"天下要物,正在《战国策》。"宋代苏洵的文章得益于《战国策》也是明显的事例。《战国策》流传不广,阙失颇多,宋代曾巩校刻此书,曾取士大夫家藏本补足了33篇之数。曾巩在《战国策目录序》中批评刘向的《叙录》,以为刘向是"惑于流俗而不笃于自信者也"。曾巩认为《战国策》所载是"邪说",不应以时代条件而予以谅解。他认为"法"可因时应变,而根本的"道"则不可不专一,那是不容改变的。此书违反了"道"所以是"邪说"。既然如此,那么此书还有什么保存的价值呢?曾巩的解释是"君子之禁邪说也,固将明其说于天下,使当世之人,皆知其说之不可从,然后以禁则齐;使后世之人,皆知其说之不可为,然后以戒则明"。也就是说它可以起一个反面教材的作用。此外,曾巩承认,此书记载了二百四五十年间的历史,也是不容废弃的原因。

  曾巩批评刘向的话,有人同意,有人反对,在他们所写的序跋中,又补充了各种肯定或否定的理由。南宋为《战国策》作注的鲍彪,对此书作了较高的评价。他充分肯定此书的文章,他说:"国策,史家流也。其文辩博,有焕而明,有婉而微,有约而深,太史公之所考本也。"这几句话大致仿《史记》评屈原语"其文约,其辞微","其称文小而其指极大,举类迩而见义远",可知这是很高的赞语。对于《战国策》的内容,鲍彪强调:"史氏之法,具记一时事辞,善恶必书,初无所抉择。"同时,他还一再强调,此书所记,也有"合先王之道者",举出:"张孟谈、鲁仲连发策之慷慨;谅毅、触龙纳说之从容;养叔之息射,保功莫大焉;越人之投石,谋贤莫尚焉;王斗之爱毂,忧国莫重焉。"所举都是一些合乎道义或切合事理的言行。

  鲍彪对《战国策》的高度肯定,遭到元代吴师道的尖锐批评。吴师道说鲍注是"悖义害正"。他针对鲍彪有"合先王之道者"的说法,指出战国时代,"间有持论立言不戾乎正,殆千百而一二尔"。这是说从数量看,《战国策》所载正言并不多。同时他又指出,鲁连之说,也是"因事而发,而亦未闻其反正明本,超乎事变之外也",这是说从质量看,《战国策》的"正论"也不是从根本上立说,实际上并没有多少"合先王之道"的内容。吴师道又从作者的态度与倾向分析,认为:"是书善恶无所是非,而作者又时出所见,不但记载之,为谈季子之金多位高,则沾沾动色,语安陵嬖人之固宠,则以江乙为善谋,此其最陋者。"从理论角度讲,吴师道的意见值得重视。反映卑劣事物,作者应有明确态度,是赞成还是反对,是欣赏还是批判,这是不能含糊的。虽不必明白表露,但情感、态度的倾向总是可以把握的。吴师道根据儒学的价值标准，提出对《战国策》总的看法是："善言之少，不足以胜不善之多。"他同意曾巩的意见，认为此书存在的价值，即在于其认识意义。不过他又有所发挥，认为作为反面教材，不同的读者会有不同的收获。他说："君子之于是书也，考事变，究情伪，则守益以坚，知益以明。小人之于是书也，见其始利而终害，小得而大丧，则悔悟惩创之心生。世之小人多矣，固有未尝知是书，而其心术行事无不合者，使其得是书而究之，则将有不为者矣。"就是说，"君子"有辨识能力，通过分析、批判，这种种异端杂说反而有助于增长见识，益智明理。而"小人"则可从事实的教训中，看到玩弄阴谋者没有好下场而有所戒惧、有所悔悟。

以上所举，代表了《战国策》序跋中的主要议论，其余各家则或同于此或同于彼。如宋叶适《战国策》一文，即从时代条件来解释，对策士的活动多所谅解。明张一鲲《刻〈战国策〉序》则以"诸凡书非出六经者，亡能绝纯而亡訾"为说，认为正确与谬误相杂实属必然，关键在于读者要善于审择。清朱鹤龄《〈战国策〉钞序》对《战国策》的内容也作了相当的肯定。清张士元《书〈战国策〉后两则》，将《战国策》与《孟子》比较，认为文风有相近处，说明《战国策》也还受到"圣人制作"的影响。以上这些议论都是倾向于肯定《战国策》的。此外，强烈批评《战国策》的，如明王廷相《校〈战国策〉序》，说此书所载是"尧舜三王之余戮，而仁义圣智之蔽塞"。清陆陇其作《〈战国策〉去毒跋》至谓此书"机变之巧，足以坏人心术"，他承认《战国策》文章奇妙，但又说含有毒素的作品，越是文辞佳妙，影响越坏。

对《战国策》的评价，无论是肯定者还是否定者，共同的意见都认为《战国策》一书不应废弃，并且在此书记载了二百多年历史与文辞优胜这两点上，达成了共识。两种意见虽然分歧，但他们批评的标准——也可说批评的圈子，则是共同的，那就是儒学的标准。在这一标准下或强调这一面，或强调另一面而产生了矛盾。在辩难中，则推进了理论的发展。一些序跋中提出的见解，在今天也还是值得讨论的，如刘向强调《战国策》是时代的产物，评价它不能脱离那个时代，这当然是正确的。关于战国策士进行游说的困难、危险，在《韩非子》"说难"、"难言"两篇中，有很详尽的描述。在那种情况下,要取得游说的效果,谲诈实也是不得已的。至于说策士们的活动,往往出于谋私利的动机,那更难以作为评论的标准。根本的问题是策士们的活动是推动还是阻碍了时代的发展,他们提出的观念是否适合时代的要求。《战国策》所记,情况比较复杂,是不能一概而论的,而且也不能以儒道作为衡量的标准。鲍彪举出的几则应予肯定的例证,不一定恰当,今天通常认为:"邹忌讽齐王纳谏"、"冯谖为孟尝君买义"、"赵威后问齐使"、"触龙说赵太后"、"商鞅变法"……这些篇章,或以其较深刻的历史内容,或以其具有思想深度,具有启发性,而应受到高度的重视。至于吴师道指斥的两则记载,江乙设谋为安陵君固宠,确实卑劣,作者借"君子"之口评为善谋,也确属"悖理害义"。然而记载苏秦的一则,性质却不尽相同。作者客观地叙述了苏秦穷通的变化引起家人态度对比强烈的反应,并未明显地表示爱憎。这段记载深刻揭露了在封建社会中,在金钱、权势支配下的人际关系是多么自私、冷酷。面对这样的现实,苏秦曾慨叹:"人生世上,势位富贵,盖可忽乎哉!"但这并不妨碍后世的读者认识了封建社会扭曲人性的事实而去寻求改造的道路。对具体例证的看法尽可不同,但吴师道提到的从作品总体来把握作者的倾向性则不容忽视。他还论到不同的读者会有不同的感受,则接触到了接受美学的一些问题。总之,《战国策》一书的序跋中,所包含的理论问题是相当丰富并且饶有趣味的。

(《文史知识》1991年第2期)

论鲁迅研究文学史的观点和方法

在鲁迅留给后世的文化遗产中，关于古代文学历史的研究占有很重要的地位。众所周知，鲁迅对于中国古代文化具有极其广博的知识和极为精辟的见解。这位伟大的思想界战士，在战斗的间隙曾为文学遗产的研究、整理，作出了巨大的贡献。他曾辑录《小说旧闻钞》、《唐宋传奇集》、《古小说钩沉》，编印《会稽郡故事杂集》，编校《嵇康集》。还曾搜集研究金石、造象及墓志拓本。著述方面，他写有《中国小说史略》、《汉文学史纲要》两部专著，散见于文集中的还有若干篇研究论文。此外，在许多匕首、投枪式的杂文中，鲁迅也常常将文学遗产化作狙击敌人的子弹，借古喻今，旁敲侧击，增强了杂文的艺术效果。在这些古为今用的实例中，也常包含作者潜心研究的成果和学术上的真知灼见，完全可用来与他的文学史著作相印证，同样是不可忽视的。

鲁迅的两部系统论述文学发展史的著作，写作时间都较早。《中国小说史略》编定于1923年，1930年复经修订。《汉文学史纲要》没有写完，编定于1926年。虽然是前期著作，但其重要论点与后期是一脉相承的，并且今天看来依然正确。当然，鲁迅编写小说史还处于开创阶段，继后新发现不少材料，研究者踵事增华，有一些新的补充和发展，但就鲁迅从事研究的观点与方法而言，则仍然对我们有极大的启发并不失其为学习的楷模。

鲁迅编写文学史（包括小说史在内），是做了充分准备的。他做了许多辑录、钩沉工作，准备了第一手资料。论从史出，其论点是建立在翔实的史料基础之上的。因之蔡元培曾称道说"全守清儒家法"①。当然,鲁迅的研究远远地超越了清儒,尤其为清儒所不可及的则在于史识。刘知几说:"史有三长:才、学、识,世罕兼之。"②便已认识到三者结合的重要,然而卓越的史识非常难得。鲁迅曾批评有的文学史只是史料长编,即强调了史识——观点的必不可少。鲁迅在文学史著作中往往破除陈言,创立新说,在观点上披荆斩棘,为后人用马列主义继续研究文学史开辟了坦途。

鲁迅始终怀有编写一部完整的文学史的愿望,可当时的环境不允许这一愿望得以实现。据日本学者增田涉回忆,鲁迅逝世前三个月还曾向他谈及编写文学史的计划。篇目大致是:第一章,从文字到文章;第二章,"思无邪"(《诗经》);第三章,诸子;第四章,从《离骚》到《反离骚》(汉);第五章,酒、药、女人、佛(六朝);第六章,廊庙与山林(唐)。③ 仅从这各章的标题,我们也可推想到鲁迅是打算将文学置于各种意识形态的普遍联系之中,从正反两方面来总结文学发展的历史经验。这是多么宏伟的富有创造性的工程!鲁迅的夙愿虽未完成,然而从他的计划和大量的有关著述中却昭示了研究的方向与道路。

一、反对封建束缚,发扬现实主义传统

中国长期处于封建社会,封建思想对于文艺的束缚和压迫十分严重,进步的、优秀的文艺总是冲破了重重束缚才得以发展,这是中国文学史的基本事实。鲁迅在研究中,对这一事实作了回顾与总结。他批判了封建思想,肯定那些能够突破传统、敢于抗争的作者,这对于批判继承文化遗产,扫清新文化发展的道路,具有十分重要的意义。

早在《摩罗诗力说》中,鲁迅就已指出:"故态永存,是曰古国。惟诗究不可灭尽,则又设范以囚之。如中国之诗,舜云言志,而后贤立说,乃云持人性

---

① 蔡元培《鲁迅先生全集·序》。
② 《新唐书·刘知几传》。
③ 据增田涉的回忆。

情,三百之旨,无邪所蔽。夫既言志矣,何持之云? 强以无邪,即非人志。许自繇于鞭策羁縻之下,殆此事乎。"后来,在《汉文学史纲要》中,着重批判温柔敦厚的"诗教",批判"思无邪",便是这段论述的继续发挥。鲁迅指出,"风"、"雅"中有很多"激楚之言","奔放之词"全然不合"诗教",大背"无邪"之旨。至于"放郑声",他除引述嵇康的妙解外,特别对于说"郑风淫"的后儒加以讥刺,一针见血地指出这是"自心不净,则外物随之"。鲁迅多次批判"道德家"们的神经过敏,他们对于爱情主题或加非议,或加歪曲,务要将其从文艺中驱逐出去。这正是封建思想对文艺的压制。

后儒除了以"温柔敦厚"、"思无邪"等等要求来束缚文艺外,还提出了"文以载道"的主张,这种主张完全抹煞了文艺的特点,强迫文艺成为宣传封建信条的工具,是完全不可取的。对于这种理论的批判,同样也贯串于鲁迅的文学史研究中。《纲要》在介绍了六朝以来强调文学特点,区分"文""笔"的理论之后,接着写道:"辞笔或诗笔对举,唐世犹然,逮及宋元,此义遂晦,于是散体之笔,并称曰文,且谓其用,所以载道,提挈经训,诛锄美辞,讲章告示,高张文苑矣。"在小说史的研究中,鲁迅一再批评了旧小说寓劝惩、谈教训的作法。如批评宋代传奇小说时便指出:"宋时理学极盛一时,因之把小说也多理学化了,以为小说非含有教训,便不足道。但文艺之所以为文艺,并不贵在教训,若把小说变成修身教科书,还说什么文艺。"①所谓"载道"、"垂教训"都是对文艺功能的狭隘、庸俗的理解,足以破坏文艺。

在批判"载道"、"垂训"说的同时,鲁迅强调了文艺的娱心作用。他将宋人话本和明人拟作加以比较说:"宋市人小说,虽亦间参训喻,然主意则在述市井间事,用以娱心,及明人拟作末流,乃诰诫连篇,喧而夺主,且多艳称荣遇,回护士人,故形式仅存而精神与宋迥异矣。"②两者相较,优劣自见。从鲁迅总结的中国小说发展的过程来看,小说越具有群众性便越具娱心的特点,而且优秀的作品也总是可以"赏心"、可以"娱心"的。娱心应是和垂训相对

---

① 鲁迅:《中国小说的历史的变迁》。
② 鲁迅:《中国小说史略》。

抗的我国古典小说的优良传统,文学作品重视娱心,亦即对封建文学观念的突破。

封建统治阶级要求文艺为其歌功颂德,而那个时代文艺的真价值则在于暴露与批判。因此在古代文学史中,特别值得重视的是现实主义传统。鲁迅的研究,便很注意深入发掘古代文学的现实主义精神。他对于抗争的、激切的作者多所肯定。他肯定屈原"放言无惮,为前人所不敢言"[1]。肯定司马迁"发愤著书,意旨自激"[2]。在《古人并不纯厚》一文中,鲁迅揭示了古代作家的坎坷遭遇和激烈的思想。他说到《文选》里面的作家至少有一半不得好死,并且指出:"在那时,恐怕还有个人的主张,偏激的文字。否则,这人是不传的。"古代作者生活在封建专制的重压下不可能那么纯厚、那么超然,因此即使比较颓放的明末小品文,也"并非全是吟风弄月,其中有不平,有讽刺,有攻击,有破坏"[3]。无疑这才是其中的精华,才是值得肯定的部分。

对于体现了现实主义精神的讽刺世态的作品,鲁迅都以相当的篇幅作了介绍,如对《金瓶梅》、《西游补》、《阅微草堂笔记》等书,都作了精湛的剖析,并给以恰当的评价。特别是对现实主义巨著《儒林外史》,更是从思想到艺术都作了全面的论述,评价极高。鲁迅指出:"迨吴敬梓《儒林外史》出,乃秉持公心,指摘时弊,机锋所向,尤在士林;其文又戚而能谐,婉而多讽,于是说部中乃始有足称讽刺之书。"[4]如果对照一下《什么是"讽刺"?》、《辱骂和恐吓决不是战斗》等杂文,我们便更能体会这评语的分量。

文学遗产中,能够真实地展现当时社会生活的画卷的,当然首推《红楼梦》。鲁迅研究《红楼梦》也主要着眼于总结其现实主义精神。他肯定《红楼梦》:"正因为写实,转成新鲜。"[5]"其要点在敢于如实描写,并无讳饰,和从前的小说叙好人完全是好,坏人完全是坏的,大不相同,所以其中所叙的人物,

---

[1] 鲁迅:《坟·摩罗诗力说》。
[2] 鲁迅:《汉文学史纲要》。
[3] 鲁迅:《南腔北调集·小品文的危机》。
[4] 鲁迅:《中国小说史略》。
[5] 鲁迅:《中国小说史略》。

都是真的人物"①。鲁迅认为曹雪芹对这一点是有所自觉的,故而开篇即有"石兄"的一段议论。然而后之研究者却"忽略此言,每欲别求深义,揣测之说,久而遂多"②。这些研究者忽略的正是《红楼梦》的现实主义精神。鲁迅还多次将《红楼梦》与后之续作加以比较,指出许多续作"必令生旦当场团圆",实在是自欺欺人的瘾太大;而"曹雪芹之所以不可及",也就因为他敢于正视现实,真实地反映生活。这便明白地告诉我们《红楼梦》的成功,正是现实主义的胜利。

二、时代、生活、人多方面的联系

文学史的任务之一是对作家、作品作出正确的评价,这就要求我们对作者所处的时代,他的生活道路、思想发展作全面的了解和细致的分析。列宁说:"要真正地认识事物,就必须把握、研究它的一切方面,一切联系和'中介',我们决不会完全地做到这一点,但是,全面性的要求可以使我们防止错误和防止僵化。"③又说:"在分析任何一个社会问题时,马克思主义理论的绝对要求,就是要把问题提到一定的历史范围之内。"④鲁迅研究文学史,便正是这样做的。

鲁迅要求对作家、作品作全面的观察和分析。在《"题未定"草》中,他指出:"不过我总以为倘要论文,最好是顾及全篇,并且顾及作者的全人,以及他所处的社会状态,这才较为确凿,要不然,是很容易近乎说梦的。"关于顾及全篇全人,鲁迅曾多次讲到选本、摘句的误人。他举出被选家录取了《归去来辞》和《桃花源记》而称之为隐逸诗人之宗的陶渊明,在全集里却还有《闲情赋》那样大胆自白的诗,还有"猛志固常在"之类金刚怒目式的诗。他还举出选家只取其碑文的蔡邕,说如果读一读他的《述行赋》,"才明白他并

---

① 鲁迅:《中国小说的历史的变迁》。
② 鲁迅:《中国小说史略》。
③ 列宁:《再论工会、目前局势及托洛茨基和布哈林的错误》(《列宁选集》第四卷)。
④ 列宁:《论民族自决权》(《列宁选集》第二卷)。

非单单的老学究,也是一个有血性的人,明白那时的情形,明白他确有取死之道。"①鲁迅对那些割裂古人,各取所需的选家、评论家深表不满。他认为对于古代作家的各个方面,"倘有取舍,即非全人,再加抑扬,更离真实"②。为弄清楚作品写作时的情形,鲁迅还特别赞成附有别人有关文章的文集,认为只有对酬答、辩难的双方都有所了解,才能真正理解作品,单看一面的文章不免会觉得是在无的放矢。

评论文艺必须联系时代背景。但这种联系不应是机械的,如以为经济的发展、政治的变化直接支配着文艺等等。历史事实要复杂得多,各种因素往往互相影响、互相制约,因而就要求研究者作深入的探索。在这方面,鲁迅为我们提供了很好的范例。如《魏晋风度及文章与药及酒之关系》这篇虽有寄慨,但基本是学术性的文章,便很能为我们打开思路,指引方法。在这篇文章中,鲁迅决没有孤立地介绍当时的经济、政治情况,而是将从汉末到东晋的政治斗争、社会风气和文章的内容、风格的变化有机地结合在一起来分析的。其中对于"魏晋风度"的成因、本质、影响都作了十分精辟的分析与批判。文章介绍了服食五石散对于社会风习产生的种种影响,乍看起来或许会以为是讽刺性的夸张,但我们如果比较鸦片烟给近代中国造成的种种影响,便可知这完全可能而并非夸大。至于通过这样的研究,将被历代的"名士"们吹得玄而又玄、飘然超然的"魏晋风度"拉回到实际生活中来,还其本来面貌,则具有更重大的意义。文章中论到嵇康、阮籍等攻击礼教并非真的反对礼教,只是因为礼法之士言行不一,表里相反,他们出于激愤遂好像连礼教本身也否定了。这一论点深刻地揭示了竹林名士的阶级属性和他们的内心世界,他们毕竟属于封建阶级,并不可能与封建礼教彻底决裂。

鲁迅研究古之作者,一方面掌握详尽资料并作必要的考证,另一方面又决不为死材料所局限,而重视以生活经验相印证。鲁迅常说评论作者要"兼

---

① 鲁迅:《且介亭杂文二集·"题未定"草》。
② 鲁迅:《且介亭杂文二集·"题未定"草》。

想到周围的情形"①。知人贵在知心,把握住那个时代的脉搏,想象出当时生活的画面,才能洞见古人的心思。研究一个时期的文艺是如此,研究一篇作品也是这样。如在《为了忘却的记念》中,鲁迅讲到:"年青时读向子期《思旧赋》,很怪他为什么只有寥寥的几行,刚开头却又煞了尾。然而,现在我懂得了。"千百年来很多人读过《思旧赋》,但有谁得出过这样的体会呢?鲁迅生活在寒凝大地、歌哭无所的时代,才能与处在司马氏政治高压下的向秀(子期)产生共鸣,从而洞见其心曲。这样的体会是任何材料上都找不到的。鲁迅常说要"用自己的眼睛去读世间这一部活书"②,如果对生活毫无体验,对历史的生动性、复杂性毫无会心,仅仅在材料堆里扒剔,那么,就只能成为鲁迅所批评的邻猫生子式的学者,其于文学将始终无涉。

各种意识形态影响文学有着非常复杂的情况,对这一点文学史必须给以足够的重视。例如宗教迷信便曾给文艺以直接的影响。鲁迅在论及六朝志怪小说时,即指出:"中国本信巫,秦汉以来,神仙之说盛行,汉末又大畅巫风,而鬼道愈炽;会小乘佛教亦入中土,渐见流传。凡此,皆张皇鬼神,称道灵异,故自晋讫隋,特多鬼神志怪之书。"③这就把志怪小说产生的历史背景和当时写作的意图都剖析清楚了。明白了这些,我们才不会有意无意地去拔高这类作品的主题。在论及明代神魔小说时,鲁迅也指出,这类小说的发达正是统治者提倡佛教、道教的结果。而其宗教观则总不出魏晋以来的"三教同源"说。所以也并无真诚的信仰,"所谓义利邪正善恶是非真妄诸端,皆混而又析之"④。以这样一个历史背景去分析神魔小说,我们才不至发生"郢书燕说"的错误。文学史上大量事实说明,统治者的提倡往往发生不小的影响,因为与仕途有关便很可能衍变为一时的风习。鲁迅论述《世说新语》一类小说兴起的原因说:"汉末士流,已重品目,声名成毁,决于片言,魏晋以

---

① 鲁迅:《且介亭杂文二集·后记》。
② 鲁迅:《而已集·读书杂谈》。
③ 鲁迅:《中国小说史略》。
④ 鲁迅:《中国小说史略》。

来,乃弥以标格语言相尚。"①这种风习,以后又发展为名士清谈。社会既然崇尚名士,所以记载文人佚事、清谈隽语的《世说新语》就应运而生了。诚如鲁迅所说,这部书差不多就可以看作一部"名士底教科书"②。鲁迅研究的成果表明:从时代、社会来探索作品的成因,对于正确评价作品具有重大的作用。

鲁迅曾说:"中国是古国,历史长了,花样也多,情形复杂。"③所以他研究文学史从不迷信史料,对史料总要加以审查、鉴别。从时代思潮、社会风习极大地影响、限制文艺这一观点出发,对于某些史料便应作出新的解释。鲁迅在《中国小说史略》中,于叙述了历代轻视小说、史志从不著录的情形之后,又提出《续文献通考》、《百川书志》、《也是园书目》收录《三国志演义》、《水浒传》、《灯花婆婆》等等这样一些看似例外的情形,并进而剖析道:"然《三国》、《水浒》,嘉靖中有都察院刻本,世人视若官书,故得见收。……钱曾则专事收藏,偏重版本,缘为旧刊,始以入录,非于艺文有真知,遂离叛于曩例也。"王圻、高儒、钱曾等并非见解高人一等,不过是受时风影响或另有原因而已。又如纪昀的《阅微草堂笔记》,鲁迅在《中国小说的历史的变迁》中,曾给以恰当的评价,说此书作者"生在乾隆间法纪最严的时代,竟敢借文章以攻击社会上不通的礼法,荒谬的习俗,以当时的眼光看去,真算得很有魄力的一个人"。后来鲁迅研究清代文字狱的历史有了新的发现,对这一说法便有所修正。他指出:"特别攻击道学先生,所以是那时的一种潮流,也就是圣意。"④而纪昀攻击理学也正是迎合了这种潮流的。《阅微草堂笔记》揭露理学家的乖谬自有其价值,然而纪昀却并不是一个反封建的思想家,并不是一个特别先进的人物,这便是鲁迅进一步辨析所要说明的。鲁迅在论述中,常指出某种议论是"士论之常套",某种题材为"时尚之所趋",这便告诉我们应将作者的真意和套语相区别,应将作者的创见和时代风尚相区别。要做

---

① 鲁迅:《中国小说史略》。
② 鲁迅:《中国小说的历史的变迁》。
③ 《鲁迅书简·致萧军》。
④ 鲁迅:《且介亭杂文·买〈小学大全〉记》。

到这一点,便要求过细的工作。

联系时代、生活的各个方面,对作家、作品作全面深入的考察,是鲁迅在研究中独多创见的一个原因,是我们应认真学习的。

三、重视反面教材的作用

鲁迅生活在黑暗的旧中国,那时复古主义甚嚣尘上,为了彻底地反封建,扫荡思想文化领域里的乌烟瘴气,鲁迅研究文化遗产往往侧重于批判方面。就是以历史文化的糟粕部分来比照当时的现实,起到以古鉴今、振聋发聩的作用。鲁迅认为所以要研究历史,是因为"历史上都写着中国的灵魂,指示着将来的命运"[①],他说,研究历史就像是翻过去的"陈帐簿",可以知道"我们现在的情形,和那时的何其神似,而现在的昏妄举动、胡涂思想,那时也早已有过,并且都闹糟了"[②]。文学是反映生活的,因此封建思想的毒素,精神上的枷锁,在文学遗产中都有形象的记载而且较少涂饰,这就更便于用作反面教材。在社会主义时代,情况当然与鲁迅那时不同,可是"今天的中国是历史的中国的一个发展"[③],历史因袭下来的封建思想并未全部退出人们的头脑,所以反面教材也还有相当的作用。并且就文学史的研究来说,对于作为精华的对立面的糟粕,也不能简单地抛弃,而有深刻批判的必要。

鲁迅研究文学史非常注意文学作品所反映的一个时代的思想倾向。我们知道"统治阶级的思想在每一时代都是占统治地位的思想"[④],封建时代大量的作品是反映了封建思想的。鲁迅评介《太平广记》这部分类纂辑的小说总集时,就着重指出:"视每部卷帙之多寡,亦可知晋唐小说所叙,何者为多,盖不特稗说之渊海,且为文心之统计矣。"[⑤]接着并列举了各类小说的数字。

---

① 鲁迅:《华盖集·忽然想到》。
② 鲁迅:《华盖集·这个与那个》。
③ 《毛泽东选集·中国共产党在民族战争中的地位》。
④ 马克思和恩格斯:《德意志意识形态》(《马克思恩格斯选集》第一卷)。
⑤ 鲁迅:《中国小说史略》。

从鲁迅的统计中可以看出,当时小说占压倒优势的题材是"神仙、报应、鬼怪"之类,这正是封建阶级所大力宣传的,同时也是人民群众思想上的历史烙印。"文心"往往是某种社会心理的反映。如有些作品以一种艳羡的口吻描写帝王的荒淫生活。对此,鲁迅批评说:"帝王纵恣,世人所不欲遭而所乐道。唐人喜言明皇,宋则益以隋炀。"①这种颇为特异的心理,鲁迅希望人们引为教训。

从认识意义上来看待反面教材,其作用也很巨大。鲁迅在《史略》中曾举出才子佳人小说、剑侠小说、公案小说、狭邪小说多部,并一语破的地进行了批判。如对明代才子佳人小说,鲁迅总评说:"然所谓才者,惟在能诗,所举佳篇,复多鄙倍,如乡曲学究之为;又凡求偶必经考试,成婚待于诏旨。则当时科举思想之所牢笼,倘作者无不羁之才,固不能冲决而高骞矣。"②评述清之侠义公案小说则指出:"大旨在揄扬勇侠,赞美粗豪,然又必不背于忠义。""故凡侠义小说中之英雄,在民间每极粗豪,大有绿林结习,而终必为一大僚隶卒,供使令奔走以为宠荣,此盖非心悦诚服,乐为臣仆之时不办也"③。统治用刀剑、笔墨在市民群众身上培植了许多奴才的根性,而《三侠五义》等等,便正是"为市井细民写心"④之作。这类小说在当时大有影响,不仅为市民所喜爱,而且也为"所谓文人者所乐道",因此就特别需要加以批判。

鲁迅以讽刺的笔触、精炼的语言,揭示了某些作品所表现的腐朽思想和荒诞的生活内容,大有助于提高人们对封建社会——以至所有剥削制度统治下的社会的认识。例如《野叟曝言》这部"意既夸诞,文复无味,殊不足以称艺文"⑤的书,却是"道学先生的悖慢淫毒心理的结晶"⑥。其作者原是想借以抒发其经纶抱负的,可是因其思想过于荒谬,反而成了可鄙可笑的标

---

① 鲁迅:《中国小说史略》。
② 鲁迅:《中国小说史略》。
③ 鲁迅:《中国小说史略》。
④ 鲁迅:《中国小说史略》。
⑤ 鲁迅:《中国小说史略》。
⑥ 鲁迅:《且介亭杂文二集·寻开心》。

本。对反面教材的认识还有助于我们对"古已有之"的糟粕加以认真的清理,鲁迅当时曾指出:"虽至今日而许多作品里面,唐宋的,甚而至于原始人民的思想手段的糟粕都还在。"①即如借小说以攻击、诬陷别人,像《补江总白猿传》、《周秦行纪》之类,便不断为后来所仿效。鲁迅指出:"这一份遗产,还是都让给叭儿狗文艺家去承受罢。"②从鲁迅的研究中,可知批判、研究反面材料,也应该是文学史的重要内容。

四、注意评价和影响的复杂情形

鲁迅指出中国文艺的发展也如历史的发展一样,有两种特别的现象:一是反复(复旧);一是挦杂(新旧并存)。因此就显得发展缓慢。鲁迅说他研究小说史的目的,即是要"从倒行的杂乱的作品里寻出一条进行的线索来"③。关于文学发展进行的线索,鲁迅曾揭出这样的规律,即"旧文学衰颓时,因为摄取民间文学或外国文学而起一个新的转变"④,然后便脱离民间向艰深发展,终于变成僵尸。另外,还有一种情况是:当一部优秀作品产生之后,往往有许多仿作者,扼杀、歪曲了原作的精神,使之不能发扬光大。由于这两方面的原因,文学发展史就并非总是前进的运动,而也有逆退的情形。鲁迅的研究,便将这种种复杂的情况作了生动的描述。

在文学发展前进或倒退的运动中,作者起了什么样的作用——这是评价历史上的作家的重要依据。而要考察这个问题则离不开比较的方法。鲁迅研究文学史,便时时将作家、作品从纵的或横的方面作多方面的比较。如《六朝小说和唐代传奇文有怎样的区别?》一文,便是从比较中阐明了古小说发展、进步的情形。又如将宋之传奇与唐之传奇,将明之拟话本与宋之话本作比较,则可以明显地看出倒退的情形。通过比较,鲁迅尤其重视作者的独

---

① 鲁迅:《中国小说的历史的变迁》。
② 鲁迅:《南腔北调集·辱骂和恐吓决不是战斗》。
③ 鲁迅:《中国小说的历史的变迁》。
④ 鲁迅:《且介亭杂文·门外文谈》。

创性,如对于司马相如即肯定他"不师故辙"、"独变其体……与当时甚不同"①。通过比较,鲁迅也非常重视作者写作技巧上的进步,如评《南柯太守传》说:于篇末"假实证幻,余韵悠然,虽未尽于物情,已非《枕中》之所及"②。在文学史上一部能突破旧传统的作品是自有其价值的。鲁迅指出《世说新语》的成就,便在"俱为人间言动,遂脱志怪之牢笼"。反之,那些因袭模仿的作品,则只能提供失败的教训。鲁迅每每叙及某类作品发展的末流,便具有总结教训的含义。

评价文学史上的作家与作品,其思想内容与艺术形式都不容偏废,我们阅读鲁迅的有关著作深深地感到这一点。鲁迅曾指出"究竟有文采"是作品得以传世的重要原因。鲁迅认为即使像《游仙窟》这样不算高明的小说,也因其当时的影响和最早用骈文来写,而为治文学史者所不能废。文学史既以文学为研究对象,作品的艺术特点,当然不可忽视。关于思想内容,鲁迅既深刻地批判了古代作家的阶级局限性,又反对脱离时代去苛责古人。他在论述明清小品文时便指出:"那时有一些人,确也只能够抒写性灵的,风气和环境,加上作者的出身和生活,也只能有这样的意思,写这样的文章。"③这是时代和阶级所限定,是既成的历史事实,所以在给予恰如其分的批判的同时,并不妨承认"这一班明末的作家,在文学史上,是自有他们的价值和地位的"④。特别是其中也有夹着感愤的作品。鲁迅这种一分为二的分析方法,告诉我们批判继承文学遗产一定要实事求是,坚持历史的观点。

评价作家和作品,前人的论述当然有很大的参考价值,不过如果不加分析地引述,那也是很危险的。鲁迅早已指出"历史上的记载和论断有时也是极靠不住的,不能相信的地方很多"⑤。他曾举出如"穷愁著书"就多半不可靠,而文人的某些夸大之辞,更要大大地打一个折扣。评论者的论断亦复如

---

① 鲁迅:《汉文学史纲要》。
② 鲁迅:《中国小说史略》。
③ 鲁迅:《且介亭杂文二集·杂谈小品文》。
④ 鲁迅:《花边文学·骂杀与捧杀》。
⑤ 鲁迅:《而已集·魏晋风度及文章与药及酒之关系》。

此。鲁迅指出：古人常不免被歪曲、涂抹，画上花脸，论述者为了某种目的，对古代作家或捧或骂，散布了重重迷雾。对此，我们研究的任务，便应该是破除陈说，还古人以历史本来面貌。鲁迅还曾指出：评论者的观点不同，爱好也不一样，"有的爱读《江赋》和《海赋》，有的欣赏《小园》或《枯树》"①，他们批评的标准也不能不受时代和其世界观的制约，他们的论断也未必中肯。所以，对前人的论断决不能盲从，而应认真地分析以决定取舍。

在文学史上，作家、作品给予后世的影响，也有种种复杂的情形。这里时代、社会都起着重要的作用，并不全由作品本身决定。鲁迅指出，对于《红楼梦》"经学家看见《易》，道学家看见淫，才子看见缠绵，革命家看见排满，流言家看见宫闱秘事……"②。不同时代的不同人物各自看见他们需要看见的东西。在他们的宣传、鼓噪之下，《红楼梦》的真精神、真价值曾为多少人所理解呢？它究竟发生过怎样的影响也就难说了。古代杰出的作者是常不免感到精神上的寂寞的，鲁迅在《摩罗诗力说》中分析屈原的影响即曾说过，后之作者"皆著意外形，不涉内质"，诗人所处时代的最深刻的悲剧便是："孤伟自死，社会依然。"如果认为优秀的作品在当时及后世必定发生巨大的影响，恐怕也不一定尽符事实。事实上优秀的作品被冷落、曲解、禁毁倒是常有的事。这种种情况也是研究文学史所不能忽视的。

由于古代作品具有时代和阶级的局限性，由于其中精华和糟粕混在一起，评论者便经常指责古代作品在现实生活中的消极影响，对这个问题，文学史也应作具体分析。鲁迅在解答以神话教育儿童会不会养成迷信思想时是这样说的："如果儿童能继续更受良好的教育，则将来一学科学，自然会明白，不至迷信，所以当然没有害的；但如果不能继续受稍深的教育，学识不再进步，则在幼小时所教的神话，将永远信以为真，所以也许是有害的。"③这便告诉我们，优美如神话，也会因读者的知识水平不同而产生相反的效果。同样，像《红楼梦》这样的优秀作品，如果读者"满心是利害的打算"，"自己钻入

---

① 鲁迅：《且介亭杂文二集·"题未定"草》。
② 鲁迅：《集外集·〈绛洞花主〉小引》。
③ 鲁迅：《中国小说的历史的变迁》。

书中硬去充一个其中的角色"①,或者以宝玉自命,或者以贾政自居,那么,肯定就只能产生消极的影响。鲁迅常说文学不是万能的,它"虽然有普遍性,但因读者的体验的不同而有变化,读者倘没有类似的体验,它也就失去了效力"②。明确了这一点,我们讨论古代作品的局限性、它的消极影响和积极影响的时候,便不能不把时代、读者的因素考虑在内。

鲁迅研究文学史的观点、方法应该总结、介绍的远不止以上论到的这些。我这里不过是试图作初步的探索,错误恐怕是难以避免的。

鲁迅曾论述文化的发展无法割断,新的文化即萌发于旧有的胚胎之中。他说:"新的阶级及其文化,并非突然从天而降,大抵是发达于对于旧支配者及其文化的反抗中,亦即发达于和旧者的对立中,所以新文化仍然有所承传,于旧文化也仍然有所择取。"③旧文化作为一个已然的存在,必定对后世发生影响。鲁迅深刻地指出这影响包括两方面:"古文化裨助着后来,也束缚着后来。"④因此,文学史的研究便应更深入一步,对文学遗产作更全面、更具体的探讨,解除其束缚,发挥其效益。在这方面,鲁迅做过的工作,为我们提供了生动、具体的范例。

(《文学遗产》1980年第2期)

---

① 鲁迅:《中国小说的历史的变迁》。
② 鲁迅:《花边文学·看书琐记》。
③ 鲁迅:《集外集拾遗·〈浮士德与城〉后记》。
④ 鲁迅:《且介亭杂文二集·〈全国木刻联合展览会专辑〉序》。

国学大师胡小石

胡小石先生作为一代国学大师,其成就是多方面的。他兼为文字学家、史学家、文学家、艺术家,学极渊博,令后人仰止。

先生博闻强记,遍览群经史籍、诸子百家、佛道二藏、诸家文集,融会贯通,取精用宏,施之于教学科研之中,精彩纷呈,引人入胜。先生曾从李瑞清(梅庵)学书,遍习各体,又取流沙坠简及汉以来断碣荒碑之精华,创造出自己特有的风格,成为著名的书法家。先生又曾从陈三立(散原)学诗,由唐人七绝入手,取性情之相近者,发扬变化,在旧体诗词的创作上多所建树。先生还曾师从沈子培(乙盦)问金石、文字之学,得以深入其中。先生对于古代金、石器不仅考释其文字,赏析其艺术,并由其花纹、笔画等方面入手作断代的研究,再加先生书学精深,又有实践经验,故而对古代器物、前人书画之鉴定亦甚专擅,被公认为文物鉴定专家。

现就小石先生致力研究的古文字学、书学史、楚辞学、杜甫诗、中国文学史等五方面分别予以介绍。

一、古文字学

先生早年学书,对于金石文字、碑帖、汉简多所临摹,古文字早已烂熟于心。20世纪初,湮没已久的甲骨文字被发现,随之出现了一门新兴的、极具开拓性的学科——甲骨学。先生既早已研究古文字,又对考古极有兴趣,于是在1921年便开始钻研甲骨文字。他由体例着手,著《甲骨文例》一文,归纳甲骨文的"书写款式、语法修辞、章句段落"成若干常例,俾阅读甲骨有规律可循。先生曾言:"治契文当自断句始,与其仞一字而遗全句之文,何如比较数句而得一字之义。"创立体例正为避免孤立地、主观地猜测甲骨文字。先生晚年发表的文章《读契札记》,也是从许多文句的比较中,来辨识甲骨文字,分析语法,考证历史,解决了很多问题。先生为学,受乾嘉朴学的影响,每立一义,必穷搜例证,多方证明而后安。先生研究铜器铭文,也有"释例"之作——《金文释例》。该文也以统计、归类之法阐明钟鼎文字的写作体例,指出其与甲骨文的差异和对秦汉文体的影响。这样的归纳、比较,对于铜器的断代、区别地域、分辨真伪都有很大作用。

先生尝言治古文字,绕不开许慎的《说文解字》,但又必须知道《说文解字》有许多错误。晚年他为研究生开设的《说文部首》课程,便由《说文》上溯金文、甲骨文进行深入比较,以判断许书的正误。他旁征博引,除经、史、子、集等古籍外,举凡方言俗语、碑版摹印也无不涉及,批评许书之误,无不切中要害。

先生认为文字作为记录语言的符号,其形、音、义三者密不可分。与其说《说文解字》是一部讲字形的书,还不如说它是一部"声书"。先生服膺乾嘉学派的观点:"疑于义者,以声求之;疑于声者,以义正之。"于声韵学中,他尤为重视声纽的研究。其于1937年发表的《声统表》,是他研究语音规律的代表作。《声统表》指出:"音义相关,其所主在声不在韵。"即认为声母和意义关系尤其密切,"大抵发声同者义必相近"。当时学者研究音韵学,发明转韵之说,而先生独以发音规律指出:"声亦有相转之理。"他认为人类最自然的发音是喉音和唇音,而舌、齿音则均由喉音转来。其转换途径有二:一是喉转入舌,再转入齿,是为"递转";一是喉转入唇或唇转入喉,是为"对转"。为表现声音转换的系统,乃编制了《声统表》以明之。据此声转原理,可探寻音义之间的关系及其变化,进而解决训诂学中的许多难题。

二、书学史

先生是书法名家,且对文字学有系统的研究,因此他早年即开设过《中国书学史》课程。他在1933年发表的《古文变迁论》一文中,已论述了书学发展之轨迹。文中指出,文字演进大体是由纯图画进至夏殷时期的以图画佐文字,再进至殷代开始的纯文字阶段。从字体看,殷至周初,用方笔;宗周中叶为方圆过渡期;厉、宣以下的大篆用圆笔(秦时由大篆省为小篆亦为圆笔)。从地域看,以齐、楚为代表的两派文字亦皆用圆笔,且纤劲而行笔长。然两派又各有特点:齐文整齐,楚文流丽。字体的这种变化又与铜器花纹的变化相适应,大略殷至周初为雷文期;西周中叶以下为环文期;《春秋》以下为雷带文期。这篇文章将古文变迁的大势作了精辟的分析。

先生晚年又发表了《书艺略论》一文,对于"古文"之辨名,大篆、小篆、隶书、八分……的区别、流变均有详细的讨论。就文字发展而言,先生针对当时误以甲骨文为最早文字的观点,指出甲骨文有形声字与通假字之使用,是已甚成熟之文字,而非最早之文字。先生认为"八分"是中国书学史之关键,对之作了深入的分析。关于"八分"这一名称,先生指出,切不可相信所谓"八分篆,二分隶"的伪证。他翔实考证,"八分"乃汉人成语,八是相背、相别之义,而非数字。"八分"状书之势者,用笔外拓,"盖字形有以波挑翩翻为美者"。八分书以中国最大的书家之一钟繇为代表。这一派书体,作为北书之祖,在书史上极长时期占有相当重要地位,影响并及今人,故为书学史的关键。关于八分书的考释,是先生的独创,其引用实物、重重比较、鞭辟入里的辨析,令人折服。

先生在《书艺略论》结束处写道:

> 尝见昔人赞美文艺或学术成就之高者,曰"前无古人,后无来者"。此语割断历史前后关系,孤立作家存在地位,所当批判也。今易其语曰:"前不同于古人,自古人来,而能发展古人;后不同于来者,向来者去,而能启迪来者。"

这就是先生研究书学史以及其他学术研究的指导思想。

三、楚辞学

先生早年就读于"两江师范学堂"之农博科,学习过植物学。当时即对楚辞中的香花香草感兴趣,有所研究。至25岁时,乃开始钻研楚辞,开文理结合之先途。1921年任教于北京女子高等师范学校时,即讲授楚辞,并撰写过论述《离骚》、《招魂》、《九歌》的文章,为近代较早研究楚辞的诸家之一。

对于楚辞的性质,先生发表过《楚辞释名》一文。他在考辨文献上所记各种名称的来源、意义、实质的基础上,据楚辞中的自称,最后确定屈原的作品性质是诗。"诗"的性质既定,先生在授课中乃对于历代注释中的一些迂腐之说——予以批评。如,关于《九歌》,他批评了王逸的君臣寄托之说,而提出人神相恋的说法。此说产生了很大影响。

先生研究楚辞比较重视考证。他不仅考证其中的花草树木,而且对于作品中涉及的宫室、器物、服饰、饮食等,也都作了精到的考辨。对于关键词语,更是推本溯源,多方比较,务必求得准确的解释。他所作的考证,以其渊博精辟,对照现实生活而引人入胜。这种考证对于知人论世、理解作品是大有裨益的。

楚辞因产生的时代等原因,号称难读。先生除考证其中词语的读音、释义外,也如所著《甲骨文例》、《金文释例》,而撰有《离骚文例》。该文也将《离骚》的语言作综合的研究,分别词类,指出语法特点。楚辞用的是楚语,而由文献入手来考察楚语之特点,《离骚文例》是有开创性的。

属于考证范围的,先生还发表过辨伪之作《远游疏证》。该文从众多文献的比勘中,推断《远游》非屈原所作。1940年,先生又写成了重要的辑佚作品《楚辞郭注义征》。晋代大诗人郭璞曾注释楚辞,但早已散失了。郭璞是游仙诗的首创者,他爱好神话,曾注《穆天子传》、《山海经》等神话要籍,其所注楚辞自有特殊价值。当时发现敦煌古籍中有写本《楚辞音》残卷,王重民、闻一多均指出其中有郭璞注孑遗。闻先生在论述中并有所扩展。受此启发,小石先生乃遍搜古籍,对其中引用郭璞著作中之涉及楚辞者,加以考证,"以意比次",尽可能地恢复郭璞注的原貌,从而为楚辞学研究提供了重要的参考。

楚辞文学的一大特点是大量取材于神话。所以先生研究楚辞的同时,也致力于对古代神话的研究。他收集古代神话并进行分类。对于保存、辑录了古代神话的古籍,按其时代、性质、可信程度而区分等次,加以甄别。先生认为人类社会发展有共同性,不同民族"根据不同的生活特点,经过幻想而形成的神话,就自然会大同小异。这并不是谁学谁的"。他收集东西方同类神话进行比较,得出结论说:人类的幻想尽管有许多相似,"但所表现的形式必然是民族的"。在《屈原与古神话》一文中,他对作为神话渊薮的《天问》中所包含的神话内容进行分析,提出《天问》中的神话有四大类,即:一、人类始祖说;二、自然现象;三、洪水故事;四、古英雄记等。他对每一类神话进行了材料的考辨,并在与相类神话的比较中,指出其民族性的特点。考察《天问》中的神话后,他指出:屈原对于神话的怀疑和反诘,是"从幻想的自然观和社会观的迷雾中飞跃出来追求唯物的真理,是科学思想的开端"。

先生既确定屈原作品是诗,因此在分析作品时便非常注意诗美的发掘,对于妙文佳句,在进行精辟的比较分析的基础上,总要再三咏叹,引导受业者领略其佳妙之处,进入欣赏的境界。

四、杜诗学

楚辞之外,先生较多关注的还有杜甫诗。他早年即挚爱杜诗,在北京女高师任教时,即讲授过杜诗。抗日战争开始,他随中央大学西迁重庆。国仇家恨,自然地与杜甫晚年诗歌产生了共鸣,从而也更加深了对杜诗的爱好。先生早年曾作过《李杜诗之比较》的演讲,他指出从艺术表现来比较,李杜二人都有特立精神,都"以推翻时尚为主",李白"正是一位复古派的健将",而杜甫则是"诗国中一位狂热的革命家"。李白的复古,是为扫荡齐梁绮靡文风的影响,恢复建安文学之古。在他的诗集中,古体诗占十分之九,律诗则不到十分之一。而杜甫则不同,杜甫是新诗派的开拓者,他对前代诗歌多有改革。先生在演讲中将这种改革归纳为三点：

甲、用字。杜甫很注重诗句的锻炼，所谓"语不惊人死不休"。这是前代诗歌中少见的。动词在诗句中具有关键作用，其在杜诗中运用"又极其妙"，如"'江鸣夜雨悬'之'悬'字"，"'声拔洞庭湖'之'拔'字"，"都非杜以前的诗人所用得出的"。

乙、内容。"杜诗的内容，最重要的分两种：一是描写时事，一是输入议论"，这在其先是很少见的。在诗中融入散文风格的，杜甫为第一人。

丙、声调。杜甫不作乐府，将诗和乐完全分离。其七绝以拗体占多数，和谐者为例外。可以说，"子美作诗，内容及声律都极力求避前人旧式，所谓用一调即变一调"。可见杜甫在声调上也极力开拓。胡先生曾写有《杜诗声调谱》，可惜已散失。

先生晚年曾作过关于杜甫《北征》、《羌村》的专题报告，随后发表了《杜甫〈北征〉小笺》和《杜甫〈羌村〉章句释》二文。先生讲杜诗，以史证诗，以诗校史，充分体现了杜诗"诗史"的特色。如《北征》中，"阴风西北来，惨澹随回纥"两句，先生考证，回纥信奉摩尼教，其教色尚白，故二句是影射回纥衣饰。他还引沈子培《和林三唐碑跋》、《九姓回纥毗伽可行碑跋》中所述摩尼教与回纥关系以为证。沈文证实了唐开元以后摩尼教已入回纥，"其徒白衣白冠"。这一点杜甫《留花门》诗中也有明显表现。又如，先生指出《北征》篇末，忽著"凄凉大同殿，寂寞白兽闼"二句，似有隐衷。他详考唐代宫殿，指明此二殿阁之位置以及与历史事件之关系。又考察玄宗、肃宗父子之关系，指出肃宗结怨其父，逼其内禅。回京后，玄宗已为太上皇，被移居西内，幽囚以死。先生认为《北征》这二句诗实与玄宗内禅有关，洵是关涉时事、隐含讽喻之作。

杜甫诗"奄有众长又独抒己见"。故先生几乎于每一句中，都博引相关诗文，以明其来龙去脉，指出杜甫独特之创造。如"回首凤翔县，旌旗晚明灭"二句，他解释说：

明灭指斜照之光。谢灵运《七里濑》诗："日落山照耀"，昔人以为好句。此更不言日,但以旌旗状之,而斜晖与晚风俱见,固首节之警策也。

《羌村》是短诗,先生在文中对其用词之准确、心理之刻画多所发掘。其于"兵革既未息,儿童尽东征"二句,则引《新安吏》以说明校勘不取"儿郎"而取"儿童"之故,以表明当时之苦难。《羌村》"篇幅虽寥寥,而天宝末年之大乱,人民所受之痛苦,皆反映于字句中,非仅为一人发愤抒怀也"。

由上所引,可见小石先生之于杜诗,可谓深得其中三昧了。

五、中国文学史

小石先生于1920年即开始讲授《中国文学史》课程。当时文学史还是一门新兴的学科,少数高校虽设有此课,然其讲义却是国学概论的性质,文字、音韵、训诂无所不包,经、史、子、集无所不谈。所谓文学史几乎包容了"国学"的所有内容。而小石先生则强调,文学史当以文学为研究对象,而有别于一般的学术史。他举出清代焦循的《易余籥录》中的一篇文章,认为是一篇具体而微的中国文学史。该文说,由诗三百篇发展为楚辞,而至汉赋、魏晋六朝的五言诗、唐代律诗、宋词、元曲、明八股,"一代有一代之所胜"。先生洞察该文所持发展变化观点之精髓,进而归纳出四种观念:一是阐明文学与时代之关系;二是认清纯粹文学之范围;三是建立文学的信史时代;四是注重文体之盛衰流变。依照这四种观念来研究文学史,当然就完全跳出了旧有的窠臼。

小石先生讲授《中国文学史》课前后有四十年,其讲稿却从未考虑出版。只是在1928年偶因需用,才以学生的笔记付印,出版了《中国文学史讲稿上编》(以下简称《讲稿》)。其篇幅虽不大,但提纲挈领,言简意赅,内涵极为丰富。

《讲稿》认为,文学以及文学观念的发展,除个人因素外,离不开时代的制约、环境的影响。如论述齐梁时代的文学批评,《讲稿》简约分之为三派。

一派是"反文派",以裴子野《雕虫论》为代表,强调一切学问必折衷于六艺,而反对吟咏性情的文学。先生认为,文学的妙处,正在"吟咏性情",谁管他合不合"六艺"。同时,先生又指出了产生"反文派"主张的原因。其时代的原因是:当时文学大流行,"少年轻薄,文采风靡,盛极而生反感,理之必然"。其个人的原因是:裴子野几代都是著名史学家,如裴松之、裴骃等。史学家著文主张质实,因而反对过事藻饰的文学。之后,先生又指出此派当时影响不大,然至隋代以后则颇有影响。

另一派是"主文派",以刘勰与钟嵘为代表,这是当时文学思潮的主流,也是中国文学批评的一个高峰。此派的主张大致为:甲、经为文原;乙、返于自然;丙、侧重情性;丁、声韵。在具体分析中,先生认为,刘勰宗经并非由衷之言,实因风气重视经学家,不得不引以自重,但却对后来有不小的影响。主张文贵自然、侧重性情,都是针对当时弊病而发。这方面,钟、刘是一致的。至于声韵,刘勰是赞成声律论的,而钟嵘则颇不以为然。

第三派是"折衷派",以颜之推为代表。颜氏生于梁而后来入北,综合南北思想,"所以才会发生那种中立的议论"。而这种议论影响甚微。

由上可见,先生之论史,先作宏观的把握,然后结合时代和作者自身的情况,作具体的分析。其间对每一问题都追溯源流,下及影响,总使受教者眼界大开。

《讲稿》中为文学所设定义是:

> 文学,是由于生活之环境上受了刺激而起情感的反应,藉艺术化的语言而为具体的表现。

此定义突出了文学的个人的主观因素,强调了文学自身的特点。所以《讲稿》中很重视文学形式和艺术语言的研究,成为一大特色。

以《讲稿》中重视单笔、复笔的区别为例。先生认为,文体以散文、骈文并称,不若以单笔、复笔划分。事实表明,"骈体"也不一定用对偶,但却是复笔。先生举出《史记》为单笔的代表,其句调参差不齐,可随意变化,而《汉书》受辞赋影响,复笔最多,句调整齐,少有伸缩的余地。他指出汉魏六朝时期,人们推崇《汉书》,而不重《史记》。中唐以后《史记》才代替了《汉书》的地位。可以说,"《史》、《汉》的兴替与升降,即后来复笔、单笔的兴替和升降"。《讲稿》中亦常以单笔、复笔论诗。如说谢灵运"《拟邺中诗》竟用复笔以代替原作之单笔"。说鲍照"他的五言诗用单笔,拟阮籍"。大致复笔用偶句、重词采,单笔则色彩较冲淡而能尽曲折。用单笔、复笔衡文,每能从整体上把握作者的风格。

从文学观念的发展来看,晋代已有"文"与"笔"之分,至南朝宋代而益严。《后汉书》分立《儒林传》、《文艺传》,可见刘宋时代已承认纯粹文学之地位。

先生重视文学特性,所以对于韩愈所倡"古文运动"每多批评之语。他说:

> 自魏、晋以后,文、笔之界分别甚严,凡为文者均以文为主而略于笔,但不幸到了元和时代,文、笔的界限实已漫漶不可再分。若以晋后文、笔的界说去衡量当时韩、柳的作品,他们所作的是笔而非文。
>
> 以纯粹文学的眼光来看,晋、魏、六朝的文学并未衰,到韩愈起而改革以后,倒真的把文弄衰了。

他批评韩愈"把文学的界限弄到混然无存,于是文学的独立性质因之而失掉"。韩愈以卫道者自居,及其末流,便主张"文以载道",对文学更是一种破坏。先生一针见血地指出了韩愈文章的要害。

先生重视文学的语言艺术化,所以在《讲稿》中随处注意语言风格的分析。如论述陈代文学,指出当时文风,自是以雕镂为正宗,"比如作诗由练章而练句而至于练字。汉诗有佳章,晋诗有佳句,至此时的诗方有佳字"。练字在文学技巧上自有其重要作用。阴铿、何逊都是练字大家。他们虽然成就不大,但在技巧上却影响了杜甫以及后世的许多诗人。

胡先生最后一次讲授《中国文学史》距今也有半个世纪了,然而其中深刻的见解、精彩的体会以及所引述的罕见的资料,至今仍具有很大的启发性和参考价值。

　　小石先生深受其乡先辈沈子培的影响。沈氏尝言："嘉兴前辈学者，非有真知灼见，不轻落笔，往往博洽群书，不著一字。"遵照这一信条，先生生前，积稿满箧而拿出去发表的却不多。许多极具开拓性的见解，都藉课堂教学以流传。曾受先生教者，无不惊叹其知识之渊博、见解之深刻、讲课艺术之高超，深感在学术界，能有这样多方面成就的大师实不多见。先生去世后，存稿经"文革"动乱，大部散失。1982年以来，才由其弟子辈陆续整理成《胡小石论文集》、《胡小石论文集续编》、《胡小石论文集三编》等三种，付上海古籍出版社出版。江苏美术出版社也出版了《胡小石书法选集》。这些虽远不足反映先生学术成就的全貌，但已是留给后人的一份丰厚的精神财富了。

(《古典文学知识》2002年第2期)

代增选目录

古代作品的社会意义缩小了吗？

郭预衡同志在《李清照词的社会意义和艺术价值》一文中，提出"李清照作品的这一部分社会意义（按系指李清照作品的思想感情代表了贵族士大夫，因国破家亡而流离失所的情感，因而获得的社会意义），在今天已经随着社会基础的彻底变革、随着读者的世界观与旧时代的观念彻底决裂而日趋于缩小了。"[①]孟周同志在他的文章中，除了对这一看法表示赞同外，更引申说："古代作品社会意义在今天的日趋缩小，不止是像李清照这样作家的作品，就连伟大的作品如《红楼梦》等，其意义也日趋缩小。"[②]这里，我不打算对李清照的讨论发表什么意见，只想就今天古代作品的社会意义是否缩小了这一问题，提出一些不同的看法来与两位同志商榷。

什么是古代作品的社会意义呢？主要应该是指其在历史上的进步意义。毛主席教导我们："……无产阶级对于过去时代的文学艺术作品，也必须首先检查他们对待人民的态度如何，在历史上有无进步意义，而分别采取不同态度。"[③]如果不是站在无产阶级立场，运用历史唯物主义观点去评价古代作品，检查他们有无进步意义，而空谈其"社会意义"，那是无益而有害的。郭预衡同志说李清照作品的思想感情代表了贵族士大夫的思想感情就是它的社会意义，我们是不能同意的。

[①] 见《文学遗产》296期。
[②] 见《文学遗产》303期，《关于李清照词的评价问题》。
[③] 见《在延安文艺座谈会上的讲话》。

古代作品对于当时社会的意义是既已存在的事实,我们的任务是以最先进的马克思列宁主义观点去发掘、研究。但是古代作品在今天有没有社会意义呢?如果有社会意义,是否"日趋缩小了"呢?按照毛主席指出的检查标准,我们可以说,如果是反动的落后的作品,对于当时就无社会意义可言,更莫说对于现在;如果是进步的优秀的作品,在当时有很大的社会意义,那么对于今天同样是有很大意义的。优秀作品的社会意义,不会因为社会的发展、读者世界观的进步而"日趋缩小",相反,正因为有了这些条件,其社会意义才能得到最大的发挥。

首先,社会主义文学是要以优秀的古代文化遗产为借鉴的,它是在优秀的丰富的文学遗产的基础上,不断革新,不断创造的结果。马克思主义认为真正美好的进步的文学艺术作品,总有某些是属于将来的东西。不能因为它们反映的时代过去了,就把它们废弃。共产主义世界观要与旧时代的陈腐观念彻底决裂,但并不是要把过去好的东西也抛弃。列宁说过:"只有用人类创造出来的全部知识宝藏来丰富自己头脑时,才能成为共产主义者。"①可见共产主义世界观不但不排斥优秀的文化遗产,相反,优秀的文化遗产有助于共产主义世界观的建立。

其次,只有在今天,优秀的古代作品的社会意义才被深刻地揭示出来,才被人们普遍认识。我们掌握了马克思列宁主义的理论武器,分清了文学遗产中的精华与糟粕,并且在与封建资产阶级学者的战斗中,驳斥了他们对优秀文学遗产所作的种种歪曲,使其中进步的美好的东西得到发扬。就以《红楼梦》为例吧,这部伟大的作品,几百年来遭到各种各样的厄运,封建学者说他是"诲淫"书,禁止流传,而资产阶级学者则竭力宣扬其封建性的糟粕,剔除其民主性的精华,把一部伟大的现实主义作品变成了宣传腐朽思想的工具。只有在今天,在党的领导下,我们批判了他们的种种谬说,充分地发掘了这部伟大作品反封建的民主性的内容,全面总结了其中现实主义的创作方法,才使这部伟大作品放射出它的光彩,为我们社会主义的文学创作

---

① 见《青年团的任务》。

提供了宝贵的借鉴。应该说,它的社会意义不是缩小了,而是扩大了。

再说,优秀的古代文学遗产只有在今天才能为广大的人民所理解,才能成为人民群众的一份精神食粮。过去剥削阶级不仅剥夺了人民的物质财富,也剥夺了人民的精神财富。劳动人民得不到受教育的机会,对许多优秀的文学作品是难以接受的。别林斯基曾经沉痛地说:在旧的俄国称普希金为人民诗人是不正确的,因为不识字的人民不能阅读自己诗人的作品。列宁则提出共产主义革命家的伟大理想,要使历史的文化财富为千百万人民所掌握。今天我们正逐步地实现这一理想。屈原、李白、杜甫的诗歌,曹雪芹、吴敬梓的小说,过去有多少人能读呢?今天他们都拥有众多的读者,将来还要拥有更多的读者。在这种情况下,我们怎能说这些作品的社会意义反而缩小了呢?

当然,古代文学作品在今天的社会意义,与它在过去时代的社会意义是完全不同的。在旧时代,优秀的文学作品的批判、讽刺力量是一种向当时社会进行斗争的力量,而在今天,则是加深人们对旧社会罪恶历史的认识,从而促使人们更明确更坚定地向人类最理想的社会共产主义迈进。我们是用历史唯物主义的观点来研究古典文学的,我们要认真地分清精华与糟粕,分清其中哪些只是对于当时社会有进步意义的东西,和哪些对于将来的社会仍有进步意义的东西。我们要发扬优秀的文化传统,要使古为今用。随着社会主义文化建设的开展,优秀的文学遗产必将发挥更大的作用,必将获得更大的社会意义。

(《光明日报》1960年4月10日,署名加林)

读《史记艺术美研究》(代序)

　　历代学者从史学角度对《史记》所做的研究,远过于从文学角度所作的研究。将司马迁看作伟大的文学家,将《史记》看作不朽的传记文学作品,是近半个世纪的事。文学史论著遂逐渐将司马迁列为专章叙述,也有不少著作、论文对《史记》的文学特点进行了论述。但是在相当一段时期,对《史记》文学的研究,比较侧重于其思想内容,而对其优美的艺术表现的研究则嫌不够。如今,随着我国文艺研究的新的进展、新的开拓,《史记》文学的研究也必将呈现新的面貌。提到日程上来的是综合性的研究,包括:多种学科的交叉、纵贯与横通的考察,深层的思考、探索。《史记艺术美研究》便是努力向这个方向迈进的一部新作,它从几个侧面去论证《史记》的艺术美,发现《史记》的审美价值。在从美学角度去研究《史记》还不多见的今天,可以说这部著作开拓了一片新的园地。

　　在古人论述《史记》的片段言论中,对于我们认识《史记》美学特点最有启发的,我以为是"奇"、"神"二说。杨雄称司马迁"爱奇",苏辙则称其"疏荡有奇气",所谓"奇"意味着对现存法则的突破,亦即超常的表现。《史记》中那一些英雄的颂歌,那一些历史舞台上充满传奇色彩的活剧,确实不同凡响。《史记》笔法也往往摆落常套,云龙雾豹,出奇制胜。至于章学诚,则用"体圆用神"四个字来概括《史记》的艺术特点,那就是《史记》一书多变化、无定法,因事命篇,往往不拘义例。"用神"的"神",并有"神以知来"的含义,也就是指对未来的预见性。司马迁自称写作《史记》要"述往事思来者",即是力求在对历史的考察中把握未来的动向。因此他的写作是"微显阐幽""旨远辞文",表现含蓄而寓意深远,正如刘熙载所说:"《史记》叙事,文外无穷,虽一溪一壑,皆与长江大河相若。"《史记》艺术的"奇"与"神",说明它具有创造的美、变化的美、睿智的美。《史记》在我国艺术发展史上确实具有重要的意义。

我曾有机会与嗣廉同志共同研读《史记》,颇得相互切磋之乐。如今分处两地,虽时有书信往还,终不得"相与细论文"式的畅谈。现在读了他所著的书,既受鼓舞,又得启发,写了上面的话,权且为序。

一九八六年一月

《陶渊明集全译》前言

陶渊明是中国文学史上的第一流人物,他的著名诗赋,有许多为人们所激赏。他的影响还跨出国门,走向世界,日本、法国、苏联等国都出版过其多种作品译文和论著。对于这样一位重要作家,当然有研究和介绍的必要。

陶潜,字渊明,又字元亮。寻阳柴桑(今江西九江西南)人。他出生于东晋哀帝兴宁三年(公元365年),卒于宋文帝元嘉四年(公元427年),享年63岁。他死后,友朋谥他为"靖节徵士",故又称陶靖节。

陶渊明的曾祖父陶侃,是东晋开国元勋。曾官侍中、太尉、都督八州诸军事、荆江二州刺史,封长沙郡公,追赠大司马。陶侃出身孤寒,被士族所轻,但以军功官至极品。陶侃有十七子,名见于《晋书》的有十一人。而渊明的祖父,曾为武昌太守的陶茂,却不在十一人中。渊明之父早死。陶诗《命子》称其父"淡焉虚止,寄迹风云",大概未正式做过官(或说曾做过安城太守)。陶侃诸子多武将,侃死后,互相争杀。同族之人未必有什么往来,渊明的一支久已衰微,故《赠长沙公》诗序称"昭穆既远,已为路人"。渊明少时,生活贫苦,"居无仆妾,井臼弗任,藜菽不给"(颜延之:《陶徵士诔》)。在这种情况下,他显赫的家世对于他并没有多少影响。颜《诔》说他:"韬此洪族,蔑彼名级"可证。至于《命子》诗中历述祖先功业,无非古人的传统观念,想通过夸耀祖先以勉励儿子上进,似难因此就说他有"强烈的门第观念"。亲戚中对陶渊明影响较大的,倒是他的外祖父孟嘉。他写过一篇《晋故征西大将军长史孟府君传》,称他的这位外祖父:"始自总发,至于知命,行不苟合,言无夸矜,未尝有喜愠之容。好酣饮,逾多不乱。至于任怀得意,融然远寄,傍若无人。"这简直有点像渊明本人的自画像了。传中还记载了孟嘉风吹帽落的故事,这与渊明本人以头巾漉酒还著头上的故事也颇为类似。从其中都可以看出嵇康、阮籍辈的遗风余韵。

渊明"少而贫苦",很少交游,于是他"委怀在琴书","游好在六经",从读书中得到很大的乐趣。在《五柳先生传》中,他提出了"好读书不求甚解"这句名言。其用意是指"趣味的"读书,为了赏心悦目,期与古人心灵冥合,而不必像当时的章句之学那样,深求一字一句的解释。青少年时代的陶渊明也曾有过远大的志向,他曾回忆说:

忆我少壮时,无乐自欣豫,
猛志逸四海,骞翮思远翥。
　　　　——《杂诗》
少时壮且厉,抚剑独行游;
谁言行游近,张掖至幽州。
　　　　——《拟古》

那是颇有豪侠之气的壮志。结合当时形势,这壮志不外两方面内容:济苍生和复故土。他曾在诗中表扬过那些廉正自守的官吏:

袁安困积雪,邈然不可干。
阮公见钱入,即日弃其官。
　　　　——《咏贫士》之五
昔在黄子廉,弹冠佐名州,
一朝辞吏归,清贫略难俦。
　　　　——《咏贫士》之七

这种赞扬,在一定程度上反映了渊明济苍生的志向。东晋偏安江南,但也多次有北伐的举动。如发生在公元383年的淝水之战,即是谢玄等将领依靠南北方汉族士民的支持,以少胜多取得很大胜利的一次战争。东晋末年又有刘裕的北伐。陶渊明生活在这样一个时代,当然不会不关心收复故土的问题。他希望行游的地点"张掖至幽州",正是北方边塞。其《拟古》诗中又特别赞扬田畴:"闻有田子泰,节义为士雄。"田畴的主要功绩是协助曹操平定乌丸。因功大,曹操多次要赏赐以爵位,田畴则坚辞不受。陶渊明敬佩田畴应该包括这些内容。在《赠羊长史》中,渊明更是明白表示怀念中州风土人情,为"九域甫已一,逝将理舟舆"而欣喜。凡此种种,足以说明渊明的壮志也当包括收复国土。随着时间的推移,渊明的壮志逐渐消磨。但其用世之心并未完全消失。《荣木》一诗,自责废学耽饮,"总角闻道,白首无成"。最后"其四"说:

> 先师遗训,余岂云坠!
> 四十无闻,斯不足畏。
> 脂我名车,策我名骥,
> 千里虽遥,孰敢不至!

《杂诗》中又有"及时当勉励,岁月不待人"之语和"日月掷人去,有志不获骋"之叹。即使在完全归隐之后,他还写下了:

> 精卫衔微木,将以填沧海。
> 刑天舞干戚,猛志固常在。
> 同物既无虑,化去不复悔。
> 徒设在昔心,良晨讵可待。
> ——《读山海经·其十》

这样金刚怒目式的句子,以及《咏荆轲》那样悲壮豪放的作品。龚自珍说他"二分梁父一分骚",正指这些。

史传记载,渊明早年并未做官。二十九岁时,"亲老家贫,起为州祭酒,不堪吏职,少日自解归"。其后又曾辞州主簿之聘。过了六七年,在三十五六岁时,才又在江州刺史桓玄的州府中任官吏,一二年后又因母丧退归。在家期间曾写了著名的《癸卯岁始春怀古田舍二首》,表示了归耕的愿望。四十岁时又复出为刘裕镇军将军军府参军,明年转为江州刺史建威将军刘敬宣的参军。同年八月,为彭泽令。十一月,因程氏妹之丧,弃职返里。此时渊明四十一岁。此后便再未出仕。从陶渊明仕宦简历中,我们可以看出:第一,他虽曾出仕,但官职不高并无实权;第二,或作或辍,时间很短;第三,中年即辞官归隐。因此颜延之为他作《诔》时称之为徵士,比较得实。前人对渊明曾在后来一度篡晋的军阀桓玄州府中任职,颇多疑问,考证再三,意欲否定此事。其实,当时的情形是:王室十分虚弱,权臣互斗,士人入仕很难有所选择,渊明住在江州,也只得在江州为官吏。他于二年后即辞官,而当刘裕以讨伐桓玄、恢复晋室相号召时,他又复出,接受了镇军参军的任命。即《归去来兮辞》序所云:"会有四方之事,诸侯以惠爱为德。"这次任职,似颇有建功立业的愿望。他曾写道:

> 时来苟冥会,宛辔憩通衢;
> 投策命晨装,暂与园田疏。

以及前引《荣木》诗,都表现出比较积极的意向。后来大概看到刘裕专权的事实而急流勇退了。

有用世的壮志,只是陶渊明思想的次要方面,更重要的则是他从少年起就培养了对自然和田园生活的爱好。他写道:"少无适俗韵,性本爱丘山……久在樊笼里,复得返自然","弱龄寄事外,委怀在琴书","静念园林好,人间良可辞"。陶渊明在正式归隐之前,心中始终有一个声音在强烈地呼唤着:"归去来。"当他受命为公事奔波时,这个声音在呼唤;当他静坐沉思时,这个声音也在呼唤。最后,他终于实现了归隐田园的宿愿。

爱好自然,是陶渊明归隐的主观动机,而客观原因则在于他生活在一个动乱的污浊的社会。这个社会如他在《感士不遇赋》序中所言"自真风告逝,大伪斯兴,闾阎懈廉退之节,市朝驱易进之心"。朝堂之上"雷同共誉毁",

"咄咄俗中愚",正直的人是没有出路的。而且长期政治动乱,迫害无端,魏晋以来"名士少有全者",真是"密网裁而鱼骇,宏罗制而鸟惊",当权者是靠不住的,"觉悟当念还,鸟尽废良弓"。要保持清高的品性,延性命于乱世,便只有隐居之一途了。"缯缴奚施,已倦安劳","但恨多谬误,君当恕醉人",这是诗人悲愤的心声。和一般认为的静穆和平相反,诗人有着坚贞的品质和刚强的个性。在《与子俨等疏》中,诗人自称"性刚才拙,与物多忤";在《戊申岁六月中遇火》一诗中也说:"总发抱孤介,奄出四十年……贞刚自有质,玉石乃非坚。"这种性格自然不适合腐败的社会风气。相传他曾因不愿束带见督邮,不肯"为五斗米折腰向乡里小人"而辞去县令。他晚年饿病,江州刺史檀道济馈以粱肉,劝他出仕,而他则麾而去之,真正表现了固穷之节。他还曾应释慧远之约,赴庐山白莲社,又"忽攒眉而去"。他讽刺周续之等三人,应刺史檀韶之请,在靠近马队的公廨中讲礼、校书,写道:"马队非讲肆,校书亦已勤。"他对殷景仁的任官并不欣然,在话别时写下了"语默自殊势,亦知当乖分"这样颇有不满的话。凡此种种,都表现了他不肯苟合的真性情。从陶渊明的性格、作风看,他的归隐确实含有不与统治者合作的含义。

自从沈约提出陶渊明"自以曾祖晋世宰辅,耻复屈身后代,自(宋)高祖王业渐隆,不复肯仕"一说之后,不少人都相信此说。然而此说并非确论。陶集中有《述酒》一篇,确是以隐晦的语言记叙了刘裕篡晋之事,对于刘裕残杀已让位的晋恭帝,他是有所谴责的。还有一些诗篇,也可能暗指时事,表现了一定的倾向。本来封建时代的士人,在改朝换代之际,依恋正统王朝,反对篡杀者是很自然的。但是忠于晋室在陶渊明思想中并不占主导地位,也不是他归隐的重要原因。他对晋朝的灭亡还有一些客观的批评。《拟古》第九首,以桑树摧折,比喻晋亡的用意较显豁,最后却说"本不植高原,今日复何悔",是一种批评的语气。可见他并非一味效忠晋室。论者或又以陶集入宋以后只书甲子为理由,证明陶渊明为晋之忠臣,前人已指出入宋以前渊明诗题即多以甲子纪年,此条实不能成立。我们还可以补充,在《与子俨等疏》中称"济北汜稚春,晋时操行人也",晋亡不久即称"晋时",可见他也并不以晋亡为讳。前人并曾指出，陶渊明完全归隐距晋亡还有十五年，因此是说不上"耻复屈身后代"的。

陶渊明归隐之后，并不像某些隐士那样过着相当优裕的生活。他既经历了困苦生活的考验，又承受着种种批评的压力。在《祭从弟敬远文》中，他说"常愿携手，置彼众议"，已透露了个中消息。《饮酒二十首》"清晨闻叩门"一诗，写到田父的规劝："褴褛茅檐下，未足为高栖。一世皆尚同，愿君汩其泥。"在颜延之所写的诔文中，也记载了他与渊明关于出世入世的辩论。颜延之劝说："独正者危，至方则碍，哲人卷舒，布在前载"，明白揭示了社会的压力，劝他不要太执著。在种种压力之下，陶渊明得出了自己的结论："质性自然，非矫厉所得；饥冻虽切，违己交病"，不要勉强自己去做不愿做的事情。他视仕途为樊笼、为羁役，认为摆脱了才能保全自己的人格。

陶渊明归隐以后，写了不少优美的反映田园风光的诗篇，曾有论著批评他粉饰现实，这是不公平的。陶集中写到生活贫困、农村凋敝的亦复不少。如《怨诗楚调示庞主簿邓治中》一诗：

> 天道幽且远，鬼神茫昧然。
> 结发念善事，僶俛六九年。
> 弱冠逢世阻，始室丧其偏。
> 炎火屡焚如，螟蜮恣中田。
> 风雨纵横至，收敛不盈廛。
> 夏日长抱饥，寒夜无被眠。
> 造夕思鸡鸣，及晨愿乌迁。
> 在己何怨天，离忧凄目前。
> 吁嗟身后名，于我若浮烟。
> 慷慨独悲歌，钟期信为贤。

战乱频仍，加之自然灾害，农业严重歉收，诗人生活极为困苦，"夏日长抱饥"四句，非亲身经历是说不出来的。由此念及一生困苦，因而指斥"天道",怨及"鬼神"。《咏贫士》、《乞食》也都写出了诗人困苦的处境。诗人记述种种贫困不是无目的的,在《有会而作》序中说:"今我不述,后生何闻哉",要让后生知道生活的艰苦,知道保持固穷节多么不易。生活给人教训,促人思考。在《杂诗》其八"代耕本非望"一首中,诗人写道:"躬亲未曾替,寒馁常糟糠。"吃饱穿暖的愿望也不能实现,"正尔不能得,哀哉亦可伤"!辛苦劳动却不得温饱,天理何在?"理也可奈何,且为陶一觞!"他毕竟是陶渊明,只是借酒消愁而已。但他提出的却是封建社会普遍存在的问题。

元兴三年(公元404年)寻阳经桓玄军的战乱,义熙六年(公元410年)卢循领导的起义军又曾与官军在寻阳地区大战。这两件重要史事在陶集中竟无反映,论者每多怀疑或者批评。其实陶集中描写农村残破景象,恐怕就与兵燹有关。如《归园田居》"久去山泽游"一首,写一座村落成了废墟,居人已"死殁无复余"。《和刘柴桑》也说:"荒涂无归人,时时见废墟";《还旧居》也写到相隔六年,居民、邑屋变化之大,这些残破景象肯定跟天灾人祸有关。可见战乱在渊明作品中不是没有反映。论者还指出,那年九月卢循军与官军在巴陵作战,而渊明却写了《庚戌岁九月中于西田获早稻》,让我们看到的竟是一派和平景象,这岂非怪事。或以为魏晋作者鄙视社会现实,以为不堪入诗,这未必不是理由。但渊明并不是一个脱离实际的人。他所以如此写,倒可能因为战争对他因避战祸移居的南村,并无很大影响。小农经济的中国农村,以分散隔绝为特点,尽管寻阳地区成为战场,只要没有打到家门口,农民照常春耕秋收。陶渊明也可以照样写他的"西田获早稻"的诗。

陶渊明的隐居生活,也经过一些发展变化。开始他有一种解脱的欣喜,对田园生活写得美好一些,后来遇到火灾、灾荒、战乱,越来越多忧生之嗟,感受到生活的艰难。但他决不后悔。他以前修为榜样,"谁云固穷难,邈哉此前修","贫富常交战,道胜无戚颜","高操非所攀,谬得固穷节",表现了他的高风亮节。

一

陶渊明对于人生考虑很多,在自然与人的关系中,他希望能参透生命的哲理:"大钧无私力,万理自森著"、"万化相寻异,人生岂不劳"、"既来孰不去,人理固有终……迁化或夷险,肆志无窊隆"。自然照规律运行变化,人生亦复如此,纵心任性,不必管是贫困还是亨通。因此他产生了"化迁"思想,人应该顺应自然,"纵浪大化中,不喜亦不惧;应尽便须尽,无复独多虑",一切委之自然,于是他篇篇有酒,借酒消忧。这当然有消极的一面,但是这种思想又有颇为积极的内容,他不相信神仙长寿,如《连雨独饮》一诗:

运生会归尽,终古谓之然。
世间有松乔,於今定何间?
故老赠余酒,乃言饮得仙;
试酌百情远,重觞忽忘天。
天岂去此哉,任真无所先。
云鹤有奇翼,八表须臾还。
自我抱兹独,僶俛四十年。
形骸久已化,心在复何言。

他不相信神仙之说,而强调"任真",任真自得,可以忘天。他不肯入白莲社,针对慧远等高僧名士立誓共期西方乐土的宗教活动,他写了《形、影、神》一诗,以其化迁的自然观批评了慧远等的灵魂不灭说。他不认为天是有意志的,在他对社会的批评中,也像司马迁一样对"天能福善祸淫"提出责问:

积善云有报,夷叔在西山;
善恶苟不应,何事立空言。

九十行带索,饥寒况当年。

不赖固穷节,万世当谁传。

  他对"天道"、"鬼神"一概批评,写下了"天道幽且远,鬼神茫昧然"这样饱含怨愤的诗句。"大钧无私力,万理自森著",认识到自然的本质是平等的,他才能说出"此亦人子也,可善遇之",才可能叮咛儿子:"落地成兄弟,何必骨肉亲。"将自己归属于自然,他才能心胸开阔达观,"不觉知有我,安知物为贵","俯仰终宇宙,不乐复何如",才能摆脱贫困以至死亡造成的心理压力:"应尽便须尽,无复独多虑","人生实难,死如之何","死去何所道,托体同山阿"。陶渊明任真的思想造就他成为一名真实的诗人,如黄庭坚所云:"陶渊明不为诗,写其胸中之妙耳。"真实的心中之善妙,化为真实朴素的语言便成美的诗篇。

  陶渊明的思想接近道家,但也受到儒家深刻的影响。朱自清曾据古宜《陶靖节诗笺定本》引书切合的各条统计,陶诗用事,《庄子》最多,共四十九次;《论语》第二,共三十七次;《列子》第三,共二十一次。陶渊明倾慕的是羲、农时代,追求的是真淳精神,与儒家有很大的不同。但"君子固穷,小人穷斯滥矣","忧道不忧贫","朝闻道夕死可矣",这样一些儒家的教训,对他也有很大的影响。所以他和玄学家又有很大不同。他曾胸怀壮志,也受过儒家兼济思想的影响。所以他并不像一些玄学家寄心玄远、摆落庶务,他曾写道:"人生归有道,衣食固其端;孰是都不营,而以求自安?"他重视农耕,并且亲自参加实践,这在那个时代是非常可贵的。

  反映了陶渊明的社会理想的,是他的《桃花源诗并序》。前人曾举证说明"桃花源"并非纯属空想,而是有其现实依据的,以至称其为"亦纪实之文也"。汉末以来,人民躲避战乱,或筑坞堡或入深山,建立了一些孤悬于社会之外的居民点。再者中国幅员辽阔,经济分散,一些偏远地区本来就少与外界交通,有的地方生产关系还停留在相当原始的阶段。这些地区因未遭人为破坏,往往是风景绝佳之处,偶经发现,便传为异闻。陶渊明就是由这些得到启发,构思他的《桃花源记》的。桃花源的风景极为优美,"夹岸数百步,中无杂树,芳草鲜美,落英缤纷",而桃花源中人,也如外界一样,耕种土地,饲养家禽。只是他们摆脱了外在的干扰,生活在和平愉快的环境之中。这里面当然有很多理想的成分,古代传说的羲、农之世,《礼记·礼运》篇的大同之世,在这里得到了形象的表现。自然经济的农村朴素、真淳,这是陶渊明所向往的。但现实的农村却并非十分美妙的所在,生活往往相当艰苦。这是陶渊明亲身体验到的。所以他格外希望能有桃花源那样一片乐土,既淳朴而又富足。陶渊明毕竟是封建时代的人,他的理想也只能限制在小农经济的框架之内。如因此斥他为倒退等等,是不恰当的。何况在当时能提出"秋熟靡王税"这种减轻农民负担的要求,已是十分难能可贵的了。

二

陶渊明集今存诗文一百三十多篇,这些诗文随处流露出对真、善、美的追求,而且确有所得。他写道:"真想初在襟,谁谓形迹拘","任真无所先","养真衡茅下,庶以善自名","立善有遗爱,胡为不自竭","立善常所欣,谁当为汝誉?""匪道曷依,匪善奚敦"等等。

陶渊明诗文大都平淡自然,感情真挚。其动人力量来自作者对生活的热爱,即如名篇《归去来兮辞》所表现的。该篇是陶渊明决定归隐,自免去职以后所作。"归去来兮,田园将芜胡不归!"这是多少年积存于内心的呼唤,再也抑制不住了,归去啊!归去啊!反顾以往以心为形所役,深深地愧悔。他毅然决然地走上归途。心情那么轻松愉快,恨不能一步到家,"乃瞻衡宇,载欣载奔",他设想抵家后的种种活动,心契自然,参加农事,期望过和平、宁静、淳朴清高的生活。"富贵非吾愿,帝乡不可期。"不求富贵,不慕神仙,皈依自然,便能得到很多的欢慰。作者热爱园林,除因园林有优美的自然风景外,还因为"林园无世情"、"世与我而相违",故而归去。这里明显地有将田园与污浊社会相对立的含义。他追求丰富的精神生活,如下面这首著名诗篇所展示的:

> 结庐在人境,而无车马喧。
> 问君何能尔,心远地自偏。
> 采菊东篱下,悠然见南山。
> 山气日夕佳,飞鸟相与还。
> 此中有真意,欲辨已忘言。
>
> ——《饮酒》之五

　　王国维特举"采菊"两句,以为是"无我之境也","以物观物,故不知何者为我,何者为物"。又以为此诗好处在于不隔,就是说作者热爱自然,融入自然,写时若不经意,自肺腑中流出,而读者也自然地被带进作者创造的意境之中。景物都很普通,而作者的感受却很不一般,他体会到其中难以传达的真意。诗人是第一个将田园风光写入诗篇的。"暧暧远人村,依依墟里烟;狗吠深巷中,鸡鸣桑树颠。"极其普通的景物,经过诗人的笔触,便酷似一组和平、宁静的农村风景画佳作。诗人描写景物,往往和农业劳作交织起来,作为劳累的一种补偿,更体会到一种"欣慨交心"的感受。如"鸟哢欢新节,泠风送余善","平畴交远风,良苗亦怀新","山涤余霭,宇暖微霄,有风自南,翼彼新苗","晨兴理荒秽,带月荷锄归",看到新苗茁壮地生长,经过一天劳动锄去了荒秽,心中感到充实、感到愉悦,周遭那鸟、那风、那山、那月、那欣欣向荣的麦苗、那淡淡的天边的云影都扑进了诗人的眼帘,滋润着诗人的心田。写景亦所以写心。如刘熙载《艺概》所说:"陶诗'吾亦爱吾庐',我亦具物之情也;'良苗亦怀新',物亦具我之情也。《归去来辞》亦云:'善万物之得时,感吾生之行休'。"以情去感知,以心去体会,当然能从平常事物中去发现美,从而感受愉悦。苏轼评陶"质而实绮,癯而实腴",刘克庄评陶"外枯而中膏,似淡而实美",都确认了陶诗表面平淡而内含丰富的特点。

　　陶渊明是一位热爱生活的诗人,他的诗文中充满了对亲属、朋友的真情。如"阻风规林"诗,对亲人的思念。《停云》诗对亲友的相思。如"弱子戏我侧,学语未成音"这样的诗句,表达了对儿子怜爱、欣慰之情。又如《祭程氏妹文》、《祭从弟敬远文》更是写得情深意切,泪随字下。渊明诗文中也较多写到日常生活中与朋友或者普通农民的来往。如"日入相与归,壶浆劳近邻","时复墟曲中,披草共来往,相见无杂言,但道桑麻长","闻多素心人,乐与数晨夕……奇文共欣赏,疑义相与析","父老杂乱言,觞酌失行次","过门更相呼,有酒斟酌之……相思则披衣,言笑无厌时",无不洋溢着与朋友、邻居的那种平等的真诚感情。

  对生活的热爱和对生命的达观,又使陶渊明颇具幽默感。在《责子》诗中,他以自嘲的态度形容他的五个儿子都不好读书,懒惰贪玩,使他这位老父大失所望,最后则说"天运苟如此,且进杯中物"。这也就如《命子》所云"尔之不才,亦已焉哉",罢了,罢了!还是去喝它一杯吧!又如《饮酒》"有客常同止"一首,写二人趣舍各异,"一士长独醉,一夫终年醒。醒醉还相笑,发言各不领"。互相不以为然,但各说各的互不领会。这情景是颇为有趣的。《止酒》一诗,大谈停止喝酒的困难,"暮止不安寝,晨止不能起,日日欲止之,营卫止不理"。然后,下定决心要止酒了,说是能进入神仙境界。这是很诙谐的一首诗,形式上学习民间歌谣,每句都有一个"止"字,是很有独创性的。陶渊明还写过三首《拟挽歌辞》、一篇《自祭文》。在他自己主要是表达对生死抱达观态度,但是自己给自己唱挽歌,写祭文,恐怕是要有点幽默感才行。他写看到祭酒不能喝,看到祭品不能吃。"欲语口无音,欲视眼无光",不免感到遗憾:"但恨在世时,饮酒不得足。"渊明未必意存幽默,但如此形容死去的自己,确也造成了幽默的效果。

  萧统说陶集"白璧微瑕,唯在闲情一赋",这是萧统以"礼教"观点来加以批评的。其实《闲情赋》是一篇不可多得的佳作。作者在序中申明是效法张衡《定情赋》,蔡邕《静情赋》,"始则荡以思虑,而终归闲正。将以抑流宕之邪心,谅有助于讽谏"。就其内容而言,则颇受楚辞香草美人影响,所写亦不脱"求之不得,终归失望"这一基调。然不管作者如何申明,不管他是否另有寓意,呈现在人们面前的却主要是一首爱情赋。作者对纯真爱情的思慕可谓淋漓尽致。赋首先描写一位佳人,既有美好的容貌,又有美好的德行。诗人心向往之,但却可望而不可即。于是寄情思于想象,提出种种的愿望,但又终不能实现。其中如"……愿在衣而为领,承华首之余芳;悲罗襟之宵离,怨秋夜之未央……愿在丝而为履,附素足以周旋;悲行止之有节,空委弃于床前……"都是不受拘束的大胆的自白。赋中继写种种愿望都落了空,"考所愿而必违,徒契契以苦心",只有怀着深深的思念,徘徊忧伤。最后才是以礼义自制,"坦万虑以存诚,憩遥情于八遐"。这篇赋设愿之大胆,想象之丰富,极不寻常,即在历代爱情篇章中也是绝无仅有的。

　　总体来看,陶诗风格平淡,故其语言也很平易。如"盛年不重来,一日难再晨;及时当勉励,岁月不待人","明旦非今日,岁暮余何言","落地成兄弟,何必骨肉亲","日暮天无云,春风扇微和","今日天气佳,清吹与鸣弹","倾耳无希声,在目皓已洁"等等,似脱口而出,人人都懂。不爱陶诗者,往往批评他语言过于平直,甚至讥之为"田家语",但是,应该看到他大多数所谓平淡的语句,却往往负载着深厚的诗的内容与感情。而这,又是后代许多大诗人学陶、仿陶都难以企及的。

三

　　陶渊明当时,正是文风变化之时,时尚以富艳繁密为贵,像陶渊明这样追求恬淡自然的诗人,是不受重视的;加之他身世没落,僻处农村,所以当时的知名度远不及谢灵运、颜延之。钟嵘《诗品》将他列入中品,刘勰《文心雕龙》竟未提到他。沈约为之立传,载入《隐逸传》,对其文学则评价不高。萧统为之编集、作序,突出的是对他人格的敬佩。至唐代,王、孟诗派当然以他为楷模,而李白、高适、杜甫、柳宗元、白居易等都对他有较高评价并有所借鉴。清代沈德潜《说诗晬语》卷上云:"陶诗胸次浩然,其中有一段渊深朴茂不可到处。唐人祖述者,王右丞有其清腴,孟山人有其闲远,储太祝有其朴实,韦左司有其冲和,柳仪曹有其峻洁,皆学焉而得其性之所近。"得性之所近,实是接受美学之通例。北宋以来,陶渊明更受重视,评论、注释都很多,欧阳修、王安石都予很高评价,苏轼特爱陶诗,追和一百零九首,影响很大。苏轼最欣赏陶渊明真率自然以及化迁的人生观。南宋陆游、辛弃疾,金代元好问也都给陶渊明以很高评价,元好问《论诗绝句》称他"一语天然万古新,豪华落尽见真淳"，是抓住了陶诗特点的。南宋时理学家朱熹、陆九渊以气节推许陶渊明，也起了不小的作用，而宋明遗民则强调其忠愤。近代主张革新的先进人物龚自珍、谭嗣同也爱读陶渊明。龚自珍将之比作诸葛亮与屈原，称之"二分《梁甫》一分《骚》"，因读其《咏荆轲》《停云》诗，而高唱"吟到恩仇心事涌，江湖侠骨恐无多"。谭嗣同也"以为陶公慷慨悲歌之士也"。这种种的评论，一方面可见陶渊明作品内涵之丰富，一方面也反映出一种值得深入研究的文化现象。西方艺术史家有一句名言："人文科学所关心的是，我们对以往的文化能有什么样的记忆。"历史上对陶渊明的种种评价是在他们文化记忆中的陶渊明，如今我们又能有什么样的记忆呢？陶渊明归隐田园，以酒消忧，以旷达自慰，是他那个时代的事，不值得今人效法。但他热爱生活，热爱自然，活得真实，活得高尚，却有许多积极的精神值得我们继承。萧统在《陶渊明集序》中称渊明："不以躬耕为耻，不以无财为病……有能读渊明之文者，驰竞之情遣，鄙吝之意祛，贪夫可以廉，懦夫可以立"这几句话还是很不错的，对于某些不择手段追求名利的人还可能有点针砭作用。

渊明诗文最早由梁昭明太子萧统编集为八卷。北齐阳休之重编为十卷，据其叙录称当时流行三本：一本八卷，无序；一本六卷，有序目，而编比颠乱；一本为萧统本。阳休之参合三本，定为十卷。《隋书·经籍志》著录《宋徵士陶潜集》九卷，又有集五卷，录一卷。《新唐书·艺文志》录《陶潜集》二十卷，又集五卷。至北宋宋庠，称当时所行本，一为萧统八卷本，以文列诗前，一为阳休之十卷本，其他又数十本，莫衷一是。又称晚得江左旧本，次第最合理。其后萧统、阳休之等各本均佚，传世诸本则皆源于宋庠所得的"江左旧本"。

今存《陶渊明集》有十多种，较具校勘价值的有：（一）曾集刻两册本（南宋绍熙三年刻，有清光绪影刻本）。（二）焦竑藏八卷本（焦氏明翻宋本）。（三）汲古阁影宋"苏写本"（光绪会稽章氏刊）。（四）东坡先生和陶诗本（黄艺锡刻）等。为陶集作注，最早有南宋汤汉注陶诗四卷。汤汉因《述酒》诗，"直吐忠愤"而"乱以庾词"，故加笺释，其余各篇注皆从简。其后为陶集作注者极多。重要的有元初李公焕《笺注陶渊明集》十卷。为集注性质，详录宋人评语。清嘉道时陶澍《靖节先生集注》十卷,集录各家注释,加以校勘,并附辑评及年谱考异。近人古直《陶靖节诗笺定本》(初版为《陶靖节诗笺》)详注词语出处,有助加深理解。今人王瑶注《陶渊明集》依编年排列,注释简明。逯钦立校注《陶渊明集》,用力于校勘,列举异文。其余近出注本甚多不繁举。

本书以李公焕笺注本,四部丛刊所收,宋刊巾箱本为底本,并主要参考逯本,次及他本。陶集流传至今,文字差异很大,南宋《蔡宽夫诗话》曰:"《渊明集》世既多本,校之不胜其异,有一字而数十字不同者,不可概举。"对于异文,本书择善而从,较一般者就不出校记;争议较多,难定是非的,则加以说明。原阳休之十卷本中,有《五孝传》和《四八目》(即《圣贤群辅录》)一般认为是伪托,故予删去。

陶集旧注多种,时贤研究也多有胜解,本书多所参考。恕不一一注明。因期望不破坏陶诗朴素自然的风格,故译诗力求忠实朴素。本书注释主要由包景诚完成,译文主要由郭维森完成。全书经共同讨论后定稿。限于水准,注释译文都难免错误,敬请高明指教。本书承程千帆先生予以指导,责编李立朴同志大力协助,特予致谢!

郭维森

1991 年 9 月

《许浑研究》序

　　李立朴同志的《许浑研究》正式出版了,很为他庆幸,同时也为第一本研究许浑的专著面世而庆幸。长期以来,文学史研究因过于强调思想内容,聚光灯都对准了既写了重大题材、艺术上也属上乘的第一流作家,对于次要作家则往往少谈,甚或遗漏。这使读者难以窥见一个时代的风貌,伟大作家的出现竟成了偶然的、孤立的现象,这不能不说是很大的缺陷。近十来年情况有了很大改变,举凡历史上产生过一定影响的作者,大都受到关注,甚至成为研究的热点。但是也还有少数作者继续被冷落,晚唐重要诗人许浑就是其中的一位。有鉴于此,立朴于1983—1986年在南京大学攻读古代文学硕士学位时,便选择了许浑作为自己的研究课题。他废寝忘餐、孜孜以求,终于完成了他的毕业论文,那竟是一本专著。许浑,这一位晚唐诗坛上的"铮铮者",其诗句,当时也如杜牧"播在人口",并为杜牧、韦庄所推重。陆游在《丁卯集》跋语中,亦称之为"晚唐之杰作"。其诗今尚存五百首左右,均为律体。他精于律,对律诗的发展颇有贡献。《丁卯集》中多感时伤事之作,正反映了弥漫于晚唐诗坛的对政治现实的失望和对历史、人生的感伤情绪。这正是同时代诗人的共同感受。他们的不少作品本就存在着互相掺乱的现象,就因为有这种共性存在。许浑诗中有不少名句,如:"溪云初起日沉阁,山雨欲来风满楼"(《咸阳城东楼》),"石燕拂云晴亦雨,江豚吹浪夜还风"(《金陵怀古》),"树色随山迥,河声入海遥"(《秋日赴阙题潼关驿楼》)。这些名句,至今还为人激赏。其写田园作品,如《夜归丁卯桥村舍》、《村居二首》,也都写得清丽圆润,逗人遐思。这样一位颇有成就的诗人竟长期受到忽略,是很不公平的。立朴的研究填补了唐诗研究的一项空白,也为诗国讨还了一个公道。创作需要灵感,科学研究则更需要耐心,需要全面地占有资料。至于判断、分析,则有赖于才、学、识的综合运用。面对许浑这样一位资料缺少且多难点的研究对象,立朴知难而进,采铜于山,力求资料的完备,又经过仔细的比较、勘研,对于许浑诗集的版本、作品的真伪,以及其生平、交游等,都作出了认真、可靠、令人信服的考证,提供了一种切实有据的参考。在此基础上,进而对许浑在文学发展史上的贡献与地位,也作出了比较公允、深刻的评价。可以说,这是一部全面研究许浑的力作。我愿在此向读者郑重推荐此书,并祝愿立朴有更多、更好的研究成果问世。

郭维森
1994 年 10 月 30 日

《惠栋评传》序

清代代表性学术是考据之学。清初顾炎武、黄宗羲、王夫之等为纠正明末空谈心性之弊而倡征实之学。当时,以经世致用为目的,学术具有启蒙性质,故于前世经传之研究,往往择善而从,尚无汉、宋界阈。然既欲求真、求信,上溯往古,说经自不免侧重汉儒,实已开汉学先声。至清中叶,缘于文化高压,学者不敢多所发挥,于是偏至发展考据之学,以其宗汉,又称汉学。学者继承清初征实学风,以考证事实为鹄的,以"实事求是""无征不信"为根本方法。因对经书追根穷底,故研经而旁及古代之天文、地理、典章、制度、文字、音韵、训诂等等。考据之学以其开拓之广、方法之进步,影响一代学风,是不能不予以足够重视的。

汉学全盛时,有吴学、皖学之称,开吴派者惠栋,开皖派者戴震。李开教授既已完成《戴震评传》,今又作《惠栋评传》,汉学代表方成全璧。惠栋、戴震作为一代学人,家境均甚清寒,一生中孜孜矻矻,学问是求,生活既少波澜,交游也难言广阔,为之评传,自然也只能以学术为主,所可言者,无非学术经历、学术成就、学术思想、学术影响等等。钱大昕《潜研堂文集》有惠栋传,列举其著作及学术创获,不足五千字。惠栋再传弟子江藩于《汉学师承记》中,记述惠氏祖孙三人,也只有数千字。今李开教授所作评传,则有四十万字,可知这是第一部全面、系统研究惠栋的专著,其于惠栋学术的方方面面均作出了详尽的阐述与评价。

前人曾指出惠栋与戴震之不同。如梁启超《清代学术概论》云:"惠尊闻好博,戴深刻断制,惠仅'述者'而戴则'作者'也。"也就是说戴震较多己见,思想内涵比较丰富,而惠栋则笃信汉儒,考证博洽。章太炎也认为有此不同,而以地域环境解释之。惠栋学术特点,条分缕析,多是一字一句的考证,较少系统性。故前人评议,大都强调其引据确实,不作空言,一字一句,俱有渊源,于"汉学"有彰微继绝之功,因许为"汉学"功臣(见《四库全书总目》惠氏著作各条)。《惠栋评传》则大大超越了这种评价。《评传》从大处着眼,将其零星考据之资料条而贯之,并于每节之前冠以提要,从而发明其知识、文化意义,发明其逻辑学方法论的价值,从具体考证中抽绎出某种概括性的结论。如第六章《易汉学》要论,第一节提要中说道:"惠栋易学是解释学和重知科学精神的逻辑发展。"第五节提要中说道:"惠栋研究《易》学史的方法及其思想方法上的逻辑发展过程。"第九章惠栋的《论语》研究和世界观的特点,第一节提要中说道:"孔子'时中'论和惠栋对儒家辩证法的深刻把握。"如此等等,都说明《评传》作者是力图从世界观和方法论的高度来发掘惠栋考据的思想价值的。力图指明其思想内涵,发掘其思想底蕴。《评传》从思想史的角度,阐释了惠氏考据学的时代意义,指出其中包含的价值观念,寄寓的社会理想,从而强调其所具有的启蒙作用。这既符合本丛书的要求,在研究内容、方法上也是突破性的尝试,可以说达到了相当的深度。

清代本有"汉学"、"宋学"之争,清之末世,更有今文经学派对"汉学""宋学"的批判,故而惠氏之学也迭遭批评。方东树《汉学商兑》竟讥之为"好学而愚,智不足以识真",梁启超亦斥其"凡古必真,凡汉皆好"而评之为"功罪参半"。这种种批评虽未免过当,但"汉学"之缺陷亦不必为之讳。对清代考据学之成就,固应多所发掘,给以应有评价,但站在今天的立场上对其局限性也应适当指出。这是我对本书的一点希望。

李开教授命序其书,不克获辞,聊缀数语,以为读后之感言,敬献此书之读者。

1996年10月

考证的困惑

《后汉书·郑玄传》载有郑玄《戒子书》,其中自称:"吾家旧贫,不为父母昆弟所容,去厮役之吏,游学周秦之都……"这是指的这样一件事:

(郑玄年少时)为乡啬夫,得休归,常诣学官,不乐为吏,父数怒之,不能禁,遂造太学受业。(本传)

本传李贤注还引了《郑玄别传》的记载说:

玄年十一二,随母还家,正腊会同列,十数人皆美服盛饰,语言闲通,玄独漠然,如不及。母私督数之。乃曰:"此非我志,不在所愿也。"

看来,郑玄的父母受当时风气的影响,都比较热衷于势利,一再督促儿子走上吏途。偏偏郑玄有志于学业,鄙视受制于人的吏,乡啬夫也不肯干,跑到外面游学去了。后来年过四十才重返故乡。

郑玄本传与《戒子书》所述一致,本来没有什么问题。可是到了清代乾隆时,大官僚兼经学家的阮元却忽然提出了疑问。他认为像郑玄那样的大儒,遍注群经,道德高尚是不用讲的了,怎么会"不为父母昆弟所容",又怎么会堂而皇之地写在给儿子的有遗嘱性质的信中?不可能!一万个不可能!无巧不巧,阮元在乾隆六十年(1795年)修治郑玄祠墓时,在积沙中发现了金代承安(金章宗年号)五年重刻唐代万岁通天(武则天年号)史承节所撰碑文。据以校勘,碑文记叙这件事,恰恰没有"不"字,成了"为父母昆弟所

容"。于是乎,阮元发表议论说:

> 承节之文,兼取谢承诸史,非蔚宗一家之学,其补正范书,昭雪古贤心迹,非浅也。(《小沧浪笔谈》卷四)

谢承等人的后汉史,早就散佚了,是不是史承节的根据,也还说不清楚。后来阮元的门生陈鳣又从一种元刊本《后汉书》校对,文中也没有"不"字,为阮元提供了补充证据。阮元的考证似乎是确凿可信的了。然而古书多讹,脱一字增一字司空见惯,金代重刻的史承节碑文或某一元刊本就能作准吗?传世的各本范晔《后汉书》何以都有"不"字?"本传"和"别传"的记载难道都是假造的不成?试想"为父母昆弟所容"而要出外游学,根本就是说不通的。如果父母都支持他放弃吏职去求学业,彼时也属常情,谈不到"容""不容"的问题。碑刻和元刊中都没有"不"字,有这样几种可能:一、抄写脱漏;二、有意"为贤者讳";三、主观上认为不应该有"不"字而删去。阮元以无"不"字为是,纯属一种先入为主的判断。

号称博洽的清代考据学,也有不少谬误,尤其在知人论世方面,根据有限的书面材料,囿于传统观念,常常得不出正确的结论。比如郑玄是大儒,但他的行为并非都符合儒学规范。汉末倡导通脱,其实质是儒学教条已失去约束力。彼时,许多著名经师只不过以经学为利禄之途,而并非儒家道德的实践者。郑玄的老师马融,为人骄贵,每授经"前授生徒,后列女乐",哪有一点循规蹈矩的儒者气象。马融、郑玄的经学都兼综古今,并不恪守古文经学,这也是时代风气的体现。郑玄的知交孔融,说起来是孔子的嫡系后裔,但从路粹受曹操指使列出的他的罪状来看,竟有非常惊人的非孝之论。在曹操《宣示孔融罪状令》中也说孔融"违反天道,败伦乱理",这是罗织罪状,但孔融、祢衡等人狂放的行为,与礼教的要求毕竟是相距甚远的。郑玄生活于此时,受师、友的影响,也决不是后世儒者想象中的醇儒,他曾在袁绍召集的一次宴会上,饮酒一斛,辩对百家,显出"通人"的气派。宴会上汝南应劭对他说:"故太山太守应中远,北面称弟子何如?"自称官阀为郑玄不满,他笑答云:"仲尼之门,考以四科,回赐之徒,不称官阀",俨然以孔子自比,也是狂态可掬。曹操《董卓歌词》残句"郑康成行酒伏地气绝"。笔者认为可能是指这次宴会,郑玄因为饮酒过量而出现了休克症状。从以上材料看,生活在汉末的郑玄,恐怕与阮元等所构想的很不一样。那时的郑玄在《戒子书》中,写到"不为父母昆弟所容"这样的事实,也许根本不认为是什么问题,倒可能要以此教育儿子,凭个人奋斗去挣得一个前程。

鲁迅曾引古人所说:"中国之君子,明于礼义而陋于知人心",以为"大凡明于礼仪,就一定要陋于知人心的",这的确是不刊之论。

1997年

《屈原评传》前言

屈原是两千多年前出生在中国的一位伟大诗人。他在文化思想史上，在艺术创造上作出了不可磨灭的贡献。他不仅属于中国，而且也属于全世界。

屈原是一位诗人，也是一位思想家。这是因为：第一，屈原的时代，文、史、哲没有明确的分工，一位有较高文化素养的人，必然是比较全面发展的人。屈原"博闻强志、明于治乱、娴于辞令"，具有丰厚的历史、文化知识的积累，他所从事的政治活动，也需要广泛地运用这些文化知识。第二，屈原的时代，正是百家争鸣的时代，异说蜂起，互相争辩。屈原生于其时，不会不接触这些问题，也不能不思考这些问题。第三，就通例而言，一位伟大的诗人，必然是一位伟大的思想家。伟大诗人谱写出的必然是时代的主旋律、民族的心声。其中蕴含的思想、文化内容是十分丰厚的。在屈原的作品中，深刻地反映了他的自然观、人生观、政治历史观、伦理道德思想和美学主张，这种种观念和主张借助诗歌动人的艺术魅力，传播于后世，产生了巨大的影响。所以，我们应当毫不含糊地宣称：屈原是一位诗人，也是一位思想家。因此，在《中国思想家评传丛书》中，有屈原的评传。

作为思想家，屈原生活于百家争鸣的战国时代，对于许多著名的学派，既有所吸收也有所扬弃，具有较鲜明的个人的特点。在政治思想方面，他提出"美政"的理想，主张用法治推行改革，同时也强调善、义的原则，以德服人，既不同于法家的峻刻，也不同于儒家的保守，体现了社会转变期的要求。在哲学思想方面，他怀疑神话、传说的记载以及某些传统的观念，表现了无畏的求索精神。对于种种自然现象，他倾向于朴素唯物论的解释。对于社会政治的种种矛盾,他比较强调人的作用,反对天命说,认为民众才是决定的力量。春秋以来的重民学说,在他那里得到了很好的继承。作为一位诗人,在他关于神灵故事的描写中,也往往浸透了人文精神。在美学思想方面,他强调美的客观性,追求完美,要求内美与外美的统一;求真、善、美的统一。他具有美好的心灵,善于在普通事物中发现美的品质,并加以诗化,使之成为具有人格、人性的审美对象。他坚持美与丑是对立的、不可调和的。美好事物宁可萎绝、毁灭也不应改变其本质,故而在当时社会里,屈原的审美观中又充满了悲剧意识。

在人生观方面,屈原取积极入世的态度,有很强的使命感和责任感。他以国家兴亡为己任,与危害国家的言行进行不懈的斗争。他认为人生的价值在于实现美政的理想,在于建立修名。他认为精神的需要远过于物质,保持耿介的品格、清廉的操守比什么都重要。他坚持独立的人格,"苏世独立,横而不流"(《橘颂》),决不变心从俗,皓皓之白便是他的追求,是他生命价值之所在。在对待生死问题上,他表现出无畏的、理智的选择。他说:"知死不可让,愿勿爱兮。明告君子,吾将以为类兮。"(《怀沙》)真正实践了九死无悔的誓言。

屈原至死不肯离开楚国,他的爱国精神久远流传。他热爱自己生长的这一片土地,对故都故乡的山山水水有无限的眷恋。在战国纷争的环境下,他希望宗国富强,完成统一中国的大业。他关心楚国的人民,同情他们的痛苦。他热爱楚族的文化,使之发扬光大,为中华民族大文化的发展,建立了不朽的功勋。

屈原在文学方面有极大的贡献。他开创楚辞文体,突破了《诗经》四言诗的形式。他扩展了诗歌的题材,表达了丰富的思想内容。又运用神话传说,加以创造性的想象,组构成完美动人的艺术形象,表达了崇高、美好的感情。他的诗篇与《诗经》共同形成了"风骚传统",对后世文学产生了巨大的影响。

作为诗人和思想家,屈原在构建我国优良文化传统、构建我们民族的民族精神方面,起着无可估量的作用。说到传统文化,人们往往过分地强调了儒家、道家的影响,以及佛教的渗入,而忽略了非正统文化(包括文学、艺术中的非正统观念)的巨大作用。以致某些西方学者便以儒、道的传统观念为依据,来描绘我国民族的特点。如法国艺术史家艾黎·福尔的《世界艺术史》中,就以为中华民族早熟,讲求实际,自我封闭,是"严格意义上的现实主义者",又重血缘亲情,重道德自律,向往心境的平静与和谐;因而也缺少理想,想象贫乏,容易接受伪装和善的官僚专制,亦容易接受程式化的道德规范,安于现状,缺乏反抗的精神。他并且归纳出中国雕塑表现了对"圆"的明显偏好,认为也是这种特点的反映。他所说未始没有一定的道理,但如果我们用这些来衡量屈原,就显得格格不入了。能说屈原缺少理想、想象贫乏吗?能说屈原安于现状、缺少反抗精神吗?屈原说:"何方圆之能周兮,夫孰异道而相安?"正好将方与圆置于对立的地位,而明显地偏向于有廉隅的"方"。屈原是反对"突梯滑稽、如脂如韦"的圆滑作风的。长期以来,屈原的精神具有巨大的影响力,在构建民族特性方面发挥了积极的影响。

屈原的影响是巨大的。作为文学家,正如刘勰所说,"衣被词人,非一代也",而作为思想家,其影响则更为深远。在长期的封建社会里,每逢国家、民族危难之时,总有一些忠臣义士弘扬屈原的爱国精神,进行不屈不挠的斗争。近、现代以来,社会性质发生了巨大的变化,但屈原的某些思想仍然具有强烈的感召力。鲁迅作《摩罗诗力说》,于中国诗人中独取屈原,即认为他是过去时代少有的具有抗争精神的诗人。鲁迅在其小说集《彷徨》的扉页上题写了《离骚》中的一段话:

朝发轫于苍梧兮,夕余至乎县圃;欲少留此灵琐兮,日忽忽其将暮。吾令羲和弭节兮,望崦嵫而勿迫;路漫漫其修远兮,吾将上下而求索。

"五四"高潮过去,《新青年》解散。鲁迅深感苦闷:"两间余一卒,荷戟独彷徨。"但他并未消沉,屈原不畏险阻追求理想的精神给他很大的激励。屈原的求索精神,在现代仍然有很大的感染力,青少年时代的周恩来、彭德怀都曾以此诗句勉励自己探求救国救民的道路。自然科学家竺可桢将科学精神解释为求是精神,也就是追求真理、忠于真理的精神。而这正是屈原所具有的。自然科学家李政道在接受记者采访时,解释"学问"就是学会思考问题,他举出《天问》为例,指出屈原对古人的"天圆地方说"质疑,并说《天问》可称为第一部"宇宙论",对于屈原的科学精神作了很高的评价。夏衍经过痛苦的反思,在其《懒寻旧梦录》的结尾处写道:

> 我还是以屈原的一句话来作为这本书的结语:
> 路漫漫其修远兮,吾将上下而求索。

为了探求真理,他即使到了生命的最后,也还是念念不忘屈原的这一诗句。

屈原的爱国精神,在现代也没有过时。艺术家吴冠中曾记述他早年在巴黎罗浮宫的一次遭遇,当积弱的祖国被人轻视、祖国灿烂的文化不被理解时,他在心底里发出强烈的抗议。他将屈原奉为祖国悠久文化的代表、民族的骄傲,视作艺术家精神上的父亲。这正是对屈原爱国精神的继承与发扬。抗日战争时期,郭沫若在重庆发表了《屈原》一剧,剧中高扬屈原的爱国精神,有针对性地批评了国民党对抗日的消极动摇。剧本上演后轰动了山城,对抗战起了很好的激励作用。爱国将领冯玉祥,本不以能文称,他也写过一篇《过屈原墓》,表示要学习屈原,奉献民族。当然现代的爱国主义内容与屈原时代是很不相同的,但从精神上看依然是有着继承、发展的关系。

对于优秀的古代文化遗产,我们总是常读常新的。鲁迅曾指出:

> 夫国民发展,功虽有在于怀古,然其怀也,思理朗然,如鉴明镜,时时上征,时时反顾,时时进光明之长途,时时念辉煌之旧有,故其新者日新,而其古亦不死。(《摩罗诗力说》)

以这样的态度对待文化遗产,便可以让优秀的传统文化在新时代同样放射出光芒。

(《屈原评传》,郭维森著,1998年)

屈原研究国际研讨会发言提要

——2000 年 5 月于香港

报载必读书目，往往忽略楚辞，这是不妥的。楚辞的价值应充分肯定，屈原的精神应大力弘扬，楚辞虽未获得经典地位，但其影响同样巨大，影响不仅应看到量的方面，尤其应重视质的方面。屈原思想有许多不合儒道等等主流文化的，但作为一种补充与纠正，在优秀的传统文化中起着一种无可替代的作用。

现在我们提倡弘扬优秀的传统文化，屈原尤其值得重视，他的某些精神还是应该发扬的。比如：

1. 屈原是一位理想主义者，他追求纯洁、完美。其实绝对的纯洁完美是没有的，但精神上的追求本不必过于落实，所谓理想，就是还没有实现的东西，有理想的追求就不肯安于现状，不肯浑浑噩噩，而希望有不断的发展、不断的进步，而对于现实中的丑恶，不合理也就必然有所批评。屈原的理想是美的极致，所以他永远处于追求之中，对理想的追求必然提高了人的精神境界，"路漫漫其修远兮，吾将上下而求索"便永远具有激励精神的作用。

现代社会有许多人拒绝理想排斥理性，然而如果真的什么理想都不要，只图赚钱享受，那又会觉得"活得太累"、"生活没意思"。为防止社会庸俗化，屈原的理想精神还是值得大大提倡的。

2. 屈原是一位有独立精神的人，中国古代伟大的思想家、文学家，都具有抗世嫉俗的品性，而屈原尤其突出，"鸷鸟之不群兮，自前世而固然……""苏世独立，横而不流兮"这种种语言在文学史上是绝无仅有的，唐太宗都说屈原"孤直自毁"，也就是鲁迅所说"孤伟自死"，闻一多也说过"孤高与激烈"是屈原最突出的品性。这种品性好不好呢？在过去,一位堪称卓越的人物,这种性格甚至是不可或缺的。庸俗的世风,可以淹没一切理想,可以淹没一切美好的精神产品,没有独立的精神,没有违俗的勇气,是不可能有卓越成就的。今天的社会,媚俗赶潮流的现象是相当普通的,作为知识分子,作为精神产品的生产者,尤其需要独立的人格、横而不流的气概。

3. 屈原是极富感情的人,他的感情真挚、激烈,所以写出的作品才有那么大动人的力量。他因哀民生之多艰而叹息流泪,他因处在痛苦矛盾之中,而弄得胸背交痛。屈原热爱楚国,与其说是出之理智的判断,还不如说是出之感情的选择。屈原当时是可以有多种选择的,但是他选择了留楚,选择了自沉。王夫之在《诗广传》中说到许穆夫人、屈原、文天祥等的爱国之情,特别指出那是"生于性,结于情"的,是"天地无足为有无"的不计利害不顾非难的一种至情。他们的这种至情,回荡于天地之间,一代代承传下来,铸成了我们中华民族的爱国主义传统,使我们这个古老的民族经历了无数历史风浪的考验,至今屹立于世,中华民族所以具有强大的凝聚力,强大的生命力,当然少不了优秀传统文化的巨大影响,这也是我们要大力弘扬的。

2000 年 5 月

《诗思与哲思——中国古代哲理诗赏析》前言

哲学主要运用理性思维,依靠逻辑推理;诗歌则主要运用形象思维,依靠想象创造,二者好像是两股道上跑的车,互不搭界。据现代医学研究,人的左右两半脑是有所分工的,左半脑的优势是逻辑、数字、语言等,右半脑的优势则是音乐、绘画、想象等,可见理论研究和艺术创造,在人的大脑里就是各有所属的。但人的大脑是一个整体,各有侧重,并不是截然分家,不能说哲学家和诗人,大脑构造就是不同的,二者都是思想者,都是智者,所以哲学家同时又是诗人,诗人又不时有对哲学的探讨,这在中外古今都并不罕见。

哲学和诗歌分属社会意识形态的不同类别,免不了有高低轻重的争议。希腊哲学家柏拉图就很贬低诗歌,在他的"理想国"中是没有诗人的地位的,他认为诗(主要是叙事诗)、画之类,只能算是"摹仿的摹仿""影子的影子""和真理隔着三层"。不过他的门徒亚里士多德已不这样看,在《诗学》中,他说:"诗比历史是更有哲学意味以及更为优美的东西……"在我们中国则打一开始就给诗歌以很高的评价。孔夫子说"小子何莫学夫诗",并说诗可以兴、观、群、怨,作用大得很。先秦思想家习惯于用比喻、寓言故事来进行说理,往往给抽象的概念穿上形象的外衣。如《老子》多用韵文写成,学者早就承认其为"哲学诗"或"哲理诗";《庄子》中的许多篇章,简直就是十分优美的散文诗;《周易》中有不少民歌民谣,编者则力求发挥其中深意。由此可见,我国古代,诗与哲学一开始就是共生的。这大概和思想的综合性不无关系。先秦诸子奠定了中国传统文化的基础,后世无不受其巨大影响,这是毫无疑问的。

中国古代诗歌无论是"言志"、"缘情",都比较侧重于济世报国的襟怀,和对于社会人生的感悟,纯粹个人化的情感是很少的,这就给哲学的思考留下了较大的空间。在一定的意义上,可以说古代诗歌实在是传统文化精神的体现,在其中不时有作者世界观、人生观、历史观、美学思想、宗教思想……精彩的闪现,这种种都是由内心感悟而得到,并给以情感的、优美的表达。

古代世界观,最重要的是"天人合一"的思想,崇尚自然,认为人也是自然中的一物,应该效法自然,与自然和谐相处。屈原所谓"秉德无私,参天地兮",杜甫所谓"雨露之所濡,甘苦齐结实",李白所谓"万物兴歇皆自然"。他们"大天而思之",对于天地的博爱无私,自然的规律性,以及人在自然界中的地位都有极好的形容。诗人对于自然万物往往怀有亲切感,如把鸥鹭看作自己的同盟者,可以和月亮、星星,甚至一草一木对话,交流感情,"相看两不厌,只有敬亭山","自来自去堂上燕,相亲相近水中鸥"。诗人爱好、亲近自然,不论鸟兽虫鱼、花草树木、日月山川、风雨雷电,都能触发他们的灵感,引起许多关于宇宙、人生的思考,真可谓"思接混茫,探寻真秘"。

在关于人生的思考中,生命的短暂和人生的价值,是古诗中常见的主题。自从孔夫子在河边发出慨叹:"逝者如斯夫,不舍昼夜!"古诗中便充斥了人生苦短的悲歌。"人生不满百,长怀千岁忧",忧生之嗟总是与那动乱、专制的社会结合着的。李贺称时间为"飞光",他悲悯生命的短暂,给人间留下多少痛苦、遗憾,他用清醒的唯物观面对"有生必有死"的这份无奈,并深刻地批评了秦皇汉武企求长生不死的妄诞。对于生死,陶渊明则采取"化迁"的思想来对待,他说"死去何所道,托体同山阿"。人生于自然,死归自然,是不用为生死忧心的。他在《形、影、神》诗中,更对这种自然观作了精彩的阐发。在短暂的生命中,如何实现自己的人生价值,也是古诗中经常提到的问题。最典型的,当然是文天祥的《正气歌》。这首长诗以自然元气说为根据,歌颂了人间的浩然正气,他认为他所坚守的不仅是对国家的忠贞,而且是这种亘古相传的浩然正气,人生有限,正气永存,所以他能"鼎镬甘如饴",能够从容就义。这是何等崇高的思想境界啊!在人的一生中,会有种种不同的遭遇,也会有种种不同的心情,李商隐在其《锦瑟》一诗中,回顾一生凝聚成四种境界,那就是:庄生晓梦的旷达,杜鹃啼血的执着,鲛人泣珠的悲凉,玉暖生烟的温馨。这种种人生况味,得到了最凝练、最优美的表达,足以启人感悟，发人深思。

　　古代诗歌中，咏史之作有相当的分量。有些诗篇虽然没有直接咏史，但也具有深重的历史感，如陈子昂《登幽州台歌》并非咏史，但他念及的是"前不见古人，后不见来者"，古往今来都在撞击他的心扉，历史感是很厚、很重的。历史可以提供给人们许多教训。借古讽今便是历代史传得以保存、流传的重要原因。白居易的《放言》诗，也许有现实的针对性。但其中也提出了一个历史人物如何评价的问题，贤如周公也可能蒙不白之冤；奸如王莽，伪善做假，一时竟得时誉。如果不经过时间的考验，谁能明白他们的真相呢？皮日休在《汴河怀古》诗中，提到对隋炀帝历史功过的评价问题，对于动机与效果，究竟该如何评判？历史上有许多谜，恐怕更有许多难知的心曲，刘克庄《新亭》一诗，对"清谈误国"提出疑问；袁枚的《马嵬》一诗，则对《长恨歌》、《长生殿》歌唱李、杨爱情悲剧提出异议，他用《石壕吏》中被逼生离死别的老夫妻来作对比，简直是"大煞风景"，但你却不能不承认这才是历史的真实，也许是最应该记载的历史。

　　许多古代诗歌，在描写自然风光、艺术作品或艺术活动中，都会有许多关于美学的思考。当然，这些不会是直接说出的，文学作品中的美学思想，常常是期待着被发现、探究。比如杜甫的《绝句》"两个黄鹂鸣翠柳，一行白鹭上青天。窗含西岭千秋雪，门泊东吴万里船"，色彩、声音、大小、动静、时间、空间构成了诗，构成了美，也可以说构成了整个心灵世界。又如苏轼的"琴诗"，则继嵇康《声无哀乐论》之后，提出了有关音乐美学的重要问题。上好的乐器才能发出美听的声音，但有待人的手指去拨动，而手指本身又不会发声，它必须依靠乐器等物质手段，但这一切的驱动者，总也离不开人的心灵。有一些题画诗，或描写书法、音乐、舞蹈的诗篇，用通感，想象等手段，给艺术创造涂上了奇幻的色彩，甚至突兀怪诞，以丑为美，给美学研究提供了许多启示。

　　从对自然、社会的观察中，诗人常常会发现一些具有普适性、规律性的道理。这些道理在诗歌创作中，往往结合形象得到精练的表达。如"欲穷千里目，更上一层楼"，"山雨欲来风满楼"，"一叶落知天下秋"，"山重水复疑无路，柳暗花明又一村"，"问渠那得清如许，为有源头活水来"，"小荷才露尖尖角,早有蜻蜓立上头"……这些诗的语言,充满了辩证的智慧,深刻的哲理,早已家喻户晓,成为世代相传的思想营养。古诗中所含的哲理,哲趣是说不胜说的,就此打住吧!

再说古诗中表现哲思的几个特点。

第一,诗歌不是哲学讲义,诗思与哲思是密切结合的,如苏轼的《题西林壁》,从中可以生发出一篇认识论的大道理,但作者只是写看山,写山的形态变化,由此发生的感想,也没有脱离此情此景。读者看山,很可能也有这样的发现,被他轻轻点破,自然会产生发现的喜悦,并得到富含哲理的启发。一语破的,精彩无限。古代诗人无论是写山水、田园还是咏物、题画,总不满足于纯客观的形容、描写,一般都要写出某种主观的感受。诗歌艺术既不宜抽象说理,所以最好的办法,便是将主观的思想感情投射于外物,做到情景交融,理在事中。

第二,诗歌要求精练,所表达的哲理,尤其要有含蓄性、启发性,往往点到为止,给读者留有很大的想象空间。嵇康"目送归鸿,手挥五弦"之时,有何感想? 他没有说,然而此情此景似乎又说明了很多、很多。当陶渊明"采菊东篱下,悠然见南山"的时候,他想到了什么? 他也没有明说,只说"此中有真意,欲辨已忘言",这是一种言语无法表达的心灵体会! 寓意的丰富性、含蓄性自会引起种种不同的解释。所谓"诗无达诂",作者未必然,读者未必不然,"形象大于思想",允许读者的再创造,如此等等,大大拓展了分析诗中思想的余地,不过种种理解是否还符合诗的本意呢? 形象自然会告诉你。

第三,思想的多元性。在中国历史上,儒学是正统的主导的思想,但在文学艺术领域中,从来不是儒家思想的一统天下。魏晋玄学就对文学创作有很大的影响,描写田园山水等自然风光的诗文更是与老庄哲学有牵扯不开的关系。唐宋以后佛学思想也更多渗入文学创作之中。文学艺术贴近生活,深入社会,自然不是定于一尊的儒学思想能够加以规范、约束的。即如"诗圣"杜甫,几乎被后人说成是"纯儒",但他的许多诗篇,却大背"温柔敦厚"的"诗教",他晚年所作《写怀》诗,更很有离经叛道的味道了。诗人也是活生生的人,而且思想活跃,感情丰富,受到时代、环境的影响,其思想、创作不可能是一成不变的,甚至会有许多的矛盾,这也是多元文化的影响在一个诗人身上的体现。因时代的原因,古代诗歌有一些消极成分,但积极进取的思想亦复不少,如"青松根不高千尺,恶竹犹须斩万竿","野火烧不尽,春风吹又生","晴空一鹤排云上,便引诗情到碧霄","子规夜半犹啼血,不信东风唤不回","千门万户曈曈日,总把新桃换旧符","青山缭绕疑无路,忽见千帆隐映来","小荷才露尖尖角,早有蜻蜓立上头","千磨万击还坚劲,任尔东西南北风","千红万紫安排着,只待新雷第一声","我劝天公重抖擞,不拘一格降人才",如此等等,都能给人鼓舞,催人奋进,和生命的悲歌、人生坎坷的哀叹相比,又是一番景象。

最后,说一说本书的书名和编选。

诗歌而谈哲理,有个现成的名称叫"哲理诗",然而如果作为诗歌的一个门类,"哲理诗"应以表达哲理为主,但这样的诗歌比较少,写得好的更是少而又少。不过,诗歌中包含"理语"、"理趣"的却很多,本书着眼于"诗思"与"哲思"的结合,故题今名。

如何编排?同类书或按时代先后或作分门别类。考虑既不是以讲哲理为主,就全篇言则很难归类,门类太多,又很难说都属于哲理。因此本书姑且以时代先后为序,但这并不意味着要表现出历史发展的线索,因为是选本而且篇目很少,实不足以表现史的发展。所选从汉代开始。为什么不选先秦,因为很困难,《庄子》中有许多散文诗,选不选?屈原辞赋实质是诗,其中颇含哲理,选不选?《老子》《庄子》《楚辞》和后世诗歌,形式上毕竟不同,干脆都不选了。宋以后的词、曲,当然也是诗歌,也是因其形式特殊,另有专名,而且数量庞大,也只好干脆不选。

古诗中富含哲思的诗篇实在太多了,只选这一百多篇,当然不免挂一漏万。编者又没有能力,将从汉代至清代的诗歌都读遍,然后再作恰当选择,故只能就阅读所及,选一些诗思与哲思相得益彰的好诗,以供读者闲暇时浏览,若能得青眼一瞥,即是万千之幸。不当之处,尚请读者批评指正。

(《诗思与哲思》,郭维森著,2006年)

《图说中国文化基础》前言

近年来,文化热不断升温,以文化命名的书籍非常之多,这可见"文化"包含的内容有愈益扩展之势。无论哪一种行业、哪一种活动几乎都可以和文化联系上,如旅游文化、饮食文化、服饰文化、校园文化、企业文化等等。"文化"本来就有广、狭二义。广义的文化和自然物、自然存在相对而言,举凡人类劳动所创造的一切成果,无不可称之为"文化"。如"原始文化"、"旧石器文化",指的是初民"穴居野处"之时,能够简单加工石器,开始用火,已脱离了一般动物那样的一个阶段。随着时代的发展,人类的物质生产、精神生产都极大地丰富、复杂起来,广义的文化便兼综了"物质文化"与"精神文化"两个方面。人们特予关注并加以研究的尤在"精神文化",也就是狭义的"文化"。"精神文化"包含了语言、文字、文学、艺术、观念、信仰、习俗等等。这些方面的差别,往往体现了一个民族、一个地区的特点与个性。现在,人们已认识到世界的发展,必须允许文化的多元化存在,只有各种文化的取长补短,互利合作,才能出现一个和谐的世界。正缘于此,文化的研究才受到了空前的重视,"非物质文化遗产"得到了大力的发掘、抢救,便是最好的例证。

中国古代对于"文化"一词的解释,从来是侧重精神层面的。文献中最早将"文"与"化"联系起来的,是《周易·贲卦》的象辞,其云:"观乎天文,以察时变;观乎人文,以化成天下。"晋代人干宝的注解说:"四时之变,悬乎日月;圣人之化,成乎文章。观日月而要其会通,观文明而化成天下。""要其会通"即含有天人相应的意思。古代人理解文化、文章、文明几乎同义。"文明"即"文章而光明"的意思。这里所谓的"文章"是指礼乐制度等属于上层建筑的东西。应该说"文明"是文化发展到一定程度所达到的一个标准。有了礼乐制度,讲求道德规范,社会才完全摆脱了蒙昧、野蛮,进入了文明时代。古人理解"文化",尤其着眼在"化"字上,那就是以人文去教化、感化人们,使整个世界具有亮采,日臻美好。

"今天的中国是历史的中国的一个发展",悠久的传统文化塑造了我们民族的性格,铸成了我们民族的精神。在我们的价值取向、思维方式、道德观念、审美心理等方面,无不打上了深深的历史烙印。

当我们面临着现代化发展的时候,传统文化仍旧发挥着它正面或负面的影响,或者成为发展的动力,或者成为因袭的重担。我们的任务只能是:继承并发扬传统文化中优秀的部分,同时扬弃其中的糟粕,克服其消极的影响。传统文化树立了民族文化的主体地位,确立了吸取、融合外来文化的基础。因此,它不是历史的陈迹,也不是抱残守缺者崇拜的偶像。它是发展民族新文化的逻辑起点,是建设具有民族特色的、切合现代生活的社会主义精神文明的必要条件。

以前,我们曾编写出版过一部《古代文化基础》,旨在介绍有关古代文化的基础知识。因其涵盖面广,篇幅适中,可读性强,颇受读者欢迎。此书早已售罄。现在新世界出版社认为作为基础知识,基本上没有过时之虞。为迎接文化高潮,此书仍有向读者推荐之价值,决定重新编辑出版。我们征询过原出版社,并无异议。对新世界出版社,我们谨表谢忱。本书责编郑利强先生在编辑体例、插图安排等方面,有许多创新并提出了很好的修改意见,我们十分感谢。

郭维森

2007 年 8 月 30 日

理想之光
——读《礼记·礼运》篇

《礼记·礼运》篇开头说：孔子参加了上古流传下来的祭祀天地山川的"蜡祭"，不禁发出了慨叹，他说：

> 大道之行也，天下为公，选贤与能，讲信修睦。故人不独亲其亲，不独子其子；使老有所终，壮有所用，幼有所长，矜寡孤独废疾者皆有所养。男有分，女有归。货，恶其弃于地也，不必藏于己；力，恶其不出于身也，不必为己。是故谋闭而不兴，盗窃乱贼而不作，故外户而不闭。是谓"大同"。

这段话从政治、伦理的层面上，描摹了"大同世界"的理想。这一理想在中国思想史上，不时散发出耀眼的光华。

《礼记》是儒学的经典之一，是汉儒编纂的主要研讨礼学的专书，收录了战国至汉初的一些文献，其中也记载了一些孔子的言行。由于成书较晚，所记孔子言行未必可靠。即如对《礼运》篇，宋代儒者即颇有怀疑。他们认为孔子尊崇禹、汤、文、武、周公，但在《礼运》篇中，这些人物的时代，都只被称作"小康"之世，其与"大同"之世，不可同日而语，这就不能不引起疑问。至少可以说，"大同"思想并非儒家所独有，《礼运》篇很可能吸收、搀杂了其他学派的观点。

关于远古时代人们的生存情况，先秦诸子多有构想，《韩非子·五蠹》篇说：上古之世，有巢氏发明了构木为巢，燧人氏发明了钻燧取火，有功于民，被推举为领袖,那时人民生活简单,满足于自然经济,"人民少而财有余,故民不争",所以不需要厚赏重罚,"而民自治"。《礼记·礼运》篇中,说到"礼"的起源,也说到"茹毛饮血"之时,本无宫室衣履,后来经济发展了社会进化了,才有了礼仪制度,"以养生送死,以事上帝鬼神"。《吕氏春秋·恃君览》也说:"昔太古尝无君矣,其民聚生群处,知母不知父,无亲戚、兄弟、夫妻、男女之别,无上下、长幼之道,无进退、揖让之礼,无衣服、履带、宫室、畜积之便,无器械舟车、城郭、险阻之备。"这类记载几乎遍及诸子百家,而且众口一词。在封建统治早已确立的时代,这种种构想当然是有根据的,而且与现代考古学、人类学、民族学对原始社会的研究基本符合。

在事实存在的基础上,古代哲人也往往从中发现、阐释自己的政治理想与哲学观念。比如《老子》的"反朴归真"、"小国寡民"的主张。《吕氏春秋·贵公》篇,强调"天下非一人之天下也,天下之天下也"。为了表述"天下为公"的思想,文中还讲了这样一则故事:楚国有人丢失了宝弓而不愿去找寻,却说:"楚人丢失,楚人捡到,找它干吗?"孔子听到这件事,便说:"去掉'楚'字不更好吗"。老子听到后说:"连'人'字也不提岂不更妙"。文中并下评语说老子才是大公无私的极致。老子所说完全摒除了私有观念,不仅没有国家、地域、种族的限制,连人类的限制都撤除了,与自然合而为一了。

古代哲人还在远古社会的基础上,加以想象,构建自己的"乌托邦"。比如《庄子·山木》篇说到的"建德之国",说这里的人民"少私寡欲",劳作的成果并不占为己有,给别人东西并不求报答,不懂得什么礼义,任意而行,也自然合乎大道,"其生可乐,其死可葬"。《列子·汤问》篇则说到一个"终北之国",说那里有香气四溢的泉水,叫"神瀵",人们饮用了,便不饥饿、不生病,人们也不用耕种劳作。那里没有君臣上下,婚姻绝对自由,因为气候温和,不用纺织,连衣服都不用穿。那里的人们喜欢唱歌,"终日不辍",只有快乐,而没有衰老哀苦。这差不多就是一个神仙世界了。直到中世纪,杰出的诗人陶渊明,在这类文化遗产的影响下,写作了《桃花源记》,内容更真实一些,更贴近生活一些,这篇名文曾被传诵,到了家喻户晓的程度。

总而言之,中国古代的哲人,早就发现并记载了在人类还处在比较原始的时期,曾经有过这样一个社会形态。没有私有制、没有私有观念,没有君主的压迫,没有刑罚牢狱等等的设置,这也就是现代所称"原始公社"时期,这个时期的存在也是马克思主义认定共产主义必然实现的重要根据之一。

《礼记·礼运》篇,便是以"天下为公"的原始公社为基础,构想了当时的社会组织、思想观念、风俗习惯,认为那是一个没有压迫没有争斗的社会,一个互爱互助的和谐社会,也就是"大同世界"。这样的大同世界,谁不心向往之。在我国长期的封建专制社会里,有胆识的知识分子,有时也会喊出"天下非一人之天下也,天下之天下也",有人甚至还提出过"虚君""无君"的议论。其思想根源都可以追溯到《礼记·礼运》篇,以及先秦时期的重民思想。

近代以来,封建专制政体逐渐动摇,现代民主思想开始输入。"大同世界"的理想更受到重视,太平天国起义领袖洪秀全在他的《原道醒世训》中,提出"天下一家"的理想,即引用了《礼运》篇,并说那种大同时代是现在难以企及的。主张变法图强的康有为倡导今文经学,六经注我,古为今用,他发现《礼运》篇是指引社会发展方向的极佳教材。于是他写了《礼运注》,经他一解释,《礼运》篇更符合"空想社会主义"的一些理念了。他盛赞《礼运》篇,说:"是书也,孔氏之微言真传,万国之无上宝典,而天下群生之起死神方哉!"他又曾写作《大同书》,思及宇宙万物,人类社会,认为欲脱离人间种种苦难,"其惟行大同太平之道哉!"他说:"大同之道,至平也,至公也,至仁也,治之至也!"后来孙中山提倡"天下为公",毛泽东高唱"太平世界,环球同此凉热",都是与《礼运》篇的精神一脉相承的。

虽然有些学者,强调共产主义与中国传统的"大同世界"有着本质的区别,但是长期浸润了传统文化的中国人,总是发现二者有许多的相同,总不免将二者叠合,正因如此,所以也比较容易接受共产主义理想。

个人或者社会都不可以没有理想。理想指明前进的方向,给人以信心,给人以勇气。共产主义或大同世界,是人类社会最合理的终极关怀,多少仁人志士曾以"大同世界"的理想之光,照亮自己以及他人的心灵。这不灭的光焰,必然会继续照亮着人类前进的道路。

2008 年

不欺其志

《史记·刺客列传》，太史公的评语说：所载几位刺客，有的成功，有的失败，但他们有一个共同特点，就是"立意较然，不欺其志"，他们所立意向决不含糊，决不肯亏损已立定的志向。"不欺其志"，便是司马迁提出的评价人物的重要标准。

先秦时期，对于"志"是看得很重的，有人问孟子："士何事？"孟子回答"尚志"（高尚其志），似乎锤炼志向，便是"士"的专利。立定的志向，是不可以轻易变更的，所谓"三军可夺帅也，匹夫不可夺志也"（孔子语）。志主要指襟抱、志愿、理想，如《论语·四子侍坐》章，孔子叫他的学生"盍各言尔志"，学生所言都是治国安民的事业。同时志也包括立身处世的准则。比如《刺客列传》所云。且不论其中五位刺客在历史上的功过是非，他们遵循的却是当时崇奉的"士为知己者死"，"轻生死，重然诺"这样一些观念。他们都是处于市井之中的豪侠之士，被"礼贤下士"的贵族公子所识拔，倾心结交，以"国士待之"。当时报恩、复仇都被看作高尚的行为，于是这些侠士便被报恩思想驱使着，成了刺客，以死完成了他们所遵守的做人原则。这种风习在《史记·信陵君列传》中更有生动的展现。夷门监者侯嬴被信陵君识拔，侯嬴对信陵君作了种种考验，证明他确实"礼贤下士"，对自己确实是以国士待之，于是帮助他出谋划策，窃符救赵。当信陵君带着朱亥出发时，侯嬴说自己年老不能同往，将计算他们抵达晋鄙军中时，自刎以谢。后来果然如此。这在今人看来简直不可思议。那时志士不轻承诺，然一旦答应则坚决兑现决无反悔。如春秋时吴公子季札出使齐国，经过徐国时，徐君盛情款待，席间徐君赞赏季札的佩剑，想讨要又不好意思开口，季札也想送给他，但使节不能不佩剑，所以也就未讲，准备返回时再送。谁知返回时，徐君已亡故，季札到他墓上致祭，祭毕，竟将宝剑挂到徐君墓树上而离去。这又是今人难以想象的，答应了的事要兑现，但当时双方都没有说，季札只是在心里答应了，居然也要兑现，这真是诚信到了家，是彻底的"不欺其志"了。后人为此作歌，"延陵季子兮不忘故，脱千金之剑兮带丘墓"，认为这是太值得歌颂的一件事。

古代这一类"不欺其志"的事是很不少的，比如越国范蠡，帮助越王勾践灭吴之后便驾一叶扁舟，从太湖遁走了。他深知勾践"可与共患难，不可共安乐"，那么为什么还要助越灭吴呢？因为这是他要做的事业，是他的"志"，完成后，他决不贪恋富贵。又如鲁仲连"义不帝秦"以后，也是拒绝封赏，隐居于海滨。照他的说法是，士所以可贵，是能为人排难解纷而无所取。他的这种行为，使得唐代的诗仙李太白佩服得不得了，说是"吾亦澹荡人，拂衣可同调"。

还有一则典型的"不欺其志"的事例，见于古代神话《山海经》。

《山海经·北山经》记载：炎帝的小女儿女娃，在东海溺水而亡。她化成小鸟，发出鸣声，如同"精卫"，不停地"衔西山之木石以堙于东海"。这美丽少女的精灵，竟然立志要填平大海。这行为该如何评价呢？是自不量力的愚蠢，还是无奈的痴情！东晋时期，大诗人陶渊明却发现了其中的积极意义，在他"流观山海图"之后，发出了感慨："精卫衔微木，将以填沧海；刑天舞干戚，猛志固长在。"他赞扬精卫日夜不息地衔木石要去填平沧海，刑天则被上帝砍掉头颅，却猛志仍在并未放下武器。这一种百折不挠、不计成败、奋斗不息的精神，正是我们民族优良的传统。孔老夫子栖栖一代，不也是"知其不可为而为之"的么！为了最终实现伟大的志向，个人的得失成败是不必计较的。这也正是不欺其志的最好说明。

陶渊明歌颂"精卫""刑天"，在文化思想史上有重要影响，后世诗人在社会巨变时，往往借歌颂精卫鸟，与自己报国无门，宁为玉碎不为瓦全的决心相比照。如金元间诗人元好问，在金朝将亡时，曾写下"精卫有冤填瀚海，包胥无泪哭秦庭"，道出了他无奈中的坚持。明末清初，一些抗清志士，眼见复明无望，但也决不肯妥协。于是精卫的故事，便成了励志的范本。十七岁便慷慨就义的夏完淳,曾写下一首"精卫"诗,诗中形容精卫鸟:"志长羽翼短,衔石随浮沉",她的行为,不能扭转形势,但"滔滔东逝波,劳劳成古今",她那种坚定的信念,九死无悔的精神却是永存的。其后,反清志士著名学者顾炎武也写有"精卫"诗,歌颂精卫是"身沉心不改",永远坚持其志向:"大海无平期,我心无绝时",诗中并将精卫与忙着经营自己的安乐窝的燕雀相对照,更显出精卫鸟精神的崇高。夏完淳等赞扬精卫并用以激励自己的,也正是不欺其志。

"不欺其志"体现了优秀传统文化的积极精神,在许多仁人志士的思想、行为中得到诠释,并且一代一代地传承下来。

2009 年

附 录

郭维森先生

许 结 吴正岚

郭维森先生(1931—2011)祖籍安徽省亳州,出生于江苏省镇江市,曾用笔名时潇、红树、加林、嘉林、郭加林、郭嘉树等。祖父郭礼征(1875—1953)是江苏省华商第一家电力企业——镇江"大照电气股份有限公司"的创办人,也是中国近代工业的奠基人之一。郭先生出生在这样的家庭,自幼就受到良好的教育。

郭先生于1950年考入"国立南京大学"中文系,大一的读书报告《论〈诗经·国风〉并非全为民歌》蒙罗根泽教授仔细批阅,颇受嘉勉,遂有志于中国古典文学研究。1953年4月提前毕业,任南京大学物理系政治辅导员兼政治课助教,不久被调回中文系任政治辅导员兼专业课助教。1955年下半年选定"古代文学"为专业方向,任胡小石先生的助教,随研究生听修胡先生的《说文部首》《甲骨文例》等课程。1956年起任古代文学专业教师,为本科生讲授《古代文学作品选》等课程。1963年9月至1964年7月在北京大学中文系进修一年,师从游国恩教授,并修习林庚、王力、吴组缃、陆宗达等先生的课程。1976年2月至1978年6月奉教育部派赴朝鲜民主主义人民共和国"朝鲜外文出版社著作局",做中文译本的校阅工作。1978年任副教授,1987年任教授。1983年至1986年担任南京大学中文系主任。1990年当选为"中国屈原学会"副会长。1993年10月获"政府特殊津贴"证书。2011年8月7日因病逝世。

郭先生长期从事中国古代文学的教学与研究工作,他的第一本著作《屈原与楚辞》（署名郭加林）于1959年由中华书局出版。在此书基础上扩展改写而成的《屈原》（署名郭嘉林，上海中华书局，1962）至1965年曾先后三次印刷。1984年9月，安藤信弘译的日文本《屈原》由日中出版社出版。《中国辞赋发展史》（与许结合撰）于1996年由江苏教育出版社出版，该著被誉为新时期中国辞赋史研究的标志性成果。《屈原评传》（中国思想家评传丛书之一，南京大学出版社，1998）为先生楚辞研究的集大成。除以辞赋为主的研究，先生还著有《司马迁》（江苏人民出版社，1982）、《风韵高标的〈楚辞〉》（郭维森、包景诚著，辽宁古籍出版社，1995），先后主编和撰写《古代文化知识要览》（郭维森、钱南秀、柳士镇主编，湖南人民出版社，1986）、《中国文学史话》（郭维森、吴枝培主编，南京大学出版社，1990）、《陶渊明集全译》（郭维森、包景诚译注，中国历代名著全译丛书之一，贵州人民出版社，1992）、《古代文化基础》（郭维森、柳士镇主编，岳麓书社，1995）、《学苑奇峰——文史学家胡小石》（南京大学出版社，2000）、《诗思与哲思》（贵州人民出版社，2006）、《图说中国文化基础》（郭维森、柳士镇主编，新世界出版社，2007）等，彰显其学术面的广博与包容，受到学界与广大读者的赞誉。

　　郭先生的多篇论文在学界和思想界激起较大反响。这又可分为两类：一是社会反响，例如先生的《古代作品的社会意义缩小了吗?》一文于1960年4月10日发表于《光明日报》副刊《文学遗产》，立即引起较大范围的"讨论"，也因此在"文革"中受到审查；《嵇康思想及其诗文的特色》[《南京大学学报（哲学·人文科学·社会科学版）》1963年第2期]一文，则在"文革"中被认为涉嫌为现时政治运动的对象鸣冤叫屈，再与1960年的"扩大论"等联系起来，险被工作队认定为"反革命"。二是学术的眼光，如《从屈原创作的个性化论屈原之不容否定》[《南京大学学报（哲学·人文科学·社会科学版）》1985年第2期]发表后，人大复印资料全文转载，《文学研究动态》予以评介，《中日学者屈原问题论争集》收载此文。黄中模著《现代楚辞批评史》，将此文作为"中国学者与日本学者讨论屈原问题的代表作"加以介绍，成为"屈原否定论"之反批评的典范之作。《屈原与庄周美学理想异同辨》发表于《南京大学学报（哲学·人文科学·社会科学版）》1988年第1期，传统的

"庄骚审美"得以重新阐释,人大复印资料全文转载,《人民日报》及《人民日报》"海外版"作摘要报导。《王延寿及其〈梦赋〉》[《南京大学学报(哲学·人文科学·社会科学版)》2000年第1期]是提交第四届国际辞赋学学术研讨会的论文,得到作为评议人美国汉学家康达维教授的高度评价。2000年5月24日至27日先生参加在香港中文大学举行的《屈原研究国际研讨会》,为"专题主讲嘉宾"之一,作了题为《〈离骚〉求女情节的来龙去脉》的报告,考论精详,甚邀好评。

在广阔的文艺学与文化学的研究中,郭先生最精于辞赋论说,归纳其要,主要有三方面的成就或特色:其一,追源溯流的历史意识。强调《诗》与《骚》的渊源流变,是先生楚辞研究迥出流辈之上的奥妙所在。在《中国辞赋发展史》中作者"彰显了诗、骚思想与感情的一致性";在《从屈原创作的个性化论屈原之不容否定》一文中,作者论屈原作品的个性化特征,并以屈原作品继承了《诗经》个性化作品的特点为立论前提,都与考镜源流的方法相关,是先生的研究注重历史还原的基本特征。针对近现代某些学者从春秋战国时"楚材晋用"的风气盛行等角度,提出了屈原的时代不可能产生爱国主义的观点,先生在《屈原评传》中列举大量史实论证春秋战国时代尤其是楚国的爱国事例并不少见,着重阐明了战国是一个思想分歧和价值多元的时代,因而在反复无常的策士活跃于政治舞台的同时,爱国主义思想依然闪耀着光辉。屈原的爱国主义具有鲜明的时代特征,是先生的坚持,也堪称学界的不祧之论。其二,引领楚辞学史的研究。从学术史的角度研究楚辞的视角,在先生《论汉人对屈原的评价》(《求索》1984年第4期)、《鲁迅怎样评价屈原》(《文学遗产》增刊十五辑,1983年9月)等文中已有所呈现,而作为教育部"辞赋史"项目、七十万言之《中国辞赋发展史》,更可以视为其多年研治辞赋的具有学术史思想意义的重要实践。其三,在辞赋研究中寄寓自身的美学理想,或可谓诗意的解读。例如《屈原与庄周美学理想异同辨》一文中所赞赏的"纯粹之美"、"崇高之美"与"和谐之美",始终贯注于先生的赋史研究之中。而对具体作品的分析,如宋玉《九辩》的"悲秋"情怀、王延寿《梦赋》的内在精神、谢灵运《山居赋》的人生感悟,均由先生的诗意解读而更加鲜活且多美感。

作为一名教师,郭先生的治学与为人是凝合为一,有着强烈的社会担当与时代精神。所以先生的为人与治学,同样有几点值得关注:一是"品格"。先生之学术正如其为人,总体看来如布帛菽粟一般平实,而在大是大非的问题上往往截断众流、独具洞见。在虚与委蛇的乡愿之风盛行的时代,我们常常情不自禁地怀念先生曾经理性而坚定地论证屈原的个性化存在,正如先生曾经冷静而负责任地指点那些彷徨于人生歧路的年轻学子。二是"现代"。先生晚年自编论文集名为《古代文学的现代意义》,其中"现代"二字不仅是治古学而反对"泥古"的一个标识,而且是其一生的学术实践。因此,先生治古代诗亦作古体诗,但同样热爱新体诗且不乏创作;而针对社会上出现的一些民族虚无思想,先生曾作"古代文学与民族精神"的报告,正内含了古为今用的心意与愿景。三是"普及"。先生在专精学术的同时,始终关注古典文学与文化的普及工作,以嘉惠更多的学子。他主编的《中国文学史话》、《古代文化基础》,以及审订《古文类选读本》等,以拥有广大的读者而成为学术普及的典范。这,正是郭先生的治学之心,也是其明德之意。

(原刊于《南京大学文学院百年史稿》,南京大学出版社,2014年)

辞赋华章　典范永存
——郭维森先生与《中国辞赋发展史》

许　结

辛卯夏七月初八,郭维森先生悄然离我们而去,当晚,怀着无限的哀思,我写了首追念先生的诗:"骑鹤下扬州,人生得至柔。诤言勤国是,厚德诵同俦。抛却声名累,闲观湖上鸥。中华辞赋史,尚忆几春秋。"情实难尽,又撰挽先生联两副,一则曰:"大汉文章,笔底波澜常惠我;中华赋学,前贤典范永思公。"复忆一年前先生八十寿诞,时神采奕奕,谈笑风生,主持祝寿会的莫砺锋教授以"曾与郭先生合撰书稿"示我发言,我则以代专业所拟之寿联"乐只君子溥厚德,争光日月见精神"发端,说到我与先生的学缘、情缘多多,但为世人共知者,则是先生上世纪曾主持国家教育部"辞赋史"项目,邀我加盟辅佐而成近七十万言之《中国辞赋发展史》(江苏教育出版社 1996 年 8 月版)。我曾在一部旧著的重版后记中说:"记忆的闸门是不能轻易打开的,因为那里有太多的感念与艰辛。"我忘不了十五年前(1996 年)赋史出版获赠样书时与先生相视一笑的情景,忘不了十八年前(1993 年)我们完成初稿时先生认真审读时的神情,忘不了二十年前(1991 年)我们完成资料整理后开笔撰写前的茶叙……是先生忠厚长者的风范、诗人性情的投契,成就了"一部书"学术接力的充实之美。抚今思昔,先生的治学影像每每浮现于他的众多著述,而在这部精装旧著的字里行间所读到的辞赋研究成就与思想,则是我领略先生学术风采最真切的体会。

一、本源意识：诗赋传统之考察

郭先生为学是平实的，治赋亦然。这一点最突出地表现于他的历史观。当年获得"辞赋史"项目研究甚早，后因诸多原因延宕时日，以致这期间（1987）马积高先生的《赋史》出版了，于是经过一番踌躇，先生将治赋的眼光置放于"发展"二字，"中国辞赋史"项目的结项成果也就成为《中国辞赋发展史》（以下简称《发展史》）。与马积高先生《赋史》主张"唐赋高峰论"不同，郭先生更注重的是辞赋传统的研究，追溯本源，就是诗赋传统的考察。朱熹《观书有感》论学术"问渠那得清如许？为有源头活水来"，而辞赋源头的"活水"，就是刘勰所讲的"受命于诗人，而拓宇于楚辞"（《文心雕龙·诠赋》），究其根本，即先秦之"诗源"。于此，郭先生着力于两方面的分析。

一方面是历史的分析。这在他所撰写的《先秦至汉初辞赋》第一节《绪论》之第一段《诗的退潮与楚辞的兴起》有着清晰的昭示。郭先生从多视角看待由《诗》到《骚》的渊承与演变，例如《诗》之"讽谏"与屈骚创作"自怨生也"以及"冀幸君之一悟，俗之一改也，其存君兴国而欲反覆之，一篇之中，三致志焉"（《史记·屈原贾生列传》）的关系，彰显了诗、骚思想与感情的一致性。又如刘师培说"诗赋之学，亦出于行人之官"（《论文杂记》），郭先生则着重于屈原"娴于辞令"且作品中大量的尚"辞"表述，即屈骚中反复推陈的"跪敷衽以陈辞兮，耿吾既得此中正"、"历兹情以陈辞兮，荪详聋而不闻"、"结微情以陈辞兮，矫以遗夫美人"、"不毕辞而赴渊兮，恐壅君之不识"等等，从而论证屈赋"陈辞"与"赋诗言志"在"行人之官"意义上的关系，贯注了一种"史"的意识。再如屈辞用《诗》问题，郭先生指出：《离骚》之"忽奔走以先后兮"，即取意于《诗经·绵》"予曰有先后，予曰有奔奏"；《天问》之"禹降省土方"，即取辞于《诗经·长发》"禹敷下土方"；《九歌·东君》之"援北斗兮酌桂浆"，则取辞变义于《诗经·大东》"惟北有斗，不可以挹酒浆"等，将词汇的联结导向意义的传承。

这也形成另一方面，即创作的分析。例如郭先生举《诗经·月出》"月出皎兮,佼人僚兮"等为例,对应屈原《橘颂》、《天问》等作品,以为极其相似,并指出:"陈风也盛行巫风,春秋末年为楚所灭,其诗风本与楚相近。"又如举《诗经·汉广》首章"南有乔木,不可休思。汉有游女,不可求思。汉之广矣,不可泳思。江之永矣,不可方思",郭先生认为其"多用叹词,一唱三叹,与楚辞声调十分相似"。同时,从创作的分析来看辞赋的发源,郭先生能超脱狭义之"诗"(《诗经》)而勘进于广义之"诗",比如楚声歌谣。他不仅对楚歌中的《子文歌》、《优孟歌》、《楚人为诸御己歌》、《徐人歌》、《接舆歌》等与楚辞作品进行对读比较,而且对产生于楚地的《老子》书中如"众人熙熙,如享太牢"一段也纳入视野进行考量,从而通过作品的分析印证了早期辞赋创作的南方文学特征。

郭先生治赋的历史眼光既重视诗、骚、赋之"同",亦强调其"异",正在其异同之间,才最接近历史的真实。《发展史》的《总论》虽由我执笔,但郭先生的两点指示最为重要,一是从词语辨明"辞"、"赋"之源头,一是从创作考论"辞"、"赋"之异同。例如对辞赋异同的考论,我们从"直陈法"、"铺叙法"、"用韵法"、"构篇法"与"藻采法"五方面展示屈辞与汉赋的相同,又从历史的演变论述其异,这一点则更多地展示于由郭先生执笔所撰写的《辞赋的早期形态》、《汉初辞、赋的混同与区别》等章节中。出于历史的视野,重视文献与作品的考查与分析,郭先生对赋史的认识常常体现一些转折点,例如对汉初以《梁王菟园》为代表的藩国赋的历史定位,他用"战国纵横的残梦"为题,切实地攫住赋史渊承与转折的结穴,其论述堪称于平实中见精彩的典型。

二、祖骚宗汉:取则正宗之批评

郭先生为学是中正的,治赋亦然。在赋史的研究与撰写过程中,郭先生的"中正"态度既是持中守正,更是明"变"而守"正"。"变"在时代与作家情怀,"正"在赋作之范式。故而明变是其(赋)史识,守正乃其(赋)史心。

我们在《发展史》的《后记》中曾自评撰写思想的几大特点,其中包括"辨析辞与赋之分合变化"、"力破'骚亡于魏'、'赋亡于唐'之旧识,对唐以后辞赋创作之本事、艺术努力钩沉显微,以明其'文变染乎世情'的时代特征"等,皆明变之思。因此,郭先生所主导的撰史思想之明变又体现在两方面:一是强化唐以后赋史的研究,这个任务由我承担,以致唐以后赋史的篇幅几乎占了全编的"半壁江山";一是注重历史转变,特别是在赋体赋艺演变的关键处,加以发微。有关后者,在郭先生撰写的前四章(第二章至第五章)中充分体现了这种明变的史观。例如第二章中的《诗的退潮和楚辞的兴起》《战国纵横的残梦——藩国赋》,第三章中的《汉大赋的裂变》《赋的旁衍与文的变格》《从游观赋中分立的音乐赋》《汉末的悲唱与抗争》,第四章中的《汉赋的承袭与变奏》《建安风力的变调——鲍照赋》《诗与赋的合流》,第五章中的《形式的延续与内容的变化》《李德裕的效古新篇》等节目及其内涵的书写,皆因赋史之变而表彰其赋家、赋作、赋体、赋风之变,以此构成郭先生主张的一源而多元、立体而交叉的赋史构建。

　　比较而言,如果说"明变"意味着郭先生在赋史撰写过程中还具有一定的"被动"性,即依据历史之迁移与赋体之变化而进行摹画与书写,那么其"守正"的赋史观念则具有更强的"主观"性,是在明变基础上对赋体与赋史的重新认知。这一史观,就是前贤所说的"祖骚宗汉"说。赋史"祖骚宗汉"说起于宋代,如宋祁说"《离骚》为辞赋祖"(祝尧《古赋辨体》卷一引),林光朝说"司马相如赋之圣者"(王之绩《铁立文起前编》卷十引),项安世说"自屈、宋以后为赋,而二汉盛,遂不可加"(《项氏家说》卷八),至元人祝尧《古赋辨体》卷三《两汉体上》谓"古今言赋,自骚之外,咸以两汉为古,已非魏晋以还所及。心乎古赋者,诚当祖骚而宗汉,去其所以淫而取其所以则可也",已然定型。这种赋史观推扩于文学史观,就是金元以后渐兴而盛行于近代的"一代有一代文学之胜"的理论。既然前贤已有定论,何以我说郭先生的"祖骚宗汉"观有其主观性色彩?因为其与古人所说一最大的不同点在于,前人是以"则"而排"淫",是否定辞赋变迁及其价值的仿古论,而郭先生则从通史意识容受古人所谓"淫辞"丽篇,且在容变而明变的基础上坚持守正的。所以他一方面揭示赋史中大量的"变奏",一方面赞美其具有一代之盛的"正音"。

　　在《发展史》中,郭先生是以赋史的描述来展示这一理念的。突出的表征是他所撰写的《屈原奠定的美学理想》与《义尚光大的汉大赋》(包括《司马相如与散体大赋》)的两段文字。在第一节文字中,郭先生不仅从赋史的意义与作品的分析展现屈原的辞赋价值,更重要的是以屈原为例树立了一种赋史的美学理想。由此审美实践立论,其"祖骚"之精神亦如祝尧所谓"重情","祖骚"之辞章则在华美,绾合二者,才是美学理想。所以郭先生说:"屈原以其精神和作品影响后世,主要的是其美学思想和悲剧精神。以芳洁自励者莫不以之为楷模,求真、求善、求美;遭遇破国亡家之痛,或蒙冤受屈遭遇不平者,也莫不以之为同调,抒其哀怨愤懑之情。作为诗骚传统之一,所涉甚广,影响深远。至其……辞藻华美,无疑为汉赋创作奠定了基础。"同样,对汉代散体大赋正宗的形成,郭先生也不是简单地描述,而是全方位地展示,包括政治、经济、文化诸原因,赋家追求大美、积极进取、夸耀心理、补衮心态、神仙思想诸方面,并通过代表性作家如司马相如的创作实践,将汉赋的美学风范也典型地烘托出来,以之为后世赋家不断摹效的榜样。

三、文本精华:作品诗意之解读

郭先生为学是奇崛的,治赋亦然。郭先生是位诗人,他的创作包括古典与新体,他注重的不是诗的形式,而是精神,一种栖居于古今多少华章佳作中的诗意。也许正是这种诗人的气质与诗心的灵动,郭先生在赋史的书写中对大量辞赋作品之诗意进行了解读,给读者也提供了更多的精彩。

试举数例如次:

对宋玉赋的研究,郭先生在大量文献的钩稽与考辨的基础上,将其作品按真伪的可信度分为五等(五层次),分别是《九辩》(第一等)、《风赋》《高唐赋》《神女赋》(第二等)、《登徒子好色赋》《对楚王问》(第三等)、《招魂》(第四等)、《笛赋》《大言赋》《小言赋》《讽赋》《钓赋》《舞赋》(第五等),而其解读的功夫则主要放在前两等的作品。如对《九辩》创作艺术进行精彩分析,特别是对赋中第一段"悲秋"的解读,得出其"描写有很大的创造性,句式也灵活多变,是在《离骚》基础上的重要发展"的结论。同样,通过对《风赋》及《高唐《神女》的思想、艺术及写作方法的分解，说明宋玉赋"开始走出屈原诗篇中的神话世界，而着眼于现实世界的描绘；在技巧上有许多成功的地方，推动了由楚辞向汉赋的发展"。这是由作品考辨到分析，由赋章解读到赋史考量的论述，结论虽或与他人相近，但其中的细致分析，信而可征且充满诗意。

对王延寿的《梦赋》，郭先生通过文本进行心理分析，尤其是对其中"其为梦也，悉睹鬼神之变怪……于是梦中惊怒……乃挥手振拳，雷发电舒"的一段描写，绅绎出其内在精神，称之为中国文学史上"第一篇不怕鬼的故事"，特别是"这种积极精神，在我国古代文学中不可多得，尤其是东汉时期，谶纬迷信甚嚣尘上，王延寿能写出这样的赋更为可贵"。由于《发展史》于每一作品的分析字数有限，难以尽意，于是郭先生在此基础上又撰写《王延寿及其〈梦赋〉》一文，提交给1998年秋在南京举办的"第四届国际辞赋学学术研讨会"，评讲人美国汉学家、西雅图华盛顿大学的康达维教授给予极高评价。此文后刊登在《南京大学学报（哲学·人文科学·社会科学版）》2000年第1期"辞赋研究"专栏。而在这篇文章中，郭先生对《梦赋》的虚构艺术及创作思想，作出更为详尽而精彩的分析，这是通过一篇赋章以彰显其赋史价值的范例。

对谢灵运山水赋作尤其是《山居赋》的分析，郭先生一则关注当时玄远之风的影响，其中包括对节候的敏感、对人生的叹逝，一则又着力于艺术分析，包括风格、章句、字法，特别是对赋中"警句"的解析。如写山居景象，谢赋中有云："竹缘浦以被绿，石照涧而映红，月隐山而成阴，木鸣柯以起风。"郭先生评曰："四句可谓写景佳句，作者观察细致，抓住了景物的特征，有声有色，动静相形。"又如赋中描写游鱼数句云："辑采杂色，锦烂云鲜，喷藻戏浪，泛苻流渊，或鼓鳃而湍跃，或掉尾而波旋。"郭先生评曰："写游鱼色彩鲜明，姿势多变，形态极为传神。"至于谢赋中所述"谷稼之事"的一段描绘，郭先生对其中有关田畴农产的词语大加称赏，以为"从文学史的角度看，能颇为生动地描写农田景色，在文学上却是别开生面"。谢诗警句多有精彩，而魏晋以后，作家写赋也重"置片言以居要，乃一篇之警策"（陆机《文赋》），郭先生攫取警句而言《山居》（另见郭先生《山居赋及其他》一文，载《中国山水的艺术精神》,学林出版社 1994 年版),有他的诗意发挥,是他撰述赋史的生动之处。

对杜甫赋的探讨,郭先生在《发展史》中所用篇幅不多,但对一大诗人之赋的诗意解读,还是值得称述的。郭先生早年师承胡小石先生,胡先生曾论杜甫《北征》诗"结合时事,加入议论,撤去旧来藩篱,通诗与散文而一之,波澜壮阔,前所未有"(胡小石《文集·一》),属于"化赋入诗"法。郭先生遵循其义,却从另一视角将杜甫"化赋为诗"与"诗名盖赋"及明人"唐无赋"说构成杜赋不受重视的三大要因,缘此驳正,方始进入对杜氏所献"三大礼赋"及其咏物赋之《雕》、《天狗》的解读。当然,相比之下,郭先生更加赞美杜甫咏物赋的特色:如对《雕赋》开端之奇兀,即"当九秋之凄清,见一鹗之直上"云云,郭先生以为"其迅猛雄俊的形象已跃然纸上";对《天狗赋》描写天狗既突出其威猛、迅捷之形象,刚简、清劲之品性,又表现其虽受天子赏识却被弃置不用,且遭群兽疑猜的境遇,郭先生感叹道:"一看便知,这是杜甫结合自身遭遇而发的感慨。"人称杜甫诗为"诗史",郭先生以诗赋交融的视点印证杜赋亦具"诗史"的特征(另见郭先生《杜甫的赋》,载《杜甫研究学刊》1991 年第 1 期),给我们打开了赋史写作的另一扇窗口。

郭先生诗意地解读赋篇的例证甚多,比如对刘歆《遂初赋》开启"述行"主旨、傅毅《舞赋》动态之描写、"音乐赋"脱化于"游观赋"的史迹、邺下文人集团赋中男女之情的描写、王绩诗与赋的交融、盛唐边塞赋、游艺赋意境与哲理的融织等等之分析,使他的赋史研究显出生气,绽放光彩。

四、一种信仰:赋学人格之彰显

郭先生为学是真诚的,治赋亦然。与郭先生相识之人皆知,他为人正直,对事鲠直,治学执著,而为学、待人、接物之情感,则是既激切,又淡远。这体现于他的赋学研究,往往不仅是为学而治学,而是于治学过程中体现出一种崇高的信仰,是人格的彰显。在庚寅岁初秋郭先生八十诞辰祝寿会上,我曾献诗一首,诗云:"岁历行开九秩新,椿龄有庆正庚寅。离骚赋里三家志,松菊堂中五柳巾。德教频频援后学,师心奕奕见精神。欢欣共赏初秋月,执杖南山又一春。"诗的颔联前言屈原,后说陶潜,而郭先生治学之精髓,于屈、陶最多关怀;郭先生之人格品性,则类屈、陶而彰显。

让我们回到《发展史》,郭先生撰述屈原与陶潜的赋也只有两节,分别是《屈原奠定的美学理想》与《淡远、激情兼具的陶潜辞赋》,但其撰史心志所示的赋学人格,则贯注于通篇的写作,乃至他的整个人生。

郭先生对屈原及其辞赋的钟爱贯穿了他一生的学术历程,其中最突出而为其自觉效法的,则又是屈原因明志而爱国、因中正而耿介。他自早岁撰写《屈原》到晚年再写《屈原评传》,其间又有大量的有关屈原的论文传世,如《屈原爱国主义思想的时代特征》(《楚辞研究》,文津出版社1992年版)、《屈原的文化精神》(《中华文化与艺术》2003年1卷1期)、《屈原对真、善、美统一境界的追求》(《光明日报》2002年5月14日)、《屈原与庄周美学理想异同辨》[《南京大学学报(哲学·人文科学·社会科学版)》1988年第1期]、《从屈原创作的个性化论屈原之不容否定》[《南京大学学报(哲学·人文科学·社会科学版)》1985年第2期]、《屈原名字说》(《中国屈原学会第六届年会论文》)、《〈离骚〉之"骚"》[《荆州师专学报(社会科学版)》1996年第6期]、《〈离骚〉求女情节的来龙去脉》(《屈原研究国际研讨会论文集》,香港)、《〈九歌·山鬼〉与望夫石的传说》[《南京大学学报(哲学·人文科学·社会科学版)》1983年第3期]、《论汉人对屈原的评价》(《求索》1984年第4期)、《鲁迅怎样评价屈原》(《文学遗产》增刊十五辑)等。这些论文以翔实的考证、精深的义理、清简的词章而立足学界,自成一家,而我认为郭先生最重的且寄志高远的,宜为他所推崇的屈子之精神,即《屈原与庄周美学理想异同辨》一文中所赞赏的"纯粹之美"、"崇高之美"与"和谐之美",这也是他在赋史撰述中展现的"美学理想"。这一贯注赋史研究的美学理想,是不能轻忽而宜珍重的。

陶渊明的辞赋仅存三篇,分别是《闲情赋》、《感士不遇赋》与《归去来兮辞》,前两篇有所秉承,后一篇独辟创思,郭先生在《发展史》中赞美其篇篇"精彩",尤重后者的意蕴,而以"淡远、激情兼具"总括陶赋风格,可谓匠心独运。郭先生亦因秉性相承,由爱陶、好陶而研陶,曾与友人合成《陶渊明集全译》,对陶诗、陶文、陶赋,已精熟于心,所以在《发展史》中论析陶赋,也是举重若轻,随手拈来,自成妙趣。在其论述中,我最欣赏的是对《归去来兮辞》的分析与评说,如评述赋中情境:"一切是那么美,那么自然。作者陶溶其中,不求富贵,不慕神仙,顺应自然,便能得到很大的安慰。"又评述赋所表现的思想情怀:"表现了作者对田园的热爱,除了因田园有优美的自然风景外,还因为'园林无世情',田园的淳朴宁静与市朝的污浊喧嚣正相对应。禀性淳朴、性情真率的陶渊明选择了前者。"这与其说是对陶赋的解析,毋宁讲是郭先生读陶赋时的一种心灵投契,其间的感慨与美好,隐显于楮墨间。

合观屈、陶,是郭先生研究赋史的一种精神,缩合屈、陶,又是郭先生人生与学术的实践,作为《发展史》的合作者,我与这份性情默契,更为这种真诚感动。

在郭先生的追思会上,读到先生夫人顾学梅老师的《代郭维森告别书》的人,莫不为之动容,书中写道:"他——一个勤奋、多思、正直、善良又有些倔犟的人,在这个世上轻轻地走过。"先生临终前一年自选了一本论文集,名曰《古代文学的现代意义》,我想,先生的古典文学研究,包括他的辞赋研究,也曾"轻轻地走过"那个曾被称之为"现代"的时代,但给读者与未来留下的,却是深刻、凝重和永远……

2011 年 12 月 14 日(农历辛卯十一月二十日)于南京龙江公寓

(原刊于《辞赋》2013 年第 1 期;曾收集于莫砺锋编《郭维森先生纪念文集》,凤凰出版社,2014 年)

心潜旧章　志发新意

——郭维森教授古代文学研究述略

管仁福

郭维森先生,1931年生于江苏省镇江市。1953年于南京大学中文系毕业后留校任教,担任著名学者、一级教授胡小石先生的助教。其间多得益于胡先生的教诲与栽培。先生长期担任中国文学史、楚辞研究等课程的教学工作,并曾担任南京大学中文系系主任、古代文学教研室主任等职。郭先生潜心古典文学的教学、研究,现为南京大学中文系教授,古代文学博士点副导师,硕士研究生导师,并担任"中国屈原学会"副会长。

受胡小石先生的师传与影响,郭先生对屈原有较深入的研究,成就斐然,早在1960年,他的著作《屈原》由中华书局出版,1962年由中华书局上海编辑所再版,"文化大革命"后,此书由上海古籍出版社又修订再版。郭在贻在《近六十年来的楚辞研究》(见1982年12月出版的《古典文学论丛》第3辑)一文中,曾将郭先生的《屈原》与游国恩的《屈原》、詹安泰的《屈原》、林庚的《诗人屈原及其作品研究》、马茂元的《楚辞选》、郭沫若的《屈原赋今译》等名家之作相并列,而且将此书作为"解放后有关楚辞研究方面的比较重要的论著"向读者介绍。1986年台北市新文丰出版公司出版《楚辞汇编》十卷,其中以"楚辞研究"为题,收入明代以来各种著作23种,郭先生的《屈原》就是其中的一种。不仅如此,郭先生的《屈原》在海外也产生较大影响,初版即已传至国外,近年又有日文译本问世。由此可见郭先生这部著作的影响所及,刊布之广。

郭先生的《屈原》一书问世后,又发表了一系列有影响的有关研究屈原及其作品的学术文章。其中重要的有：《〈九歌·山鬼〉与望夫石的传说》、《鲁迅怎样评价屈原》、《论汉人对屈原的评价》、《从屈原创作的个性化论屈原之不容否定》、《屈原与庄周美学理想异同辨》、《屈原与但丁》。郭先生的这些重要文章，角度新、视野广、开掘深、影响大，从一个侧面反映了我国楚辞研究的发展脉络和学术水平。

郭先生的古代文学研究范围是宽广的，他除了在楚辞研究方面倾注心血，还曾深入研究《周易》，尤其注重发微《周易》中的文学因子，其论文《〈易传〉的文学思想及其影响》[《南京大学学报（哲学·人文科学·社会科学版）》1982年第2期]就是先生含英咀华的结果，文章紧承前辈学者的研究余绪，吸纳当代学者研究之精华，以其立论新颖坚实获得学术界的赞同。1982年，江苏人民出版社出版了郭先生的《司马迁》一书，此书的卓越之处在于侧重阐发《史记》的文学成就，探讨《史记》的写作方法对后世作品的影响。这和其他写司马迁的同类著作相比，独到之处是显而易见的。郭先生自少年时起就喜欢读鲁迅的作品，他曾通读过《鲁迅全集》。如今，先生常讲：他喜欢鲁迅的作品，因为鲁迅的思想极为深刻，眼光非常敏锐，尤其是鲁迅对研究中国古代文化所表现出的深邃的洞察力和清醒的理性思考，以及锐利的批判精神和严谨的科学态度，仍是我们今天进行古代文学研究所必需的。从先生所走过的古代文学研究的历程来看，鲁迅的思想确实对先生的古代文学研究有着深层的影响。1980年，郭先生在《文学遗产》上发表了题为《论鲁迅研究文学史的观点和方法》的文章，这是先生研究鲁迅作品并自觉地将鲁迅思想运用到古代文学研究的一次系统的表述。

郭先生还主编了《古代文化知识要览》（湖南人民出版社，1986年版）、《中国文学史话》（南京大学出版社，1990年版），这两部书得到同行及读者好评。

郭先生的学术研究，受到了国际同行的重视，他的传记被"国际传记中心"载入《国际名人录》（澳洲及远东）第一版（英国剑桥1988年版）。纵观郭先生所走过的古代文学研究历程，其前后一贯的治学精神及在研究中所表现出来的个性特征是鲜明可见的。

首先，郭先生的古代文学研究目的是明确的。他认为，古代文学研究的工作者的任务、目的就是要弘扬民族文化，为建设发展民族新文化服务，用现代意识对古代文化进行挖掘、清理，就是要给现代人以有益的启示。时代在发展，古代文学研究也要随着时代的发展而发展，不然，古代文学研究是没有出路的。

新中国成立初期，古代文学研究作为国学确实红火了一阵子，但也出现了唯古是好、唯古是尊的倾向。郭先生针对这种倾向，撰文予以反对，他指出："我们和过去的文人学士们的立场观点是不同的，因此在我们看来，为他们一致赞颂着的，未必一定就好，他们不屑一顾的也未必见得就坏，要敢于在新的历史条件下，提出问题，解决问题，就必须跳出旧圈子，大破大立，用马列主义真理，重新估价古代作家和作品。"（《跳出旧圈子》，见《光明日报》，1958年10月19日），这在当时尊古之风盛行的情况下，先生作为一个20多岁的古代文学研究的新兵，确实是需要一定的勇气和胆识的。60年代初，学术界又出现了一种与尊古之风相反的倾向，即对待文化遗产的"虚无主义"倾向。对此先生也发表文章予以坚决反对。他在文章中写道："我们要发扬优秀的文化传统，要使古为今用。随着社会主义文化建设的开展，优秀的文学遗产必将发挥更大的作用，必将获得更大的社会意义。"（《古代作品的社会意义缩小了吗？》见《光明日报》1960年4月10日）这篇文章在当时学术界引起较大反响，由于当时"左"的思想作怪，郭先生提出的上述观点遭到了一些人的批判。先生并没有因遭批判改变初衷，而是坚定地认为自己的观点没有错。时至今日，先生还讲："古代文学研究不仅要明确弘扬民族文化、为建设民族新文化服务的目的，而且还有一个如何弘扬的问题。尊之金科玉律不可。弃之如敝屣亦不可。我赞同鲁迅对待古代文化的态度，一要'挖祖坟'，二要提倡'拿来主义'。对古代文化的糟粕既要敢于揭，敢于批，同时对其中的精华要大胆地'拿来'。"正是由于对古代文学研究目的明确，所以先生的目光始终关注着古代文学研究与现实的联系，以一种特有的历史责任感，和着时代的脉搏律动。

在一个时期内,国内外出现了一种"以屈原为巫,以屈原作品为巫术歌谣"的论调,认为屈原其人并不存在,《离骚》亦是集体之作。对此,先生即写了题为《从屈原创作的个性化论屈原之不容否定》的文章予以反驳。此文发表后,反响很大,中国人民大学《中国古代近代文学研究》复印资料全文予以复印,并收入《中日学者屈原问题论争集》(黄中模编,山东教育出版社,1990年版)。黄中模著《现代楚辞批评史》亦将此文作为"中国学者与日本学者讨论屈原问题的代表作"予以介绍、嘉许。

有关屈原是否具有爱国主义思想,也曾在楚辞研究界进行了热烈的论争。先生为此写了题为《屈原爱国主义思想的时代特征》的文章参与论争,郭先生在著文参加讨论之后,颇有感慨地说:"我现在谈屈原的爱国主义,可能有点不识时务。时下有的研究者多侧重对古代作家、作品的艺术性阐发,认为对古代作家、作品的思想性论述意义不大。其实,这是一种误解。古代作家作品的思想性和艺术性是不可分离的。尤其是古代作家作品中所包含的思想精华,仍是我们今天建设新文化的宝贵精神财富。"对于这一点,我们应有清醒的坚定的认识。

视野宽广,是郭先生在古代文学研究中所显示出的第二个显著特点。郭先生在古代文学研究中视野宽广,这使他的研究范围、涉及的领域都异常广泛。就研究范围而言,郭先生虽侧重楚辞研究,但他还把研究视野拓展到《周易》、司马迁、鲁迅等作品、作家,而且视野所及都有重要的学术文章发表。至于先生在研究中所涉及的领域更是古今中外无所不达,文史哲等多学科交叉勾连。这样使得他的研究呈现出多维观照、立体透视的优势。1984年先生发表一篇题为《论汉人对屈原的评价》的文章,这篇文章对当时我国的楚辞研究具有开创意义。它把对屈原及作品的主体研究引向更为宽广的"楚辞学史"的领域。文章纵横捭阖,经析纬论,不仅对汉代重要的贾谊、刘安、司马迁、扬雄、班固等诸家进行评述,而且对桓宽的《盐铁论》、王充的《论衡》也进行了勾玄。论述所及,几乎包涵了整个汉代对楚辞研究的成果。此外,先生还发表了《鲁迅怎样评价屈原》、《屈原与但丁》,其视野之宽广,由此可见一斑。

郭先生进行古代文学研究所显示出的第三个特点是角度求新。只有具有宽广的视野,才能在研究中灵活地选择新的视角,于平凡中见到奇特,于旧说中阐发新意。1983年郭先生发表了一篇题为《〈九歌·山鬼〉与望夫石的传说》的文章。此文通过对《山鬼》与望夫石横向对比考释,得出了既独到又使人信服的结论,给楚辞研究及整个古代文学研究提供了有益的启示。从研究视角而言,先生这篇文章主要是从民俗学的视角切入的。先生的《屈原与但丁》一文,则是从比较文学的视角进行透视的。文章从作品的个性化及修辞手法、艺术构思、时代精神等方面进行了全方位的比较观照,阐述了人类思维的某些一致性和文学创作规律的某些共同性。先生发表的另一篇力作《屈原与庄周美学理想异同辨》,则通过文化学、美学的交叉扫描,从纯粹美、崇高美、和谐美三个聚焦点进行比较,对屈、庄的美学理想进行了极为深入的价值论衡。此文发表后,引起了学术界的重视。郭先生在古代文学研究中所显示的角度求新的特点,反映了老一辈学者极为可贵的不懈追求、立志创新的探索精神。需要进一步指出的是,郭先生认为,研究角度求新,一定要和严谨的科学态度相结合。不能为了赶时髦,用些新名词作为点缀。应实事求是,有的放矢。这是一种严谨、求实的治学精神,唯其如此,才能从角度新达到见解新、立意新。

　　目前,郭先生除担任教学工作外,还负责主编《中国辞赋史》(国家教委"七五"计划项目之一)及《中国文学史大辞典》秦汉卷两部巨著。1991年正值郭先生"耳顺"之年,先生"老骥伏枥,志在千里"。衷心祝愿先生六十大寿"耳顺"、心顺、事业顺。

(原刊于《古典文学知识》1992年第2期;曾收集于莫砺锋编《郭维森先生纪念文集》,凤凰出版社,2014年)

"我们有义务保护、发扬优秀的传统文化"
——拜读郭维森先生《古代文学的现代意义》一文有感

管仁福

2010年9月10日,我作为郭先生的学生,有幸参加了南京大学文学院中国古代文学学科举行的郭维森先生八十华诞庆典暨郭维森先生学术思想讨论会。会上我作为学生代表发言,向郭先生八十大寿致以诚挚的祝贺,并就郭先生的学术思想谈了几点自己的认识。在开会的前一天晚上我到郭先生家拜访了郭先生,先生精神矍铄,言语蔼然,并惠赠给我三本书。一本是先生新出版的叙写自己从幼年到"文革"时期生活经历的书《逝水滔滔 心路遥遥》;一本是先生已发表过的论文自选集《古代文学的现代意义》;一本是多种文体形式的文章选集《零敲碎打集》,分为探讨篇、杂感篇、鉴赏篇和诗文篇四部分。后两本书还未正式出版。这三本书可以说是先生对自己的人生经历、学术研究的一个总结。拿到先生的著作后我就拜读了其基本内容,但由于平时工作较忙,所以拜读时还不够细致。天有不测风云,2011年8月7日先生因病在南京离世,闻此噩耗,学生不胜悲痛。2011年8月10日我从徐州赶到南京,参加了11日上午郭先生的遗体告别仪式,并代表学生致哀辞。时至今日,郭先生离世已七个多月了,但郭先生的音容笑貌时常映现在我的眼前。今年寒假期间,我怀着一种崇敬的心情,又认真拜读了先生在2010年惠赠的三本书,并写成这篇短文,以表达对恩师的缅怀之情。

1992年我在南京大学中文系读硕期间,曾写过一篇文章,从先生学术研究的渊源、目的、视野、视角等方面简要介绍了先生的古代文学研究成就,文章发表在《古典文学知识》1992年第2期。读硕从师三年,多受教益,先生每有新作,都惠赠一本给我,如先生的《屈原评传》、《陶渊明集全译》、《中国辞赋发展史》(合作)、《古代文化知识要览》(主编)、《诗思与哲思》等,这些著作现都在我的书架上。因此我对先生的治学思想、治学路径和方法等还有一定的了解。这次拜读先生惠赠的三本书,是想进一步学习体会先生治学的精神,并探寻先生治学的价值追求。通过认真阅读,最后我把注意力聚集到先生的论文自选集上。这本选集编选了先生从1958年至2006年近50年发表的33篇研究论文。这33篇论文关涉的内容非常广泛,从《易传》、《左传》、屈原、庄子到《史记》、陶渊明、杜甫、鲁迅等等,研究的主要对象是名家名著,评析论衡,广博深刻。不过先生研究最为着力的是先秦文学,33篇中有20篇论文是研究先秦文学的。在先秦文学的研究中,有14篇是研究屈原及作品的。由此可见,屈原研究是先生研究的主要阵地。在这部自选集中,第一篇文章题目是《古代文学的现代意义》,这篇文章发表在2006年第4期《阜阳师范学院学报(社会科学版)》上。在先生的论文自选集中,这篇一万多字的学术文章发表的时间最晚,而先生这部论文自选集的书名也定名为《古代文学的现代意义》。由此可见,这篇文章是先生一生古代文学研究学术精神和价值追求的一个总结,也可看作我们理解把握先生古代文学研究学术精神和价值追求的一把钥匙。下面就先生的这篇文章谈谈自己的几点心得体会。

一、关注古代文学现代意义的文化情怀

古代文学的现代意义是先生自年轻时就关注的古代文学研究的一个焦点。早在1960年针对有的学者提出的古代作品社会意义日趋缩小的看法,先生作为一名古代文学研究的新兵,就曾在《光明日报》副刊《文学遗产》上发表过一篇短文,题为《古代作品的社会意义缩小了吗?》。文章针对"缩小论",从古代作品接受的广泛性、理解的正确性、价值的开拓性等方面进行有理有据的阐发,并得出结论:优秀古代文学的社会意义非但没有缩小,反而是扩大了。先生晚年又撰文系统阐发古代文学的现代意义,其现实原因是

历史进入 21 世纪,仍然"不时听到一些这样的议论:古代文化不适合现代化;传统只是一个空巢;古代文学已经陈旧落后,等等"。先生认为:"这比当年'缩小'的议论,又不知'前进'了多少!"对此先生断然地指出这"种种议论是极其错误的"。先生始终关注古代文学的现代意义,其实也与其深切的文化情怀有关。先生长期从事古代文学的研究,对传统的古代文化有着深入透彻的了解。经世致用的学术文化理念,使先生的古代文学研究始终与时代的进步、新文化的建设联系在一起,并由此产生了一种崇高的文化使命感,即"我们有义务保护、发扬优秀的传统文化,尤其是作为其中精华之一的古代文学"。

保护、发扬优秀的传统文化,先生首推文学,这是因为在文化传统中,文学是"最活跃、最具影响力的"。这样的看法倒不是出于先生长期研究古代文学而产生的偏爱,而是基于一种实事求是的历史观和对古代文学特点的洞晓把握。先生认为文学"接受面最广"、"影响最深",而且由于文学贴近现实生活,往往呈现出"思想的多元化"等特点。从艺术性而论,"优秀的古代文学具有很高的艺术性,很强的创造性,这是不可重复的无法替代的,因此具有永远的魅力"。正因为此,古代文学的现代意义就体现在:"优秀的古代文学不仅在古代,即使在现代,也可以产生积极的影响。它可以给精神以营养、给思想以补充、给创作以借鉴、给审美以愉悦。事实上,通过思想的启迪,审美的感召,精神的共振,优秀的古代文学在提高思想认识、丰富精神生活,特别是在提高人的素质、培养心灵等方面,确实可以起到积极的作用。"先生对古代文学现代意义的总体揭示,立足于对古代文学丰富内涵的深刻理解和由此产生的一种高度的文化自信。

二、阐发古代文学的独特价值和现代意义

在《古代文学的现代意义》一文中,郭先生对古代文学现代意义的总体揭示之后,又结合具体的古代文学作品,并针对现实中精神文化的诸多问题,对古代文学的现代意义从四个方面展开了深入细致的阐述和多维价值

论衡。

　　郭先生在文中展开论述的第一个方面是增强爱国主义感情。"爱国主义是中华民族的优秀传统,中国历史悠久,民族众多,古往今来,无数的英雄儿女用鲜血和生命培植起来的对祖国的爱是既广阔而又深厚的,这种爱绝不能也不会被割断。在我国古代文学中,爱国主义有着动人的突出的表现。"先生在多年的古代文学研究中,对我们民族的爱国主义优秀传统有着深切的体会。先生认为爱国主义并不是一个笼统的概念,而是"在不同的历史条件下,爱国主义具有不同的内容和表现形式"。特别针对"以往曾有文章,从国家的性质、范围等方面,对古人(包括屈原)的爱国主义提出质疑"的问题,先生从三点回应了以往的质疑,并阐明了自己对爱国主义的全面理解。先生首先认为:"我们必须承认爱国的感情出之自然。""爱国之情是以乡情为基础的。人们珍爱养育了自己的熟悉的山川、土地、风俗、人情,一旦离开,便有不尽的思念。所谓'国'只是扩大了的乡土。同时国家组织理应承担保护人民、抵御侵略的任务,自然就成了人们关心的对象。"显然,人们这种自然的情感,虽然与国家的性质、地域范围、阶级范畴等有关,但又不完全受此局限,特别是经过历史的变迁和积淀,最终形成一种民族的情感,一种凝聚一个民族的精神力量,使之具有了一种超国家性质、地域范围、阶级范畴等的属性。因此,先生认为对爱国主义理解的第二点是"我们必须承认中华民族是经过千百年历史发展才形成的"。我们应本着实事求是的历史观,"尊重历史,尊重历史的辩证法,毋庸回避历史事实"。"不必回避、抹煞历史过程,而应该站在今天的高度,客观公正地认识、评价历史,汲取经验教训,继承各族优秀人物的伟大精神,完成振兴中华的使命。"在古代文学作品中,既有歌颂"为保卫祖国抗敌牺牲的志士",也有赞美在平时"关心人民疾苦,为振兴祖国作出突出贡献"的杰出人物。因此,先生认为对爱国主义理解的第三点是"必须有较为宽泛的理解"。历史上那些"保卫家园、保护人民的行动,抵抗民族压迫的行动,完全可以称之为爱国行动。同时,为繁荣发展本民族——归根结底也是繁荣发展了整个中华民族——作出贡献的杰出人物,为拯民于水火而不惜牺牲的仁人志士也都是令人敬仰的爱国者,他们的精神最后汇集为中华民族爱国主义的光荣传统,传之永久"。郭先生对古代文学中爱国主义的通达阐述,廓清了人们的一些模糊认识,为我们正确理解古代的爱国主义思想,坚定地继承这一份宝贵的精神遗产,增强爱国主义感情,提供了平实正确的理论指引。

"浸溉平等的民主意识"是郭先生对古代文学现代意义的价值论衡的第二个方面。先生结合具体的文学作品,阐述了古代文学所表现的平等民主意识。先生认为中国古代虽然"并未出现过民主的政治制度,但并不能说没有民主思想,可以说对人的重视,对生命的尊重,正是真正民主的思想根据"。中国古代有无民主思想,这是学术界一直争论的一个问题。特别就孟子提出过"民为贵,社稷次之,君为轻"的民本思想更是争论的一个焦点。其实只要我们以实事求是的历史观,而不是拿现代西方的民主思想来硬套的话,中国古代的民本思想就是我们民族早期朴素的民主思想,它与现代民主思想有着历史发展的渊源关系,即使在今天,以民为本、以人为本仍然是民主思想的基础,试想不以民为本的民主思想,无论它的政治选举形式多么地尊重人民,其实质只是一种形式而已。有的学者还称民本思想具有"民享、民有"的思想,而没有"民权、民治"的思想,所以不能与民主思想相提并论。其实,"民权、民治"的思想更多涉及政治制度层面的思想,是现代民主思想的重要内容。应该说中国古代朴素的民主思想和现代民主思想的区别也在这里。我们要求中国古代朴素的民主思想完全符合现代的民主思想,才认为它是民主思想,这显然不符合实事求是的历史观。对此,郭先生有着清醒的认识。他认为"古代作家受到时代的阶级的局限,不可能具有现代意义的民主意识……许多作品的内容及形式自免不了打上时代的烙印,但其中涌动着的民主平等精神,却总归是可贵的精神财富"。先生观古鉴今,认为这一宝贵精神财富的现代意义在于:我们的现代社会,"陈旧的等级观念,权势意识依然存在,优秀的古代作品,依旧可以起到浸溉人们心田,为发展既尊重别人又自尊自重的良好社会风气,发挥其应有的作用"。由此我们可以看出,先生不但热爱关心中国的古代文化,而且更热爱关心中国的现代文化的发展。

郭先生对古代文学现代意义的价值论衡的第三个方面是对古代文学表现美好情感的礼赞，并指明其现代意义在于"唤起纯洁美好的感情"。感情是各种文学作品不可或缺的内在特质，特别是中国古代文学作品多为"文穷而后工"之作。古代的文学家"在困境中奋争，追求真善美的理想，讴歌纯洁美好的感情，企盼着美好的世界"。先生在这一部分，从爱情、亲情和乡情的三个层面，结合具体的文学作品，展现了古代文学丰富美好的情感世界，阐述了许多优秀的文学作品所表现的真挚美好的爱情、亲情、乡情对滋润人们心田的文学和美学价值。爱情是文学艺术永恒的主题。先生在文章中对此也做了精到的阐释。"古代以爱情为主题的文学作品，往往是一曲美好心灵的颂歌。这些作品揭示了：真挚的爱情，与虚伪的礼教，与庸俗的价值观是绝对不相容的。"爱情与人类生活相伴，古今爱情的真谛是相通的，可以说这是一个常说常新的话题。当今虽然社会制度发生了根本的变化，但"一些人将爱情看得过于随便，对待婚姻，多着眼于金钱，地位"等，这种不严肃、势利的爱情观，仍然在侵蚀着一些人的心灵，对此"古代文学中的爱情主题对于培植心灵的鲜花仍具有现实的作用"。亲情、友情从广义讲也是一种爱情，我们一般地理解亲情为亲人之情，友情为朋友之情，这也是人之常情。在中国文化中，亲情、友情是受到高度重视的。人类这种美好的情愫在中国古代文学作品中，多有讴歌与赞美。在先生的文章中，对这类文学作品的现代意义也进行了深入细致的阐发。尤其是当今社会，由于各种原因，亲情、友情都呈现出淡薄化的趋势，先生对此深有感慨，并真诚劝言："人不是机器，也不是孤立的存在，源自天性的亲情，互信互爱的友情是应该珍视的，知道感恩，能被感动，才是一个完整的心灵。优秀的古代文学是能给人们很多启发的。"

在古代文学中，有大量的作品描写自然，赞美自然。那些自然景物，无论是奇观，还是寻常，无论是壮美，还是优美，"到了诗人的笔下便具有极高的审美价值，这是因为诗人能够准确地把握美之所在，并用全身心去感受它、表现它"。郭先生在文章中对古代文学现代意义的价值论衡第四个方面，就是古代文学可以培养人们对大自然的热爱。先生在这一部分引证了大量的古代名篇佳作,并强调指出"古代描写自然的文学,有一个显著的特点,那就是不单纯写景,而往往结合着抒情,以作者的主观感受,赋予自然景物以活跃的生命"。情景交融、物我合一,这是中国古代文学作品审美的至境。在情中有景、景中有情的交融互动中,人们崇尚自然、热爱自然,由此体验享受与自然的共生与和谐。联系现实,先生认为"我们强调人与自然和谐相处,重视生态平衡,环境保护。强调培养人们关爱自然、欣赏自然的优良素质。这方面,优秀的古代文学积累了大量的精神财富"。培养人们热爱大自然的情感,最终意义还在于呼唤人们树立保护环境的意识和人的优良素质的提高。

从以上四个方面具体阐发古代文学的独特价值和现代意义,是郭先生这篇文章的重心所在。其实,先生只是择要而言,中国古代文学的特有属性往往是文史哲融为一体,中国古代文化的载体经、史、子、集都与文学有着不解之缘,由此可以说中国古代文学是中国古代文化的诗意表达,其文化内涵是异常丰富多彩的。

三、继承弘扬古代文学的文化精华

阐明古代文学的独特价值和现代意义,其目的是要坚定地继承弘扬我们民族古代的文化精华,构建我们民族的新文化。郭先生在论文的最后表明了自己的宏愿。古代作家在作品中表现出卓越的精神和杰出的智慧,是他们用心血,甚至以生命为代价写就的精神创造,经过历史的大浪淘沙,流传至今,已然成为我们民族文化、民族精神的一部分,这也是我们民族文化、民族精神的重要传承,"中国人之所以成为中国人,与这种传承有着密切的关系"。对此,"我们是没有丝毫的理由予以轻视、贬低的"。

虽然古代的作家作品离我们时间久远,历史环境也发生了变化,但文学作品所传达的人类思想感情大体是古今相通的,对真、善、美的追求也是基本一致的。我们要破除那种古代的就是封建的,封建的就是落后的僵化思维定式,真正以实事求是的历史观和辩证的思想,来对待古代的优秀作品,继承弘扬其文化的精华。中外历史文化的发展证明,"伟大的作品常读常新,具有永恒的品质"。

优秀的文学作品对人们的影响往往是润物无声、潜移默化的,她对引导人们追求真、善、美,形成健康正确的人生观、价值观都有着不可替代的作用。因此,"对于现在世上流行的暴力、色情、荒诞种种的'文学艺术作品',我们决不能掉以轻心"。对于这种媚俗趋利的文化现象,先生认为我们应该继承古代作品的精华,并不断创新,"创作出更多的能够提高人们素质,有利人类自身发展的优秀作品,起到优胜劣汰的效果"。

郭先生一生热爱古代文学,热爱古代文化,但先生的研究从未离开对现实的关注与思考,在文章的结尾,同样表明他一贯坚持的继承古代文化精华,建设民族新文化的殷切期待:"我们提倡精神文明,主张在科学技术突飞猛进、经济高速发展的同时,不能忘掉人类自身的提高,不能忘掉思想文化的建设。在这方面,优秀的文学遗产是可以发挥重要作用的。"

在郭先生一生的学术研究中,古代作家最尊崇屈原,现代作家最尊崇鲁迅,尤其是鲁迅先生对古代文化的深思洞察与古为今用的辩证思想深刻影响了先生的学术研究。先生在一篇题为《常研常新,永驻辉煌》的文章中,曾引用了鲁迅先生的一段话:"夫国民发展,功虽有在于怀古,然其怀也,思理朗然,如鉴明镜,时时上征,时时反顾,时时进光明之长途,时时念辉煌之旧有,故其新者日新,而其古亦不死。"这段话也可视为先生一贯所秉持继往开来的学术精神的最好注解。"我们有义务保护、发扬优秀的传统文化。"先生正是以这样一种崇高的文化使命感,在退休的晚年,仍然关注着古代文学的现代意义,仍然心系着新文化的建设。秉承先生的学术精神,担当起"保护、发扬优秀的传统文化"的重任,继往开来,我想这将是学生对先生最好的纪念,这也是我们每位古代文学研究者义不容辞的责任。

(原刊于莫砺锋编《郭维森先生纪念文集》,凤凰出版社,2014年)

郭维森教授著述目录

一、专著

1.《屈原和楚辞》(署名郭加林),中华书局,1959年2月。(台北新文丰出版有限公司《楚辞汇编》收入,1986年。)

2.《屈原》(署名郭嘉林),中华书局,1962年10月(此书至1965年8月共三次印刷)。

3.《屈原》,上海古籍出版社,1979年2月。

《屈原》日译本,安藤信宏译,日中出版株式会社出版,1984年9月。

4.《司马迁》,江苏人民出版社,1982年4月。

5.《古代文化知识要览》,郭维森主编;钱南秀、柳士镇副主编,湖南人民出版社,1986年12月。

6.《中国文学史话》,郭维森主编;吴枝培副主编,南京大学出版社,1990年6月。

7.《陶渊明集全译》,郭维森、包景诚译注,贵州人民出版社,1992年9月。

《陶渊明集全译》繁体字本,台湾地球出版社,1994年8月。

8.《风韵高标的〈楚辞〉》,郭维森、包景诚著,辽宁古籍出版社,1995年5月。

9.《古代文化基础》,郭维森、柳士镇主编,岳麓书社,1995年8月。

10.《中国辞赋发展史》(国家教委社科基金资助项目,郭维森主持),郭维森、许结著,江苏教育出版社,1996年8月。

11.《屈原评传》(《中国思想家评传》丛书之一),南京大学出版社,1998年12月。

12.《古文类选读本》,郭维森(审订),南京大学出版社,1999年9月。

13.《学苑奇峰——文史学家胡小石》,郭维森编(江苏省哲学社会科学界联合会主编),南京大学出版社,2000年4月。

14.《诗思与哲思》,贵州人民出版社,2006年12月。

15.《图说中国文化基础》,郭维森、柳士镇主编,新世界出版社,2007年11月。

16.《司马迁》(《中国思想家评传》简明读本),南京大学出版社,2008年10月。

《司马迁》日译本,(日)横田隆志译,北陆大学出版会、南京大学出版社,2010年6月。

《司马迁》中英文版,(澳)杨国生、爱博译,南京大学出版社,2010年7月。

17.《古代文学的现代意义——郭维森论文自选集》,2010年10月。

18.《逝水滔滔　心路遥遥》(署名嘉林),中国国际文化出版社,2010年10月。

19.《零敲碎打集》,2010年11月。

20.《屈原》,人民文学出版社,2015年8月。

二、学术论文

1.《〈左传〉的思想内容与艺术方法》,《教学与研究汇刊》,1958年2月。

2.《李义山及其诗》(署名加林),《光明日报》副刊《文学遗产》,1958年7月20日。

3.《跳出旧圈子》(署名加林),《光明日报》副刊《文学遗产》,1958年10月19日。

4.《左联时期的散文》(南京大学中文系编《左联时期无产阶级革命文学》之部分),江苏文艺出版社,1960年3月。

5.《古代作品的社会意义缩小了吗?》(署名加林),《光明日报》副刊《文学遗产》308期,1960年4月10日。

6.《严监生与葛朗台老头》,《雨花》,1961年6月。

7.《嵇康思想及其诗文的特色》,《南京大学学报(哲学·人文科学·社会科学版)》,1963年第2期。

8.《用阶级斗争的观点阅读〈红楼梦〉》(署名戈嘉树),《新华日报》,1973年12月3日。

9.《豪门鹰犬的典型——贾雨村》,《南京大学学报(哲学·人文科学·社会科学版)》,1974年第2期。

10.《反对分裂割据的战斗诗篇——蒿里行》,《南京大学学报(哲学·人文科学·社会科学版)》,1975年第3期。

11.《文网史话》,《南京大学学报(哲学·人文科学·社会科学版)》,1979年第2期。

12—13.《文网史札记》(一)、(二),《群众论丛》,1980年。

14.《论鲁迅研究文学史的观点和方法》,《文学遗产》1980年第2期,中华书局,1980年9月。

15.《读杜甫〈同诸公登慈恩寺塔〉》,《南京大学学报(哲学·人文科学·社会科学版)》,1980年第3期。

16.《大家都是花花面吗?》,《群众》,1981年1月。

17.《〈易传〉的文学思想及其影响》,《南京大学学报(哲学·人文科学·社会科学版)》,1982年第2期。

18.《痴人前不得说梦》,《人民日报》,1983年。

19.《我孰与城北徐公美》,《人民日报》,1983年。

20.《〈九歌·山鬼〉与望夫石的传说》,《南京大学学报(哲学·人文科学·社会科学版)》,1983年第3期。

21.《谈白居易诗中的"卒章显志"》,《教学与研究》(南通师专),1983年

4月。

22.《论曹操的诗文》,南京大学中文系"古代文学讲座",1983年。

23.《读李后主〈浪淘沙令〉》,《唐宋词鉴赏集》,人民文学出版社编辑部编,人民文学出版社,1983年5月。

24.《鲁迅怎样评价屈原》,《文学遗产》增刊第十五辑,中华书局,1983年9月。

25.《缜密完整 天衣无缝——〈孔雀东南飞〉的艺术结构》,《文史知识》,中华书局,1983年12月。

26.《论汉人对屈原的评价》,《求索》,1984年4月。

27.《鲜明对比 步步升华——谈〈汉书·苏武传〉的表现方法》,《浙江电大教学》,1984年6月。

28.《从屈原创作的个性化论屈原之不容否定》,《南京大学学报(哲学·人文科学·社会科学版)》,1985年第2期。又见黄中模编,《中日学者屈原问题论争集》,山东教育出版社,1990年7月。

29.《且去发现一个浪漫主义的杜甫》,《草堂》,1985年2月。

30—31.《读阮籍〈咏怀诗〉》(其十九)、(其六十),《汉魏六朝诗歌鉴赏集》,人民文学出版社,1985年7月。

32.《一部颇有新意的著作——读〈史记〉艺术美研究〉后序》,《吉林师范学院学报》,1986年2期。(《〈史记〉艺术美研究》,宋嗣廉著,东北师范大学出版社,1985年9月。)

33.《鲁仲连义不帝秦》,《古文鉴赏辞典》,吴功正主编,江苏文艺出版社,1987年11月。

34.《〈诗经〉农事诗的艺术性》,《诗经鉴赏集》,人民文学出版社,1986年10月。

35.《嵇康》,《中国古代著名文学家》,吕慧娟、卢达、刘波主编,山东教育出版社,1986年9月。

36.《刘向》,《中国历代著名文学家评传》,山东教育出版社,1988年。

37.《〈远游〉读赏》,《楚辞鉴赏集》,人民文学出版社,1988年1月。

38.《屈原与庄周美学理想异同辨》,《南京大学学报(哲学·人文科学·社会科学版)》,1988年第1期。

39.《屈原与但丁》,《南通师院学报》(社会科学版),1988年第3期。

40.《咏怀诗》("昔年十四五")(阮籍),《汉魏晋南北朝隋诗鉴赏词典》,山西人民出版社,1989年3月。

41.《金缕曲》(顾贞观),《金元明清词鉴赏辞典》,王步高主编,南京大学出版社,1989年4月。

42.《怎样读先秦诸子散文》,《古典文学知识》,1990年第3期。

43—44.《咏怀》(其十五)、(其三十一)(阮籍),《先秦汉魏六朝诗鉴赏辞典》,《先秦汉魏六朝诗鉴赏辞典》编委会编,三秦出版社,1990年6月。

45.《杜甫的赋》,《杜甫研究学刊》,1991年第1期(总第27期)。

46.《〈战国策〉序跋中的古代文论》,《文史知识》,1991年第2期(总第116期),中华书局。

47.《〈九辨〉的性质以及〈高唐〉、〈神女〉诸赋的作者》,《南京大学学报(哲学·人文科学·社会科学版)》,1992年第1期。

48.《载驰》(许穆夫人),《爱国诗词鉴赏辞典》,王步高主编,南京大学出版社,1992年5月。

49.《国殇》(屈原),《爱国诗词鉴赏辞典》,王步高主编,南京大学出版社,1992年5月。

50.《枚乘》,《江苏历代文学家》,李绍成、董惠君、束鹏邺等编,江苏古籍出版社,1992年6月。

51.《古代文学中的风骚传统》,临汾"中国屈原学会学术研讨会"论文,1992年8月。

52.《屈原爱国主义思想的时代特征》,《楚辞研究》,中国屈原学会编,文津出版社,1992年9月。

53.《中国辞赋的历史走向与审美观点》(合作),《文学研究》(第三辑),南京大学出版社,1993年。

54.《〈史记〉的文学特点》,"全国《史记》学术会议"(第五届)论文,1993

年10月。

55.《读〈太史公书研究〉》（代序），《太史公书研究》，赵生群著，陕西人民出版社，1994年3月。

56.《屈原名字说》，《中国屈原学会第六届年会论文集》，1994年5月。

57.《〈山居赋〉及其它》，《中国山水的艺术精神》，戚维熙主编，学林出版社，1994年6月。

58.《铜臭与书香》，《人民日报》，1994年7月8日。

59.《〈许浑研究〉序》，《许浑研究》，李立朴著，贵州人民出版社，1994年12月。

60.《〈离骚〉之"骚"》，《荆州师专学报（社会科学版）》，1996年第6期。

61.《庄子〈渔父〉篇发微》，《阜阳师范学院学报（社会科学版）》，1997年第1期。

62.《〈惠栋评传〉序》，《惠栋评传》，李开著，南京大学出版社，1997年。

63.《常研常新　永驻辉煌》，《中国国学》第二十六期，台北"中国国学研究会"编印，1998年11月。

64.《招魂》（屈原），《先秦诗鉴赏辞典》，上海辞书出版社，1998年12月。

65.《读〈史记·五帝本纪〉札记》，《南京社会科学》，1999年第2期（总第100期）。

66.《胡小石先生的楚辞研究》，《东南文化》，1999年增刊。

67.《大招》，《楚辞欣赏》，汤炳正主编，巴蜀书社，1999年8月。

68.《王延寿及其〈梦赋〉》，《南京大学学报（哲学·人文科学·社会科学版）》，2000年第1期。

69.《天地之性人为贵——一个人文主义的命题》，《阜阳师范学院学报（社会科学版）》，2000年第5期。

70.《〈离骚〉求女情节的来龙去脉》，香港"屈原研究国际研讨会"论文，2000年5月。

71.《国学大师胡小石》，《古典文学知识》，2002年第2期（总101期）。

72.《划破惊涛万顷多——读郭影秋同志旧体诗词》,《郭影秋纪念文集》,《郭影秋纪念文集》编委会编,南京大学出版社,2002年4月。

73.《屈原对真、善、美统一境界的追求》,《光明日报》,2002年5月14日。

74—77.陈子龙《诉衷情·春游》、《谒金门·五月雨》、《江城子·病起春尽》,项廷纪《三犯渡江云》,《元明清词鉴赏辞典》,上海辞书出版社,2002年12月。

78.《屈原的文化精神》,《中华文化与艺术》,2003年第1期。

79.《陶渊明的牧歌与悲歌》,《南京师范大学文学院学报》,2003年第2期。

80.《回忆胡小石师》,《金陵书坛四大家》,南京市政协文史(学习)委员会编,南京出版社,2003年9月。

81.《杜诗新解二则》,《杜甫研究学刊》,2004年第4期(总第082期)。

82.《水龙吟·秋声》(项廷纪),《学生古诗文鉴赏辞典》(下册),上海辞书出版社文学鉴赏词典编纂中心编,上海辞书出版社,2004年5月。

83.《古代文学的现代意义》,《阜阳师范学院学报(社会科学版)》,2006年4期。

84.《辞赋的医疗作用》,《古典文学知识》,2007年第3期(总第132期)。

85.《〈淬勉斋吟稿〉序》,《淬勉斋吟稿》,臧正民著,中华诗词出版社,2008年。

86.《大烟囱的故事》,《大众文学》,2009年第4、5、6期。

87.《〈五千汉字百日通〉序》,《五千汉字百日通》,蓝之中著,江苏科学技术出版社,2011年4月。

顾学梅整理
2013年6月

出版后记

这本《古代文学的现代意义——郭维森论文选集》在南京大学文学院、南京大学出版社和同道们的关怀支持下出版了。

中华优秀传统文化是中华民族的根脉。古代文学则是中华传统文化最重要、最具有活力的一个部分。郭维森教授说:"优秀的古代文学是发展民族新文化的逻辑起点。""优秀的古代文学不仅在古代,即使在现代也可产生积极影响。它可以给精神以营养,给思想以补充,给创作以借鉴,给审美以感召。"统言之,古代文学传承、发扬优秀传统文化,深刻影响着中华民族的精神与文化认同和自信。这也就是本书以"古代文学的现代意义"命名,其所包含的学术精神和价值追求吧。

郭维森(1931.9—2011.8)于20世纪50年代早期入读南京大学中文系,在其后数十年的教学与科研中,着重对我国古代文学及其现代意义进行探求与发扬,体现了他作为学者和教师所具有的敏锐求真、文化自信的治学风格和教书育人、"提高"的同时兼施"普及"的社会责任心。

郭维森教授在他生命的最后时光,多病叠加。他忍受着骨折的疼痛,吸着氧气,用仅存的一只眼有限的视力,撰写出版了有关那特殊时期的亲历和所感《逝水滔滔　心路遥遥》一书,并选编了他的个人文集《零敲碎打集》和《古代文学的现代意义——郭维森论文自选集》两书,撰写了多篇札记等。

现今出版的这本《古代文学的现代意义——郭维森论文选集》是在原"论文自选集"所选33篇文章的基础上,代增选了他的部分论文12篇,并收入了"郭维森教授著述目录",以及许结教授、管仁福教授、吴正岚教授所撰写的对郭维森的生平、学术研究等的追思与评述文章。出版前,管仁福教授并对本书所引古代文献做了细致校阅,吴正岚教授做了复阅。周明教授此前做了初校。

衷心感谢南京大学文学院、南京大学出版社和诸位同道友人为本书出版给予的支持帮助。此书作为南京大学文学院教学科研成果之一,能对古代文学的传承与弘扬有所裨益,当不负郭维森教授的初心。

顾学梅
2023 年 10 月

(附言:参《郭维森先生纪念文集》,莫砺锋编,凤凰出版社,2014 年)